La Nuit des Sorcières

Le Peuple Invisible – 2

roman

Anaïs CROS

Du même auteur aux éditions Nestiveqnen :

- *L'Eau du Léthé*, Le Peuple Invisible – 1, 2017
- *Les Lunes de Sang*, 2006

L'illustration de couverture est de **Daniel Balage.**

Collection Fractales/Fantasy dirigée par Chrystelle Camus

NESTIVEQNEN Éditions
67, cours Mirabeau
13100 AIX-EN-PROVENCE
www.nestiveqnen.com

Dépôt Légal : novembre 2021
ISBN : 978-2-36001-012-7

Premier chapitre

Strasbourg, mardi 9 août 1870

— Au troisième soir, le gnome demanda d'une voix cruelle : « Eh bien, Votre Majesté, avez-vous découvert quel est mon nom ? Si vous ne l'avez pas trouvé, vous devrez payer votre dette. J'emporterai votre fils avec moi dans les profondeurs et vous ne le reverrez plus jamais ! ». Alors la reine se leva lentement de son trône. Elle serrait son bébé dans ses bras et son cœur battait très fort. Le gnome la regardait en souriant, sûr de lui, certain qu'elle ne pouvait pas connaître son nom si bizarre…

Eugénie Weber s'interrompit un bref instant pour observer ses enfants. Paul, âgé de six ans, faisait mine de s'ennuyer, mais il était blotti tout contre elle et elle sentait son attente et sa tension tandis qu'il jouait avec un des rubans de sa robe. Agenouillée contre son frère, Jeanne était littéralement suspendue à ses lèvres du haut de ses quatre ans. Ses longs cheveux blonds formaient une auréole floue autour de son visage et ses grands yeux bleus écarquillés trahissaient le plaisir de l'anticipation. Une bouffée d'amour envahit Eugénie et elle dut faire un effort pour continuer son récit plutôt que de les couvrir tous deux de baisers.

— La reine s'avança jusqu'au gnome. Elle proposa plusieurs noms, mais la vilaine créature continuait à ricaner. Finalement la reine fit semblant d'hésiter avant de se redresser fièrement et de dire : « Tu ne me prendras pas mon fils, petit démon, car sur mon honneur de reine, ton nom n'est autre que… »

— Rumpelstilzchen ! s'écrièrent les deux enfants d'une même voix.

— Rumpelstilzchen, répéta Eugénie en riant. En entendant son nom, le gnome fut saisi d'une rage folle. Il se mit à tourner sur lui-même, en criant, en jurant, en s'arrachant les cheveux et soudain, il tapa du pied si fort que la terre s'ouvrit et qu'il y fut englouti !

— Bien fait pour lui ! s'exclama Jeanne.

— Ainsi, conclut Eugénie, on n'entendit plus jamais parler de Rumpelstilzchen et la reine vécut heureuse avec son fils et ses autres enfants. Voilà, mes chéris, maintenant il est temps de dormir.

Paul entreprit docilement de se glisser dans ses draps et Eugénie prit Jeanne dans ses bras pour la porter jusqu'à son propre lit. Elle borda la fillette, puis l'embrassa. Celle-ci la retint comme elle s'écartait, pensive.

— Maman, qu'est-ce que la reine aurait fait si elle n'avait pas trouvé le nom du gnome ? Elle aurait dû lui donner son bébé ?

Eugénie caressa tendrement le front de sa fille.

— Je suis sûre que la reine aurait trouvé une autre solution. Les mamans protègent toujours leur bébé.

— Et elles sont plus fortes que les gnomes ?

— Quand il s'agit de leurs enfants, elles sont plus fortes que n'importe qui au monde.

Jeanne adressa un large sourire à Eugénie. Elles s'étreignirent encore un instant, puis la femme rejoignit son aîné. Le garçon semblait plongé dans ses pensées, fixant un angle du plafond. Eugénie s'assit au bord de son lit.

— Qu'est-ce qui te préoccupe, mon grand ?

Paul hésita, puis tourna un regard anxieux vers elle.

— Est-ce que les soldats prussiens vont venir dans notre maison ?

La gorge d'Eugénie se serra, mais elle réussit à ne pas trahir sa propre angoisse.

— Bien sûr que non, fit-elle d'un ton rassurant. Nos soldats vont nous protéger et puis Strasbourg a de solides remparts. Cette guerre sera vite terminée, tu verras. Et de toute façon, papa et moi serons là quoi qu'il advienne, d'accord ?

Le garçon acquiesça avec un sourire incertain. Machinalement il prit la main d'Eugénie et se mit à jouer avec l'anneau passé à son auriculaire droit. Simple cercle d'or très fin, celui-ci intriguait souvent. Au début Eugénie ne supportait pas que son époux ou les enfants y touchent, mais elle avait fini par s'y habituer. Elle racontait à tout le monde que c'était son seul souvenir de sa mère. Un pieux mensonge pour protéger tout ce qu'elle avait réussi à bâtir en dépit de sa véritable nature.

Eugénie retira délicatement sa main à Paul, l'embrassa avec tendresse, puis se leva et se dirigea vers la porte, emportant sa lampe. Elle était sur le point de sortir lorsque Jeanne la rappela d'une toute petite voix.

— Est-ce que vous pouvez laisser la lumière, maman ? Hortense a dit que le Hans Trapp [1] venait chercher les enfants quand il fait noir et…

— Hortense ne devrait pas dire des choses pareilles, interrompit doucement Eugénie.

— De toute façon, le Hans Trapp n'existe même pas, renchérit Paul avec dédain.

— Si, il existe ! protesta Jeanne. Et même qu'il a un énorme sac où il jette les enfants et après on ne les revoit plus jamais !

— C'est n'importe quoi, trancha Paul.

Mais Eugénie sentait qu'il n'était plus aussi paisible. Elle mit aussitôt un terme à la discussion.

— Paul a raison, Jeanne, personne ne va venir vous chercher. Les croquemitaines, ça n'existe pas.

En tout cas pas officiellement, songea-t-elle avec un infime frisson.

— Je laisse la lumière, mais je vous préviens que je ne veux plus vous entendre.

Les deux enfants acquiescèrent. Eugénie posa sa lampe sur une commode, régla l'intensité de la flamme au minimum, puis quitta enfin la chambre.

Voyant dans l'obscurité comme en plein jour, elle descendit d'un pas lent l'étroit escalier en bois qui menait au rez-de-chaussée, jouant nerveusement avec l'anneau à son auriculaire. Elle ne savait pas pourquoi, mais elle ne se sentait pas tout à fait tranquille, taraudée par un mauvais pressentiment. Elle s'obligea à chasser cette sensation désagréable. Tout le monde était tendu depuis que la guerre avait été déclarée et il régnait en ville une ambiance à la fois angoissée et vindicative. Eugénie soupira. Ce n'était pas la première fois qu'elle affrontait une guerre ; en revanche, c'était la première fois qu'elle le faisait avec une famille à ses côtés.

La femme s'immobilisa silencieusement sur le seuil du salon. Assis à son bureau, son mari était absorbé dans le courrier qu'il

1. Le Père Fouettard alsacien.

rédigeait ; il n'avait pas remarqué sa présence et elle eut tout le loisir de l'observer. Un sourire attendri fleurit sur ses lèvres. Elle aimait la façon dont ses sourcils se fronçaient lorsqu'il réfléchissait, autant que la délicatesse avec laquelle ses longs doigts maigres tenaient sa plume ou la manière dont il ne cessait de repousser distraitement une mèche de cheveux clairs qui retombait à chaque fois sur son grand front.

Elle avait conscience qu'il n'était pas beau, vieillissant, ses traits anguleux dénués de la moindre harmonie. Trop grand, trop maigre, voûté et gauche, il n'avait guère d'allure non plus et même le meilleur tailleur de Strasbourg n'arrivait pas à confectionner des vêtements adaptés à sa silhouette dégingandée. Lorsque Eugénie l'avait rencontré huit ans plus tôt, il avait déjà quarante-six ans, paraissait plus vieux que son âge et avait renoncé depuis longtemps à trouver une épouse. S'il vivait assez confortablement, il n'était pas riche, petit médecin de quartier apprécié de ses patients mais dénué d'ambition. Il n'y avait pas cru quand Eugénie lui avait témoigné son intérêt ; personne n'y avait cru.

Contrairement à son époux, Eugénie faisait tourner toutes les têtes. Les hommes appréciaient ses courbes voluptueuses, la finesse de ses poignets et de ses chevilles, son opulente chevelure blonde, le vert intense de ses yeux et les femmes jalousaient ses tenues toujours impeccables, son aisance en société, son indépendance financière. Sans le savoir, tous éprouvaient également le charme propre à son peuple qui agissait sourdement malgré l'anneau.

En son temps elle avait largement profité des avantages que lui donnaient sa beauté et sa richesse, mais ces plaisirs superficiels la dégoûtaient désormais autant que le prix qu'il fallait payer pour les obtenir. Jean constituait pour elle la promesse d'une vie totalement différente, une vie dont elle rêvait depuis des dizaines d'années. Elle avait jeté son dévolu sur lui à la minute où ils avaient été présentés chez une connaissance commune. Jamais encore elle n'avait rencontré quelqu'un dont le regard était à ce point empreint de douceur et de gentillesse.

Jean lui avait résisté, longtemps, autant par méfiance que parce qu'il ne se croyait pas à la hauteur, mais plus il cherchait à lui échapper, plus elle le désirait et elle n'avait pas renoncé, le courtisant durant des mois avec autant d'audace qu'elle le pouvait sans passer pour une intrigante. C'était comme une réminiscence de ses anciennes chasses, lorsqu'il fallait persévérer pour obtenir enfin le plaisir du triomphe sur sa proie. Et même si elle haïssait cette pensée, elle savait que sa nature profonde n'était pas étrangère à l'assiduité avec laquelle elle avait poursuivi Jean, ni au fait qu'il avait fini par lui céder.

Aucun d'eux n'avait eu à regretter un mariage qui avait pourtant suscité bien des commérages. En dépit des mauvaises langues, Eugénie était heureuse auprès de son époux. Si au début elle appréciait simplement sa compagnie, elle avait fini par l'aimer sincèrement, avec un mélange de tendresse et de désir qui la bouleversait à chaque fois qu'elle s'y attardait. Quant à lui, il était en adoration devant elle. Les enfants avaient été un cadeau supplémentaire et Eugénie rendait grâce à Dieu de Sa générosité chaque soir dans ses prières. Après tant de décennies d'errance, son seul désir désormais était de vieillir auprès de son mari et de voir grandir ses enfants. Sans le moindre doute, devenir humaine avait été la meilleure décision qu'elle avait prise de toute sa longue vie.

Eugénie s'avança en souriant et rejoignit Jean. Distrait de sa tâche, il leva vers elle un regard amoureux, légèrement agrandi par ses lunettes. Comme elle caressait ses épais cheveux clairs tissés de fils argentés, il prit doucement sa main et y déposa un baiser.

— Les enfants sont couchés ? interrogea-t-il.

Eugénie acquiesça, puis rejoignit paisiblement son fauteuil et récupéra son ouvrage de broderie sur le guéridon près d'elle. Jean la contempla un instant, avant de se replonger dans son courrier. Ils restèrent silencieux un long moment, tranquilles, jusqu'à ce que l'homme ait terminé sa lettre. Il cacheta celle-ci, puis alla s'installer dans son propre fauteuil et alluma une longue pipe en bois. Eugénie releva les yeux vers lui.

— Hortense a encore raconté d'affreuses histoires de monstres à Jeanne, dit-elle.

Hortense était leur cuisinière, seule domestique de la petite maisonnée à l'exception d'une jeune bonne. Eugénie aimait gérer elle-même leur vie quotidienne, en particulier tout ce qui concernait les enfants, et beaucoup de ses amies ne comprenaient pas pourquoi elle consacrait autant de temps à des tâches aussi ennuyeuses alors qu'elle était suffisamment riche pour se payer toute une armée de serviteurs. Elle avait renoncé à leur expliquer que la simplicité de cette existence paisible lui convenait à merveille.

— Voulez-vous que je lui en touche un mot ? demanda Jean.

Eugénie secoua la tête.

— Je le ferai moi-même.

— C'est sans doute mieux, je doute qu'elle me craigne beaucoup.

Eugénie rendit son sourire à son époux avec amusement.

— Personne ne vous craint, mon chéri.

— C'est bien mon drame, pesta-t-il d'un ton comique.

Eugénie sourit encore, puis s'assombrit malgré elle.

— Paul redoute de voir les Prussiens envahir notre maison.

— Je suis sûr que vous avez trouvé les mots pour le rassurer.

— Bien sûr, mais… Et si ses craintes étaient justifiées ? Qui sait comment la guerre va tourner ? Vous avez vu comme moi l'état des survivants de Frœschwiller… Cela fait déjà trois jours depuis la défaite et nous n'avons reçu aucun renfort, aucune nouvelle de l'extérieur. Certains disent que les Prussiens ont déjà dépassé Souffelweyersheim, de plus en plus de paysans viennent se réfugier dans les remparts et…

Jean leva les mains pour l'interrompre et lui sourit avec douceur.

— Je sais à quel point tout cela peut faire peur, mais il faut avoir confiance, ma douce. La France est un grand pays avec une grande armée et ce n'est pas une petite défaite qui va nous arrêter.

— Je n'ai pas eu l'impression que Frœschwiller était une petite défaite, soupira Eugénie. Cela m'a tout l'air d'avoir plutôt été une débandade… Et les blessés sont très nombreux, toute la charpie que nous avions préparée pendant nos réunions de dames a été réquisitionnée.

— Vous dramatisez, ma chère.

— Et l'annulation des élections municipales ? N'est-ce pas un signe que les choses tournent mal ?

— Cela démontre simplement que la mairie tient compte du fait que les citoyens ont d'autres préoccupations à l'heure actuelle.

— C'est le moins qu'on puisse dire !

— Je vous promets que tout ira bien. Le général Uhrich me paraît très compétent et je suis sûr qu'il saura diriger notre place forte comme il se doit. J'ai entendu dire qu'il avait fait installer aujourd'hui une vigie sur la plateforme de la cathédrale, n'est-ce pas une excellente idée ? Et puis les Prussiens, malgré tout, sont des gens civilisés, les enfants et vous n'avez rien à craindre. Quant à moi, je ne risquerai rien non plus avec les ambulances.

Eugénie ouvrit la bouche pour protester, mais Jean l'arrêta d'un geste d'avertissement.

— Je suis peut-être trop vieux pour m'engager, mais pas pour soigner nos blessés.

Il avait parlé calmement, avec une détermination qui angoissait son épouse. Elle savait qu'il était un fervent patriote et un partisan inconditionnel de l'empereur, elle savait également qu'en son for intérieur il regrettait d'être trop âgé et d'avoir une trop mauvaise vue pour s'enrôler. Même si Strasbourg finissait par subir le feu de l'ennemi, rien ne le ferait revenir sur sa décision d'aider autant que possible. Déjà il avait participé à plusieurs réunions dans le but de proposer au général Uhrich la formation d'une compagnie de francs-tireurs. Elle admirait son courage et son dévouement à son pays, mais elle détestait l'idée de se séparer de lui, même pour garder leurs enfants à l'abri.

Elle détourna le regard, réprimant la réplique qui lui montait aux lèvres. Elle ne voulait pas lui reprocher d'agir selon sa conscience, pas alors que sa droiture et son sens de l'honneur faisaient partie des qualités pour lesquelles elle l'aimait. Elle ne bougea pas lorsqu'il se leva et s'approcha, puis se détendit malgré elle lorsqu'il caressa tendrement sa nuque.

— Je ne veux pas que vous vous inquiétiez, mon amour. Tout ira bien, vous verrez.

Si seulement elle avait pu lui répondre qu'il n'était qu'un enfant, qu'il n'avait pas la moindre idée de ce qu'était réellement une guerre, que c'était bien pire que tout ce qu'il pouvait imaginer, que cela réveillait des forces effroyables autant chez les humains que chez le peuple invisible… À la place, elle s'obligea à afficher une expression sereine, à lui sourire.

— Vous avez raison. Ne pensons plus à tout ça. Nous pourrions nous coucher tôt, qu'en dites-vous ?

Comme elle l'espérait, cette proposition ne manqua pas de faire effet et une étincelle s'alluma dans les yeux doux de son époux. Elle aimait le fait qu'il la désire toujours autant malgré les années qui passaient. Elle n'arrivait pas à se rassasier de son corps, de sa délicatesse et de sa fragilité d'humain, sans doute parce que depuis sa transformation, elle ne pouvait plus assouvir totalement cette faim terrible qui dormait tout au fond d'elle. Parfois, lorsqu'ils s'étaient disputés et que la colère faisait flamber sa passion pour lui, elle avait peur de finir par le dévorer pour de bon. Mais l'anneau restreignait cette folie et l'empêchait toujours d'aller trop loin. Il lui avait déjà demandé grâce, épuisé de plaisir, mais elle ne lui avait jamais réellement fait de mal.

Ce soir-là, comme tant d'autres, la sécurité que constituait l'anneau lui permit de s'abandonner sans contraintes. Sous ses airs tranquilles, Jean devait être tendu lui aussi, car il fit preuve d'une ferveur qui confinait à la fièvre, ne cessant de lui répéter qu'il l'aimait. Il revint plusieurs fois vers elle avant de finir par sombrer de fatigue, blotti contre son sein, son corps nu trempé de sueur. Eugénie resta immobile, retrouvant lentement son souffle, sentant celui de son époux qui chatouillait sa peau humide. Sa main gauche reposait sur le bras tiède et noueux de Jean ; sa main droite était abandonnée au-dessus de sa tête, dans la nappe soyeuse de ses cheveux, et son pouce jouait distraitement avec l'anneau à son auriculaire. En dépit de son bien-être physique, le sommeil se dérobait à elle, comme si elle attendait quelque chose sans savoir ce que c'était. Elle comprit lorsqu'un cri strident déchira tout à coup le silence de la nuit.

Jean se réveilla en sursaut. Eugénie n'avait pas bougé, pétrifiée à l'idée que ses pires cauchemars s'apprêtaient à prendre vie. Le silence était retombé comme un couperet, noir, écrasant. Et soudain un nouveau cri.

— Maman !

La voix de Jeanne était au-delà de l'hystérie, habitée par une pure terreur. Transpercée, Eugénie sauta aussitôt du lit. Jean la précédait déjà, attrapant maladroitement sa robe de chambre au passage. Faisant preuve de cette vivacité qu'il ne montrait que dans les situations d'urgence, il prit une légère avance sur elle malgré l'obscurité. Lui aussi avait compris que quelque chose de terrible était en train de se produire.

— Jeanne ! appela-t-il dans le couloir. Paul ! Qu'est-ce qui se passe ?

La seule réponse fut un autre cri, étouffé, impossible à identifier. Eugénie voulut dépasser son époux, mais l'espace était étroit et elle fut contrainte de rester derrière lui. Il se jeta sur la porte de la chambre des enfants, à demi nu, les pans de sa robe de chambre flottant autour de son corps maigre. Il se tenait encore sur le seuil lorsqu'il y eut un claquement sec et qu'il fut violemment happé en avant.

— Jean !

Eugénie bondit avec panique, mais elle n'avait pas fait un pas qu'elle se figeait, clouée sur place. Son époux avait été si brutalement tiré en avant qu'il avait chuté. Ce faisant, son crâne avait tapé droit dans l'angle d'une commode. Il gisait sur le sol, sa robe de chambre étalée autour de lui, ses jambes nues et maigres légèrement repliées, tandis qu'une flaque de sang grandissait autour de sa tête. Il avait encore les yeux ouverts, mais Eugénie sentait dans sa chair qu'il était déjà mort. Comme à chaque fois qu'elle se retrouvait en présence d'un cadavre, son horrible appétit se réveillait, exacerbé par le tourbillon de rage, de douleur et d'incrédulité qui prenait peu à peu naissance au creux de son ventre.

Son regard s'accrocha à la fine lanière de cuir enroulée autour du cou de Jean et qui l'avait précipité vers sa fin. Elle remonta lentement ce fil, sur presque deux mètres, jusqu'à la main qui le tenait. Les doigts épais, sales, grossiers, appartenaient à un homme trapu entièrement vêtu de noir. Sous son large chapeau, une énorme barbe sombre lui mangeait tout le visage, ne laissant visibles que ses yeux rougeoyants. Il portait un gros sac de toile sur l'épaule, un poignard nu à la ceinture. L'odeur qui émanait de lui évoquait la cendre, la misère et les ténèbres. Ce fut avec toute la nonchalance du monde qu'il imprima une ondulation à son fouet pour en desserrer l'étreinte et le ramener vers lui.

Eugénie avait l'impression d'étouffer sous la violence des sentiments qui l'assaillaient, mais peu à peu ce fut la rage qui prit le dessus et elle retrouva un semblant de lucidité. Elle saisit l'anneau entre ses doigts, se prépara à le retirer.

— Tu ne sais pas à qui tu as affaire, gronda-t-elle. Je vais te tuer pour ça.

L'autre ne sembla pas troublé et répliqua d'une voix éraillée, moqueuse et vulgaire.

— Oh je sais exactement à qui j'ai affaire, c'est pour ça que je suis là. Et dis-toi bien une chose : si tu me tues, tu ne reverras jamais tes enfants. Parce que je suis le seul à pouvoir les sortir de là.

Et il désigna le sac de toile. Eugénie réalisa que les enfants avaient bel et bien disparu, qu'ils ne se trouvaient plus nulle part dans la chambre, ni, en vérité, plus nulle part dans cette réalité. Elle comprit avec horreur qui était cet homme en face d'elle.

— Hans Trapp, souffla-t-elle.

Le croquemitaine s'inclina vers elle avec ironie.

— Lui-même. Et j'ai besoin de toi, ou plutôt du vrai toi, pas cette misérable version humaine. Si tu m'obéis, je te promets que je te rendrai tes marmots.

Eugénie vacilla, abasourdie, anéantie.

— Mais tu… Comment as-tu su que…

Hans Trapp tapota son nez avec contentement et sourit.

— Ça fait partie de mes petits talents. Je peux sentir les êtres de ténèbres de très loin, même quand ils sont aussi bien cachés que toi.

Sous le choc, Eugénie n'arrivait pas à détacher son regard du sac. Avec sa toile de jute sale et abîmée, il était horriblement quelconque et aurait pu sortir de n'importe quel atelier. Il paraissait gonflé de vieux tissus et rien ne bougeait à l'intérieur. Eugénie avait déjà entendu parler des pouvoirs du croquemitaine, elle savait qu'il avait emprisonné ses enfants dans un monde parallèle qu'il avait lui-même créé et auquel lui seul avait accès. Cette pensée lui déchirait le ventre, mais si elle voulait espérer les revoir, elle devait négocier avec lui. Elle s'obligea à reporter les yeux sur lui, à ne pas se laisser submerger par la haine devant son sourire satisfait.

— Qu'est-ce que tu veux ? souffla-t-elle.

Hans Trapp ricana.

— À ton avis ? Que peut bien vouloir le croquemitaine ? Une enfant, bien sûr !

Eugénie ne put réprimer un mouvement d'effroi.

— Une enfant ?

— Oui, une enfant très spéciale. Les sorcières la protègent, j'ai besoin de l'aide de quelqu'un de puissant pour arriver jusqu'à elle, quelqu'un comme toi.

— Je ne peux pas t'aider à enlever une enfant !

— Tu préfères peut-être que je garde les tiens ? Tu sais ce que je suis capable de leur faire. Si tu me résistes, je les détruirai !

Il avait haussé le ton, menaçant. La haine souleva Eugénie et elle faillit lui sauter à la gorge, mais se contint de toutes ses forces. Tremblante de tension, elle se rapprocha instinctivement de Jean. Elle s'agenouilla à côté de lui, caressa ses cheveux en désordre, tendrement, presque craintivement. Elle avait tellement lutté pour échapper à ce qu'elle était, pour sortir des ténèbres, l'idée d'y replonger aussi violemment lui était insupportable. Et pourtant cela semblait infiniment plus tolérable que de perdre ses enfants.

Des larmes roulèrent le long de ses joues pâles et elle les savoura ces larmes si humaines qui allaient bientôt lui échapper et la laisseraient seule face à la douleur, la culpabilité et la compromission. Elle se pencha sur Jean, embrassa avec amour sa joue encore tiède, piquante de barbe, puis elle releva lentement les yeux vers Hans Trapp.

— Qu'est-ce que tu attends de moi ? demanda-t-elle d'un ton glacé.

Il sourit.

— Pour le moment je veux que tu enlèves ce ridicule petit anneau. Je veux te voir telle que tu es vraiment.

Eugénie prit une profonde inspiration, puis elle saisit l'anneau. Elle s'apprêtait à le retirer lorsque le croquemitaine l'arrêta.

— Et n'oublie pas : je suis le seul à pouvoir ramener tes enfants.

Eugénie réprima un sourire amer. Ce misérable avait peur d'elle. Il craignait que, sa véritable nature prenant le dessus, elle ne s'attaque à lui malgré tout. Elle n'était même pas sûre qu'il ait réellement tort. Mais il n'y avait qu'une façon de le savoir.

Eugénie arracha le fin cercle d'or à son auriculaire. Pendant une fraction de seconde, rien ne se produisit. Puis elle eut un spasme. L'anneau lui échappa, tomba sur le plancher de bois avec un tintement. Eugénie s'en rendit à peine compte, aspirée dans un maelström de sensations. Le monde entier venait de basculer autour d'elle, toutes les formes étaient surlignées, les couleurs si vives qu'elles blessaient ses yeux, les odeurs si prononcées qu'elles agressaient ses narines, les sons si stridents qu'ils déchiraient ses oreilles. Elle percevait désormais l'aura noire du croquemitaine, les ténèbres qui l'environnaient, et la faible pulsation de vie des enfants dans le sac. Elle sentait grandir à toute vitesse la puissance de son corps, les muscles durs et tendus, les griffes prêtes à jaillir au bout de ses doigts, les crocs tranchants dissimulés dans sa mâchoire. Mais le pire de tout était la faim ; une faim inassouvie depuis des années qui s'emparait de ses pensées comme une lame de fond, impitoyable, enivrante, intoxiquant son âme comme un violent poison. Elle tenta de résister, de se rappeler qui elle était, mais c'était là sa véritable nature et elle ne pouvait pas se mentir à elle-même. Et même ces pensées n'étaient que d'éphémères lueurs dans l'obscurité de son avidité béante. Il fallait satisfaire ce besoin destructeur, il n'y avait pas d'autre solution.

Incapable de se contenir, Eugénie se jeta sur le cadavre de Jean et entreprit de le dévorer. Elle n'entendit pas le croquemitaine ricaner en se félicitant d'avoir réveillé la goule.

* *
*

Strasbourg, au même moment

Joséphine se retourna dans son lit, nerveuse, tendue. Malgré la chaleur de la nuit d'été et la sueur qui ne tarda pas à couvrir son visage, elle ramena son drap au-dessus de sa tête et se blottit dans ce cocon protecteur. Serrant les paupières, elle s'efforça de retrouver le sommeil, mais c'était peine perdue. Depuis son réveil en sursaut un instant plus tôt, elle n'arrivait pas à se défaire du sentiment que quelque chose de terrible était en train de se produire. Elle ressentait dans sa chair une souffrance qui n'était pas la sienne et dont la violence la terrifiait. Elle finit par repousser brusquement ses draps, étouffant, le cœur battant, nauséeuse.

Joséphine était une enfant des Quatre-Temps [1] et ce n'était pas la première fois que de tels pressentiments l'agitaient. D'après Louise, la bonne de la maison et une grande spécialiste des légendes en tous genres, les enfants des Quatre-Temps, en particulier ceux nés durant une nuit de l'Avent comme elle, avaient une relation particulière avec l'Autre Monde et étaient bien plus susceptibles de rencontrer revenants, dames blanches et autres créatures diaboliques. Edmond, le meilleur ami de Joséphine, se moquait de ce genre d'histoires et sa mère ne supportait pas d'en entendre parler, mais la jeune fille avait tendance à croire Louise. D'aussi loin que remontaient ses souvenirs, elle ne cessait de voir et de ressentir des choses étranges. Parfois, son angoisse était si affreuse qu'elle passait des nuits entières paralysée dans son lit, les yeux grands ouverts, haletant et transpirant, jusqu'à finir par sombrer d'épuisement. Le médecin prétendait qu'elle était simplement d'une nature nerveuse, comme sa mère, mais ce diagnostic paraissait futile et

1. Dans le calendrier liturgique chrétien, les semaines des Quatre-Temps correspondent à la semaine suivant le premier dimanche du Carême, à la semaine de la Pentecôte, à la semaine suivant l'Exaltation de la Sainte-Croix (14 septembre) et à la semaine suivant le troisième dimanche de l'Avent. Ce sont des moments particuliers qui marquent notamment le passage des saisons.

absurde face à la terreur inexplicable qui s'emparait d'elle dans ces moments-là.

S'efforçant de se contrôler, Joséphine tourna la tête vers les volets entrebâillés derrière les fenêtres ouvertes. La nuit était claire et elle distinguait nettement les formes familières des meubles de sa minuscule chambre. L'étroit lit en bois qui serait bientôt trop petit pour elle, la commode remplie de ses vêtements, la plupart confectionnés par sa mère, la table qui lui servait de bureau et sur laquelle reposaient ses cahiers, quelques livres et deux photographies offertes par Edmond. La plupart du temps, la simple vue de ce refuge suffisait à apaiser ses angoisses, mais cette nuit-là elle n'arrivait pas à se calmer. Elle avait l'impression de se tenir tout en haut d'une falaise, prête à s'engloutir dans l'abîme d'un cauchemar, et dans son dos, des mains cruelles n'attendaient que de la pousser. Elle finit par ne plus y tenir et se leva.

Marchant avec précautions sur le plancher qui grinçait, Joséphine quitta sa chambre étouffante pour le couloir plus frais. Elle s'y arrêta un instant, écoutant la nuit, et ne fut pas tout à fait surprise en entendant des bruits de pas à l'étage. À plusieurs reprises déjà, elle avait surpris les insomnies de la vieille madame Guérin. Celle-ci prétendait qu'elle marchait ainsi pour soulager ses douleurs d'arthrose. Joséphine n'y croyait pas, pas plus qu'elle n'arrivait à voir une simple vieille femme dans ce personnage mystérieux qui avait fait son apparition chez eux à peine un mois plus tôt, juste avant la déclaration de guerre. Mais elle gardait ses soupçons pour elle. Elle évitait la vieille Guérin autant que possible et se fit encore plus silencieuse pour ne pas qu'elle la surprenne et la renvoie dans sa chambre avec un sermon.

À force de prudence, Joséphine parvint à rejoindre l'appartement de sa mère sans encombre. Elle s'y glissa sans bruit et referma la porte derrière elle, avant de réprimer un soupir de soulagement. Elle s'arrêta un instant, observa avec un sourire attendri la forme de Mathilde dans l'obscurité. La femme ne portait qu'une longue chemise de nuit blanche et sa frêle silhouette paraissait encore plus mince dans le grand lit qu'elle occupait seule. Légèrement tournée de côté, ses cheveux sombres étalés autour de sa tête comme une auréole, elle dormait profondément, sa respiration ample et calme remplissant le silence.

Joséphine traversa la chambre à pas de loup, puis grimpa sur le lit avec délicatesse. Elle se coucha tout contre sa mère, posant la tête contre son sein. Cette dernière poussa un soupir, remua et referma instinctivement un bras autour d'elle, protectrice.

— Tu as fait un cauchemar, ma chérie ? chuchota-t-elle d'une voix endormie.

Joséphine n'eut même pas besoin de répondre, la femme avait déjà replongé dans le sommeil. Un sourire aux lèvres, la fillette ferma les yeux à son tour. En sécurité, lovée contre le corps chaud et tendre de sa mère, elle parvint enfin à s'abandonner au repos.

Chapitre 2

Strasbourg, samedi 13 décembre, de nos jours

Franck Steiner fit discrètement craquer ses vertèbres, étira tant bien que mal ses longues jambes dans l'espace étroit entre les sièges et s'obligea à baisser à nouveau les yeux vers la scène. Dans un décor minimaliste constitué de quelques toiles peintes et éclairé très chichement, Électre hurlait sa haine à sa mère, Clytemnestre. Franck ne connaissait pas la pièce de Sophocle adaptée par Hoffmanstahl et mise en musique par Richard Strauss, mais les surtitrages lui avaient permis de saisir l'essentiel. Lorsque Agamemnon était rentré de la guerre de Troie, son épouse, Clytemnestre, l'avait assassiné avec la complicité de son amant. Depuis, sa fille, Électre, réclamait vengeance, espérant que son propre frère, Oreste, prendrait les armes pour punir ce terrible crime.

Reflet de l'état d'esprit d'Électre, tout l'opéra était traversé par un vent d'hystérie qui commençait à chatouiller les nerfs de Franck. Il ne s'ennuyait pas franchement, mais l'histoire le mettait mal à l'aise et la musique trop particulière lui agressait les oreilles. Il songea avec un infime soupir qu'il aurait été bien mieux vautré sur le canapé de Johanna, à regarder quelque série américaine. Si seulement il n'avait pas promis à Kieran de l'accompagner… Il s'en voulut un peu de cette pensée, jeta un coup d'œil à son compagnon.

Les jambes croisées avec élégance, ses doigts fins battant la mesure sur sa cuisse, Kieran était totalement absorbé par le spectacle, ne lâchant pas Électre des yeux. La violence de la musique paraissait lui procurer une intense jubilation et un sourire inconscient flottait sur ses lèvres. Plus l'orchestre se déchaînait dans la fosse, plus les chanteuses poussaient leurs voix dans les registres dramatiques, plus la tension grimpait vers l'insoutenable et plus son plaisir semblait grand. Franck trouvait ce spectacle bien plus fascinant que celui qui se jouait en contrebas et il dut faire un effort pour se détourner avant que son compagnon n'en prenne conscience.

Autour d'eux l'Opéra du Rhin était plein à craquer. Chacun des sièges de velours rouge était occupé sous la coupole peinte avec son grand lustre, au milieu des ors et des sculptures des balcons. L'endroit n'était pas immense, mais il avait de la prestance et le charme d'un lieu qui évoquait d'autres temps, plus raffinés. Kieran avait obtenu des places au premier balcon, pile en face de la scène, et la vue y était tout simplement parfaite.

En ce soir de première, la plupart des spectateurs avaient fait un effort vestimentaire et, pour une fois, Kieran ne détonnait pas avec son élégant costume trois pièces. Franck s'était contenté de passer une chemise blanche et il se sentait un peu déplacé avec son jean et ses baskets, d'autant plus que la moyenne d'âge autour d'eux était plutôt élevée. Néanmoins il n'avait pas porté de costume depuis son mariage et il n'avait pas souhaité renouveler l'expérience. Une décision dont il se félicitait car, avec le chauffage, il faisait dans la salle une chaleur étouffante.

Franck réprima un bâillement et continua à promener son regard sur la salle. Un recoin obscur du troisième balcon situé à l'extrémité de la galerie attira son attention. Autrefois, il n'y aurait pas pris garde, mais depuis sa rencontre avec Kieran et le peuple invisible, son regard sur le monde s'était aiguisé. Rien de tel que de fréquenter des loups-garous, des vampires et des sorcières pour modifier sa façon d'envisager la réalité ! Et Franck était à peu près certain que la silhouette qu'il devinait dans les ténèbres de cette loge isolée n'était pas humaine.

Soudain, l'inconnu se tourna vers lui et Franck distingua dans un éclair deux yeux noirs et un visage spectral qui lui évoqua aussitôt un fantôme. Mais déjà la créature se retirait dans la pénombre et disparaissait tout à fait à la vue. Franck réprima un frisson. Personne d'autre ne semblait avoir remarqué la présence de cet être étrange. Il fut tenté de demander à Kieran de qui il pouvait bien s'agir, mais l'homme était bien trop absorbé pour être dérangé et Franck finit par s'obliger à ramener son attention sur la scène.

Électre se disputait maintenant avec sa sœur, Chrysothémis, n'appréciant ni la passivité de celle-ci face au crime commis par leur mère ni ses aspirations banales et bourgeoises. L'agressivité d'Électre et les vaines tentatives d'apaisement de Chrysothémis faisaient péniblement écho en Franck et, malgré tous ses efforts, il ne réussit pas à faire autrement que penser à Stéphanie.

Cela faisait un peu plus de deux mois que Franck avait quitté le domicile conjugal pour s'installer chez Kieran. Stéphanie avait employé tout ce temps à répandre son venin sur lui auprès de tous les gens qu'ils connaissaient, racontant à tout le monde qu'il était homosexuel, qu'il la trompait depuis des années et qu'il l'avait quittée pour un homme. Ce n'était pas tant les mensonges en eux-mêmes qui gênaient Franck que le fait que Stéphanie se déchargeait ainsi de toute responsabilité dans l'échec de leur couple. Oubliés ses infidélités à répétition, son caractère difficile, la froideur dont elle avait si souvent fait preuve envers lui… Aux yeux de Stéphanie et de leurs proches, tout était de la faute de Franck. Il ressentait de la culpabilité pour avoir pris la décision de partir, mais il refusait qu'on lui mette tout sur le dos. Sans compter qu'il en avait par-dessus la tête de devoir se justifier sur son orientation sexuelle. Le pire avait été la discussion avec ses parents.

Franck comprenait que Stéphanie soit en colère contre lui, mais il ne lui pardonnait pas son attitude envers sa famille. Elle ne lui avait même pas laissé le temps de leur annoncer lui-même leur rupture. Il avait à peine quitté la maison qu'elle les avait appelés pour leur déballer sa version très partiale de l'histoire. Bien sûr, sa mère s'était mise dans tous ses états, son père avait été choqué et sa sœur n'avait pas manqué de lui faire un énième sermon. Il avait été littéralement convoqué à une réunion de crise dans la maison parentale et il avait dû passer un temps interminable à s'expliquer.

Une fois rassuré sur ce qu'il estimait être sa virilité, son père avait pris la chose avec philosophie et l'avait laissé tranquille. Mais Franck savait que, même si elles avaient fait un effort pour se calmer, sa mère et sa sœur avaient toujours des doutes et pensaient qu'il mentait peut-être pour les épargner. Il voulait bien admettre que le fait qu'il vive désormais avec Kieran ne jouait pas en sa faveur, mais il ressentait une douloureuse frustration à l'idée que sa propre famille prêtait davantage de crédit aux élucubrations de Stéphanie qu'à ses paroles à lui.

Si Franck avait caressé l'espoir que le divorce pourrait se faire à l'amiable, il avait rapidement compris que c'était illusoire. Stéphanie et lui étaient pourtant mariés sous le régime de la séparation des biens, son beau-père ayant insisté au moment de la signature du contrat, car le salon de coiffure de Stéphanie lui appartenait en propre. Et même si son épouse gagnait nettement plus d'argent que lui, Franck n'avait pas l'intention de réclamer quoi que ce soit, pas même sa part de la maison qu'ils avaient construite ensemble. Tout ce qu'il voulait, c'était mettre un terme à ce mariage qui n'avait plus le moindre sens. Mais Stéphanie ne l'entendait pas de cette oreille, elle avait méchamment repoussé toutes ses tentatives d'approche et Franck avait fini par se résoudre une semaine plus tôt à embaucher un avocat. Il détestait le tour qu'avaient pris les choses, mais il était prêt à en passer par là s'il n'y avait pas d'autre moyen de retrouver sa liberté. Et puis il avait beau être patient, il n'appréciait pas qu'on le traite comme un chien.

Franck réalisa qu'il s'était crispé sur son siège, les poings serrés, la respiration bloquée. Il s'obligea à inspirer profondément, à se détendre. La situation était difficile, mais, comme Johanna et Kieran le lui répétaient sans cesse chacun à leur manière, elle ne durerait pas éternellement. Et depuis deux mois il n'avait pas regretté un instant d'avoir changé de vie aussi radicalement.

Le fait qu'il avait démissionné de son emploi d'aide-soignant à l'hôpital psychiatrique d'Erstein avait suscité une nouvelle discussion pénible avec sa famille et Franck avait fini par décider de mentir, prétendant qu'il travaillait désormais en libéral. Il était à peu près certain que sa sœur, Caroline, n'y avait pas cru, mais elle avait eu le tact de ne pas insister devant leurs parents. En vérité Franck ne travaillait plus, profitant des largesses de Kieran et se laissant vivre. Ayant commencé les jobs d'été dès l'âge de quatorze ans, ayant toujours travaillé après sa sortie de l'école, cela faisait une éternité qu'il n'avait pas goûté une telle oisiveté et il en profitait avec délectation. Parfois il songeait que ce n'était pas ainsi qu'il assurerait son avenir, mais cette pensée semblait dérisoire dans le monde où il évoluait désormais.

Kieran lui avait aménagé une véritable salle de sport dans une des grandes chambres vides de sa maison et Franck passait au moins une heure par jour à s'entraîner sur les machines rutilantes. Il courait régulièrement dans Strasbourg, empruntant les nombreuses pistes cyclables, découvrant la ville sous un nouvel angle, et, tous les mardis et les jeudis, il rejoignait le détective Lukas Hartmann dans un club de boxe du quartier Cronenbourg. L'endroit ne payait pas de mine, mais Lukas y avait ses entrées et Franck appréciait l'atmosphère brute qui y régnait. Le détective ne pouvait pas boxer avec sa patte folle, mais il semblait prendre plaisir à entraîner les autres et Franck en particulier. Ce dernier progressait rapidement et il aimait jouer avec son corps, sentant grandir sa souplesse, son endurance et sa puissance de frappe. Sans compter que boxer lui permettait de décharger sa colère et ses frustrations.

Au moins trois ou quatre fois par semaine, Franck passait la soirée ou la journée avec Johanna. Ils allaient au restaurant, au cinéma, se promenaient dans les Vosges ou sur les marchés de Noël, sortaient avec les amis de la jeune femme ou avec Cathy, la jeune sorcière rencontrée deux mois plus tôt lors de l'affrontement avec le vampire Jorgensen. Leur complicité grandissait tout en douceur et ils se rapprochaient peu à peu, s'ouvrant l'un à l'autre, s'abandonnant petit à petit.

Ils se tenaient la main, s'étreignaient, s'embrassaient parfois, mais ils n'étaient encore jamais allés plus loin et Franck avait beau se répéter qu'il devait être patient, cela s'ajoutait à ses autres frustrations. Il ne comprenait pas ce que voulait Johanna. C'était pratiquement toujours elle qui prenait sa main, elle qui cherchait ses lèvres, qui se blottissait contre lui lorsqu'ils regardaient la télévision. Mais à chaque fois qu'il faisait mine de passer à la vitesse supérieure, elle l'arrêtait et rarement avec délicatesse. Franck n'osait pas insister, mais il n'arrivait pas à savoir où ils en étaient, ce qu'il pouvait espérer et certains jours cela le rendait fou. Parce qu'il était au moins sûr d'une chose : jamais il n'avait été aussi amoureux.

Franck soupira. Il avait fait l'erreur d'exposer la situation à Kieran et depuis, celui-ci avait surnommé Johanna « Mademoiselle Frigide ». Au grand soulagement de Franck, il n'avait jamais eu l'occasion de prononcer ces mots devant elle, mais ça n'en était pas moins cruel. Franck avait essayé de le lui faire comprendre, en vain. Parfois Kieran avait des accès de méchanceté gratuite, comme un enfant capricieux, et le sarcasme devenait alors son arme de prédilection. Franck n'arrivait pas à savoir s'il méprisait vraiment Johanna, s'il éprouvait de l'aversion pour la sorcière qu'elle était ou s'il était simplement jaloux de devoir partager son ami avec elle. Mais l'homme ne manquait jamais une occasion de se moquer de la jeune femme et certains jours, il poussait le bouchon tellement loin que Franck avait envie de l'étrangler. Cependant Kieran lisait en lui comme dans un livre ouvert et dès qu'il sentait qu'il s'était montré trop odieux, il redevenait tellement charmant qu'il était impossible de ne pas lui pardonner.

Franck jeta un nouveau regard à son compagnon, toujours absorbé dans la musique. S'il devait être honnête avec lui-même, son activité principale depuis deux mois se résumait à une chose : observer Kieran. Franck ne se lassait pas des excentricités de son compagnon, de sa personnalité flamboyante, de ses connaissances infinies, de sa liberté absolue. Il pouvait passer des heures à l'interroger sur les différentes époques auxquelles il avait vécu, sur ce qu'avait été son existence au cours des six cents dernières années. Kieran aimait être le centre de l'attention et se montrait complaisant, même s'il évitait systématiquement certains sujets, s'en tirant alors par des pirouettes.

Franck avait conscience que Kieran ne lui dévoilait finalement que très peu de choses de sa vie intime, de ses pensées véritables ; il comprenait également qu'il fallait à un être comme lui beaucoup de temps pour s'ouvrir. Même s'il jouait au type simple qui n'a rien à cacher, Kieran Matheson était l'Immortel, un Invisible redouté par tous les membres de son peuple et l'ennemi juré des sorcières. En dépit de son charme solaire, c'était les ténèbres qui avaient longtemps régné sur ses actes.

Sur la scène de l'opéra, Oreste venait de tuer sa mère et l'amant de celle-ci, vengeant ainsi la mort de son père et donnant satisfaction à sa sœur, Électre. Franck songea au fils de Kieran. D'après les écrits des sorcières, patiemment rassemblés au fil des siècles, c'était en tuant son propre enfant que Kieran, alors simple humain, avait obtenu ses pouvoirs magiques. Franck avait essayé de l'interroger à plusieurs reprises à ce propos, avec plus ou moins de tact, mais cela faisait partie de ces sujets que l'homme refusait d'aborder. Il ne niait pas, il se contentait d'un sourire indéchiffrable et passait à autre chose.

Franck s'efforçait de garder à l'esprit que Kieran pouvait être dangereux, qu'il avait tué et même torturé de nombreuses personnes, à commencer par des dizaines de sorcières durant le Moyen-Âge. Il obligeait sa mémoire à ne pas effacer son attitude durant leur quête de l'eau du Léthé, la violence dont il avait parfois fait preuve, la façon dont il avait attaqué Johanna lorsqu'elle l'avait privé de son trophée. Cette dernière était d'ailleurs d'une aide précieuse en ce sens, éprouvant pour Kieran la même aversion que toutes les sorcières, racontant à Franck toutes les horreurs qu'il avait commises envers ses sœurs. Pourtant, malgré la gravité de tous ces faits, la tentation était très grande de les effacer lorsque l'on habitait avec Kieran.

Au quotidien celui-ci était charmant, très agréable à vivre, drôle, d'humeur égale, prévenant et généreux, toujours surprenant, jamais ennuyeux. Franck n'avait jamais éprouvé une telle attirance pour un autre homme, quand bien même celle-ci n'avait rien de physique. Kieran le fascinait, à tel point que Johanna se moquait parfois de lui en disant que l'homme avait dû lui jeter un sort. Franck sentait bien qu'elle ne plaisantait pas tout à fait, mais en son for intérieur il savait qu'elle avait tort. Et même s'il était clair que Kieran faisait des efforts pour se montrer sous son meilleur jour avec lui, il n'en restait pas moins quelqu'un d'extraordinaire.

Franck fut arraché à ses pensées comme des applaudissements éclataient soudain autour de lui et il réalisa que le rideau s'était baissé sur la dernière scène. Il se joignit machinalement au reste du public tandis que Kieran criait des bravos à côté de lui. Toute la salle se leva lorsque les chanteurs revinrent pour saluer et Franck suivit le mouvement, même s'il ne comprenait pas bien pourquoi les spectateurs étaient aussi extatiques : cette musique lui avait paru plus éprouvante qu'autre chose.

— C'était parfait ! s'exclama Kieran tandis qu'ils quittaient le balcon et récupéraient leurs manteaux dans le couloir. Et Électre, quelle voix ! Quel sens du drame ! Crois-moi, cette petite ira loin.

Son accent britannique était plus marqué lorsqu'il s'enthousiasmait. Ils entreprirent de dévaler l'escalier menant au hall d'entrée.

— Oui, c'était chouette, approuva Franck.

— Tu as détesté, rétorqua Kieran d'un ton amusé. J'imagine que Verdi aurait été plus adapté pour tes oreilles néophytes. Mais ce n'est pas grave, il y aura d'autres occasions !

Franck garda pour lui ce que lui inspirait cette perspective. Ils traversèrent la foule parfumée qui commentait bruyamment le spectacle et arrivèrent sur le parvis de l'opéra. Aussitôt le froid leur sauta au visage, piquant après la chaleur de la salle. Il n'était pas très tard, mais la nuit était tombée depuis un long moment et le marché de Noël de la place Broglie avait déjà fermé ses portes. Les maisonnettes étaient closes et silencieuses, dissimulant leurs trésors multicolores derrière leurs planches de bois. Au pied des marches de l'opéra, les sapins à vendre dessinaient d'étranges silhouettes à la lumière des lampadaires et des décorations de Noël. Un tram passa, scintillant des couleurs des fêtes, se dirigeant vers la place de la République. Malgré le froid, il y avait encore du monde dans les rues et l'ambiance était agréable. Aux yeux de Franck, il ne manquait plus que de la neige pour que ce soit vraiment parfait ; il adorait cette période de l'année.

Suivant une partie de la foule, Franck et Kieran prirent la direction du parking Broglie, situé dans une ruelle perpendiculaire à la place. Franck en profita pour jeter un coup d'œil à son téléphone. Johanna devait passer la soirée chez sa mère et en général elle ne manquait pas de lui envoyer quelques textos. Mais ce soir-là sa messagerie était vide. Sans doute n'avait-elle pas encore eu le temps de lui écrire.

— Pas de nouvelles de Mademoiselle Frigide ? lança Kieran avec une pointe d'acidité.

Franck fit mine de ne pas avoir entendu et rempocha son téléphone.

— Tu crois que Piotr saurait nous préparer du vin chaud ? Je meurs d'envie d'en boire.

— Piotr est un spécialiste du vin chaud !

— J'ai l'impression que c'est un spécialiste de tout ce qui se boit et se mange, non ?

— Pourquoi crois-tu que je l'ai pris à mon service ?

Ils échangèrent un sourire. Le domovoï était souvent un sujet de plaisanterie entre eux, même si ce n'était jamais avec méchanceté. Franck s'était déjà beaucoup attaché à la petite créature et il était certain que Kieran, sous ses airs indifférents, tenait beaucoup à elle également. Le domovoï les gâtait honteusement, leur cuisinant chaque jour des repas somptueux, s'occupant de toutes les corvées de la maison, toujours disponible et serviable. La façon dont il devançait parfois le moindre de leurs désirs était positivement surnaturelle et Kieran avait expliqué à Franck que cela faisait partie de ses compétences en tant qu'esprit de la maison. Celui-ci avait tellement pris goût à être bichonné ainsi qu'il regrettait d'avance le jour où il devrait déménager.

Kieran avait pris l'habitude de payer à chaque fois qu'ils allaient quelque part ensemble et Franck avait fini par renoncer à protester. Ce soir-là ne fit pas exception à la règle et l'homme régla le parking, après avoir déjà payé les places d'opéra. Franck récupéra le ticket et ils rejoignirent sa voiture. La Mégane RS noire était rutilante, même sous la lumière sale des néons.

Franck avait envisagé de garder l'Aston Martin Vanquish que Kieran lui avait offerte deux mois plus tôt. C'était une voiture magnifique et la conduire était un véritable plaisir, mais elle était vraiment trop voyante. Sans compter qu'elle n'avait quasiment pas de banquette arrière et qu'elle était très gourmande en carburant.

Kieran ayant catégoriquement refusé de la reprendre, Franck l'avait vendue. À son grand étonnement il avait trouvé un acheteur très rapidement et plus de deux cent cinquante mille euros étaient venus renflouer son compte en banque, provoquant plusieurs coups de téléphone excités de son banquier. Franck aurait préféré rembourser Kieran, mais l'homme ne voulait pas en entendre parler et il avait fini par garder l'argent. Cela lui avait permis de s'offrir une voiture un peu plus modeste et de se constituer une belle réserve. Être ami avec un homme capable de transformer n'importe quelle matière en or avait des avantages.

Si la Mégane RS n'était pas aussi chic que la Vanquish, elle faisait tout de même 275 chevaux et Franck prit plaisir à entendre les échos de son puissant moteur sous les plafonds bétonnés du parking. Ils sortirent bientôt à l'air libre et Franck prit la direction du Wacken et de la demeure de Kieran. À côté de lui, l'homme regardait rêveusement par la fenêtre.

Lorsqu'il avait revendu la Vanquish, Franck avait eu peur que son compagnon ne se vexe, mais Kieran semblait se moquer de ce genre de choses, ce qui n'avait rien de surprenant considérant sa fortune. Franck n'avait pas réussi à en estimer le montant, mais il savait que l'homme ne vivait pas uniquement de son don si particulier. Au fil des siècles, il avait accumulé des biens à travers de nombreux pays et il en tirait des revenus plus que conséquents. Une fois par mois, un homme jovial venait lui rendre des comptes et ils s'enfermaient dans le bureau de Kieran, passant en revue tous ses titres et propriétés.

D'après ce que Franck avait compris, cet homme faisait partie d'un cabinet de comptables et de notaires un peu particulier puisqu'il ne traitait que les affaires du peuple invisible. Ces professionnels avaient monté tout un réseau qui permettait à des créatures plusieurs fois centenaires comme Kieran de passer pour des personnes tout à fait normales auprès des administrations. Celui-ci payait même des impôts sur certaines de ses possessions et il pouvait, au besoin, produire n'importe quel justificatif. Il n'était pas le seul dans ce cas et Franck adorait l'idée de ce monde parallèle dont la plupart des gens n'avaient aucune notion. Les Invisibles portaient bien leur nom.

Comme ils arrivaient dans le quartier chic du Wacken où ils logeaient, dans une petite rue tranquille située le long de l'Aar, Kieran fit apparaître dans sa main la télécommande du portail électrique fraîchement installé et activa celui-ci. Tandis que la lumière du perron s'allumait, Franck se gara sur l'allée gravillonnée, entre le pommier aux branches dénudées par le froid et l'élégant rosier. Le feuillage de ce dernier était aussi verdoyant qu'en été et ses superbes fleurs pourpres continuaient à s'épanouir comme à la belle saison. Depuis le début, Franck soupçonnait cette plante de ne pas être tout à fait naturelle.

Kieran sautait déjà de la voiture et Franck lui emboîta le pas, ne prenant pas la peine de verrouiller le véhicule. Personne ne pouvait entrer dans la propriété sans franchir d'abord son redoutable et invisible gardien. Dans le hall d'entrée décoré d'un damier noir et blanc, Yggdrasil se dressait majestueusement sur son socle de marbre et Kieran fit un détour machinal pour le caresser, comme à chaque fois qu'il traversait la pièce.

Lorsque Franck avait découvert le bonsaï quatre mois plus tôt, son feuillage était d'un rouge éclatant. À l'automne, ses feuilles avaient commencé à virer au mauve et désormais elles étaient d'un bleu profond et légèrement scintillant, magnifique. Franck admirait la beauté d'Yggi, mais il n'arrivait pas à se sentir tout à fait à l'aise avec l'arbre dont les racines s'étendaient sous toute la maison et la protégeaient des intrus. Kieran avait beau lui répéter qu'il était désormais chez lui, Franck se considérait toujours comme un invité et il avait le sentiment qu'Yggi se contentait de tolérer sa présence.

Les deux hommes venaient à peine d'entrer que Piotr fit son apparition, son chat tigré, Napi, trottant sur ses talons. Il les débarrassa de leurs manteaux avec empressement, leur demanda si leur soirée s'était bien passée. Il aurait pu faire penser à un maître d'hôtel s'il n'avait pas mesuré à peine un mètre, n'avait pas eu d'épais sourcils en broussaille, de longs cheveux hirsutes et une énorme barbe qui tombait jusqu'à ses genoux et lui servait de vêtement. Lorsque Franck s'enquit de la possibilité de déguster du vin chaud, les yeux rouges du domovoï se mirent à pétiller de plaisir ; il n'aimait rien tant qu'on fasse appel à ses compétences culinaires.

Franck et Kieran s'installèrent dans le vaste salon, le premier sur son fauteuil habituel, le second sur le canapé. Un bon feu crépitait dans la cheminée et la température était merveilleusement douce après le froid mordant et l'humidité de l'extérieur. Kieran alluma une cigarette et laissa sa tête rouler en arrière avec un soupir enfumé tandis que Franck jetait un nouveau coup d'œil discret à son portable. Toujours pas de message de Johanna. Franck s'obligea à ne rien ressentir et laissa son regard se perdre sur le manteau de la cheminée, la panthère sculptée avec art dans l'ébène brute, les quelques portées musicales sous verre dont il avait fini par apprendre qu'il s'agissait d'une partition autographe inédite de Frédéric Chopin.

— Un peu de musique ? proposa soudain Kieran. Pour te laver les oreilles des excès de Strauss…

Franck hocha la tête en souriant, ne refusant jamais de telles offres. Kieran s'arracha mollement au canapé et se dirigea vers l'autre partie du salon, celle qui donnait sur la rue avec son bow-window et son piano à queue noir. Un violon était posé sur le couvercle de ce dernier, un violoncelle reposait contre le mur avec deux pupitres repliés ; juste à côté se trouvait une étrange machine dressée sur trois pieds, boîte de bois munie d'une antenne, d'une poignée en métal et de boutons de réglage. Kieran jouait rarement du thérémine, mais il était capable d'en tirer des sons extraordinaires, à tel point que Franck avait déjà cru plusieurs fois entendre chanter une voix humaine.

Ce soir-là, Kieran hésita un instant, puis il fit apparaître un cendrier, y écrasa sa cigarette et l'abandonna par terre, avant de se saisir enfin du violon. Il cala l'instrument contre son menton, leva l'archet d'un geste grandiloquent, adressa un clin d'œil à Franck et se mit à jouer avec virtuosité un air dansant. Il entreprit d'ailleurs de sautiller dans tous les sens, très vite déchaîné, irrésistible diablotin. Immobile sur son fauteuil, Franck l'observait en souriant, sentant pénétrer en lui l'énergie formidable que l'homme dégageait.

Le talent musical de Kieran n'était pas la dernière de ses caractéristiques qui subjuguaient Franck. Piano, violon, violoncelle, l'homme excellait dans chacun des instruments qu'il avait choisis ; c'était également un très bon chanteur, avec une belle voix de baryton, et il pouvait passer avec bonheur de pièces classiques à des standards de jazz, des morceaux modernes ou des improvisations endiablées comme celle qu'il lui offrait à cet instant.

À chaque fois que Franck lui témoignait son admiration, il haussait les épaules et rétorquait qu'avec le temps qu'il avait eu pour s'exercer, il aurait été ridicule de ne pas avoir développé quelques compétences. La musique était le seul domaine où l'homme faisait preuve de modestie et Franck était certain que cette humilité n'était pas le fruit du hasard, mais un signe du respect réel et profond que Kieran éprouvait pour cet art.

Franck éclata de rire. Son compagnon venait de sauter sur la banquette du bow-window et il dansait sur ce mince espace sans cesser de tirer de son violon une musique joyeuse, rythmée, moqueuse et juvénile. Il fit soudain un bond absurde et gracieux, atterrit souplement sans que la mélodie s'interrompe une seconde. Il se redressa, levant la tête d'une manière martiale. Mais alors qu'il paraissait sur le point de se lancer dans un nouveau numéro, il cessa brutalement de jouer.

Franck haussa les sourcils, stupéfait. Kieran avait abaissé son violon, le regard vague, semblant prêter l'oreille à quelque chose que son compagnon n'entendait pas.

— Qu'est-ce que…

Kieran arrêta Franck d'un geste brusque. Impassible, il reposa son violon sur le couvercle du piano à queue, puis marcha vers la cheminée. Tout en longeant l'immense bibliothèque qui recouvrait le mur du fond du salon, il matérialisa entre ses mains une épaisse couverture en laine. Bientôt il la tendit à Franck.

— Tu vas avoir besoin de ça, fit-il avec agacement.

Franck prit machinalement le tissu, ne comprenant pas. Au même instant des coups nerveux frappés à la baie vitrée le firent sursauter. Kieran se détourna en allumant une cigarette. Franck se leva, incrédule, comprenant lentement que c'était Yggi qui avait averti télépathiquement Kieran de la présence d'un visiteur ; puis il reconnut la silhouette de Johanna derrière les vitres qui donnaient sur le jardin et se précipita pour ouvrir.

Johanna était nue, trempée de l'humidité nocturne. Elle grelottait, les deux bras autour de la poitrine, ne cherchant même pas à dissimuler son intimité. Elle paraissait à bout de forces, livide, les yeux rougis, ses cheveux mouillés collés à son front et dans sa gorge. Sale, elle portait des traces de griffures aux bras et aux jambes. Elle fit un pas à l'intérieur de la maison. Elle parut vouloir dire quelque chose, mais elle claquait littéralement des dents et elle renonça. Franck l'enveloppa aussitôt dans la couverture et la porta quasiment jusqu'à un fauteuil, tirant celui-ci aussi près que possible de la cheminée. Kieran lui tendit un plaid que Franck enroula autour des pieds glacés de Johanna, puis une serviette que son compagnon utilisa pour essuyer les cheveux de la jeune femme. Celle-ci se laissait faire, continuant à trembler, les yeux fixés sur le vide.

— Piotr !

Le domovoï répondit presque instantanément à l'appel de Kieran. Ce dernier lui désigna Johanna.

— Je crois qu'il est temps de nous servir ce vin chaud.

Piotr n'aimait pas beaucoup Johanna, principalement parce qu'elle était une sorcière et donc une ennemie de son maître, mais il avait trop bon cœur pour ne pas être touché par sa détresse. Il retourna en courant dans la cuisine et revint bientôt, faisant voltiger devant lui un plateau avec une casserole aux effluves épicés et trois tasses. Il en remplit aussitôt une et Franck la prit pour mieux la tendre à Johanna, s'accroupissant devant elle.

— Tiens, fit-il d'une voix douce, ça va te faire du bien.

Johanna referma ses deux mains sur la tasse, but une gorgée du liquide brûlant, puis poussa un infime soupir. Des larmes apparurent au coin de ses yeux verts et roulèrent lentement le long de ses joues, sans sanglots, comme si sa douleur avait simplement débordé. Ce spectacle déchira le cœur de Franck. Il caressa tendrement le bras de la jeune femme.

— Qu'est-ce qui se passe, Jo ? chuchota-t-il.

Elle secoua la tête, un rictus angoissé tordit ses lèvres blêmes.

— Je ne savais pas où aller, balbutia-t-elle. Je ne savais pas où aller d'autre…

— Tu as bien fait, répondit aussitôt Franck. Tu es à l'abri ici, je te le promets.

Il chercha l'approbation de Kieran du regard, mais l'homme s'était éloigné, emportant une tasse de vin chaud. Il regardait tranquillement dans la rue par le bow-window et Franck lui en voulut de son indifférence. Il se concentra sur Johanna toujours agitée de spasmes de froid, toujours un peu absente, comme si elle avait reçu un choc particulièrement violent. Il voulut caresser sa joue, mais la jeune femme repoussa brutalement sa main, manquant de renverser son vin chaud. Malgré son envie de prendre sa compagne dans ses bras, Franck recula légèrement et s'efforça d'adopter un ton raisonnable.

— Jo, nous allons t'aider, d'accord ? Mais pour ça il faut que tu nous dises ce qui s'est passé. S'il te plaît. Qu'est-ce qui t'est arrivé ?

Johanna ouvrit la bouche, hésitante, mais Kieran ne lui laissa pas le temps de parler.

— Décidément que de visiteuses ce soir ! s'exclama-t-il depuis la fenêtre. Tu devrais venir voir ça, Franck, ça risque d'être intéressant.

Sans attendre de réponse, sans voir le regard assassin de son ami, il abandonna son vin chaud et se dirigea vers le hall, laissant une traînée de fumée derrière lui. Franck hésita, puis il pressa doucement le bras de Johanna.

— Je reviens tout de suite.

Ce fut à peine si elle parut avoir entendu et Franck se hâta jusqu'à la portée d'entrée. Kieran avait ouvert celle-ci et se tenait sous le porche, nonchalant, sa cigarette à la main, son souffle formant un brouillard blanc dans l'air glacial. Devant le portail, à la limite de la propriété, se tenaient pas moins de cinq sorcières.

À leur tête se trouvait Annabelle Niels, une des supérieures de la Sororité que Franck avait rencontrée lors de leur quête de l'eau du Léthé. Elle lui parut encore plus émaciée et sévère, ses longs cheveux gris ramenés en un chignon austère, son expression sombre et pincée n'annonçant rien de bon. Près d'elle, Franck reconnut malgré l'obscurité Cathy, une amie proche de Johanna. La jeune sorcière semblait très nerveuse, repoussant sans cesse une mèche de ses cheveux en pétard, faisant grincer le cuir de son perfecto noir. Son maquillage gothique, habituellement impeccable, était à moitié brouillé, comme si elle avait pleuré.

Les trois autres femmes qui accompagnaient Annabelle et Cathy étaient inconnues de Franck, mais elles ne pouvaient être que des sorcières. Encore une fois leurs mines catastrophées, horrifiées mais déterminées, laissaient soupçonner quelque chose de très grave. Et de toute façon il fallait une situation exceptionnelle pour que des sorcières acceptent d'approcher de Kieran.

Franck devina une présence derrière lui. Johanna se cachait derrière son dos, toujours enveloppée dans la couverture, et il s'efforça de la dissimuler complètement, tendant le bras en travers de la porte dans un mouvement de protection. Pendant ce temps, Kieran s'inclinait ironiquement vers les sorcières.

— Mesdames, que me vaut le plaisir de cette visite tardive ?

Annabelle fit un pas en avant, se collant tout contre le portail. Aussitôt certaines des racines d'Yggi surgirent du sol de l'autre côté de la grille, ondulant d'une manière menaçante, prêtes à se saisir des intruses. La sorcière leur jeta un regard indifférent, puis se focalisa sur Kieran.

— Nous savons que Johanna Beaumont est ici. Nous vous demandons de nous la remettre.

La main de la jeune femme s'agrippa au pull de Franck et elle s'appuya contre son dos, vacillante, suppliante. L'homme resta immobile, solide barrière. Kieran ricana à l'adresse des sorcières.

— Pourquoi diable ferais-je une chose pareille ?

Annabelle fronça les sourcils.

— Le traité qui nous lie…

— Qui nous lie quand ça vous arrange, rétorqua Kieran. Je ne vous dois rien du tout, mesdames, et je vous prierais de bien vouloir décamper.

— Comment osez-vous…

Annabelle s'interrompit, la voix étranglée de fureur. Elle prit une profonde inspiration, se maîtrisa, puis se tourna vers Franck, vers les fenêtres illuminées du salon.

— Johanna, je sais que tu m'entends ! cria-t-elle. Tout ce que nous voulons, c'est éclaircir ce qui s'est passé ! Nous sommes là pour comprendre et pour t'aider. S'il te plaît, sois raisonnable et montre-toi. Johanna !

La jeune femme se blottit encore plus étroitement contre le dos de Franck. Il devina qu'elle marmonnait quelque chose sans saisir ce que c'était. Sa respiration était précipitée, elle tremblait à nouveau. Kieran fit un geste négligent.

— Je crois qu'elle n'a pas envie de vous voir. Vous devriez partir avant que les voisins n'appellent la police. C'est un quartier tranquille ici, on n'aime pas les esclandres.

Annabelle attrapa la grille à deux mains, les yeux étincelants de colère.

— Ne nous obligez pas à venir la chercher.

La menace parut beaucoup amuser Kieran.

— Ne soyez pas ridicule, ma chère. Vous n'arriverez pas jusqu'à cette maison sans y laisser quelques plumes.

— Et si nous sommes prêtes à prendre le risque ?

— Je me rends compte que je ne devrais pas parler par euphémismes : la plupart des gens ne comprennent rien aux nuances du langage. Ce que je veux dire, madame Niels, c'est qu'aucune de vous n'arrivera jusqu'ici vivante. C'est ce que vous voulez ?

— Et vous, voulez-vous vraiment que la guerre reprenne ? Traité ou pas, nous pouvons faire de votre vie un enfer et vous le savez.

Kieran ne répliqua pas tout de suite, finit par se tourner lentement vers Franck.

— La sorcière marque un point, dit-il pensivement.

— Kieran, je t'en prie, murmura Franck.

— Je suis bien ici. Pourquoi devrais-je gâcher mon existence pour ta maîtresse ?

— Parce que je te le demande.

Les regards des deux hommes se croisèrent et Franck réalisa que Kieran hésitait réellement. D'une certaine manière il pouvait le comprendre, mais il ne pouvait pas le tolérer, pas alors que Johanna tremblait de terreur derrière lui. Il voulut insister, mais soudain la jeune femme le bouscula pour avancer à son tour sous le porche.

— Je n'ai rien fait ! s'écria-t-elle. Comment pouvez-vous croire une chose pareille ? Comment pouvez-vous imaginer que…

Sa voix se brisa dans des sanglots et elle lutta péniblement pour se contenir. Le visage de granit d'Annabelle s'adoucit de tristesse, de douleur et de compassion.

— Johanna, je t'en prie. Laisse-nous t'aider. Je te promets que…

— Vous ne voulez pas m'aider ! hurla la jeune femme. Vous pensez toutes que je suis coupable !

— Bien sûr que non. Et nous avons besoin de toi pour…

— Je vous ai entendues ! Vous pensez que…

Elle n'eut pas la force de terminer, secoua la tête avec accablement.

— Je n'ai rien fait, répéta-t-elle plus faiblement, comme si elle n'était pas sûre d'elle, comme si elle cherchait à se convaincre elle-même. Je n'ai rien fait, je n'ai rien fait…

— Mademoiselle Beaumont, intervint Kieran d'une voix apaisante, vous me semblez égarée et je suis sûr que vos sœurs n'ont à cœur que votre intérêt. Pourquoi ne pas les laisser prendre soin de vous ? N'est-ce pas là le rôle de la Sororité ?

Johanna leva vers lui un visage ruisselant de larmes, implorante.

— Vous ne pouvez pas imaginer ce que ça m'a coûté de venir ici, ne me chassez pas, je vous en supplie…

Kieran soupira avec embarras.

— Mademoiselle, vous n'êtes pas dans votre état normal et de toute évidence…

Johanna le coupa en se jetant à genoux devant lui, les mains jointes.

— Sanctuaire ! Je demande sanctuaire !

À la stupeur de Franck, ce simple mot provoqua des réactions très marquées chez les Invisibles. Kieran recula d'un pas, incrédule, et un mouvement d'effroi parcourut les sorcières. Annabelle braqua sur Johanna un regard aussi choqué que révolté.

— Comment peux-tu demander sanctuaire à l'Immortel ? cria-t-elle depuis la rue. Johanna ! Est-ce que tu oublies ce qu'il a fait aux nôtres ? Ce qu'il t'a fait à toi ? Il a failli te tuer ! Je t'en prie, c'est une folie. Si tu veux obtenir sanctuaire, je te l'offrirai, mais ne te tourne pas vers ce monstre !

L'ignorant, la jeune femme chercha les yeux de Kieran.

— Je vous en prie, chuchota-t-elle, je vous demande sanctuaire…

Comme l'homme restait silencieux, la considérant d'un air abasourdi, Johanna baissa la tête avec accablement, toujours agenouillée devant lui. Franck finit par ne plus y tenir et il prit doucement la jeune femme par le bras. Il la fit se relever et l'attira contre lui. Elle se blottit contre son torse avec un soupir désespéré et il l'enlaça dans un mouvement protecteur. Kieran les observa un instant, puis se détourna pour écraser sa cigarette et en allumer une autre dans la foulée, paraissant réfléchir intensément.

— Matheson, ça suffit, lança Annabelle. Nous savons l'un comme l'autre que vous ne le ferez pas. Laissez-nous entrer, nous veillerons sur elle et vous pourrez reprendre le cours de vos activités, quelles qu'elles soient.

Elle n'avait pas pu réprimer une note de mépris dans ces derniers mots. Kieran releva la tête, un sourire se dessinant peu à peu sur ses lèvres minces.

— Madame Niels, j'aurais pourtant cru que vous, qui me connaissez apparemment mieux que personne, aviez conscience que j'ai horreur qu'on me dise ce que je dois faire. Puisque c'est comme ça, par pur esprit de contradiction – et avouez que vous l'aurez bien cherché, je vais accorder sanctuaire à mademoiselle Beaumont.

Un nouveau murmure parcourut les sorcières et Annabelle lâcha brusquement la grille.

— Vous n'êtes pas sérieux…

Même Johanna s'était redressée contre Franck, incrédule elle aussi. Kieran fit une révérence moqueuse.

— Je le dis solennellement et à voix haute…

— Non !

— … j'offre sanctuaire à Johanna Beaumont. Désormais ma demeure sera pour elle un refuge inviolable contre tous ses ennemis. En échange…

Annabelle secoua la grille avec un mélange de fureur et d'épouvante.

— Johanna, non !

Indifférent, Kieran fit apparaître un poignard. Il attrapa le bras de Johanna presque malgré elle. Avant que Franck n'ait pu réagir, il y avait pratiqué une entaille, faisant perler le sang. Lui-même se coupa dans la main et il mêla leurs fluides vitaux.

— En échange, reprit-il avec une étrange lueur dans les yeux, sa vie m'appartiendra désormais, dans ce monde et au-delà, jusqu'à ce que je décide de la délier de son serment.

Johanna gémit faiblement, puis elle se réfugia à nouveau contre Franck qui n'en croyait pas ses oreilles. Dans la rue, Annabelle avait reculé de plusieurs pas, horrifiée. Toutes les sorcières partageaient le même choc et l'amie de Johanna, Cathy, semblait sur le point de fondre en larmes. Kieran paraissait très content de lui en revanche et il adressa aux cinq femmes un petit salut de sa main dont la blessure s'était déjà refermée.

— Même si cette conversation a été délicieuse, je crois que vous n'avez plus rien à faire ici, mesdames. Comme vous avez pu le constater, tout s'est fait dans les règles, le pacte ne peut être contesté et naturellement il supplante le traité. Je vous souhaite une bonne nuit.

Il s'inclina, puis fit signe à Franck de rentrer dans la maison. Celui-ci hésita, mais Johanna continuait à trembler, elle était glacée, pieds nus, et lui-même commençait à ressentir durement le froid. Il entraîna la jeune femme vers l'intérieur tandis qu'Annabelle se remettait à vociférer dans la rue.

— Nous n'en resterons pas là, Matheson ! Johanna appartient à la Sororité, nous ne la laisserons pas entre vos griffes ! Et si justice doit être faite…

La diatribe de la sorcière fut interrompue par le claquement de la porte d'entrée. Kieran poussa un soupir de soulagement théâtral. Tandis que Piotr les observait de loin, à demi dissimulé dans l'embrasure de la cuisine, l'homme se tourna vers Johanna.

— Et maintenant si vous nous disiez quel est ce crime si terrible dont on vous accuse, mademoiselle Beaumont ?

Il y avait une nuance de sarcasme dans sa voix, mais la jeune femme n'était pas en état de la percevoir. Elle renifla, toujours agrippée au pull de Franck.

— Elles croient… Elles croient que j'ai tué ma mère.

Et elle s'effondra en sanglots.

* *
*

Franck jeta un regard discret par-dessus son épaule. Johanna était assise au bord de son lit, enfouie dans son peignoir trois fois trop grand pour elle. Ses cheveux auburn s'étalaient sur ses épaules, un peu emmêlés par la manière maladroite dont il les avait séchés après lui avoir fait prendre une douche brûlante. Elle fixait le pansement qu'il avait appliqué sur la coupure de son bras, livide, les yeux rouges, hagarde. Elle paraissait complètement perdue, terriblement vulnérable.

Un moment plus tôt, alors qu'il était en train de la sécher dans la salle de bains, elle avait pris son visage dans ses mains tremblantes et avait plongé dans le sien un regard terrifié.

— Tu ne le laisseras pas me faire de mal, n'est-ce pas ?

Franck lui avait juré qu'il la protégerait quoi qu'il advienne, qu'elle n'avait rien à craindre de Kieran, mais elle ne l'écoutait déjà plus, absente à nouveau, comme à cet instant sur le lit où elle paraissait se demander qui elle était. Franck serra les dents et s'obligea à sortir, refermant délicatement derrière lui.

Tout en dévalant l'escalier, il s'efforça de respirer profondément pour chasser sa douloureuse émotion. Il était si absorbé dans ses pensées qu'il ne vit pas Piotr qui l'attendait au bas des marches. Le domovoï le fit sursauter en l'interpellant.

— Maître Franck, comment va la jeune dame ?

Maître Franck : c'était ainsi que la petite créature l'appelait depuis le jour où il avait emménagé et il avait été impossible de la faire revenir là-dessus. Elle paraissait réellement préoccupée du sort de Johanna.

— Ça ne va pas très fort, soupira Franck.

Le domovoï hocha sa grosse tête avec gravité.

— Je me disais que je pourrais peut-être lui préparer quelque chose de chaud, un bouillon, pour ne pas qu'elle tombe malade.

Franck sourit.

— C'est une très bonne idée. Merci, Piotr.

Le domovoï s'inclina, puis fila vers la cuisine. Franck reprit son chemin, gagnant le salon. Installé sur un fauteuil, Kieran fixait le feu tout en sirotant un verre de vin chaud. Il ne bougea pas lorsque Franck le rejoignit et se servit à son tour.

— Les sorcières sont enfin parties, annonça l'homme. Et mademoiselle Beaumont ?

— Elle m'a demandé de la laisser seule un moment. Elle s'habille et elle descend.

Kieran approuva distraitement. Il avait essuyé le sang qui avait coulé sur sa main et il ne semblait nullement touché par ce qui s'était passé. Franck le dévisagea quelques secondes, mais il ne put se contenir.

— Tu as dit que sa vie t'appartenait…

Kieran esquissa un sourire et se décida enfin à le regarder.

— C'est ainsi que cela fonctionne quand on demande et accorde sanctuaire : je m'engage à lui offrir un refuge que je défendrai envers et contre tout et en échange elle m'offre sa vie. C'est un pacte dangereux pour toutes les personnes impliquées. Il est d'ailleurs très rare que les nôtres aient recours à cette solution et ils le font uniquement avec des gens en qui ils ont totalement confiance. Mademoiselle Beaumont doit être vraiment désespérée pour s'être adressée à moi.

— Je ne comprends pas pourquoi elle a fait ça.

— Parce que tu ne mesures pas la gravité de ce dont on l'accuse.

— Avoir assassiné sa propre mère… Je crois que j'ai une idée assez claire de la gravité de la situation.

— Non, Franck. Tu raisonnes en humain, tu ne sais pas ce que cela signifie pour une sorcière. La Sororité est une société matriarcale aux liens extrêmement resserrés. Selon leurs lois, le crime le plus horrible est de s'attaquer à une autre sorcière. Si cette autre sorcière appartient à ta famille, c'est encore pire. Et quand il s'agit de ta propre mère ou de ta propre fille, ce n'est même plus qualifiable. C'est non seulement un meurtre, mais aussi le plus abominable déshonneur qu'on puisse imaginer. La punition dans ce genre de cas est sans pitié. Si mademoiselle Beaumont est jugée coupable, elle deviendra aux yeux de la Sororité la créature la plus méprisable qui soit, sa sentence sera d'être torturée jusqu'à ce que mort s'ensuive et son nom sera indexé à jamais sur la plus effroyable des listes.

Franck écarquilla les yeux, choqué.

— Quoi ? Mais on n'est plus au Moyen-Âge !

— Ces lois datent de bien avant le Moyen-Âge, elles sont un des socles de la Sororité.

— C'est n'importe quoi et de toute façon je suis certain que Jo n'a rien fait !

— Vraiment ? Si elle est innocente, pourquoi est-elle venue demander sanctuaire à l'ennemi de ses sœurs ?

— Parce que j'ai pensé que vous seriez le seul capable de tenir tête à la Sororité et de m'aider à découvrir la vérité.

Franck et Kieran se retournèrent dans un même mouvement. Johanna se tenait à l'entrée du salon, flottant dans le jogging trop large que Franck lui avait donné. Elle avait parlé d'une voix rauque, elle était toujours pâle et défaite, mais elle semblait s'être ressaisie et ce fut d'un pas calme qu'elle les rejoignit et s'assit sur le canapé entre leurs deux fauteuils. Elle poussa un soupir tremblant.

— Je ne peux pas croire que j'aurais fait ça. J'ai besoin de vous pour prouver mon innocence. S'il vous plaît.

Elle releva les yeux vers Kieran. Celui-ci la considéra d'un air circonspect.

— Pourquoi vous aiderais-je ? rétorqua-t-il. Vous m'avez privé de l'eau du Léthé, vous essayez de me voler Franck. Je ne vois aucune raison de vous prêter assistance.

Johanna parut ébranlée.

— Alors pourquoi avez-vous accepté de m'offrir sanctuaire ?

— Parce que ça m'amuse de posséder une sorcière.

L'homme afficha un sourire froid tandis que Johanna reculait légèrement, effrayée. Franck vint aussitôt se placer entre eux, passant un bras protecteur autour des épaules de la jeune femme. Il lança un regard furieux à son compagnon.

— Ce n'est vraiment pas le moment de jouer à ça. Jo, bien sûr que tu es innocente et bien sûr que nous allons t'aider.

— Tu t'avances un peu, lança Kieran. Je réserve mon jugement après le récit qu'elle va nous faire des évènements.

Franck s'obligea à ne pas réagir au sourire provocant de l'homme et raffermit son étreinte sur Johanna.

— Ignore-le, chuchota-t-il d'une voix douce. Il fera ce qu'il faut. Mais d'abord tu dois nous raconter ce qui s'est passé.

Johanna poussa un profond soupir, puis acquiesça. Un moment elle rassembla ses pensées. Franck pouvait sentir les frissons qui la parcouraient et qui ne se calmèrent que lorsqu'elle se mit enfin à parler d'une voix crispée et épuisée.

— Ma mère m'avait demandé de passer ce soir. Ça faisait un moment qu'on ne s'était pas vues… peut-être deux semaines. Elle avait l'air tendue au téléphone, quelque chose la préoccupait. D'abord j'ai cru que c'était parce qu'on s'était disputées, mais…

— Disputées ? coupa Kieran.

Johanna soupira à nouveau, le regard rivé au sol. Elle resta silencieuse quelques secondes, puis secoua la tête.

— On se disputait beaucoup ces derniers temps.

— Pourquoi ?

— Parce que… À cause de… À cause de Franck.

L'intéressé ne put réprimer un mouvement de surprise.

— Moi ? Mais pourquoi ?

Johanna se tordit nerveusement les mains, puis releva enfin les yeux vers lui.

— Ma mère pense… Elle pensait que tu es son vassal.

Elle fit un signe de tête vers Kieran.

— Son vassal ? répéta Franck.

Johanna tourna le regard vers Kieran, mais celui-ci ne dit rien, impassible, et elle fit un effort pour reprendre la parole.

— Son serviteur humain. Certains humains sont… Ils sont tellement fascinés par les nôtres qu'ils deviennent en quelque sorte leurs esclaves. Ce n'est pas vraiment de la magie, juste un… un pouvoir d'attraction, un charisme que possèdent certains Invisibles. Les vampires et les goules ont souvent des vassaux qui leur sont soumis jusqu'à la mort. Et… L'Immortel en a possédé au moins une dizaine au fil des siècles.

Un malaise insidieux contracta l'estomac de Franck, mais il s'obligea à ignorer cette sensation désagréable et à répondre calmement.

— Je ne suis l'esclave de personne.

Johanna ne soutint pas son regard et Franck comprit avec un choc qu'elle n'était pas certaine qu'il disait la vérité.

— C'est ce que j'essayais d'expliquer à ma mère, reprit-elle cependant. Mais elle ne me croyait pas et elle était persuadée que tu essayais de te rapprocher de moi pour pouvoir espionner la Sororité. Elle voulait que j'arrête de sortir avec toi, je ne voulais pas : on s'est engueulées plusieurs fois à cause de ça.

La jeune femme s'interrompit, la voix étranglée. Elle renifla, essuya ses yeux d'une main tremblante.

— Mais ce n'était pas pour ça qu'elle voulait me voir ce soir, j'en suis sûre. Il y avait quelque chose de beaucoup plus grave, je l'ai entendu dans sa voix au téléphone. Je pense que ça concernait la Sororité, mais je… Elle n'a pas eu le temps de…

Johanna prit une profonde inspiration, lutta à nouveau pour ravaler ses sanglots. Franck caressa tendrement son dos, un peu hésitant, mais ce fut sans réticences qu'elle vint se blottir contre lui, avant de poursuivre son récit.

— Bref, elle m'avait demandé de dîner avec elle et ça me faisait plaisir de la voir, je voulais qu'on se réconcilie. Je suis arrivée chez elle, à Illkirch, vers dix-neuf heures ; elle était dans la cuisine. C'était un peu bizarre au début, mais on n'a jamais pu rester fâchées très longtemps. On s'est installées dans le salon pour prendre un apéritif et je voyais bien qu'elle était sur le point de me dire un truc important. La dernière chose dont je me souviens, c'est qu'elle avait sorti un genre de dossier de la bibliothèque, ensuite… Ensuite, c'est le trou noir.

— Vous ne vous rappelez rien ? intervint Kieran avec curiosité.

— Rien du tout, soupira Johanna avec douleur. *Black-out* total. Quand je me suis réveillée, j'étais couchée par terre devant mon fauteuil et j'avais un mal de crâne horrible. Et ma mère… Elle… Elle était allongée près de moi et elle… Elle était tellement blanche ! Elle ne respirait plus et j'ai essayé de la réanimer, mais…

Johanna enfouit son visage contre la poitrine de Franck, tremblant de tout son corps.

— Elle ne portait pas de blessure ? interrogea Kieran avec indifférence.

Franck lui lança un regard de reproche, mais Johanna se redressa dans un effort.

— Non, je n'ai rien vu. Pas de sang, aucune marque et puis… Il y avait encore de la magie dans l'air, je pouvais le sentir. Sur elle, sur moi, partout dans la pièce…

— Qu'est-ce que tu as fait après ? demanda gentiment Franck.

Johanna renifla encore, toussa pour s'éclaircir la gorge.

— Je n'ai pas eu le temps de faire quoi que ce soit. Annabelle et Cathy sont arrivées, elles voulaient voir ma mère.

— Quelle heure était-il ?

Johanna tourna les yeux vers Kieran.

— Peut-être vingt et une heures.

— Donc vous êtes restée inconsciente plus d'une heure. Et que voulait madame Niels ?

— Je ne sais pas. Mais sa visite n'avait rien d'étonnant, ma mère et elle se voyaient très souvent, elles avaient toutes les deux des responsabilités dans la Sororité.

— J'imagine que madame Niels a ensuite pris les choses en main ?

— Oui. Elle a examiné ma mère et elle a appelé d'autres sorcières. Cathy m'a emmenée dans la cuisine et je… J'étais tellement sous le choc, je n'arrivais pas à réagir, c'était comme si tout ça n'était qu'un rêve, que ce n'était pas réel. Annabelle m'a posé des questions, elle m'a demandé ce qui s'était passé et je lui ai dit la même chose qu'à vous. Mais il n'y avait plus de dossier et… Quand les autres sont arrivées, elles ont fait le tour de la maison. Ma mère fermait toujours à clé, même quand elle était chez elle. J'avais dû déverrouiller pour laisser entrer Cathy et Annabelle. Toutes les fenêtres étaient bloquées. Aucune trace d'effraction. Et puis, la protection magique n'avait pas été perturbée. Petit à petit, j'ai bien vu qu'elles commençaient à se poser des questions. J'ai entendu Annabelle leur expliquer que ma mère avait… qu'elle lui avait raconté qu'elle s'inquiétait pour moi, que j'avais… de mauvaises fréquentations. Vous avez été mentionné, ajouta-t-elle à l'adresse de Kieran, sans le regarder.

— Votre mère et madame Niels avaient-elles oublié que lors de notre dernière rencontre mes mains ont testé la solidité de votre cou ? Elles pensaient vraiment que nous nous *fréquentions* ?

Le ton scandalisé de Kieran arracha un sourire amer à Johanna.

— Elles le pensaient, oui. Et je leur ai donné raison en venant ici, non ? Merde, mais qu'est-ce qui m'a pris ? soupira-t-elle.

Franck caressa tendrement ses cheveux.

— Ensuite, qu'est-ce qui s'est passé ? demanda-t-il.

Johanna se frotta nerveusement le menton.

— Elles m'ont fait le test de la mandragore.

Devant l'air perplexe de Franck, la jeune femme fit un geste vague.

— La mandragore est une plante très réceptive aux forces magiques et qui est utilisée dans de nombreux rituels. Préparée d'une certaine manière et frottée sur les mains de quelqu'un, elle permet de déterminer si cette personne a fait usage de la magie dans les heures précédentes.

— Bien sûr, le test était positif, intervint Kieran avec impatience.

— Oui, admit Johanna à contrecœur. Mais je n'ai pas utilisé la magie depuis des jours et des jours ! Ou en tout cas… Je ne m'en souviens pas.

Elle rentra la tête dans les épaules, ses mains tordues l'une sur l'autre. Kieran haussa les épaules.

— Le test de la mandragore peut être contrefait. On peut provoquer délibérément le résultat que l'on veut.

Johanna le considéra d'un air dubitatif.

— Non, on ne peut pas…

— Oh si, croyez-moi, j'ai employé ce test à mon avantage plus d'une fois au fil des siècles.

— Mais qui aurait fait ça ? Et pourquoi ?

— Dites-nous plutôt ce qui s'est passé ensuite.

Johanna ne paraissait pas convaincue, mais elle poursuivit docilement.

— Après le test, j'ai commencé à réaliser de quoi tout ça devait avoir l'air pour elles. Annabelle et les autres ont… Elles m'ont laissée avec Cathy et elles se sont retirées dans le bureau de ma mère pour discuter. J'ai… J'ai demandé à Cathy de me préparer une tisane, j'ai prétendu que je devais aller aux toilettes. À la place, j'ai écouté ce qu'elles disaient. Annabelle essayait de me défendre, mais tout pointait vers moi et… J'ai bien compris qu'elles allaient finir par m'accuser. Imaginer que… J'ai paniqué. Je me suis enfermée dans les toilettes, j'ai ouvert la fenêtre et je me suis transformée pour m'enfuir.

La jeune femme soupira.

— Je me rends compte que je n'aurais pas dû faire ça, mais je n'arrivais plus à réfléchir. Ma mère morte, Annabelle qui pense que je l'ai tuée, je… J'étais tellement mal. Je voulais être avec toi, Franck.

Touché, l'homme fit un geste vers elle, puis l'interrompit comme elle poursuivait sans le voir.

— Et je me suis dit que si quelqu'un pouvait m'aider contre la Sororité, c'était bien l'Immortel. Marcher jusqu'au Wacken depuis Illkirch, c'est un long trajet pour des pattes de chat et elles ont fini par retrouver ma trace. Elles m'ont poursuivie jusqu'ici…

— Et maintenant elles doivent être persuadées que nous avons effectivement une relation suspecte, grommela Kieran. Comme si c'était le genre de la maison. Quelle idée aussi de me demander sanctuaire !

— Je ne vous ai pas obligé à me l'accorder ! Arrêtez de jouer au con et dites-moi une bonne fois pour toutes si vous allez m'aider ou pas !

Johanna avait haussé le ton, les yeux étincelants d'un mélange de colère et d'angoisse, tremblante. Kieran ne broncha pas, impavide. L'arrivée soudaine de Piotr lui épargna d'avoir à répondre. Le domovoï déposa devant Johanna un bol de bouillon fumant accompagné de croûtons au fromage et d'un shooter de vodka.

— Pour vous fortifier, mademoiselle, dit-il avec une courbette. Il fait très froid dehors.

Johanna le dévisagea deux secondes avec incrédulité, puis ses épaules s'affaissèrent et un sourire incertain s'invita sur ses lèvres.

— Merci, Piotr, c'est vraiment très gentil…

Le domovoï s'inclina encore et retourna dans la cuisine de son pas sautillant. Johanna ramassa le shooter d'une main malhabile et vida la vodka d'un trait, avant de se mettre à tousser, les yeux larmoyants. Franck lui tendit le bouillon et elle l'accepta avec indifférence, prenant machinalement une gorgée, paraissant soudain trop fatiguée pour forcer Kieran à lui répondre. Franck se tourna vers l'homme. Celui-ci fixait pensivement la partition manuscrite encadrée sur sa cheminée, ses doigts fins faisant rouler son mégot entre ses doigts. Brusquement, il jeta celui-ci dans le feu et se leva.

— Où se trouve le corps de votre mère ?

Cette question froide prit Johanna de court.

— Euh… Je suppose que… qu'elle est toujours chez elle.

— Dans le salon, n'est-ce pas ? Près de la table basse ?

— De quoi… Comment vous savez que…

— L'ont-elles déplacée pour leur enquête, oui ou non ?

— Non, mais…

— Les Sorcières me font surveiller, ma chère, mais la réciproque est vraie. Je n'ai jamais mis les pieds chez votre mère, mais je connais la configuration de sa maison et j'en ai vu des photos. Quant à sa protection magique… Laissez-moi vous dire qu'elle ne vaut pas grand-chose.

Tout en parlant, Kieran avait écarté son fauteuil, dégageant un large espace devant lequel il s'était agenouillé. Johanna reposa maladroitement son bol, en renversant une partie. Franck s'était redressé lui aussi, stupéfait.

— Tu veux ramener son corps ici ?

— S'il est vraiment là où je le pense, ça ne devrait pas poser de problème.

— Mais je croyais que votre pouvoir ne fonctionnait pas sur les gens, protesta Johanna.

— Il ne fonctionne pas sur les êtres vivants, nuance. C'est l'âme, la vitalité qui lui résistent. Un cadavre n'est qu'un objet comme un autre.

Indifférent à la grimace horrifiée de la jeune femme, Kieran tendit les mains devant lui et prit une profonde inspiration. Il se concentra, fixant le vide, sa mâchoire se crispant peu à peu. Rien ne semblait se produire et pourtant Franck sentait dans sa chair les vagues de puissance qui émanaient de l'homme. Les poils de ses bras se hérissaient comme sous l'effet de l'électricité statique, un picotement agaçait ses yeux, un bourdonnement très lointain résonnait au fond de son crâne. À ses côtés, Johanna s'était crispée, se cachant à demi derrière lui.

Cependant il ne fallait en général pas plus de quelques secondes à Kieran pour faire apparaître les objets de son choix et cette fois ses efforts se prolongeaient vainement. De la sueur perla bientôt à son front pâli, une auréole de sang se dessina au bord de ses narines qui se gonflaient convulsivement. Il fronça les sourcils, grogna dans une dernière tentative et brusquement il relâcha son effort. Il se redressa péniblement et se laissa tomber dans son fauteuil. Après avoir essuyé le sang qui avait dégouliné sur sa bouche, il alluma une cigarette, réfléchissant, inhabituellement silencieux.

— Pourquoi ça ne marche pas ? demanda Franck avec prudence.

Kieran souffla un long trait de fumée vers le plafond.

— Je ne sais pas, dit-il enfin. Elle est là, à portée de main, mais quelque chose la retient. Madame Niels a probablement jeté un sort pour protéger le corps. Il va falloir trouver un autre moyen d'obtenir des informations. Peut-être…

Il resta songeur un instant, puis il tendit la main devant lui et un étrange appareil s'y matérialisa bientôt. Des lunettes rondes d'aviateur aux verres rouges étaient fixées à une coupole de métal par des sangles de cuir, formant une sorte de casque que Kieran enfila. Avec ses cheveux qui partaient dans tous les sens et ses yeux agrandis par les lentilles colorées, il avait l'air d'un savant fou. Il tourna une molette sur le côté de l'appareil et il y eut un faible grésillement en même temps qu'un reflet de lumière traversait les verres teintés. Kieran se tourna vers Johanna et parut l'examiner à travers cet absurde accessoire.

— Sérieusement ? fit la jeune femme. C'est quoi ce truc ?

— On dirait Doc dans *Retour vers le futur*, ajouta Franck.

Kieran leur tira la langue.

— Jeunes gens, quand vous aurez mon âge, vous comprendrez qu'il ne faut jamais se fier aux apparences. En attendant, je vous prierais de faire preuve d'un peu plus de respect envers vos aînés, surtout quand ils sont aussi intelligents que moi.

— Vous n'avez pas l'air super intelligent là tout de suite…

— J'avoue qu'elle n'a pas tort.

Kieran secoua dans leur direction un index réprobateur.

— Moquez-vous tant que vous voulez. Il n'empêche que mes lunettes sont si joliment conçues qu'elles me permettent de voir les auras.

— Il n'y a que les goules qui peuvent voir les auras ! se récria Johanna.

— Et devinez qui m'a gentiment donné son sang et quelques-uns de ses organes pour fabriquer ces petites merveilles ?

— Quoi ? Mais…

— Peu importe, mademoiselle Beaumont, peu importe, ne nous égarons pas ! Ce que nous voulons savoir pour l'instant, c'est si le test de la mandragore a été trafiqué ou non. Et je peux vous confirmer que c'est bien le cas. Votre aura le démontre clairement : à l'exception de votre transformation, vous n'avez pas utilisé la magie ce soir. Au contraire, vous en avez absorbé une bonne dose. Quelqu'un essaye de vous faire porter le chapeau pour un crime que vous n'avez pas commis.

Johanna le dévisagea de longues secondes sans rien dire, bouleversée. Kieran retira les lunettes, passa une main distraite dans ses cheveux ébouriffés et lui adressa un sourire froid.

— Vous en doutiez, n'est-ce pas ? Il y avait cette petite voix dans votre tête qui chuchotait : « et si c'était quand même vrai ? Et si c'était moi ? » C'est terrible de ne pas se souvenir, ça laisse toute la place à l'imagination. Mais je vous l'affirme : si c'est bien la magie qui a tué votre mère, alors vous n'êtes pas notre assassin.

Johanna se prit lentement la tête dans les mains, frissonnante.

— Ce qui veut dire que maintenant, nous allons pouvoir nous amuser à chercher le véritable tueur, ajouta Kieran avec un large sourire.

Le ton de l'homme était si joyeux que Johanna se redressa dans un sursaut, le regardant à nouveau, cette fois avec dégoût et révolte.

— Ma mère est morte. Et pour vous, c'est quoi ? Un putain de jeu ?

L'homme haussa les épaules, ignora cette attaque.

— La première chose à faire est de voir si nous ne pouvons pas vous rendre votre mémoire. Je vais essayer de concocter un petit stimulant. Je vais aussi prévenir notre ami Lukas, histoire qu'il mette la main à la pâte. Enfin, tout cela demande réflexion. En attendant, je crois que vous devriez aller dormir. Il n'y a rien que vous puissiez faire de plus pour l'instant, il est vraiment tard et il faut bien dire que vous avez une sale tête.

Johanna fronça les sourcils, mais elle n'avait plus la force de répliquer, paraissant effectivement épuisée. Elle posa une main hésitante sur la cuisse de Franck.

— Est-ce que… Est-ce que tu veux bien rester avec moi ?

L'homme prit ses doigts, les étreignant avec tendresse.

— Bien sûr. Viens.

Il se leva, l'aida à faire de même. Tandis qu'ils se dirigeaient vers la porte, Kieran agita mollement la main vers eux, moqueur.

— Bonne nuit, les amoureux ! Et merci d'éviter le batifolage sous mon toit !

Johanna ne réagit pas, mais Franck ne put empêcher la colère de le gagner. Alors qu'ils avaient déjà quitté le salon, il arrêta la jeune femme.

— Tu peux monter toute seule ? Je te rejoins dans une minute.

Elle acquiesça d'un air distrait et entreprit de grimper péniblement l'escalier. Franck l'observa quelques secondes, préoccupé, puis il revint sur ses pas. Kieran n'avait pas bougé de son fauteuil, absorbé dans sa cigarette, le regard tourné vers le plafond. Il resta immobile lorsque Franck se planta à quelques pas de lui. Celui-ci hésita, mais il fallait qu'il pose la question.

— Est-ce que c'est comme ça que tu me vois ? Comme un vassal ?

Kieran sourit, non sans amertume.

— Les sorcières... Il faut toujours qu'elles salissent tout, n'est-ce pas ? Un simple petit mot et le poison est inoculé. Ensuite, adieu les...

— Laisse tomber le lyrisme et réponds-moi. C'est comme ça que tu me considères, oui ou non ?

— Je n'ai même pas envie de m'abaisser à répondre à ça. Et puis je ne vois pas pourquoi je n'aurais pas le droit d'être charmant, agréable, délicieux, en bref aimable au point qu'un humain serait simplement satisfait de passer du temps en ma compagnie. Il n'y a qu'une sorcière pour estimer que c'est condamnable. Cette petite idiote, j'aurais mieux fait de l'abandonner à ses...

Sans laisser le temps à l'homme de finir, Franck bondit et l'attrapa brutalement par le col.

— Tu ne parles pas d'elle comme ça !

Kieran n'avait même pas tressailli et il soutint son regard, sarcastique.

— Mon Dieu, mais c'est qu'il est vraiment mordu, notre ami Franck ! Franchement je ne comprends pas ce que tu lui trouves. Un physique tellement quelconque et puis...

— Sa mère vient de se faire assassiner, putain ! Est-ce que tu n'as vraiment aucune compassion ?

— Dois-je te rappeler que je lui ai offert sanctuaire ? Si ce n'est pas de la compassion, ça ! Maintenant je me retrouve avec une sorcière sur les bras et la Sororité sur le dos. J'ai horreur des sorcières, je l'ai déjà mentionné ? Surtout celles qui montent contre moi les gens que j'apprécie, alors...

— Arrête ! coupa Franck.

Il lâcha l'homme, fit deux pas en arrière, soudain abattu.

— Arrête, répéta-t-il avec lassitude. Tu vois, j'aurais cru que...

Il s'interrompit, secoua la tête.

— Comment tu peux rester indifférent devant quelqu'un qui a subi une chose pareille ? Je ne comprends pas.

Kieran ne trahit aucun sentiment et une pointe d'effroi traversa Franck.

— Si tu n'es pas capable de ressentir quelque chose, alors fais au moins semblant. Parce que ton attitude de ce soir, c'est… Franchement ça me dégoûte.

Comme Kieran ne répondait toujours pas, impavide, Franck soupira avec frustration, puis tourna les talons et quitta la pièce. Lorsqu'il fut sorti, son compagnon adressa au vide un sourire mélancolique.

— Un vassal, vraiment ?

Il poussa un profond soupir, laissa sa tête rouler en arrière et ferma les yeux.

Chapitre 3

Strasbourg, vendredi 12 août 1870

Sur un signe de sa mère, Joséphine courut dans le couloir où passait l'escalier qui reliait les différents étages de la maison, saisit la grosse cloche à main ouvragée qui reposait sur un guéridon et la fit sonner à toute volée. C'était un de ses petits plaisirs, renouvelé deux fois par jour : avertir toute la maisonnée que le déjeuner ou le dîner étaient servis. La cloche tintait si fort qu'elle la sentait vibrer dans sa main et résonner sous son crâne, sensation vertigineuse.

— Je pense qu'ils ont entendu ! lança Mathilde avec amusement depuis la salle à manger.

— Mais Edmond a dit qu'il serait dans son laboratoire à la cave, protesta Joséphine.

— Même s'il est sourd, ce dont je doute, son estomac lui rappellera qu'il est midi, grogna une voix agacée.

Ces quelques mots furent accompagnés du pas léger de Catherine Guérin qui descendait les marches depuis son appartement du deuxième étage. La vieille femme était habillée comme à son habitude d'une robe élégante mais un peu passée et ses longs cheveux blancs étaient remontés sur son crâne en un chignon très simple. Elle était encore vigoureuse pour son âge, l'esprit très vif, et elle faisait d'ailleurs elle-même son ménage et sa lessive. Elle s'était présentée à Mathilde comme une veuve qui souhaitait louer un appartement à Strasbourg pour se rapprocher du peu de famille qui lui restait et la jeune femme avait accueilli avec plaisir cette dame propre sur elle, aimable, et qui avait payé trois mois de loyer d'avance, ce qui était plutôt bienvenu en cette période de tension. La seule condition de Catherine était que personne ne pénètre dans son espace, ce que Mathilde avait accepté de bonne grâce, comprenant très bien le besoin d'intimité. Joséphine était satisfaite que sa mère le soit, mais de son côté, elle n'aimait pas beaucoup la vieille femme, parfois sévère, mais aussi un peu étrange.

En passant à côté de Joséphine, Catherine lui prit la cloche des mains pour la reposer à sa place et la fillette dut réprimer son envie de lui tirer la langue. Au même instant la porte de la cave claqua au rez-de-chaussée et Joséphine se détendit à nouveau, se penchant sur la rambarde pour regarder Edmond monter de sa démarche pesante. Si elle se méfiait de Catherine, elle adorait le second locataire de sa mère.

Dandy enrobé, Edmond Becker était un passionné de l'art récent de la photographie. Soutenu par ses parents, épiciers aisés de Nancy, il avait ouvert un atelier au rez-de-chaussée de la maison de Mathilde et il réalisait des portraits, des cartes de visite, des photographies de mariage. Strasbourg comptait déjà une bonne vingtaine de photographes et Edmond avait un peu de mal à se faire un nom, mais son enthousiasme restait intact et Joséphine n'aimait rien tant que l'accompagner dans son laboratoire où il préparait et développait ses plaques de verre, alchimiste des temps modernes. À peine âgé de vingt-cinq ans, Edmond était le grand frère qu'elle n'aurait jamais et lui-même avait beaucoup d'affection pour elle et la traitait comme sa troisième sœur – il en avait déjà deux, qui désapprouvaient d'ailleurs son choix de carrière trop hasardeux.

Les cheveux châtains parfaitement lissés du jeune homme apparurent dans un angle de l'escalier, suivis de sa silhouette ronde. En dépit de son embonpoint, Edmond prenait un soin maniaque de son apparence et il était toujours vêtu avec la plus grande élégance de costumes sur mesure qu'il faisait renouveler à chaque fois qu'il rendait visite à ses parents à Nancy. Mais sa plus grande fierté était sa moustache, épaisse, fournie, et dont il pommadait les pointes pour mieux les étirer, dans un style qui rappelait celui de l'empereur lui-même.

Le temps de gravir les quelques marches, la respiration d'Edmond s'était déjà alourdie et Joséphine éprouva de la compassion mêlée d'angoisse comme à chaque fois qu'elle surprenait le sifflement qui s'échappait de la gorge de son ami lorsqu'il faisait un effort. Malgré son jeune âge, Edmond avait une santé fragile, souffrant d'asthme chronique, et cela expliquait qu'il n'ait pas été appelé sous les drapeaux lors de la déclaration de guerre. Il avait avoué à Joséphine qu'il en avait un peu honte, mais qu'il était bien décidé à apporter tout de même sa contribution à l'effort national, en offrant sur cette guerre le témoignage unique de la photographie.

— Les plaques sont prêtes ? demanda Joséphine avant même qu'Edmond n'ait pris pied sur la dernière marche.

Le jeune homme marqua une pause sur le palier, tamponna son front qui perlait déjà de sueur avec un mouchoir immaculé, puis fit un clin d'œil à l'enfant.

— Ma chère, nous allons pouvoir travailler cet après-midi.

Joséphine battit des mains avec enthousiasme, puis accompagna le jeune homme vers la salle à manger. Mathilde et Catherine avaient déjà pris place, discutant des restrictions alimentaires qui risquaient de frapper la ville si les Prussiens verrouillaient réellement leur siège comme cela semblait être leur intention. Les prix des denrées avaient déjà nettement augmenté et, même si Strasbourg avait de solides réserves, on ignorait combien de temps tout cela pouvait durer. Angoissée, Mathilde, en tant que responsable de la maisonnée, était d'avis de commencer d'ores et déjà à se rationner alors que sa locataire se montrait plus confiante, apparemment convaincue que la guerre ne se prolongerait pas.

Edmond s'installa à son tour à côté de Joséphine, évitant de se mêler de la conversation comme il le faisait toujours lorsqu'il était question de politique. Le jeune homme était bien plus à l'aise lorsque l'on parlait d'art ou de littérature et Joséphine ne le comprenait que trop ; à elle aussi les livres paraissaient bien plus accueillants que le monde réel.

Sur un appel de Mathilde, Louise poussa la porte de la cuisine d'un coup de son imposant postérieur et fit son apparition, brandissant un plat fumant de côtes de porc, de pommes de terre sautées et de petits pois. La bonne et cuisinière de la maison, qui assistait également Mathilde dans son atelier de couture, fit le tour de la table pour servir tout le monde. Arrivée à Joséphine, elle s'arrangea à l'insu de Mathilde pour ne lui glisser que trois ou quatre petits pois, sachant que la fillette les détestait, et elles échangèrent un discret sourire de connivence. Puis Louise remplit sa propre assiette et s'installa au bout de la table, un peu à l'écart.

Joséphine savait qu'il était très inhabituel que les domestiques mangent avec leurs patrons et cela n'avait pas manqué de faire tiquer Edmond et Catherine lors de leurs débuts dans la maison. Cette singularité tenait à la relation très forte qui unissait Mathilde et Louise depuis que la première était devenue veuve. Et pourtant deux femmes n'auraient pas pu être plus différentes !

Mathilde était aussi brune que Louise était blonde et la première aussi frêle que la seconde était robuste. Mathilde, bien plus jeune, ressemblait à un oiseau nerveux, sans cesse en mouvements, à l'affût, anxieuse, fragile, tandis que Louise évoquait une paisible génisse, solide, douce, dure à la tâche. La seconde n'avait aucune imagination, mais excellait à tenir la maison, à négocier avec les commerçants et les artisans, à concocter des plats délicieux tandis que la première était perdue face au monde extérieur, mais maniait l'aiguille avec tant de talent que des dames de toute l'Alsace venaient faire coudre leurs robes chez elle.

Mathilde avait embauché Louise alors qu'elle était enceinte de Joséphine et elles s'étaient aussitôt très bien entendues. Lorsque Émile Fuchs, l'époux de Mathilde, était décédé dans un accident quelques semaines à peine après la naissance de l'enfant, Louise avait pour ainsi dire porté à bout de bras sa patronne anéantie et depuis, elles étaient devenues inséparables. Joséphine était triste de ne pas avoir eu de père, mais elle se disait parfois qu'à la place elle avait eu deux mères et elle aimait Louise de tout son cœur.

Le repas se déroula dans une ambiance tranquille, comme à l'ordinaire, tandis que Louise rapportait quelques informations glanées chez l'épicier. Mais les nouvelles étaient maigres : les Prussiens avaient coupé le chemin de fer et les fils télégraphiques, ils interceptaient toutes les communications et on était sans nouvelles du reste de la France. Les Strasbourgeois en étaient réduits aux conjectures, mais pour le moment, le moral restait solide et on voulait croire à la victoire de l'Empire.

Joséphine se désintéressa assez rapidement des conversations des grandes personnes et se concentra sur son assiette, luttant pour arriver au bout de sa part. Possédant le même physique gracile que sa mère, elle était très mince et avait un appétit de moineau, si bien que le médecin avait encouragé Mathilde à la nourrir davantage pour la fortifier. Joséphine faisait des efforts pour manger, détestant contrarier sa mère, mais la seule nourriture qui l'intéressait réellement, elle la trouvait dans ses livres, dans le laboratoire d'Edmond et dans les interminables rêveries auxquelles elle s'adonnait, blottie dans un coin du modeste salon du premier étage.

Alors que Joséphine était perdue dans ses songes, jouant du bout de sa fourchette avec le dernier petit pois qui restait dans son assiette, Louise entreprit de débarrasser et la fillette se hâta de lui donner un coup de main. Le dessert fut constitué des premières pommes de la saison, agréablement fraîches et acidulées, cueillies le matin même dans les vergers aux alentours de la ville. Puis Edmond et Mathilde partagèrent leur traditionnel café, que le jeune homme se faisait livrer tout exprès depuis la boutique de ses parents, et Catherine se retira, regagnant ses appartements pour une petite sieste postprandiale.

Joséphine commençait à tourner en rond, impatiente, lorsque Edmond annonça enfin qu'il était temps de sortir. Du coin de l'œil, la fillette vit Mathilde se crisper, comme chaque fois qu'elle devait laisser son enfant évoluer dans le vaste monde.

— Vous voulez venir avec nous, Maman ? proposa-t-elle.

Elle savait bien que c'était inutile et elle s'en voulut en voyant le sourire crispé de sa mère : Mathilde n'était plus sortie de chez elle depuis la mort de son époux, pas même pour assister à l'enterrement de la tante qui l'avait élevée. Elle avait perdu très jeune ses parents, noyés dans un accident de bateau, et en avait conçu de nombreuses angoisses ; le décès brutal de son époux, renversé par une calèche dont le cheval s'était emballé, l'avait plongée dans un état de nerfs qui avait bien failli l'envoyer en institution. Elle avait fini par remonter la pente, se raccrochant autant à Louise qu'à son enfant qui venait de naître, mais elle était incapable de mettre un pied en dehors de la maison.

Une seule fois, elle avait tenté de se forcer, bien décidée à accompagner Joséphine à son premier jour d'école ; la fillette se rappellerait pour le restant de ses jours la crise d'angoisse qui avait suivi, plongeant sa mère dans une hystérie incontrôlable et la paralysant elle-même d'une terreur mêlée de honte. Depuis, à chaque fois que Joséphine devait aller quelque part, c'était Louise ou Edmond qui l'accompagnaient.

La fillette savait que la plupart de leurs voisins et les cousins de sa mère pensaient que celle-ci était folle, certains ayant même songé à lui retirer la garde de son bébé, mais par bonheur, le talent de couturière de Mathilde lui avait permis d'être indépendante financièrement et l'aide de Louise faisait le reste. En louant en outre le deuxième étage de sa grande maison à Catherine et le rez-de-chaussée à Edmond, Mathilde arrivait à générer des revenus suffisants pour qu'on ne vienne plus l'ennuyer.

Prétendant, assez mal, qu'elle ne s'inquiétait nullement, la jeune femme fit un geste neutre.

— J'ai trop à faire à l'atelier. Vous me montrerez le résultat de vos travaux, n'est-ce pas ?

Elle sourit à Edmond et celui-ci s'agita vaguement sur son siège.

— Mais bien sûr ! Avec grand plaisir !

Joséphine réprima un sourire. Edmond se serait mordu la langue plutôt que de l'admettre, mais elle savait qu'il avait un faible pour Mathilde, à peine plus âgée que lui. Il était déjà arrivé à la fillette d'imaginer comment elle pourrait les amener à se marier, même si elle avait conscience que c'était impossible ; sa mère vivait dans le souvenir de son défunt époux dont le portrait trônait sur un buffet, éternellement voilé d'une crêpe noire, entouré de deux bougies que la veuve allumait à chaque anniversaire. C'était dommage, mais d'un autre côté, Joséphine préférait qu'Edmond soit son ami plutôt que son père, cela leur épargnait un certain formalisme.

À peine le jeune homme avait-il vidé sa tasse de café que Joséphine s'empressait de terminer de débarrasser, apportant le reste de la vaisselle à Louise qui avait déjà entrepris de tout laver. La femme avait le visage et les bras rougis par l'eau brûlante qu'elle utilisait.

— Vous partez ? demanda-t-elle avec son accent campagnard marqué.

Joséphine approuva vigoureusement et Louise lui lança un regard d'avertissement.

— Attention avec les soldats, hein ? Ce n'est pas parce qu'ils portent des uniformes que certains ne sont pas des gredins !

Joséphine acquiesça distraitement, puis elle courut enfiler ses chaussures, attrapant au passage la besace dans laquelle elle rangeait son matériel de dessin, adorant griffonner pendant qu'Edmond préparait ses prises de vues. Le jeune homme l'encourageait, affirmant que cela affinait son regard et la complimentant sur ses talents. Lui-même avait un joli coup de crayon et il ne manquait jamais de lui donner des conseils utiles et enrichissants.

Dévalant bruyamment les marches grinçantes de l'escalier, Joséphine rejoignit le rez-de-chaussée et l'arrière-boutique où Edmond stockait une bonne partie de son matériel. Il était déjà en train de se préparer, glissant dans un sac ses précieuses plaques de verre, soigneusement enfermées dans les châssis qui les protégeaient de la lumière et des chocs. Le jeune homme avait déjà expliqué à Joséphine les assemblages chimiques qui permettaient de badigeonner ces simples morceaux de verre d'un enduit, le collodion, qui les rendait photosensibles ; la fillette trouvait que ces explications scientifiques ne faisaient qu'ajouter au côté magique du procédé.

Edmond glissa la bandoulière de la sacoche autour de sa poitrine, puis saisit la poignée de l'appareil photographique, grosse boîte munie d'une lentille que Joséphine avait plus d'une fois examinée sous toutes les coutures. La fillette elle-même s'empara du trépied qui permettait de stabiliser l'appareil, l'appuyant sur son épaule. Elle ployait sous son poids, mais s'efforça de ne pas le montrer. Le moindre effort était délicat pour Edmond et elle tenait absolument à le soulager. Le jeune homme s'épongea le front, puis lui adressa un sourire complice.

— Nous sommes prêts ?

Joséphine acquiesça énergiquement et ils quittèrent la boutique de photographie au rideau baissé, Edmond prenant grand soin de fermer à clé derrière lui.

Si la maison conservait quelque fraîcheur après les pluies de la veille, il faisait déjà lourd à l'extérieur et, en plein soleil, Joséphine ne tarda pas à transpirer. L'été 1870 était accablant, et pas seulement à cause de la guerre, menace constante. La fillette se prit à espérer qu'un orage éclaterait bientôt et les débarrasserait enfin de cette tension permanente.

Mais déjà Edmond remontait en direction des remparts ouest la rue du Dôme où ils habitaient et Joséphine se hâta de lui emboîter le pas. L'atmosphère était bizarre, suspendue à une attente que l'on ne nommait pas, et la fillette fut très vite mal à l'aise. Edmond marchait de son pas lent et majestueux et cela lui laissait tout le temps de regarder autour d'elle et de constater que Strasbourg n'était pas dans son état ordinaire.

Ce n'était pas seulement la présence de nombreux groupes de soldats vêtus de différents uniformes ou la mine sombre de beaucoup de passants, c'était aussi cette manière qu'avaient les gens de se regrouper brièvement, de chuchoter quelques mots et de reprendre leur chemin en secouant la tête, ou encore les affiches placardées partout avec les avis des autorités et ces familles entières qui venaient se réfugier depuis les campagnes et cherchaient tant bien que mal un logement, traînant derrière eux une charrette chargée de toutes leurs possessions : mobilier, provisions, enfants et parfois même quelques animaux. Beaucoup de ces nouveaux arrivants erraient dans la ville sans savoir que faire et Joséphine ne pouvait s'empêcher d'avoir pitié d'eux. Et puis il y avait les soldats blessés lors de la bataille de Frœschwiller qui se promenaient avec leurs bras en écharpe, leurs béquilles et leurs cicatrices au visage. Ceux-là, Joséphine n'osait même pas les regarder, effrayée par ce qu'ils annonçaient malgré eux.

— Ah, monsieur Winter ! Bien le bonjour ! Comment allez-vous ?

Joséphine releva les yeux, le temps de voir la personne qu'Edmond venait de saluer avec un profond respect. Il s'agissait d'un homme d'une soixantaine d'années, à la barbe fournie et au front haut, accompagné d'un commis qui l'aidait à transporter son propre matériel photographique. Winter considérait Edmond avec une indulgence qui déplut à Joséphine et elle ne les écouta pas lorsqu'ils échangèrent quelques mots sur les prises de vues qu'ils s'apprêtaient tous deux à réaliser.

Ils avaient atteint la place Broglie, à peut-être deux cents mètres de chez eux, un quartier que la fillette connaissait sur le bout des doigts pour y avoir passé toute sa vie. Observant les lieux d'un regard distrait, elle s'arrêta soudain sur une femme qui faisait mine d'examiner la vitrine d'un bottier. Quelque chose de froid s'installa dans le ventre de Joséphine et l'angoisse se saisit d'elle. Il n'y avait pourtant pas de raison apparente, cette femme semblait être tout à fait normale, élégante avec ses boucles blondes, sa jolie robe, ses bottines et son ombrelle. Elle était jeune, bien tournée, et se tenait très droite, avec une assurance dénuée de morgue, le type même de la personne très convenable. Et pourtant il émanait d'elle une noirceur terrifiante.

Pétrifiée, Joséphine sursauta lorsque Edmond l'appela soudain avec impatience. La fillette s'aperçut que l'autre homme était reparti, traînant le commis dans son sillage, et elle se hâta d'emboîter à son tour le pas à son compagnon.

— Charles David Winter ! s'exclama celui-ci avec admiration. Tu te rends compte ?

Devant l'incompréhension de la fillette, il haussa les sourcils.

— Mais enfin, Joséphine, je t'ai déjà parlé de lui ! C'est le photographe le plus célèbre de Strasbourg, notre maître à tous ! Toutes les grandes maisons de la ville possèdent un Winter !

La fillette se contenta de hausser les épaules, indifférente à la gloire des autres ; seul Edmond comptait pour elle. Sans prendre garde à son mutisme, le jeune homme se mit à discourir sur la carrière de Winter et Joséphine en profita pour regarder à nouveau autour d'elle. Un coup d'œil par-dessus son épaule lui confirma que la troublante jeune femme avait pris la même direction qu'eux. Le cœur de la fillette se mit à battre plus fort. Elle ne distinguait pas bien son visage d'aussi loin, mais elle était certaine de ne pas connaître cette dame. Qui était-elle et pourquoi les suivait-elle ?

Remontant la rue de la Nuée-Bleue, ils passèrent le canal du Faux-Rempart. Au milieu du pont, Joséphine se retourna encore, mais cette fois la femme avait disparu. La fillette eut beau se tordre le cou, elle fut incapable de repérer l'inconnue et pourtant il n'y avait pas vraiment foule. Elle secoua la tête pour elle-même, soulagée. Ce n'était que son imagination qui lui avait joué un tour, une fois de plus. Personne ne les menaçait, du moins personne d'autre que les Prussiens.

Cette réalité frappa d'autant plus durement lorsque, après avoir traversé le Faubourg-de-Pierre, ils atteignirent les remparts. Des soldats s'y activaient un peu partout et l'on apercevait, au-delà des murailles, les hommes du génie qui s'efforçaient de déblayer le terrain pour l'artillerie de défense, abattant les arbres et faisant même parfois sauter des bâtiments. Ils tombèrent sur un groupe qui luttait pour déplacer un lourd canon attelé à un solide cheval de trait.

Il s'agissait de turcos, surnom donné aux tirailleurs algériens, facilement reconnaissables avec leurs peaux sombres, leurs uniformes bleus aux pantalons bouffants et à la veste courte, leurs chéchias rouges. Leurs régiments avaient été massacrés quelques jours plus tôt, lors de la bataille de Frœschwiller, mais ceux-ci avaient encore belle allure, sans doute épargnés par miracle. Pourtant il y avait dans leurs yeux cette lueur sombre que Joséphine avait remarquée dans le regard de beaucoup de survivants de ce désastre.

Edmond proposa aux soldats de les photographier avec leur canon et ceux-ci acceptèrent avec enthousiasme. Seul l'un d'eux refusa d'apparaître sur le cliché malgré l'insistance de ses camarades, et il se replia vers Joséphine, l'aidant à installer le lourd trépied tandis qu'Edmond faisait prendre la pose aux autres, les répartissant avec un soin extrême, très exigeant quand il était question de composition.

Le turco qui s'était placé à l'écart avait une trentaine d'années. Musclé, affûté, le visage soigneusement rasé, les cheveux très noirs et les yeux clairs, il était très beau à sa manière et Joséphine n'osait pas le regarder de peur de rougir. Il sentait la sueur et le tabac, la fumée de feu de bois et la viande grillée, la graisse du canon qui maculait son uniforme. Il était si différent d'Edmond, seul homme que la fillette fréquentait réellement, qu'elle n'osait pas lui parler. Elle fut surprise lorsqu'il lui tendit soudain quelques caramels enveloppés dans un papier collant.

— Tu en veux ?

Il parlait français presque sans accent et cela surprit Joséphine, autant que son geste, complètement inattendu. Il lui adressa un sourire doux, un peu embarrassé.

— Je les ai achetés hier. Ils sont bons.

La fillette hésita, songeant aux interminables recommandations que sa mère et Louise lui faisaient sans cesse concernant les inconnus. Mais après tout, Edmond n'était qu'à quelques pas, l'odeur du sucre lui chatouillait déjà les narines et l'homme lui inspirait confiance. Son instinct ne la trompait jamais. Elle prit un caramel et l'enfourna avec gourmandise.

— Merci, monsieur !

Il se détendit et son regard s'adoucit encore.

— Tu ressembles beaucoup à ma fille, dit-il.

Il parut aussitôt regretter cette confidence et se détourna, les yeux trop brillants. Joséphine n'osa rien dire, gênée, mais elle se demanda pourquoi cet homme venait faire la guerre si loin de chez lui alors que sa famille lui manquait à ce point.

— Je m'appelle Saïd, ajouta-t-il. Et toi ?

— Joséphine ! Vous venez d'où ?

Elle n'avait pas pu refréner cette interrogation. Mais Saïd n'eut pas le temps de répondre : Edmond revenait vers eux et le turco s'écarta aussitôt pour le laisser travailler, considérant son appareil avec un mélange de méfiance et de curiosité. Il finit par poser quelques questions timides et Edmond se fit un plaisir de lui expliquer le fonctionnement de sa machine, tout en y glissant une première plaque photographique. Il réalisa trois prises de vues sous des angles légèrement différents, puis Saïd annonça qu'il était temps que les soldats reprennent leur travail et Joséphine comprit qu'il était à la tête du petit groupe. Après avoir pris la carte d'Edmond, l'homme la salua d'un sourire étrangement nostalgique, puis rejoignit ses compagnons et Joséphine les regarda s'éloigner avec un pincement au cœur.

— Je sens que l'après-midi va être fructueuse ! se réjouit Edmond en se frottant les mains.

Il essuya encore son front perlé de sueur, puis ils ramassèrent leur matériel et poursuivirent leur exploration des remparts. Ils passèrent plusieurs heures à chercher les panoramiques les plus intéressants, à proposer leurs services aux soldats qu'ils croisaient. Mais la plupart étaient très occupés et rares étaient ceux qui se montraient aussi aimables que les turcos. Frustré, Edmond finit par pester contre les limitations de son art, le temps d'exposition inhérent aux plaques de collodion nécessitant l'immobilité du sujet et empêchant donc de saisir les soldats en pleine action.

— Tu verras, disait-il, un jour on pourra photographier le moindre mouvement et peut-être même en recréer l'illusion en faisant défiler très vite les images !

Joséphine se contentait de hocher la tête, imaginant mal comment une telle prouesse pourrait être possible. Ce jour-là, Edmond dut se contenter de rêver et de fixer sur ses plaques de verre les casemates, les remparts, les canons et les rares soldats qui acceptèrent de prendre la pose. Il était tout de même satisfait lorsqu'ils reprirent le chemin de la maison et Joséphine avait l'épaule endolorie à force de porter le pesant trépied.

Place Broglie, une affiche placardée par-dessus les autres attira leur attention, un petit attroupement s'étant formé pour la lire. Ils attendirent patiemment, puis déchiffrèrent à leur tour l'annonce officielle. Celle-ci demandait aux propriétaires et principaux locataires des maisons de la ville de placer aux différents étages de leurs demeures, et surtout au grenier, des cuves pleines d'eau, des linges et des éponges imprégnées d'eau, ainsi que de la terre et du sable afin de pouvoir immédiatement éteindre les débuts d'incendie. Une surveillance active devait également être organisée et chacun devait être prêt à prévenir les pompiers de service au poste le plus proche.

Edmond pâlit légèrement en lisant ces instructions et il tira nerveusement sur le col de sa chemise qui commençait à jaunir de transpiration.

— Il va falloir prévenir ta mère, dit-il d'une voix légèrement étranglée.

Joséphine ne comprenait pas bien son émotion, mais la réaction d'une vieille femme à côté d'elle lui fit prendre la mesure de ce que cette affiche représentait.

— C'est pour les bombardements ! gémissait la vieille. Ils vont nous bombarder !

On tenta aussitôt de l'apaiser, mais personne n'était rassuré et Edmond se hâta d'entraîner Joséphine loin des discussions. Le jeune homme se dépêchait tellement, la respiration sifflante, que la fillette devait trotter derrière lui. Ni l'un ni l'autre ne remarquèrent la belle femme qui s'était remise à les suivre.

* *
*

La soirée fila rapidement tandis que Joséphine aidait Edmond à développer ses photographies, opération qui nécessitait de nombreuses manipulations dans la lumière rouge de la chambre noire. Épuisée, la fillette se coucha tôt sans prendre garde aux discussions des adultes et dormit d'une traite jusqu'au lendemain, rêvant de Saïd qui courait sur les remparts, poursuivi par des ombres sans visage, terrifié, sa chéchia rouge s'étirant interminablement et flottant derrière lui comme une traînée de sang.

Le lendemain, Joséphine dut aider à mettre en place les accessoires préconisés par les autorités. Ce ne fut pas une mince affaire que de monter une quinzaine de seaux d'eau jusqu'au grenier, d'autant qu'Edmond ne leur était d'aucune utilité, à bout de souffle avant même d'avoir atteint le second étage. Mais Louise, Mathilde et Catherine se relayèrent et toutes les précautions requises furent bientôt prises.

Si Mathilde et Louise semblaient préoccupées, au grand étonnement de Joséphine la vieille madame Guérin ne paraissait nullement craindre les bombardements, leur assurant qu'elles s'inquiétaient pour rien. La fillette la surprit en train de tracer d'étranges dessins à la craie sur certaines poutres du grenier et elle se demanda si c'était de là que venait la certitude de la vieille femme que rien ne pouvait leur arriver. Catherine était-elle une sorcière, capable de les protéger par la magie ? L'idée était séduisante, mais elle n'avait pas de sens, Joséphine le savait bien. Sans doute la vieille femme était-elle simplement superstitieuse, comme tant d'autres, et la jeune fille ne vit pas l'intérêt de commenter ses actes.

La ville bruissait à l'approche des Prussiens et, tout au long de la journée, on entendit au loin quelques coups de fusil, échanges souvent courts qui trahissaient que de brèves escarmouches avaient lieu en dehors des remparts. La nervosité montait et, après être sortie pour une course, Louise revint bouleversée, rapportant que certains devenaient fous et arrêtaient de manière arbitraire des innocents soupçonnés d'entente avec l'ennemi. La police s'efforçait de mettre bon ordre à ces débordements, mais la tension ne retombait pas, de plus en plus insupportable. Et puis, vers dix-sept heures, le canon retentit pour la première fois.

Penchée sur un livre, Joséphine crut d'abord à un coup de tonnerre, mais la manière dont sa mère blêmit la détrompa. Mathilde abandonna aussitôt son ouvrage de couture et se précipita vers une des fenêtres, se penchant vers l'extérieur. De nombreuses autres têtes étaient apparues aux maisons voisines, mais on ne voyait rien et on n'entendait plus aucun bruit. Tirée de la cuisine, Louise rejoignit sa patronne.

— C'était où ? demanda-t-elle avec angoisse.

Mathilde secoua la tête, incapable de répondre. Au même moment, Edmond apparut dans l'encadrement de la porte du salon, essoufflé d'avoir couru dans l'escalier.

— Vous devriez venir au rez-de-chaussée, lança-t-il. Ce n'est pas prudent de rester dans les étages.

Mathilde approuva vigoureusement et sa main se referma sur le poignet de Joséphine comme une serre, la tirant si brutalement que la fillette n'eut même pas le temps d'attraper son livre. Louise courut prévenir Catherine qu'ils descendaient tous.

L'atelier de photographie occupait presque tout le rez-de-chaussée, avec notamment une grande pièce où l'on pouvait mettre en place différents décors afin d'obtenir un portrait sur mesure. Edmond ne s'était réservé qu'une chambre modeste, tout juste équipée d'un lit, d'une armoire et d'un secrétaire. Elles s'installèrent finalement sur le sofa de la salle de prise de vue et Louise ne tarda pas à les rejoindre, seule. Devant l'air interrogateur de Mathilde, elle haussa les épaules.

— Elle veut pas venir. Elle dit qu'il y a rien à craindre et qu'on doit pas s'énerver comme ça.

Mathilde secoua la tête avec désapprobation, mais elle serra les lèvres et ne fit pas de commentaire. Louise venait rarement dans le domaine d'Edmond et elle examina les lieux avec curiosité, avant de se laisser tomber sur un fauteuil. Le jeune homme restait debout, se frottant nerveusement les mains, s'efforçant de retrouver son souffle. Commença alors une longue attente.

Pendant un moment il ne se passa plus rien et Louise finit par aller chercher dans la cuisine du premier de quoi leur concocter un repas froid. Madame Guérin se joignit brièvement à eux, toujours aussi sereine, puis elle regagna ses appartements. Peu de temps après, les tirs reprirent, plus nourris, provenant de la porte de Pierre, lointains mais parfaitement discernables. Ils décidèrent de tous dormir au rez-de-chaussée et commencèrent à s'installer pour la nuit après une soirée à regarder défiler les minutes. Ils venaient à peine de s'enrouler dans leurs couvertures lorsque la canonnade reprit de plus belle, toujours du même côté des remparts, ne semblant cette fois jamais devoir s'interrompre.

Terrifiée, Mathilde était pétrifiée dans un angle du sofa, enroulée dans une couverture, serrant un coussin contre elle comme elle l'aurait fait d'un bouclier. Le regard braqué sur un coin de la pièce, tressaillant à chaque grondement qui leur parvenait, elle était hermétique à tout ce qui n'était pas sa peur et Joséphine n'osait plus s'approcher d'elle. Louise tournait en rond, hésitait à sortir pour aller aux nouvelles, tergiversait, sa nature placide secouée par la brutale tension qui s'était emparée d'eux. À moitié allongé sur un fauteuil, Edmond avait laissé sa tête rouler en arrière et défait son col. Une main sur la poitrine, il luttait pour contrôler sa respiration sifflante sur laquelle pesaient toutes ses craintes.

Aucun des adultes ne faisait attention à elle et Joséphine finit par décider que, puisqu'ils en étaient incapables, elle irait voir ce qui se passait. Subtilisant une des bougies qui les éclairait, elle se glissa hors de la pièce sans même qu'ils ne le remarquent et entreprit de monter les escaliers. Agile et légère, elle se faufila jusqu'au grenier.

Une des lucarnes était ouverte et une malle contenant de vieux vêtements avait été tirée juste en dessous. Joséphine posa prudemment sa bougie, grimpa agilement et se glissa sur le toit. Celui-ci formait un rebord à cet endroit-là, sa pente s'adoucissant pour surplomber le chien-assis de l'étage inférieur. Catherine y était installée en tailleur, dans une position inattendue chez une femme de son âge. Tournée vers le nord-ouest, elle observait le ciel qui rougeoyait de plus en plus.

Joséphine se glissa maladroitement à ses côtés et la vieille femme l'accueillit d'un bref sourire.

— Fatiguée de te terrer avec les rats ?

Joséphine fronça les sourcils, mais jugea préférable de ne pas répliquer, craignant de se montrer malpolie. Le tonnerre des canons était encore plus puissant de là-haut et elle rentra légèrement la tête dans les épaules, guère rassurée.

— Qu'est-ce qui se passe ? souffla-t-elle.

Catherine haussa les épaules.

— La guerre. Toujours la même histoire.

Joséphine ne comprenait pas comment la vieille femme pouvait rester aussi calme alors que, de minute en minute, le ciel semblait s'embraser en direction de la porte de Saverne. Les coups de canon s'enchaînaient sans trêve, ponctués d'une grêle de fusillades, et une fumée de plus en plus épaisse cachait les étoiles à l'ouest. Joséphine songea à Saïd et aux autres turcos, si fiers de poser pour la photographie. Étaient-ils plongés dans cet enfer de feu et de bruit ? La fillette se sentit soudain glacée, seule sur le toit de sa maison, dans sa rue faussement calme, isolée comme sur une île cernée par la tempête ; épargnée, mais pour combien de temps encore ?

* *
*

La nuit fut longue et, après avoir observé un moment l'incendie, hébétée par les chocs incessants des canons, Joséphine avait fini par redescendre du toit, laissant Catherine à son poste de guet. Edmond semblait sur le point de partir à sa recherche, inquiet, tandis que Louise s'était endormie et que Mathilde continuait à fixer le vide, tétanisée. Blottie contre Edmond, Joséphine sombra rapidement, dégringolant d'un cauchemar à l'autre.

Au matin, elle était aussi fatiguée que si elle n'avait pas dormi, mais le bombardement s'était enfin calmé et, avec le silence, Mathilde et Louise avaient également retrouvé leur contenance. Un solide petit-déjeuner remit Joséphine d'aplomb et, malgré les réticences de sa mère, ce fut avec plaisir qu'elle accepta d'accompagner Edmond pour voir quels dégâts les Prussiens avaient causés.

Une grande agitation régnait dans Strasbourg et les gens guettaient la moindre nouvelle, se rassemblant un instant pour discuter avant de se séparer presque aussitôt, passant de maison en maison pour s'informer de leurs proches. Joséphine en entendit plusieurs blâmer le gouvernement, les généraux et les autorités de la ville avec une certaine véhémence, mais la plupart des gens avaient encore foi en l'État et leur patriotisme était plus fervent que jamais. Les Prussiens pouvaient faire cracher leurs canons autant qu'ils voulaient, Strasbourg ne céderait pas !

Sur la place Kléber, un crieur public colportait l'avis suivant : « les habitants sont informés que les gazomètres ayant été évacués, il n'y aura pas d'éclairage au gaz ce soir. En conséquence, ils sont invités à éclairer les façades extérieures des maisons au moyen des appareils qu'ils ont dû préparer conformément à l'avis publié avant-hier par l'administration. »

Edmond lui prêta une oreille attentive, puis ils poursuivirent leur chemin vers la porte de Saverne près de laquelle la plupart des affrontements de la nuit semblaient avoir eu lieu. Plus ils se rapprochaient du faubourg de Saverne et plus il y avait de monde, jusqu'à ce qu'ils repèrent un attroupement devant une demeure de la rue du Marais-Vert. Après avoir traversé un pignon et une cheminée, un obus y avait éclaté dans une cuisine. Par bonheur personne n'avait été blessé, mais les dégâts étaient considérables.

Joséphine se faufila entre les adultes pour se rapprocher, mais il n'y avait pas grand-chose à voir, en dehors des débris de la cheminée tombés sur le trottoir et des propriétaires qui se lamentaient. On parlait d'autres dommages, la gare aux marchandises avait été touchée à plusieurs reprises, mais après les fortes émotions de la nuit, tout cela ne paraissait pas si terrible. Sans doute ne s'agissait-il que d'erreurs de visée, des tirs qui étaient passés par-dessus les remparts, manquant ainsi leur cible d'origine. Si c'était tout ce qu'il y avait à redouter des bombardements prussiens, alors on devait garder ses nerfs.

Soulagé qu'il n'y ait rien de plus spectaculaire à observer, Edmond reprit le chemin de la maison, en profitant au passage pour faire quelques courses demandées par Mathilde. Lorsqu'ils repassèrent le pont sur le canal du Faux-Rempart, Joséphine ne put s'empêcher de plisser le nez, dégoûtée par les relents qui montaient du cours d'eau. Depuis que le barrage des Ponts-Couverts avait été fermé pour déverser l'eau dans les fossés des fortifications, le niveau avait beaucoup baissé à l'intérieur de la ville. Conséquence de cette décision et de la chaleur, des miasmes putrides remontaient du fond du canal, empuantissant les rues.

L'épicier informa d'ailleurs Edmond que les poissonniers bradaient leur marchandise, les pauvres animaux incapables de survivre dans les réservoirs souillés et le jeune homme repartit avec deux belles carpes sous le bras. Alors qu'ils ressortaient de la boutique, une intuition traversa soudain Joséphine, à peine un souffle qui effleura son esprit, glacé et glaçant. Elle se retourna et, instantanément, reconnut la belle femme qui les suivait.

Edmond s'attardait sur les quais, observant les bateaux qui s'avançaient dans la ville, chargés des possessions des habitants des campagnes environnantes, notamment de la Robertsau, qui avaient trouvé ce moyen pour échapper aux confiscations de l'ennemi et gagner le refuge de Strasbourg. Les barques ne pouvaient pas contenir grand-chose et c'était pitié que de voir ces gens qui avaient presque tout abandonné derrière eux et qui prenaient pied sur les quais, résolus à trouver un abri pour leurs familles. Mais Joséphine n'arrivait pas à faire attention à autre chose qu'à la femme.

Elle était plus proche que la fois précédente et cette fois Joséphine distinguait nettement ses traits, certaine qu'elle ne la connaissait pas. Elle ne comprenait pas ce qui l'effrayait à ce point chez cette femme, d'ailleurs personne d'autre ne semblait faire attention à elle, mais il y avait quelque chose. Une noirceur, une menace rampante, vénéneuse, dangereuse. Lorsque leurs regards se croisèrent soudain, la fillette se pétrifia comme si elle s'était trouvée devant un serpent.

La femme comprit qu'elle était repérée, mais elle ne bougea pas, calme, immobile. Elle n'avait pas l'air méchante, au contraire on lisait un mélange de douleur et de tristesse dans son regard, et pourtant Joséphine était convaincue que ce n'était qu'une apparence. Il y avait autre chose derrière ce visage agréable et mélancolique, une puissance enfouie, un appétit monstrueux et indicible. Et cet appétit était tourné vers elle.

La femme fit un pas en direction de Joséphine et son expression se teinta d'une sombre résolution qui angoissa la fillette. Pourquoi cette inconnue la regardait-elle ainsi, comme si elle la connaissait, comme si elle avait l'intention de lui *faire* quelque chose ? Elle s'approchait rapidement, profitant de la distraction d'Edmond. Bientôt ce ne serait plus que quelques pas qui les sépareraient.

— Ah vous êtes là !

Joséphine se tourna dans un réflexe vers Catherine qui venait de les rejoindre. Elle ne perdit de vue l'inconnue que deux ou trois secondes, mais lorsqu'elle la chercha à nouveau, celle-ci s'était volatilisée. Un malaise durable s'installa dans le cœur de la fillette.

— Pourrez-vous prévenir madame Fuchs que je ne déjeunerai pas à la maison ?

Tandis qu'Edmond promettait à Catherine d'informer Mathilde de son absence, Joséphine cherchait vainement la femme mystérieuse des yeux et elle se dévissa le cou tout aussi inutilement durant toute leur marche de retour jusqu'à la maison. Deux questions tournaient en boucle dans sa tête : qui était cette femme ? Et que lui voulait-elle ?

* *
*

La nuit suivante, à trois heures, une formidable explosion réveilla toute la ville, laissant les gens fébriles. Au matin, on apprit que les Prussiens avaient fait sauter le pont à colonnes qui permettait de franchir le canal du Rhône au Rhin et conduisait de la promenade Lenôtre à la Robertsau. Cela signifiait que les nombreuses provisions apportées chaque jour de cette partie de la banlieue manqueraient désormais, mais cela n'empêcha pas la ville de rendre hommage au chef de l'État : on était le 15 août, jour de la fête de l'empereur.

Les drapeaux hissés sur la cathédrale provoquèrent d'ailleurs un moment de confusion suivi d'une déception cruelle, certains ayant vu dans cet hommage à Napoléon III le signe que le pays venait de remporter une éclatante victoire. Malgré tout, l'humeur était à la détente et il aurait été difficile de soupçonner qu'une guerre était en cours lorsque l'on voyait les gens se promener tranquillement dans les rues.

Des rumeurs couraient pourtant de toutes parts : après avoir évacué la majorité de son trésor en train, la Banque de France aurait brûlé six millions de francs pour éviter qu'ils tombent entre les mains des Prussiens ; la Société des soupes avait repris ses distributions à raison de dix centimes le litre ; des paysans avaient introduit en ville des avis militaires affichés dans les communes voisines, dénonçant les réquisitions de l'ennemi. Pour le moment, le ravitaillement fonctionnait encore relativement bien, mais les prix des denrées ne cessaient d'augmenter et chacun redoutait le moment où toutes les richesses qui entouraient Strasbourg seraient aux mains des Prussiens.

Joséphine se tenait loin de tout ça, coincée avec sa mère qui refusait de la laisser sortir à nouveau depuis que des tirs sporadiques avaient marqué l'après-midi de la veille. Il fallut tout le charme d'Edmond et les promesses de prudence de Louise pour que Mathilde accepte enfin de laisser la fillette déambuler dans Strasbourg dont certaines maisons étaient pavoisées en l'honneur de l'empereur. Toutefois, celles-ci restaient relativement rares. Si l'Empereur avait été très largement plébiscité par les Alsaciens lors du vote de 1852, la désillusion avait fait son chemin depuis et le culte de la personnalité n'était pas dans la nature des pragmatiques Strasbourgeois. Mais puisque l'autorité était entre les mains des bonapartistes, il s'agissait de la respecter.

Joséphine n'était pas tout à fait rassurée à l'idée que la femme mystérieuse puisse la prendre à nouveau en chasse, mais une part d'elle avait également très envie de résoudre cette énigme et de savoir enfin ce que l'inconnue lui voulait. Elle n'avait parlé à personne de cette rencontre lointaine, craignant d'inquiéter sa mère et de se heurter au scepticisme d'Edmond qui rejetait en bloc tout ce qui relevait du surnaturel. Mais Joséphine en était certaine : cette femme n'était pas tout à fait humaine.

Après le dîner, la ville fourmillait toujours d'activité et il y avait encore énormément de monde dans les cafés et les brasseries, de nombreuses scènes pittoresques captivant l'attention d'Edmond et Joséphine. La bière et le vin blanc coulaient à flots, même si certains craignaient déjà de voir les stocks s'épuiser trop vite.

Chacun avait suivi les instructions des autorités concernant les éclairages et, dans le soir tombant, Strasbourg prenait des allures étranges et fantasmagoriques. Les lampadaires au gaz, qui illuminaient vivement les rues en temps normal, étaient tous éteints et, sur les façades, se succédaient des lanternes de toutes sortes, lueurs bien plus modestes qui plongeaient la ville dans une atmosphère unique. Ces petites étoiles formaient des constellations inattendues qui répandaient une clarté mystérieuse sur le pavé et certaines venelles et certains quais semblaient transporter le promeneur dans le Strasbourg du Moyen-Âge. Joséphine était fascinée par cette nuit nouvelle, énigmatique et enténébrée comme certains vieux tableaux qu'Edmond l'avait emmenée voir au Musée des Beaux-Arts de l'Aubette. Le jeune homme était captivé lui aussi.

— Ah ! Si seulement mon appareil pouvait capturer ces couleurs ! s'exclamait-il régulièrement.

De son côté, non sans un frisson d'angoisse, Joséphine songeait qu'une telle nuit était idéale pour les créatures magiques et elle se retournait sans cesse, guettant sur leurs pas la présence de la femme étrange. Mais elle ne parvint pas à la repérer et finit par l'oublier tout à fait lorsqu'ils tombèrent soudain sur Saïd qui déambulait seul dans une tenue relâchée, bénéficiant sans doute d'une pause dans son service. Le turco les salua chaleureusement et, malgré l'heure tardive, Edmond insista pour lui offrir un verre. Ils dénichèrent un café qui déversait dans la rue des flots de lumière, de chaleur et de bruits et ils s'installèrent à une table extérieure, bientôt généreusement servis en bière fraîche.

Tandis qu'Edmond expliquait à Saïd que les photographies qu'il avait prises de ses hommes étaient très réussies et qu'il pouvait passer en récupérer un exemplaire à l'atelier, Joséphine observa le soldat avec curiosité. Il semblait fatigué, mais il n'était pas blessé et il souriait aimablement devant l'enthousiasme du jeune homme. Il se montra étonnamment timide lorsque Edmond le questionna sur son parcours, puis il avoua qu'il était originaire des environs d'Oran et qu'il s'était engagé dans l'armée plus de trois ans auparavant, afin de subvenir aux besoins de sa famille. Un de ses officiers supérieurs l'avait pris sous son aile, l'avait aidé à améliorer son français et à trouver sa place dans les rangs militaires.

À son retour en Algérie, lorsque les deux années de service qui lui restaient prendraient fin, Saïd avait pour ambition de monter un commerce en profitant des relations qu'il s'était faites dans l'armée et d'assurer ainsi un avenir serein à son épouse et à ses trois enfants.

Tout son visage s'animait lorsqu'il parlait de sa famille et Joséphine se demandait si son propre père la considérait avec tant d'amour durant les brèves semaines où il l'avait connue.

Alors qu'Edmond décrivait avec animation l'épicerie de ses parents à un Saïd très intéressé, Joséphine étouffa un bâillement et leva les yeux vers le ciel d'un noir d'encre. Il commençait à être très tard et elle aurait dû être au lit depuis longtemps. Elle songea que Mathilde devait probablement s'inquiéter, même si sa mère savait qu'Edmond avait une forte propension à perdre la notion du temps. La fillette allait rappeler à son ami qu'il était temps de rentrer lorsqu'elle aperçut un trait lumineux dans le ciel.

Intriguée, Joséphine plissa les yeux. Mais avant qu'elle n'ait le temps de se poser des questions, il y eut une lointaine détonation, aussitôt suivie d'un sifflement strident, puis quelque chose explosa à quelques rues de là, provoquant un grondement qui pétrifia toute la joyeuse compagnie. Avant que quiconque ne puisse réagir, deux autres obus tombèrent sur Strasbourg dans un bruit de tonnerre et aussitôt ce fut la panique.

Tous ceux qui devisaient encore gaiement un instant plus tôt se précipitèrent, qui pour se mettre à l'abri, qui pour rentrer chez soi. Joséphine s'était instinctivement levée sous l'effet de la terreur et elle fut entraînée malgré elle par un groupe d'hommes qui s'enfuyaient. Elle crut entendre Edmond qui criait son nom, mais elle n'eut pas l'occasion de lui répondre. Une main puissante se referma brusquement sur son poignet et elle fut emmenée de force.

La personne qui s'était saisie d'elle courait si vite que pendant un instant, Joséphine ne put rien faire d'autre que suivre le mouvement, luttant pour ne pas tomber sur les pavés. Son ravisseur l'embarqua à toute allure à travers les ruelles du quartier et très vite, la fillette perdit le sens de l'orientation, incapable de déterminer où elle se trouvait. Terrifiée, elle se mit à se débattre si violemment que l'autre dut s'arrêter.

Joséphine parvint enfin à lever les yeux vers l'inconnu et s'aperçut avec effroi qu'il s'agissait de la belle femme qui l'avait suivie plusieurs fois. Celle-ci regardait en arrière avec méfiance, guettant d'éventuels poursuivants. Joséphine se démena, mais il était impossible de défaire l'étau des longs doigts blancs et elle faillit fondre en larmes.

— Qui êtes-vous ? Qu'est-ce que vous voulez ?

La femme ignora ses questions implorantes. Bombes et obus pleuvaient sur la ville dans un concert de sifflements, de ronflements sourds et d'explosions ; sur les remparts, l'artillerie répondait aux canons ennemis et l'on entendait des cris dans les quartiers touchés, ainsi que les avertissements que lançaient les gardiens de la cathédrale depuis la plateforme. « Incendie rue du sanglier ! hurlaient-ils dans leur porte-voix. Incendie rue du sanglier ! »

Rassurée sur le fait qu'on ne les suivait pas, la femme baissa enfin les yeux vers Joséphine. Une lanterne suspendue sous un porche à quelques pas éclairait son joli visage et la fillette fut surprise d'y lire de la culpabilité.

— Je suis vraiment désolée, murmura l'inconnue. Je ne veux pas te faire de mal, mais je n'ai pas le choix…

Ces quelques mots glacèrent l'enfant. Au même instant, une voix familière retentit à l'autre bout de la rue.

— Joséphine !

Aussitôt la femme se remit à courir et la fillette n'eut pas d'autre choix que de la suivre.

— Saïd ! hurla-t-elle avec effroi.

Mais elle avait beau tirer et se tordre, elle n'arrivait pas à se libérer de la poigne de fer. Il fallait que le soldat les rattrape, il fallait absolument qu'il les rattrape ! Malgré sa crainte de se blesser, Joséphine ne trouva pas d'autre moyen pour ralentir sa ravisseuse que de se jeter dans ses jambes. La femme ne s'y attendait pas et elle trébucha. Toutes deux roulèrent lourdement sur le sol et l'étau autour du poignet de l'enfant se relâcha enfin.

Tremblant sous le choc, les genoux sévèrement écorchés, Joséphine lutta malgré tout pour se relever. La femme s'était déjà redressée, la robe toute sale, mais cela avait laissé le temps à Saïd de les rejoindre. Joséphine bondit pour se ranger près du turco qui considérait l'inconnue avec incompréhension.

— Madame, pourquoi…

Il ne termina pas sa phrase, les yeux écarquillés par l'horreur. La femme s'était ramassée sur elle-même et elle était en train de se transformer. Ses ongles s'allongeaient en longues griffes tranchantes, des crocs avides débordaient de sa bouche démesurément étirée et une lueur démoniaque habitait ses yeux sombres. Toute sa posture s'était faite animale, puissante, dangereuse. Joséphine se rapprocha instinctivement de Saïd, le cœur battant à tout rompre. Le soldat fit un geste vers elle au moment où une seconde silhouette surgissait des ténèbres, vision qui parut bizarrement familière à Joséphine sans qu'elle comprenne pourquoi.

Trapu, entièrement vêtu de noir et arborant une effrayante barbe sombre, les pupilles rougeoyantes, l'homme portait un sac de toile sur l'épaule et un long fouet. Il adressa un sourire carnassier à la fillette.

— Enfin te voilà, ma petite Joséphine. Notre amie goule a fini par te trouver.

L'enfant se mit à trembler de tout son corps, pénétrée par la certitude que ce monstre allait la dévorer. Alors qu'elle allait s'effondrer, écrasée par une peur destructrice, Saïd la tira brusquement derrière lui et lui fit un rempart de son corps. Une odeur de sueur aigre émanait de lui, mais ce fut d'une voix courageuse qu'il s'adressa à l'homme en noir.

— Je ne sais pas qui vous êtes, monsieur, mais je dois ramener cette enfant chez elle. Je vous souhaite le bonsoir.

Il recula d'un pas, repoussant Joséphine en arrière, mais l'inconnu avança d'autant et la créature qu'ils avaient cru être une femme commença à manœuvrer lentement pour les encercler, se déplaçant à quatre pattes.

— Écarte-toi, vermine, gronda le monstre. Cette enfant est à moi !

Saïd se campa plus fermement sur ses jambes et tira un poignard caché dans sa botte. Il le brandit vers l'homme avec résolution.

— Cette enfant n'est à personne, djinn !

Il ajouta quelques mots dans sa langue et cracha devant lui avec mépris. Joséphine éprouva une admiration éperdue pour lui, mais ce geste de provocation ne fit qu'augmenter sa terreur. Elle ne voulait pas que Saïd se fasse tuer à cause d'elle ! Le turco lui jeta un bref coup d'œil.

— Va-t'en ! souffla-t-il.

Mais Joséphine n'eut pas le temps de lui obéir. Le fouet de l'inconnu claqua soudain, s'enroula autour du bras armé de Saïd et le tira violemment en avant. Le soldat fut projeté sur les pavés, se cognant si brutalement qu'il perdit son arme. Déjà le monstre marchait vers lui. Mais au même instant un frémissement parcourut l'atmosphère, quelque chose déchira l'air en même temps que leurs tympans et un obus tomba à quelques mètres à peine.

— Couche-toi !

Joséphine s'était jetée au sol avant même de comprendre le hurlement de Saïd. La détonation lui retourna la cervelle, l'ébranlant jusqu'au plus profond de son être, et un souffle puissant rabattit ses vêtements et lui envoya de la poussière dans les yeux en même temps que quelque chose frôlait son dos. La respiration coupée, les oreilles bouchées comme si elle les avait remplies de ouate, la vue troublée par les larmes, Joséphine resta figée, un goût de fer dans la bouche. Et soudain on la souleva.

Terrifiée, Joséphine hurla et voulut se débattre, puis elle s'aperçut que c'était Saïd qui l'avait relevée. L'homme semblait indemne, il lui parlait, mais elle n'entendait rien, complètement sonnée. Elle réussit toutefois à le suivre lorsqu'il se mit à courir. Dans un effort surhumain, elle regarda derrière elle. Elle eut tout juste le temps d'apercevoir un lampadaire arraché et deux silhouettes à terre, fauchées par les éclats d'obus, puis la scène disparut à l'angle d'une rue.

Saïd ne s'arrêta pas de courir avant d'avoir rejoint une zone où de nombreuses personnes s'agitaient et, reprenant enfin pied, Joséphine reconnut la place Broglie et les pompiers qui s'agitaient autour du dépôt à incendie de la mairie. Avant qu'elle n'ait pu retrouver son souffle, ils furent assaillis par un Edmond complètement paniqué.

— Oh mon Dieu ! Mais où étiez-vous passés ? Il faut absolument se mettre à l'abri !

Les obus continuaient à tomber et il semblait à Joséphine que cet infernal orage ne s'arrêterait jamais. Il fallait toutefois reconnaître aux Prussiens qu'ils l'avaient sauvée, ainsi que Saïd, même si c'était involontaire.

Le turco tint à les raccompagner jusqu'à leur maison de la rue du Dôme, mais il refusa ensuite d'entrer, arguant qu'il devait rejoindre son poste sur les remparts. Mathilde tirait déjà sa fille à l'intérieur, mais Saïd parvint encore à lui adresser quelques mots préoccupés.

— Je ne sais pas ce que te voulaient ces démons, chuchota-t-il, mais je t'en prie, fais attention à toi. Qu'Allah te protège !

Joséphine n'eut pas le temps de le remercier, accaparée par sa mère et Louise qui mouraient d'inquiétude, et la porte se referma sur le turco. Aussitôt on accabla la fillette de questions, Edmond visiblement furieux de la manière dont elle lui avait faussé compagnie, sa mère venant ajouter ses doléances à celles du jeune homme, le tout sous l'œil légèrement sarcastique de la vieille madame Guérin.

Joséphine tenta tant bien que mal de décrire ce qui s'était passé, mais ni Edmond ni sa mère ne crurent à ses explications et Saïd n'était plus là pour confirmer son récit.

— Cette pauvre femme a sans doute voulu t'aider ! s'exclama sa mère en levant les yeux au ciel. N'invente pas n'importe quoi pour justifier ta conduite irresponsable !

Joséphine tenta de protester, mais elle comprit très vite que cela ne servait à rien et elle finit par s'enfermer dans le mutisme, blessée et désemparée.

Toute la maisonnée s'était préparée à passer la nuit dans l'atelier de photographie du rez-de-chaussée et, après l'avoir longuement sermonnée et avoir laissé Louise soigner ses genoux blessés, Mathilde l'envoya se coucher. Joséphine se laissa tomber sur le matelas installé par la bonne et s'enroula dans une couverture malgré la chaleur, épuisée mais incapable de trouver le sommeil. À l'extérieur, les bombardements avaient cessé et la nuit avait plongé dans un silence anxieux.

Joséphine ne pouvait pas s'empêcher de ressasser les évènements tandis que ses compagnons s'endormaient un par un. Qui étaient ces créatures ? L'homme en noir l'avait appelée par son prénom. Comment la connaissait-il ? Que lui voulait-il ? Saïd avait raison, il ne pouvait s'agir que de démons, mais pourquoi en avaient-ils après elle ? Et comment pourrait-elle se protéger d'eux alors que le turco combattait sur les remparts et que personne chez elle ne la croyait ?

— Je sais que tu ne dors pas, murmura soudain une voix toute proche. Raconte-moi encore ce qui s'est passé.

Recroquevillée sur le flanc, Joséphine roula sur le dos et s'aperçut que la vieille madame Guérin l'avait rejointe sans un bruit, tenant une bougie à la main. La fillette hésita, mais Catherine semblait réellement prête à l'écouter et elle avait trop besoin de décharger son cœur pour négliger cette chance.

À nouveau, elle se lança dans le récit de la soirée, mais cette fois nul cri indigné ne l'interrompit et personne ne l'accusa de fabuler. Catherine l'écouta attentivement, se contentant de poser l'une ou l'autre question incisive, puis elle examina son poignet dans lequel la main de l'inconnue avait laissé des traces profondes qui commençaient à se transformer en bleus, douloureuses. Au bout d'un moment, elle poussa un soupir pensif.

— Moi, je te crois, ma petite, lâcha-t-elle soudain.

Joséphine s'attendait si peu à ces quelques mots que des larmes de reconnaissance envahirent ses yeux.

— Vous savez qui sont ces gens ? chuchota-t-elle avec anxiété.

Catherine secoua la tête.

— Pas encore, mais je vais essayer de le découvrir. En attendant, tu ne sortiras plus sans moi. Tu as eu de la chance que ton turco soit aussi courageux, mais il ne sera pas toujours là. Tu vas devoir être très prudente et obéir à tout ce que je te dirai. C'est clair ?

Joséphine n'aimait pas le ton autoritaire de la vieille femme, mais elle n'avait guère le choix et elle n'était pas en position de négliger l'aide de quelqu'un qui semblait enfin la prendre au sérieux. Elle acquiesça donc docilement et Catherine parut satisfaite. La vieille femme déposa une caresse bourrue sur sa tête.

— Dors maintenant. Nous aurons tôt fait d'éclaircir ce mystère.

Soulagée, Joséphine approuva et retrouva sa position fœtale, laissant enfin retomber ses paupières brûlantes.

Chapitre 4

Strasbourg, dimanche 14 décembre, de nos jours

Franck ouvrit lentement les yeux, brumeux. L'odeur de Johanna imprégnait encore ses draps, mais la jeune femme n'était plus couchée près de lui. Il avait oublié de fermer les volets et la chambre était baignée par une lumière triste et maladive, épuisée par la traversée de l'épaisse couche de nuages hivernaux. Devant son visage, les plis des draps crème formaient des monts faiblement éclairés et des vallées encore plongées dans le noir. Un long cheveu auburn les reliait, pont fragile suspendu avec grâce au-dessus du vide, oscillant sous le souffle de Franck. L'homme roula sur le dos avec un soupir.

Ce faisant, il s'aperçut que Johanna n'était qu'à quelques pas, roulée en boule dans un fauteuil, emmitouflée dans son peignoir. Elle regardait le ciel gris par la fenêtre et ne paraissait pas l'avoir entendu. Depuis que Franck avait emménagé chez Kieran, elle avait toujours pris soin d'éviter les lieux et c'était toujours lui qui l'avait rejointe chez elle. Et même s'il se considérait en transit, même si cette chambre aménagée au goût de Kieran n'était pas vraiment la sienne, Franck aimait la voir assise là, au milieu de ces objets familiers, participant de son intimité. Malgré son désir de l'enlacer, de l'embrasser, de la cajoler, il prit tout son temps pour l'observer et savourer ce moment, paresseusement étalé sur le lit, la fraîcheur du matin commençant à hérisser de chair de poule son torse nu.

Les évènements de la nuit avaient laissé des stigmates sur le visage de Johanna, y traçant des cernes gris, durcissant le pli de sa bouche, creusant un sombre sillon entre ses yeux voilés par le chagrin. Ses longs cheveux auburn étaient ternes et sans vie dans cette aube morne et Franck aurait voulu braquer sur eux toute la force du soleil pour y faire renaître ces reflets flamboyants qu'il adorait, pour auréoler d'un sain mordoré les joues et les lèvres trop pâles, pour remettre de la lumière dans les yeux éteints au vert plus liquide que jamais. Recroquevillée sur le fauteuil, accablée et abandonnée à ses lointaines pensées, Johanna ne ressemblait plus qu'à une esquisse d'elle-même, privée de sa force vitale, dénuée de la moindre substance, comme un rêve mélancolique prêt à se désagréger lentement dans l'oubli.

Cette impression frappa si durement Franck qu'il se redressa dans le lit, angoissé à l'idée de voir la jeune femme disparaître à tout jamais. Mais Johanna tourna la tête vers lui et esquissa un sourire fragile. Il réalisa qu'elle était toujours là, vulnérable, blessée mais bien vivante ; tout devint plus net autour de lui et il reprit enfin pied dans la réalité.

— Tu as pu dormir ? demanda-t-il avec douceur.

La jeune femme haussa les épaules.

— Un peu. Je ne voulais pas te réveiller en me tournant dans tous les sens, alors je me suis mise là.

Franck s'arracha aux draps, ne portant que son caleçon, et il eut le plaisir de deviner une lueur de convoitise dans le regard qui glissait le long des courbes de sa puissante musculature. Déjà Johanna se détournait, le visage fermé, mais il avait attrapé au vol cette furtive marque de désir et il l'enferma au fond de son cœur avec d'autres trésors identiques. Ce fut avec toute la tendresse du monde qu'il s'accroupit près d'elle et prit sa main pour embrasser ses doigts.

— Comment tu te sens ?

La jeune femme ne répondit pas, braquant les yeux vers le ciel sombre derrière les fenêtres comme si elle avait voulu s'y fondre. Ses doigts étaient froids et inertes dans ceux de Franck. Au bout d'un moment elle les retira, non sans brusquerie, et une nouvelle écharde se planta dans le cœur de l'homme. Elle secoua la tête dans un soupir.

— Qu'est-ce qui m'a pris de venir ici, Franck ? Pourquoi j'ai fui comme ça ? Si j'étais restée, j'aurais pu me défendre, essayer de comprendre. Pourquoi est-ce que j'ai agi comme une coupable ? Maintenant Annabelle et les autres doivent être persuadées que… Comment est-ce que je vais découvrir la vérité alors que je suis coincée ici à la merci du moindre caprice de l'Immortel ? Comment est-ce que je vais retrouver le salopard qui a fait ça ? Et qui va s'occuper de l'enterrement ? Ma mère est toute seule ! Elle ne devrait pas être toute seule alors que…

Johanna s'interrompit, étranglée de sanglots qu'elle n'arrivait plus à contenir. Franck faillit la prendre dans ses bras, mais il réprima cet élan et recula au contraire, lui laissant la place de se ressaisir d'elle-même. Il ramassa son jean, l'enfila, puis chercha un pull propre dans l'armoire en bois laqué, de style oriental comme tout le reste de la pièce. Tout en s'habillant, il s'efforça de parler d'une voix aussi calme que possible.

— Tu n'as rien à te reprocher. Tu as suivi ton instinct, c'est normal. Tu es à l'abri ici et je suis sûr que c'est ce que ta mère aurait voulu. Annabelle et Cathy vont s'occuper d'elle. Et la chose la plus importante pour le moment, c'est de te débarrasser de ces accusations et de trouver le vrai coupable. Kieran va t'aider, Jo. Il sera sûrement désagréable tout du long et je reconnais qu'il peut être vraiment pénible, mais il le fera, je te le promets. Je le supplierai s'il le faut.

Franck se tut en serrant les dents, incertain de sa capacité à tenir cette promesse. S'il y avait bien une chose qu'il avait apprise sur Kieran en vivant à ses côtés, c'était que l'homme n'en faisait qu'à sa tête et qu'il était impossible de l'obliger à quoi que ce soit. Après leur dispute de la veille, il était sans doute capable de se braquer et de les envoyer promener. Et alors quoi ?

Toutes les histoires que lui avait racontées Johanna revenaient à la mémoire de Franck, tout ce qu'il avait appris du passé de son compagnon. Il y avait un autre Kieran enfoui au fond de celui, drôle, séduisant et attachant qu'il côtoyait tous les jours, une personnalité très différente, froide, cruelle, impitoyable. Et si le charme particulier de l'Immortel l'avait aveuglé ? Et s'il n'était devenu qu'un vassal, un adorateur lobotomisé, incapable de discerner une délicieuse illusion de la terrible réalité ?

Franck fut arraché à ce tourbillon d'effroi par des mains tremblantes qui effleuraient son dos. Johanna se glissa contre lui, se blottit contre sa poitrine. Il l'enlaça avec douceur, retrouvant aussitôt son équilibre intérieur.

— Peut-être que tu as raison, murmura-t-elle. Peut-être qu'il me faut pas moins que l'Immortel pour convaincre la Sororité de mon innocence. J'ai beau réfléchir, je n'arrive pas à me souvenir pourquoi j'ai pensé que je pourrais lui faire confiance, mais… Il m'a offert sanctuaire, ça, je ne peux pas le nier, et rien ne l'y obligeait.

Elle enfouit plus étroitement le visage contre son torse.

— Tu sais, ce que j'ai dit à propos… À propos du fait que tu serais son vassal, c'est… Je vois bien qu'il te fascine depuis le premier jour. J'essaye de me convaincre que tu vois en lui des qualités que peut-être je ne vois pas, mais… J'ai peur de lui, Franck, j'ai peur de ce qu'il est, de tous les crimes qu'il a commis, de ceux qu'il pourrait commettre. Te voir admirer et… et aimer quelqu'un comme lui, c'est… perturbant.

Johanna s'interrompit avec un soupir. Elle recula, avec une grande douceur, mais cela suffit pour que la douleur se réveille dans le cœur de Franck.

— Je ne sais pas pourquoi je te parle de ça maintenant, reprit-elle en s'éloignant pour de bon. Je ferais mieux de m'habiller, on a des choses plus urgentes à régler.

Elle ramassa les vêtements qu'il lui avait donnés et alla s'enfermer dans la salle de bains attenante. L'homme se laissa tomber au bord du lit et se passa les mains sur le visage. Qu'essayait-elle vraiment de lui signifier ? Que son amitié avec Kieran compromettait leur relation ? Franck se releva brusquement, l'estomac noué. Johanna avait raison, ce n'était pas le moment de penser à tout ça. Avant toute autre chose, ils devaient s'assurer de la sécurité de la jeune femme.

* *
*

Lorsque Franck et Johanna arrivèrent au bas de l'escalier, dans le hall, la porte de la salle à manger était ouverte et le murmure d'une conversation s'en échappait. Ils prirent cette direction et découvrirent bientôt Kieran et Lukas Hartmann attablés devant un somptueux petit-déjeuner. Dès leur entrée, le premier abandonna sa tasse de café et sauta de son siège avec énergie. Il était rasé de frais, portait un costume impeccablement repassé et semblait d'excellente humeur. Il leur adressa un large sourire.

— Ah vous voilà ! Vous semblez épuisée, ma chère Johanna. Vous n'avez pas dormi ?

— Pas trop non, marmonna la jeune femme.

— Eh bien ! Ce soir, je vous donnerai une tisane de ma composition, vous verrez que vous dormirez comme un bébé. Venez, venez.

Prenant la jeune femme par le bras, il entreprit de la conduire courtoisement jusqu'à une chaise. Johanna jeta un regard interloqué à Franck et celui-ci haussa les épaules, dubitatif. Kieran installa la jeune femme avec tous les égards d'un gentleman tandis que Franck serrait la main de Lukas, soulagé de ne plus être seul à faire barrière entre Kieran et Johanna. Cependant ce dernier avait radicalement changé d'attitude depuis la veille et il poussa jusqu'à verser du thé à Johanna. Lorsqu'ils furent tous servis, il vida son café d'un trait, puis adopta un air solennel qui ne manquait pas de grandiloquence, comme à chaque fois qu'il prenait volontairement une expression sérieuse.

— Mademoiselle Beaumont, je crois que je vous dois des excuses, dit-il d'un ton grave. Comme Franck me l'a fait remarquer, mon comportement d'hier soir était totalement inadapté à la terrible situation dans laquelle vous vous trouvez et j'en suis navré. Naturellement je suis tout à fait prêt à vous offrir mon assistance dans ces difficiles moments et j'espère que vous accepterez mon aide en dépit de… de notre délicat passif. Je suis sûr qu'en nous alliant, nous pourrons rendre justice à votre mère.

À nouveau Johanna chercha le regard de Franck, incrédule. Kieran le remarqua, mais il n'en tint pas compte.

— Il y a tout de même une chose que j'aimerais éclaircir : si je respecte Franck et que je me suis attaché à lui, c'est précisément parce qu'il n'est pas mon vassal. J'espère que vous pouvez comprendre cela.

Johanna fronça les sourcils, mais elle ne sut que répondre. Kieran se détourna le temps de se servir une nouvelle tasse de café et de déverser un torrent de confiture sur sa pile de gaufres. Il engloutit plusieurs bouchées, puis fit tinter sa fourchette sur le bord de son assiette.

— Bien bien bien. Revenons-en à ce qui nous occupe. Pour commencer, et si ce n'est pas trop douloureux pour vous, j'aimerais que vous nous parliez de votre mère. Vous avez dit qu'elle avait des responsabilités dans la Sororité. Pouvez-vous nous expliquer lesquelles ?

Johanna le considéra un instant avec méfiance.

— Je croyais que vous saviez déjà tout, répliqua-t-elle entre ses dents.

Elle saisit la théière et cogna involontairement dans une cruche de jus d'oranges pressées. Dans un réflexe fulgurant, Kieran rattrapa la carafe avant qu'elle ne se renverse et leurs regards se croisèrent. La jeune femme rougit et l'homme réprima, non sans peine, un sourire moqueur. Il se recula sur son siège, ravalant avec une gorgée de café la réflexion qui semblait le démanger.

— Très bien, reprit-il tranquillement, c'est donc moi qui vais parler et vous me corrigerez si nécessaire. Si j'ai bien compris, c'est madame Niels qui dirige le clan alsacien de la Sororité, elle est ce qu'on appelle une Aînée. La Sororité est divisée en clans régionaux, ajouta-t-il à l'attention de Franck, chacun d'eux est dirigé par une ou plusieurs Aînées qui rendent elles-mêmes des comptes à un conseil national, au sommet duquel figure une femme surnommée la Vénérable. Même si la Sororité se veut un système démocratique où l'on peut s'élever par le seul mérite, la hiérarchie y est très marquée et les Aînées sont souvent élues pour leur influence davantage que pour leurs actions. Quoique, madame Niels fait sans doute exception, car c'est une femme sans véritable fortune et sans réseau, mais d'une grande intelligence et d'une indéniable puissance. Elle…

— C'est bon, interrompit Johanna avec nervosité, je crois qu'il a compris.

La jeune femme était visiblement mal à l'aise d'entendre l'Immortel discuter ainsi du fonctionnement de la Sororité. Franck songea que les sorcières s'enorgueillissaient de tout connaître de la vie de Kieran, mais qu'elles toléraient mal la réciproque. Cependant Kieran poursuivait avec indifférence.

— Votre mère était une Aînée, elle aussi, mais d'un rang inférieur à celui de madame Niels. Son travail consistait à faire le lien entre les sorcières du clan, n'est-ce pas ? Pour cela, elle répertoriait toutes celles vivant dans la région, s'assurait de pouvoir les contacter si nécessaire, enregistrait les arrivées, les départs, les décès, les naissances, les mariages… Disons qu'elle tenait un peu le rôle de l'état civil pour les humains. Et en cas de problème, c'est elle qui transmettait informations et instructions à chacune des membres du clan. Nous sommes bien d'accord ?

Johanna acquiesça à contrecœur, fixant sombrement la tasse de thé entre ses mains.

— Cela ouvre un large champ de possibles, soupira Kieran. Si mes calculs sont bons, il y a à l'heure actuelle une bonne quarantaine de sorcières en Alsace et votre mère les connaissait toutes. Il va falloir que nous examinions leurs situations une par une pour déterminer si l'une d'elles pourrait être impliquée.

Johanna releva vers lui un regard révolté.

— Ce n'est pas une sorcière qui a tué ma mère ! C'est impossible !

— Pourquoi diable serait-ce impossible ?

— Parce que... Parce que ce n'est pas... Non, je refuse de le croire. Toutes les nôtres aimaient ma mère, elle rendait service à tout le monde, elle...

Johanna se tut, la voix étranglée, les doigts crispés sur sa tasse. Resté silencieux jusque-là, Lukas se pencha vers elle d'un air compréhensif. Un reflet de la lumière électrique accrocha l'anneau doré à son oreille, attirant l'attention vers son visage épais et vieillissant, encadré de courts cheveux gris. Comme à son habitude, il portait un vieux jean défraîchi et un pull un peu miteux dont le col roulé ne suffisait pas à cacher les pointes du tatouage tribal gravé dans son cou. Une canne en bois antique était appuyée contre sa chaise, il ne s'était pas levé à leur entrée et Franck supposait que sa blessure au genou s'était réveillée avec l'humidité hivernale. Malgré ses questions détournées, il n'avait pas réussi à apprendre comment Lukas s'était retrouvé boiteux. Même s'ils se voyaient plusieurs fois par semaine au club de boxe et partageaient régulièrement un verre après la séance, le détective restait très réservé quant à sa vie privée et ses activités en général. Néanmoins Franck avait l'habitude de le voir réconforter des boxeurs malmenés et il ne fut pas surpris de la douceur avec laquelle il s'adressa à Johanna.

— Sauf votre respect, ma belle, la plupart du temps, c'est dans l'entourage proche qu'on trouve les réponses. Et l'entourage de votre mère, c'est des sorcières. Ça ne veut pas dire qu'on doit se contenter de ça, mais ne pas enquêter de ce côté-là serait une grave erreur. D'autant plus si le dossier qu'elle voulait vous montrer avait vraiment un rapport avec la Sororité.

Johanna serra les dents, puis elle reposa brusquement sa tasse, heurtant son assiette. Elle croisa les bras, évitant de regarder qui que ce soit.

— D'accord, admit-elle à mi-voix. Vous avez sûrement raison.

Lukas jeta un regard interrogateur à Kieran et celui-ci lui fit signe de poursuivre en souriant. Le détective repoussa son couvert, tira un paquet de tabac écrasé et des feuilles d'une de ses poches et entreprit de se rouler une cigarette.

— Vous dites que votre mère s'entendait avec tout le monde, mais il devait bien y avoir des sorcières avec qui ça coinçait, non ? Désolé, mais j'ai du mal à croire à l'entente parfaite dans un groupe de bonnes femmes…

Lukas haussa les sourcils en guise d'excuse et Johanna grimaça un sourire.

— Vous avez tort. Ma mère n'avait pas d'ennemie parmi les nôtres. Elle me l'aurait dit si elle avait eu un problème avec quelqu'un. Et puis elle était plutôt du genre à apaiser les querelles qu'à les provoquer. Je ne l'ai jamais vue s'engueuler avec personne d'autre que… que moi.

Des larmes embuèrent les yeux de la jeune femme, mais elle les ravala férocement.

— Est-ce qu'une nouvelle sorcière a pu arriver dans la région récemment ? intervint Franck. Quelqu'un que tu ne connaîtrais pas ? Je ne sais pas, moi, quelqu'un qui avait quelque chose à cacher que ta mère aurait découvert en l'enregistrant dans ses dossiers, par exemple.

Johanna réfléchit, puis fit un geste vague.

— C'est possible, je ne sais pas. Je ne lui avais pas parlé depuis deux semaines, c'est possible qu'il se soit passé quelque chose entretemps.

— J'imagine que votre mère produisait pour la Sororité des rapports de ses activités ? demanda Kieran.

— Oui, elle avait tout dans son ordinateur. Mais Annabelle a dû le mettre en sécurité à l'heure qu'il est.

— Ces rapports ne sont archivés nulle part ailleurs ?

Johanna hésita. Les doigts de Kieran tambourinèrent sur la table avec impatience.

— Mademoiselle Beaumont, nous allons avoir du mal à avancer si vous ne nous faites pas un minimum confiance.

La jeune femme le foudroya des yeux.

— Vous êtes l'Immortel, pourquoi est-ce que je vous ferais confiance ?

Kieran soutint son regard.

— Parce que vous n'avez pas le choix, rétorqua-t-il calmement. Vous avez perdu la protection de la Sororité, ma chère, vous êtes seule et vous avez besoin d'un allié. Et dois-je vous rappeler que c'est vous qui êtes venue me chercher ? Allons, mademoiselle, vous connaissez mon passé, vous savez que j'aime ce genre d'énigmes, vous savez que, si vous voulez bien y mettre du vôtre, je trouverai qui a tué votre mère.

Johanna le dévisagea de longues secondes, puis elle baissa la tête.

— Et vous en profiterez au passage pour apprendre tout ce que vous pourrez sur la Sororité, marmonna-t-elle.

— Je trouve cette accusation injuste venant de quelqu'un qui vit désormais sous mon toit et a donc tout le loisir de m'espionner, répliqua Kieran. De toute façon, nous avons signé un traité, la guerre est terminée et je n'ai aucune envie qu'elle recommence. Si j'ai récolté quelques informations, c'était pour me tenir prêt et me protéger, rien de plus.

Johanna ne réagit pas tout de suite, silencieuse, jouant nerveusement avec les cordons de la capuche de son jogging. Elle finit par pousser un profond soupir.

— La Sororité possède en Allemagne des serveurs sur lesquels sont rassemblées toutes les données qui circulent entre nos membres et une grosse partie de nos archives qui ont été numérisées. On peut s'y connecter de partout dans le monde. Mais mon mot de passe a sûrement déjà été annulé et de toute façon je n'avais qu'un accès limité. Il n'y a que les Aînées qui ont un accès global.

— Le mot de passe de votre mère ?

— Elle ne me l'a jamais dit.

— Ce n'est pas grave, je connais quelqu'un qui saura régler ce problème.

Indifférent au froncement de sourcils de Johanna, Kieran tira son smartphone de sa poche et se mit à taper un texto à toute vitesse. Il reprit la parole sans lever les yeux.

— Et en dehors de la Sororité ? Votre mère fréquentait beaucoup d'Invisibles ?

— Pas spécialement. Elle allait de temps en temps à la taverne, mais plutôt pour y retrouver des gens qu'elle connaissait déjà. Sa meilleure amie, Lucie Thomas, est une goule, mais ça fait un mois qu'elle est partie en reportage en Afghanistan et elle ne doit rentrer qu'en janvier, donc je ne vois pas comment elle pourrait être impliquée.

— Est-ce que votre mère aurait pu la contacter pour lui parler de ses problèmes ?

— Peut-être. Mais si elle l'avait fait et que ça avait été vraiment grave, je suis sûre que Lucie aurait sauté dans le premier avion pour rentrer. Elles s'adorent toutes les deux. Mon Dieu, comment je vais lui annoncer que…

Johanna se mordit la lèvre inférieure, tremblante, et Franck dut résister à la tentation de faire le tour de la table pour la réconforter.

— D'autres amis parmi les nôtres ? interrogea Lukas tout en roulant avec adresse une seconde cigarette qu'il posa près de la première.

Johanna réfléchit.

— Pas vraiment. Ma mère voyait déjà beaucoup de monde entre son boulot pour la Sororité et son poste à la mairie d'Illkirch. Le reste du temps, elle aimait bien profiter de sa tranquillité…

— Et du côté des hommes ? demanda prudemment le détective.

— Elle ne voyait personne en ce moment. Dispute ou pas, elle m'en aurait parlé, ajouta-t-elle avec une pointe de défi.

— Votre père ?

Johanna adressa un sourire mauvais à Kieran.

— Alors vous ne savez pas tout, hein ? Mon père est mort quand j'étais bébé. S'il avait dû revenir nous hanter, je pense qu'il l'aurait fait depuis longtemps.

— Et aucun des autres amants de votre mère ne pourrait lui en vouloir au point de s'en prendre à elle ?

— Non. Elle ne sortait pas avec des cinglés. Et de toute façon ils étaient tous humains, ils ne savaient rien des sorcières et il y a de la magie derrière tout ça.

— Je vois. Il semblerait donc que votre mère n'était pas le genre de femme à se faire des ennemis. Et pourtant quelqu'un a décidé non seulement de la tuer, mais aussi de vous faire accuser de ce crime. Est-ce que cette personne pourrait vous en vouloir à vous ?

Johanna ouvrit la bouche avec stupeur, puis elle fronça les sourcils.

— Vous croyez que tout ça serait contre moi ?

Kieran haussa les épaules.

— Ce n'est pas impossible, admettez-le. Est-ce que quelqu'un pourrait vous vouloir du mal ?

— À part vous, je ne vois pas.

Kieran ne put tout à fait contenir son agacement et Franck s'empressa d'intervenir.

— Réfléchis, Jo, ça paraît plausible.

La jeune femme poussa un profond soupir.

— Comment est-ce que je pourrais avoir des ennemis alors que je termine à peine ma formation ? Jusqu'à il y a cinq mois, je n'avais encore jamais travaillé pour la Sororité ! Ma première mission, ça a été de surveiller l'Immortel et ensuite il y a eu cette histoire avec l'eau du Léthé et voilà ! Il ne s'est rien passé d'autre entre-temps.

Elle marqua une pause, évita de regarder Kieran.

— La seule personne qui ait jamais essayé de me tuer, c'est vous.

L'homme leva les yeux au ciel.

— Dois-je vous rappeler que j'étais avec Franck toute la soirée ? Sûrement vous avez au moins confiance en son témoignage !

— Vous auriez pu payer quelqu'un pour le faire.

Kieran poussa un gémissement de frustration et se leva brusquement, faisant sursauter la jeune femme.

— Cette fois je craque ! s'exclama-t-il. Essayez de raisonner cette tête de mule, parce que moi j'en ai assez de me justifier. Je vous la laisse !

Et il quitta la pièce avec une exaspération théâtrale, claquant la porte derrière lui. Dans le silence embarrassé qui suivit, le cliquetis du briquet de Lukas résonna fortement, rompant le charme qui les figeait. Franck fit le tour de la table pour venir s'asseoir près de Johanna. Il voulut prendre sa main, mais elle recula avec impatience, regardant droit devant elle d'un air buté.

— Il a raison, fit-il d'une voix apaisante. Et je comprends que ce soit difficile pour toi, mais tu dois lui faire confiance. Il…

— C'est un assassin et un monstre.

— Si tu penses vraiment ça, pourquoi tu es venue ici ?

— Franchement, je n'en sais rien.

Franck réprima un soupir.

— Il dit qu'il a changé et je le crois, Jo.

— Vraiment ? Pourtant, si mes souvenirs sont bons, il a bien failli me tuer il y a deux mois. Et maintenant ma vie lui appartient. Qu'est-ce qui l'empêchera de recommencer ?

— Moi, répliqua Franck. Je l'en empêcherai comme je l'ai fait il y a deux mois. Il m'écoutera.

Un sourire amer tordit les lèvres de Johanna.

— Toi ? Tu es complètement aveugle. Il a essayé de m'étrangler, putain ! Certaines nuits je sens encore ses mains sur ma gorge ! Est-ce que tu réalises vraiment ce que ça veut dire ? Si nous étions des humains, il serait en prison pour tentative de meurtre ! Mais bien sûr, on ne peut pas atteindre l'Immortel aussi facilement, il n'en a rien à foutre de la justice et il continue à se promener tranquillement alors que j'ai failli mourir ! Et toi, tu trouves ça normal, tu me dis que c'est quelqu'un de bien, mais merde, Franck, réveille-toi !

L'homme eut un mouvement de recul, choqué. Inconsciemment, lâchement, il avait comprimé cet évènement dans un coin de sa mémoire, le réduisant d'autant plus facilement à un simple incident que ni Kieran ni Johanna elle-même n'étaient jamais revenus dessus. Il avait fini par considérer que ce n'était qu'une péripétie de leur aventure comme une autre, il en avait occulté la gravité. En agissant ainsi, il avait dénié à Johanna non seulement la compassion qu'elle méritait, mais même la simple reconnaissance du fait qu'elle avait subi quelque chose de terrible. Comment aurait-elle pu s'abandonner à lui alors qu'il n'avait même pas été capable de voir qu'elle souffrait, alors qu'il avait égoïstement choisi de minimiser l'acte de Kieran parce que cela lui permettait de se laisser aller sans scrupules à son inclination pour l'homme ? Une vague de culpabilité l'envahit et il fut incapable de dire un mot.

Voyant qu'il restait silencieux, Johanna détourna la tête avec un soupir. Elle renifla, puis se servit une nouvelle tasse de thé d'une main tremblante, en renversant la moitié sur le marbre de la table. Lukas finit par rompre le silence pesant d'une voix tranquille.

— Un ennemi peut finir par être un très bon allié, ma petite, croyez-moi. Les intérêts communs, ça rapproche.

— Justement, je ne vois pas quel est son intérêt dans tout ça, à part jouer avec moi.

Lukas parut réfléchir à sa réponse, pesant soigneusement ses mots, mais il n'eut pas le temps de parler. La porte se rouvrit brusquement et Kieran refit son apparition, marchant vers Johanna d'un pas décidé. La jeune femme ne put réprimer un mouvement effrayé et Franck s'interposa instinctivement, se dressant de toute sa taille devant elle. Kieran s'arrêta à un pas de l'homme, souriant, et se pencha souplement de côté pour regarder Johanna.

— Ma chère, je crois que vous avez raison et que nous sommes partis sur de mauvaises bases. Je vais vous expliquer quel est mon intérêt dans tout ceci.

Il y eut un instant de flottement surpris, puis Lukas renifla.

— On ne t'a jamais appris que c'était mal d'écouter aux portes, boss ?

Kieran haussa les épaules avec un large sourire.

— Ce n'est tout de même pas ma faute si les gens ont la déplorable habitude de ne pas me dire les choses en face ! Franck, si tu veux bien me laisser approcher de mademoiselle…

L'homme hésita, puis il fit un pas de côté à contrecœur, restant prêt à intervenir. Kieran le contourna avec un regard moqueur, puis s'assit près de Johanna. Il lui tendit la main, l'invitant à lui donner la sienne. La jeune femme ne bougea pas, méfiante, et Kieran resta dans la même position d'offrande tout le temps où il parla.

— Une des raisons pour lesquelles je veux vous aider, ma chère, c'est que Franck est très attaché à vous. Et, contrairement à ce que vous pensez, tout ce qui le concerne a une grande importance pour moi. Mais pour être tout à fait honnête, ce n'est pas ma motivation première. Vous m'intéressez parce que vous êtes une sorcière.

Johanna fronça les sourcils avec nervosité. Kieran se pencha un peu plus vers elle, baissant d'un ton pour donner plus de poids à ses paroles.

— Quand je dis que je suis fatigué de la guerre, ce ne sont pas des paroles en l'air. Je ne veux plus jamais revivre des affrontements comme ceux qui m'ont opposé aux vôtres pendant bien trop longtemps. Mais je ne suis pas aveugle, je vois bien que les choses sont allées beaucoup trop loin autrefois pour que la haine envers moi ne soit pas bien installée dans le cœur des vôtres. Et tant que cette haine vivra, tant que cette hostilité se transmettra de génération en génération, le risque existera qu'une étincelle mette le feu aux poudres et que tout recommence.

Kieran soupira.

— J'ai conscience que c'est moi qui ai déclenché cette guerre et que c'est moi qui ai fait naître cette haine par les crimes que j'ai commis ; je ne nie pas ma responsabilité. Mais c'était il y a plusieurs centaines d'années et je suis différent aujourd'hui. Si j'ai tout fait pour que le traité de paix existe, ce n'est pas seulement parce que je ne supportais plus d'être constamment traqué, mais aussi parce que je ne voulais plus être obligé de tuer les vôtres pour conserver ma liberté. Je n'éprouve plus de haine envers les sorcières depuis très longtemps, mademoiselle Beaumont.

Johanna ne parvint pas tout à fait à cacher son incrédulité et Kieran lui sourit avec douceur.

— J'espérais que cette paix forcée suffirait à apaiser les rancœurs, j'ai patienté très longtemps, mais j'ai fini par comprendre qu'il fallait plus que ça pour briser le mythe de l'Immortel dévoué à détruire les sorcières. Quand je vous ai rencontrée, ma chère, j'ai entrevu une solution. Bien sûr, votre esprit était imprégné des récits des carnages que j'ai commis autrefois, mais j'ai perçu chez vous une ouverture inédite. Vous êtes jeune, toutes ces histoires sont lointaines pour vous, abstraites. Je me suis pris à espérer que je pourrais vous montrer que j'avais changé, que si j'arrivais à gagner la confiance d'une seule sorcière, ce serait un premier pas vers une véritable paix. C'est pour cela que je vous ai laissé suivre d'aussi près ma recherche de l'eau du Léthé, c'est pour cela que je me suis livré volontairement aux tortures de Jorgensen pour vous sauver. Et c'est pour cela que j'ai aussi mal réagi quand vous m'avez trahi.

Johanna ouvrit la bouche pour protester, mais Kieran l'arrêta d'un geste calme.

— Avec le recul je comprends pourquoi vous avez agi comme vous l'avez fait. Mais sur le moment, je n'étais pas capable de raisonner. Je le reconnais, la colère est un sentiment que j'ai beaucoup de mal à contrôler et elle ne fait pas ressortir la meilleure part de moi. Vous m'avez volé la nouvelle vie que j'espérais bâtir avec l'eau du Léthé, mais vous m'avez aussi signifié que tous mes efforts pour établir une relation avec vous avaient été vains. Cela m'a rendu fou de rage. Et je ne dis pas cela comme une excuse, mais pour que vous compreniez ce qui s'est passé. Mon acte était inacceptable, mais il n'était pas arbitraire : il était lié aux circonstances.

Kieran recula légèrement sur son siège, la main toujours tendue vers Johanna.

— La vérité, mademoiselle Beaumont, c'est que je vous aime bien. Vous êtes intelligente, vous avez du cran, un instinct sûr et vous m'amusez. Vous m'exaspérez aussi, mais ça fait partie de votre charme. Franck vous a peut-être dit que je le taquinais souvent à votre sujet, mais je pense que son intérêt pour vous témoigne d'une sûreté de jugement que j'admire. Tout ça pour dire qu'en dépit de tout, je ne vous considère pas comme mon ennemie. Si je vous ai offert sanctuaire, si je veux vous aider, c'est pour la même raison que lorsque je vous ai permis de me suivre dans ma quête de l'eau du Léthé. Mais tout est différent maintenant, n'est-ce pas ? Le mythe de l'Immortel est devenu réel pour vous, le monstre s'est incarné, j'ai essayé de vous tuer. Je ne l'avais pas compris jusqu'à tout à l'heure et j'en suis navré. Je suis immortel depuis si longtemps que j'ai oublié ce que cela signifie d'avoir peur de mourir et l'empreinte terrible que ce traumatisme peut laisser. Je veux que vous sachiez que j'ai pris conscience de la gravité de ce que j'ai fait et de la souffrance que je vous ai causée. J'en suis profondément désolé. Et je ne vous demande pas de me pardonner, mais de me permettre de me racheter. J'ai une dette envers vous, je le sais maintenant. Autorisez-moi à la rembourser en vous tirant du mauvais pas où vous vous trouvez. S'il vous plaît.

Johanna le dévisagea de longues secondes, troublée, et Franck resta suspendu à ses lèvres. La jeune femme secoua la tête avec hésitation.

— Je ne sais pas, murmura-t-elle.

Kieran ne se laissa pas décourager, lui souriant encore avec douceur.

— Soyez honnête envers vous-même, mademoiselle. Si vous êtes venue ici hier soir, si vous avez pris le risque de me demander sanctuaire, n'est-ce pas parce qu'il reste un petit doute tout au fond de vous ? N'est-ce pas parce qu'une minuscule part de vous n'est pas tout à fait certaine que je suis un monstre irrécupérable ? Laissez-moi une chance de cultiver ce doute. Je vous en prie, laissez-moi une chance de payer ma dette.

Johanna prit une profonde inspiration, tremblante d'indécision, puis ses épaules se relâchèrent soudain, d'épuisement, de résignation, et elle posa enfin sa paume sur celle de Kieran.

— Très bien, soupira-t-elle. Mais si vous essayez de me manipuler…

L'homme l'interrompit en pressant gentiment sa main entre les deux siennes.

— Vous verrez, je vous prouverai que je suis sincère.

Ils échangèrent un long regard, puis Kieran se leva brusquement, les faisant tous sursauter.

— Et maintenant assez bavardé, nous avons du pain sur la planche ! Si vous voulez bien passer dans le bureau, j'attends un visiteur d'une minute à l'autre !

Lukas se leva sans discuter et Johanna suivit le mouvement, un peu hébétée. Franck faillit lui emboîter le pas, puis il revint en arrière comme Kieran s'attardait, avalant une dernière gaufre. Il voulut parler, mais son compagnon l'arrêta d'un regard malicieux.

— Ai-je été à la hauteur de tes attentes cette fois ? Est-ce que, selon tes critères, c'est ainsi que quelqu'un de bien se comporterait ?

Franck acquiesça en fronçant les sourcils. Kieran fit une révérence ironique.

— J'en suis ravi !

Il se dirigeait déjà vers la porte, mais Franck le retint.

— Je ne comprends pas. Si tu l'aimes bien, pourquoi tu t'es conduit comme ça hier soir ?

Kieran sourit encore.

— Je l'aime bien, c'est vrai. Je la déteste aussi. Rien n'est jamais simple dans la vie, n'est-ce pas ?

Il rit et quitta la pièce sans attendre la réaction de Franck. Celui-ci resta immobile, mal à l'aise, incapable d'interpréter ces derniers mots. Il fallut que Piotr entre soudain afin de débarrasser pour qu'il s'arrache enfin à ses pensées et rejoigne les autres.

* *
*

Le bureau de Kieran était aménagé d'une manière bien plus moderne que le reste de la maison, avec trois ou quatre télévisions, plusieurs ordinateurs, des imprimantes, des téléphones et un projecteur. Franck y venait de temps en temps pour regarder un film ou consulter ses emails, mais il n'était pas un grand fan de virtuel et il préférait s'installer dans le salon pour lire ou observer le feu en rêvassant.

Kieran était plus excessif dans ses rapports avec la technologie et il pouvait passer des journées complètes à regarder la télévision, le plus souvent les chaînes britanniques, ou à surfer sur Internet, se renseignant sur tous les sujets possibles et imaginables, s'amusant à discuter avec des gens à l'autre bout du monde grâce aux innombrables langues qu'il parlait couramment. Franck l'avait déjà vu collé à son écran vingt-quatre heures d'affilée, ne s'interrompant que pour manger, avant de ne plus y toucher pendant deux semaines. Dans tous les cas, l'homme était équipé d'un très bon matériel et, pour quelqu'un âgé de six cents ans, il s'y connaissait plutôt bien.

Ils s'étaient à peine installés dans le bureau que la sonnette de la porte d'entrée retentissait. Averti grâce à sa relation télépathique avec Yggi, Kieran était déjà dans le hall et il revint bientôt accompagné de quelqu'un qu'il présenta sous le nom de Morgan Moreau.

Le nouvel arrivant avait peut-être vingt ans et de prime abord pouvait passer parfaitement inaperçu. Frêle, à peine plus grand que Kieran, il était habillé très simplement d'un jean délavé, d'une chemise sombre et d'un blouson et portait sur le dos un gros sac usé. Seul son épais et soyeux foulard mauve dénotait un peu dans ce camouflage étudiant, même s'il avait lui aussi fait son temps.

Au premier coup d'œil, Franck fit à peine attention, serrant distraitement la main maigre et un peu molle qu'on lui tendait, mais il s'aperçut très vite que quelque chose clochait. Même si Morgan était un prénom mixte, Franck avait d'abord catalogué l'invité de Kieran comme un jeune homme, mais plus il le regardait, plus il doutait. Si certains cultivaient l'androgynie, jamais Franck ne l'avait vue poussée à un tel degré, et ce, naturellement. Peu importait la manière dont on observait Morgan, il était impossible de déterminer son sexe avec certitude. Et ce n'était pas seulement à cause de sa jeunesse, tout en lui participait de cette impression perturbante : sa silhouette fragile, ses traits fins, ses cheveux mi-longs, ses grands yeux noirs, sa voix étouffée, mais aussi les discrets piercings dans ses oreilles, les nombreux anneaux à ses doigts et ses vêtements. Homme ou femme, il était impossible de trancher et l'abolition de ce repère habituellement immédiat faisait de Morgan quelqu'un d'infiniment troublant.

Franck constata qu'il n'était pas le seul à être mal à l'aise. Johanna dévisageait le nouvel arrivant avec intensité et lorsque Lukas lui serra la main à son tour, il ne parvint pas tout à fait à réprimer une moue de répulsion. Morgan semblait avoir l'habitude de ce type de réactions et il battit en retraite près de Kieran, les joues rosies par l'embarras, les yeux baissés comme s'il avait voulu disparaître. Rien de tout cela n'avait échappé à l'homme et il passa une main amicale dans le dos de son jeune invité, le faisant rougir encore davantage.

— Peut-être aurais-je dû vous prévenir que Morgan est un hermaphrodite, cela fait toujours une drôle d'impression la première fois que l'on rencontre un membre de son peuple.

Franck était certain que l'homme avait plutôt pris soin de ne rien leur dire pour pouvoir savourer son effet, mais il s'abstint de le faire remarquer. Cette annonce avait au moins eu le mérite de détourner un instant Johanna de ses préoccupations. La jeune femme adressa un regard admiratif à Morgan.

— C'est génial ! Je croyais que les hermaphrodites avaient tous disparu !

Celui-ci esquissa un sourire gêné et ne dit rien.

— Les hermaphrodites n'ont pas de sexe défini, expliqua Kieran à Franck, leur appareil génital peut se modifier en un instant en fonction de l'orientation de leurs désirs. Comme tu peux l'imaginer, ce sont des as du travestissement… et de très bons amants aussi, toujours surprenants et très recherchés.

Morgan s'était empourpré pour de bon à cette évocation de son intimité et il paraissait avoir envie de disparaître. Tandis que Lukas cachait son dégoût derrière une cigarette, Kieran donna une tape amicale sur l'épaule de l'hermaphrodite.

— Mais ce n'est pas pour ça que je l'ai fait venir aujourd'hui, n'est-ce pas ? Il se trouve que notre ami Morgan, outre l'espèce très rare à laquelle il appartient, est un hacker de tout premier ordre. Je suis sûr que les serveurs de la Sororité ne lui résisteront pas !

Les réactions de Johanna et Morgan furent quasi simultanées.

— Vous voulez pirater nos serveurs ?

— Pas question que j'attaque la Sororité !

Leur indignation parut amuser Kieran. Il leva les mains en signe d'apaisement, se tourna tout d'abord vers Johanna.

— Ma chère, nous n'avons pas le choix. Il nous faut des réponses ou nous n'avancerons pas. Je vous promets que nous n'abuserons pas de cet accès.

Johanna ouvrit la bouche pour répliquer, puis la referma sans rien dire, sombre. Cependant Morgan avait reculé d'un pas vers la porte. Il secoua la tête lorsque le regard de Kieran se reporta sur lui.

— C'est trop dangereux, protesta-t-il faiblement. Les sorcières ne rigolent pas avec leurs secrets, K. Franchement j'ai pas envie de leur foutre les nerfs…

Du coin de l'œil, Franck nota le malaise de Johanna, mais elle resta silencieuse. Kieran lança à Morgan un sourire enjôleur.

— S'il te plaît, je te le demande comme un service personnel.

Morgan se tordit les mains, les yeux baissés.

— Si elles me chopent…

— Tu sais bien que ça n'arrivera pas, tu es beaucoup trop doué pour ça.

L'hermaphrodite soupira d'un air peu convaincu. Il se dandina un instant d'un pied sur l'autre et soudain, avec cette audace brutale des grands timides, il braqua ses yeux noirs sur Kieran et lança quelques mots nerveux.

— OK, mais j'aimerais quelque chose en échange.

L'homme parut surpris, mais il s'inclina.

— Tout ce que tu voudras.

Morgan prit une profonde inspiration, paraissant déjà regretter sa propre témérité.

— J'aimerais… J'ai besoin de… crécher ici quelques jours.

Sa voix mourut tandis que Kieran fronçait les sourcils.

— Alors c'est pour ça que tu es venu aussi vite. Depuis combien de temps dors-tu dans la rue ?

Le jeune Invisible baissa encore davantage la tête.

— C'est juste… Ça fait quelques jours, c'est tout, je…

— Avec ce froid ? Morgan ! Qu'est-ce qui est arrivé à la colocation que je t'avais trouvée au Neudorf ? Et pourquoi ne m'as-tu pas averti ?

Franck était étonné de l'attitude de Kieran, réprobatrice, presque paternelle. Morgan gardait la tête rentrée dans les épaules, les lèvres pincées, embarrassé et malheureux. Kieran le dévisagea un moment avec intensité, puis il fit un geste résigné.

— Je ne te chasserai pas, mais nous sommes en situation de crise. Et si tu redoutes les sorcières, ma demeure n'est pas le meilleur des refuges, surtout ces jours-ci. Peut-être qu'il vaudrait mieux que je te trouve un appartement.

L'hermaphrodite grimaça.

— S'il te plaît, K, chuchota-t-il. Je vous aiderai, je… Je ferai ce que tu veux, mais je ne peux pas rester seul en ce moment.

— Alors pourquoi n'es-tu pas venu tout de suite ? rétorqua Kieran avec un tendre reproche. Je croyais pourtant avoir été clair quand je t'ai dit que tu pouvais t'inviter n'importe quand. Qu'est-ce que tu aurais fait si je ne t'avais pas contacté ?

Morgan haussa les épaules, piétinant nerveusement. Kieran poussa un soupir préoccupé.

— Très bien, céda-t-il, tu peux rester. Mais nous en reparlerons. En attendant, j'aimerais que tu te mettes au travail tout de suite.

Le jeune hermaphrodite ne parvint pas à cacher son soulagement. Il adressa à Kieran un sourire aussi furtif que reconnaissant, puis, sans discuter, se débarrassa de son blouson et s'installa à un des bureaux avec des gestes habitués. Il tira de son sac un ordinateur portable compact, le brancha et l'alluma, avant de lever un regard timide vers Kieran.

— Je dois chercher quoi ?

L'homme lui expliqua rapidement la situation et Morgan l'écouta avec attention, hochant régulièrement la tête. Bien qu'à contrecœur, Johanna intervint plusieurs fois pour donner des précisions sur l'organisation de la Sororité et ce qu'elle savait du fonctionnement des archives. Bientôt Morgan déclara qu'il avait toutes les informations nécessaires et Kieran décréta qu'ils feraient mieux de se retirer pour le laisser travailler. Ils gagnèrent le salon et Lukas se laissa tomber sur un fauteuil avec un grognement.

— Ce gamin... Cette gamine... Enfin, peu importe, c'est une source d'emmerdes, ça se voit à dix kilomètres, commenta le détective. Tu es vraiment sûr qu'on peut lui faire confiance, boss ?

Kieran tourna vers lui un regard glacial.

— Je t'aime beaucoup, Lukas, mais je te conseille de garder pour toi ton opinion sur Morgan. Il est sous ma protection.

Malgré son visible mécontentement d'avoir été rembarré aussi sèchement, Lukas se contenta de s'incliner.

— Vous le connaissez depuis longtemps ? intervint Johanna avec curiosité.

— Dix ans. Mais nous ne sommes pas là pour discuter de lui. Je crois qu'il est temps de nous intéresser à votre mémoire, mademoiselle Beaumont.

L'homme fit apparaître un flacon au verre bleuté et le posa sur la table devant la jeune femme. Celle-ci le ramassa avec méfiance.

— C'est quoi ?

— Un mélange que j'ai eu l'occasion de tester il y a quelques années. J'ai eu un peu de mal à retrouver la formule, mais heureusement j'avais tous les ingrédients sous la main.

— Quels ingrédients ? insista Johanna.

— Voyons voir… Un brin de fil d'Ariane, des racines de pensées, du sang d'éléphant, de la poudre de mandragore, quelques poils de troll, du…

— OK, stop ! coupa la jeune femme d'un air dégoûté. Vous pensez vraiment que ça va marcher ?

— Impossible d'en être sûr avant d'avoir essayé. Mais c'est une potion qui a déjà prouvé son efficacité par le passé. Si elle échoue, je crains que vos souvenirs ne doivent être considérés comme perdus.

— Je croyais qu'il n'y avait que l'eau du Léthé qui pouvait totalement effacer les souvenirs, intervint Franck.

Kieran lui adressa un large sourire, comme un professeur à un élève qui pose enfin une question pertinente.

— En effet, fit-il joyeusement, mais certains sortilèges de suppression de la mémoire sont très puissants et possèdent leurs propres mécanismes de défense. Les souvenirs sont toujours là, mais si on essaye de les faire ressurgir de force, on risque de rendre folle la personne concernée, voire de la tuer.

Franck fronça les sourcils, mais Johanna l'arrêta d'un geste.

— Je sais que c'est dangereux, dit-elle doucement, mais pour le moment mes souvenirs sont le seul indice qu'on a, je n'ai pas le choix.

Franck voulut protester malgré tout, mais Kieran l'en empêcha en appelant Piotr à tue-tête. Le domovoï surgit presque aussitôt de la cuisine.

— Du thé, lui commanda Kieran. Ensuite tu apporteras quelque chose à Morgan. Du chocolat comme il l'aime et de la brioche. Je suis sûr que cet idiot n'a rien avalé depuis des jours. Oh, et Piotr, de la brioche pour nous aussi.

Le domovoï s'inclina docilement. Deux minutes plus tard, il leur apportait un plateau avec une théière fumante et une assiette débordante de tranches de brioche fraîche. Kieran versa une tasse de thé, y fit tomber avec précautions quelques gouttes de sa potion et la poussa vers Johanna.

— Quand vous voulez, mademoiselle. Trois gorgées pour commencer.

Il se recula ensuite dans son fauteuil, emportant au passage trois ou quatre morceaux de brioche, comme s'il ne venait pas de prendre son petit-déjeuner quelques minutes plus tôt. Lukas se redressa sur son siège, se faisant très attentif. Johanna contempla un instant la tasse sur la table basse devant elle, puis elle se pencha avec résolution, avala les trois gorgées et se laissa à nouveau aller en arrière. Assis à côté d'elle, Franck chercha sa main et elle ne le repoussa pas cette fois, s'y agrippant avec angoisse.

Pendant quelques secondes, il ne se passa rien, puis brusquement Johanna se raidit de tout son corps. Une grimace de douleur tordit ses traits, ses ongles s'enfoncèrent dans la chair de Franck, elle serra les paupières avec force et un gémissement s'échappa de sa gorge nouée. Franck lança un regard de détresse à Kieran, mais l'homme observait ces symptômes le plus sereinement du monde, continuant à manger.

Johanna gémit encore, puis un violent spasme la parcourut et elle rouvrit les yeux. Ses globes oculaires étaient entièrement blancs, comme s'ils s'étaient retournés dans leurs orbites pour regarder à l'intérieur d'elle-même. Franck eut un mouvement de recul involontaire, mais il ne put bouger. Johanna paraissait s'être relâchée, immobile, la respiration imperceptible, mais sa main continuait à broyer celle de son compagnon. Kieran la dévisagea quelques secondes, comme pour s'assurer que son état était bien stable, puis il reposa son morceau de brioche, s'épousseta tranquillement les doigts et reprit la parole d'une voix basse et caressante.

— Revenons en arrière, mademoiselle Beaumont. Accompagnez-moi. Nous sommes hier soir, chez votre mère, vous venez d'arriver. Vous êtes chez votre mère et tout va bien. Vous venez d'arriver, c'est le soir, vous vous réconciliez. Il y a l'odeur du plat que votre mère est en train de préparer et la chaleur de la maison après le froid de l'extérieur. Tout va bien. Vous êtes avec votre mère et tout se passe bien. Vous vous en souvenez ?

— Oui…

La voix de la jeune femme était à peine audible, comme celle d'une fillette qui retient son souffle.

— Parlez-moi, fit encore Kieran avec douceur. Expliquez-moi. Vous êtes avec votre mère, chez elle, tout est calme. Vous êtes calme. Racontez-moi.

Johanna se crispa légèrement, puis elle se détendit presque aussitôt. Lorsqu'elle reprit la parole, sa voix était plus ferme mais avait toujours quelque chose d'enfantin.

— Maman a préparé sa pizza aux fruits de mer. C'est mon plat préféré et elle l'a fait pour me faire plaisir. Elle cuisine toujours pour me faire plaisir. Et ça sent bon dans toute la maison, ça sent tellement bon et je meurs de faim. Maman me demande si je veux un apéritif et je dis oui, et c'est comme si on ne s'était jamais disputées et je l'aime pour ça, parce que je peux toujours compter sur elle, même si…

Johanna s'interrompit brusquement, raide à nouveau. Kieran s'avança légèrement sur son fauteuil, ne la quittant pas des yeux.

— Tout va bien, murmura-t-il. Vous êtes avec votre mère, vous êtes réconciliées, il fait bon dans la maison et votre plat préféré est en train de mijoter au four. Ça sent bon, vous avez faim et vous êtes heureuse parce que tout va bien, parce que vous êtes à l'abri, en train de prendre l'apéritif avec la personne que vous aimez le plus au monde. Racontez-moi.

Johanna s'ébroua, comme sous l'effet d'un frisson, et ce fut avec un effort visible qu'elle se remit à parler, ses doigts toujours enfoncés dans la main de Franck.

— Je bois un Martini rouge. C'est bon et j'ai encore plus faim. Maman, elle boit du Perrier avec du citron, elle ne boit jamais d'alcool, pas depuis que Papa s'est tué… Elle boit du Perrier citron et elle a quelque chose à me dire… Elle… Il y a l'odeur de l'ail et de la tomate et elle… Un peu avant elle a arrêté le four et maintenant elle… Elle cherche un dossier dans la bibliothèque, un dossier en carton avec des feuilles dedans et…

Johanna se tut dans un soupir, tremblante, ses yeux blancs remuant de haut en bas. La voix de Kieran se fit plus caressante encore.

— Votre mère a sorti un dossier de la bibliothèque. Tout est calme. Vous êtes calme. Elle a quelque chose à vous dire. Quelque chose qui se trouve dans le dossier. Racontez-moi.

— Non, gémit Johanna. Non, je vous en prie…

— Respirez. Ce parfum, c'est celui de l'amour que votre mère éprouve pour vous. Tout va bien. Respirez et racontez-moi.

— Je ne peux pas, il y a… Je ne peux pas…

— Qu'y a-t-il ? Vous êtes à l'abri. Tout va bien. Respirez.

— Ils vont la tuer !

— Personne ne va vous faire de mal, Johanna. Vous êtes calme. Tellement calme…

La jeune femme se relâcha légèrement, frissonnante.

— Vous n'êtes plus seule avec votre mère. Quelqu'un d'autre est là, n'est-ce pas ? Racontez-moi.

Johanna se raidit à nouveau et secoua la tête dans un refus terrifié.

— Non, je vous en prie…

— Tout va bien. Vous êtes au chaud dans la maison, vous êtes détendue. Qui est là avec vous ?

— C'est… le… Il…

— Qui est là ? Racontez-moi.

Le ton de Kieran était devenu autoritaire, impérieux. Un spasme arqua soudain le corps de Johanna, horrifiant Franck. Des larmes jaillirent littéralement des yeux aveugles de la jeune femme.

— Le serpent ! sanglota-t-elle. Le serpent blanc ! Pourquoi ? Pourquoi ?

Une nouvelle convulsion transperça la jeune femme et soudain elle s'effondra comme un pantin disloqué, inconsciente. Franck resta sous le choc une ou deux secondes, puis il redressa aussitôt la jeune femme inerte, l'examinant fébrilement.

— Jo ! Tu m'entends ? Jo !

Johanna n'eut aucune réaction et Franck se tourna vers Kieran, paniqué.

— Qu'est-ce qu'il faut faire ?

L'homme lui sourit calmement avant de ramasser sa tasse de thé.

— La mettre au lit, voilà tout. Elle va dormir quelques heures et ensuite elle sera fraîche comme une rose.

Cette attitude désinvolte fit serrer les dents à Franck, mais le rassura également un peu. Il prit nerveusement le pouls de Johanna, constata qu'il était faible mais régulier, qu'elle respirait bien. Il l'allongea plus confortablement sur le canapé, puis resta agenouillé à côté d'elle, observant son visage pâle et défait, encore mouillé de larmes qu'il finit par essuyer tendrement. Les ongles de la jeune femme avaient laissé des marques ensanglantées dans sa main, mais il le remarquait à peine. La voir souffrir ainsi faisait naître en lui une douleur si profonde et si nouvelle qu'il se sentait hébété, sonné, perdu. Il prit la main de Johanna et la serra entre les siennes, comme pour la retenir.

Franck avait pratiquement oublié la présence de ses compagnons, absorbé par l'inconscience de Johanna, et il tressaillit lorsque Lukas reprit doucement la parole.

— Le serpent blanc ? Qu'est-ce que ça veut dire ?

Kieran haussa les épaules.

— Je n'en ai aucune idée. Mais le sort d'oubli qu'on lui a lancé est très puissant et trop dangereux pour que nous renouvelions cette petite expérience. Ses souvenirs sont scellés. Ce serpent blanc est le seul moyen que son esprit a trouvé pour traduire une chose qui lui est devenue inexprimable. Ce n'est pas la première fois que je vois ça. En général ce genre de termes a un côté symbolique. Elle pourra peut-être nous aider à y voir plus clair quand elle se réveillera. En attendant, nous avons encore du travail. Qu'as-tu appris cette nuit, Lukas ?

Franck se redressa à ces mots. Le détective fit un geste d'excuse.

— J'ai pas découvert grand-chose, avoua-t-il, pas eu le temps. Pour le moment les sorcières ont suivi les rituels habituels.

— Alors le corps est toujours dans la maison ?

— Oui. Elles le veillent à tour de rôle et il y a toujours deux ou trois sorcières sur place. En théorie, c'est ce soir qu'elles seront les plus nombreuses, pour préparer le corps à l'inhumation.

— Il nous faudra donc agir avant.

— Avant ce soir ? protesta Lukas. Mais boss, en pleine journée, c'est…

— Nous avons besoin du corps, trancha Kieran.

Le détective soupira.

— Tu sais que si tu les attaques, elles considéreront ça comme une déclaration de guerre. Certaines n'attendent que ça. Sans compter qu'elles te font surveiller, elles sont au moins cinq ou six à patrouiller dans le quartier, je les ai vues en arrivant.

— Ne t'en fais pas pour moi, Franck va m'aider. De ton côté, je veux que tu te renseignes sur l'existence officielle de Judith Koehler, son emploi, les humains qu'elle fréquentait… Ça ne servira sans doute à rien, mais on ne sait jamais. Et laisse les sorcières te filer le train si ça leur chante, qu'elles sachent que nous menons notre propre enquête.

Lukas s'inclina sans discuter et se leva péniblement, évitant de s'appuyer sur sa jambe blessée. Déjà il disparaissait de sa démarche claudicante. Kieran vida pensivement sa tasse de thé, puis il se leva brusquement, faisant presque sursauter Franck.

— Mets ta demoiselle en détresse au lit et puis habille-toi pour sortir et rejoins-moi à la cave. Nous n'avons pas de temps à perdre.

Son ton était aussi autoritaire qu'avec Lukas et il sortit sans attendre la réaction de Franck, occupé à composer un numéro sur son téléphone.

* *
*

Depuis deux mois qu'il vivait dans la maison du Wacken, Franck n'était encore jamais descendu à la cave. Kieran ne le lui avait pas interdit, mais Franck ne se sentait pas encore assez à l'aise pour explorer ainsi la maison sans y être invité. Et puis, à chaque fois qu'il examinait la porte du sous-sol, située sous l'escalier du grand hall, juste à côté de la cuisine, il avait l'impression qu'Yggdrasil le surveillait depuis son socle de marbre, hostile ; Franck n'avait aucune envie de contrarier le bonsaï.

Lorsque, après avoir installé Johanna toujours inconsciente dans sa chambre, il posa finalement la main sur la poignée ronde et cuivrée, Franck s'efforça d'ignorer le frémissement qui parcourait les magnifiques feuilles au bleu hivernal d'Yggi. Il se hâta tout de même de franchir la porte, découvrant un étroit escalier en bois, lambrissé et éclairé par des appliques gothiques qui paraissaient tout droit sorties d'un château hanté. Les marches grincèrent sous son poids et il se retrouva bientôt dans une vaste buanderie qui embaumait la lessive, délicieuse odeur à laquelle se mêlait celle de la cigarette que Kieran fumait en l'attendant. Vêtu pour affronter le froid hivernal en dépit de la température agréable, l'homme était adossé au mur de béton, entre deux portes. L'une était ordinaire, mais l'autre se démarquait clairement.

Outre son blindage apparent qui paraissait capable de résister à une attaque nucléaire, elle évoquait un coffre-fort de banque avec sa roue, son pavé numérique et son écran. Mais le plus frappant était les racines qui la couvraient, s'extrayant du mur pour former un maillage dense et protecteur. L'ensemble évoquait un artefact technologique perdu dans la nature, sauf que le métal brillait comme s'il était neuf. Kieran sourit à Franck.

— Je crois qu'il est temps que tu découvres mon laboratoire.

Il caressa les racines d'Yggi et aussitôt celles-ci s'effacèrent, se décroisant avec des glissements reptiliens, se retirant dans le mur, dévoilant les nombreux symboles ésotériques gravés dans la porte.

Kieran s'apprêta à taper le code, réfléchit, puis se tourna à nouveau vers Franck.

— Si un jour tu as besoin d'entrer ici en mon absence, sache que le code n'a aucune importance, seule l'identité de celui ou celle qui le tape compte.

Franck ne fut pas tout à fait sûr de saisir le sens de ces paroles, mais déjà Kieran pianotait sur le clavier numérique. Aussitôt un mécanisme se mit à l'œuvre à l'intérieur de la masse métallique, émettant cliquetis et frottements, puis la roue tourna toute seule et la porte s'ouvrit vers eux, ne dévoilant que de profondes ténèbres. Kieran entra et Franck le suivit avec curiosité, obligé de baisser la tête tout en enjambant le rebord, envahi par l'impression de pénétrer dans un sous-marin. Ce sentiment s'effaça à la seconde où Kieran pressa un interrupteur.

Aussitôt une vingtaine de néons s'allumèrent en chaîne, dévoilant une pièce immense qui devait s'étendre sous une bonne partie de la maison et du jardin. Elle était remplie du sol au plafond de rangées d'étagères qui croulaient sous des objets de toutes sortes, des plus anodins aux plus étranges : des vieux grimoires, des bocaux aux contenus indéfinissables ou effrayants, des centaines de flacons aux étiquettes poussiéreuses, des armes innombrables. Dans un coin, plusieurs vivariums étaient entassés et semblaient abriter des créatures vivantes, dont certaines luisaient faiblement, à demi dissimulées entre des plantes aux couleurs et aux formes étranges. Sur un des rares murs dégagés s'alignaient des dessins anatomiques qui n'avaient rien d'humain, regroupés autour d'une planche représentant un dragon et mesurant plus de deux mètres sur deux. Au centre des lieux se dressait un bureau sur lequel étaient posés un ordinateur portable dernier cri et toute une série de crânes de tailles et de formes variées, grimaçants, troublants. Une paillasse de chimie attenante se partageait entre un matériel tout ce qu'il y avait de plus moderne et des instruments qui n'auraient pas détonné dans l'atelier d'un alchimiste en quête de la pierre philosophale.

Bouche bée, Franck s'était figé sur le seuil. Kieran embrassa les lieux d'un mouvement du bras, souriant avec fierté.

— Comme tu le sais, je n'ai que peu de pouvoirs. En revanche je suis très doué pour dénicher et exploiter les objets ensorcelés, créer des potions et réveiller la magie partout où elle se cache. Il m'a fallu des siècles pour rassembler tout ça et les sorcières te diraient sûrement que je possède une des plus grandes collections de notre peuple. En vérité, je possède non pas une, mais la plus grande collection du monde. Tu n'en vois ici qu'une partie, j'ai dissimulé d'autres salles identiques partout à travers la planète. Inutile de m'encombrer et de prendre des risques puisque je peux faire venir à moi ce que je veux à n'importe quel moment. Bien sûr cet endroit est extrêmement protégé. Quiconque essayerait d'y entrer sans mon autorisation serait abattu dès la porte et Yggi a pour ordre de défendre cette pièce envers et contre tout.

Il attendait visiblement un commentaire et Franck fit un effort pour ouvrir la bouche.

— C'est… incroyable.

Il n'arrivait pas à trouver de mot assez fort pour rendre l'impression extraordinaire que cet endroit produisait sur lui. Il avait beau n'être qu'un humain, il ressentait dans sa chair la magie qui baignait tous ces objets, la singularité de chacun d'entre eux, leur bizarrerie, le fait qu'ils étaient uniques, dérangeants et fascinants.

Kieran se contenta de cette appréciation, les yeux pétillants, et il se dirigea vers les vivariums dans leur coin.

— Nous allons avoir besoin d'aide pour entrer chez la mère de mademoiselle Beaumont.

Déjà il se penchait vers une des cages, murmurant des paroles incompréhensibles dans une langue sifflante. Franck esquissa le geste de le rejoindre, mais il n'avait pas fait trois pas qu'il s'arrêtait, captivé par un haut miroir appuyé contre une rangée d'étagères. Celui-ci n'avait a priori rien de particulier avec son cadre en fer forgé orné de quelques arabesques, mais la manière dont il captait la lumière était inhabituelle. Franck s'approcha et sa bouche s'ouvrit légèrement sous le choc.

C'était bien son reflet qu'il voyait, ou plutôt un de ses reflets. Car si celui qui lui renvoyait son regard n'était autre que lui-même, ce n'était pas un Franck adulte, mais une version de treize ans, aux courts cheveux blonds coupés en brosse, aux genoux écorchés, aux bras minces et bronzés par des heures passées à s'amuser dans les bois. Franck eut un mouvement de recul effrayé lorsque le garçon lui sourit, dévoilant qu'il lui manquait une incisive. L'homme éprouva un choc au creux du ventre. Il se souvenait très bien de cet été-là : sa mère avait dû être hospitalisée pour ses problèmes cardiaques, Caroline travaillait pour la saison dans un centre médico-social, son père lui lâchait un peu trop la bride et il avait passé deux mois à courir la campagne avec une absolue sensation de liberté, grimpant dans les arbres, bricolant des cabanes, volant des fruits dans les vergers, passant des heures simplement allongé dans les prés. Il s'était écorché les genoux et cassé une dent en tombant d'une barrière. Ça avait été le plus bel été de sa vie.

Il n'avait plus pensé à cette période depuis des années et il se détendit, renvoyant son sourire au garçon. Celui-ci lui fit un clin d'œil et Franck éprouva une intense bouffée d'affection pour lui. L'adolescent lui tendit la main et Franck fit de même, irrésistiblement attiré. Mais au moment où il allait toucher la glace, Kieran le tira fermement en arrière.

— On peut regarder le Miroir, mais il ne faut surtout pas le toucher. Il est aussi vorace que généreux.

Franck reporta son attention sur la glace et fut effrayé d'y découvrir une ombre immense à côté de sa silhouette d'adolescent. Mais déjà Kieran s'écartait et la noire entité s'effaça aussitôt, sans que Franck puisse en percevoir réellement les contours.

— Qu'est-ce que ça montre ? murmura-t-il avec incompréhension.

— Ce que nous sommes réellement.

Franck fronça les sourcils, moins troublé par ce que le Miroir lui avait renvoyé de lui-même que par ce qu'il avait aperçu à ses côtés durant une fraction de seconde. Kieran ne lui laissa pas le temps de réfléchir, reprenant la direction de la porte.

— Viens. Je te ferai la visite une autre fois, pour le moment nous sommes pressés.

Son ton était inhabituellement neutre et Franck ne releva pas, se contentant de lui emboîter le pas et de ranger cette troublante vision dans un recoin de sa mémoire. Ils regagnèrent la buanderie et Kieran referma derrière eux. Aussitôt la porte se verrouilla et les racines d'Yggi la recouvrirent dans un chuintement aussi animal que végétal.

Sans prêter attention à ce phénomène qui fascinait Franck, Kieran poussa la seconde porte plus ordinaire, dévoilant une magnifique cave à vin, digne d'un château avec son plafond voûté, ses murs en pierre, son sol de terre battu, ses alignements de tonneaux et de casiers à bouteilles, quasiment tous remplis. Un véritable trésor œnologique était rassemblé là, mais cela paraissait bien fade à côté du laboratoire et sa collection d'artefacts extraordinaires. Indifférent, Kieran se dirigea vers le fond de la cave tout en boutonnant son élégant manteau.

— Maintenant, Yggi, ordonna-t-il à mi-voix.

Aussitôt des racines surgirent du sol et se mirent à travailler sur le mur, en retirant les pierres jusqu'à dévoiler la terre meuble. Puis elles écartèrent celle-ci, formant rapidement un tunnel humide qu'elles consolidaient au fur et à mesure de leurs arceaux irréguliers et entremêlés. Kieran alluma une lampe de poche.

— Vite, Franck, il ne tiendra pas longtemps comme ça.

De fait les racines ployaient déjà par endroits sous les milliers de tonnes de terre qu'elles écartaient et Franck se hâta de suivre son compagnon, obligé de se pencher comme le tunnel était tout juste assez haut pour Kieran. Leurs chaussures s'enfonçaient dans la terre fraîchement creusée, humide et collante, et une odeur d'humus envahit les narines de Franck, si forte qu'elle en était presque écœurante. Il s'efforça de chasser l'effroi qui menaçait de l'envahir à l'idée de se retrouver enseveli vivant et resta aussi près de Kieran que possible.

Celui-ci avançait d'un pas rapide, le faisceau de la lampe dévoilant la manière dont le tunnel se creusait au fur et à mesure devant eux tandis qu'il se refermait quelques mètres en arrière, les racines leur ouvrant un chemin qui cessait aussitôt d'exister, remuant une atmosphère tiède et étouffante, fétide. Yggi semblait fournir un effort de plus en plus douloureux, ses excroissances craquant et gémissant, s'affinant et s'affaiblissant en même temps qu'ils s'éloignaient de la maison.

Ils ne marchèrent pas plus de cinq minutes ainsi, mais Franck eut l'impression que cela durait une éternité. Il avait de plus en plus de mal à lutter contre sa sensation de claustrophobie lorsqu'il sentit soudain un souffle frais sur son visage, juste avant d'apercevoir une lumière sale au-dessus de lui. Il faillit trébucher et se rendit compte que les racines d'Yggi formaient désormais des marches qui menaient vers la surface. Il les grimpa rapidement et émergea avec un soupir de soulagement malgré le froid glacial qui les accueillit.

Le ciel était couvert et la luminosité de cette fin de matinée évoquait déjà le crépuscule, mais Franck reconnut aussitôt le square Tivoli, situé à deux ou trois cents mètres de la maison. Il craignit un instant que leur arrivée ait manqué de discrétion, mais, bien qu'on fût dimanche matin, la météo exécrable avait découragé la plupart des habitués du parc. Seul un gamin les fixait avec incompréhension, bouche bée sur son tricycle, si bien emmitouflé que Franck ne distinguait que ses yeux écarquillés. Bavardant à quelques dizaines de mètres, ses parents n'avaient rien remarqué.

Franck se pencha vers l'enfant et plaça son index devant ses lèvres avec un clin d'œil. Le petit hésita, puis il lui rendit maladroitement son clin d'œil et se remit à pédaler sans plus faire attention à eux. Les racines d'Yggi avaient déjà refermé le passage, ne laissant pas plus de traces qu'un chien qui aurait gratté la terre. À quelques pas, Kieran s'époussetait tout en jetant des regards satisfaits autour d'eux.

— Je crois que les sorcières ne s'attendaient pas à ça.

— Moi non plus, avoua Franck en souriant.

Kieran ne cacha pas son amusement, puis l'entraîna à travers le square jusqu'à rejoindre l'avenue Schutzenberger et l'arrêt de tram situé à quelques pas. Ils sautèrent dans la première rame qui passait et s'éloignèrent bientôt du Wacken. Quelques arrêts plus loin, ils descendaient au parc du Contades, juste en face de la synagogue, puis rejoignaient une voiture qui les attendait visiblement, garée en double file. Franck reconnut Bahar Coskun à travers le pare-brise.

La médecin légiste, qu'il avait rencontrée lors de leur quête de l'eau du Léthé, fréquentait régulièrement la maison de Kieran qui lui donnait des leçons de violoncelle et Franck appréciait beaucoup cette femme pétillante et chaleureuse, aux antipodes des clichés sur sa profession. Initiée à l'existence du peuple invisible, elle prévenait Kieran des bizarreries qu'elle rencontrait dans sa pratique, échangeant ses informations contre des récits de la lointaine Istanbul de ses ancêtres. Petite et potelée, très brune, elle dégageait une délicieuse énergie et une profonde humanité. Elle les accueillit d'un large sourire qui fit osciller le gros grain de beauté planté sur sa joue.

— Besoin d'un taxi ? lança-t-elle joyeusement.

Kieran se glissa sur le siège avant tandis que Franck coinçait sa grande carcasse à l'arrière. Le premier lui donna une adresse dans la ville voisine d'Illkirch que la femme rentra sur son téléphone, sans se préoccuper des klaxons qui s'agaçaient de la manière dont elle était garée sur la chaussée. Deux minutes plus tard, elle démarrait en trombe et Franck s'accrochait instinctivement à la poignée de la portière.

Kieran expliqua rapidement la situation à Bahar et celle-ci accueillit les nouvelles avec gravité.

— Quelle horreur, soupira-t-elle, mademoiselle Beaumont doit être dans tous ses états.

Franck lui fut reconnaissant de témoigner de la compassion ; cela faisait du bien d'avoir enfin affaire à quelqu'un qui réagissait normalement. Indifférent, Kieran jeta un coup d'œil à son portable, puis reporta son attention sur la circulation, son regard ne cessant de vérifier les rétroviseurs.

— Tu as pris ton matériel ? demanda-t-il.

— Oui, j'ai de quoi réaliser une autopsie sommaire. Mais pour des analyses plus poussées, il me faudra mon labo.

— Je ne pense pas que ce sera nécessaire.

Sur ces paroles intrigantes, Kieran se rencogna sur son siège et ne dit plus un mot, continuant à s'assurer qu'ils n'étaient pas suivis, se retournant parfois brusquement avant de se détendre à nouveau. Quelques minutes plus tard, après un bref passage sur l'autoroute, ils arrivaient dans la ville d'Illkirch Graffenstaden, agglomération collée à celle de Strasbourg.

Judith Koehler habitait le long du canal qui reliait le Rhône au Rhin et qui traversait la cité, dans un quartier très calme où les maisons individuelles étaient entourées de jardins. Serti entre deux rues, le cours d'eau traçait une ligne droite légèrement surélevée et bordée de hauts platanes. Kieran fit arrêter Bahar le long du trottoir et désigna une maison de l'autre côté du canal. De taille modeste, elle était construite dans le style alsacien avec ses poutres apparentes et son crépi bleu vif. Une haie assez haute ceignait la propriété et empêchait d'en voir davantage. C'était tout juste s'ils distinguaient une lumière à une des fenêtres de l'étage, indispensable comme le soleil n'arrivait toujours pas à percer l'épaisse couche de nuages.

— Fais le tour du quartier en prenant ton temps, ordonna Kieran à Bahar, et puis attends-nous près de la maison. Franck, tu viens avec moi.

À nouveau le ton de l'homme était autoritaire et Franck se rendit compte qu'il n'aimait pas ça du tout. Il obéit malgré tout et Kieran et lui sortirent de la voiture qui redémarra aussitôt. Après avoir grimpé le talus qui les séparait du canal, Kieran s'accroupit au bord de l'eau et plongea la main dans la profonde poche de son manteau. Franck ne put réprimer un mouvement de recul lorsqu'il en sortit trois serpents bleuâtres, longs, fins et ondulants. Déjà les créatures s'enroulaient autour de son bras dans un mouvement perpétuel, fascinantes et effrayantes. Kieran les amena vers son visage, leur chuchota quelques mots incompréhensibles, puis tendit la main vers l'eau. Aussitôt les serpents se glissèrent à la surface ; en quelques secondes, ils avaient franchi le canal et disparu dans l'herbe. Un instant plus tard, Franck les aperçut qui traversaient le macadam en direction de la maison, se déplaçant à toute vitesse.

— Viens, lança Kieran. Ils vont nous ouvrir la voie.

Et il entraîna son compagnon vers un pont piétonnier situé à quelques dizaines de mètres et qui permettait de rejoindre la rue d'en face. Tout en grimpant agilement les marches de béton, Franck fronça les sourcils avec préoccupation.

— Ils ne sont pas mortels, n'est-ce pas ?

Kieran lui lança un regard amusé, puis haussa les épaules.

— Me crois-tu assez fou pour m'attaquer aux sorcières aussi brutalement ?

Il n'ajouta rien et le malaise de Franck ne se dissipa pas tout à fait. Comme ils approchaient de leur but, ils entendirent un cri étouffé et de l'agitation dans la maison, mais cela ne dura qu'une fraction de seconde et déjà le calme reprenait possession de la rue. Tandis qu'ils faisaient le tour vers le portail d'entrée, Franck repéra une femme assise dans une voiture non loin. La tête appuyée contre son siège, elle semblait sommeiller, paisible ; un serpent était encore enroulé autour de son cou.

Dès que Kieran s'approcha, le reptile se glissa hors du véhicule, paraissant traverser la carrosserie comme un fantôme, puis il grimpa le long de la jambe de l'homme et retrouva refuge dans la poche de son manteau. Inquiet, Franck ouvrit la portière et se pencha sur la sorcière qui avait dû être laissée là en guetteuse. Mais il eut tôt fait de constater qu'elle n'était qu'endormie, le pouls fort et régulier, la respiration calme. Rassuré, il se hâta de rattraper Kieran qui gravissait déjà les marches du perron.

La porte n'était pas fermée à clé et Kieran n'eut qu'à tourner la poignée pour pouvoir entrer. Il fit signe à Franck de rester en retrait et s'avança prudemment, aux aguets.

— Hello ?

Personne ne réagit à son appel prudent et Kieran parut se détendre. L'entrée était encombrée de manteaux, de chaussures et de bibelots variés. Un grand miroir en fer forgé évoquait un soleil stylisé et leur renvoyait froidement leur reflet, surplombant un buffet qui croulait sous des objets variés, dont un vide-poches, plusieurs livres et un sac de courses abandonné. La mère de Johanna n'était visiblement pas une maniaque de l'ordre et cela se confirma lorsqu'ils firent rapidement le tour du rez-de-chaussée. De la cuisine au petit bureau en passant par le salon ou la salle de bains, il régnait partout un certain désordre ; toutefois l'ambiance était chaleureuse, témoignant d'un amour marqué pour les livres et l'artisanat de tous les pays.

Sur le canapé du salon, une sorcière, probablement une autre gardienne, s'était écroulée sur le côté et son portable s'était échappé de ses mains inertes, tombant sur l'épais tapis bariolé. Elle avait dû se débattre et donner un coup de pied dans la table basse qui était bizarrement écartée. Franck voulut s'assurer qu'elle allait bien mais il s'était à peine penché sur elle qu'il reculait d'un bond. Un des serpents de Kieran s'était brusquement redressé à son approche, sifflant d'une manière menaçante, sa petite tête triangulaire oscillant dangereusement, laissant entrevoir des crocs pointus. Lové sur la poitrine de la femme, le serpent n'accepta de bouger que lorsque Kieran lui tendit la main, susurrant quelques mots dans une langue qui évoqua irrésistiblement le Fourchelang à Franck.

Comme sa consœur qui montait la garde à l'extérieur, la sorcière ne semblait qu'endormie et Franck se contenta de l'installer plus confortablement tandis que Kieran passait rapidement en revue le contenu de la bibliothèque. Plusieurs photos encadrées étaient exposées sur un buffet et Franck s'en approcha avec curiosité, malgré son malaise à se promener ainsi dans l'intimité de Judith.

Une des photographies représentait Johanna alors qu'elle avait trois ou quatre ans ; occupée à construire un château de sable, vêtue d'un adorable maillot de bain rose fluo, elle souriait à l'objectif de toutes ses dents, ses yeux clairs brillants de bonheur. En repensant à la femme qu'il avait quittée un moment plus tôt, épuisée de chagrin, tourmentée, Franck éprouva une profonde compassion pour cette enfant si pétillante. Il s'obligea à détourner le regard et découvrit un jeune homme charmant qui enlaçait une Judith beaucoup plus jeune, sans doute le père de Johanna. D'autres images représentaient cette dernière à différents moments de son enfance, ainsi que d'autres personnes que Franck ne connaissait pas.

— Il n'y a rien ici, trancha soudain Kieran. Montons.

Franck le suivit docilement, touché et attristé par cet endroit si vivant dont la propriétaire avait connu une fin si terrible. Indifférent, Kieran le guida vers l'escalier qui se trouvait dans le couloir de l'entrée. Alors qu'ils entamaient l'ascension, le dernier serpent glissa le long des marches pour rejoindre Kieran et celui-ci le fit disparaître avec ses semblables.

Il n'y avait que deux chambres à l'étage, ainsi qu'une grande pièce qui semblait servir de débarras. Kieran ne jeta qu'un bref coup d'œil dans ce qui avait dû être la chambre de jeune fille de Johanna et Franck s'empêcha d'explorer davantage les lieux malgré sa curiosité. C'était à la jeune femme de lui faire visiter cet endroit, de lui montrer ce qu'elle souhaitait ; il ne voulait pas lui voler cette prérogative.

La chambre de Judith était à l'image du reste de la maison : chaleureuse, mais surchargée de bibelots en tous genres. Un immense attrape-rêves surmontait son lit, garni de dizaines de colifichets dont Franck ne parvint pas à identifier la moitié. Une grande armoire en chêne occupait une bonne partie de la pièce, coincée entre des tableaux aux couleurs vives représentant des divinités hindoues, dont le fameux Ganesh à tête d'éléphant. On avait repoussé les statuettes qui encombraient les tables de chevet pour y dresser deux chandeliers dont les bougies diffusaient une lumière mouvante dans la grisaille de ce jour d'hiver et de la fumée montait d'un brûleur d'encens en métal qui semblait très ancien, répandant un parfum entêtant.

Un fauteuil avait été placé près du lit et une femme gisait au sol juste à côté, sans doute surprise dans sa veillée par le serpent. Quant à Judith, elle était installée sur un grand quilt vert foncé sur lequel on avait représenté en fils dorés un pentacle richement tissé. Vêtue d'une robe blanche qui couvrait ses pieds, elle avait les paupières closes, pâle et sereine, et tenait entre ses mains jointes sur sa poitrine une croix égyptienne reliée à son cou par une fine chaînette. Ses longs cheveux cuivrés, similaires à ceux de Johanna à l'exception de quelques traces de cendre, étaient étalés autour de sa tête et quatre points avaient été tracés sur son front à l'encre bleu foncé. Quatre petits récipients en céramique étaient également posés autour d'elle sur le matelas ; l'un contenait de l'eau, un autre de la terre, le troisième une braise encore rougeoyante et le dernier semblait vide, représentant sans doute l'air.

Franck n'avait pas revu Judith depuis qu'il lui avait ramené Johanna blessée par Kieran et il éprouva une profonde tristesse à la découvrir ainsi. Sa profession d'aide-soignant l'avait malheureusement amené plus d'une fois à côtoyer des cadavres et ce n'était pas tant la mort en elle-même qui le touchait que ce que Judith représentait : la seule famille de Johanna qui lui avait été brutalement arrachée.

Moins enclin aux sentiments, Kieran écarta les objets cérémoniels qui reposaient sur le lit et examina rapidement Judith, les sourcils froncés. Franck en profita pour déplacer délicatement la sorcière qui s'était affalée à terre et caler un coussin sous sa nuque. La femme tenait encore à la main une longue bande de tissu noir sur laquelle on avait glissé de nombreuses perles et brodé des inscriptions indéchiffrables, sans doute un objet de prière. Lorsque Franck se redressa, Kieran était en train d'enrouler Judith dans le quilt cérémoniel.

— Tu peux la porter ? demanda-t-il à son compagnon.

Franck hésita, mal à l'aise à l'idée de déranger le repos de la morte, mais il comprenait qu'ils n'avaient pas le choix. Il aida Kieran à envelopper le cadavre dans le tissu matelassé, découvrant au passage que le corps était également allongé sur une couverture réfrigérante pour faciliter sa conservation. Judith n'était pas très grande, plutôt mince, Franck n'eut aucune peine à la soulever dans ses bras puissants.

— Et maintenant fichons le camp d'ici ! marmonna Kieran.

Déjà il dévalait l'escalier et Franck se hâta de lui emboîter le pas. Mais au moment où ils allaient sortir, la porte d'entrée s'ouvrit devant eux, livrant passage à Cathy. Tous trois se figèrent.

Le cœur battant, Franck vit Kieran se ramasser légèrement sur lui-même, tendu et prêt à bondir. Cathy, jeune sorcière et amie proche de Johanna, avait les yeux écarquillés par la surprise et semblait incapable de réagir, la main encore agrippée à la poignée de la porte, les considérant avec incrédulité. Pour avoir bavardé avec elle à plusieurs reprises, Franck savait que la jeune femme était encore novice et que l'Immortel lui inspirait effroi et dégoût. Si elle paniquait, Dieu savait ce qui pouvait se passer.

— On veut juste aider Johanna ! Cathy, tu dois me croire !

Franck avait essayé de prendre un ton aussi convaincant que possible. La jeune femme tourna vers lui un regard méfiant, puis reporta aussitôt son attention sur Kieran, ses doigts s'ouvrant et se fermant comme si elle se préparait à attaquer. Du coin de l'œil, Franck vit un des serpents se glisser silencieusement hors du manteau de l'homme et ramper le long de sa jambe.

— Où est Jo ? balbutia Cathy, les yeux toujours rivés à ceux de Kieran.

— Chez moi, rétorqua celui-ci. En sécurité. Et madame Koehler le sera également. Nous n'avons aucune intention de profaner son corps, vous pourrez le dire à vos sœurs. Dès que notre enquête sera terminée, vous pourrez procéder à tous les rituels funéraires.

— Nous l'avons déjà examinée, rétorqua Cathy. Elle a été tuée par une décharge magique. Qu'est-ce que vous voulez trouver de plus ?

— Des indices concernant son meurtrier. Laissez-nous passer, mademoiselle, s'il vous plaît.

Il fit un pas en avant et la jeune femme réprima un mouvement de recul effrayé, mais elle resta en travers de la sortie, se redressant bravement.

— C'est hors de question, vous…

Au même instant le serpent glissa sur sa chaussure et la mordit sèchement à la cheville. Elle poussa une plainte étouffée, puis perdit connaissance presque aussitôt. Kieran se précipita pour la rattraper et l'allongea sur le côté, ramassant son reptile au passage.

— Vite ! lança-t-il. Il n'a pas eu le temps de reconstituer complètement son venin, elle ne restera inconsciente que quelques minutes !

Franck éprouva une bouffée de scrupules en passant à côté de la jeune femme inerte, mais il s'empressa de suivre son compagnon à l'extérieur. Bahar les attendait déjà dans la rue, à moitié garée sur un trottoir, son moteur tournant au ralenti. Les voyant arriver en courant, elle sortit pour leur ouvrir le coffre et Franck y déposa Judith aussi délicatement que possible. Dix secondes plus tard, ils s'éloignaient à toute allure.

* *
*

À leur arrivée, Kieran guida Franck et Bahar jusqu'à une des chambres de l'étage et tous deux éprouvèrent la même stupeur en découvrant une pièce médicalisée, véritable petit hôpital parfaitement équipé. Sous leurs regards conjugués, Kieran haussa les épaules.

— Je suis immortel, mais ce n'est pas le cas de tout le monde, n'est-ce pas ? J'ai préféré prendre les devants au cas où.

Franck se demanda avec une pointe de malaise si toute cette installation lui était spécialement destinée ou si elle existait avant son emménagement, mais il oublia aussitôt ces considérations, déposant délicatement Judith sur ce qui ressemblait à une véritable table d'opération. Il prit grand soin de disposer à nouveau ses cheveux en auréole et de croiser ses mains sur sa poitrine, glissant entre ses doigts son pendentif en forme de croix de vie. Constitué d'un épais métal martelé qui pouvait être de l'argent vieilli, celui-ci paraissait ancien, intrigant.

— Tu veux que je l'autopsie tout de suite ? demanda Bahar.

Elle avait ramené une grosse mallette et semblait déjà prête à déballer son matériel. Kieran l'arrêta d'un geste.

— D'abord je dois vérifier quelque chose.

Tendant la main devant lui, il y fit apparaître les grosses lunettes qu'il avait déjà utilisées la veille et qui lui avaient valu quelques moqueries de Johanna et Franck. Celui-ci se souvenait qu'il s'agissait de verres permettant de voir les auras. Il se demanda quelle sorte d'aura pouvait avoir une morte.

Cependant Kieran avait coiffé son étrange appareil et s'était rapproché du corps. Il l'observa longuement, inhabituellement silencieux. Puis il retira son engin, l'examina avec une pointe de fébrilité, l'enfila à nouveau et se plongea dans un nouvel examen interminable. Bahar ouvrit la bouche pour l'interroger, mais il l'interrompit d'un geste brusque.

— Franck, va immédiatement chercher mademoiselle Beaumont.

L'homme fronça les sourcils.

— Pourquoi ? Qu'est-ce qui se passe ?

— Va la chercher, répliqua Kieran. Vite.

Indifférent à la manière dont Franck bouillonnait, l'homme se débarrassa de ses lunettes et se pencha sur Judith, examinant ses yeux, avant de s'attarder sur son pendentif, visiblement fasciné. Franck renonça à comprendre et quitta la pièce d'un pas pressé.

Johanna dormait, encore épuisée par la vaine tentative de rappeler ses souvenirs, et elle eut du mal à émerger. Franck s'efforça de ne pas la bousculer, plein de scrupules, mais il était clair que Kieran n'avait pas réagi ainsi gratuitement et il mit rapidement la jeune femme au courant. Dès qu'elle comprit que le corps de sa mère se trouvait dans la maison, elle se précipita. Kieran l'accueillit avec un sourire joyeux.

— Ah ! Mademoiselle Beaumont !

L'ignorant, elle voulut se précipiter vers Judith, mais Kieran l'intercepta.

— Attendez ! Mettez ça !

Il lui tendait les lunettes et Johanna le considéra avec incompréhension.

— Qu'est-ce que vous voulez ? Elle est morte, elle n'a plus d'aura !

— Mettez-les, répéta doucement Kieran.

Johanna poussa un soupir exaspéré, lui arracha les lunettes des mains et les planta sur son crâne.

— Regardez-la, ordonna Kieran en la prenant par la main pour l'orienter.

Johanna se dégagea brusquement, mais elle obéit malgré tout, examinant le cadavre.

— Eh bien quoi ? grommela-t-elle. Je ne vois rien !

Sa voix commençait à se fêler sous l'effet de l'émotion. Kieran l'empêcha de se détourner.

— Regardez mieux que ça.

— Je ne vois pas ce que…

La jeune femme s'interrompit, fronça les sourcils. Elle fit un pas en avant, ajusta les lunettes devant ses yeux.

— On dirait… de minuscules filaments dorés qui s'échappent de son corps. Qu'est-ce que c'est ? Un résidu du sort qui l'a tuée ?

Kieran sourit avec indulgence.

— Non. C'est ce qui reste de son aura.

— Mais… Mais elle ne peut pas avoir d'aura si…

Johanna enleva brusquement le casque et se tourna vers Kieran, les yeux révulsés. Celui-ci hocha la tête avec gaieté.

— Eh oui, mademoiselle, votre mère n'est pas morte ! Oh, je vous accorde qu'elle en a toutes les apparences, mais ces fils que vous voyez la raccrochent encore à la vie !

Johanna balbutia quelques mots incompréhensibles et soudain ses jambes se dérobèrent sous elle. Franck avait bondi pour la rattraper et il la soutint jusqu'à une chaise. Johanna l'écarta pour lever un regard suppliant vers Kieran.

— Pourquoi vous dites ça ? balbutia-t-elle. Pourquoi vous êtes aussi cruel ?

— Mais c'est la vérité, mademoiselle ! J'ignore encore ce qui s'est passé exactement, mais quelque chose a protégé votre mère du sort qu'on lui a lancé. Elle a été heurtée de plein fouet malgré tout et ce n'est plus qu'une force infime qui la rattache à la vie, mais elle n'est pas morte ! Je le soupçonne depuis que j'ai essayé de ramener son corps par mon pouvoir : la résistance que j'ai ressentie, c'était cela, c'était la vitalité qui lui restait. Et son aura nous le confirme !

Dans un sursaut, Johanna se redressa, remit les lunettes et observa sa mère avec avidité, se rapprochant d'elle, la touchant fébrilement.

— Mais comment c'est possible ?

— Je ne sais pas, pas encore. Mais je vous promets que nous ferons tout le nécessaire pour la soigner.

Sur ces mots, il écarta délicatement la jeune femme tremblante tandis que Franck assistait Bahar pour transférer Judith sur un lit plus confortable que la table d'opération. Retrouvant ses habitudes professionnelles, Franck aida également la médecin à placer sur Judith différents appareils de monitoring. Quelques minutes plus tard, les premiers relevés apparaissaient.

Johanna faisait les cent pas en se rongeant les ongles et elle fit un véritable bond lorsque le premier bip résonna. Le cœur de Judith ne battait qu'une fois toutes les trois minutes, mais il battait. Et ses ondes cérébrales traçaient une courbe d'une extrême lenteur, mais une courbe bien réelle. À ces signes concrets, Johanna porta les mains à sa bouche et se mit à pleurer de soulagement. Franck la prit doucement dans ses bras, incrédule. Bahar elle-même ne semblait pas en croire ses yeux.

— Je n'ai jamais rien vu de pareil, murmura la médecin avec excitation. C'est extraordinaire !

— C'est de la magie, rétorqua Kieran. Disons, pour faire simple, qu'à l'heure qu'il est, elle flotte dans une autre réalité.

Johanna se redressa à ces mots. Si son visage était encore froissé de larmes, ses yeux avaient retrouvé leur éclat et ce fut avec détermination qu'elle chercha le regard de Kieran.

— Il faut la sortir de là.

L'homme s'inclina avec un mince sourire.

— C'est bien mon intention, ma chère.

Johanna hocha la tête, puis elle rejoignit sa mère, prit une de ses mains entre les siennes et la serra avec force.

Chapitre 5

Strasbourg, samedi 20 août 1870

Eugénie Weber s'assit lentement sur sa chaise et posa un regard vide sur la forme allongée dans ce qui avait été, en un jour lointain, son lit conjugal. La chambre était plongée dans une semi-pénombre oppressante et des rais de soleil dansaient timidement sur la poussière à travers les volets clos. Eugénie étouffait dans cette obscurité, mais c'était le seul moyen pour ne pas attirer l'attention des voisins sur leur présence : toute la maison était condamnée, comme si la famille Weber avait quitté la ville. En vérité, songea Eugénie avec amertume, ils étaient presque tous partis : Jean était mort, Jeanne et Paul avaient été engloutis, il ne restait plus qu'elle.

Dans un effort douloureux, Eugénie s'empêcha de tourner les yeux vers le sac sombre posé au pied du lit. Le tissu abandonné était froissé et lâche comme s'il était vide et pourtant, c'était là que se trouvaient ses enfants, prisonniers de la réalité impossible où le croquemitaine les avait expédiés pour la forcer à lui obéir. Une montée de haine crispa Eugénie et elle serra la mâchoire pour empêcher ses crocs de surgir. Hans Trapp était à sa merci, elle n'avait qu'un geste à faire pour le tuer, mais elle ne pouvait pas. Des larmes d'impuissance et de frustration lui montèrent aux yeux. Aucun doute, le destin savait être cruel. Depuis quatre jours, elle se retrouvait à soigner avec dévouement un être qu'elle haïssait plus que tout. Mais quel autre choix avait-elle ?

Eugénie renifla pour ravaler ses pleurs. Lorsque l'obus avait explosé à quelques pas d'elle, un éclat avait frôlé sa tempe, l'assommant à moitié sans la blesser trop gravement ; la plaie avait beaucoup saigné, mais s'était rapidement refermée. Hans Trapp n'avait pas eu autant de chance : deux morceaux de métal l'avaient frappé durement, l'un dans la cuisse et l'autre dans le ventre. Le croquemitaine possédait de nombreux pouvoirs, mais pas celui de se régénérer aisément. Un instant, Eugénie l'avait contemplé, en train de se vider de son sang noir sur le pavé, et elle avait envisagé de le laisser là. Mais il y avait les enfants. Seul le croquemitaine pouvait les faire revenir.

Alors Eugénie avait déchiré sa robe pour lui poser rapidement un garrot, puis elle l'avait porté en courant jusqu'à la maison, profitant de la confusion pour échapper aux questions. Le monstre avait bien failli mourir, gravement touché, très affaibli, et Eugénie avait dû faire appel à toutes ses connaissances pour le ramener à la vie. Depuis quatre jours, elle veillait sans interruption cet être qu'elle aurait tué avec un profond plaisir et elle avait réussi à l'arracher aux griffes de la mort. Sa tension nerveuse était telle qu'elle avait l'impression de flotter hors de son corps et de se regarder agir de l'extérieur.

Hans Trapp remua vaguement dans son sommeil réparateur, commençant déjà à reprendre des couleurs, et Eugénie se leva brusquement, incapable de le regarder une minute de plus. Le visage inondé de larmes, elle quitta la chambre et gagna le rez-de-chaussée, plongé dans les ténèbres lui aussi, avant de se laisser tomber sur le fauteuil favori de Jean. Sa pipe reposait encore sur le guéridon situé juste à côté et Eugénie la prit machinalement, la respirant avec un mélange de plaisir et de souffrance. Elle l'avait dévoré. Elle avait dévoré cet homme qu'elle aimait tant.

Eugénie ravala des sanglots tranchants comme des lames. Il n'était plus temps de pleurer sur le sort de Jean, la seule chose qui comptait encore était de sauver Jeanne et Paul. Elle ne devait pas penser à autre chose qu'eux. Les blessures du croquemitaine lui avaient offert un répit, mais il commençait déjà à se remettre et bientôt il insisterait pour qu'elle reprenne sa chasse.

Eugénie se crispa en songeant à Joséphine Fuchs. La fillette s'était débattue avec tant de désespoir lorsqu'elle s'était emparée d'elle, il y avait une telle terreur dans son regard… Comment pourrait-elle supporter d'infliger encore de tels tourments à une enfant innocente ? Comment pourrait-elle consentir à la livrer à un monstre qui la détruirait ? Mais que pouvait-elle faire d'autre pour sauver ses propres enfants ? Hans Trapp la surveillait, se méfiait d'elle et, à sa connaissance, il était le seul à pouvoir sortir Jeanne et Paul du sac. Si seulement il y avait eu un autre moyen…

Eugénie songea à la sorcière qui protégeait l'enfant. Elle avait réussi à apprendre son nom, Catherine Guérin, mais elle avait cessé de fréquenter le peuple invisible depuis sa transformation, des années plus tôt, et ses contacts dans la Sororité avaient tous quitté la ville depuis longtemps. Aurait-elle pu essayer de négocier avec cette femme ? Obtenir son aide pour retrouver ses enfants sans offrir Joséphine au croquemitaine ? Quelque chose chez Catherine Guérin ne lui inspirait pas confiance. La sorcière était puissante, cela ne faisait aucun doute, bien trop puissante pour elle d'ailleurs, et si elle devait l'affronter, elle y laisserait sans doute la vie. Mais aurait-il été possible de s'en faire une alliée et de sortir enfin de cette horrible impasse ?

Eugénie tressaillit lorsqu'une voix rocailleuse l'appela soudain depuis l'étage, faible mais impérieuse. La goule se tendit et aussitôt ses griffes surgirent au bout de ses doigts. Jamais, de toute sa longue vie, elle n'avait éprouvé une telle haine. Et pourtant elle était l'esclave de ce monstre, soumise à lui pour ceux-là mêmes qui avaient fait d'elle une véritable humaine. Ses épaules s'affaissèrent, ses griffes rentrèrent sous sa peau. Ce fut d'un pas pesant qu'elle prit la direction de la chambre où l'attendait Hans Trapp.

* *
*

Strasbourg, mardi 23 août 1870

Depuis une semaine, la maison Fuchs bourdonnait d'activité. Les bombardements du 15 août avaient déjà fortement ébranlé Mathilde, mais ceux du 18 août, qui durèrent une bonne partie de la nuit et causèrent de considérables dégâts dans la ville, achevèrent de convaincre la maîtresse des lieux qu'il fallait prendre des mesures drastiques. Alors, on déménagea à la cave.

Edmond avait pris ses aises dans le souterrain, mais ce fut de bonne grâce qu'il transféra une partie de son matériel photographique au rez-de-chaussée et aida à réaménager les lieux afin qu'ils puissent s'y réfugier à la moindre alerte. Une bâche et des tapis permirent d'isoler le sol de terre battue sur lequel on jeta quelques matelas et des couvertures ; on descendit des provisions et un vieux poêle à charbon qui fumait un peu, mais permettait de cuisiner facilement ; Mathilde transféra même une partie de son matériel de couture dans ce nouvel espace étouffant, quand bien même les commandes étaient quasi inexistantes depuis le début de la guerre.

Puis il fallut transporter les objets les plus précieux au sous-sol, toutes les richesses de chacun, et Joséphine passa un temps interminable plantée au milieu de sa chambre, incapable de choisir parmi ses livres et ses dessins. À cette occasion, elle découvrit avec étonnement que Louise possédait un superbe coffret en bois peint, offert par sa grand-mère, et dans lequel elle collectionnait des cartes postales sur lesquelles elle notait ses recettes préférées de sa belle écriture ronde d'écolière. Toutes deux passèrent quelques heures charmantes à saliver en passant en revue ces secrets gourmands, mettant de côté les pâtisseries qu'elles testeraient en priorité lorsque la guerre serait terminée.

Edmond avait rassemblé dans un coin les éléments les plus fragiles et précieux de son matériel, ses produits chimiques qui présentaient un danger en cas d'incendie, ainsi que toute sa collection de photographies, soit deux caisses pleines de tirages dont certains étaient déjà légèrement jaunis par les années. Mathilde, quant à elle, avait jeté ses économies dans un sac caché au fond d'une malle, avec les portraits de ses parents et de son défunt époux.

Parfois, allongée dans le silence pesant de la cave obscure, Joséphine songeait à tous les objets qu'ils avaient laissés dans les étages et les imaginait prendre vie en leur absence, s'approprier les pièces désertées et bavarder entre eux de cet abandon. À quoi bon accumuler tant de possessions, songeait-elle, si c'était pour se rendre compte ensuite qu'elles n'avaient pas réellement d'importance ? En ces moments de crise, les jolis rideaux, les chandeliers dorés et les belles assiettes paraissaient bien futiles… Son lit lui manquait en revanche, confortable refuge, et Joséphine regrettait qu'il ait été trop lourd pour pouvoir être descendu à la cave.

Seule Catherine ne partageait pas leurs inquiétudes et elle avait refusé de s'installer dans le sous-sol malgré les supplications de Mathilde. La vieille femme ne redoutait pas les bombardements et

Joséphine ne pouvait pas s'empêcher de repenser aux symboles qu'elle l'avait vue tracer sur les poutres du grenier. Son instinct lui soufflait que ces signes étaient une forme de protection magique et que, si Catherine n'avait pas peur, c'était parce qu'elle avait fait le nécessaire pour qu'ils soient épargnés. Cette pensée était agréablement rassurante. Un peu inquiétante aussi.

Joséphine avait essayé d'aborder avec Catherine le sujet de la dame monstrueuse et de son compagnon en noir, mais la vieille femme avait éludé. Elle n'avait apparemment pas trouvé de qui il s'agissait pour le moment et Joséphine avait très peu d'occasions de l'interroger, sa mère la surveillant avec l'attention d'une louve. Elle n'avait pas eu le droit de sortir depuis l'incident du 15 août et n'avait aucune nouvelle de Saïd non plus. Elle avait convaincu Edmond de se renseigner, mais le jeune homme ignorait où exactement le turco était en poste et il n'avait pas réussi à obtenir d'informations. Alors, chaque soir, Joséphine priait pour que le soldat s'en sorte sain et sauf.

Coincée à l'intérieur en compagnie de sa mère, Joséphine avait l'impression d'être en prison et cela lui pesait de plus en plus. Elle aurait voulu se promener dans Strasbourg, prendre le pouls de la ville et essayer de cerner ce qui se jouait réellement à l'extérieur, mais cela lui était impossible. Elle n'avait accès qu'aux comptes rendus d'Edmond qui sortait régulièrement avec son appareil et aux rumeurs que Louise rapportait à chaque fois qu'elle allait faire des courses. Quant à Catherine, si elle quittait régulièrement la maison, elle ne partageait rien de ses observations. Joséphine se sentait coupée du monde en ce moment crucial et elle ne comprenait pas comment sa mère pouvait supporter cet isolement.

Ce jour-là, mardi 23 août, Louise rentra de chez le boulanger avec une nouvelle qui consterna Mathilde : le général Uhrich, responsable de la défense de la place, le baron Pron, préfet du Bas-Rhin, et le maire Humann avaient fait placarder un avis solennel informant la population que Strasbourg était désormais assiégée et faisant appel au patriotisme et au courage des habitants. Nul ne savait ce qu'il fallait redouter exactement, un siège ou de nouveaux bombardements, et des rumeurs se mêlaient déjà à cette annonce, parlant de victoires françaises et de délivrance rapide. Mais Mathilde ne croyait guère à ces bonnes nouvelles et elle insista pour qu'ils gardent leurs quartiers dans la cave. Bien lui en prit, car cette nuit-là, un déluge de feu s'abattit sur la ville.

**
*

Il n'était même pas vingt et une heures lorsqu'on entendit une vive fusillade et de nombreux coups de canon tirés depuis les remparts près de la porte Nationale. Presque en même temps, de fortes détonations retentirent du côté ennemi, aussitôt suivies des sifflements féroces des obus en plein vol. Puis les explosions lorsque les projectiles touchaient le sol, les bâtiments qui s'écroulaient, les feulements mortels des éclats dispersés, les cris d'alerte ou de douleur.

Recroquevillée dans un angle d'un sofa, les bras autour des genoux, Joséphine tendait désespérément l'oreille pour comprendre ce qui se passait, tandis que les flammes des quelques bougies qui les éclairaient vacillaient sous les tremblements qui secouaient la ville. C'était un roulement de tonnerre continu qui paraissait entourer tout Strasbourg, les sifflements incessants des obus qui se croisaient dans le ciel, le fracas épouvantable lorsqu'ils touchaient les maisons, les bâtiments publics, le pavé, les hurlements terrifiés de ceux qui étaient pris dans cette grêle infernale. Certains chocs étaient si proches que Joséphine avait l'impression que la maison allait s'écrouler sur eux et elle avait envie de pleurer, seule, perdue.

Mathilde était pétrifiée à côté d'elle, fixant le vide, déchiquetant consciencieusement son mouchoir, livide et tremblante, respirant à peine. Agenouillée devant le crucifix qu'elle avait ramené de sa chambre à coucher, Louise égrenait un chapelet en priant avec ferveur, les yeux clos, se balançant d'avant en arrière, comme en transe. Edmond, quant à lui, ne tenait pas en place malgré sa respiration laborieuse. La cave était munie de deux soupiraux qui donnaient sur la rue ; il marchait inlassablement de l'un à l'autre, se dressant sur la pointe des pieds pour essayer de voir à l'extérieur, marmonnant des paroles décousues.

— Des batteries volantes, l'entendit grommeler Joséphine. C'est pour ça que les tirs viennent de partout… Et avec cette pluie, la défense ne doit rien voir !

Il pleuvait en effet et le clapotis de l'eau était à peine audible, trop doux quand le grondement des canons et le boucan des explosions envahissaient le moindre recoin de leurs perceptions. Lorsqu'un coup plus fort retentissait, horriblement proche, Edmond sursautait, se tordait un instant les mains, puis reprenait ses va-et-vient en tirant sur son col dans une vaine tentative de mieux respirer.

Joséphine avait l'impression que le vacarme durait depuis une éternité, insupportable, et elle finit par chercher du regard de quoi se boucher les oreilles. Il fallait que ce bruit s'arrête, au moins un instant, elle avait l'impression de ne même plus s'entendre penser. Elle était prête à se lever pour chercher une pièce de tissu lorsque sa mère l'attrapa brusquement et la serra si fort contre elle qu'elle lui fit mal. Joséphine tenta de se dégager, mais Mathilde l'agrippait comme un naufragé sa planche de salut.

— J'aurais dû t'envoyer au loin, chuchota la femme d'une voix blanche. Pardonne-moi, mon amour, j'aurais dû te mettre à l'abri ! Pardon, pardon, pardon...

Elle se mit à couvrir la tête de la fillette de baisers et Joséphine n'osa pas bouger, effrayée, les larmes aux yeux. Mathilde sentait mauvais, une sueur aigre née de la peur, et Joséphine se détestait d'avoir envie de plisser le nez sous ses caresses désespérées. Elle chercha quoi dire pour apaiser sa mère, mais elle avait elle-même trop peur pour trouver des paroles adaptées. Et si un obus tombait sur leur maison et qu'ils mouraient tous dans quelques minutes ? Horrifiée, Joséphine serra à son tour sa mère avec force et elles restèrent blotties l'une contre l'autre un long moment, haletant de terreur comme deux oisillons tombés du nid.

Et soudain, un obus frappa si près que les vitres des soupiraux volèrent en éclats, manquant de blesser Edmond. Toute la maison trembla. Louise se redressa dans un cri et se précipita vers Mathilde et Joséphine, les enveloppant dans ses bras protecteurs. Edmond resta figé de longues secondes, pâle comme un mort, et tous guettèrent l'instant où la demeure s'écroulerait sur eux. À la place, Catherine surgit sur le palier, les faisant tous sursauter.

— C'est tombé sur la maison d'à côté ! annonça-t-elle. Ils ont un début d'incendie dans le grenier, il faut aller les aider !

Aucun d'eux ne bougea. Catherine leva les yeux au ciel avec agacement et repartit aussi soudainement qu'elle était arrivée. La manière dont elle claqua la porte fit tressaillir Edmond et le ramena à l'instant présent. Machinalement il se mit à renouer son nœud papillon défait.

— Je vais voir, annonça-t-il enfin.

Et il sortit d'un pas mal assuré. Louise hésita à le suivre, mais Mathilde la retint avec force. Joséphine parvint enfin à s'écarter un peu tandis que Louise consolait sa patronne avec des gestes maternels. Désemparée de voir sa mère dans un tel état, la fillette se laissa glisser à bas du sofa et tenta de regarder à travers un des soupiraux. Mais elle était bien trop petite et elle distingua tout juste des jambes qui passaient en courant et ce qu'elle crut être une volute de fumée, aussitôt dissipée par la pluie. Il y avait de l'agitation autour de la maison voisine, de nombreux appels, mais cela ne faisait qu'ajouter au vacarme ambiant et Joséphine n'arrivait pas à déchiffrer tous ces sons mêlés.

Inquiète pour Edmond, elle s'obligea à s'occuper et entreprit de balayer les éclats de verre tombés au sol. Louise ne tarda pas à venir l'aider, puis la bonne glissa des tissus devant les ouvertures pour empêcher l'eau de s'infiltrer à l'intérieur. Au grand dépit de Joséphine, cela étouffa à peine le bruit et ne lui permit plus de voir quoi que ce fût.

C'était la première fois que les bombardements duraient aussi longtemps et la fillette prenait peu à peu conscience que la guerre ne faisait que commencer. Mais à ce rythme-là, les Prussiens n'allaient-ils pas entièrement raser la ville ? Quel spectacle découvriraient-ils lorsque le jour se lèverait ? Est-ce qu'un seul des endroits qu'elle connaissait serait encore debout ? Est-ce que leur maison serait encore debout ?

Après une attente interminable, Edmond refit enfin son apparition, trempé, sale, décoiffé, respirant lourdement, mais porteur d'une bonne nouvelle.

— C'est bon, l'incendie est maîtrisé et les dégâts ne sont pas trop importants !

Sur ces mots, il s'écroula sur un fauteuil, cherchant son souffle, et Joséphine se hâta de le protéger d'une couverture.

* *
*

La nuit fut interminable et le bombardement ne s'interrompit enfin que vers huit heures du matin. Malgré le silence revenu, Joséphine avait l'impression d'entendre encore résonner sous son crâne les ronflements et les déflagrations des bombes et elle était épuisée.

Mathilde avait fini par prendre du bromure et elle s'était endormie vers quatre heures du matin, avachie sur son matelas comme une enfant fragile. Louise avait grappillé quelques heures de somnolence, mais Edmond n'avait pas réussi à trouver le repos, terrassé par une crise d'asthme qui l'avait obligé à lutter pour chaque respiration durant plusieurs heures. Seule une de ses cigarettes antiasthmatiques au datura, qu'il économisait sagement depuis l'annonce de la guerre, avait réussi à le calmer un peu. Joséphine était restée près de lui, tenant sa main sans savoir quoi dire, dépassée par la situation, submergée par des émotions trop intenses.

Le répit fut de courte durée, tout juste suffisant pour qu'un Edmond au visage crayeux puisse sortir aux nouvelles et constater les innombrables dégâts. Beaucoup de façades étaient trouées, des fenêtres fracassées laissaient entrevoir des appartements aux plafonds éventrés, des meubles réduits en miettes. La cathédrale avait été touchée, de même que plusieurs autres églises, une partie de la toiture de l'arsenal était démolie, même les ambulances n'avaient pas été épargnées et certains patients avaient trouvé la mort dans ce qui aurait dû être leur lit de guérison. Il y avait des morts, des blessés plus encore, et les pompiers avaient dû lutter contre de nombreux incendies. La ville était balafrée, hébétée, mais elle eut à peine le temps de respirer que le bombardement reprenait, se concentrant cette fois sur la citadelle où se regroupait la majorité des forces de défense.

Mathilde n'avait pas eu le temps de retrouver sa contenance et elle se mit à gémir misérablement lorsque les explosions reprirent, même si elles paraissaient plus éloignées. Il fallut toute la patience de Louise et une nouvelle dose de bromure pour la calmer. Hébétée par la drogue, Mathilde finit par laisser la bonne la laver et la changer, avant de s'asseoir dans un coin et de rester figée, fixant le vide, totalement absente. Malgré son insistance, Louise ne parvint pas à la faire manger et Joséphine finit par se détourner de ce spectacle insupportable, se réfugiant auprès d'Edmond qui essayait de passer le temps en triant ses photographies. Elle l'assista tant bien que mal, luttant de toutes ses forces pour ignorer non seulement les assauts bruyants de l'ennemi, mais aussi l'état pathétique de celle qu'elle aimait plus que tout.

Edmond commençait à subir le contrecoup de leur séjour prolongé dans la cave humide et il respirait si mal qu'il dut sacrifier une autre de ses cigarettes au datura. Mais il ne se plaignait pas et il s'efforçait de distraire Joséphine malgré ses propres craintes. Ce fut même d'un ton léger qu'il félicita Louise pour l'omelette qu'elle avait improvisée sur le poêle à bois, même si la fumée le faisait tousser de plus en plus.

La journée passa lentement et Joséphine commença à avoir l'impression troublante qu'ils étaient là depuis une éternité et qu'ils n'en sortiraient plus jamais. Catherine avait disparu depuis des heures, Louise berçait Mathilde comme une enfant, Edmond parlait à tort et à travers de choses futiles, s'interrompant régulièrement pour chercher son souffle, les canons grondaient du côté de Kehl, sur l'autre rive du Rhin. Avec ses soupiraux bouchés par des tissus, la cave était plongée dans l'obscurité même en pleine journée et c'était comme s'ils s'étaient enfermés dans un mausolée. À peine quelques jours plus tôt, ils menaient chacun leurs petites affaires, la vie était simple et évidente et désormais le monde entier était en feu, le ciel s'abattait sur leurs têtes, ils pouvaient mourir à chaque instant et tout paraissait devenu absurde.

Au soir, après un dîner avalé sans enthousiasme, Edmond apprenait un nouveau jeu de cartes à Joséphine lorsque le tonnerre s'intensifia. Visiblement lassé de ne s'en prendre qu'à la citadelle, l'ennemi faisait à nouveau pleuvoir ses obus sur toute la ville et les bourdonnements et chuintements des bombes envahissaient le ciel, impitoyables. Plusieurs projectiles tombèrent dans leur rue, les secouant de leurs explosions, et Joséphine vit littéralement toute couleur quitter le visage de sa mère. Mathilde s'allongea lentement sur le flanc, se recroquevilla en position fœtale, la tête dans les mains, et il fut ensuite impossible de la faire bouger.

Edmond se remit à tourner en rond, tordant tant et si bien sa belle moustache qu'elle finit par pendre misérablement, ayant perdu toute sa superbe, et Louise reprit ses prières avec une ferveur que Joséphine ne comprenait pas. Si Dieu avait vraiment voulu les aider, alors Il aurait empêché les gouvernements de déclencher cette guerre stupide ! À quoi bon faire appel à Lui alors que le mal était fait ? Elle-même avait cessé de prier depuis la nuit précédente, elle se contentait d'espérer que l'Allah de Saïd serait plus à même de le protéger que ne l'était leur Dieu chrétien. Et elle se demandait encore et encore où était passée Catherine.

La fatigue et la colère anesthésiaient la peur de Joséphine et elle n'en pouvait plus d'être enfermée sans savoir ce qui se passait. S'ils devaient mourir dans l'écroulement de la maison, alors elle voulait voir arriver l'obus qui aurait raison d'eux ! Rester ainsi terrée dans l'obscurité et une interminable attente la rongeait. Elle avait conscience qu'elle ne pouvait rien faire, qu'elle était trop jeune, mais son impuissance l'exaspérait. Louise devait veiller sur Mathilde que ses nerfs avaient trahie et l'asthme d'Edmond l'empêchait de prendre part à l'action, mais elle ? Elle était en parfaite santé et elle aurait tant voulu aider ! Mais comment l'aurait-elle pu ?

À bout de nerfs, tressaillant malgré elle à chaque déflagration, Joséphine finit par se coucher et s'enrouler dans une couverture malgré la chaleur étouffante. Elle ferma les yeux et essaya de toutes ses forces de s'endormir, d'échapper dans le sommeil à ce vacarme incessant, aux ronflements des obus, aux cris des veilleurs de la cathédrale qui ne cessaient de signaler un nouvel incendie, aux cataractes de pierres retentissantes à chaque fois qu'une bombe arrachait un morceau de bâtiment. Elle finit par plonger dans une inconscience fébrile, se retournant sans cesse, son petit corps frémissant à chaque bruit plus rapproché.

Il était peut-être minuit lorsqu'elle fut arrachée à son mauvais repos par une vague de douleur insoutenable. Se redressant dans un sursaut, elle crut un instant que l'étage s'était effondré sur eux, puis elle réalisa que ce n'était pas elle qui était blessée. La souffrance qu'elle ressentait ne lui appartenait pas, il s'agissait d'une de ces intuitions qui s'emparaient parfois d'elle, la certitude que quelque chose de terrible était en train d'arriver quelque part.

Dans la cave, plus personne ne bougeait. Louise avait fini par s'assoupir, serrant contre elle Mathilde qui continuait à fixer le vide, les yeux éteints, et Edmond s'était endormi sur son fauteuil lui aussi, le visage creusé par la fatigue, la respiration sifflante. Seules deux bougies éclairaient la scène, laissant une bonne partie de la pièce dans l'ombre. Joséphine frissonna. À l'extérieur l'orage n'en finissait pas et les sifflements succédaient aux détonations et aux explosions, se mêlant aux funestes cris d'alarme ou de détresse. La fillette voulut se recoucher, repousser encore ce cauchemar jusqu'au matin, mais une nouvelle vague de souffrance la submergea, si intense qu'il lui fut impossible de l'ignorer. Elle ne pouvait pas rester ainsi, elle devait comprendre ce qui se passait.

Prenant bien garde à ne réveiller personne, Joséphine enfila ses chaussures et se glissa hors de la cave. Elle faillit trébucher dans l'escalier et se rattrapa *in extremis*, mais au rez-de-chaussée les choses furent plus faciles. Elle eut tôt fait de trouver la porte de la cour qui était rarement verrouillée et de se glisser à l'extérieur. Elle n'avait pas fait trois pas dehors qu'elle se figeait, ébahie. Le ciel de Strasbourg était en feu.

Joséphine tourna sur elle-même, mais partout les nuages avaient pris la teinte orangée des flammes, drapés de quelques voiles de fumée obscure. Les traînées des obus zébraient d'éclairs ce ciel tourmenté et l'atmosphère était saturée de poussière, de cendres, d'exhalaisons de bois brûlé et de métal surchauffé. Le fracas des bombes était encore plus assourdissant en plein air, écrasant, si impérieux que Joséphine faillit faire demi-tour, terrifiée. Mais il fallait qu'elle sache ce qui provoquait en elle ce pressentiment terrible.

S'efforçant de rester cachée dans l'ombre de la maison, Joséphine contourna le bâtiment pour gagner la rue. Là, elle s'immobilisa à nouveau, horrifiée. La demeure Fuchs se situait presque au bout de la rue du Dôme ; un peu plus loin, la maison Flach, qu'elle connaissait bien, s'était à moitié écroulée et un monceau de gravats barrait le passage, dégageant des flammes autour desquelles des pompiers s'agitaient vainement. D'autres maisons étaient touchées et l'incendie éclairait les va-et-vient désespérés des habitants.

La gorge serrée, Joséphine se détourna et, suivant son instinct, courut jusqu'à l'angle de la rue du Dôme et de la rue du Temple-Neuf. L'agitation qui régnait là était encore plus grande et de nombreux pompiers accouraient depuis le poste de la mairie ; ils semblaient minuscules face au gigantesque incendie qui s'était déclenché dans cette zone.

Le Gymnase protestant, lycée converti en ambulance, était en feu, de même que l'église protestante du Temple-Neuf et la bibliothèque attenante. Se cachant sous une porte cochère, Joséphine ouvrit de grands yeux devant cette catastrophe. Edmond lui avait parlé cent fois des innombrables trésors que renfermait la bibliothèque publique de Strasbourg, réputée une des plus riches de France après celle de Paris. On n'y trouvait pas moins de deux cent mille volumes, dont des milliers d'incunables et de manuscrits particulièrement précieux. Le *Hortus deliciarum* de l'abbesse de Sainte-Odile, Herrade de Landsberg, constituait un des joyaux de la collection, manuscrit enluminé du XIIe siècle, merveille absolument unique. Et tout cela était en train de servir de combustible à la folie des Prussiens.

La bibliothèque publique avait été installée dans les vastes salles de chœur de l'ancienne église des dominicains et communiquait directement avec l'église du Temple-Neuf. Les deux lieux sacrés, celui de la culture et celui de la spiritualité, brûlaient de concert, les flammes léchant leurs hautes arches de pierres, et Joséphine ne put s'empêcher de se demander avec rancune ce que Dieu pensait de cela. Des pompiers tentaient d'intervenir, mais les canonniers prussiens semblaient avoir pris l'incendie pour cible, les obus pleuvaient sur les bâtiments déjà martyrisés et il était très dangereux de s'approcher. Et soudain, Joséphine vit une silhouette à travers les ouvertures bouchées de feu, puis une seconde. Au même instant, des cris atroces lui transpercèrent le cœur.

Horrifiée, Joséphine se paralysa. Personne n'avait réagi à ces hurlements, personne ne semblait remarquer les deux êtres coincés dans les flammes qui se débattaient vainement. Elle crut voir l'un d'eux qui s'emparait d'une pile de livres, mais déjà l'incendie rabattait sur lui une volute brûlante et l'empêchait de sauver quoi ce soit. Et aucun pompier ne faisait mine d'aller les aider. Révoltée, Joséphine faillit se précipiter hors de sa cachette pour donner l'alerte, mais une main se referma soudain sur son épaule.

— Je t'avais dit de ne pas sortir sans moi !

Ce fut avec soulagement que la fillette reconnut Catherine. Le visage de la vieille femme portait des traces de suie, creusé par la fatigue, ses vêtements étaient déchirés et sa coiffure présentait un certain désordre, mais elle était toujours aussi calme. Se rencognant près de Joséphine, elle reporta son regard sur la bibliothèque qui irradiait une chaleur insoutenable, l'obligeant à plisser les yeux.

— Il faut prévenir les pompiers ! s'exclama l'enfant. Il y a des gens à l'intérieur !

Catherine fronça les sourcils.

— Qu'est-ce que tu racontes ? Il n'y a personne à l'intérieur, sauf… Oh… Tu peux les voir ?

Joséphine la considéra avec incompréhension, puis passa outre.

— Ils sont au moins deux, il faut les aider !

Catherine secoua la tête.

— C'est trop tard. Regarde.

Joséphine se tourna à nouveau vers la bibliothèque. Au même instant trois obus s'abattirent en même temps sur le bâtiment, il y eut un grondement terrible, comme un séisme, et le toit s'écroula, crevant les étages. Un souffle poussiéreux et brûlant passa sur elles et Joséphine n'eut que le temps de protéger ses yeux. Lorsqu'elle put à nouveau regarder, elle distingua nettement les deux silhouettes aperçues plus tôt. Immobiles au milieu des décombres enflammés, elles semblaient minuscules, comme si elles appartenaient à des enfants.

— Ce sont des kobolds, expliqua froidement Catherine, les gardiens des lieux. Ils ne pouvaient de toute façon pas survivre à une telle destruction.

Cette fois ce fut un mélange de désespoir, de colère et de douleur qui lamina le cœur de Joséphine. Puis les deux silhouettes partirent en fumée.

Bouche bée, Joséphine comprit que c'était les sentiments de ces créatures qu'elle avait perçus jusque dans la cave, leur infinie souffrance devant les ravages aveugles des hommes. Louise avait raison, les légendes étaient vraies. Et cette guerre n'emportait pas seulement les habitants de Strasbourg, mais aussi le petit peuple.

— Viens maintenant. Il faut te mettre à l'abri, tu n'aurais jamais dû sortir toute seule !

Trop abasourdie par ce qu'elle venait de réaliser, chacune des incessantes déflagrations la laissant un peu plus assommée, Joséphine suivit docilement Catherine et elles laissèrent derrière elles le gigantesque brasier qui, après avoir été allumé par les ténèbres des humains, dévorait sans pitié leurs lumières.

* *
*

Nul n'avait remarqué l'absence de Joséphine et la fillette voulut en profiter pour interroger Catherine, mais celle-ci décréta qu'elle devait se reposer et qu'elles discuteraient plus tard. De fait, à peine s'était-elle couchée sur un des matelas que la vieille femme s'endormait, aussi tranquillement que si l'apocalypse ne s'était pas abattue sur Strasbourg.

Joséphine fut bien incapable de l'imiter et elle passa une bonne partie de la nuit à ruminer ce qu'elle avait découvert. Elle était très tentée d'en parler à Edmond, mais elle savait que le jeune homme rejetait tout ce qu'il considérait comme des superstitions absurdes et qu'il ne la croirait pas. Et pourtant elle avait parfaitement vu les deux créatures prisonnières dans l'incendie et Catherine lui avait confirmé qu'elle ne rêvait pas. Mais la vieille femme maintiendrait-elle ses propos face à d'autres adultes ? Joséphine en doutait. Catherine était bien trop jalouse de ses secrets, jamais elle ne les partagerait.

Mal à l'aise, encore glacée par la terrible souffrance des kobolds, Joséphine ne trouva le repos qu'au matin, lorsque les bombardements cessèrent enfin. Elle sombra dans un lourd sommeil sans rêve et ne se réveilla qu'au milieu de l'après-midi. Edmond avait eu le temps d'aller faire un tour et les nouvelles qu'il ramenait étaient effrayantes : d'innombrables dégâts défiguraient la ville et certains incendies commençaient à peine à être maîtrisés. La rue du Dôme était coupée en deux par un amoncellement de gravats encore en feu et certaines maisons s'étaient complètement écroulées. Il ne restait du Temple-Neuf et de la bibliothèque que des ruines fumantes et le musée de peinture et de sculpture de l'Aubette avait été détruit lui aussi, en même temps que les œuvres qu'il abritait. De nombreux quartiers avaient été touchés, les ambulances avaient à nouveau été frappées, les blessés étaient très nombreux. Une atmosphère de fin du monde régnait sur Strasbourg.

Edmond était bien décidé à immortaliser ce désastre avec son appareil photographique, mais il ne réussit à réaliser que quelques prises de vues des décombres de la bibliothèque avant de devoir rentrer, suffoquant dans l'air chargé de fumée et de cendres qui avait envahi les rues. Préférant économiser ses cigarettes, il s'octroya quelques gouttes d'iodure de potassium qui le firent tousser sans fin, mais lui permirent de cracher le mucus qui encombrait ses bronches et de libérer en partie sa respiration. Une inhalation au camphre acheva de l'apaiser et il put enfin se reposer un peu, épuisé.

Une fois le bombardement interrompu, Mathilde réussit enfin à émerger un peu de son hébétude. Malgré tout, ce fut avec une grande nervosité qu'elle se mit à déambuler dans la cave, dérangeant leurs possessions plus qu'elle ne les rangeait, agaçant la pauvre Louise qui s'efforçait de leur faire à manger, examinant Joséphine sous toutes les coutures d'une manière qui fit presque regretter son apathie à la fillette.

Louise tenta de la distraire en lui demandant son avis sur l'état de leurs provisions, mais cela n'eut pas l'effet escompté : en vérité il ne leur restait pas grand-chose et ils allaient bientôt devoir sortir pour refaire leurs réserves. Cette perspective irrita grandement les nerfs de Mathilde et, alors que Louise avait le dos tourné, elle s'administra elle-même une telle dose de bromure qu'elle en fut presque assommée. Le sédatif la plongea dans une somnolence lourde et, malgré son inquiétude, Louise décida d'en profiter pour faire ses commissions. Elle voulait également user de cette occasion pour prendre des nouvelles de sa sœur, qui vivait dans un quartier voisin avec sa famille.

Edmond proposa galamment de l'accompagner, mais, devant son état pitoyable, Louise refusa et lui recommanda plutôt de se reposer. Catherine avait disparu à nouveau et ce fut donc à Joséphine que Louise demanda de veiller sur la maisonnée en son absence. La fillette accepta sa mission avec tout le sérieux requis. Elle ne se doutait pas que ces quelques paroles banales étaient les dernières que Louise lui adresserait jamais.

La bonne était sortie vers seize heures et, vers dix-neuf heures, lorsque les bombardements reprirent, elle n'était toujours pas rentrée. Joséphine commençait à s'inquiéter sérieusement, d'autant que sa mère était de plus en plus nerveuse et que Louise était la seule à savoir l'apaiser. Revenue de ses mystérieuses promenades, Catherine ne prenait pas ces angoisses au sérieux, mais, vers vingt heures, Edmond finit par décider de se mettre à la recherche de Louise, en commençant par se rendre chez sa sœur.

Catherine était une piètre cuisinière. Elle se contenta de distribuer dans des bols un reste de fromage blanc et d'ouvrir une conserve de fruits de l'année précédente. Mathilde ne réussit même pas à finir ce maigre dîner, demandant régulièrement d'une voix de petite fille où était Louise. Son attitude impatientait Catherine qui lui répondait de plus en plus brusquement et Joséphine s'efforçait tant bien que mal de la faire taire tout en se forçant à avaler la nourriture pour prendre des forces. Quelque chose lui soufflait qu'elle allait en avoir besoin.

Edmond fut absent près d'une heure. Lorsqu'il refit enfin son apparition, le bombardement avait atteint la même intensité que la veille, insupportable. Le jeune homme était essoufflé d'avoir couru, mais le pire était la manière dont il évitait leurs regards à toutes.

Après avoir avalé quelques gorgées d'eau, il s'affala sur son fauteuil et resta silencieux.

— Eh bien ? demanda sèchement Catherine. Un obus vous a arraché la langue ?

Edmond se redressa dans un effort. La sueur traçait des rigoles sur son visage et il avait perdu quelque part son nœud papillon. Joséphine nota que ses joues, habituellement rebondies, commençaient déjà à se creuser sous l'effet de la tension permanente des derniers jours. Il se tordit un instant les mains, puis se décida à lever vers elles un regard défait.

— Je... Je suis désolé, c'est... J'ai vu la sœur de Louise. Elle... Louise est morte. Elle...

Il fut interrompu par un cri atroce. Il fallut quelques secondes à Joséphine pour réaliser que c'était sa mère qui avait poussé cet horrible vagissement de bête blessée. Ce fut comme dans un rêve qu'elle vit Edmond et Catherine se précipiter vers Mathilde qui s'arrachait les cheveux en poussant des hurlements. La jeune femme se débattit avec une telle violence, complètement hystérique, qu'ils durent s'y mettre à deux pour la maîtriser. Il leur fallut de longues minutes de lutte pour lui faire avaler un sédatif et, même assommée par la drogue, elle continua à appeler Louise en gémissant, formant un spectacle si pathétique et si désespéré que Joséphine sentit son cœur se briser.

Edmond avait regagné son fauteuil d'un pas lourd, livide, les yeux humides, et il ouvrit machinalement les premiers boutons de sa chemise.

— Elle a été fauchée par un obus juste au moment où elle s'apprêtait à rentrer, expliqua-t-il sans s'adresser à personne. Elle est morte sur le coup, elle n'a pas souffert. Je... Je suis désolé.

Il réprima un sanglot, se contrôla. Machinalement, Joséphine le rejoignit, grimpa sur ses cuisses massives et se blottit contre son large torse. Il l'enlaça avec douceur et se mit à caresser son dos d'une manière qui fit fermer les yeux à la fillette.

— Je suis désolé, Joséphine, répéta-t-il. Je suis tellement désolé...

L'enfant ne répondit pas et il soupira, avant de déposer un tendre baiser sur sa tête. Absente, la fillette essayait de démêler ce qu'elle ressentait, mais le choc avait été si violent qu'il lui semblait qu'elle n'éprouvait plus la moindre émotion. Une part d'elle trouvait cela complètement absurde. Louise était seulement partie faire quelques courses. Pourquoi Edmond prétendait-il qu'elle ne rentrerait plus jamais ? Ça n'avait aucun sens. Cette femme qui l'avait élevée, qui s'était occupée d'elle avec tant de gentillesse et de patience, qui était tout pour sa mère, cette femme ne pouvait pas avoir disparu ainsi ; Mathilde et elle avaient encore trop besoin de sa présence.

— Où est le corps ?

La voix de Catherine était toujours aussi froide, indifférente, mais Joséphine n'y prêta guère attention, pas plus qu'à la réponse abattue d'Edmond.

— La sœur s'en occupe. Elle va essayer d'organiser des funérailles, même si cela semble bien compliqué. Elle nous préviendra. C'est… Cela ne s'est joué qu'à quelques secondes. Si elle était partie juste avant, ou juste après…

Catherine émit un reniflement méprisant.

— Ce que vous dites n'a pas de sens, rétorqua-t-elle. Si elle est morte, c'est que son heure était venue, voilà tout. Rien n'aurait pu changer cela.

Edmond ne répliqua pas et le silence retomba sur la cave, uniquement troublé par les pleurs étouffés de Mathilde. Ce son finit par envahir tout l'espace mental de Joséphine, couvrant même les détonations incessantes du bombardement, et elle finit par ne plus le supporter. Se détachant d'Edmond, elle rejoignit sa mère d'un pas distrait, traversant le monde comme s'il n'existait pas réellement, puis elle prit celle-ci dans ses bras. Mathilde l'enlaça faiblement, abrutie par les médicaments, enfouit le visage contre son cou et prononça quelques mots lugubres.

— Nous allons tous mourir…

Joséphine ne répondit pas, se contentant de la serrer plus fort.

* *
*

La nuit fut aussi épouvantable que la précédente, le bombardement ne paraissant jamais devoir s'arrêter, les harcelant constamment de son vacarme, de ses chocs sourds, de ses écroulements et de ses cris. L'artillerie de défense faisait trembler la terre en répliquant avec ses plus grosses pièces, mais rien n'interrompait le feu de l'ennemi et, lorsqu'elle regagnait suffisamment de lucidité,

Joséphine songeait brièvement qu'il ne resterait plus rien de la ville au matin.

Comme la veille, Catherine s'endormit très facilement, guère troublée par ce qui se jouait autour d'eux. Edmond fut incapable de trouver le sommeil en revanche, tournant en rond dans la cave, se penchant régulièrement sur Mathilde et Joséphine enlacées, se tordant les mains et murmurant pour lui-même. Il n'y eut que son asthme pour le terrasser finalement et l'obliger à s'asseoir le temps de contrôler sa respiration entravée par la tension. Enfin, vers cinq heures du matin, l'attaque cessa, un silence traversé des crépitements des incendies se déposa sur Strasbourg comme une chape et ils purent tenter tant bien que mal de dormir vraiment.

Quelques heures plus tard, ils étaient tous livides, nerveusement rompus, exténués. Mathilde était complètement absente, hébétée, et, régulièrement, elle demandait où était Louise, avant de paraître se souvenir et de baisser la tête avec accablement. Edmond dut pratiquement lui ouvrir la bouche de force pour arriver à lui faire avaler un peu de nourriture et Joséphine constata qu'en quelques jours sa mère, déjà très frêle, avait encore maigri, presque décharnée.

La fillette réalisait peu à peu qu'elle ne reverrait plus jamais Louise et elle aurait voulu pleurer pour se décharger du mélange de chagrin et de terreur qui lui laminait le ventre, mais elle en était incapable. Ses yeux étaient secs, elle n'avait pas de sanglots et rien ne venait la soulager.

Edmond se montrait particulièrement gentil avec elle, il s'efforçait d'être doux et patient envers Mathilde, de prendre les choses en main même s'il n'en avait guère l'habitude, maladroit et peu efficace. Joséphine éprouvait envers lui des bouffées d'amour soudaines, seuls points de lumière dans l'obscurité qui l'enveloppait. Catherine ne cessait de disparaître, Mathilde ressemblait à un spectre dévoré de peur, Louise était morte ; Edmond était désormais le seul adulte sur lequel elle pouvait réellement compter. Lorsqu'il annonça à son tour qu'il devait aller chercher des provisions, Joséphine fut incapable de dire un mot ; elle se jeta sur lui et le serra de toutes ses forces pour l'empêcher de partir.

L'accalmie se poursuivait à l'extérieur, mais Joséphine avait appris dans la douleur que cela ne signifiait rien. Edmond tenta de la convaincre que tout irait bien, mais elle refusait de le lâcher. Catherine était sortie sans explication une bonne heure plus tôt et

Mathilde dormait profondément après avoir absorbé une dose de laudanum. À contrecœur, Edmond finit par proposer à Joséphine de l'accompagner. Il n'aimait guère l'idée de laisser Mathilde seule, mais son médicament ferait encore effet quelques heures et ils se dépêcheraient. Joséphine approuva avec enthousiasme, oublieuse des recommandations de Catherine.

Edmond hésita à emporter son appareil, mais il était trop risqué de s'attarder à l'extérieur et de toute façon ils ne pouvaient pas abandonner Mathilde très longtemps, son état nécessitant une grande vigilance. Il renonça donc à immortaliser Strasbourg ce jour-là et Joséphine était bien placée pour mesurer quel sacrifice cela représentait pour lui. Lorsqu'ils sortirent dans la rue, elle glissa sa main dans la sienne et ne la lâcha plus.

Leurs pas les menèrent du côté de la cathédrale et ils purent mesurer l'étendue des dégâts. Le toit avait pris feu durant la nuit et s'était partiellement écroulé, laissant des ouvertures béantes dans la voûte de la grande nef. De nombreux vitraux étaient brisés et la place était jonchée de décombres, débris des sculptures de la façade, énormes pierres détachées de la plateforme ou de la flèche. Juste à côté, l'ambulance établie dans le Grand Séminaire avait été prise pour cible elle aussi et les bâtiments étaient criblés d'impact.

La place Broglie n'était pas en meilleur état et la mairie était complètement ravagée, de même que la préfecture et la Banque de France. Dans certaines rues, les incendies n'étaient pas complètement maîtrisés et ils durent fuir les fumées étouffantes que le vent rabattait vers le sol. Partout ce n'était que débris, tuiles écrasées sur le pavé, morceaux de verre, pierres éclatées, cheminées fracassées, façades éventrées. Certaines maisons avaient brûlé de la cave au grenier. Un voile de suie paraissait s'être déposé sur Strasbourg.

Horrifiée par ce spectacle, incapable de reconnaître cet environnement pourtant si familier, Joséphine suivait Edmond sans penser à rien, laissant son cœur se remplir de cendres en même temps que sa bouche.

Malgré la situation, de nombreux commerces étaient ouverts et ils purent rejoindre la boutique de leur épicier habituel. Ils durent faire la queue avant d'être servis et Edmond dépensa une fortune pour remplir à ras bord le grand panier qu'il avait emporté. Le prix des denrées avait flambé et, lorsqu'ils sortirent, le jeune homme était scandalisé, pestant contre la rapacité de certains commerçants.

Ils firent un dernier détour jusqu'au canal du Faux-Rempart et purent constater que la même désolation régnait partout. De la fumée s'élevait encore du côté du faubourg National et du faubourg de Pierre, particulièrement touchés en raison de leur proximité avec les remparts. Des gens erraient dans les rues, à la recherche d'un enfant, d'un vieillard, d'un parent perdu dans la débâcle nocturne, lorsqu'il avait fallu fuir en catastrophe une maison incendiée alors que les obus continuaient à pleuvoir.

Une femme marqua particulièrement Joséphine. Les vêtements déchirés, les cheveux à moitié brûlés, elle déambulait, hagarde, et appelait désespérément un dénommé Victor, probablement son fils. Elle tenait une poupée de chiffon roussie à la main et sa voix ne cessait de se briser dans des sanglots qu'elle ravalait douloureusement pour mieux continuer ses vains appels.

Alors qu'elle suivait cette femme des yeux avec un mélange d'horreur et de compassion, Joséphine se figea brusquement et sa main se crispa sur celle d'Edmond. L'inconnue était là à nouveau, celle qui avait essayé de l'enlever, celle qui était capable de se changer en monstre. Debout à quelques dizaines de mètres, elle la regardait sans chercher à se cacher, le visage pâle, triste et fatigué. Brusquement, toutes les recommandations de Catherine se bousculèrent dans la tête de Joséphine et elle regretta de tout son cœur de ne pas l'avoir écoutée. Cependant Edmond s'était tourné vers elle.

— Nous devrions rentrer, dit-il d'une voix étranglée.

Joséphine approuva vivement et l'obligea à presser le pas, se retournant sans cesse. L'inconnue les suivait et, à chaque fois que Joséphine jetait un coup d'œil par-dessus son épaule, elle semblait plus proche, sombre mais résolue. La peur gagna la fillette. Elle aurait voulu se mettre à courir, mais Edmond la ralentissait, ployant sous son panier lourdement chargé. La femme-monstre semblait prête à s'emparer d'elle en plein jour, gagnant très vite du terrain, et Joséphine se mit à paniquer. Et soudain Catherine les rejoignit.

Aussitôt l'inconnue disparut dans une rue adjacente, mais cette fois Catherine avait eu le temps de la voir et Joséphine surprit son froncement de sourcils. La fillette oublia toutefois ses questions lorsque la vieille femme la fusilla du regard, visiblement furieuse qu'elle lui ait encore désobéi. Elle s'abstint néanmoins du moindre commentaire en présence d'Edmond et se contenta de les raccompagner jusqu'à la maison.

**
*

— La sorcière a placé une protection sur la maison, déclara Eugénie. Même en son absence, je ne peux pas y entrer.

Hans Trapp haussa les épaules et mordit à belles dents dans le poulet qu'elle s'était vue forcée de lui cuisiner. Elle détourna le regard, écœurée. Elle savait que s'il avait eu le choix, c'était un enfant qu'il aurait dévoré ainsi. Même pour quelqu'un comme elle, qui sortait chaque nuit dans l'enfer du bombardement prélever sa part sur les cadavres qu'elle trouvait, cela ressemblait à un blasphème.

Depuis deux jours, le croquemitaine allait beaucoup mieux, au grand regret d'Eugénie. Il n'était pas encore tout à fait remis de ses blessures, pas au point d'envisager d'affronter la sorcière, mais il témoignait à nouveau de l'impatience et s'était remis à la menacer de ne plus jamais ramener ses enfants dans cette réalité si elle ne se montrait pas plus efficace. Eugénie subissait ses mouvements d'humeur en baissant la tête, se consumant d'une rage et d'une haine inutiles. Mais même avec la meilleure volonté du monde, elle n'aurait pas eu de solution à lui offrir. La sorcière veillait et ni l'un ni l'autre n'était capable d'en venir à bout.

— On va se débarrasser de sa protection, grogna Hans Trapp.

— Elle le remarquera.

— Pas si on se contente de la détourner à notre profit. La magie sera toujours là, mais plus comme elle le croit.

Eugénie fronça les sourcils.

— Je ne comprends pas.

L'homme ricana, puis saisit son sac. Une fraction de seconde, Eugénie fut traversée par l'espoir insensé qu'il allait libérer ses enfants, mais lorsqu'il plongea la main dans la toile, ce fut un autre garçon qu'il ramena, le tirant brutalement par le poignet. Eugénie réalisa avec horreur que Paul et Jeanne n'étaient pas ses seuls prisonniers.

Petit et maigre, âgé d'une dizaine d'années, le gamin regarda autour de lui en clignant des yeux, hébété, terrifié. Ses vêtements paraissaient anciens, d'un style qui n'était plus à la mode depuis un bon moment, et il avait des marques de coups sur le visage. Hans Trapp le saisit cruellement par les cheveux et le ramena sèchement vers lui. Eugénie se leva d'un bond, incapable d'en supporter davantage, ses griffes déjà prêtes à trancher la gorge du monstre.

— Lâchez-le !

Le croquemitaine lui adressa un regard froid de ses yeux rougeoyants et un sourire fendit la broussaille de sa barbe sombre.

— N'oublie pas notre marché. Tue-moi et tes enfants sont morts.

Le cœur battant à tout rompre, furieuse, Eugénie voulut l'envoyer au diable, mais quelque chose d'indicible l'empêcha d'ouvrir la bouche. Pétrifiée par la rage, incapable de résoudre cet impossible dilemme, elle ne bougea pas tandis que Hans Trapp murmurait des paroles inaudibles à l'oreille du garçon. Eugénie vit très nettement les yeux de l'enfant s'emplir d'une fumée noire en même temps que son corps se ramollissait comme celui d'un pantin. Bientôt ses globes oculaires ne furent plus que deux obsidiennes vidées de leur substance. Lentement, très lentement, la noirceur reflua, mais il n'y avait plus aucune vie dans le regard de l'enfant. Pourtant, ce fut d'une démarche parfaitement naturelle qu'il s'enfuit en courant.

— Le petit va se faufiler dans la maison, expliqua Hans Trapp en reprenant son repas. Personne ne le remarquera. Il va modifier les symboles de la sorcière.

— Et ensuite ? souffla Eugénie.

Le croquemitaine haussa les épaules.

— Ensuite sa mission sera terminée et, s'il survit, il sera libre.

Accablée, Eugénie se rassit lentement sur sa chaise. L'estomac tordu par la nausée, il lui fallut de longues secondes pour arriver à reprendre la parole.

— D'où vient-il ? Combien d'autres ?

Hans Trapp se contenta d'un sourire amusé. Eugénie déglutit, s'obligea à trouver des arguments raisonnables.

— J'ai observé la maison, c'est la seule de la rue qui n'a pas été touchée par les obus. Si c'est dû à la protection de la sorcière…

Le croquemitaine l'interrompit d'un geste indifférent.

— Aucune importance.

— Mais si la maison est bombardée avant que nous n'intervenions, ils pourraient tous mourir !

— L'enfant ne mourra pas. Les autres, je m'en fiche.

Sur ces paroles dédaigneuses, il planta ses dents dans un nouveau morceau de viande. Eugénie se prit la tête dans les mains pour s'empêcher de le regarder davantage, mais elle ne put échapper à ses répugnants bruits de mastication. Elle serra les paupières à en avoir mal. Elle ne pouvait pas continuer comme ça.

* *
*

Pour la troisième nuit consécutive, les bombardements les empêchèrent de trouver un véritable repos. Toutefois, Mathilde semblait s'habituer peu à peu à cette tension permanente et elle avait retrouvé une partie de son calme. Si elle demeurait fébrile, elle avait cessé d'appeler Louise d'une voix plaintive, était à nouveau capable de soutenir une conversation et avait même accepté de se nourrir. Elle continuait à tressaillir à chaque explosion proche, mais elle avait tout de même diminué ses doses de médicaments et prêtait à nouveau attention à sa fille, l'encourageant à faire sa toilette, s'assurant qu'elle ne manquait de rien. Joséphine était tellement soulagée de ce retour à la normale qu'elle aurait pu en pleurer de reconnaissance.

Le pilonnage se poursuivit durant toute la journée du samedi 27 août et, pour une fois, Catherine s'abstint de sortir, restant avec eux dans la cave. Après avoir fait un peu de rangement, Mathilde se lança dans une lessive et Joséphine se fit un plaisir de l'aider, retrouvant avec bonheur les gestes simples de la vie quotidienne. Épuisé, la respiration toujours entravée, Edmond s'efforçait de lire, mais Joséphine le surprit plusieurs fois à somnoler. Il se réveillait en sursaut à chaque fois qu'un obus tombait à proximité, mais il finit par sombrer tout à fait et la jeune fille étendit une couverture sur lui avec tendresse.

Le temps paraissait se dilater malgré les impacts qui ponctuaient chaque minute et les heures s'écoulaient avec une lenteur cauchemardesque. À nouveau Joséphine avait l'impression qu'ils ne se réveilleraient plus jamais de ce songe affreux. Après avoir rangé la cave, préparé le déjeuner et suspendu le linge, au rez-de-chaussée pour ne pas augmenter l'humidité du sous-sol, Mathilde avait décidé de coudre une nouvelle robe pour Joséphine et la fillette se prêtait volontiers au jeu des mesures et des essayages, au choix des tissus et des ornements. Tout pour distraire son esprit des obus qui ne cessaient de s'abattre sur Strasbourg.

Malgré sa nervosité, Mathilde était une couturière d'une adresse exceptionnelle. En quelques heures, la robe fut prête et Joséphine l'enfila avec un plaisir non dissimulé. Edmond déclara avec un sourire charmant qu'elle était absolument ravissante et même Catherine, qui était restée jusque-là dans son coin avec un livre, se fendit d'un compliment qui fit rougir la fillette. Mathilde fit tourner Joséphine sur elle-même, observant la manière dont le jupon se soulevait et retombait, puis elle hocha la tête avec satisfaction.

— Tu es superbe, ma chérie !

Son sourire se transforma en grimace au son d'une nouvelle bombe, mais Joséphine était trop heureuse pour y faire attention. Pendant un instant il y avait eu une telle lueur de fierté dans les yeux cernés de sa mère ! Enchantée, elle se jeta dans les bras de Mathilde et la serra de toutes ses forces. Celle-ci lui rendit son étreinte avec émotion, caressant sa tête avec tendresse.

— Louise aurait adoré te voir ainsi, murmura-t-elle.

Sa voix se brisa et un sanglot la secoua. Aussitôt elle repoussa Joséphine et s'écarta, retournant s'asseoir sur son matelas, serrant ses genoux contre sa poitrine dans une attitude enfantine, luttant pour ravaler ses pleurs. Désemparée, la gorge serrée, Joséphine ne sut comment réagir. Par bonheur, Catherine intervint d'une voix légère.

— Ce qu'il te manque, c'est une coiffure assortie, lança-t-elle. Si tu me laisses faire, je te transformerai en vraie princesse !

Joséphine se tourna vers la vieille femme avec étonnement. Elle n'avait aucune envie de laisser celle-ci la toucher, mais cette proposition paraissait avoir éveillé l'intérêt de Mathilde et elle s'empressa donc d'accepter. Catherine disparut dans les étages le temps de chercher un peu de matériel, puis Joséphine se retrouva assise sur un tabouret, face à un petit miroir posé sur la table de la cave.

La fillette avait de très longs cheveux noirs qui lui descendaient presque jusqu'à la taille, très raides, et Catherine déclara qu'elle allait commencer par couper ses pointes abîmées. Joséphine éprouva un instant d'appréhension lorsque les ciseaux s'approchèrent de son crâne, mais Mathilde avait approuvé, elle s'était rapprochée pour regarder, et la fillette ne bougea pas.

Avec une assurance qui trahissait son habitude de l'exercice, Catherine raccourcit son ample chevelure de cinq bons centimètres, lui tailla une jolie frange, puis entreprit de la coiffer en un complexe chignon. De temps en temps, Mathilde et elle échangeaient des paroles qui paraissaient sibyllines à Joséphine, s'entendant sur le placement d'un ruban ou d'une épingle, et, peu à peu, la fillette vit ses longues baguettes sombres remonter sur sa tête, s'entortiller, se déployer, s'entrecroiser, jusqu'à former un chignon digne d'une revue de mode, piqué des couleurs vives des rubans.

Lorsque Catherine déclara qu'elle en avait fini et s'écarta enfin, Joséphine faillit ne pas se reconnaître. Avec sa robe toute neuve, admirablement bien conçue pour elle, très élégante, et sa coiffure de dame, elle avait l'impression d'être devenue quelqu'un d'autre et, pendant un bref instant, elle n'entendit plus les déflagrations qui ne cessaient de les secouer. Mathilde la fit se lever, faire quelques pas, puis elle poussa un cri de ravissement.

— Oh, Joséphine, tu es si jolie !

Edmond renchérit avec enthousiasme et la fillette rougit de plaisir, enchantée de voir sa mère sourire pour de bon. Elle se tourna vers Catherine pour la remercier et la vieille femme lui adressa un clin d'œil complice, inattendu et délicieux. Il ne manquait que Louise pour que cet instant soit vraiment parfait, à tel point que Joséphine en oubliait presque la guerre. Mais la guerre, elle, ne les oubliait pas.

Alors qu'Edmond mimait un cavalier de bal et invitait Joséphine à danser, un premier impact secoua violemment la maison. Tous se figèrent, sous le choc, et Joséphine vit nettement le visage de Catherine se décomposer dans un mélange de stupeur et d'incompréhension. Puis il y eut deux nouvelles explosions, un grondement sourd, des craquements ; tout se mit à vaciller, le plafond se fissura à toute vitesse, de la poussière tomba sur eux, Mathilde hurla et, brusquement, le monde entier s'écroula.

Chapitre 6

Strasbourg, lundi 15 décembre, de nos jours

Franck se réveilla en sursaut, se redressant brusquement, et il lui fallut quelques secondes pour réaliser qu'il était dans sa chambre, assis dans son lit, haletant, trempé de sueur. Déjà son cauchemar s'effaçait, ne laissant derrière lui qu'une traînée d'angoisse douloureuse. Franck se laissa retomber dans ses oreillers avec un soupir et se passa les mains sur le visage.

La soirée de la veille avait été longue et éprouvante. À peine avaient-ils réalisé que Judith était encore en vie que les sorcières se présentaient au portail, à nouveau menées par Annabelle Niels. Elles étaient furieuses qu'on leur ait volé ce qu'elles croyaient être une dépouille et lorsque Johanna les avait détrompées, elles n'y avaient pas cru. Il avait fallu un temps interminable et d'innombrables arguments pour qu'Annabelle finisse par admettre que Johanna disait peut-être la vérité. Elle avait réclamé de pouvoir examiner Judith elle-même, mais Kieran avait refusé de la laisser entrer. La tension était remontée en flèche et Johanna avait pratiquement supplié Kieran avant qu'il ne cède enfin, de toute évidence bien contre son gré.

Annabelle avait dû accepter de porter un bandeau et Johanna lui avait servi de guide. Méfiant, Kieran avait examiné la sorcière sous toutes les coutures avant de lui permettre d'entrer et il ne l'avait pas lâchée d'une semelle tandis qu'elle constatait par elle-même l'état de Judith. Une fois qu'elle eût admis la vérité, Annabelle parut intensément soulagée. Elle tenta de convaincre Johanna que la Sororité pouvait aider Judith, qu'elle-même courait bien moins de risques maintenant qu'il n'était plus question de meurtre, mais la jeune femme avait refusé de se rendre aux sorcières le temps de l'enquête et d'être séparée de sa mère. Comme elle l'avait confié plus tard à Franck, sa discussion avec Kieran avait fait son chemin en elle : si l'attaque contre Judith était réellement liée à la Sororité, alors celle-ci ne pouvait pas être en sécurité parmi ses sœurs.

Son attitude de défiance avait mis Annabelle en colère et la femme s'était faite menaçante, agaçant si bien Kieran que celui-ci avait fini par la mettre à la porte, non sans distribuer quelques sarcasmes au passage. Même une fois jetée dehors, Annabelle avait continué à insister, mettant en avant les immenses ressources des sorcières, bien plus à même de ramener Judith, mais Johanna avait affiché cet air buté que Franck connaissait bien et rien n'avait pu la faire revenir sur sa décision.

Annabelle avait fini par abandonner sans cacher sa rage froide. Elle avait tout de même promis à Johanna que la Sororité ferait tout son possible pour contribuer à la guérison de Judith, mais aussi pour comprendre ce qui s'était passé. Elle avait ajouté que Judith était désormais sous la responsabilité de sa fille et que s'il lui arrivait quoi que ce soit, celle-ci devrait rendre des comptes, même si cela signifiait l'arracher à son sanctuaire pour la traduire en justice. Sur cette menace glacée, les sorcières étaient reparties.

Ensuite, Bahar avait examiné Judith sous toutes les coutures, elle avait même tenté de lui injecter plusieurs stimulants, non sans prudence, mais elle n'avait obtenu aucun résultat par le biais de la médecine classique. Elle avait fini par déclarer forfait, incompétente pour traiter un cas aussi particulier. Puis elle avait dû partir, appelée en urgence pour réaliser l'examen légal d'une femme victime de viol.

Johanna et Kieran s'étaient alors lancés dans un débat sans fin, évoquant des sortilèges et des contre-sorts, des potions et des antidotes, toutes les solutions qui pouvaient leur venir à l'esprit, chacun réfutant sans cesse les propositions de l'autre. Franck avait fini par leur signaler que tant d'agitation autour d'elle ne pouvait pas être bon pour Judith et ils s'étaient repliés dans le bureau, même si Johanna n'avait quitté sa mère qu'à contrecœur. Là, après un rapide dîner, ils avaient repris leurs recherches, se penchant sur certains des plus antiques ouvrages de l'extraordinaire bibliothèque de Kieran.

Franck aurait voulu les aider, mais il n'avait pas la moindre idée de ce qu'il devait chercher, la moitié des livres étaient écrits dans des langues qu'il ne comprenait pas et il arrivait à peine à déchiffrer les autres. Il se sentait impuissant et stupide, inutile, et il s'en voulait de ne pas pouvoir soutenir Johanna autrement qu'en lui servant du thé et en lui massant les épaules. Absorbé dans ses réflexions, Kieran ne faisait guère plus attention à lui, marchant de long en large en lisant, enchaînant les cigarettes, dévorant des biscuits par plateaux entiers.

Il était plus de minuit lorsque Kieran avait décrété qu'ils avaient besoin de repos. Johanna avait faiblement protesté, mais ses paupières se fermaient d'elle-même et elle avait dû admettre que, dans son état, elle risquait de passer à côté de la solution même si celle-ci se présentait à elle. Avec l'aide de Franck, elle avait installé un lit dans la chambre où se trouvait sa mère et l'homme l'avait laissée là à contrecœur, regagnant son propre appartement. Il lui avait fallu des heures avant de sombrer. Et maintenant ce cauchemar qui lui laissait un goût amer et inquiétant dans la bouche…

Mal à l'aise, Franck s'obligea à s'arracher aux couvertures. Il n'était guère plus de huit heures et la lumière hivernale commençait tout juste à repousser la nuit, faible et grisâtre. Il passa un long moment sous la douche, luttant pour effacer l'impression très désagréable que son rêve lui avait laissée. Une fois habillé, il hésita à jeter un œil à Johanna, mais il craignait de la réveiller et il finit par descendre.

Un somptueux petit-déjeuner était dressé dans la salle à manger, mais seule Morgan était attablée. Elle consultait son smartphone tout en picorant une crêpe à la confiture. La veille, elle était restée dans son coin et Franck ne lui avait plus adressé la parole depuis que Kieran les avait présentés. À son arrivée, elle se recroquevilla légèrement sur elle-même et évita son regard.

— Salut ! Bien dormi ?

Morgan se contenta de hausser les épaules et Franck se rembrunit malgré lui. Il se servit un grand café, se coupa plusieurs tranches de brioche et s'obligea à sourire à l'hermaphrodite malgré le mur que celle-ci paraissait dresser entre le monde et elle.

— Vous savez si Kieran est déjà debout ?

Morgan hésita, puis sourit timidement.

— Je l'ai pas vu, désolée.

— Ça avance de votre côté ?

— La Sororité a super bien verrouillé ses accès, mais j'ai un petit programme qui est en train de bosser pour moi. D'ici quelques heures, les verrous devraient sauter.

— Génial, bravo !

Morgan rougit légèrement, puis fit un geste qui n'engageait à rien.

— Vous êtes qui en fait ? Je veux dire... Vous êtes humain, non ?

Franck réprima l'amertume que cette remarque lui inspirait et hocha la tête.

— Disons que je suis un ami de Kieran et de Johanna.

— Ami à la fois avec l'Immortel et une sorcière ? Vous êtes du genre à aimer les situations compliquées, c'est ça ?

Franck dut s'assombrir, car Morgan parut aussitôt regretter son sarcasme.

— Pardon ! Je suis désolée, il faut que j'apprenne à tourner sept fois ma langue... Ça ne me regarde pas de toute façon, j'aurais jamais dû dire ça. Excusez-moi...

Avant que Franck ne puisse protester que ce n'était pas grave, la jeune Invisible avait bondi de sa chaise et quitté la pièce, secouant la tête comme si elle était furieuse contre elle-même. Franck resta seul, perplexe, et il avala rapidement son repas. Après un moment d'hésitation, il finit par regagner l'étage.

La porte de la chambre médicalisée où avait été installée Judith était entrebâillée et il n'eut qu'à la pousser pour pénétrer dans la pièce. Les volets étaient encore clos et seule une lampe de chevet éclairait le visage de Judith, pâle et calme, comme endormie. Juste à côté d'elle, Johanna était allongée sur un matelas à même le sol, enveloppée dans une épaisse couette, encore plongée dans le sommeil. Franck s'approcha silencieusement.

Les deux femmes se ressemblaient énormément, à tel point qu'il dut résister à la tentation de vérifier que Johanna dormait simplement et n'était pas elle aussi plongée dans un incompréhensible coma. Ayant aidé Bahar à débarrasser Judith de ses vêtements de cérémonie pour lui enfiler une chemise de nuit d'hôpital, il savait que la femme ne portait aucune blessure visible et il n'arrivait pas à comprendre ce qui lui arrivait. Comment son corps pouvait-il survivre alors que tous ses rythmes vitaux étaient quasiment réduits à néant, alors que son état était tel que tous l'avaient crue morte ? Et pourtant il y avait quelque chose, quelque chose d'infime qui la raccrochait à la vie. De la magie ?

— Un spectacle fascinant, n'est-ce pas ?

Franck se retourna dans un sursaut. Kieran se tenait dans le coin le plus sombre de la pièce, tellement en retrait qu'il ne l'avait pas vu en entrant. Adossé au mur, les bras croisés, il contemplait la scène avec un infime sourire et la lampe de chevet déposait un reflet métallique dans ses yeux clairs. Mal à l'aise, Franck ne sut que répondre et Kieran se détacha du mur pour s'avancer. Il portait les mêmes vêtements que la veille et ne semblait pas s'être couché, mais il n'y avait aucune trace de fatigue sur son visage fin. Il jeta un bref coup d'œil à Johanna qui avait remué dans son sommeil, puis se pencha sur Judith et, du bout de l'index, se mit à caresser sa mâchoire dans un geste étrangement sensuel.

— Où est-elle ? murmura-t-il.

Son doigt glissa dans le cou de la femme, jusqu'à la chaînette qu'elle portait, puis le pendentif en forme de croix de vie égyptienne. Ses sourcils se froncèrent et il resta ainsi, penché sur Judith, réfléchissant. Franck était tellement embarrassé par son attitude qu'il brûlait d'intervenir, mais le brusque réveil de Johanna lui épargna d'avoir à se décider.

La jeune femme se redressa soudain et elle eut un mouvement de recul en s'apercevant de leur présence à tous les deux. Clignant des yeux, encore vaseuse, elle se redressa péniblement et Franck la soutint. Sans même la saluer, Kieran lui désigna le pendentif.

— D'où vient cette ânkh, mademoiselle Beaumont ?

Un peu ahurie, Johanna mit quelques secondes à réagir.

— Ce quoi ?

Kieran eut un mouvement impatient.

— L'ânkh, la croix de vie égyptienne, ce pendentif ! D'où sort-il ?

— Euh… C'est un cadeau de mon père. Il l'a offert à ma mère le jour de ma naissance. Elle y tient comme à la prunelle de ses yeux et elle ne le quitte jamais, même pas pour dormir.

— Vous voulez dire qu'elle le portait quand vous avez été attaquées ?

— Oui, comme toujours.

— Ah !

Kieran semblait ravi de cette nouvelle. Avec une étonnante délicatesse, il ôta le pendentif à Judith et le leva devant lui pour l'examiner.

— C'est de l'argent, n'est-ce pas ?

— Oui, je crois.

— Parfait !

Johanna le considéra avec incompréhension.

— Mon père était humain. C'est un simple bijou…

— Je n'en suis pas si sûr. Et quand bien même, je connais quelqu'un qui comprend le métal comme personne ! Franck, va te préparer, nous allons sortir !

— Une seconde ! Vous allez où comme ça ?

— Consulter un spécialiste.

— Je viens avec vous !

Kieran la considéra avec un mélange d'indulgence et de compassion.

— Vous savez bien que c'est impossible. Mettez un pied dehors et la Sororité vous jettera dans une de ses geôles. C'est déjà un miracle que madame Niels n'ait pas décidé de nous attaquer pour récupérer votre mère. Il faut croire que le traité et notre serment de sanctuaire ne sont pas sans signification pour elle. Mais elle n'aura pas autant de scrupules pour s'emparer de vous si vous vous exposez.

Johanna baissa les yeux et soupira.

— D'accord, admit-elle à contrecœur, vous avez raison.

Kieran lui donna une tape amicale sur l'épaule, fit disparaître le pendentif dans sa veste et entraîna Franck hors de la chambre.

* *
*

Cette fois Kieran ne chercha pas à se cacher des sorcières qui montaient la garde autour de la maison et ce fut d'un pas dégagé qu'ils rejoignirent l'arrêt de tram le plus proche pour gagner le centre-ville. Il y avait foule dehors en ce lundi matin malgré la grisaille et le froid, beaucoup de jeunes gens qui fréquentaient le lycée Kléber voisin, des employés du Parlement européen tout proche qui se dirigeaient vers leurs bureaux, des touristes égarés à la recherche d'un parking. Franck ne réussit pas à repérer si on les suivait ou non, mais le sourire en coin de Kieran suffit à le renseigner.

— On va où ? demanda-t-il en montant dans le tram.

Il n'avait même pas songé à poser la question avant, passif, encore marqué par son impuissance de la veille. Kieran l'observa un instant d'une manière scrutatrice qui le mit mal à l'aise, puis lui adressa un sourire malicieux.

— Dans un endroit que tu connais déjà, tu verras.

Sur ces mots, il se pencha sur son téléphone et se mit à faire défiler du texte sur son écran, indifférent à ce qui se passait autour de lui. Franck le regarda faire un moment, constata que les trois quarts des passagers autour d'eux étaient dans la même position, puis se détourna en réprimant un soupir. Kieran avait peut-être six cents ans et était capable de choses extraordinaires, mais dans certains domaines, il ressemblait à n'importe quel humain.

La foule était encore plus dense au centre-ville et Franck en fut un instant déstabilisé lorsqu'ils quittèrent le cocon chauffé du tram pour s'aventurer sur la place Broglie. Le marché de Noël n'allait pas tarder à ouvrir en ce milieu de matinée, Strasbourg avait revêtu ses plus beaux atours et, malgré la météo maussade, des hordes de touristes du monde entier prenaient d'assaut les rues de la ville, les chalets de bois du *Christkindelsmärik*, les magasins aux vitrines rutilantes. De tous côtés on brandissait des appareils photo et des smartphones et Franck éprouva un petit pincement de fierté. Strasbourg était belle dans son manteau hivernal et il aimait l'idée que ces visiteurs du monde entier sachent apprécier ses merveilles.

Kieran l'entraîna dans la rue du Dôme aux boutiques chics, relevant le col de son élégant manteau sous les assauts du vent glacial. Ils croisèrent un groupe de trois militaires qui arboraient de lourdes mitraillettes et déambulaient avec ennui, la foule de piétons s'ouvrant devant eux avant de se refermer naturellement dans leur sillage. Alors qu'ils passaient à côté d'une boulangerie, Kieran ne put résister aux délicieuses odeurs qui en émanaient. Deux minutes plus tard, il en ressortait avec un kougelhopf entier dont il arracha délicatement des morceaux en marchant. Le temps qu'ils atteignent la place de la cathédrale, la brioche était engloutie.

Ils longèrent les contreforts qui soutenaient les voûtes de la cathédrale et arrivèrent dans une des zones les plus fréquentées de la ville en cette saison, le marché de la place de la cathédrale. Un groupe de touristes, emmené par une guide vêtue d'un anorak jaune très voyant, examinait avec attention un objet cylindrique en métal, encastré en hauteur dans un angle de la façade de l'Hôtel de la

Cathédrale. Tout en suivant Kieran, Franck plissa les yeux sans arriver à distinguer de quoi il s'agissait.

— Un obus, lui glissa Kieran. Souvenir de la guerre de 1870.

Franck haussa les sourcils avec étonnement. Il était passé des dizaines de fois dans ce quartier sans jamais faire attention à ce détail. Décidément, Strasbourg recelait bien des surprises.

Cependant Franck avait enfin compris où ils se rendaient et cela lui fut confirmé lorsqu'ils se glissèrent entre un glacier-salon de thé et une brasserie, jusqu'à une porte tout à fait anodine. S'engageant dans le bâtiment, ils traversèrent un couloir obscur et humide, ignorèrent l'escalier branlant qui menait aux appartements des étages et avancèrent jusqu'à une seconde porte et d'autres marches. Un troisième battant, épais et percé d'un judas, empêchait d'aller plus loin.

Kieran toqua distraitement, l'œilleton s'entrouvrit brièvement, et on leur libéra le passage. Franck avait beau savoir à quoi s'attendre, il éprouva un choc à peine moindre que la première fois en se retrouvant nez à nez avec Patrick, le cyclope qui gardait l'accès aux lieux. Encore plus massive que lui, la créature était impressionnante avec son visage grossier, son crâne chauve et l'œil unique qui bougeait au milieu de son front, d'un noir brillant. Ses vêtements sans âge dégageaient toujours le même parfum humide, sales et un peu misérables. Au moins cette fois ne brandissait-il pas une matraque capable d'assommer un bœuf.

Franck avait beau n'être venu qu'une seule fois, il eut la certitude que le cyclope le reconnaissait parfaitement et cela lui fut confirmé par les quelques mots qui suivirent.

— Monsieur Matheson, monsieur Steiner, bienvenue !

Sa voix grave et rauque était à peu près aussi aimable que le grincement d'une porte de prison, mais Franck avait la certitude qu'il avait fait de son mieux et il s'obligea à sourire poliment.

— Dis-moi, Patrick, s'enquit aimablement Kieran, est-ce que Lothar est là ce matin ?

— Le bergleute ? Ouais, comme tous les jours. Venez.

Emboîtant le pas au cyclope, ils traversèrent la grande pièce qui lui servait d'appartement et qui était éclairée par quelques bougies. Sur une table branlante, un vieux registre très épais était posé à côté d'un téléphone à cadran et d'une tasse de café fumante ; derrière un paravent, un lit défait exhalait des remugles peu engageants. Il n'y avait aucun moyen de chauffage et l'atmosphère était glaciale, humide et renfermée, mais Patrick semblait y être dans son élément. Bientôt, le cyclope tira la grille du même ascenseur qu'ils avaient emprunté la fois précédente. Certaines pièces de métal étaient flambant neuves, brillant parmi les autres mécanismes oxydés. Surprenant le regard de Franck, Patrick fit un geste bourru.

— On a dû faire des réparations, grommela-t-il. Une bande de gobelins saouls a décidé de voir à combien ils pouvaient monter dedans. Ils ont moins fait les malins quand les câbles ont lâché et qu'ils sont tombés de toute la hauteur.

Kieran se mit à rire, mais Franck n'était qu'à moitié rassuré en montant dans l'ascenseur qui bougea et grinça légèrement sous leur poids. Patrick referma la grille.

— À plus tard, messieurs.

Il abaissa un levier, il y eut un long gémissement métallique, puis l'ascenseur se mit à descendre dans les entrailles de la Terre. Franck s'obligea à examiner le décor rococo de la cabine pour ne pas songer à la chute vertigineuse qu'ils risquaient. On avait changé l'unique ampoule qui brillait avec force, mais cela ne faisait que mettre en avant l'état déplorable des lieux avec ses peintures passées, ses ors ternis et sa tapisserie à moitié déchiré. Franck détecta des taches suspectes sur le tapis élimé, songea aux malheureux gobelins, puis jugea préférable de ne pas s'y attarder.

Déjà l'ascenseur s'arrêtait et, avec des gestes habitués, Kieran tira la grille pour leur permettre de sortir. Franck avait beau connaître les lieux, il demeura aussi abasourdi que la première fois. Ils se trouvaient dans une caverne gigantesque dont ils distinguaient à peine le plafond de stalagmites et dont les limites se perdaient dans la nuit. Des milliers de bougies éclairaient l'endroit, réparties un peu partout, se reflétant dans les eaux sombres d'un lac immense. Un ponton et quelques barques invitaient à se promener sur cette étendue liquide, mystérieuse et enténébrée tandis qu'un pont en bois, planté sur ses pilotis, permettait de la traverser jusqu'à une petite île où se dressait l'auberge *Aux Dessous de Notre-Dame.*

La vaste maison à colombages et toit de chaume était moins animée que lors de leur précédente visite, mais on distinguait tout de même des lumières aux fenêtres et l'on entendait l'une ou l'autre conversation qui s'échappait de sa porte grande ouverte. Franck savait que l'endroit servait de refuge à de nombreux Invisibles et leur permettait de se rencontrer librement, à l'abri des regards humains. Kieran lui avait expliqué que la cathédrale et ses fondations, sous lesquelles ils se trouvaient, avaient une particularité unique, celle d'être protégées de la magie. Il était impossible pour les Invisibles d'y utiliser leurs pouvoirs et de ce fait, il s'agissait d'un terrain neutre où chacun pouvait se sentir en sécurité.

Lorsqu'ils franchirent le pont, Franck scruta les eaux noires, cherchant vainement à distinguer l'énorme créature tentaculaire qu'il avait aperçue lors de sa première visite. Puis ils passèrent sous l'enseigne qui se balançait au-dessus du porche et représentait une paysanne aux jupons retroussés, avant d'entrer dans l'auberge proprement dite.

Dans la grande salle au sol couvert de sciure, la plupart des tables étaient inoccupées et une créature à la peau recouverte d'écailles s'échinait à les nettoyer avec un chiffon. La lumière était un peu plus vive qu'en soirée, malgré les nombreuses ampoules cassées qui ornaient les lustres. L'estrade au fond de la pièce n'était occupée que par un guitariste qui semblait davantage accorder son instrument qu'en jouer, gratouillant les cordes sans conviction tout en vidant ce qui ressemblait fortement à une pinte de sang. Derrière le bar en bois sombre, surmonté d'un miroir moucheté de moisissure, une rousse flamboyante au visage piqueté de taches de rousseur nettoyait des verres tout en surveillant jalousement les lieux. Près d'elle, un homme à tête de rongeur vidait des caisses dans des tintements de verre, remplissant les réserves de bouteilles.

Kieran balaya la salle du regard, mais il n'y avait guère de clients. Seuls quelques hommes solitaires se penchaient sur leurs consommations, qui en lisant le journal, qui en pianotant sur son téléphone ou son ordinateur. Si l'un d'eux n'avait pas eu des pattes de bouc à la place de chaussures et un autre une langue bifide qu'il passait régulièrement sur ses lèvres, on aurait aisément pu les prendre pour de simples humains. Il flottait d'ailleurs un parfum de café et de viennoiserie dans l'auberge, des odeurs si normales dans un bistrot en pleine matinée que cela paraissait presque incongru.

D'un pas décidé, Kieran se dirigea vers le bar et la belle femme qui trônait là interrompit aussitôt ses activités pour lui adresser un sourire trop lumineux pour être naturel.

— Mon cher monsieur Matheson, comment allez-vous ?

Sa voix était grave et modulée, agréable avec son léger accent slave. Elle ne manquait visiblement pas d'assurance et pourtant

Franck détecta une pointe de nervosité dans la manière dont elle se remit à essuyer ses verres. L'effet que Kieran avait sur les gens était parfois troublant. Cependant, celui-ci rendit son sourire à la femme, faisant assaut d'amabilité.

— Mais très bien, et vous-même, madame Volkov ?

Elle battit des cils, d'une manière automatique et sans âme.

— Oh, vous savez, la routine ! Je peux faire quelque chose pour vous ?

Il y avait de la méfiance dans cette question en apparence enjouée.

— Absolument ! Je cherche Lothar, le bergleute.

La femme parut soulagée qu'il ne s'agisse que de cela. Elle fit un signe vers l'homme à tête de fouine près d'elle et celui-ci s'éclipsa aussitôt.

— Il est monté visiter une de nos pensionnaires. Il va descendre immédiatement. Puis-je vous offrir un café en attendant ?

— Ma foi, volontiers ! Peut-être une petite gourmandise également ?

Le sourire de la femme s'élargit, presque béant.

— Mais certainement ! Prenez place, je vous en prie !

Elle fit un geste vers les innombrables tables libres. Kieran s'inclina, puis entraîna Franck jusqu'à un coin à l'écart où ils pourraient converser sans être entendus des autres clients. Moins d'une minute plus tard, la créature recouverte d'écailles déposa sur leur table deux cafés fumants, un pot de lait et une assiette qui débordait de croissants frais. Franck la remercia, mais l'autre lui jeta un regard apeuré et s'enfuit en toute hâte. Kieran s'amusa de la mine désemparée de son compagnon.

— Ne t'en fais, tu dois être le premier humain qu'elle rencontre, c'est tout. Les êtres comme elle quittent rarement les mondes souterrains et Irina Volkov a horreur que l'on amène des humains dans son auberge.

Mal à l'aise, Franck jeta un regard vers la femme rousse qui les observait sans en avoir l'air.

— C'est la patronne ?

— Oui. Depuis six ou sept ans maintenant. Avant, l'auberge appartenait à un loup-garou, mais elle la lui a gagnée aux cartes. C'est une redoutable joueuse de bridge.

— Et elle est… ?

— Irina ? C'est une salamandre, une fille du feu. Elle nous vient tout droit de Saint-Pétersbourg.

Franck reporta son attention sur son compagnon qui avait déjà englouti trois des croissants.

— Pourquoi est-ce qu'elle a peur de toi ?

Kieran interrompit son repas et le considéra d'un air indéchiffrable, puis il avala une gorgée de café et retrouva son sourire.

— Disons qu'elle me doit beaucoup d'argent. C'est le problème quand un joueur compulsif rencontre quelqu'un de plus doué que lui. À vrai dire, si je le voulais, je pourrais lui confisquer son auberge. Mais rassure-toi, je n'en ai aucune intention. Je me demande bien ce que j'en ferais !

Il haussa les épaules avec indifférence.

— Par contre, ajouta-t-il avec malice, j'aime assez la voir marcher sur des œufs à chaque fois que nous nous croisons.

Il sourit encore, comme un enfant satisfait de sa plaisanterie, et Franck n'eut pas le courage de le sermonner. Il y avait dans cette histoire une pointe de sadisme qui le mettait mal à l'aise, mais il ne connaissait pas assez bien Irina Volkov pour juger réellement de la situation. La manière désagréable dont elle l'avait purement et simplement ignoré n'y était sans doute pas pour rien.

Franck finit par se décider à mordre dans un croissant et à avaler quelques gorgées du café, amer, mais il n'eut pas le temps de finir son second petit-déjeuner que quelqu'un se joignait à eux avec empressement.

Franck commençait à s'habituer à croiser des créatures inattendues – après tout, il vivait avec un domovoï –, mais il éprouva tout de même un sentiment d'irréalité devant ce nain qui paraissait sortir tout droit du conte de Blanche Neige. Avec sa barbe grise, son bonnet rouge et ses vêtements de mineur, ce drôle de personnage n'aurait pas déparé dans une illustration de Gustave Doré. Il semblait s'être rhabillé à la hâte et Franck comprit que la pensionnaire dont avait parlé Irina Volkov faisait commerce de ses charmes. Mais le nouvel arrivant ne semblait nullement contrarié d'avoir été interrompu et ce fut avec un grand enthousiasme qu'il serra la main de Kieran.

— Monsieur Matheson, quel plaisir !

Un mélange d'admiration et de respect se lisait sur son visage et cela surprit Franck. C'était sans doute la première fois qu'un Invisible semblait réellement apprécier Kieran. Ce fut avec la même gaieté que le dénommé Lothar le salua, avant de grimper agilement sur une chaise. Tandis qu'on lui servait à son tour du café, il adressa un regard pétillant à Franck.

— Quelle chance vous avez de travailler avec monsieur Matheson ! Son or est la chose la plus extraordinaire qu'il m'ait été donné de toucher !

Il était sincère et Franck ne sut que dire. Kieran affichait un sourire faussement modeste.

— Vous êtes trop aimable, Lothar. Mais aujourd'hui, c'est de vos compétences que j'ai besoin. Que pouvez-vous me dire sur ceci ?

Il tendit le pendentif de Judith au bergleute et celui-ci abandonna aussitôt sa tasse de café pour l'examiner. Il l'étudia sous toutes les coutures, le renifla, y glissa même la pointe de sa langue, puis il hocha la tête, les yeux brillants.

— Superbe ! murmura-t-il. C'est un artefact très puissant, monsieur. Oui, très puissant !

— Vraiment ? C'est l'œuvre d'un humain pourtant.

Lothar balaya l'objection d'un geste.

— Les humains ont avec les métaux des affinités dont ils n'ont pas conscience. Celui qui a fabriqué cet objet n'était qu'un artisan, mais un autre l'a choisi et donné avec la plus puissante des motivations : un amour inconditionnel. Ce bijou est chargé de sentiments si forts qu'ils peuvent supplanter certaines magies. D'autant plus qu'il est dans un argent d'une grande pureté, idéal pour créer un talisman protecteur.

— Il aurait pu contrer un sortilège ?

— Oui, je pense. Vous voulez que je m'en assure ?

— S'il vous plaît.

Lothar toussota, se redressa sur son siège et mit devant lui ses mains en coupe qui portaient le pendentif. Il prit une profonde inspiration et tout à coup, un flot de lumière jaillit entre ses yeux et le bijou, sans qu'il soit possible d'en déterminer le sens. Franck n'avait pu réprimer un mouvement de recul, puis il se rapprocha à nouveau, émerveillé. Le flux émettait une vibration basse et apaisante qui évoquait le son d'un gong et éclairait toute leur table, diffusant un parfum de métal mouillé.

— La propriétaire de ce bijou a été victime d'une trahison, murmura Lothar d'une voix absente. Elle a découvert ce qui aurait dû demeurer caché. Quelque chose de terrible… Elle a été attaquée au cœur même de son foyer par quelqu'un de très proche. D'abord sa fille, puis elle… Le sortilège était destiné à tuer, très agressif, mais l'argent l'a protégée et a absorbé une partie de la magie. Elle a reçu un très mauvais coup, mais elle n'est pas morte.

Franck n'en croyait pas ses oreilles. Ils n'avaient rien dit au bergleute, comment pouvait-il tirer toutes ces informations d'un simple collier ? Kieran s'était penché vers Lothar, les sourcils froncés.

— Quel sortilège a-t-on utilisé ?

Le bergleute parut se concentrer et la lumière qui le reliait au pendentif s'intensifia, presque aveuglante.

— Impossible à dire, soupira-t-il. Mais c'est une magie très ancienne, sensible aux métaux, sensible au symbole de vie que le bijou représente aussi, c'est pour cela que la femme a survécu. Pour cela et parce que celui qui lui a offert ce collier l'aimait de toutes ses forces.

— Et qui l'a trahie ? Qu'avait-elle découvert ?

Lothar fit un nouveau signe négatif.

— La trahison semble être venue d'une femme. Pour le reste, l'argent n'entend rien à ces affaires de mortels, il ne sait pas.

Il se relâcha et, lentement, le flux de lumière s'effaça, ne laissant qu'un infime reflet sur les contours de la croix de vie égyptienne. Le bergleute caressa encore le symbole, puis le rendit à Kieran.

— Je ne peux rien vous dire de plus, monsieur, désolé. J'espère que cela pourra vous aider.

Kieran acquiesça pensivement.

— C'était très intéressant, merci beaucoup. Votre aide mérite une petite récompense.

Il rempocha le bijou, puis saisit la cuillère qui reposait à côté de sa tasse à café. En une seconde, l'inox commença à prendre une teinte dorée, puis, très vite, tout le couvert se transforma en or. Ce n'était pas si souvent que Kieran utilisait son don bien particulier et Franck continuait à trouver cela extraordinaire, mais Lothar semblait enchanté au-delà de toute expression. Ce fut quasiment avec les larmes aux yeux qu'il reçut la cuillère dans ses mains tremblantes.

— Magnifique ! balbutia-t-il. Si singulier ! Oh, monsieur, vous êtes un véritable artiste ! Ces vibrations… Si délicates ! Cette texture si riche ! Une telle pureté, une telle beauté ! Et ce parfum…

Le bergleute respira la cuillère en or comme s'il s'agissait d'une fleur, une expression extatique sur son visage barbu.

— C'est le parfum de la forge des dieux, du feu éternel ! Je peux vraiment le garder ?

Kieran acquiesça avec amusement et Lothar serra l'objet contre son cœur avec un véritable bonheur.

— J'en ferai un bijou que je conserverai précieusement et que je transmettrai à mes descendants. Ce sera notre part d'immortalité ! Merci, monsieur Matheson, merci beaucoup !

Kieran fit un geste magnanime, souriant, et le bergleute les salua, avant de retourner à ses activités à l'étage, continuant à tenir la cuillère entre ses deux mains comme s'il s'agissait d'une relique sacrée. Devant l'air interloqué de Franck, Kieran lui adressa un clin d'œil.

— Je n'ai jamais compris pourquoi, mais les bergleute adorent mon or. Il semblerait qu'il soit différent de celui que l'on trouve à l'état naturel, plus… plus tout. Peut-être devrais-je me pencher sur cette question à l'occasion. Mais rentrons maintenant, mademoiselle Beaumont doit nous attendre avec impatience.

Franck approuva et ils quittèrent l'auberge.

* *
*

Lorsqu'ils rapportèrent à Johanna leur conversation avec Lothar, les yeux de la jeune femme s'embuèrent d'émotion.

— Vous voulez dire que mon père aimait tellement ma mère qu'il l'a protégée sans le savoir ?

Elle semblait bouleversée et n'arrivait pas à lâcher des yeux le pendentif qu'ils avaient rendu à Judith, réunis dans la chambre médicalisée. Mais le reste des informations fournies par le bergleute assécha ses yeux sous l'effet de la colère et ils gagnèrent le salon pour discuter plus à leur aise, s'installant devant la cheminée où flambait un bon feu.

— Vous aviez raison, soupira Johanna en se laissant tomber dans un fauteuil. Une femme proche de ma mère et capable de lancer un sort aussi puissant… C'est forcément une sorcière. Comment l'une des nôtres a-t-elle pu faire une chose pareille ?

Kieran croisa élégamment les jambes, tira de sa poche son étui à cigarettes en argent orné de trois petits rubis et glissa dans sa bouche un des longs cylindres blancs. Son briquet zippo de facture très ancienne claqua dans le silence uniquement troublé par les crépitements du feu et les tapotis de la pluie sur les vitres. Il souffla un nuage de fumée vers le plafond, avec un plaisir visible.

— D'après le bergleute, votre mère avait découvert quelque chose de grave. Il ne fait aucun doute que c'était de cela qu'elle souhaitait vous parler. Vous êtes sûre que les mots *serpent blanc* ne vous évoquent rien ?

Johanna secoua la tête. Ce n'était pas la première fois qu'ils se penchaient sur les rares paroles qu'ils avaient réussi à arracher à ses souvenirs de la soirée, scellés par un sortilège.

— Vraiment, je ne vois pas, je…

Elle fut interrompue par l'arrivée soudaine de Morgan qui brandissait son ordinateur portable. L'hermaphrodite rougit lorsque tous les regards se braquèrent sur elle, mais dans un effort, elle s'avança, se concentrant sur Kieran.

— Tu devrais regarder ça, K ! annonça-t-elle avec excitation. Je n'ai pas encore réussi à tout craquer, mais j'ai déjà accès à quelques éléments.

Elle jeta un bref regard à Johanna tout en s'agenouillant devant la table basse et en y déposant sa machine.

— Votre mère s'est beaucoup connectée aux serveurs de la Sororité ces dernières semaines. J'ai l'impression qu'une partie de ses recherches a été effacée, mais j'ai quand même retrouvé deux-trois trucs. Regardez.

Ils se penchèrent tous de concert vers l'écran et les doigts nerveux de Morgan tripotèrent agilement le pavé tactile, faisant défiler des pages de livres scannées dont les illustrations firent froncer les sourcils à Franck.

— On dirait des poupées vaudoues, murmura-t-il avec incompréhension.

— Ce sont des dagydes, expliqua Morgan en désignant les intitulés de plusieurs articles.

Franck tourna un regard interrogateur vers Kieran et celui-ci recula sur son siège, joignant le bout de ses doigts de manière professorale.

— En dépit de ce qu'a intégré l'imaginaire collectif, employer des effigies humaines en magie n'a rien d'une particularité vaudoue. Ces objets, que l'on appelle plus communément dagydes, sont utilisés au moins depuis l'Antiquité et on en a retrouvé dans des temples datant du Ier siècle. Souvent fabriquée en cire, la dagyde est censée représenter quelqu'un. Pour la lier à la personne en question, on y intègre d'ailleurs quelque chose lui appartenant : une mèche de cheveux, un bout de peau, une rognure d'ongle... Si l'on suit ensuite les rituels nécessaires, on peut se servir de la poupée pour atteindre la personne, l'influencer ou la blesser sans même avoir besoin de l'approcher.

— C'est de la magie noire, ajouta Johanna. Formellement interdite par la Sororité. Mais bien sûr, ça n'empêche pas que certains continuent à la pratiquer...

Elle haussa les épaules avec fatalisme, puis afficha un air perplexe.

— Je ne comprends pas. D'accord, l'utilisation d'une dagyde est proscrite et celle qui transgresserait cette loi s'exposerait à des sanctions, mais de là à tuer quelqu'un... La punition pour le meurtre d'une sorcière est infiniment pire qu'un simple rappel à l'ordre. Ça reviendrait à courir un sacré risque pour pas grand-chose...

— Tout dépend de l'usage que l'on réserve à sa dagyde, rétorqua Kieran.

— Justement, intervint Morgan, regardez ça.

D'autres pages de recherche apparurent, cette fois consacrées à un phénomène nommé métensomatose et que Franck identifia comme une sorte de réincarnation, le fait de voir l'âme ou l'esprit investir un nouveau corps après la mort. Puis Morgan fit défiler des pages autour de la possession et Franck découvrit avec une pointe d'effroi que ce sujet, qui lui avait toujours paru plutôt amusant dans les films, était traité avec le plus grand sérieux par les sorcières. Enfin, l'hermaphrodite s'écarta de l'ordinateur.

— Voilà, c'est tout ce que j'ai pour le moment.

Tandis qu'ils plongeaient dans leurs pensées, Morgan en profita pour s'éclipser discrètement, sans rien ajouter. Franck ne savait pas quoi faire de cette avalanche d'informations, Kieran avait allumé une nouvelle cigarette, le regard tourné vers un angle du plafond, et Johanna entortillait ses cheveux en réfléchissant, les sourcils froncés.

— Ça n'a pas de sens ! s'exclama soudain la jeune femme. Quel est le rapport entre une dagyde et le transfert d'âme ?

— Utiliser l'une pour provoquer l'autre, rétorqua Kieran.

— Impossible ! Comment ?

— Je ne sais pas exactement. Mais j'ai l'impression d'avoir déjà rencontré ce cas...

Il fronça les sourcils, faisant un effort pour fouiller les siècles qui occupaient sa mémoire.

— C'était… C'était en Inde, oui. Il y a presque trois cents ans. La ville de Jaipur venait tout juste de sortir de terre sous l'impulsion du mahârâja Jai Singh II. J'étais son invité et j'avais assisté aux travaux, c'était d'ailleurs très intéressant. Jai Singh était un homme très cultivé et versé dans de nombreux domaines, notamment l'astronomie. Un personnage tout à fait passionnant et qui a offert de superbes installations astronomiques à son pays… Mais je m'égare, désolé. Je me souviens d'un incident pour lequel on avait sollicité l'avis éclairé du mahârâja. Un homme était accusé d'être un voleur de corps. Les accusateurs étaient sa propre famille, qui affirmait que son comportement avait changé de manière si drastique qu'il ne pouvait s'agir que d'une autre personne dans le même corps. Ils en voulaient justement pour preuve les dagydes que l'on avait trouvées chez lui en même temps que plusieurs ouvrages traitant de magie et de métensomatose. Tout cela a donné lieu à une grande controverse à la cour et on en a débattu pendant des jours entiers. Mais avant que Jai Singh ne puisse rendre son verdict, l'homme en question avait disparu. Ma curiosité avait été piquée et j'ai tout fait pour le retrouver, mais je n'ai pu mettre la main que sur son cadavre. Il tenait encore une dagyde à la main, mais celle-ci ne m'a guère fourni d'informations. Je n'ai jamais eu le fin mot de cette histoire.

Johanna considéra Kieran avec une pointe d'incrédulité.

— Vous avez vraiment vécu mille vies…

L'homme esquissa un sourire et haussa les épaules.

— Vous avouerez en tout cas que les similitudes avec ce qui nous occupe sont troublantes.

— D'accord. Admettons que quelqu'un veuille utiliser une dagyde pour changer de corps, je ne vois pas… Oh…

La jeune femme s'interrompit, comme choquée par la pensée qui l'avait traversée. Aussitôt Kieran se pencha vers elle.

— Mademoiselle ?

Johanna hésita douloureusement, puis se lança à contrecœur.

— Annabelle…

— Madame Niels ?

— Oui. Son fils a une leucémie qui résiste à tous les traitements. Il est en train de mourir à l'hôpital, il n'a que vingt-deux ans et je sais à quel point elle en souffre et voudrait pouvoir le sauver. C'est une femme et elle est très proche de ma mère. Et elle… elle est vraiment très puissante. Mais ce n'est pas possible, n'est-ce pas ?

— Vous la connaissez mieux que moi, mais je ne serais pas surpris qu'une mère soit prête à toutes les transgressions pour sauver son enfant.

Johanna secoua la tête dans un mouvement de refus.

— Non, pas Annabelle. Je sais qu'elle paraît dure et sèche, mais c'est la personne la plus droite que je connaisse. Jamais elle n'attaquerait une des nôtres ! Je n'aurais même pas dû mentionner son nom !

Elle fit un geste brusque, comme pour clore le débat. Kieran tourna un regard éloquent vers Franck et celui-ci intervint avec autant de douceur que possible.

— Tu vois quelqu'un d'autre qui pourrait correspondre ?

Johanna réfléchit longuement et finit par secouer la tête à contrecœur.

— Pas pour l'instant, mais ça ne veut rien dire. Peut-être…

— Mademoiselle, coupa Kieran, vous avez pensé à madame Niels de manière trop spontanée pour que nous puissions ignorer votre intuition. Nous devons vérifier cette piste.

— Comment ?

— Elle vit à Saverne, n'est-ce pas ? Si elle s'intéresse réellement aux dagydes, nous trouverons forcément des indices chez elle.

— Vous n'êtes pas sérieux ? Il est hors de question qu'on s'introduise chez elle !

— Nous n'avons pas le choix.

— C'est une Aînée, bon sang ! Vous voulez vraiment que la Sororité déchire le traité ?

Le visage de Kieran se ferma et un silence tendu retomba sur eux. L'homme se laissa aller au fond de son siège et noya son visage dans un nuage de fumée. Johanna parut regretter de s'être emportée et leva les mains en signe de paix.

— Écoutez… Je sais, enfin, je suppose que vous voulez m'aider. Mais cambrioler une Aînée, c'est trop risqué.

— Pour vous ou pour moi ? répliqua Kieran d'une voix suave.

— Pour tout le monde !

— Et moi qui pensais que vous étiez prête à tout pour confondre celle qui a attaqué madame Koehler… J'ai dû mal mesurer vos sentiments pour votre mère.

La colère flamba à nouveau dans les yeux de Johanna et elle serra les poings.

— Comment osez-vous insinuer que…

— Que vous êtes trop lâche pour affronter réellement la Sororité, même si c'est le seul moyen pour comprendre ce qui est arrivé à votre mère ? Je ne l'insinue pas, je le dis.

La jeune femme se leva d'un bond, tremblant de rage. Un instant, Franck craignit qu'elle ne se jette sur Kieran, mais à la place, elle se contenta de secouer la tête.

— Vous n'êtes qu'une pourriture, Matheson. Allez vous faire foutre !

Et elle se précipita hors de la pièce, ignorant le geste de Franck pour la retenir. La porte claqua et Kieran émit une exclamation agacée. Puis il appela Piotr à tue-tête et se fit servir un whisky par le domovoï.

— Quel caractère, grommela-t-il. Tu es vraiment sûr de vouloir te lancer dans une relation avec cette harpie ?

Franck se contenta de soupirer, puis suivit le même chemin que Johanna. Il se sentait déconnecté, dépassé par la situation et ses enjeux, mais une chose était sûre : il détestait voir la jeune femme se mettre dans des états pareils.

Comme il s'y attendait, il retrouva Johanna dans la chambre médicalisée. Elle avait tiré un fauteuil près du lit de Judith et tenait la main de sa mère, pleurant silencieusement. Elle se laissa faire lorsque Franck la prit doucement dans ses bras, sans rien dire, puis elle s'abandonna contre lui avec un soupir.

— Il a raison, murmura-t-elle soudain sans le regarder. J'ai peur. J'ai toujours… La Sororité a toujours été un refuge pour moi et maintenant… Tous les indices convergent, c'est forcément une sorcière qui a attaqué ma mère, qui a essayé de me faire porter le chapeau et c'est comme si ma propre famille se retournait contre moi ! Je refuse de les trahir, mais je n'ai pas le choix si je veux m'en sortir. Oh Franck, c'est un cauchemar…

Un sanglot la secoua et l'homme raffermit son étreinte sur elle, caressant son dos dans un mouvement apaisant.

— Ça va aller. Si Annabelle est vraiment impliquée, alors on trouvera des preuves chez elle, tu pourras démontrer ton innocence et ce sera à la Sororité de s'occuper du reste. Ou… Est-ce que la Sororité préférerait protéger une Aînée plutôt que d'admettre la vérité ?

— Non ! protesta aussitôt Johanna. Bien sûr que non ! Notre système est dur, mais il n'est pas corrompu, personne n'y est intouchable.

— Alors tout ce qu'il nous faut, ce sont des preuves. Et nous les aurons.

— En cambriolant la maison d'Annabelle après avoir hacké les serveurs de la Sororité… Si tu savais comme tout ça me fait horreur !

— Nous n'avons pas le choix. Et ta mère mérite que nous trouvions la vérité, quels que soient les risques.

Johanna renifla et se tourna à nouveau vers Judith inconsciente. Elle parut puiser sur ses traits immobiles la force de se redresser. Elle caressa le visage pâli, puis déposa un tendre baiser sur son front, avant de se raidir sous l'effet de la détermination. Enfin, elle prit la main de Franck et le tira derrière elle pour le ramener au rez-de-chaussée.

* *
*

Kieran eut la grâce de ne pas faire de commentaire sur le revirement de Johanna et il envoya chez Annabelle Niels quelques-uns des nombreux Invisibles anonymes qui travaillaient pour lui afin de faire du repérage. Il fut soudain l'heure de déjeuner et ils s'attablèrent devant les délices concoctés par Piotr. Toujours penchée sur son ordinateur, Morgan préféra rester seule dans son coin et évita de se joindre à eux. Johanna se contentait de picorer dans son assiette, mais elle faisait des efforts pour se montrer aimable envers Kieran qui bavardait comme si de rien n'était, leur décrivant son séjour dans les palais du mahârâja Jai Singh II.

Durant l'après-midi, les recherches reprirent pour trouver comment ramener Judith de son impossible coma et ne furent interrompues que par un coup de téléphone. Les éclaireurs de Kieran avaient de mauvaises nouvelles : Annabelle Niels recevait plusieurs sorcières chez elle pour discuter de la situation et certaines semblaient avoir prévu de dormir sur place. Pénétrer dans la maison alors qu'elle était pleine de membres de la Sororité aurait été de la folie et ils durent renoncer à agir cette nuit-là. Le lendemain semblait être bien plus adapté puisque, comme le confirma Johanna, le mardi et le mercredi étaient les jours où Annabelle rendait visite à son fils à l'hôpital de Nancy. Elle ne rentrait que le jeudi matin, ce qui leur laissait largement le temps de faire disparaître leurs traces.

Johanna et Kieran étaient plongés dans de studieuses occupations, Morgan se terrait dans le bureau, et Franck finit par rejoindre Piotr dans la cuisine, las de tourner en rond. Le domovoï était occupé à préparer des kilos de bredele, semblant avoir fait sienne la tradition des biscuits de Noël alsaciens. Franck, qui avait aidé cent fois sa mère et sa grand-mère en de telles occasions, passa la soirée à donner un coup de main à Piotr, prenant plaisir à cette activité manuelle simple et réconfortante.

Johanna expédia son dîner pour retourner se plonger dans les livres et Kieran lui-même resta inhabituellement silencieux, absorbé dans ses réflexions. Cela ne l'empêcha nullement de dévorer une quiche entière, un plein saladier de laitue, une demi-baguette accompagnée de camembert, trois bols de fromage blanc sucré et plusieurs dizaines de bredele tout frais. Il enfournait la nourriture avec la régularité d'un automate, arrosant le tout de longues gorgées de vin, avec l'appétit d'un véritable Gargantua, ce qui était d'autant plus impressionnant considérant son gabarit. Franck finit par détourner les yeux de lui, vaguement écœuré par une telle gloutonnerie.

Enfin repu, Kieran se retira dans son laboratoire et Franck se retrouva une fois de plus désœuvré. Il passa un long moment avec Judith, lui parlant doucement et la massant comme il l'avait vu faire lorsqu'il avait travaillé auprès de patients comateux, mais, peu à peu, un sentiment d'absurdité le gagna. À quoi bon réaliser de tels gestes alors que la situation ne correspondait à rien de ce qu'il avait pu voir dans les hôpitaux ? C'était sans doute parfaitement inutile et même ridicule.

En colère contre lui-même, trop nerveux pour aller se coucher, Franck finit par se mettre en tenue de sport et rejoindre la grande pièce où se cumulaient les équipements achetés par Kieran. Il commença par une longue course sur un tapis roulant, puis enchaîna les exercices sur un banc de musculation, serrant les dents pour soulever ses quatre-vingts kilos. En sueur, il se débarrassa de son t-shirt trempé, puis enfila des gants de boxe et se mit à tourner autour d'un lourd sac de sable, s'obligeant à rester sans cesse en mouvement, enchaînant les gestes rapides avant de ponctuer chaque série d'une frappe plus puissante, alternant les côtés. Son cœur accéléra sensiblement et il se perdit dans cet effort, cessant de réfléchir pour se fondre entièrement dans ses sensations physiques.

Connaissant bien ses propres capacités, Franck perçut nettement le moment où il commença à dépasser ses limites, mais il s'obligea à continuer, à aller plus loin, à se dissoudre complètement. Et soudain la tête lui tourna et il n'eut que le temps de se rattraper au sac avant de s'écrouler.

— Hé ! Ça va ?

Franck se releva dans un sursaut, haletant, la sueur piquant ses paupières, des étoiles dansant devant ses yeux. Morgan s'était approchée avec inquiétude, sans oser aller jusqu'à le toucher. L'homme fit un geste vague.

— Super, marmonna-t-il.

Il tituba jusqu'à un banc tout proche et s'y écroula, laissant sa tête pendre entre ses cuisses, cherchant son souffle tout en se débarrassant de ses gants. Un tissu apparut soudain dans son champ de vision et il s'obligea à se redresser. Morgan lui tendait une serviette avec un sourire timide. Franck la prit en hochant la tête et épongea son visage en sueur. À son grand étonnement, l'hermaphrodite se laissa tomber sur le banc à côté de lui.

— Ça doit être génial d'être taillé comme vous, commenta-t-elle maladroitement.

Franck haussa les épaules avec une pointe d'amertume.

— Ce n'est pas particulièrement utile.

— Vous rigolez ? Si j'étais aussi musclée que vous, personne n'oserait m'emmerder !

Tout en essuyant ses cheveux dégoulinants, Franck lui lança un regard en coin.

— On vous cherche souvent des noises ?

Sa respiration se calmait déjà, son corps était inondé d'endorphines et il se sentait enfin apaisé. Morgan afficha un sourire crispé.

— Vous avez bien vu comment Lukas Hartmann a réagi, non ? Ça, si vous voulez, c'est l'histoire de ma vie. Et encore, il s'est contenté de grimacer, y en a plein qui préfèrent me cracher des insultes, voire me coller leur poing dans la gueule. Les gens ne comprennent pas ce que je suis, je ne rentre pas dans leurs cases et l'angoisse les rend agressifs.

C'était la plus longue tirade que Franck entendait sortir de la bouche de la jeune hermaphrodite depuis qu'il avait fait sa connaissance, mais il s'abstint d'en faire la remarque.

— Désolé pour vous, ça ne doit pas être facile à vivre.

— C'est la merde, soupira Morgan. Je vous jure, il y a des jours où j'en peux plus… Qu'est-ce que je devrais faire ? Je ne peux pas changer ce que je suis !

— Bien sûr que non. Mais les Invisibles…

— Pff, coupa-t-elle, ils ne valent pas mieux que les humains ! Pourquoi vous croyez que mon peuple a pratiquement disparu ? Ce ne sont pas les humains qui les ont exploités jusqu'à les faire crever ! D'ailleurs sans Kieran, ça fait longtemps que je serais morte moi aussi…

Des questions brûlèrent la langue de Franck, mais il s'abstint de laisser libre cours à sa curiosité. Non sans prudence, il posa une main réconfortante sur l'épaule de Morgan. L'hermaphrodite tressaillit, mais ne chercha pas à se dégager et releva vers lui un regard humide et intense. Franck lui sourit.

— Je ne peux pas comprendre ce que vous vivez, mais ici en tout cas, vous êtes entourée d'amis.

Morgan resta silencieuse quelques secondes et soudain elle s'avança pour l'embrasser. Son baiser était si intense, si singulier, si profond que Franck mit quelques secondes avant de réagir. Il la repoussa avec toute la douceur dont il était capable. Elle rougit de honte et voulut s'enfuir, mais Franck la retint. Elle se débattit vaguement, mais il se leva, l'emprisonna dans ses bras et elle finit par se laisser aller contre lui avec un profond soupir, avant de lui rendre son étreinte d'une manière désespérée. Elle paraissait terriblement frêle dans ses bras et Franck caressa gentiment sa nuque.

— Ce n'est pas contre vous, Morgan. J'aime Johanna, je ne veux qu'elle.

L'hermaphrodite soupira tristement.

— Elle en a de la chance, votre sorcière.

— Si seulement elle pouvait penser comme vous…

Franck regretta aussitôt ce mouvement d'amertume. Morgan se recula et leva vers lui ses grands yeux noirs. Elle le dévisagea un instant, puis le repoussa doucement.

— Je dois retourner à mon écran. Et vous avez besoin d'une douche.

Franck sourit avec amusement et elle lui rendit timidement son sourire.

— Je suis content d'avoir parlé avec vous, dit-il.

Elle parut touchée, puis haussa les épaules.

— On pourrait peut-être se tutoyer, non ?

Franck acquiesça.

— Avec plaisir.

Morgan esquissa un nouveau sourire, puis elle tourna les talons, enfonça les mains dans ses poches et quitta la pièce d'un pas rapide tandis que Franck la suivait pensivement des yeux.

* *
*

Franck fut le premier à se lever le lendemain matin et il prit son petit-déjeuner dans une solitude déprimante. Puis, à son grand regret, il monta dans sa voiture et quitta la maison. Il n'avait aucune envie de s'éloigner dans un moment pareil, mais il n'avait pas le choix s'il voulait sauvegarder un minimum les apparences auprès de sa famille : comme chaque année, il avait rendez-vous ce jour-là pour faire les courses de Noël avec sa sœur Caroline. Johanna lui avait assuré qu'elle n'y voyait aucun inconvénient et Franck avait été presque déçu par sa réaction qui ne faisait que renforcer son impression d'inutilité. Toutefois il s'obligea à repousser tous ces sentiments négatifs et à s'ancrer dans le moment présent en se garant devant la maison de sa sœur.

Longtemps, Franck avait été admiratif devant l'immense demeure que Caroline et son mari Marc, médecins généralistes tous les deux, avaient fait construire dans la banlieue d'Erstein, tout près de l'hôpital psychiatrique où lui-même avait longtemps travaillé, jusqu'à y rencontrer Kieran. Maintenant qu'il vivait avec ce dernier, la construction n'était plus aussi impressionnante et il ne ressentait plus avec la même acuité la différence de niveau social entre sa sœur et lui. Mais celle-ci restait son aînée de sept ans et il avait toujours l'impression de redevenir un petit garçon lorsqu'elle le toisait avec sévérité, comme elle savait si bien le faire.

Arrivé sur le palier, Franck prit une profonde inspiration et sonna. Caroline ouvrit au bout de quelques secondes et l'homme se détendit aussitôt. Sa sœur avait accouché un mois plus tôt d'une délicieuse petite fille et à chaque fois que Franck posait les yeux sur l'enfant, il sentait quelque chose se ramollir dans sa poitrine. Son plaisir fut complet lorsque Caroline lui confia sa nièce le temps de finir de se préparer et il contempla avec bonheur le petit être endormi au creux de son grand bras, minuscule et adorable.

— Ta voiture est réparée à ce que je vois, commenta Caroline en fixant le siège bébé à l'arrière de la Mégane RS.

Il y avait une pointe d'ironie dans sa voix et Franck s'abstint de relever. Deux jours plus tôt, il avait prétendu que son véhicule était en panne pour échapper au déjeuner dominical chez ses parents et rester avec Johanna. Caroline n'avait fait aucun mystère de ce qu'elle pensait de son excuse.

Une fois Sélène bien en sécurité, ils s'installèrent à l'avant et reprirent la direction de Strasbourg et du vaste centre commercial de la place des Halles. Franck avait horreur de faire les magasins, et plus encore dans les deux semaines qui précédaient Noël, mais il ne voulait pas contrarier sa sœur ni briser une tradition ancrée depuis dix ans alors que sa famille se posait déjà d'innombrables questions sur ses activités.

— Tu parais en forme, dit Franck au bout d'un moment. L'allaitement se passe bien ?

— J'ai en permanence l'impression que mes seins vont exploser et la cicatrice de l'épisio me fait mal, mais sinon ça va super.

Devant l'air embarrassé de Franck, Caroline se mit à rire.

— T'inquiète, ça va. Sélène adore téter, elle prend du poids rapidement et elle ne se réveille plus qu'une fois dans la nuit. C'est un ange, on a de la chance. Et toi ? Tu as l'air crevé, petit frère.

Franck se contenta de hausser les épaules et consulta ses rétroviseurs pour doubler. Là, il fronça les sourcils : n'avait-il pas déjà remarqué cette 207 rouge à l'antenne cassée en quittant Erstein ? Il tenta de se convaincre qu'il était paranoïaque, mais peu à peu la certitude s'ancra en lui que la voiture les suivait, laissant toujours deux ou trois véhicules entre eux. Devant sa distraction, Caroline plongea dans le silence, mais Franck y fit à peine attention, trop concentré. Leur poursuivante fut contrainte de se rapprocher lorsqu'ils atteignirent la ville et un feu rouge permit à Franck d'identifier Cathy, l'amie de Johanna.

Un profond malaise s'installa en lui à l'idée que les sorcières le faisaient suivre et plus encore alors qu'il se trouvait en compagnie de sa sœur et de sa nièce. Il voulait croire que la Sororité ne s'en prendrait pas à lui faute de pouvoir atteindre Kieran et Johanna, mais il n'était pas tranquille et Caroline finit par pointer sa nervosité avec agacement.

— Mais qu'est-ce que t'as ?

Franck faillit lui dire qu'il se sentait mal, qu'il devait la ramener chez elle, mais il n'eut pas le courage de mentir sous son regard scrutateur. Ils allaient passer la journée au beau milieu de la foule, ils seraient forcément en sécurité. Si Kieran était le méchant, les sorcières étaient censées être les gentilles dans cette histoire, non ? En tout cas c'était ce que Johanna lui racontait depuis le début. Mais ça, c'était avant qu'une sorcière n'essaye de tuer Judith…

Franck se mit à transpirer et il hésita encore cent fois à faire demi-tour et à renvoyer Caroline loin de ces intrigues qui le dépassaient. Mais le temps qu'il se décide, la voiture était garée, Sélène était lovée contre sa mère dans une écharpe de portage, il était chargé du sac contenant les affaires du bébé et tous trois déambulaient dans la foule étouffante de la place des Halles.

Caroline avait des idées bien précises de ce qu'elle souhaitait offrir à leurs parents et Franck la suivit sans faire de commentaire, se contentant d'acquiescer et de sortir sa carte de crédit lorsqu'elle le lui demandait. Il ne cessait de jeter des regards autour d'eux et, plusieurs fois, il crut apercevoir le blouson noir de Cathy dans la foule, sa nervosité ne faisant qu'augmenter.

Après avoir été particulièrement sage, Sélène finit par se manifester et Caroline chercha les toilettes pour la changer. Franck attendit à l'extérieur, chargé de leurs affaires. Il hésitait à appeler Kieran ou Johanna pour leur expliquer la situation, mais une part de lui s'en voulait de ne pas arriver à gérer tout seul. Il se raidit de tout son corps lorsque Cathy cessa soudain de se cacher, marchant droit vers lui.

Cathy Baumann n'était pourtant guère impressionnante et elle paraissait d'autant plus maigre et fragile à côté de lui qui était si massif. Avec son look androgyne et gothique, elle aurait pu passer pour n'importe quelle jeune femme, d'autant qu'elle n'affichait qu'une confiance en elle très limitée, réservée, le regard fuyant. Et pourtant Franck se sentait vulnérable face à elle ; c'était une sorcière et il savait désormais de quoi une sorcière était capable.

Cathy se planta devant lui et le parfum de cuir de son blouson envahit les narines de Franck. La jeune femme joua un instant avec les piercings dans son oreille, puis elle se redressa dans un effort pour le regarder.

— Salut, Franck.

L'homme déglutit. Il avait passé quelques soirées agréables avec Johanna et Cathy, il avait même fini par apprécier cette dernière qui n'était pas dénuée d'humour, mais tout cela, c'était avant que la Sororité ne se retourne contre sa compagne et donc, par extension, contre lui. Comme Cathy n'ajoutait rien, Franck fit un effort pour ouvrir la bouche.

— Je suis avec ma sœur. Elle n'est au courant de rien.

Il n'avait pas réussi à dissimuler son angoisse et Cathy parut embarrassée. Elle leva aussitôt les mains en signe de paix et la lumière d'un néon accrocha ses nombreuses bagues.

— Je ne suis pas là pour t'agresser, protesta-t-elle. Relax, Franck ! Annabelle m'a demandé de te suivre au cas où, mais…

— Ton Annabelle est une traîtresse, coupa Franck. C'est elle qui…

Il s'interrompit aussitôt, regrettant déjà ses paroles. Cathy avait froncé les sourcils, mais elle choisit de passer outre.

— Écoute, on sait bien que le danger ne vient pas de toi et que tu t'es fourré dans des trucs qui te dépassent.

Franck ravala douloureusement ce que lui inspirait cette réflexion.

— Alors qu'est-ce que tu veux ? demanda-t-il avec plus de brusquerie qu'il ne l'aurait souhaité.

Cathy parut gênée et jeta un regard nerveux autour d'elle.

— Je ne devrais pas te parler, mais… Je t'aime bien, Franck. Il faut que tu te sortes de ce merdier. Je ne sais pas si tu te rends compte à quel point la situation est explosive. La Sororité est à deux doigts de rompre le traité et si elle le fait… Matheson ne se laissera pas faire, ce sera un carnage. Je ne veux pas que tu te retrouves au milieu.

— Je n'abandonnerai pas Johanna.

— Tu es prêt à risquer ta vie pour elle ?

— Oui, répondit Franck sans aucune hésitation.

Cathy parut troublée, puis elle esquissa un mince sourire nerveux.

— Et celle de ta sœur ?

Les poings de Franck se crispèrent malgré lui et il se redressa de toute sa hauteur.

— Tu menaces ma famille ?

— Non. Mais si la guerre reprend, il y aura des dommages collatéraux et personne ne peut prévoir jusqu'où ils s'étendront. Je veux juste te mettre en garde et te protéger. Réfléchis bien, Franck. Tu n'es qu'un humain. Et tu as beau être très costaud, tu ne peux pas te défendre contre nous.

Mortifié, Franck n'eut pas le temps de répondre. Il y eut soudain du bruit dans son dos, la porte des toilettes qui s'ouvrait. Déjà Cathy tournait les talons, se fondant dans la foule, et Franck ne réussit pas à réagir, transpercé par les paroles qu'elle lui avait adressées.

— C'était qui ?

La voix de Caroline était soupçonneuse. Franck se tourna vers elle et son regard glissa sur sa nièce blottie contre le sein de sa mère ; ses jambes se mirent à trembler et il ne réussit à esquisser qu'un pâle sourire.

— Personne.

Sa voix était étranglée et il s'obligea à sourire encore.

— Qu'est-ce que tu dirais de prendre un café ?

Caroline le considérait avec autant de méfiance que d'inquiétude, mais pour une fois, elle ne protesta pas et le suivit jusqu'à un bistrot. Ils s'installèrent dans un coin, commandèrent et restèrent silencieux jusqu'à être servis. Les paroles de Cathy tournaient dans la tête de Franck et il ne parvenait pas à reprendre pied, terrassé par la terreur qu'il n'arrive quelque chose à sa famille. Jamais encore il n'avait envisagé cette possibilité et pourtant la sorcière avait raison : si la situation tournait mal, qui savait ce qui pourrait se passer ? L'idée que les Invisibles s'attaquent aux siens lui était insupportable.

— Et si tu me disais la vérité maintenant, petit frère ?

Sa sœur n'avait pas parlé avec autant d'assurance que d'habitude. Une fraction de seconde, Franck fut tenté de tout lui dire, mais il ne voyait pas comment elle pourrait le croire. Lui-même n'y aurait pas cru s'il n'avait pas fréquenté Kieran d'aussi près. Il soupira.

— C'est… compliqué, murmura-t-il.

Caroline ne le lâchait pas des yeux et il ne réussit pas à soutenir son regard, se concentrant sur sa tasse.

— C'est à cause de ton ami ? Celui chez qui tu vis ? Il n'a pas l'air net, ce type.

Franck avala une gorgée de café. Il aurait été facile de rejeter la responsabilité sur Kieran, mais c'était lui qui avait pris la décision de suivre l'homme, de s'installer chez lui, de s'immerger complètement dans ce nouveau monde. Il secoua la tête.

— Dans quoi tu t'es fourré, Franck ? insista Caroline. Parle-moi, je t'en prie. On est tous inquiets pour toi depuis… depuis l'incident à l'hôpital. Laisse-nous t'aider.

Franck prit une profonde inspiration. Sa sœur faisait allusion à sa rencontre avec Kieran ; celle-ci s'était déroulée très brutalement dans le service psychiatrique où il travaillait alors et avait coûté la vie à un de ses patients, lequel s'était révélé être un Invisible. Depuis ce jour-là, sa famille avait l'impression qu'il déraillait. Et s'ils avaient raison ?

Franck s'obligea à relever la tête. Caroline le couvait des yeux avec une sollicitude pleine d'amour. Avec leurs sept ans d'écart et une mère qui souffrait d'une santé fragile, elle avait pris l'habitude d'adopter envers lui des attitudes très maternelles. Parfois cela la rendait autoritaire et insupportable, mais Franck se souvenait aussi avec émotion de la manière dont elle venait le consoler de ses cauchemars lorsqu'il était enfant, le serrant contre elle et le cajolant en lui chantant des berceuses. Il aurait tant aimé se blottir contre elle en cet instant… À la place, il rassembla toute sa volonté pour lui sourire d'une manière apaisante.

— Il ne faut pas t'inquiéter pour moi, dit-il. Il y a quelqu'un d'autre qui mérite toute ton attention.

Il désigna Sélène d'un geste affectueux. Caroline fronça les sourcils.

— Tu ne vas pas t'en sortir par une pirouette, rétorqua-t-elle, pas cette fois. Je veux des explications.

Franck plongea son regard dans le sien.

— Je ne peux pas t'en donner. Mais je te promets que ça va aller. Ne te prends pas la tête pour ça.

Un rictus de colère tordit la bouche de Caroline et Sélène remua dans son écharpe de portage, semblant percevoir la tension de sa mère.

— Merde, mais à quoi tu joues ?

Caroline avait parlé entre ses dents, mais son ton valait un cri. Sélène remua encore, puis elle se mit à pleurer. Caroline resta d'abord figée, continuant à fixer Franck, impérieuse, mais la fillette hurlait de plus en plus fort et sa mère finit par se pencher vers elle, se radoucissant pour essayer de la calmer. Franck fut reconnaissant envers sa nièce pour cette diversion et il se détendit légèrement.

Mais Caroline n'était pas du genre à abandonner facilement et elle le harcela de questions tout le reste de la journée. Franck résista tant bien que mal tandis qu'ils déambulaient d'un magasin à l'autre, mais la fureur pleine de détresse de sa sœur lui faisait mal et lorsqu'il la déposa enfin chez elle, il était épuisé. Caroline refusa de lui faire la bise pour le saluer et, voyant cela, Marc, son mari, se montra également très froid. Franck se contenta de faire comme s'il ne remarquait rien et reprit la route de Strasbourg, la tête vide, le cœur endolori.

Une fois garé dans la cour de Kieran, Franck resta un long moment immobile sur son siège, contemplant la maison dont de nombreuses fenêtres étaient illuminées sans que l'on ne puisse voir à l'intérieur. Aurait-il dû faire demi-tour et couper les ponts avec les Invisibles ? Mais comment renoncer à Kieran ? Pire encore, comment renoncer à Johanna ? Il n'en était pas capable, il le savait. Mais dans ce cas, il allait devoir trouver une solution pour protéger sa famille, même s'il n'avait pas la moindre idée de ce que cela pouvait être.

Franck s'arracha à sa voiture avec lassitude, hâta le pas dans l'air glacial de la nuit et pénétra bientôt dans la maison. Yggi remua de manière infime sur son socle de marbre et Franck le salua d'un hochement de tête. Des voix lui parvenant du salon, il abandonna sa veste sur une patère et prit cette direction. Le spectacle qu'il découvrit le stupéfia.

Johanna et Kieran étaient installés devant la cheminée et partageaient un apéritif en discutant paisiblement. La jeune femme grignotait nerveusement des feuilletés au fromage, un verre de kir à la main, tandis que l'homme savourait une cigarette accompagnée d'un whisky à la robe ambrée. Ils n'interrompirent pas tout de suite leur conversation à l'entrée de Franck et celui-ci éprouva envers eux une brusque bouffée de rancune qu'il étouffa aussitôt.

Ravalant ses sentiments, il s'avança sans rien dire et se laissa tomber sur le sofa. Piotr surgit presque aussitôt de la cuisine avec une bière bien fraîche et, pour la énième fois, Franck se demanda comment le domovoï pouvait savoir à l'avance exactement ce dont il avait besoin. Il le remercia chaleureusement et avala une longue gorgée d'alcool, se relaxant tout à fait, le corps lourd de fatigue.

À en juger par la teneur de leur conversation, les recherches de Kieran et Johanna n'avaient pas été plus fructueuses que la veille et on sentait poindre une immense angoisse sous le calme las de la jeune femme. Kieran avait dû déployer des trésors de persuasion pour la convaincre de s'accorder ce moment de détente. Malgré sa résolution, le visage de Johanna s'était encore creusé, ses cernes s'étaient accentués et ses cheveux commençaient à s'abîmer à force qu'elle les triture dans tous les sens. Franck avait envie de la prendre dans ses bras et de la réconforter, mais il se sentait trop déplacé pour oser une telle initiative. Il était si absorbé dans ses sombres pensées qu'il tressaillit lorsque Kieran s'adressa soudain à lui.

— Et ta journée alors ? Comment ça s'est passé avec ta sœur ?

— Mal, avoua Franck dans un soupir.

Il ne s'attarda pas sur l'attitude de Caroline, mais finit par leur rapporter sa conversation avec Cathy. À ce récit, Johanna se hérissa de colère.

— Comment est-ce qu'elle a osé te menacer ?

Elle semblait prête à se répandre en invectives, mais à la place, elle bondit de son fauteuil, rejoignit Franck sur le sofa et prit sa main.

— Je suis tellement désolée ! Tout ça est ma faute, je...

— Non, coupa Franck, ce n'est pas ta faute. J'ai choisi d'être là, c'est... S'il arrive quelque chose à ma famille, ce sera ma faute à moi, pas la tienne.

Il soupira.

— Allons allons ! intervint Kieran d'une voix légère. Que de pessimisme ! Mademoiselle Beaumont, je sais que vous en voulez à la Sororité en ce moment, mais tout de même... Je n'ai jamais entendu que les sorcières s'en prenaient à des humains innocents. Même au plus fort de notre petite guerre, elles ne se sont jamais attaquées aux proches de mes complices ! Et Franck, il existe des moyens de protéger tes parents et ta sœur, des traités qui peuvent les rendre intouchables. Je te promets que nous nous pencherons là-dessus dès que cette histoire sera réglée. Et en attendant, si cela peut te rassurer, je peux dépêcher des agents pour veiller sur les tiens. Qu'en dis-tu ?

Franck considéra l'homme avec un mélange d'incrédulité et de reconnaissance. Tout paraissait tellement simple lorsqu'il prenait les choses en main, tout était si évident et naturel, c'en était presque grisant. Il accepta sa proposition avec gratitude et Kieran téléphona aussitôt à Lukas Hartmann, le chargeant de mettre en place une surveillance autour de la famille de Franck. Enfin tranquillisé, celui-ci put savourer sa bière, d'autant plus agréablement que Johanna restait assise près de lui, sa cuisse contre la sienne.

Mais soudain Kieran lâcha son verre et se leva dans un sursaut. Indifférent à l'alcool qui se répandait sur le tapis, l'homme bondit jusqu'à la porte de la cuisine.

— Piotr, monte immédiatement ! Personne ne doit entrer dans la chambre de Judith, tu m'entends ? Personne !

Ils ne saisirent pas la réponse du domovoï. Au même instant, Morgan arriva en courant, l'air terrifiée.

— Il y a un truc dehors !

Sans lui répondre, déjà prévenu télépathiquement par Yggi, Kieran se précipita jusqu'à la fenêtre, l'ouvrit en grand et passa sur la terrasse. Franck et Johanna se hâtèrent de le suivre, Morgan sur les talons. En un instant, ils furent tous figés devant la rambarde, bouche bée. Le jardin, qui s'étendait jusqu'à la rive de l'Aar, bénéficiait d'un éclairage automatique et même si la lueur des lampadaires était légèrement étouffée par la brume froide qui régnait, il était impossible de manquer la chose énorme qui s'extirpait lentement de la rivière.

Franck cligna plusieurs fois des paupières pour s'assurer qu'il ne rêvait pas, mais ce qu'il voyait semblait bien réel : un monstre de près de quatre mètres de long et deux mètres de haut, muni de six pattes courtes et puissantes comme celles d'un ours, à l'échine surmontée d'une sorte de carapace de tortue hérissée d'excroissances pointues. La chose balançait derrière elle une longue queue qui évoquait le dard d'un scorpion, mais le pire était sa tête. Malgré la forme léonine de son crâne et ses oreilles de cheval, on aurait dit que le monstre avait un *visage*, celui d'un vieil homme dont la bouche s'ouvrait démesurément sur des crocs tranchants.

— Une tarasque, balbutia Johanna avec effroi.

Les racines d'Yggi jaillirent du sol pour s'attaquer à la bête, comme elles le faisaient pour n'importe quel intrus, mais l'arbre ne semblait pas assez fort pour contrer le monstre. De quelques coups de dent impitoyables, la tarasque arracha plusieurs branches et un tremblement parcourut toute la propriété, reflétant la souffrance du bonsaï.

— Yggi, retire-toi ! Protège la maison !

Kieran avait à peine lancé cet ordre que les racines disparaissaient. Johanna avait pâli.

— Maman, souffla-t-elle.

Elle voulut retourner à l'intérieur, mais Kieran la retint aussitôt par le bras.

— Yggi et Piotr protégeront votre mère, mais j'ai besoin de vous, mademoiselle. C'est un gros morceau, même pour moi.

Johanna hésita, puis acquiesça avec résolution. Aussitôt Kieran fit apparaître une énorme lance argentée et, la maniant avec aisance, se précipita dans les escaliers qui permettaient de gagner le jardin.

— Vous deux, restez à l'abri ! ordonna-t-il par-dessus son épaule à Franck et Morgan.

Déjà Johanna lui emboîtait le pas et ils coururent vers le monstre qui avançait pesamment dans leur direction, piétinant tout sur son passage. Changeant sa lance de main avec adresse, Kieran fit apparaître un objet rond que Franck ne parvint pas à identifier. L'homme lança la chose et celle-ci explosa juste devant la gueule de la tarasque, creusant la terre, soulevant un nuage de fumée et de particules. Lorsque celui-ci se dissipa, Franck constata avec effroi que la bête n'était même pas blessée. En revanche, elle semblait furieuse et poussa un rugissement guttural qui le fit trembler jusqu'aux os.

Morgan voulut tirer Franck à l'intérieur, mais celui-ci résista, incapable d'abandonner ses compagnons sans rien faire. Johanna s'était courageusement campée sur le chemin de la tarasque. Elle leva les mains vers le monstre, prononça quelques mots dans une langue étrange et aussitôt la créature cessa sa progression, comme bloquée par un obstacle. Franck percevait nettement l'énergie qu'irradiait la jeune femme et il pouvait presque deviner le mur qu'elle avait dressé devant elle. La tarasque donna un violent coup de tête sur la barrière invisible et Johanna vacilla, mais elle tint bon.

Kieran en avait profité pour contourner discrètement la bête. Lorsqu'il s'élança avec agilité, Franck écarquilla les yeux. S'agrippant à ses excroissances, l'homme parvint à se hisser d'un bond sur le dos du monstre. Se mouvant avec une grâce de danseur, il leva sa lance, prêt à l'enfoncer dans le crâne de la tarasque. Mais la queue de celle-ci fouetta soudain l'air et percuta Kieran de plein fouet.

L'homme lâcha sa lance malgré lui et valsa à plusieurs mètres, percutant sèchement un des arbres du jardin dans un choc qui aurait tué un humain. Franck fut à peu près certain d'avoir entendu le craquement des os. Sonné, Kieran restait à terre, luttant vainement pour se redresser, et Johanna était seule face au monstre. Sans plus réfléchir, Franck courut dans le jardin, passa à côté de la jeune femme et ramassa la lance. Surpris par son poids conséquent, il hésita sur la manière de s'en servir.

— Attention !

L'homme n'eut que le temps de faire un saut de côté. Déjà la queue de la tarasque s'abattait comme une masse à l'endroit même où il s'était tenu. Dans un réflexe, Franck bascula la lance et la pointe trancha dans la chair de l'appendice. Un sang épais jaillit, rongeant l'herbe comme un acide. Les quelques gouttes qui atteignirent Franck brûlèrent sa main, mais il ignora la douleur. La tarasque s'était redressée sur ses quatre pattes arrière dans un rugissement furieux, dévoilant un poitrail puissant et velu, mais infiniment plus vulnérable que sa terrible carapace.

— Va-t'en, c'est trop dangereux !

Sans écouter Johanna, Franck se rua vers cette ouverture, tenant la lance à deux mains. Si cette chose avait un cœur, c'était le moment ou jamais de le transpercer. Mais comme la lame atteignait le thorax de la tarasque, celle-ci pivota brusquement. Le métal ne fit qu'entamer la chair et une nouvelle giclée de sang frappa Franck de plein fouet, transperçant son pull et lui brûlant la poitrine et le ventre. La douleur insoutenable le fit tituber. Il vit littéralement la gueule de la bête foncer vers sa tête. Au même instant, Johanna poussa un cri de rage, un souffle puissant balaya Franck et la tarasque fut projetée en arrière. La bête tomba sur le flanc, faisant trembler la terre, mais déjà elle se redressait, s'ébrouant comme un animal.

Franck sentit une main impérieuse attraper son bras et le tirer en arrière. Kieran s'était enfin ressaisi et il avait fait venir à lui une seconde lance, identique à la première. Il sourit à Franck, le regard brillant d'une excitation malsaine.

— Les yeux, mon ami, murmura-t-il. Dans un combat inégal, il faut toujours viser les yeux.

Et il s'élança, se plaçant devant Johanna qui peinait à reprendre son souffle, déstabilisée par le violent effort qu'elle avait fourni. Maniant son arme avec une adresse époustouflante, Kieran se glissa devant la gueule de la tarasque, évita ses crocs qui claquèrent dans son dos et lui creva un œil, avant de bondir aussitôt hors de portée. Désorientée par la douleur, la bête hésita un instant, mais Franck avait déjà réagi. Utilisant toute son allonge pour éviter de s'approcher, il envoya la lance en avant de toutes ses forces. La lame s'enfonça si profondément dans le second œil de la tarasque qu'elle y resta coincée. Le monstre se cabra avec un véritable hurlement et la lance échappa à Franck, son extrémité le cognant violemment à l'épaule.

L'homme tomba dans la boue du jardin et il lutta pour se redresser, ne pouvant prendre appui que sur sa main gauche, son bras droit complètement paralysé par le choc. Pendant ce temps, Johanna avait envoyé un nouveau coup de boutoir, renversant presque la tarasque sur le dos. Kieran en profita pour lui enfoncer sa lance dans le poitrail. Mais ce ne fut pas suffisant. Arrachant son arme à l'homme, le monstre se redressa dans un spasme de fureur aveugle et fonça sur Johanna.

Franck sentit son cœur s'arrêter de battre. La jeune femme ne bougeait pas, épuisée par ce nouvel effort, et il eut la certitude qu'elle allait mourir sous ses yeux. Mais Kieran jaillit soudain de nulle part. Franck le vit nettement enlacer Johanna et lui faire un rempart de son corps. Ce fut lui que la queue de la tarasque percuta durement, lui que les crocs du monstre déchirèrent. L'homme roula à terre, entraînant la jeune femme avec lui.

Serrant les dents, Franck plongea en avant, ramassa de sa main gauche la lance que la tarasque avait perdue dans son assaut et fonça. Guidée par son odorat, la bête ouvrait sa gueule démesurée pour dévorer Kieran lorsque Franck lui trancha la queue d'un seul coup de lance. Le monstre hurla et pivota sur lui-même, cherchant désespérément son adversaire dans son aveuglement.

Galvanisé par l'adrénaline, Franck oublia la douleur dans son épaule et parvint à empoigner la lance à deux mains. Il frappa la tarasque à une patte pour l'obliger à se tourner vers lui, puis s'immobilisa, avant de se camper solidement sur ses jambes et de la laisser lui foncer dessus. Ses crocs dégoulinaient encore du sang de Kieran et Franck sentit son haleine atroce sur son visage. Dans un mouvement brusque, il fit remonter la lance qu'il tenait contre sa hanche et l'enfonça de toutes ses forces dans la gueule de la tarasque.

Une fraction de seconde, Franck crut qu'il allait réussir à arrêter le monstre, mais celui-ci était si lourd que l'homme ne put contenir son élan. La lance lui échappa et Franck n'eut que le temps de se jeter de côté avant d'être piétiné. La tarasque s'effondra à l'endroit où il s'était tenu, la moitié de l'arme disparaissant dans son crâne. Elle eut encore un ou deux soubresauts, puis elle resta immobile.

Franck se redressa lentement et s'aperçut qu'il tremblait sous l'effet du stress. Il était trempé de boue, glacé, son torse le brûlait et son épaule lui faisait un mal de chien, mais il était encore en vie. Il s'autorisa un soupir de soulagement, puis se détourna et se précipita vers Johanna et Kieran.

La jeune femme se débattait pour repousser le corps de l'homme étendu sur elle, reniflant pour contenir ses larmes de nervosité, choquée. Franck l'aida à se redresser, puis s'obligea à regarder Kieran. L'homme avait les yeux grands ouverts, mais il ne respirait plus. La queue de la tarasque lui avait fracassé le crâne et de la matière grise s'échappait des débris. Les crocs de la bête lui avaient également arraché la moitié du dos et les éclats de sa colonne vertébrale dépassaient de la chair béante.

Incapable de soutenir ce spectacle, Johanna se détourna et cacha son visage contre la poitrine de Franck. L'homme l'enlaça tant bien que mal, s'efforçant de contenir sa propre horreur.

— Ça va aller, balbutia-t-il. Ça va aller…

Il ne savait pas trop si ces paroles s'adressaient à Johanna ou à lui-même. Il s'obligea à se rappeler que Kieran était immortel, qu'il allait guérir de ces blessures atroces, mais ça n'en rendait pas moins ce spectacle insupportable.

Cependant Morgan les avait rejoints en courant et il parut horrifié en découvrant l'état de Kieran. Il porta la main à sa bouche et tomba à genoux, les jambes coupées. Franck s'obligea à réagir et glissa une main douce contre le visage de Johanna.

— Va voir si ta mère va bien. Je m'occupe de lui.

La jeune femme le dévisagea quelques secondes, puis se dressa sur la pointe des pieds et l'embrassa avec intensité. Deux secondes plus tard, elle tournait les talons et retournait dans la maison en courant.

Malgré l'épuisement qui commençait à descendre sur lui, Franck s'avança vers Morgan et le remit sur ses pieds avec douceur. L'hermaphrodite tremblait de tout son corps et pleurait silencieusement.

— Pas lui, bredouilla-t-il, il ne peut pas être mort, pas lui…

— Il n'est pas mort, répondit doucement Franck. Il va revenir, crois-moi. Morgan, c'est l'Immortel.

L'hermaphrodite releva vers lui un regard presque surpris, puis parut se ressaisir. Il essuya farouchement ses yeux.

— Qu'est-ce que je peux faire ? demanda-t-il d'un ton pragmatique.

Franck apprécia ce changement d'attitude, trop épuisé pour prendre en charge quelqu'un d'autre. Il envoya le jeune Invisible chercher une couverture pour transporter Kieran et celui-ci se précipita à l'intérieur. Franck s'agenouilla à côté de l'homme et examina son visage livide.

En général, Kieran guérissait en quelques secondes de n'importe quelle plaie ; il fallait des blessures aussi graves que celles-ci pour que son pouvoir de régénération mette plusieurs heures à agir. Franck se souvenait très bien du temps qu'il lui avait fallu pour retrouver ses capacités lorsque le vampire Mikkel Jorgensen lui avait fait subir le supplice du taureau de Phalaris : son corps était totalement brûlé et il avait mis près de deux jours à guérir. Combien de temps lui faudrait-il cette fois ?

Les traits de Kieran étaient contractés par une souffrance épouvantable et une larme brillait au coin de son œil figé. Il savait très bien ce qu'il faisait en se jetant ainsi entre Johanna et la tarasque. Il savait ce qu'il allait s'infliger ; Franck ne se rappelait que trop bien ses hurlements de douleur lors de sa précédente régénération. Certaines nuits, ils hantaient ses cauchemars. Et pourtant l'homme avait pris sa décision en une fraction de seconde.

Franck redressa la tête avec effort. Morgan revenait vers lui, accompagné de Piotr qui semblait dans tous ses états.

— Judith ? demanda aussitôt Franck.

— Elle va bien ! le rassura le domovoï. Une sorcière a essayé d'entrer par l'avant de la maison pendant que vous étiez ici, mais Yggdrasil et moi l'en avons empêchée ! Elle a fini par abandonner, sans doute quand elle a senti que vous aviez vaincu. Oh, maître ! Mon pauvre maître !

Piotr se tordit les mains, sautillant d'un pied sur l'autre dans son désarroi. L'écartant sans ménagement, Morgan étendit la couverture à côté de Kieran, mais il n'osa pas le toucher pour le faire rouler dessus. Franck se chargea de cette difficile besogne et ils respirèrent tous un peu mieux lorsque le visage tourmenté de Kieran disparut sous un pan de tissu.

La douleur du choc s'était un peu atténuée et Franck parvint à soulever un des côtés du corps tandis que Morgan se chargeait de l'autre avec l'aide de Piotr. Ils ramenèrent Kieran dans la maison, abandonnant derrière eux la tarasque au milieu du jardin dévasté.

Chapitre 7

Strasbourg, dimanche 28 août 1870

Assise au bord d'une chaise trop haute, Joséphine fixait ses pieds qui se balançaient mollement. Elle portait une robe à peu près propre, trop grande pour elle, noire, mais on ne lui avait pas trouvé de chaussures et elle avait gardé ses vieilles bottines éraflées, encore pleines de poussière. Elle avait des bleus partout, dont un particulièrement gros sur l'avant-bras droit qui lui faisait mal quand elle bougeait. Mais elle s'en fichait. Elle se fichait de tout désormais.

Joséphine releva lentement la tête. Elle se trouvait dans la cave des Meyer, leurs voisins de la rue du Dôme. Sa robe appartenait à Gisèle Meyer, de deux ans son aînée, et celle-ci la lui avait offerte de bon cœur, avec dans les yeux une lueur de pitié que Joséphine avait détestée.

À quelques pas, Edmond discutait à voix basse avec Charles Meyer. La cave était trop petite pour qu'ils y restent tous, c'était ce que le propriétaire des lieux essayait d'expliquer avec tact au jeune homme. Joséphine se rendait bien compte que c'était la vérité : les Meyer étaient déjà une dizaine dans l'étroit espace souterrain et l'atmosphère était étouffante. D'ailleurs Edmond n'arrêtait pas de tirer sur son col, cherchant son air. Le problème était qu'ils n'avaient nulle part d'autre où aller…

Joséphine savait qu'elle aurait dû être reconnaissante envers les Meyer. Ils avaient été parmi les premiers à intervenir pour déblayer les ruines de leur maison et les sortir de cet enfer. Ils les avaient mis à l'abri chez eux, leur avaient fourni des vêtements et de la nourriture. Elle comprenait que Charles Meyer devait faire passer le bien-être des siens avant celui d'étrangers. Pourtant elle les haïssait. En cet instant, elle haïssait le monde entier.

Edmond finit par céder avec un soupir et marmonna qu'ils se débrouilleraient. À lui aussi les Meyer avaient fourni des vêtements et ceux-ci paraissaient difformes et grossiers après les costumes sur mesure que le jeune homme portait habituellement. Edmond n'avait plus rien de l'élégant dandy qu'il était encore quelques jours plus tôt, sa moustache pendait tristement et l'étincelle malicieuse de ses yeux s'était éteinte. Il avait sur le haut du front une grosse bosse mauve traversée d'une coupure, mais par bonheur, c'était sa seule vraie blessure.

Au moment de l'effondrement, il s'était jeté sur Joséphine pour la protéger de son corps et la fillette n'arrivait toujours pas à comprendre comment ils pouvaient encore être en vie. Elle se rappelait le poids d'Edmond sur elle, écrasant, la poussière qui lui brûlait les yeux, son incapacité à respirer, le vacarme atroce, puis plus rien. On lui avait expliqué qu'une poutre tombée en travers les avait sauvés, mais cette notion n'avait aucun sens pour elle. Ils avaient été ensevelis comme dans un tombeau ; ils auraient dû être morts.

Joséphine releva lentement les yeux vers Catherine. Elle était sûre d'une chose : la survie de la vieille femme ne devait rien au hasard. Tout le monde la considérait comme une miraculée, car elle s'en était sortie sans une égratignure – même ses vêtements n'étaient pas abîmés, mais Joséphine savait que Dieu n'avait rien à voir là-dedans. Catherine était une sorcière et elle avait utilisé sa magie pour se protéger. D'une manière ou d'une autre, elle avait réussi à empêcher les tonnes de bois et de briques de l'écrabouiller. Mathilde n'avait pas eu autant de chance.

La gorge de Joséphine se serra, mais ses yeux restèrent secs. Elle aurait bien voulu, mais elle n'arrivait pas à pleurer. Elle avait entendu madame Meyer dire à Gisèle que c'était le choc, qu'il fallait être très gentil avec elle ; elle aurait volontiers haussé les épaules si ça en avait valu la peine. Tous les adultes la traitaient comme si elle était désormais en porcelaine, comme si elle allait soudain se briser entre leurs doigts. Elle n'avait pas eu le droit de voir sa mère, mais elle avait compris que celle-ci avait été tellement défigurée qu'on préférait lui épargner ce spectacle. Elle n'avait rien dit, mais elle en était reconnaissante. Elle n'avait pas besoin de voir Mathilde pour réaliser que celle-ci était morte ; elle le sentait dans chaque fibre de son être.

Joséphine soupira doucement. Mathilde et Louise avaient péri ; un incendie avait succédé au bombardement et la maison était entièrement détruite ; il ne lui restait plus qu'Edmond. Elle se tourna vers le jeune homme qui buvait un verre d'eau, paraissant rassembler son courage.

Edmond avait quasiment tout perdu lui aussi. Son matériel, ses photographies, ses dessins, ses livres... Tout ce qui lui restait tenait dans un petit sac qu'il portait sur l'épaule. Elle qui avait pris l'habitude de le protéger malgré leur différence d'âge, elle aurait cru qu'il s'effondrerait. À la place, il avait passé la matinée à courir dans la ville pour organiser les funérailles de Mathilde malgré le bombardement qui ne s'arrêtait plus. Il s'était arrangé avec les Meyer, il avait essayé de trouver une solution pour qu'ils puissent se loger quelque part. À le voir ainsi, Joséphine réalisait qu'on ne connaissait vraiment quelqu'un qu'après l'avoir vu affronter une réelle crise. Elle était fière d'Edmond et elle l'aimait de toutes ses forces.

Sentant peser son regard sur lui, le jeune homme lui adressa un sourire fatigué mais tendre. Il voulut la rejoindre, mais au même instant, une tête apparut à la porte de la cave. C'était l'envoyé des pompes funèbres. Le corps de Mathilde avait été mis en bière et l'homme voulait savoir si la famille souhaitait accompagner la dépouille jusqu'au cimetière malgré le bombardement. Edmond tourna un regard hésitant vers Joséphine, mais l'expression de la fillette lui suffit à comprendre qu'il n'y avait pas à tergiverser.

Joséphine se laissa glisser à bas de sa chaise. Le contact avec le sol, la sensation de ses jambes lourdes qui la portaient lui firent une impression étrange, irréelle, mais elle s'obligea à se maîtriser. Elle ramassa la besace dans laquelle elle avait jeté tout ce qu'Edmond avait réussi à récupérer dans les décombres : un peu d'argent, un livre offert par sa mère, la médaille de Sainte-Anne, patronne des couturières, que Mathilde portait autour du cou et surtout, surtout, la robe que la femme avait cousue juste avant sa mort, même si celle-ci était abîmée, sale, déchirée et pleine du sang qui avait coulé du front d'Edmond.

Joséphine glissa la bandoulière sur son épaule, serrant les dents comme son bras lui faisait mal, puis elle rejoignit Edmond sans un mot et glissa sa main dans la sienne. Le silence était lourd dans la cave, les Meyer les regardaient tous avec compassion, tristesse, mais aussi une pointe de soulagement. Joséphine eut l'intuition qu'ils étaient rassurés qu'ils s'en aillent, craignant sans doute que leur malheur ne soit contagieux. Malgré les quelques mots gentils que lui glissa Gisèle, elle ne réussit pas à leur sourire.

Catherine se joignit à eux, portant elle aussi un sac qui contenait tout ce qu'il restait de ses possessions. Son visage était sombre et fermé, mais Joséphine savait que ce n'était pas parce qu'elle avait du chagrin. De la colère couvait au fond de ses yeux et la fillette n'était pas sûre que ce sentiment fût adressé aux Prussiens. Elle se souvenait très bien de l'expression de Catherine à l'instant où la maison s'était écroulée : malgré les heures et les heures de bombardement, malgré tous les dégâts dans leur rue, la vieille femme ne s'y attendait pas. Quelqu'un ou quelque chose l'avait dupée. Et Joséphine ne pouvait pas s'empêcher de songer avec un frisson à la femme-monstre et à l'homme en noir.

Ils rejoignirent à l'extérieur les deux employés des pompes funèbres qui attendaient près de leur chariot à bras. Sur celui-ci reposait un cercueil très simple dont le bois sentait encore la résine, découpé le matin même. Joséphine fut frappée par sa petitesse. On aurait presque dit le cercueil d'un enfant, comme si Mathilde avait rajeuni en mourant.

Il n'avait pas été possible de trouver un prêtre ni de prévenir le peu de famille que Mathilde avait encore ; il n'y avait aucun ornement sur la bière, aucune fleur, pas de chevaux pour tirer le corbillard et ils n'étaient que trois pour suivre le cortège : une femme qui n'avait jamais aimé Mathilde, un jeune homme épuisé à la respiration sifflante et une fillette totalement déboussolée. Joséphine en éprouva une indicible colère. Sa mère méritait mieux que cet enterrement pitoyable.

Les employés des pompes funèbres leur recommandèrent de marcher le long des bâtiments, de faire très attention aux obus, et ils se mirent en route, zigzagant entre les débris qui jonchaient les rues. Ils avançaient d'un pas rapide, pressés de se mettre à l'abri tandis que les bombes continuaient à éclater dans Strasbourg. Certaines explosaient en plein ciel, formant de petits nuages noirs a priori inoffensifs, mais dont fusaient des dizaines de projectiles, éclats métalliques tordus qui causaient des blessures affreuses dans un large rayon.

Joséphine trottait au côté d'Edmond. La main du jeune homme était froide malgré la chaleur estivale, moite, et il respirait difficilement, mais il se hâtait sur les traces des fossoyeurs et encourageait régulièrement Joséphine. Catherine marchait sur leurs talons, attentive à tout ce qui se passait autour d'eux. La fillette ne comprenait pas pourquoi la vieille femme prenait la peine de les accompagner alors qu'il était évident qu'elle n'avait jamais apprécié Mathilde. Il ne lui vint pas à l'esprit que c'était elle-même qui intéressait la sorcière.

Joséphine sursauta lorsque Edmond la tira brusquement sous un porche. Un obus venait de tomber à une centaine de mètres, creusant un gros trou dans le pavé. Des éclats frappèrent le mur à quelques pas d'eux, faisant jaillir de la poussière. Ils restèrent figés quelques secondes, le cœur battant à tout rompre. Les employés des pompes funèbres s'étaient jetés à terre, s'abritant derrière le chariot. Joséphine sentit un goût de fiel se répandre dans sa bouche en constatant qu'une pièce de ferraille s'était plantée sur le côté du cercueil.

Échappant à Edmond, elle s'approcha et constata avec incrédulité qu'il s'agissait d'un morceau de croix, de ces croix en métal ouvragées que l'on voyait habituellement dans les cimetières. Les Prussiens avaient dû se servir dans les lieux d'inhumation qui entouraient la ville ; tout était utile pour rendre leurs obus encore plus dangereux, ils ne respectaient même pas les morts. Joséphine se mit à les haïr de toute son âme.

La fillette tendit la main pour ôter la chose, mais Edmond la tira soudain en arrière. Un des fossoyeurs se chargea d'effacer cet affront, manipulant avec prudence la ferraille rouillée et coupante, et ils se remirent en route, hâtant encore davantage le pas.

En temps normal, on enterrait les morts à la périphérie de la ville, mais les trois grands cimetières habituels, Sainte-Hélène, Saint-Gall et Saint-Urbain étaient soit occupés par l'ennemi, soit rendus inaccessibles par les inondations déclenchées pour la défense de la place. Les autorités avaient donc pris la résolution de transformer le Jardin Botanique situé dans la Krutenau en cimetière provisoire, en attendant la fin de la guerre et la possibilité de transférer les morts dans un environnement plus adapté.

Le cortège avait donc quitté la rue du Dôme par la rue des Frères, dans le but de traverser l'Ill au niveau du pont Saint-Guillaume. Ce faisant, ils se rapprochaient de plus en plus des remparts et de la citadelle, et les bombardements s'intensifiaient. Plusieurs fois, ils durent se mettre à l'abri pour échapper à des projectiles, abandonnant le chariot qui en réchappa par quelque miracle. Edmond était de plus en plus nerveux et il semblait regretter de faire prendre de tels risques à Joséphine, mais la fillette refusait d'abandonner. Elle n'avait pas pu enterrer Louise, elle n'avait même pas pu dire adieu à sa mère, alors ils iraient au bout de cette cérémonie absurde, même si ça devait leur coûter la vie.

Enfin, ils atteignirent le Jardin Botanique et, à nouveau, Joséphine éprouva un profond sentiment d'irréalité. Elle avait l'impression de ne pas avoir vu d'arbres depuis une éternité et l'endroit était planté d'essences majestueuses, qui déployaient leurs vastes feuillages pour les protéger du soleil. Les obus avaient creusé des trous çà et là, mais le plus spectaculaire était les tranchées que les fossoyeurs avaient dégagées et qu'ils comblaient au fur et à mesure, après y avoir déposé un cercueil et de la chaux. Chaque emplacement était marqué par une croix en bois munie d'une sorte de toit et gravée du nom du défunt. Il y avait déjà des dizaines de ces symboles qui formaient des alignements sinistres entre les parterres de fleurs éclatants, les massifs bien taillés, les carrés d'herbes médicinales et les grandes serres du Jardin Botanique.

Le bombardement parut s'éloigner un peu sous le couvert des arbres et le chariot s'arrêta enfin au bord d'une tranchée. Trois terrassiers venaient juste de terminer un ensevelissement et ils les saluèrent d'un hochement de tête. L'un d'eux planta la croix correspondante à grands coups de masse, puis ils s'éloignèrent pour se reposer, se laissant tomber à l'ombre d'un chêne vénérable, se partageant une gourde de vin.

Tandis que les employés des pompes funèbres manipulaient avec adresse le cercueil de Mathilde pour le descendre à son tour dans la fosse, Joséphine regarda pensivement autour d'elle. Si le monde n'était pas devenu absurde, Louise aurait été présente pour la prendre dans ses bras et la consoler ; les cousins de sa mère seraient venus également, de même que ses clientes favorites et certains de leurs voisins. Un prêtre aurait prononcé un discours assommant et aurait béni la tombe, offrant à Mathilde son laissez-passer pour le paradis. Louise aurait peut-être dit quelques mots, Edmond aussi. Le brillant soleil d'été aurait ressemblé à une caresse apaisante et non à un sarcasme blessant. Tout aurait été calme et solennel, beau et triste.

Une douloureuse révolte envahit Joséphine. N'était-il pas suffisant que sa mère meure ? Fallait-il en plus que son enterrement ne soit qu'une parodie grotesque, une dangereuse corvée expédiée à la va-vite ? Où était le rituel qui aurait dû l'aider à faire ses adieux, à accepter la situation ? C'était toujours ainsi que Louise, grande amatrice de funérailles, lui avait présenté les choses : un enterrement est une fête, celle des vivants qui saluent une dernière fois les morts. Mais il n'y avait pas de fête pour Mathilde, personne n'était là pour la saluer, et c'était horriblement injuste. Et que dire de Louise elle-même ?

Joséphine serra les dents et sa main se crispa dans celle d'Edmond. Jamais elle ne pourrait pardonner. Ni aux hommes, ni à Dieu, ni au monde lui-même. Cette guerre stupide lui avait tout volé, même son deuil. Ses deux mères, sa maison, ses vêtements, ses livres, sa ville… Il ne lui restait plus qu'Edmond.

Joséphine releva les yeux vers le jeune homme à côté d'elle. Pâle et voûté, il pleurait silencieusement en regardant les fossoyeurs descendre le cercueil. Sa lèvre inférieure tremblotait et un sifflement irrégulier s'échappait de sa poitrine. Lui avait aimé Mathilde, lui pouvait comprendre. Joséphine se coula tout contre lui et passa les bras autour de son torse épais. Il lui rendit son étreinte, posa une main douce sur sa tête. Ils restèrent ainsi, blottis l'un contre l'autre, tandis que Mathilde disparaissait.

* *
*

Nul ne prononça un mot durant l'enterrement et ils restèrent plongés dans ce silence oppressant longtemps après que les fossoyeurs soient repartis poursuivre leur sinistre besogne. Edmond et Joséphine erraient dans le Jardin Botanique, admirant les plantes pleines de vie comme si le monde n'était pas devenu fou, et Catherine les observait de loin, installée sur un banc ombragé. Mais la vieille femme n'était pas particulièrement patiente et elle finit par les rejoindre, leur annonçant sèchement qu'ils devaient trouver un abri pour la nuit.

Elle semblait toujours autant en colère, mais Joséphine devinait aussi sur son visage les stigmates de la fatigue et elle nota que la vieille femme s'était mise à boiter, sans doute victime d'une de ses crises d'arthrose. Inébranlable jusque-là, Catherine commençait à plier elle aussi et Joséphine en ressentit une pointe d'angoisse à travers le vide qui l'avait envahie. Si la sorcière n'était plus là pour la protéger de la femme-monstre, alors qui le ferait ?

La journée avait filé en un claquement de doigts, le soir tombait et, même si le bombardement semblait enfin se calmer, ils devaient trouver un lieu sûr pour passer la nuit. Edmond commença à faire le compte de ses connaissances susceptibles de les accueillir, mais cette option n'offrait guère d'issue et Catherine la balaya d'un geste méprisant. Sans une explication, elle prit la tête de leur petit groupe et leur ordonna de la suivre. Joséphine aurait voulu l'envoyer au diable, mais Edmond était trop épuisé pour réfléchir davantage et il emboîta le pas à la sorcière, entraînant la fillette avec lui.

Ils marquèrent une étape dans une auberge dont tous les volets étaient clos, mais dont la salle accueillait des clients maussades et nerveux. Là, ils purent s'offrir un bol de soupe et un morceau de pain et Joséphine découvrit avec étonnement qu'elle avait une faim de loup. Elle faillit réclamer une deuxième portion, avant de s'apercevoir qu'Edmond prélevait le prix de ce maigre dîner sur sa bourse avec préoccupation. Ils n'avaient plus beaucoup d'argent et ce n'était qu'une question de jours avant qu'ils ne se retrouvent sans la moindre ressource. Lorsque le jeune homme lui demanda si elle avait assez mangé, Joséphine approuva avec un grand sourire.

Après leur repas, alors que la nuit commençait déjà à tomber et que le bombardement avait tout à fait cessé, Catherine les emmena en direction des remparts. Joséphine découvrit avec stupeur que toute une population s'était réfugiée là. À l'aide de poutrelles, de troncs d'arbres ou de grosses branches appuyés contre le talus des fortifications, chacun s'était bâti un abri précaire en empilant des branches plus petites ou des débris ramassés dans les ruines alentour. Une couche de gazon et de terre assez épaisse protégeait de la pluie et amortissait les chocs des projectiles et les ouvertures, aménagées au ras du sol, pouvaient être obstruées par des pierres ou par des planches. Les malheureux qui avaient tout perdu survivaient entassés là.

Catherine connaissait visiblement un des hommes qui avaient trouvé refuge en cet endroit. Après avoir frappé à sa misérable porte, elle l'entraîna un moment à l'écart pour lui parler. Edmond n'y prêta pas attention, hébété de fatigue, mais Joséphine observa la conversation et ce fut avec un certain malaise qu'elle vit l'homme baisser la tête avec crainte devant Catherine. L'inconnu était d'apparence anodine, vêtu comme un ouvrier agricole, mais il y avait quelque chose chez lui qui faisait tiquer Joséphine, une bizarrerie qu'elle n'arrivait pas à identifier.

Finalement, l'homme s'en alla sans leur accorder un regard, leur cédant son abri. C'était si inattendu qu'Edmond lui-même s'en étonna. Mais Catherine éluda ses questions, prétendant que l'inconnu avait une dette envers elle. Sans se justifier davantage, elle se glissa dans la misérable cabane et ils la suivirent, découvrant un espace sombre et puant, au sol couvert de paille, plein d'une humidité terreuse, uniquement éclairé par une bougie. Il y avait une couche dans un coin, une table branlante, une chaise et c'était à peu près tout.

À bout de forces, Edmond s'écroula sur la couche et resta immobile, une main sur sa poitrine qui se soulevait nerveusement. Joséphine se glissa contre lui et il l'enlaça dans un ultime effort.

— Tout ira bien, murmura-t-il d'une voix déjà ensommeillée. Je te promets que je m'occuperai de toi. Nous irons chez mes parents quand la guerre sera finie. Tout ira bien, tu…

Il s'endormit en plein milieu de sa phrase, épuisé. Joséphine esquissa un sourire et fit en sorte de tirer sur lui la couverture sale qui reposait à côté d'eux. Sans plus faire attention à Catherine, elle ferma les yeux et chercha le sommeil à son tour.

* *
*

Joséphine rêvait d'un déluge impitoyable dont les flots avaient envahi Strasbourg, emportant tout sur leur passage, lorsqu'elle sentit qu'on la secouait. Encore saisie par la terreur, elle se redressa dans un sursaut, faisant reculer Catherine. Joséphine mit quelques secondes à réaliser que c'était la femme qui l'avait réveillée.

Edmond dormait profondément à côté d'elle, ronflant légèrement, et, pour la première fois depuis des jours, la nuit était calme et silencieuse. La bougie brûlait toujours, presque entièrement consumée, l'atmosphère était étouffante dans leur refuge. Joséphine ouvrit la bouche pour interroger Catherine, mais celle-ci l'arrêta en mettant un doigt sur ses lèvres. Elle jeta un regard éloquent à Edmond, puis fit signe à Joséphine de la suivre à l'extérieur. Malgré sa méfiance, la fillette obéit.

Lorsque Joséphine se redressa après avoir franchi l'étroite porte, elle découvrit avec plaisir que la nuit était fraîche et tranquille. Il devait être très tard ou très tôt, car on n'entendait plus aucune conversation dans les abris alentour. Les obus avaient cessé de siffler et ni fumée ni rougeur d'incendie ne voilaient le magnifique tapis d'étoiles qui les surplombait. La paix était si complète que Joséphine aurait voulu s'y dissoudre dans l'instant. À la place, elle se tourna vers Catherine.

— Qu'est-ce qui se passe ?

La vieille femme jeta un coup d'œil méfiant aux alentours, puis adressa un sourire froid à la fillette.

— Est-ce que tu veux toujours savoir pourquoi on a essayé de t'enlever ?

Joséphine frémit, puis hocha prudemment la tête. La pensée de la femme-monstre était bien la seule chose qui l'atteignait encore dans le désastre ambiant et elle voulait d'autant plus résoudre ce mystère qu'elle craignait de mettre Edmond en danger par sa simple présence.

— Je connais quelqu'un qui pourrait nous éclairer, affirma Catherine. Mais si nous voulons des réponses, il va falloir que tu sois très courageuse.

Joséphine fronça les sourcils avec inquiétude.

— Pourquoi ?

— Disons que… cette personne est assez repoussante. Mais il n'y a que toi qui peux l'interroger. Viens.

Joséphine ne bougea pas et fit un signe négatif lorsque Catherine lui jeta un regard impatient.

— Je ne vais nulle part sans Edmond, lança la fillette.

Elle avait essayé d'adopter un ton aussi résolu que possible, campée sur ses petites jambes. La vieille femme réprima une moue agacée.

— Il dort, ton Edmond. Et c'est mieux comme ça, vu sa tête. De toute façon, il est hors de question qu'il nous accompagne. Il n'est pas initié, il n'a pas sa place là où on va. Tu veux connaître la vérité, oui ou non ?

Joséphine hésita douloureusement.

— Cette proposition n'est valable qu'une seule fois, insista froidement Catherine. Alors décide-toi.

Je te déteste, songea Joséphine. Mais elle avait trop besoin de savoir pourquoi l'inconnue la poursuivait ainsi et de quoi elle devait se protéger et protéger Edmond. Ravalant sa colère, elle baissa les yeux et s'avança. Catherine ne fit pas de commentaire et l'entraîna à travers la ville endormie.

Malgré la situation, de nombreuses maisons étaient toujours ornées de lanternes et elles n'évoluaient pas dans une complète obscurité. Strasbourg paraissait fantomatique dans ce faible éclairage, avec ses lignes brisées de gravats calcinés, ses bâtisses écroulées dont il ne restait que des façades vides, ses campements sauvages qui avaient fleuri sur les berges du canal. Un profond silence régnait sur la ville, chacun profitait de ce répit pour dormir enfin un peu, et c'était comme de pénétrer dans un sépulcre. À chaque instant, Joséphine craignait de déranger le repos des morts et de voir leur courroux s'abattre sur elle.

Catherine ne faisait rien pour la rassurer, marchant d'un pas rapide, et Joséphine se hâtait pour rester aussi près d'elle que possible. Elle reconnut bientôt la place Kléber. Immuable, la statue du général dressée au centre des lieux fixait les ruines de l'Aubette. Un incendie avait anéanti le bâtiment et il n'en restait que la façade dont les fenêtres n'ouvraient plus que sur le néant. Les autres constructions de la place semblaient relativement épargnées et Catherine se dirigea droit vers l'une d'elles, l'hôtel de la Maison Rouge.

Il s'agissait d'un des plus anciens hôtels de Strasbourg qui, au fil du temps, s'était étendu sur pas moins de cinq bâtiments et occupait presque à lui tout seul un des côtés de la place. Une dizaine d'années plus tôt, des travaux avaient permis d'uniformiser la façade, donnant aux lieux un aspect encore plus étendu comparativement aux autres maisons étroites du quartier. C'était un établissement assez réputé et, si elle était déjà passée devant des dizaines de fois, Joséphine n'y était encore jamais entrée.

Arrivée devant la porte principale, Catherine marqua un arrêt. Elle prit la main de Joséphine et y glissa quelque chose de dur et froid.

— Surtout, ne lâche ça sous aucun prétexte, ordonna-t-elle. C'est ton sésame.

La fillette examina avec curiosité le fragment blanc au creux de sa paume. Elle crut d'abord qu'il s'agissait d'un caillou, mais c'était bien trop léger. Au bout de quelques secondes, elle réalisa qu'il s'agissait d'un bout d'os et sa bouche s'assécha. Animal ou… humain ? Mais déjà Catherine entrait dans la Maison Rouge et Joséphine s'empressa de la suivre, le poing serré sur son étrange talisman.

Le hall de l'hôtel était plus vaste que ce à quoi la fillette s'attendait et elle fut impressionnée par sa décoration riche et bourgeoise. L'établissement n'avait guère de clients depuis le début de la guerre, mais un concierge somnolait derrière un comptoir, sanglé dans un uniforme impeccable. Il frémit et se redressa en sentant le courant d'air de la porte, mais son regard passa sur elles comme si elles étaient transparentes. Bouche bée, Joséphine le vit retourner à sa sieste avec la plus complète indifférence. Il ne les avait pas vues !

Catherine traversa le hall avec assurance, se dirigeant vers le restaurant, et Joséphine la suivit, ne cessant de jeter des coups d'œil émerveillés à l'os dans sa main. Il était certain que c'était grâce à cela que le concierge avait ignoré leur présence et cette fois il n'y avait plus aucun doute : Catherine était réellement une sorcière !

L'hôtel était plongé dans l'obscurité, à l'exception de quelques lampes disposées çà et là, et c'était encore plus vrai pour le restaurant qui ne servait plus guère. Seule une table était éclairée et une femme y était assise, vêtue comme une riche aristocrate, avec un grand chapeau et une voilette qui dissimulait son visage. Très droite, elle paraissait fixer le vide et poussait de temps en temps un soupir d'ennui. Elle ne se tourna vers elles que lorsqu'elles furent à deux pas de sa table.

— Nous sollicitons un entretien, mademoiselle, annonça Catherine.

Elle avait parlé froidement, sans la moindre humilité, et ce fut sans attendre de réponse qu'elle tira une des chaises voisines pour s'y installer, avant de faire signe à Joséphine de prendre place également. La fillette obéit à contrecœur, tirant son siège le plus loin possible de l'inconnue. Elle avait le sentiment très net que celle-ci l'observait derrière son voile sombre et elle n'aimait pas du tout l'impression qui se dégageait d'elle, froide, sinistre.

— Une enfant des Quatre-Temps…

Joséphine frissonna. La voix de la femme était étrange, basse, chuintante, pleine d'échos inquiétants.

— Je sais que vous ne pouvez pas mentir aux enfants des Quatre-Temps, rétorqua Catherine. Alors c'est elle qui va poser les questions.

— Pourquoi en connaîtrais-je les réponses ? répliqua l'inconnue.

— Parce que je n'ignore pas ce que vous êtes. Et que les morts en savent beaucoup plus que les vivants.

Joséphine fronça les sourcils à ces mots, craignant de comprendre. L'inconnue ricana, puis elle souleva brusquement son voile de ses mains gantées, dévoilant son visage tout en expulsant une bouffée de parfum putride. Joséphine réprima un cri. Elle faillit bondir de sa chaise, mais Catherine la retint brutalement et la fillette se recroquevilla contre le dossier, terrifiée. L'inconnue n'avait pas de visage, mais un crâne blanc et lisse, aux orbites béantes, aux dents dénudées qui formaient un sourire ironique. Et soudain Joséphine se souvint d'une légende que lui racontait Louise, celle de la Jeune Fille à la Tête de Mort de la Maison Rouge. Ce conte était donc vrai !

La créature inclina la tête de côté, comme si elle pouvait lire dans ses pensées, et elle ricana encore.

— Tu connais donc mon histoire, ma mignonne. Eh oui, j'attends toujours un prétendant qui accepterait de m'épouser malgré mon apparence. Depuis des siècles, j'attends… Mais au lieu de prétendant, je ne vois arriver que des solliciteurs !

Les dents de la chose claquèrent en direction de Catherine, sarcastiques. La vieille femme n'en parut pas troublée et soutint le regard vide de la Jeune Fille. Joséphine se força à avaler sa salive et à se ressaisir.

— Vous… Vous êtes morte ?

La fillette ne pouvait pas s'empêcher de songer à sa mère, priant qu'elle ne soit pas condamnée à devenir une telle monstruosité. La Jeune Fille se pencha en avant, dardant vers elle ses relents de pourriture.

— Oui. Et non. Je suis une sorte de fantôme. Et les fantômes savent beaucoup de choses. Pose tes questions, petite.

Désarçonnée, Joséphine tourna un regard éberlué vers Catherine. Celle-ci eut un mouvement impatient.

— Demande-lui qui en a après toi, ordonna-t-elle sèchement.

Joséphine reporta son attention vers la Jeune Fille qui paraissait fixer Catherine. S'efforçant de contrôler les tremblements de sa voix, la fillette reprit la parole.

— Il y a une femme qui me poursuit, expliqua-t-elle. Et un homme avec une grande barbe noire. Est-ce que vous savez qui ils sont ?

La Jeune Fille recula légèrement sur son siège et croisa les bras dans une série de cliquetis qui tordit l'estomac de Joséphine.

— Ce n'est pas une femme, ma mignonne, répondit-elle enfin. C'est une goule, une créature de ténèbres qui aime se repaître de la chair des charognes. Mais le danger qui te menace ne vient pas d'elle. C'est de lui que tu dois te garder.

Joséphine faillit se pincer pour s'assurer qu'elle n'était pas en train de faire un cauchemar. Une créature qui dévorait les cadavres ? Même Louise ne lui avait jamais parlé de monstres aussi affreux. Elle aurait voulu se réfugier contre Catherine, mais il était clair qu'il n'y avait aucun réconfort à attendre de la vieille femme et elle s'obligea à se maîtriser. Hors de question de se mettre à pleurer maintenant.

— Qui est-il ?

Ce fut tout ce qu'elle parvint à souffler. Les dents de la Jeune Fille claquèrent sinistrement.

— Le croquemitaine. Hans Trapp.

Joséphine considéra la créature avec incrédulité, puis se tourna vers Catherine. La sorcière avait froncé les sourcils. Était-ce donc possible ? Tous les contes allaient-ils donc prendre vie dans ce monde devenu fou ?

— Pourquoi en a-t-il précisément après elle ? lança Catherine d'un air préoccupé.

La Jeune Fille ricana et ne répondit pas. Joséphine réalisa qu'elle était la seule à pouvoir la faire parler, parce qu'elle était née une nuit de l'Avent, et que c'était pour cela que la sorcière l'avait obligée à l'accompagner. Elle se força à reprendre la parole.

— Qu'est-ce qu'il me veut ? insista-t-elle.

La Jeune Fille cliqueta d'une manière moqueuse.

— Tu n'es pas seulement une enfant des Quatre-Temps, n'est-ce pas ? Tu es aussi née le 21 décembre, le jour du solstice d'hiver, la nuit de Yule. De nombreuses forces magiques ont présidé à ta naissance et l'énergie du renouveau habite ton âme. En vérité, tu es une Première Née, ma mignonne.

Joséphine fronça les sourcils avec incompréhension.

— Une quoi ?

Encore une fois la créature ricana.

— Ton amie ne t'a donc rien expliqué ?

Joséphine pivota vers Catherine, mais celle-ci semblait aussi surprise qu'elle. La vieille femme secoua la tête.

— C'est impossible, je l'aurais remarqué ! protesta-t-elle.

Le rire de la Jeune Fille s'éleva, horrible, grinçant, sifflant.

— Alors tu vieillis, ma belle Catherine, et tes sens s'émoussent dangereusement ! Cette fillette est une Première Née, je peux te l'assurer.

— C'est quoi une Première Née ? intervint Joséphine avec impatience.

— Une nouvelle sorcière, expliqua Catherine en fronçant les sourcils. Normalement la sorcellerie se transmet de mère en fille. Si une sorcière n'a pas de fille, alors sa lignée s'éteint. Mais parfois, il arrive que la magie choisisse elle-même une femme et donne ainsi naissance à une nouvelle lignée de sorcières. C'est extrêmement rare, surtout depuis que l'Immortel nous a maudites. Les Premières Nées sont… très puissantes.

Comme si elle réalisait seulement ce qu'elle venait de dire, le regard de la vieille femme sur Joséphine changea nettement, plus sombre, plus intense.

— Une Première Née constitue un mets exceptionnel pour le croquemitaine, poursuivit la Jeune Fille. S'il arrive à absorber son âme, alors ses forces augmenteront de manière incontrôlable. Et de nombreux enfants disparaîtront.

Joséphine sentit son ventre se glacer et la chair de poule parcourir tout son corps. Dans un sursaut de révolte, elle se redressa.

— Comment on le tue ?

Cette fois le rire de la Jeune Fille ressembla à un feulement, rauque, presque douloureux.

— On ne tue pas le croquemitaine, ma mignonne. Il continuera à exister tant que les enfants croiront en lui. Mais tu peux détruire son enveloppe actuelle, ou en tout cas, ton amie la sorcière peut le faire.

— Et la femme qui l'accompagne, la… goule ?

— La goule est intéressante, susurra la Jeune Fille. Elle est à la fois la force et la faiblesse du croquemitaine. Elle combat pour lui, mais elle pourrait combattre contre lui. La goule est un pivot. Une ouverture vers de nombreux possibles. Tu as raison de songer à elle. La goule est la clé.

Sur ces mots, la Jeune Fille se leva, abaissant sa voilette dans le même mouvement. À nouveau une horrible odeur de pourriture émana d'elle, écœurante jusqu'à la nausée, et Joséphine ne put s'empêcher de plisser le nez. La créature se pencha légèrement vers elle et les relents devinrent presque insupportables.

— Méfie-toi, Première Née. Je ne suis pas sûre que le croquemitaine soit ton seul ennemi…

Elle ponctua ces paroles venimeuses d'un nouveau ricanement, puis tourna les talons et disparut. En une fraction de seconde, Catherine et Joséphine se retrouvèrent seules dans le restaurant désert, plongées dans le noir.

La fillette s'aperçut qu'elle serrait tellement fort l'ossement au creux de sa main que celui-ci lui faisait mal. Elle s'obligea à relâcher ses doigts, à détendre ses épaules nouées. Elle avait toujours l'impression de flotter dans un rêve, mais au moins maintenant elle savait à quoi s'en tenir. Et ce qu'elle venait d'apprendre ouvrait d'innombrables perspectives…

Catherine se leva brusquement et se dirigea vers la porte sans un mot. Joséphine se dépêcha de la rattraper, mais elle s'abstint du moindre commentaire. Cette fois le concierge ronflait bruyamment derrière son comptoir et elles passèrent à côté de lui sans provoquer la moindre réaction.

Joséphine retrouva avec soulagement la fraîcheur de la nuit, prenant de grandes inspirations pour chasser la puanteur de la Jeune Fille à la Tête de Mort. Elle ne comprenait pas l'attitude de Catherine, mais elle avait déjà bien trop de choses en tête pour s'y attarder. Était-il réellement possible qu'elle soit une sorcière, qu'elle possède elle aussi des pouvoirs magiques ? Si oui, cela signifiait qu'elle pourrait protéger Edmond, à défaut d'avoir pu sauver Louise et sa mère. Quant au croquemitaine… Elle serra les dents, résolue. Il n'avait qu'à bien se tenir !

* *
*

Catherine Guérin jouait avec une mèche de cheveux noirs, fixant les deux formes endormies devant elle. À peine de retour dans leur abri précaire, Joséphine s'était jetée près d'Edmond et s'était endormie presque aussitôt. La vieille femme enviait cette capacité à plonger dans le sommeil malgré les circonstances, elle-même en était bien incapable. Ce n'était pas tant à cause des douleurs rhumatismales dans son genou et sa hanche droite, pourtant très pénibles, que des révélations auxquelles elle venait d'assister.

Catherine fronça les sourcils, en colère. Les Aînées lui avaient demandé de veiller sur Joséphine Fuchs en l'informant simplement que la fillette était une enfant des Quatre-Temps et semblait présenter des dispositions intéressantes. Personne n'avait mentionné la possibilité qu'elle soit une Première Née, mais plus elle y réfléchissait, plus Catherine comprenait que les Aînées devaient se douter de quelque chose. Elle était furieuse qu'on n'ait pas jugé utile de la mettre dans la confidence et plus encore de n'avoir pas tout compris d'elle-même. Comment avait-elle pu passer à côté d'une Première Née ? La Jeune Fille à la Tête de Mort avait raison, la vieillesse lui faisait clairement perdre ses capacités.

Catherine serra les paupières tandis qu'un élancement parcourait sa jambe droite, si douloureux qu'elle faillit gémir. Elle avait toujours pris soin d'elle, entretenant son corps avec attention, consacrant nombre de ses connaissances à le maintenir autant en forme que possible ; elle avait longtemps conservé une énergie exceptionnelle, des capacités que beaucoup lui enviaient dans la Sororité. Mais désormais le temps la rattrapait. Elle approchait des quatre-vingts ans, ses articulations se bloquaient de plus en plus souvent, ses douleurs augmentaient de semaine en semaine, elle commençait à oublier des choses, à chercher plus longtemps certains sortilèges, à confondre certaines incantations. Ce corps, qu'elle avait préservé autant qu'elle avait pu, était en train de la trahir.

Une nouvelle vague de colère serra la gorge de Catherine, comme à chaque fois qu'elle songeait à la lente décrépitude qui l'attendait. Elle avait accumulé tant de connaissances, tant d'expérience, elle figurait parmi les plus puissantes sorcières de France, même si son caractère emporté l'avait toujours empêchée de rejoindre le cercle fermé des Aînées. Et la vieillesse allait tout lui arracher : la souplesse de ses membres, l'acuité de ses pensées, sa fougue et ses désirs. Elle aurait pu en pleurer de rage et de frustration.

Tremblant légèrement, Catherine contempla la mèche de cheveux noirs qu'elle avait machinalement tirée d'une de ses poches. Elle ne se souvenait plus très bien comment celle-ci avait atterri là. Elle avait coupé les cheveux de Joséphine, dans un effort surhumain pour essayer de détendre un peu l'atmosphère pesante de la cave, et la mèche avait dû s'accrocher à sa manche et terminer dans sa poche. Elle n'avait pas eu le temps de s'en rendre compte. Un instant plus tard, elle luttait de toutes ses forces pour sauver sa vie.

Catherine renifla. Former un dôme de protection au-dessus de son corps recroquevillé, repousser les décombres qui menaçaient de l'écraser, éviter d'étouffer dans le tourbillon de poussière et de débris, tout cela lui avait coûté une énergie phénoménale. Si le croquemitaine les avait attaqués juste après cet attentat, il aurait pu s'emparer de l'enfant sans la moindre difficulté. Mais les voisins étaient intervenus presque aussitôt et il n'en avait pas eu le temps.

Catherine abaissa les paupières. Elle se moquait de la guerre et, malgré ce qui s'était passé, elle ne craignait pas pour sa vie. Les humains n'avaient guère de suite dans les idées, leurs guerres se succédaient au fil des siècles et chacune faisait écho à la précédente, tout aussi futile et pathétique. La seule véritable bataille était celle que les sorcières menaient contre les ténèbres, contre des monstres comme l'Immortel. C'était le combat que Catherine avait mené toute sa vie et auquel elle devrait bientôt renoncer parce que l'âge sapait ses forces. Mais à quoi se consacrerait-elle ensuite ? Elle était une guerrière, elle ne savait rien faire d'autre. Elle ne voulait rien faire d'autre.

Le regard de Catherine se posa à nouveau sur Joséphine. Elle n'avait jamais songé à avoir de fille, à prolonger sa lignée. Ce n'était pas seulement dû au dégoût que lui inspiraient les hommes et l'idée de partager leur couche, mais aussi à cette impression qu'elle avait toujours eue que le monde s'arrêterait avec elle.

Et maintenant une Première Née. Catherine soupira. La gamine ne savait pas la chance qu'elle avait. C'était toute une vie qui se déroulait devant elle, des années et des années à savourer, à apprendre, à découvrir, à se battre ; des années à être choyée par les Aînées, à bénéficier de la protection de la Sororité, à suivre les meilleurs enseignements, à affronter les plus terribles des Invisibles. Et pendant ce temps, Catherine, elle, se ratatinerait de plus en plus, verrait sa mémoire se déchirer, ses pouvoirs s'amenuiser et son corps l'abandonner. Ce n'était pas juste !

Catherine éprouva une brusque flambée de haine envers Joséphine et la tentation la traversa de l'étrangler sur-le-champ. Un cadavre de plus ou de moins dans cette cité martyrisée, quelle différence cela ferait-il ? Mais les Aînées lui demanderaient des comptes et elle ne voulait pas courir le risque de passer les quelques misérables années qui lui restaient dans une geôle. Et de toute façon, n'y avait-il pas mieux à faire que simplement prendre la vie de l'enfant ? À quoi bon, puisque cela ne prolongerait pas la sienne ?

Catherine se redressa légèrement sur son siège et parvint à ignorer la déchirure dans sa hanche, captivée par une pensée encore informe qui se précisait peu à peu. À nouveau elle examina la mèche de cheveux dans sa main. Oui, n'y avait-il pas mieux à faire ? Elle se mit à réfléchir intensément, sans avoir conscience du rictus qui déformait sa bouche ridée. À ses pieds, Joséphine dormait paisiblement.

Chapitre 8

Strasbourg, mercredi 17 décembre, de nos jours

Franck referma délicatement la porte de la chambre de Kieran et resta un instant immobile devant le panneau de bois, rêveur. L'état de l'homme n'avait guère évolué durant la nuit, son corps supplicié figé dans une posture qui ressemblait à s'y méprendre à la mort. La veille, Franck l'avait débarrassé de ses vêtements souillés et déchirés et l'avait tant bien que mal nettoyé, mais il ne pouvait pas faire grand-chose de plus. Voir son ami ainsi était trop douloureux et il avait fini par se retirer pour dormir.

Cette attaque soudaine les avait tous secoués et, tandis qu'Yggdrasil faisait disparaître la dépouille de la tarasque et que Piotr soignait les blessures de Franck, Johanna avait passé plus de deux heures dans le froid glacial à renforcer les protections magiques de la maison et Morgan avait bricolé un système de surveillance vidéo en piochant dans le matériel informatique de Kieran. Ils avaient également prévenu Lukas Hartmann qui avait promis de venir en renfort dès le matin, occupé ailleurs pour la nuit. Ce n'était qu'après s'être assuré qu'ils avaient pris toutes les précautions possibles qu'ils s'étaient enfin accordé un peu de repos. Et bien sûr, il n'avait plus été question de cambrioler la demeure d'Annabelle Niels.

— Comment il va ?

Franck tressaillit en constatant que Johanna se tenait à quelques pas de lui, s'appuyant d'une épaule au mur du couloir. Il se tourna vers elle avec un sourire fatigué.

— Toujours pareil. Je crois que ça va prendre un peu de temps.

Johanna soupira pensivement.

— C'est déjà la deuxième fois qu'il s'expose à ce point pour me sauver la vie.

Elle faisait allusion à leur quête de l'eau du Léthé et au taureau de Phalaris, supplice qui lui était destiné jusqu'à ce que Kieran décide de se sacrifier et de prendre sa place. Franck hocha prudemment la tête. La jeune femme écarta ces pensées et se rapprocha de lui, effleurant sa poitrine du bout des doigts.

— Et toi, ça va ?

Elle semblait sincèrement inquiète et cela fit du bien à Franck. Plusieurs brûlures marquaient son torse, provoquant une douleur sourde et lancinante, mais c'était beaucoup plus supportable depuis que Piotr y avait appliqué un onguent puisé dans les réserves de Kieran. Quant à son épaule, elle restait raide, mais il n'avait guère perdu en mobilité. Considérant ce qu'ils avaient affronté, il s'en sortait très bien et ce fut ce qu'il dit à Johanna. La jeune femme lui sourit, avec dans les yeux une chaleur qu'il n'y avait pas vue depuis une éternité.

— Tu m'as impressionnée, tu sais.

Franck s'efforça tant bien que mal de cacher le plaisir que lui procuraient ces quelques mots. Johanna caressa tendrement sa joue.

— Mon beau Galaad...

Elle l'attira vers elle pour l'embrasser et Franck s'abandonna à ce baiser avec un mélange de ferveur et de soulagement. Ils restèrent blottis l'un contre l'autre un long moment, silencieux, paisibles, puis Johanna prit la main de l'homme et l'entraîna à sa suite.

Ils descendirent au rez-de-chaussée et gagnèrent la salle à manger où Piotr avait dressé un somptueux petit-déjeuner, comme tous les matins. Morgan y était déjà installé, une tasse de café refroidissant devant lui tandis qu'il fixait sombrement le vide. À leur arrivée, il se raidit et parut hésiter à s'en aller, mais à la place, il chercha le regard de Franck qui s'était affalé sur une chaise.

— Kieran ? murmura l'hermaphrodite du bout des lèvres.

Ses mains tremblaient d'angoisse et il s'obligea à les refermer sur sa tasse pour se contrôler. Franck lui adressa son sourire le plus rassurant.

— Il va s'en remettre. Je te le promets.

— Je sais que... Je sais qu'il est l'Immortel et qu'en théorie il ne peut pas mourir, mais... je ne l'avais jamais vu comme ça.

Cet aveu mourut dans un soupir nerveux. Dans un effort de contenance, Morgan but une gorgée de café.

— Comment vous l'avez rencontré ? demanda Johanna avec curiosité.

— Je ne figure pas dans les dossiers de la Sororité ?

Il parut aussitôt regretter cette réplique acerbe, mais Johanna se contenta de sourire tristement.

— Pas à ma connaissance en tout cas.

— Vous voyez, c'est ça le problème avec vous, les sorcières. Vous notez toutes ses conneries, mais vous passez complètement à côté de ce qu'il fait de bien.

— Alors racontez-moi, rétorqua la jeune femme avec douceur.

Les doigts de Morgan tambourinèrent sur la table avec nervosité. Ses réticences étaient perceptibles, mais de toute évidence, son besoin de parler de Kieran surpassait sa réserve. Il avala sa tasse de café d'un trait et se mit brusquement à s'épancher, le regard dans le vide.

— Je sais pas si vous savez, mais… Enfin… Les hermaphrodites n'ont pas deux parents, mais uniquement une mère-père. À un moment, quand on atteint un certain âge, on peut choisir de donner naissance à un ou plusieurs enfants. Je ne sais pas trop comment ça marche, je suis encore trop jeune et il n'y a plus personne pour m'expliquer, mais… Bref. Ma mère-père était esclave. Elle appartenait à un homme d'affaires japonais, un humain initié qui avait fait d'elle une sorte de parfaite geisha. Je ne sais pas comment il l'avait achetée, je ne sais même pas d'où elle venait, mais il la terrifiait et elle lui obéissait en tout. Quand elle lui a annoncé qu'elle avait atteint l'âge de procréer, il lui a donné le feu vert et… Je suppose qu'il s'imaginait que je prendrais sa place quand elle serait trop vieille, j'en sais rien. En tout cas, je suis né.

Morgan marqua une pause et secoua la tête.

— Désolé de vous raconter ma vie, mais c'est pour que vous compreniez le contexte.

Il chercha brièvement leurs regards, rougit devant leurs expressions attentives et bienveillantes, puis baissa les yeux et se hâta de poursuivre avant de ne plus en avoir le courage.

— J'ai vécu mes dix premières années dans une cage. Dorée, mais une cage quand même. Ce type… Appelons-le Kaito. Il n'a jamais levé la main sur moi, il se contentait de m'ignorer, mais quand je me rappelle comment il traitait ma mère-père… Elle avait l'air de trouver ça normal, elle me disait que c'était de toute façon ce qui attendait les êtres comme nous et que Kaito n'était pas si méchant, que je devais en prendre mon parti. Mais je n'y arrivais pas. Sa résignation m'écœurait et je la détestais. J'ai essayé de m'enfuir, je ne sais pas, au moins dix fois. Kaito a fini par en prendre ombrage. Il vieillissait, il ne voulait pas s'encombrer d'un esclave rebelle. Alors il a décidé de me vendre.

Les mains de Morgan tremblaient tellement qu'il faillit renverser la cafetière avant de pouvoir se resservir et boire quelques gorgées.

— Il existe des marchés pour les créatures magiques. Vous avez entendu parler du Bazar de Mascate, dans le Sultanat d'Oman ?

Johanna hocha la tête sombrement.

— Ça fait des décennies que la Sororité essaye de le faire interdire.

Morgan sourit avec amertume.

— Ben vous avez encore du boulot avant d'y arriver. C'est là-bas que Kaito m'a emmené et je peux vous dire qu'il y avait du monde… On y trouve de tout : des livres, des potions, des objets ensorcelés, des artefacts uniques, des trésors archéologiques et… des êtres vivants. Apparemment, je constituais une pièce de choix. J'ai été mis aux enchères, en même temps qu'un basilic et un phœnix. Les clients potentiels étaient moins nombreux que les spectateurs, mais il y avait foule. Vous les auriez vus s'exciter ces gros porcs… Je n'étais qu'une gosse, mais ils me regardaient comme si… comme si j'étais un morceau de viande qu'ils allaient dévorer. Les enchères ont atteint des sommes… Je ne sais pas, ça hurlait dans tous les sens, j'ai perdu le fil quand ça a passé la barre des dix millions de dollars, j'avais l'impression que j'allais crever, littéralement crever de trouille.

Il s'interrompit, la voix étranglée. Pendant quelques secondes, il fut incapable de parler, tremblant de tout son corps, replongé dans ses terribles souvenirs. Submergé par la compassion, Franck faillit se lever pour le rejoindre, mais Morgan se redressa brusquement, reniflant.

— Bon, vous avez compris, c'est Kieran qui m'a acheté. Il ne m'a jamais dit exactement combien ça lui avait coûté, mais je peux vous garantir que c'était une putain de somme. Il régnait un tel bordel dans la salle de vente que je ne l'avais même pas vu et je… J'étais terrorisé. Je m'attendais à… à un monstre, à un violeur qui me regarderait comme ces types des enchères et à la place…

Morgan esquissa un sourire qui débordait encore de gratitude.

— À la place, je me suis retrouvé devant quelqu'un de tellement… gentil. J'étais complètement traumatisé et il s'est occupé de moi avec une patience que vous ne pouvez pas imaginer. Je me méfiais, j'étais convaincu que tôt ou tard, il me ferait payer tous ces bienfaits, mais en fait, il n'attendait rien de moi. À l'époque, je ne parlais que japonais et un peu d'anglais. Il m'a ramené ici, il m'a appris le français et il… Il m'a offert une nouvelle identité, il m'a payé toutes les études que j'ai voulues, il m'a laissé partir à chaque fois que je l'ai souhaité… Ça fait dix ans qu'il veille sur moi, qu'il est là à chaque fois que j'ai besoin de lui et je ne comprends toujours pas pourquoi.

Il braqua ses yeux sombres sur Johanna.

— Je connais son histoire, je sais ce que les sorcières pensent de lui. Pour être honnête, plus j'en apprends sur son passé, et moins je comprends pourquoi il a fait tellement d'efforts pour moi. À un moment j'ai cru que… qu'il voulait juste ajouter une nouvelle pièce à sa collection. Parce que c'est un sacré collectionneur, d'ailleurs tout le monde le connaissait au Bazar de Mascate. Mais il m'a toujours laissé tellement libre que ça n'a pas de sens. Vous voyez où je veux en venir ?

Johanna soutint le regard de l'hermaphrodite.

— Vous essayez de me convaincre que c'est quelqu'un de bien.

Morgan haussa les épaules.

— C'est une définition trop simpliste pour quelqu'un d'aussi compliqué que lui, mais ce qui est sûr, c'est qu'il m'a sauvé et que rien ne l'y obligeait. Et rien ne l'obligeait non plus à faire tout ce qu'il a fait pour moi ensuite. Peut-être que ce serait utile que vous remontiez ça jusqu'aux Aînées…

Johanna hocha lentement la tête.

— Je le ferai.

Morgan la dévisagea deux secondes, comme pour s'assurer qu'elle disait bien la vérité, puis il se leva brusquement et quitta la pièce sans un mot de plus. Johanna le suivit des yeux pensivement, puis soupira.

— Quelle histoire… Je comprends mieux pourquoi il… elle a l'air aussi mal dans sa peau.

Franck acquiesça, touché lui aussi par ce terrible récit. Tandis que Johanna vidait sa tasse de thé en réfléchissant, il se servit plusieurs tranches de brioche ; avec les évènements de la veille, ils avaient tous sauté le dîner et il était affamé. Voyant que sa compagne ne faisait pas mine de manger, il lui lança un regard réprobateur.

— Tu dois te nourrir, dit-il doucement.

Johanna sourit distraitement, puis accepta l'assiette qu'il lui tendait. Elle se mit à mâcher distraitement une gaufre, avant de secouer la tête.

— Je suis larguée, avoua-t-elle soudain d'un ton fatigué. Si ma mère était avec nous, elle saurait quoi faire. Moi, je n'ai jamais autant eu l'impression d'être dépassée par les évènements. Si seulement on savait comment la ramener… Matheson pense qu'elle est suspendue et que tant qu'on ne perturbe pas cet équilibre, elle pourrait rester comme ça indéfiniment. Il pense qu'on a le temps de trouver une solution. Et s'il se trompait, Franck ? À chaque fois que j'entre dans sa chambre, je m'attends à la trouver morte. Vraiment morte…

Elle repoussa son assiette avec un nouveau soupir.

— Et il y a autre chose, ajouta-t-elle avant que Franck n'ait eu le temps de protester. J'ai réfléchi et… Je crois que Matheson a raison. Invoquer une tarasque n'est pas donné à n'importe qui. Il faut non seulement une grande puissance, mais aussi des années d'expérience. Je connais toutes les sorcières qui vivent en Alsace. Il n'y a qu'Annabelle qui est capable de faire ça.

La jeune femme tourna un regard tourmenté vers Franck.

— Elle a vu que ma mère était encore vivante et elle a décidé d'agir. Elle ne peut pas prendre le risque qu'elle se réveille et nous dise la vérité. Alors elle a envoyé la tarasque pour nous distraire et essayer de rentrer dans la maison finir le travail. Si Matheson n'avait pas anticipé, s'il n'avait pas envoyé Piotr et Yggdrasil, elle aurait sans doute réussi.

Franck considéra un moment ces assertions, puis fit un geste qui n'engageait à rien.

— Est-ce qu'Annabelle n'était pas censée être à Nancy hier soir ? Elle devait voir son fils, non ? C'est bien pour ça qu'on avait le champ libre pour fouiller sa maison ?

— Nancy n'est qu'à deux heures de route, objecta la jeune femme. Elle aurait très bien pu faire l'aller-retour dans la soirée. Mais tu as raison, on doit s'en assurer.

— Il faut demander à Lukas, suggéra Franck.

Johanna approuva et ils attendirent avec impatience l'arrivée du détective, qui avait promis de les rejoindre dans la matinée. Il était presque dix heures lorsque celui-ci se présenta enfin, traînant la patte, l'air fatigué. Il n'avait pas enlevé son manteau qu'ils l'assaillaient déjà de questions.

— Le gars que j'avais mis sur Annabelle Niels a perdu sa trace hier en fin d'après-midi, soupira-t-il. Quand il a eu l'idée de vérifier à Nancy, il était déjà vingt-trois heures. Elle était bien sur place, mais impossible de savoir depuis quand.

— On a été attaqués vers vingt heures ! s'exclama Johanna. Ça pourrait coller !

— Ça pourrait, admit Lukas, mais le boss vous dirait qu'il faut pas sauter aux conclusions. Comment il va d'ailleurs ?

— Toujours… inconscient, fit Franck. T'as pu faire un tour dans le quartier ?

— Ouais. Le sortilège occultant a bien fonctionné, aucun des voisins n'a l'air d'avoir remarqué quelque chose. Une tarasque, hein ? Sacré bestiau !

Ils regagnèrent la salle à manger et Lukas se servit un café, avant de se rouler une cigarette. Il leur expliqua que son enquête sur les activités officielles de Judith n'avait pas donné grand-chose. Aux yeux des humains, celle-ci menait une vie très tranquille entre un travail tout ce qu'il y avait de plus paisible, des cours de yoga, un restaurant une fois par mois avec ses collègues, un peu de bénévolat dans une maison de retraite. Personne n'avait remarqué le moindre changement de comportement chez elle, tout juste une de ses collègues l'avait-elle trouvée un peu fatiguée.

Pour justifier ses questions, l'homme avait dû expliquer que Judith avait été impliquée dans un grave accident et conseilla à Johanna de contacter assez rapidement les employeurs de sa mère afin de mettre la situation au clair, du moins si elle voulait que Judith puisse un jour reprendre sa vie d'avant. La jeune femme se hâta d'obtempérer et en profita pour se faire porter pâle à son propre travail.

Pendant qu'elle téléphonait, Lukas expliqua encore à Franck qu'il avait appelé Lucie Thomas, la goule que Johanna avait décrite comme la meilleure amie de Judith. Celle-ci avait été très difficile à joindre, égarée au fin fond de l'Afghanistan, mais elle n'avait rien pu apprendre de plus au détective. Elle n'était pas en contact avec Judith depuis des semaines, totalement immergée dans le lointain pays pour son reportage. Elle avait proposé de rentrer pour les aider, mais Lukas lui avait conseillé de voir plutôt cela avec Johanna.

— Tout ce temps perdu pour rien, soupira finalement l'homme. Y a qu'une chose qui m'a vraiment fait tiquer et c'était dans ses relevés bancaires : il y a un mois, Judith a payé un billet d'entrée pour le musée d'art moderne de Strasbourg et puis il y a deux semaines, elle a remis ça deux jours de suite. Qu'on puisse visiter un musée une ou deux fois, d'accord, mais trois fois en moins d'un mois ? J'ai un copain dans la sécurité là-bas, je dois le rencontrer cet après-midi pour voir s'il peut me rencarder sur ce qui intéressait tellement Judith. Si ça se trouve, c'est juste une fan de cubisme, mais je sais pas, ça m'intrigue.

Johanna confirma que ce soudain attrait pour l'art moderne était étonnant et Lukas parut d'autant plus motivé à éclaircir ce petit mystère. Ils débattirent ensuite sur les mesures à prendre désormais, mais l'absence de Kieran se faisait cruellement ressentir et ils hésitaient à arrêter des décisions sans avoir son avis. Franck pouvait comprendre cette attitude de la part de Lukas – ce n'était pas pour rien que le détective appelait Kieran *boss*, mais elle l'étonnait davantage venant de Johanna.

Ils tergiversaient encore lorsque Morgan refit son apparition, brandissant à nouveau son ordinateur d'un air triomphant.

— J'ai réussi ! s'exclama-t-elle, les yeux brillant de fierté.

Son enthousiasme parut légèrement douché par la présence de Lukas, puis elle décida de l'ignorer et se tourna vers Franck et Johanna.

— J'ai craqué pour de bon les serveurs de la Sororité ! Regardez ça !

Elle posa l'ordinateur entre les deux jeunes gens et fit défiler des pages et des pages. Aux yeux de Franck, elle semblait simplement naviguer sur un site Internet, même si la structure en était relativement complexe, mais Johanna semblait abasourdie.

— Incroyable, balbutia-t-elle.

— Tu pensais pas que je réussirais, hein ? lui lança Morgan, se mettant soudain à la tutoyer. Mais j'assure grave ! Et si tu veux, quand tout ce bordel sera fini, je me ferai un plaisir d'offrir aux sorcières une consultation de cybersécurité gratos.

Elle sourit, moqueuse, mais Johanna ne parut pas en prendre ombrage. Morgan continuait à faire défiler les pages, cliquant au hasard, semblant avoir accès à l'ensemble des données en ligne.

— Y a plus qu'à remonter le fil des recherches qui ont été faites avec l'identifiant de Judith, expliqua-t-elle. Ce sera beaucoup plus facile maintenant que j'ai accès à tout. C'est la prochaine étape et…

— Une seconde ! l'interrompit Johanna en fronçant les sourcils. Reviens en arrière !

Morgan obtempéra et Franck vit s'afficher ce qui ressemblait fortement à un avis de recherche. Le visage qui y figurait ne lui était pas inconnu. Lorsqu'il parvint à l'identifier, un frémissement de répulsion le parcourut.

Il n'y avait pas à se tromper sur ces traits massifs, ces yeux sombres et surtout, surtout, ces longs cheveux blancs. Il s'agissait du liseur, cet être capable de lire dans les pensées qu'ils avaient affronté lors de leur quête de l'eau du Léthé, un monstre qui n'hésitait pas à tuer et torturer. Franck ne se souvenait que trop bien de la sensation horrible qu'il avait éprouvée lorsque l'homme avait lu en lui, l'obligeant à révéler ce qu'il voulait taire, mais aussi de la manière dont il avait frappé Johanna. Lorsque les sorcières les avaient sauvés, elles avaient capturé le liseur. Annabelle Niels était supposée l'avoir emprisonné et mis sous bonne garde.

— Il s'est échappé, murmura Johanna avec effroi.

C'était ce que disait l'avis, qui semblait constituer une alerte à destination de toutes les sorcières d'Europe. L'évasion remontait à quatre jours plus tôt, au matin du 13 décembre. Une intuition brutale traversa Franck.

— Le serpent blanc, souffla-t-il.

Johanna le considéra deux secondes avec incompréhension, puis elle se décomposa. Elle devint si pâle que Franck se précipita pour la soutenir, mais elle le repoussa aussitôt, se redressant dans un sursaut de nervosité. Elle se mit à faire les cent pas, se tordant les mains, incapable de tenir en place.

— Le serpent blanc ! s'exclama-t-elle. Mais oui, tu as raison ! C'était lui ! Annabelle l'a amené chez ma mère pour lire dans son esprit et déterminer ce qu'elle savait exactement et en échange, elle lui a permis de s'enfuir ! Putain, c'était vraiment lui !

— Vous vous souvenez ? interrogea Lukas.

— Non, mes souvenirs de la soirée sont toujours verrouillés, mais je le sens, je le sais. Et la tarasque ! Ça m'étonnait aussi qu'elle nous attaque comme ça, mais un liseur aurait été capable de la contrôler !

— Et vous êtes sûre que madame Niels est la seule à avoir pu le libérer ?

— Qui d'autre ? C'est Annabelle qui était censée s'occuper de lui, elle savait où il était et comment le libérer !

Elle s'arrêta brusquement.

— Comment est-ce qu'elle a pu nous faire ça ?

Sa voix se brisa, des larmes embuèrent ses yeux et elle baissa la tête, accablée. Franck se hâta de la prendre dans ses bras et elle se pressa contre lui en reniflant, tendue comme un arc. Lukas secoua la tête.

— Pour l'instant, c'est notre parole contre la sienne. Jamais la Sororité ne nous écoutera alors qu'on n'a rien entre les mains. Il nous faut des preuves pour convaincre les Aînées.

Johanna se redressa, sombre et résolue.

— Nous aurons des preuves. Morgan, continue ton travail. Fais au plus vite. Et nous, nous irons à Saverne ce soir, que Matheson soit réveillé ou non. Et maintenant excusez-moi, je dois trouver comment ramener ma mère à la vie.

Elle effleura la main de Franck du bout des doigts, tourna les talons et retourna s'enfermer dans le bureau avec les grimoires de Kieran. Morgan émit un sifflement bas.

— Eh ben, elle sait ce qu'elle veut quand elle s'y met. Je suppose que le champagne, ce sera pour plus tard.

L'hermaphrodite glissa son ordinateur sous son bras et retourna se cacher dans la chambre que Kieran lui avait allouée. Franck s'était à peine tourné vers Lukas que celui-ci se levait péniblement.

— Si c'est vraiment Annabelle qui a fait le coup, alors elle est à Nancy et vous êtes tranquilles pour le moment, vous n'avez pas besoin de moi. Je vais voir si j'arrive à avoir des tuyaux sur ce qu'est devenu le liseur. Je serais pas surpris qu'il ait essayé de contacter ses anciens copains de la Horde. Je vous tiens au courant si je trouve quelque chose.

Il disparut à son tour et Franck se retrouva seul, à nouveau envahi par la désagréable sensation d'être inutile. Il hésita un long moment, puis finit par prendre la direction de la chambre de Kieran.

**
*

Franck avait l'impression d'être revenu deux mois en arrière, mais cette fois la neige se mêlait à la pluie sur les côtes de Plockton et l'atmosphère semblait encore plus sinistre. Le vent sifflait sans relâche, se mêlant au chuintement coléreux de l'océan, et il ne semblait pas y avoir âme qui vive dans ce paysage de landes tourmenté. Tout juste un oiseau passait-il de temps en temps, se laissant porter par la bourrasque. Malgré le chauffage, Franck se sentait glacé.

L'aménagement de la chambre de Kieran le fascinait toujours autant, ces dizaines d'écrans qui tapissaient le sol, les murs, le plafond, et projetaient tous une vaste image recomposée de la région d'Écosse où l'Immortel était né, à l'époque où il n'était encore qu'un homme, avant que les sorcières ne le bannissent de sa terre pour toute l'éternité. Franck ignorait comment Kieran s'était débrouillé, mais il avait réussi à faire installer des webcams dans ce coin sauvage du monde et il pouvait ainsi se plonger en direct et en permanence dans ce lieu qui lui était désormais inaccessible.

S'il racontait sans se faire prier les nombreuses aventures qui avaient marqué sa longue vie, Kieran était beaucoup plus réservé lorsqu'il s'agissait d'évoquer son existence avant la magie. Franck savait que l'homme n'était pas né immortel, qu'il avait acquis ses pouvoirs d'une manière ou d'une autre, dans des rites qui incluaient notamment le sacrifice de son propre enfant, mais c'était à peu près les seules informations qu'il possédait.

Assis en tailleur sur le tatami qui occupait le centre de la pièce et sur lequel Kieran était figé, Franck se surprit à essayer d'imaginer à quoi avait pu ressembler ce fils dont son compagnon ne parlait jamais. Était-ce un bébé ? Un enfant d'une dizaine d'années ? Avait-il les mêmes yeux que son père ? Et la femme qui lui avait donné naissance ? Kieran l'avait-il aimée, était-elle son épouse, l'avait-il tuée elle aussi ? Tout cela semblait si barbare, si dénué de sens. Il n'arrivait pas à imaginer l'homme qu'il admirait tant en train de commettre de tels actes. Et pourtant c'était la vérité. Non seulement Kieran ne l'avait jamais nié, mais il l'avait même confirmé. Et il n'avait jamais rien voulu lâché d'autre.

Il y avait cette image, insupportable, et il y avait ce Kieran qui avait sauvé Morgan, pour rien, juste parce qu'il pouvait le faire ; celui qui prenait le risque de rompre un traité auquel il tenait visiblement beaucoup pour aider une femme qui le détestait ; celui qui s'était jeté devant elle pour la protéger au mépris des atroces souffrances qu'il allait s'infliger… Qui était le vrai Kieran dans tout ça ?

Franck songea à ce qu'il avait aperçu dans le Miroir du laboratoire et il ne put s'empêcher de frissonner. Cette ombre formidable, écrasante, que signifiait-elle ? Franck fouilla ses souvenirs. Elle lui avait paru monstrueuse par son gigantisme et sa noirceur, mais en réalité, elle n'était pas effrayante ; elle était juste… différente.

Un râle étouffé arracha Franck à ses pensées. Le corps de Kieran se mit brusquement à trembler tandis que sa bouche s'ouvrait spasmodiquement pour chercher de l'air. Ses doigts griffaient vainement le tatami et des soubresauts agitaient sa tête. L'un d'eux permit à Franck de voir que la blessure béante du crâne avait déjà disparu sous la masse épaisse des boucles noires. Les yeux jusqu'alors figés de Kieran se mirent à rouler dans leurs orbites d'une manière angoissante. Franck hésita à lui parler, à le toucher, mais il savait que ça ne servait à rien. Il fallait attendre.

Un raclement d'os suivi d'un craquement sonore fit frémir Franck. Le dos de Kieran s'arqua brutalement et il émit une plainte déchirante. Puis il retomba et se détendit complètement, les paupières closes, la respiration haletante, les mains encore parcourues de frisson, le visage pâle et en sueur. Incapable de le lâcher du regard, Franck vit la couleur revenir peu à peu dans les joues de Kieran tandis que son souffle s'apaisait, jusqu'à ce que l'homme finisse par ouvrir les yeux.

Kieran ne parut pas surpris de découvrir Franck à ses côtés et il lui adressa un sourire malicieux.

— J'ai dormi longtemps ?

Franck sentit quelque chose se relâcher en lui et il sourit à son tour. Kieran lui fit un clin d'œil.

— Je savais que tu vaincrais la tarasque.

Franck le considéra avec incrédulité tandis que l'homme se redressait avec un soupir.

— Comment tu pouvais savoir ça ?

Kieran se leva, indifférent à sa nudité, et se dirigea vers la seule autre porte de la pièce, faisant signe à Franck de le suivre. L'homme obtempéra et s'appuya au chambranle de la luxueuse salle de bains tandis que Kieran se glissait dans la douche. Habitué des vestiaires des salles de sport, Franck ne s'en formalisa pas.

— Parce que je t'ai vu manier la lance, rétorqua enfin Kieran. On aurait dit que tu avais fait ça toute ta vie. Parfois je me demande si tu n'as pas été chevalier dans une autre existence. Tu crois à la réincarnation ?

Franck n'eut pas le temps de répondre comme son ami déclenchait le puissant jet de la douche. Kieran poussa un profond soupir de satisfaction et offrit son visage à la cascade d'eau avec un plaisir visible.

— La douche est une invention magnifique, commenta-t-il en attrapant du savon. Bien mieux que le bain si tu veux mon avis, beaucoup plus… stimulante. Mais si tu me racontais ce qui s'est passé pendant mon absence.

Un peu désarçonné, appréciant malgré lui cette sensation de glissement, Franck rapporta les derniers évènements à Kieran tandis que celui-ci se savonnait énergiquement. Le temps qu'il en finisse, l'homme coupait l'eau. Il resta un instant immobile, pensif, dégoulinant de la tête aux pieds, fin et gracieux.

— Je n'aime pas savoir le liseur dans la nature, grommela-t-il avant de matérialiser une serviette entre ses mains et d'entreprendre de se sécher. Je savais bien qu'il ne fallait pas faire confiance aux sorcières pour le gérer. En tout cas, il est clair que nous n'avons vraiment plus le choix : il faut comprendre le rôle de madame Niels dans tout ceci.

Cinq minutes plus tard, Kieran était habillé de pied en cap, sanglé dans un de ses costumes trois pièces sur mesure. Tandis qu'il se penchait vers le miroir, arrangeant savamment ses boucles sombres, Franck se détacha de la porte et ramassa machinalement la serviette que l'homme avait négligemment jetée par terre.

— Tu devrais parler à Morgan, dit-il. Ça lui a fait un choc de te voir comme ça.

Kieran lui jeta un regard en biais, puis s'efforça d'arranger son nœud de cravate qui ne semblait pas lui donner satisfaction.

— Elle vous a raconté notre rencontre, n'est-ce pas ?

Surpris, Franck acquiesça. Kieran esquissa un sourire.

— Je vais te dire quelque chose, Franck. La plupart des gens, humains ou Invisibles, ne voient dans les hermaphrodites que leur sexe. Ils sont tellement obnubilés par cette particularité qu'ils oublient que des parties génitales n'ont jamais résumé à elles seules un être vivant. Mais pour eux les hermaphrodites ne sont pas des personnes, ce sont juste des objets, des supports pour leurs projections sexuelles. Ce jour-là à Mascate, ils fantasmaient déjà tous leurs propres plaisirs. Moi, tout ce que je voyais, c'était un enfant terrorisé. Je ne pouvais pas le laisser comme ça, alors j'ai enchéri. Et je suis sûr que tu aurais fait la même chose à ma place.

Franck sourit à son tour.

— Bien sûr. Du moins… si je pouvais transformer tout ce que je touche en or.

Kieran se mit à rire et se détourna enfin du miroir.

— Ma foi, il faut bien qu'il y ait quelque avantage à être riche ! Et maintenant viens, je meurs de faim !

Il donna une tape amicale sur l'épaule de Franck au passage et tous deux quittèrent la chambre.

* *
*

Kieran était en train de dévorer une quantité phénoménale de crêpes lorsque Morgan refit son apparition. Sans un mot, l'hermaphrodite marcha jusqu'à l'homme et le serra dans ses bras avec force. Kieran parut un peu surpris, puis un sourire satisfait glissa sur ses lèvres et il rendit son étreinte à la jeune Invisible. Embarrassée, celle-ci se détacha de lui aussi brusquement qu'elle l'avait rejoint, se laissa tomber sur une chaise et leur annonça une mauvaise nouvelle.

Quelqu'un avait pris soin d'effacer la plupart des recherches que Judith avait réalisées au cours des semaines précédentes. Seul l'historique des pages concernant les dagydes et la métensomatose avait échappé à ce nettoyage en règle, sans doute parce que ces requêtes avaient été lancées depuis un autre ordinateur que celui que Judith utilisait habituellement. Mais tout le reste avait disparu. Tout ce que Morgan savait, c'est que la femme avait fouillé dans les archives de la Sororité. À quel propos ? Impossible à dire.

— Voilà pourquoi le liseur a accompagné Annabelle l'autre soir, grogna Johanna. Pour lui donner les mots de passe de ma mère et qu'elle puisse tout effacer.

Kieran ne parut pas tout à fait convaincu par cette explication, mais il s'abstint de tout commentaire. Morgan annonça qu'elle allait se pencher sur les emails de Judith, tout en gardant ouvert un accès aux serveurs de la Sororité et en essayant de voir où les sorcières en étaient de leur propre enquête. Puis, emportant une assiette de crêpes, elle retourna s'enfermer avec ses machines.

Une fois repu, Kieran sortit sur la terrasse pour fumer une cigarette et Franck et Johanna l'accompagnèrent. Il faisait beau et froid ce jour-là, mais Kieran ne semblait pas avoir conscience de la température. Plongé dans ses pensées, il examinait le jardin labouré par leur affrontement avec la tarasque.

Piotr avait commencé à remettre en état certaines plantations, mais il n'avait pas encore eu le temps de réparer tous les dégâts. À l'endroit où Kieran était tombé, l'herbe était encore plus piétinée, marquée de grandes taches sombres. Les yeux de l'homme étaient rivés à cet emplacement, à tel point que Franck se demanda avec une pointe d'incrédulité si son compagnon si inébranlable avait pu être bouleversé par ce qui s'était passé.

— Il faut qu'on ramène ma mère, soupira Johanna dans un nuage de buée. La Sororité l'écouterait, elle. Sans son témoignage, on n'aura jamais assez de preuves !

Kieran hocha lentement la tête, toujours absorbé dans ses réflexions.

— Il faut qu'on continue nos recherches, ajouta Johanna. Je vais voir avec Morgan si je peux fouiner dans nos serveurs, peut-être que j'arriverai à comprendre quel sortilège Annabelle a utilisé. Vous venez ?

Elle était déjà prête à retourner à l'intérieur, mais Kieran ne bougea pas. Cette fois, il fit un signe négatif. Johanna le considéra avec incompréhension, puis tourna les talons avec un soupir exaspéré, regagnant la maison. Franck s'adossa à la rambarde sur laquelle s'appuyait son compagnon et croisa les bras.

— À quoi tu penses ? C'est à cause de la tarasque que…

Kieran l'interrompit d'un geste brusque.

— J'ai peut-être une idée, mais… Il faut que je réfléchisse. Excuse-moi.

Et il s'éloigna, avant de dévaler les marches de la terrasse et de s'avancer dans le jardin. Il rejoignit l'endroit où la terre avait bu son sang et s'accroupit, posant la main sur le sol. Puis il baissa la tête et parut à nouveau plonger dans d'intenses réflexions. Franck ne comprenait pas son attitude, mais de toute évidence l'homme avait besoin d'être seul et il se détourna. Glacé, il rentra à son tour dans la maison, puis décida d'aller voir Judith.

Il passa un long moment avec la femme, la massant, faisant travailler son corps inerte, brossant ses cheveux, lui racontant les derniers développements de leur enquête. Ils lui avaient rendu son pendentif et la croix de vie égyptienne brillait à son cou, simple et pourtant si puissante. Franck se demanda si l'époux de Judith avait su qu'elle était une sorcière, s'il s'était parfois senti aussi désemparé devant elle que lui-même avec Johanna. Pour avoir chargé le bijou d'une telle capacité de protection, il devait l'aimer de toutes ses forces. Franck trouvait cela touchant et il espérait qu'il serait lui aussi capable de protéger Johanna, même s'il n'était qu'un simple humain.

Le reste de la journée s'écoula avec lenteur. Kieran ne décrocha pas un mot de tout le déjeuner, puis il s'enferma à la cave, dans son laboratoire, et Franck passa des heures à s'interroger sur ce qui le préoccupait ainsi. De toute évidence, cela avait un rapport avec la tarasque, mais lequel ? Ignorant comment se rendre utile, Franck finit par se retirer dans sa chambre à coucher et essayer de grappiller quelques heures de sommeil pour être en forme lors de leur expédition nocturne.

Au dîner, Kieran avait retrouvé toute sa gouaille, mais il refusa de leur donner la moindre explication, prétendant qu'il était trop tôt pour partager ses réflexions. Lukas appela pour annoncer qu'il avait dû renoncer à sa visite au musée d'art moderne pour suivre une piste encourageante du côté d'anciens membres de la Horde, groupe fasciste auquel le liseur avait appartenu. Il tenait peut-être le moyen de mettre la main sur celui-ci et il promit de les informer de ses progrès dès que possible.

Johanna était tendue malgré sa détermination, enchaînant les tasses de café, et Franck songea que sa dernière nuit correcte devait remonter à au moins cinq jours. Elle était jeune, pleine de volonté, mais elle ne tiendrait pas éternellement ainsi. Son teint était terreux, des cernes soulignaient ses orbites et ses beaux cheveux étaient ternes, abîmés à force qu'elle les torde entre ses doigts. Elle mangeait à peine, ses joues se creusaient et déjà elle paraissait avoir perdu du poids. Malgré la lueur farouche qui brillait dans ses yeux, elle était au bord de l'épuisement et Franck détestait la voir ainsi.

Kieran les força à patienter jusqu'à minuit, puis il donna enfin le signal du départ. À l'extérieur, le ciel était clair, mais la pollution lumineuse de la ville les empêchait de voir les étoiles. En revanche, ils percevaient nettement le froid glacial et Franck faillit faire demi-tour pour chercher un pull plus épais, transi en moins de deux minutes.

En dépit de ses réticences, Kieran avait cette fois accepté que Johanna les accompagne. Il avait admis s'être renseigné de près sur Judith, mais pas sur Annabelle, alors que la jeune femme connaissait bien la maison de l'Aînée pour y avoir été invitée à de nombreuses reprises. Ils avaient longuement discuté de la manière dont ils en franchiraient la sécurité, magique ou non, mais, lorsqu'ils sortirent, Franck réalisa qu'ils n'avaient pas une seule fois évoqué un moyen d'échapper à la surveillance des sorcières qui gardaient la demeure de Kieran. Mais comme souvent, celui-ci avait une longueur d'avance.

L'homme les entraîna vers le fond du jardin et la rivière qui passait légèrement en contrebas. Bras de l'Ill qui traversait les quartiers du Contades et du Wacken, l'Aar coulait paisiblement à travers la nuit, calme et déserte. Une barque les attendait, amarrée à un petit ponton, peinte d'étranges runes. Devant l'air intrigué de Franck, Kieran lui expliqua que ces symboles permettaient de rendre l'embarcation et ses passagers totalement invisibles une fois sur l'eau. L'homme y grimpa agilement et Johanna le suivit plus prudemment ; la jeune femme ne savait pas nager et elle était visiblement mal à l'aise. Franck prit ses précautions pour que son poids conséquent ne fasse pas trop tanguer la barque, puis il s'installa aux rames et manœuvra dans la direction que lui indiquait Kieran.

Pendant quelques minutes, ils évoluèrent en silence et Franck s'efforçait de plonger les rames le plus doucement possible dans l'eau, avant de tirer puissamment pour les propulser en avant. L'effort était agréable même s'il tirait sur ses brûlures, ils glissaient à la surface avec une légèreté délicieuse et, s'il n'y avait pas eu le froid pénétrant, encore plus vif avec l'humidité environnante, Franck aurait eu l'impression d'évoluer dans un rêve. La rumeur de la ville, jamais tout à fait éteinte, était lointaine, les propriétés qu'ils longeaient paraissaient toutes plongées dans le sommeil, ils baignaient dans une obscurité enveloppante et un calme surnaturel.

Finalement, Kieran tapota le bras de Franck et ils regagnèrent la rive, reprenant pied sur un ponton abrité qui permettait aux kayakistes de se mettre à l'eau. Ils avaient parcouru moins de deux kilomètres, mais c'était bien suffisant pour tromper la surveillance des sorcières et l'épaule droite de Franck commençait à lui faire mal, encore raide du coup donné par la tarasque. Kieran attacha la barque dans l'ombre du ponton, puis ils s'engagèrent sur le chemin sablonneux qui longeait la rivière.

Ils marchaient le long de l'avenue Pierre Mendès-France à Schiltigheim, juste à côté de Strasbourg, à quelques mètres des rails du tram. La circulation était presque inexistante à cette heure tardive et ils n'eurent qu'à parcourir deux cents mètres pour rejoindre le parking d'un McDonald's en train de fermer. Une voiture les attendait là et Franck ne fut qu'à moitié surpris de reconnaître celle de Bahar.

La médecin légiste mangeait des frites en les attendant et cette vue aiguisa l'insatiable appétit de Kieran. Il fut impossible de le faire repartir avant qu'il n'ait commandé tout un tas de nourriture à emporter qui répandit une odeur grasse et salée dans la voiture. Franck ne réussit pas à résister lorsque l'homme lui tendit une barquette de nuggets et il vit Bahar et Johanna échanger un regard amusé à l'avant.

Johanna et Bahar s'étaient rencontrées lorsque Franck et Kieran avaient ramené Judith et la première appréciait visiblement la seconde. Elle ne put s'empêcher de la mettre en garde tandis qu'ils rejoignaient l'autoroute en direction du nord.

— Vous êtes sûre que vous voulez être impliquée dans tout ça ? demanda-t-elle avec gêne. Pour l'instant, la Sororité ne connaît même pas votre existence.

Bahar lui jeta un regard en coin et remonta sur son nez les lunettes qu'elle mettait pour conduire.

— J'ai peut-être tort, mais figurez-vous que j'ai l'habitude de répondre présente quand mes amis demandent de l'aide, dit-elle d'un ton léger.

Elle jeta un regard à Kieran dans le rétroviseur et celui-ci se contenta de sourire, trop occupé à faire un sort à un énorme hamburger. Franck ne comprenait pas comment il pouvait avaler avec un tel plaisir une nourriture aussi industrielle alors qu'il était habitué à la cuisine délicieusement raffinée de Piotr ; il comprenait encore moins comment il arrivait à manger un burger en voiture sans s'en mettre partout. Johanna lança un bref coup d'œil derrière elle et ne fit pas de commentaire.

— Merci en tout cas, ajouta-t-elle. Je sais que vous ne le faites pas pour moi, mais j'apprécie votre aide.

Bahar lui adressa un sourire lumineux.

— Vous savez ce qui me ferait vraiment plaisir ? Ce serait que vous me racontiez un peu ce que ça veut dire d'être une sorcière ! C'est toujours comme ça que je me fais rétribuer : avec des histoires !

Johanna parut amusée et Franck fut content de la voir entamer une conversation à bâtons rompus avec Bahar. Celle-ci débordait de curiosité et Johanna s'efforçait de répondre à ses questions, prenant visiblement plaisir à se plonger dans les souvenirs de ses débuts en sorcellerie. Lorsqu'elles se rendirent compte qu'elles avaient fréquenté le même collège strasbourgeois à une dizaine d'années de distance, elles se découvrirent avec enthousiasme de nombreux autres points communs. Le trajet durait environ trois quarts d'heure ; il suffit pour qu'elles soient aussi complices que si elles se connaissaient depuis toujours.

Une fois sortis de l'autoroute, il leur fallut plusieurs minutes pour traverser Saverne et la conversation retomba, Johanna se contentant de donner des indications à Bahar. La maison d'Annabelle Niels se trouvait à l'extrémité de la ville, au pied des montagnes, rue du Haut-Barr. En retrait de la route, elle était accessible par une allée qui passait entre deux propriétés ; son haut portail était fermé.

Ils passèrent devant sans s'arrêter et Kieran demanda à Bahar de se garer au bout de la rue, sur le parking d'un hôtel-restaurant qui paraissait accueillir encore quelques clients tardifs. La femme devait les attendre là et ils s'éloignèrent rapidement, revenant sur leurs pas.

Un code était nécessaire pour ouvrir le portail, mais Kieran fit apparaître un boîtier que lui avait donné Morgan et qui était capable de tromper n'importe quel système de sécurité. De fait, l'homme n'eut qu'à placer l'appareil à côté du pavé numérique pour que des chiffres se mettent à défiler sur l'écran. Quelques secondes plus tard, un déclic retentit et le portail s'ouvrit. Franck voulut s'avancer, mais Kieran le retint aussitôt et lui désigna les plates-bandes qui bordaient l'allée gravillonnée et qui étaient ornées de grosses pierres noires et d'autres plus petites qui ressemblaient à de l'ambre.

— Sphère d'obsidienne noire, œil-de-tigre, lavande et sauge, murmura-t-il. Et regarde la manière dont elles sont disposées… Madame Niels a mis en place une sérieuse protection magique autour de sa maison. N'importe quel Invisible non autorisé serait foudroyé sur place.

À la lumière des lampadaires, Franck s'aperçut que les parterres de plantes dessinaient des motifs bien précis, tous ponctués de ces étranges pierres ambrées que Kieran avait désignées sous le nom d'œil-de-tigre. Le tout était très élégant et paraissait sans doute innocent aux yeux de ses voisins humains, d'autant que tout le jardin semblait extrêmement soigné. Mais sans doute la forme de chaque buisson impeccablement taillé avait-elle une signification magique…

Johanna jetait des regards nerveux autour d'eux et secoua la tête en constatant l'ampleur du maillage magique qui leur barrait l'accès à la maison.

— Elle a encore intensifié sa protection depuis la dernière fois que je suis venue, on ne va jamais arriver à neutraliser tout ça sans l'alerter, chuchota-t-elle. On ferait mieux de faire demi-tour !

— Tss, rétorqua Kieran. Je vous trouve bien défaitiste, ma chère. D'autant qu'il existe un moyen extrêmement simple de nous ouvrir un chemin.

Johanna fronça les sourcils.

— De quoi vous parlez ? La seule chose que je vois, c'est une opale noire et il y en a peut-être trois dans le monde assez puissantes pour ça. Et… Oh… Sérieux ?

Kieran se contenta de sourire, puis il tendit la main devant lui et une pierre s'y matérialisa bientôt. De la taille d'un œuf, elle était d'un noir profond pailleté de centaines d'éclats bleus et brillants, aussi belle qu'une fenêtre ouverte sur un autre univers. Franck n'avait jamais vu une pierre pareille, il ignorait même qu'un tel minéral pût exister et Johanna paraissait aussi impressionnée que lui.

— Bon sang, mais comment vous faites ? s'exclama la jeune femme à mi-voix. Est-ce que tout est à vendre quand on est aussi riche que vous ?

— Je n'ai pas eu besoin de l'acheter. Je me trouvais en Australie, à Sydney, et elle m'a littéralement appelé. J'ai parcouru six cents kilomètres jusqu'à Lightning Ridge qui, comme vous le savez sans doute, possède le plus important gisement d'opale noire du monde. Je n'ai eu qu'à me baisser pour la ramasser. Elle m'attendait. C'est elle qui me voulait.

Johanna le dévisagea avec incrédulité, semblant penser qu'il se moquait d'elle. Mais ils n'avaient pas le temps de polémiquer ; Kieran attrapa sa main d'autorité et la serra dans la sienne, plaçant la pierre entre leurs deux paumes.

— Elle nous protégera tous si nous restons en contact. Franck ?

Il lui tendait son autre main et Franck la prit, non sans embarras. Se tenant ainsi tous les trois, ils franchirent enfin le portail. Franck était tendu, prêt à tout, et un instant, il crut qu'ils allaient vraiment se faire attaquer : un crépitement parcourut l'air, une langue électrique le frôla, faisant se hérisser tous les poils de son corps. Mais déjà la sensation s'évanouissait et la nuit retrouvait son calme froid et paisible. Dans le ciel, les étoiles brillaient aussi fort que les éclats bleus au cœur de l'opale noire.

Les entraînant à sa suite, Kieran leur fit remonter rapidement l'allée jusqu'à une maison très moderne, pleine d'angles et d'immenses baies vitrées. Un large porche permettait d'accéder à la porte d'entrée et ils se hâtèrent de le rejoindre. Dans une sensation très perturbante, Franck sentit quelque chose naître et grossir entre sa main et celle de Kieran. Il reconnut bientôt la forme d'une clé.

— Ouvre, lui ordonna son compagnon.

Sans lâcher celui-ci, Franck fit glisser la clé dans sa main libre. Un instant, il se demanda comment Kieran pouvait avoir la clé de la maison, puis il se souvint que l'homme possédait un passe-partout magique, capable d'ouvrir n'importe quelle serrure, outil fort pratique qu'il avait déjà utilisé lors de leur quête de l'eau du Léthé. Deux secondes plus tard, ils franchissaient le seuil de la maison et se lâchaient les mains.

Kieran fit apparaître une lampe de poche et fouilla très rapidement les alentours de la porte. Franck comprit pourquoi lorsque l'homme ouvrit un placard, dévoilant une centrale d'alarme qui clignotait ; ils n'avaient sans doute plus que quelques secondes pour taper le code correspondant. Mais là encore le boîtier de Morgan fit des merveilles et ils purent enfin souffler.

Kieran distribua deux autres lampes de poche, puis leur lança quelques instructions et s'éloigna. Ils s'étaient réparti les rôles en amont et Kieran s'était réservé la chambre et le bureau d'Annabelle malgré les protestations de Johanna. La jeune femme et Franck devaient explorer le reste de la maison, moins susceptible d'abriter des éléments intéressants. Sans attendre, ils s'attaquèrent à l'entrée et au salon, s'efforçant de tout parcourir en laissant le moins de traces possible de leur passage.

Annabelle vivait dans un environnement presque ascétique, impeccablement rangé, peu meublé, et possédait très peu de bibelots. Seuls les livres occupaient une large place dans son salon, ainsi que le grand portrait d'un jeune homme au regard mélancolique qui lui ressemblait trop pour ne pas être son fils. Johanna s'arrêta devant celui-ci et poussa un profond soupir.

— Je le connais, tu sais, murmura-t-elle, on a pratiquement grandi ensemble. Il s'appelle Thomas. C'est un mec adorable. Il avait quatorze ans quand on lui a diagnostiqué sa leucémie et je ne l'ai jamais entendu se plaindre, pas une seule fois, et pourtant il en a tellement bavé…

Sa voix s'étrangla et Franck glissa une main consolatrice sur sa nuque, mais la jeune femme se dégagea avec une pointe de nervosité et se tourna vers lui.

— Ce n'est pas le seul, Franck. Les sorcières… Quand une sorcière donne naissance à une fille, il n'y a pas de problème, mais quand c'est un garçon, ça tourne toujours mal. Annabelle avait décidé de le garder quand même. J'en connais d'autres qui ont préféré se faire avorter. Ça paraît cruel, mais c'est de la miséricorde. Même aujourd'hui, la plupart de nos fils n'atteignent pas l'âge de quinze ans… C'est le prix à payer pour notre magie.

Franck sentit qu'il y avait une forme d'avertissement dans ces paroles, mais il n'eut pas le temps de rebondir ; déjà la jeune femme se détournait, reprenant nerveusement sa fouille, et il jugea préférable de ne pas insister. Il y aurait sans doute un moment plus approprié pour lui dire qu'il n'avait pas peur et qu'il l'aimait assez pour affronter toutes les épreuves à ses côtés.

Il y avait si peu de meubles qu'ils eurent tôt fait d'explorer le salon et ils passèrent à la cuisine. Aucun bruit ne leur parvenait de l'étage, Kieran était aussi discret qu'un fantôme, et ils jetaient de temps en temps un coup d'œil à l'extérieur, mais la nuit était aussi calme qu'on pouvait s'y attendre en pleine semaine.

Annabelle n'était visiblement pas grande amatrice de banquets et il ne leur fallut que quelques minutes pour parcourir le mobilier à moitié vide de la cuisine. Le garage attenant était tout aussi inintéressant. Les minutes s'égrenaient, ils étaient là depuis bien trop longtemps au goût de Franck et sa frustration ne cessait d'augmenter. Il commençait à penser qu'ils ne trouveraient rien, ce qui aurait d'ailleurs cadré avec la personnalité organisée et méticuleuse qui transparaissait dans cet intérieur élégant et froid. Ce fut sans grand espoir qu'il poussa la porte d'une pièce située à côté de toilettes impeccables. Il se figea aussitôt.

Il se trouvait sur le seuil de ce qui devait être une chambre d'ami et le lit était d'ailleurs défait comme si quelqu'un y avait dormi la veille. Des vêtements d'homme traînaient sur une commode, jetés là en vrac. Mais Franck y fit à peine attention, les yeux braqués sur le faisceau de sa lampe qui éclairait en plein le corps étendu en travers du tapis, dans une flaque de sang. Impossible de se tromper sur ces cheveux blancs et sur cette bague en forme de swastika qui accrochait la lumière ; c'était bien le liseur qui s'était fait égorger là.

La main de Johanna se crispa sur son bras et il lui fallut deux secondes pour arriver à parler.

— Va tout de suite chercher Matheson, chuchota-t-elle.

Franck obéit sans discuter et se précipita jusqu'à l'étage. Il trouva Kieran dans un vaste bureau où les livres étaient encore plus nombreux qu'au rez-de-chaussée. Assis dans un confortable fauteuil au milieu de l'obscurité, les doigts joints sous le menton, l'homme paraissait réfléchir. Il se redressa dès que Franck entra.

— Faut que tu voies ça, bredouilla celui-ci.

Kieran bondit à sa suite et ils redescendirent en courant. Johanna n'avait pas bougé, comme hypnotisée, et elle ne tourna même pas la tête vers eux. Kieran passa à côté d'elle et s'accroupit aux côtés du cadavre, prenant garde à ne pas marcher dans la flaque de sang. Il l'examina longuement, puis se redressa avec un soupir.

— C'est bien le liseur, confirma-t-il. Et ça doit faire vingt-quatre heures qu'il est mort.

— Elle l'a tuée, balbutia Johanna. En revenant de chez vous, parce qu'il n'avait pas réussi à nous éliminer et qu'il devenait encombrant, elle s'est débarrassée de lui.

Franck s'aperçut que la jeune femme avait pâli et il s'empressa de la rejoindre. Elle s'appuya sur son bras, chancelante.

— Oh Annabelle..., souffla-t-elle.

Elle semblait bouleversée, comme si elle réalisait seulement ce que la culpabilité d'Annabelle Niels signifiait. Cependant Kieran avait froncé les sourcils.

— Quelque chose cloche, grommela-t-il. Pourquoi l'aurait-elle tué ici ? Pourquoi pas en chemin ? Et pourquoi ne pas se débarrasser du corps ? Elle est parfaitement capable d'en faire disparaître la moindre trace, alors pourquoi le laisser ici en évidence ?

— Il est clair qu'il logeait dans cette chambre depuis son évasion, rétorqua Johanna en désignant les vêtements masculins. Peut-être qu'elle l'a ramené chez elle avant de partir pour Nancy, peut-être qu'ils se sont disputés et qu'elle a agi sur un coup de tête. Et ensuite elle n'avait plus le temps de s'occuper de lui, pas si elle voulait que Nancy puisse lui servir d'alibi. Elle planifiait sûrement de s'en débarrasser à son retour.

Kieran secoua la tête.

— Non, quelque chose cloche, répéta-t-il.

La jeune femme était prête à répliquer, mais ils se figèrent brusquement. La chambre se trouvait du côté de l'allée et les volets venaient d'être transpercés par le faisceau de phares tandis qu'un bruit de moteur se mêlait au crissement des pneus d'une voiture sur les graviers. Deux secondes plus tard, le véhicule s'arrêtait devant la maison.

Déjà Kieran avait bondi par-dessus le cadavre du liseur. Il ouvrit la fenêtre, prêt à sauter à l'extérieur, mais les battants lui échappèrent brusquement et se refermèrent sous son nez dans un claquement sonore.

— Par ici ! s'écria une voix rauque et apeurée. Ils sont par ici !

Franck se retourna dans un sursaut et s'aperçut qu'une petite créature les regardait depuis l'entrée de la maison, à demi dissimulée derrière un porte-parapluies. Elle ressemblait un peu à Piotr avec sa taille d'enfant et ses oreilles pointues, mais elle ne possédait qu'une courte barbiche et ses yeux étaient noirs.

— Un kobold ! s'exclama Johanna.

— Vous auriez pu nous avertir ! gronda Kieran en passant à côté d'elle.

— J'ignorais qu'elle en avait accueilli un, répliqua la jeune femme avec consternation. Il a dû la prévenir…

L'homme voulut passer dans le salon, mais la porte se referma devant lui aussi brusquement que la fenêtre et Franck comprit que le kobold était décidé à les empêcher de s'enfuir. Déjà le moteur de la voiture s'était tu et des pas s'approchaient de l'entrée. Ils étaient acculés.

Franck voulut se porter en avant, mais Johanna le tira aussitôt derrière elle et Kieran se plaça entre la porte et eux. L'homme fit apparaître une sphère en verre de la taille d'un poing et qui semblait emplie d'une curieuse fumée verdâtre. Il leur jeta un bref regard.

— À mon signal, protégez-vous les yeux.

Ils n'eurent pas le temps d'acquiescer, déjà la poignée de la porte d'entrée s'abaissait. Le panneau de bois pivota sur lui-même, livrant passage à une première silhouette.

— Maintenant !

Sans réfléchir, Franck leva le bras et le plaqua contre son visage. Il entendit un éclat de verre brisé du côté de la porte, puis le kobold poussa un cri d'intense douleur. Même abrité derrière toute l'épaisseur de son bras, Franck eut l'impression qu'une violente lumière traversait sa chair et l'aveuglait, brûlant sa rétine jusqu'au nerf optique. Cela dura plusieurs secondes, l'obligeant à serrer les dents, puis l'éblouissement cessa et Franck s'obligea à se redresser. Ce fut pour voir une cordelette voltiger depuis la porte, s'enrouler autour du cou de Kieran et se mettre à l'étrangler.

Franck remarqua à peine que le kobold s'était évanoui, ainsi que la première sorcière qui avait franchi le seuil. Il se précipita pour aider Kieran qui luttait vainement pour se débarrasser de la corde, poussant déjà des râles d'étouffement. Une seconde sorcière entra et Franck reconnut Cathy Baumann. La jeune femme avait les sourcils froncés et elle lui parut nettement plus assurée que lors de leurs précédentes rencontres. Johanna leva les mains vers elle, mais Cathy fut bien plus rapide et envoya une seconde corde qui s'enroula autour du torse et des bras de la jeune femme, l'immobilisant.

Franck lutta de plus belle pour libérer Kieran, mais le lien qui l'étranglait s'enfonçait si profondément dans la chair de son cou qu'il était impossible de le détendre. Le visage de l'homme était violacé, ses yeux exorbités et sa bouche cherchait vainement de l'air. Il s'affaiblissait de seconde en seconde, agenouillé contre Franck, et l'homme désespérait de trouver une solution.

Cathy s'avança lentement, gardant un œil à la fois sur Kieran et sur Johanna qui se débattait également contre ses entraves. Franck voulut bondir sur elle, essayer de l'assommer, mais elle fit un geste brusque vers lui et il eut l'impression d'avoir été percuté par un semi-remorque. Il fut projeté en arrière, si violemment que ses pieds décollèrent du sol, et il heurta sèchement une commode avant de s'effondrer de tout son long. Choqué, le goût du sang dans la bouche, il lui fallut plusieurs secondes pour arriver à redresser la tête.

Ce fut pour voir Cathy se pencher prudemment vers Kieran qui s'était effondré sur le côté, agité de faibles convulsions. La jeune femme le saisit par les cheveux, visiblement prête à lui fracasser le crâne sur le sol, mais soudain elle se figea avec incompréhension. Elle se redressa et Franck vit qu'une pointe noire dépassait de son poignet. Elle l'arracha avec un gémissement, tituba en arrière, puis s'effondra.

Aussitôt les liens de Kieran et Johanna se relâchèrent. L'homme roula sur le dos avec un râle et resta allongé, cherchant lourdement son souffle, les doigts crispés sur la cordelette qui s'était enfin desserrée. Franck se redressa prudemment, craignant de découvrir qu'il s'était cassé quelque chose, mais il semblait entier et le soulagement lui redonna des forces. Il rejoignit Johanna qui examinait Cathy avec fébrilité. Celle-ci semblait inconsciente et la jeune femme se précipita sur Kieran.

— Qu'est-ce que vous lui avez fait ? Quel poison ?

Elle semblait prête à le secouer malgré son état, mais Franck la retint. Kieran fit un geste vague de la main.

— Rien de… Rien de méchant, balbutia-t-il d'une voix enrouée. Juste… un somnifère…

Il se mit tousser et se détourna, se recroquevillant sur le flanc. Johanna se passa une main nerveuse dans les cheveux et se pencha à nouveau sur Cathy avec anxiété. Mais Kieran ne semblait pas avoir menti, celle-ci respirait normalement et son corps était détendu ; Johanna parut s'apaiser un peu.

— Il faut partir d'ici, lança Franck en passant un bras sous les épaules de Kieran pour le soulever. D'autres vont arriver.

L'homme se laissa faire et parvint à tenir sur ses jambes, retrouvant peu à peu son souffle. Déjà les horribles marques rouges autour de sa gorge commençaient à s'effacer. Il se redressa, fit craquer sa nuque et son regard passa sur les deux sorcières et le kobold inconscients. Il secoua la tête sombrement.

— Nous n'avons rien trouvé et par-dessus le marché, nous laissons un cadavre et trois témoins derrière nous. La Sororité ne va pas nous rater.

Il soupira. Johanna ouvrit la bouche pour protester, mais la referma aussitôt et ses épaules s'affaissèrent avec accablement. Au même instant, la seconde sorcière remua légèrement, déjà proche du réveil. Sans attendre davantage, Kieran récupéra l'opale noire dans la poche de son manteau, prit les mains de Franck et Johanna et les entraîna en courant vers l'extérieur.

Chapitre 9

Strasbourg, lundi 29 août 1870

Quelqu'un caressait les cheveux de Joséphine et cette délicieuse sensation la tirait peu à peu du sommeil. Elle sourit et souleva lentement les paupières, s'attendant à découvrir sa mère penchée sur son lit. Mais ce n'était pas Mathilde qui était assise près d'elle, c'était Edmond et brusquement d'innombrables sensations déferlèrent sur la fillette : la respiration sifflante du jeune homme, l'obscurité et la puanteur de leur refuge, la chaleur étouffante, les feulements des obus. Edmond lui souriait gentiment, mais Joséphine fut incapable de lui rendre son sourire, glacée au souvenir de la nuit précédente.

— On ne peut pas rester là, il faut qu'on trouve un meilleur abri.

La voix de Catherine, sèche, impérieuse. Au même instant, comme pour illustrer ses paroles, un obus frappa les remparts non loin, ébranlant leur cabane. Un peu de poussière tomba du toit improvisé et la panique déferla sur Joséphine à l'idée qu'ils soient à nouveau ensevelis. Elle était prête à bondir sur ses pieds, mais Edmond la retint et la ramena vers lui. Elle se blottit contre son torse en haletant de terreur et il caressa son dos pour l'apaiser.

D'aussi près, elle entendait les crépitements dans sa poitrine, elle percevait la manière dont il forçait pour obtenir chaque respiration, et cela lui faisait mal. Elle oublia sa propre peur pour mieux le câliner et il se laissa faire avec un soupir fatigué.

— Où aller ? dit-il simplement. Il faudrait pouvoir sortir de la ville…

— Impossible pour le moment, rétorqua Catherine. Mais les Prussiens veulent faire tomber les remparts, rester à proximité est trop dangereux. Et de toute façon il faudra bien qu'on se nourrisse. Il n'y a rien ici.

Edmond hocha la tête avec lassitude.

— Très bien, nous vous suivons.

Catherine parut satisfaite de sa docilité, mais Joséphine lui en voulut un peu. Elle aurait préféré qu'il prenne les choses en main lui-même, elle avait infiniment plus confiance en lui qu'en la vieille femme. Mais pour le moment le jeune homme était trop épuisé pour réfléchir. Ils devaient trouver un vrai refuge, un endroit sain où son asthme se calmerait enfin et où il pourrait reprendre des forces. Ensuite ils aviseraient.

Malgré ses réticences, Joséphine ne fit donc pas de difficultés pour suivre Catherine. Elle ne signala pas non plus qu'elle avait faim, soif et désespérément besoin de se laver de la puanteur de la Jeune Fille à la Tête de Mort qu'elle sentait encore attachée à elle. Ignorant les mille et une petites douleurs qui parcouraient son corps meurtri, elle se contenta d'arranger vaguement ses cheveux, de glisser sa besace autour de sa poitrine et de prendre la main d'Edmond.

Le bombardement était moins violent que les jours précédents, mais il se concentrait effectivement sur les remparts et ils se hâtèrent de s'en éloigner. Alors qu'ils repassaient à proximité du Jardin Botanique, Edmond profita de l'espace vert pour s'excuser auprès d'elles et aller se soulager derrière un arbre. Seule avec Catherine dans l'encoignure d'un bâtiment, Joséphine croisa les bras et s'obligea à reprendre la parole tandis qu'elles patientaient.

— Est-ce que j'ai des pouvoirs magiques comme vous ?

Cette question la travaillait depuis qu'elle s'était réveillée et elle fit l'effort de regarder la vieille femme dans les yeux. Celle-ci ne broncha pas.

— Tu en auras, quand tu auras atteint la puberté. Ce qui ne devrait pas tarder si je ne m'abuse.

Joséphine s'efforça de cacher sa déception. Si seulement elle avait pu se défendre seule ! Elle n'aurait plus eu besoin de la sorcière ni de personne pour se protéger et protéger Edmond.

— Vous pouvez vraiment tuer le croquemitaine ?

Catherine hocha la tête.

— Je pense, oui. Mais si la goule et lui nous attaquent en même temps, ça risque d'être plus compliqué. C'est aussi pour ça que nous devons trouver un abri moins isolé. S'il y a du monde autour de nous, ils n'oseront rien faire. Il y a des règles parmi les Invisibles et la première est de ne jamais se dévoiler aux humains.

Intriguée, Joséphine ouvrit la bouche pour poser de nouvelles questions, mais elle n'en eut pas le temps comme Edmond revenait vers elles. La fillette plongea dans ses pensées tandis qu'ils reprenaient leur chemin.

Catherine les guida jusqu'à une auberge déjà ouverte malgré l'heure matinale. D'autres personnes dans la même situation qu'eux s'y pressaient et ils purent s'y restaurer pour quelques sous d'un bol de chicorée et de tranches de pain à la confiture. La douceur de son lait habituel manqua beaucoup à Joséphine et l'amertume de la chicorée la fit grimacer, mais elle n'émit pas une plainte, bien décidée à ne pas être un poids pour les deux adultes.

Edmond parut un peu revigoré par ce modeste repas et il entama la discussion avec leurs voisins de table, un couple habillé pauvrement et leurs trois enfants. Ceux-ci avaient été locataires dans une maison du Faubourg-National et il ne restait plus rien de leur appartement ni des bâtiments alentour. Ils s'étaient réfugiés dans les casemates de la citadelle, mais celles-ci avaient été bombardées également et ils se retrouvaient à nouveau sans toit. La femme avait entendu dire qu'un avis avait été placardé pour indiquer aux sans-abris où ils pouvaient trouver refuge et, une fois leur petit-déjeuner avalé, ils se mirent en quête de ces informations officielles.

Ils ne tardèrent pas à en trouver un exemplaire collé sur un panneau. Les autorités y notifiaient que la population privée de toit pouvait être accueillie dans divers bâtiments de la ville : au théâtre, dans les écoles communales, au château impérial, à la halle couverte, à l'ancienne et à la nouvelle douane, à l'hospice des orphelins. On y annonçait également des mesures pour fournir du pain aux indigents.

Le château impérial était le point le plus proche de leur position et ils prirent donc cette direction. Mais ils n'étaient pas les seuls à avoir eu cette idée et une foule de malheureux se pressait déjà là, dans l'ombre de la cathédrale blessée autour de laquelle s'étalaient des gravats. Tandis qu'Edmond essayait de négocier avec les représentants de la mairie qui s'efforçaient de canaliser les gens, Catherine et Joséphine attendirent à l'écart, observant le temple qui paraissait inébranlable en dépit de ses balafres.

Les Prussiens s'étaient acharnés sur la cathédrale, sans doute pour s'assurer de la destruction du poste d'observation installé sur sa plateforme. La place était jonchée de débris de statues, clochetons, colonnettes et rampes sculptées ; le toit crevé béait au-dessus de la nef ; nombre d'escaliers d'accès s'étaient écroulés. Et pourtant, Joséphine trouvait le bâtiment toujours aussi immense, puissant et majestueux. Elle plissa les yeux pour suivre la plus haute tour jusqu'à la flèche et soudain elle fronça les sourcils. Quelque chose bougeait là-haut.

Joséphine crut d'abord à une illusion, mais elle avait une excellente vue et elle distingua bientôt une étrange créature aux membres longilignes, aux ailes qui évoquaient une chauve-souris, à la tête repoussante. Celle-ci s'affairait autour d'une colonne qui semblait sur le point de s'effondrer. Catherine avait suivi le regard de la fillette et elle grimaça un sourire.

— Une gargouille, commenta-t-elle. La pauvre doit être dans tous ses états pour agir en plein jour.

Joséphine ravala son incrédulité ; elle était poursuivie par le croquemitaine et elle avait rencontré une morte-vivante, tout était possible.

— Qu'est-ce qu'elle fait ?

— Je suppose qu'elle essaye de limiter les dégâts. Une tâche vouée à l'échec si les Prussiens ne se calment pas. Mais les gargouilles n'ont pas le choix, elles font partie intégrante de la cathédrale. Si le bâtiment disparaît, elles disparaissent.

— Comme les kobolds ? souffla Joséphine avec un frisson.

Elle ne se souvenait que trop bien de la souffrance qu'elle avait perçue quand la bibliothèque du Temple-Neuf avait brûlé et des deux petites silhouettes que le feu avait englouties.

À nouveau, la conversation fut interrompue par le retour d'Edmond. Le jeune homme annonça avec mécontentement qu'il n'y avait plus de place au château impérial et qu'ils devaient aller voir ailleurs. Catherine suggéra d'essayer au théâtre et reprit la tête de leur petit groupe. Alors qu'elle suivait en se tordant le cou pour continuer à observer la cathédrale, Joséphine crut apercevoir une figure familière parmi les personnes qui se hâtaient autour d'eux. La femme-monstre. Mais déjà celle-ci disparaissait et leur arrivée dans la rue du Dôme absorba l'attention de la fillette.

Pour la centième fois depuis le début de la guerre, Joséphine eut l'impression que rien n'était réel, que tout ce qui se déroulait ne pouvait être qu'un rêve. Comment sa rue, dont elle connaissait chaque recoin, avait-elle pu se transformer en un tel champ de ruines ? Où étaient passés les gens qu'elle connaissait, les magasins, les enseignes ? Elle allait forcément se réveiller ; tout aurait repris sa place, Strasbourg serait intacte et Mathilde et Louise seraient vivantes. Mais cet espoir s'effondra lorsqu'ils s'arrêtèrent devant les ruines de leur maison.

Edmond n'avait pas pu s'empêcher de se figer devant ce spectacle terrible. Joséphine n'y jeta qu'un bref coup d'œil, puis garda les yeux obstinément baissés sur la pointe de ses bottines. Elle refusait de regarder ça. Cet amas de décombres n'était plus son foyer. Elle n'avait plus de foyer, elle n'avait plus qu'Edmond et tout un tas d'informations qui la dépassaient. Le reste, elle s'en fichait désormais.

Raide comme un piquet, les dents serrées, Joséphine respirait lourdement et il fallut qu'Edmond la tire avec douceur pour qu'elle parvienne à s'éloigner. Enveloppés d'un silence pesant, ils gagnèrent la place Broglie au bout de laquelle se dressait le théâtre municipal. Le bâtiment, tout en longueur, était impressionnant avec sa haute façade néoclassique ornée d'un péristyle à six colonnes ioniques, chacune surmontée d'une statue de muse. Quelques personnes étaient en train de grimper les marches du vaste perron, mais il y avait nettement moins de monde qu'au château impérial.

De fait, on les informa qu'il y avait encore de la place et un homme les guida jusqu'à une zone où ils pourraient s'installer. Edmond allait parfois au théâtre, mais Joséphine était encore trop jeune et c'était la première fois qu'elle y entrait. Elle ouvrit de grands yeux curieux, oubliant pour un instant ses préoccupations.

Après avoir traversé un petit hall d'entrée où s'agitaient de nombreuses personnes, ils franchirent plusieurs escaliers, puis pénétrèrent dans une loge qui surplombait la salle. Joséphine se précipita jusqu'à la rambarde et parcourut d'un regard émerveillé les fauteuils rouges parfaitement alignés, l'or qui soulignait les moulures des balcons et surtout le plafond, vraiment spectaculaire avec son énorme lustre et ses peintures qui évoquaient l'art théâtral et la musique.

Le tout était éclairé par des lanternes disséminées un peu partout, diffusant une lumière chaude, et Joséphine n'avait aucune peine à imaginer dans ce décor si raffiné les dames avec leurs belles robes, les messieurs et leurs élégants costumes, les artistes qui donnaient le meilleur d'eux-mêmes sur scène. L'illusion dura une fraction de seconde, puis elle réalisa que des gens campaient littéralement sur les planches, que des ouvriers étaient en train de démonter les fauteuils pour faire de la place aux réfugiés, qu'une impression de misère et de désespoir régnait en ces lieux comme dans le reste de la ville.

L'homme qui les avait accompagnés leur fit plusieurs recommandations que Joséphine n'écouta pas, abattue, puis il leur apporta des coussins et des couvertures et, enfin, les laissa seuls. La jambe de Catherine semblait la faire souffrir et elle s'installa sans attendre, cherchant tant bien que mal le repos, allongée à même le sol.

Joséphine se laissa tomber sur un des fauteuils et se perdit dans la contemplation du plafond lointain. Il n'y avait pas de fenêtres dans la salle et celle-ci était plongée dans une semi-pénombre romantique, propice à la rêverie. La fillette ne bougea pas lorsque Edmond s'assit à côté d'elle. Le jeune homme alluma une de ses cigarettes au datura et inspira profondément la fumée, avant de la souffler loin d'elle. Joséphine savait qu'il s'agissait de sa dernière et elle n'osait pas imaginer ce qu'ils feraient si Edmond avait une véritable crise.

Le jeune homme fuma un moment sans rien dire, puis il fouilla dans ses poches et lui tendit quelque chose. Comme elle ne bougeait pas, le corps aussi lourd que le cœur, il insista.

— Tiens, murmura-t-il, c'est pour toi.

Joséphine prit machinalement ce qu'il lui présentait et s'aperçut qu'il s'agissait d'une photographie. Les coins étaient un peu cornés, mais le papier avait bien résisté, l'impression était d'excellente qualité et la jeune fille sentit sa gorge se serrer.

La photographie avait été prise quelques semaines plus tôt, juste avant le début de la guerre. Edmond avait demandé à toute la maisonnée de poser pour lui et Louise en avait été toute excitée et avait tenu à enfiler sa plus belle robe et son chapeau du dimanche. Mathilde avait accueilli l'évènement avec plus de sérénité, mais elle s'était tout de même habillée avec élégance et elle trônait sur le sofa de l'atelier avec majesté, la tête haute, le visage paisible. Joséphine était assise à côté d'elle, bien habillée elle aussi, et Louise et Catherine se tenaient debout derrière le sofa, la première arborant un large sourire et la seconde ne pouvant pas tout à fait cacher sa méfiance.

Joséphine releva vers Edmond un regard plein de larmes et elle vit le sourire du jeune homme se troubler de sanglots contenus. Il l'attira vers lui et l'enlaça tendrement, embrassant sa tête.

— Je sais que pour le moment cette image te fait mal, mais un jour, ce ne sera plus qu'un beau souvenir, je te le promets, chuchota-t-il d'une voix étranglée.

Joséphine fut incapable de répondre, mais elle se blottit plus étroitement contre lui. Elle savait qu'Edmond n'avait pu sauver qu'une dizaine de ses tirages et que chacun d'eux avait une valeur infinie pour lui ; elle avait conscience du cadeau qu'il lui faisait. Elle pressa la photographie contre son cœur comme le plus précieux des trésors.

* *
*

Ils passèrent de longues heures à se reposer, encore brisés de fatigue, puis Edmond décida de sortir pour se mettre en quête de nourriture. Joséphine aurait aimé l'accompagner, mais Catherine lui demanda d'un ton impérieux de rester avec elle. La fillette faillit protester, puis songea au croquemitaine. Catherine ne semblait pas en état de se déplacer, sa jambe paraissant la faire vivement souffrir, mais elle était la seule à pouvoir la défendre contre le monstre. Se séparer d'Edmond la terrifiait, mais elle n'avait pas le choix. Elle demeura donc au théâtre et en profita pour essayer d'interroger encore la vieille femme. Mais celle-ci n'était pas d'humeur à se montrer aimable et découragea très rapidement la fillette.

Par bonheur, Edmond ne tarda guère à revenir, sain et sauf. Il n'avait pu obtenir qu'une demi-miche de pain, du fromage et une bouteille de vin coupé d'eau. Ils se partagèrent ce maigre dîner, puis Edmond et Joséphine bavardèrent à voix basse de ce qu'ils feraient une fois à l'abri à Nancy tandis que Catherine s'efforçait de trouver le sommeil.

Le bombardement se poursuivit durant la nuit, mais il restait concentré sur les remparts, seuls quelques obus tombant sur le centre de la ville sans atteindre le théâtre, et ils purent se reposer tant bien que mal. Après l'humidité de la cave et de leur refuge de la nuit précédente, l'air sec du théâtre faisait du bien à Edmond, sa respiration s'apaisa et il put enfin reprendre quelques forces.

Le lendemain, ils purent se débarbouiller dans les commodités du théâtre et Joséphine éprouva un profond soulagement à rincer enfin ses cheveux collants de poussière et de transpiration. Le parfum répugnant de la Jeune Fille à la Tête de Mort se dissipa et elle se sentit libérée. Catherine semblait aller mieux également, même si elle boitait toujours, et la voir se redresser rassurait Joséphine. Elle n'aimait pas la vieille femme, mais elle avait bien conscience qu'elle avait besoin d'elle.

Durant la matinée, une information courut dans le théâtre, annonçant l'ouverture de plusieurs restaurants populaires où l'on pouvait se nourrir pour quelques centimes. Leur minuscule avoir fondant à vue d'œil, c'était une excellente nouvelle et ils se hâtèrent d'aller y voir de plus près. On les dirigea vers la rue du Fossé-des-Tanneurs et l'estaminet Piton où ils purent, pour vingt-cinq centimes, déguster une soupe copieuse, une tranche de viande de cheval, un gros morceau de pain et un verre de vin.

Tout en dévorant sa part, affamée, Joséphine songea avec une pointe de honte à toutes les fois où elle avait rechigné devant les délicieux plats préparés par Louise. La tristesse faillit lui couper l'appétit, mais elle se força à tout manger. Mieux valait prendre des forces, car ils ignoraient quand leur prochain repas pourrait avoir lieu. Elle s'appesantirait sur le passé lorsqu'ils seraient tirés d'affaire.

Les conversations allaient bon train autour d'eux et d'innombrables rumeurs circulaient entre les convives. Certains prétendaient que le bombardement s'était calmé, car les Prussiens avaient été obligés de se porter subitement vers un autre point. Ils semblaient convaincus que cela marquait enfin la grande attaque depuis l'intérieur du pays que l'on attendait depuis si longtemps. Le gouvernement impérial n'avait-il pas affirmé que la France pourrait mobiliser aisément six cent mille soldats ? Or on en avait décompté à peine plus de la moitié depuis le début de la guerre. Ce n'était plus qu'une question d'heures avant que Strasbourg ne soit libérée et que ses bourreaux ne soient châtiés !

Edmond et Joséphine écoutaient ces paroles avec espoir, ragaillardis par leur repas chaud, mais Catherine témoignait ouvertement de son scepticisme. Malheureusement, la rencontre qu'ils firent en sortant du restaurant lui donna raison.

Joséphine fut la première à reconnaître Saïd parmi un groupe de turcos qui se rendaient en bon ordre vers les remparts. L'homme commandait la petite troupe et il ordonna une brève pause, le temps de les saluer. Joséphine aurait voulu le serrer dans ses bras, enchantée de voir qu'il était toujours vivant, mais elle n'osa pas. Le soldat avait le visage sale et creusé, il semblait épuisé et on devinait un certain désespoir derrière sa façade calme et digne. Lorsque Edmond l'interrogea sur la situation, il s'assura d'un regard que personne ne les écoutait, puis soupira.

— Nous n'avons été informés d'aucune riposte des nôtres et honnêtement, je pense que nous ne pouvons attendre aucun renfort. Les Prussiens prennent leur temps, c'est tout. Ils savent que les remparts sont solides, alors ils vont tirer sur la ville jusqu'à ce que la population craque et fasse pression sur les autorités militaires pour qu'on se rende. La seule question, c'est à quel point Strasbourg sera détruite quand ça arrivera.

Catherine hocha la tête, partageant visiblement cette analyse, et Edmond ne cacha pas sa consternation. Saïd leur souhaita bon courage et s'excusa auprès d'eux, pressé de retourner à son poste. Joséphine le regarda s'éloigner avec un mauvais pressentiment.

L'honnêteté brutale du soldat avait jeté un froid, mais Edmond finit par se ressaisir et décida que si la ville était vouée à la destruction, alors il était d'autant plus important de porter témoignage. Et puisqu'il ne pouvait plus le faire en prenant des photographies, il se servirait de son talent pour le dessin.

Catherine lui fit sèchement remarquer qu'il y avait d'autres priorités, comme mettre Joséphine à l'abri ou les nourrir, mais la fillette encouragea au contraire le jeune homme et celui-ci sacrifia sa montre à gousset, précieux objet offert par ses parents qu'il ne quittait jamais. Après l'avoir mise en gage chez un prêteur dont les affaires florissaient en ces temps de malheur, il s'acheta un carnet à croquis et plusieurs crayons et cloua le bec à Catherine en lui signalant qu'il lui restait de quoi leur payer encore trois semaines de restaurant populaire. Malgré sa colère visible, la vieille femme s'abstint de tout commentaire et, puisque Joséphine refusait de quitter le jeune homme, les suivit dans leurs pérégrinations à travers la ville.

Edmond passa les deux jours suivants à immortaliser les dégâts subis par Strasbourg et les efforts des habitants pour préserver ce qui pouvait l'être. Son coup de crayon s'affinait de croquis en croquis, ses dessins étaient de plus en plus précis, efficaces, évocateurs. Joséphine ne se lassait pas de le regarder faire, essayant de comprendre comment il procédait, s'émerveillant à chaque fois qu'un trait apparemment incompréhensible prenait soudain une forme identifiable. Edmond avait un réel talent, capable de saisir au vol ce que trahissaient la posture d'un corps, l'expression d'un visage, l'agencement de l'espace. Il dessinait jusqu'à épuisement toutes les scènes qu'il voyait, les luttes des gens, leur misère, leur souffrance.

Catherine trouvait clairement ses efforts futiles, mais elle semblait décidée tout autant à entrer dans les bonnes grâces de Joséphine qu'à la protéger et elle ravalait ses brusqueries, se montrant aussi agréable qu'elle en était capable. La fillette sentait bien que ce n'était qu'une façade, mais, à défaut d'en comprendre le sens, elle appréciait ce changement d'attitude. Catherine lui avait un peu parlé de la Sororité, de la solidarité absolue qui régnait entre les sorcières, et la jeune fille supposait que l'attitude de la vieille femme s'expliquait par son désir de protéger une Première Née. Cela lui convenait très bien.

Au matin du 31 août, ils assistèrent tous trois à des travaux dans les décombres de la bibliothèque du Temple-Neuf qu'Edmond s'empressa de croquer de quelques traits rapides, fixant la scène pour mieux la mémoriser et la compléter plus tard, lorsqu'ils auraient retrouvé l'abri du théâtre.

Une équipe d'ouvriers commandée par un cantonnier avait été mandatée pour procéder à l'enlèvement des décombres et le bibliothécaire et son adjoint surveillaient chaque pelletée afin de s'assurer qu'il ne s'y trouvait rien de récupérable. Les livres étaient tous partis en fumée, mais la bibliothèque abritait également une importante collection numismatique et un cabinet d'antiquités qui comprenait entre autres les instruments de torture autrefois en usage à Strasbourg ou le sabre et les pistolets du général Kléber. De tout cela, il ne restait que des morceaux de ferraille tordus et à moitié fondus.

Le lendemain, ils se risquèrent jusqu'à la citadelle, mais celle-ci continuait à être bombardée avec intensité et la zone était bien trop dangereuse pour qu'ils s'y attardent. Du regard, Edmond captura quelques scènes tragiques qu'il rendit plus tard sur le papier, avec une fidélité qui épata Joséphine. Catherine elle-même admit qu'il avait l'œil pour les détails et le jeune homme en parut très flatté.

Pendant tout ce temps, Joséphine guettait la présence de la goule et elle savait que Catherine faisait de même, mais la femme-monstre ne se montrait plus, semblant craindre la sorcière, attendant probablement une occasion où la fillette serait isolée, ce qui n'arrivait plus. Catherine avait tout à fait récupéré de sa crise de rhumatisme et elle ne montrait plus aucune faiblesse, résolue, impressionnante.

Lorsqu'ils dînèrent au restaurant populaire ce soir-là, pour un repas similaire à celui du déjeuner, exception faite du verre de vin, Edmond se lança dans une conversation avec leurs voisins de table. Ceux-ci se plaignaient que la bière commençait à manquer et que, par-dessus le marché, les autorités avaient ordonné la fermeture des établissements publics à vingt heures au plus tard. Ils en paraissaient dépités et Joséphine vit Catherine lever les yeux au ciel. La vieille femme finit par quitter la tablée et aller s'entretenir avec le maître des lieux qui surveillait son monde comme le lait sur le feu.

Intriguée, Joséphine observa la sorcière discuter avec le restaurateur, paraissant négocier quelque chose. Elle finit par avoir gain de cause ; de l'argent changea de main et Catherine se vit remettre en échange un paquet que Joséphine ne parvint pas à identifier et qu'elle dissimula aussitôt dans son sac. La fillette n'osa pas l'interroger et ce ne fut que quelques heures plus tard qu'elle eut le fin mot de ce curieux mystère.

De retour au théâtre, Edmond travailla avec acharnement sur ses dessins à la lumière d'une lampe à pétrole qu'on leur prêtait, puis il s'écroula et s'endormit presque aussitôt, épuisé. Joséphine se blottit contre lui et plongea elle aussi très vite dans le sommeil, usée par ces journées passées à jouer à cache-cache avec les obus.

Les bombardements se concentraient certes sur les remparts et la citadelle, mais de nombreux projectiles tombaient encore sur la ville et le simple fait de marcher dans la rue sans précaution revenait à risquer sa vie. Tout cela sans compter la goule et le croquemitaine qui pouvaient surgir à n'importe quel moment. Cette tension permanente grignotait les forces de Joséphine et si elle avait repris ses prières, c'était pour supplier Dieu de mettre enfin un terme à cet enfer.

La nuit était déjà très avancée lorsque Joséphine se réveilla en sursaut. Edmond dormait comme une masse à côté d'elle, ronflant doucement, et il n'était pas le seul à en juger par les grognements qui montaient des différents balcons et de la salle. Les crépitements d'une forte fusillade leur parvenaient, lointains, ponctués par les déflagrations des obus et des bombes et le tonnerre de l'artillerie de défense. Plusieurs batailles semblaient avoir lieu aux alentours de la ville.

Inquiète, Joséphine voulut retrouver le refuge du sommeil, mais sa vessie se rappela à son bon souvenir et son envie se fit si pressante qu'elle n'eut pas d'autre choix que de s'arracher à la tiédeur du corps d'Edmond. Ce ne fut qu'en se levant qu'elle s'aperçut que Catherine n'était plus dans la loge.

S'efforçant de contrôler sa nervosité, Joséphine ouvrit la porte pour passer dans le couloir et aussitôt le soulagement lui rendit sa respiration : Catherine n'était qu'à deux pas. Assise dans le corridor, adossée à un mur, elle avait posé devant elle leur lampe à pétrole, en avait retiré le globe de verre et promenait quelque chose au-dessus de la flamme.

Catherine fronça les sourcils en voyant Joséphine et une fraction de seconde, la fillette sentit à quel point elle était contrariée d'avoir été surprise ainsi. Mais déjà cette impression s'effaçait et Catherine retrouvait son sourire, un peu froid mais pas désagréable. Joséphine trouva le courage de s'approcher et de l'interroger.

— Qu'est-ce que vous faites ?

Maintenant qu'elle était plus proche, elle voyait que Catherine manipulait ce qui ressemblait à une figurine de cire. La forme était encore très grossière et Joséphine comprit que la vieille femme avait dû partir d'une bougie qu'elle exposait à la chaleur pour pouvoir la modeler plus facilement. À côté d'elle reposait le papier du paquet aperçu dans l'estaminet. C'était donc cela qu'elle avait acheté au restaurateur.

Tout en écrasant entre ses paumes la cire ramollie, Catherine jeta un bref regard à Joséphine, puis haussa les épaules.

— J'essaye de créer quelque chose qui nous débarrassera du croquemitaine, dit-elle. Ce n'est pas le moyen le plus simple, mais ça devrait être efficace.

Joséphine s'approcha avec curiosité et s'accroupit à côté de la vieille femme qui faisait apparaître dans le morceau de cire ce qui ressemblait à des bras et des jambes.

— On dirait une poupée, commenta Joséphine avec incompréhension.

— C'en est une, confirma Catherine. Mais il va falloir du temps pour la charger en énergie. Et nous ne pourrons pas l'utiliser avant la nouvelle lune.

— Pourquoi ?

— C'est comme ça. Nous avons besoin des pouvoirs de la nuit pour l'activer. Certaines forces se rassemblent durant la nouvelle lune et nous devrons y puiser.

Joséphine essaya de se souvenir à quoi ressemblait la lune la dernière fois qu'elle l'avait aperçue, mais elle n'en avait aucune idée. Devant son air perplexe, Catherine devança sa question.

— La prochaine nouvelle lune tombe le 25 septembre.

Joséphine fit un rapide calcul mental.

— Mais c'est dans vingt-trois jours !

— Oui. Ça veut dire que nous allons devoir être très prudentes en attendant. Et pour le moment, tu devrais retourner dormir.

Il était clair que la sorcière ne lui en dirait pas plus et Joséphine se détourna à contrecœur.

* *
*

Le lendemain, ils apprirent que les nombreuses fusillades de la nuit avaient fait écho à plusieurs tentatives de sortie des forces de défense. Mais, si elles avaient réussi à causer quelques dégâts chez l'ennemi, celles-ci n'avaient pu atteindre les batteries qui pilonnaient sans cesse la ville et mettre un terme à leur harcèlement. On avait fait quelques prisonniers, mais de nombreux soldats avaient été blessés et, une fois de plus, Joséphine songea à Saïd avec inquiétude.

Lorsqu'ils sortirent pour rejoindre le restaurant populaire dont ils étaient devenus des habitués, ils découvrirent un arrêté placardé sur les murs : l'autorité militaire mettait en garde les malfaiteurs qui profitaient des incendies et des bombardements pour piller les maisons et leur promettait les plus sévères châtiments. Edmond soupira contre ces misérables qui se nourrissaient du malheur des autres, mais Catherine semblait blasée et Joséphine avait tendance à penser comme elle : plus cette guerre se prolongeait et moins elle en attendait des adultes.

Ce jour-là, Edmond avait décidé de rendre compte de l'état du Faubourg-National, un des quartiers les plus touchés et dont nombre de maisons s'étaient déjà écroulées. De fait, les rues de cette partie de la ville offraient un spectacle pitoyable avec leurs bâtiments effondrés où l'incendie faisait parfois encore rage. Le bombardement semblait toutefois s'être un peu calmé de ce côté-là et ils découvrirent pourquoi en s'approchant de la porte Nationale.

On ignorait comment, mais un certain nombre de personnes avait obtenu un sauf-conduit signé du général prussien Von Werder, qui commandait l'armée de siège. Ces précieux laissez-passer leur permettaient de quitter la ville sans subir le feu ennemi et c'était ce que certains s'apprêtaient à faire sous les regards envieux ou méprisants de quelques passants. Joséphine entendit plusieurs personnes les traiter de lâches et elle ne comprit pas pourquoi. Si elle avait eu l'opportunité de fuir le désastre qui s'était abattu sur eux, elle l'aurait fait sans hésiter ! À quoi bon se battre pour une guerre dont elle n'avait rien compris et une ville où elle ne possédait plus rien ?

Edmond fit quelques esquisses des familles sur le point de partir, puis il s'intéressa aux pompiers qui continuaient à lutter contre les incendies et aux habitants qui leur prêtaient un concours désespéré. Alors qu'il dessinait de son trait vif les deux courageux chevaux qui tiraient la pompe à vapeur, plusieurs obus tombèrent dans la rue où ils se tenaient.

Dans un réflexe, Catherine avait tiré Joséphine à l'abri d'une cour ouverte et elles restèrent un instant sonnées par les déflagrations. Puis la fillette se dégagea brutalement de l'étreinte de la sorcière et revint en arrière en courant. Plusieurs pompiers avaient été blessés et leurs collègues se précipitaient de l'un à l'autre tandis que deux d'entre eux partaient en courant chercher de l'aide. Edmond s'était installé dans l'ombre d'un porche pour travailler, mais Joséphine ne le voyait plus et elle s'élança pour le chercher. Au bout de deux pas, elle se figea et un hurlement lui vrilla les oreilles. Son hurlement.

Edmond gisait sur le flanc et son sang se répandait lentement sur le pavé poussiéreux, d'un rouge sombre et épais. Joséphine resta pétrifiée quelques secondes, puis elle se jeta sur le jeune homme dans un mouvement de refus. Il avait les yeux fermés, il était inconscient. Quelque chose l'avait frappé à la tête, ouvrant une profonde entaille dans son cuir chevelu. Mais le pire était le morceau de ferraille qui dépassait de son ventre, pointe de métal qui évoquait une pièce de clôture.

— Au secours ! S'il vous plaît ! Au secours !

Joséphine ne savait pas quoi faire et un mélange de terreur et de panique déferlait sur elle, insupportable. Edmond ne pouvait pas mourir, pas lui ! Elle pouvait survivre à la perte de Mathilde et Louise, mais seulement avec lui ! Sans le jeune homme, tout était terminé, il n'avait pas le droit de l'abandonner !

— Edmond, non ! Je t'en prie, je t'en prie, je t'en prie…

Elle n'osait pas le toucher, tremblait de tout son corps, avait envie de vomir, de hurler, de pleurer. Elle se débattit furieusement lorsqu'on la tira soudain en arrière, puis s'aperçut que c'était Catherine qui l'avait saisie, pour laisser la place à des infirmiers. Ceux-ci examinèrent rapidement Edmond, jugèrent préférable de ne pas toucher à l'éclat qui l'avait transpercé et le firent glisser avec précaution sur une civière, avant de prendre en courant la direction de l'ambulance la plus proche. Joséphine leur emboîta aussitôt le pas, entraînant Catherine dans son sillage, galvanisée par l'espoir. Si les infirmiers prenaient la peine de transporter Edmond, alors c'était qu'il y avait encore une chance qu'il survive !

Mais au bout d'une cinquantaine de mètres, une pensée s'imposa à Joséphine. Elle arracha sa main à celle de Catherine et revint en arrière en courant de toutes ses forces. Elle connut un nouvel instant de panique, puis aperçut le carnet qui était tombé un peu plus loin. Il avait été piétiné par les secours et sa tranche était brisée, mais en dehors de cela, il ne semblait pas trop abîmé. Joséphine savait que ce serait la première chose qu'Edmond voudrait à son réveil et elle l'enfouit aussitôt au fond de la besace qui ne la quittait jamais.

— Tu es folle ! gronda Catherine d'une voix essoufflée en la rattrapant. Viens !

La fillette ne commenta pas et la suivit. Les infirmiers se dirigeaient vers l'hôpital civil et les quelques minutes de marche qui les en séparaient parurent d'autant plus interminables à Joséphine que le bombardement s'était à nouveau intensifié et qu'ils devaient sans cesser s'abriter de crainte d'être frappés à leur tour.

L'hôpital lui-même n'était pas épargné par les projectiles et plus personne n'officiait dans les étages tandis que des guetteurs veillaient constamment à prévenir le moindre début d'incendie. Beaucoup de blessés et de malades avaient été déplacés dans les caves, mais les opérations avaient toujours lieu dans les salles du rez-de-chaussée.

Dès leur arrivée, Edmond fut pris en charge par une sœur hospitalière qui appela en renfort un élève de l'École de santé militaire. Ces carabins, comme on les surnommait, constituaient le gros des médecins disponibles depuis que les meilleurs praticiens de Strasbourg étaient partis aider les blessés de Frœschwiller et s'étaient retrouvés coincés à l'extérieur de la ville encerclée.

Joséphine fut effrayée de voir un garçon encore plus jeune qu'Edmond s'occuper de telles blessures, mais celui-ci semblait savoir ce qu'il faisait et prit les choses en main avec calme et assurance. Edmond disparut dans un corridor interdit au public et Catherine et Joséphine se retrouvèrent désœuvrées, dans l'expectative. D'autres personnes patientaient dans les couloirs après avoir accompagné un proche blessé et elles n'eurent pas d'autre choix que de les imiter et de prendre leur mal en patience.

Assise sur un banc inconfortable, serrant contre elle sa besace, Joséphine tira de sous ses vêtements la médaille de Sainte-Anne qui avait appartenu à sa mère, la pressa contre ses lèvres et se mit à prier de toutes ses forces. Mathilde lui répétait souvent qu'on ne marchandait pas avec Dieu, mais elle ne put s'empêcher de Lui promettre tout ce qui lui passait par la tête du moment qu'Il sauvait Edmond. Elle aurait fait n'importe quoi pour que le jeune homme survive, y compris donner sa vie. Cela devait bien compter pour quelque chose aux yeux du Seigneur, non ?

À côté d'elle, Catherine semblait se reposer après leur folle course, les paupières closes, le visage paisible, la jambe droite étendue devant elle. Joséphine lui en voulait de ne pas montrer davantage de sentiment. N'auraient-elles pas eu plus de chances d'être entendues si elles avaient été deux à prier ? Mais après tout, peu importait l'aide de la sorcière, Joséphine prierait avec suffisamment de ferveur pour que Dieu n'ait pas d'autre choix que de l'exaucer.

Toutefois elle s'était à peine plongée dans ses récitations qu'une pensée la frappait de plein fouet. Elle était une sorcière elle aussi. Et si tous les malheurs qui s'abattaient sur elle constituaient une punition pour ce sacrilège ? Louise racontait que les sorcières étaient des femmes maudites, qu'elles forniquaient avec le Diable et lui volaient ses plus mauvais tours, qu'elles ne causaient que des calamités. Joséphine jeta un coup d'œil inquiet vers Catherine, essayant de l'imaginer en train de participer à un immonde sabbat. Mais la scène s'évanouit lorsqu'un nouveau tumulte agita l'entrée de l'hôpital.

Cette fois les infirmiers ramenaient plusieurs militaires blessés sur les remparts tout proches et l'un d'eux hurlait littéralement de douleur, cris atroces entrecoupés d'incompréhensibles paroles. Sa voix attira l'attention de Joséphine et son cœur se comprima dans sa poitrine. Catherine n'avait pas bougé, indifférente, et la fillette quitta son siège pour s'approcher du blessé. Ses jambes se mirent à trembler lorsqu'elle reconnut Saïd.

L'uniforme du turco était complètement déchiré, sa main droite avait été arrachée, plusieurs éclats dépassaient de sa jambe gauche et une plaie béante traversait son abdomen dont débordaient des intestins ensanglantés. Il sanglotait de douleur et sa tête s'agitait en tous sens, incapable de se fixer. Lorsque son regard tomba sur Joséphine à quelques pas, ses yeux s'exorbitèrent.

— Aïcha, bredouilla-t-il. Aïcha…

Il tendit vers elle son moignon et, intuitivement, Joséphine comprit que dans sa confusion, il la confondait avec sa fille. Se glissant comme un fantôme entre les adultes qui s'agitaient, Joséphine parvint jusqu'à Saïd. Il ne la lâchait pas des yeux et sa simple vue semblait l'apaiser. L'esprit vide, la fillette caressa doucement le front de l'homme et il esquissa un sourire, abaissa les paupières. Puis il cessa de respirer.

Aussitôt on repoussa Joséphine et la fillette se laissa faire, trop glacée pour éprouver encore le moindre sentiment. Elle entendit un infirmier déclarer que Saïd était mort et elle resta un long moment à contempler le visage figé du turco tandis que l'on s'agitait autour des autres blessés. L'homme semblait presque endormi et son corps martyrisé avait retrouvé sa tranquillité. Les larmes avaient tracé des sillons dans le sang et la poussière de son visage creusé ; il avait perdu sa chéchia et ses courts cheveux noirs partaient en tous sens ; il était beau malgré tout. Joséphine songea à Aïcha qui ne reverrait jamais son père. Puis elle retourna s'asseoir sur le banc et se mit à pleurer silencieusement.

Chapitre 10

Strasbourg, jeudi 18 décembre, de nos jours

— Je suis désolée.

C'était au moins la troisième fois que Johanna répétait ces mots. Assise au bord du canapé, le menton sur les poings, elle fixait sombrement le feu qui crépitait dans la cheminée. Kieran faisait les cent pas devant les fenêtres du salon, enchaînant les cigarettes avec une agitation inhabituelle, plongé dans ses pensées. Il n'avait quasiment pas dit un mot sur tout le chemin du retour et cela avait suffi à Bahar pour mesurer la gravité de la situation. Le trajet jusqu'à Strasbourg s'était fait en silence et ils avaient quitté la médecin légiste sur quelques vagues explications, avant de récupérer leur barque. Depuis, ils essayaient de trouver une solution à ce désastre. Il était près de cinq heures du matin et Franck avait l'impression qu'ils n'en sortiraient jamais.

— Si nous avions su qu'il y avait un kobold…, commença Kieran.

Il s'interrompit, renonça avec un soupir et secoua la tête d'un air mécontent. Johanna baissa les yeux.

— La dernière fois que je suis allée chez elle, ce n'était pas le cas, se justifia-t-elle malgré tout. J'aurais pu jurer qu'elle ne les aimait pas.

Kieran lui jeta un bref regard, les sourcils froncés, puis reprit ses va-et-vient, impassible. Sa nervosité commençait à se communiquer à Franck, guère habitué à voir son compagnon perdre ainsi son calme. Et soudain l'homme se figea. Il soupira à nouveau.

— Elles sont déjà là, murmura-t-il.

Il se dirigea aussitôt vers la porte d'entrée et Franck et Johanna s'empressèrent de le suivre. Yggdrasil bruissait sur son socle et Piotr était apparu à la porte de la cuisine, un fusil dans ses mains tremblantes, l'air terrifié.

— Veille sur Morgan si les choses dégénèrent, lança Kieran au domovoï.

Celui-ci hocha vivement la tête et Franck sentit sa gorge se serrer. Il s'obligea à se redresser, à respirer profondément, mais la peur s'était installée dans son ventre, douloureuse, et le stress grignotait ses forces. Son regard s'attacha à la nuque de Johanna, à ses épaules frémissantes, et il y puisa le courage de faire face.

Les sorcières se tenaient de l'autre côté du portail, éclairées par les lampadaires de la rue. Elles étaient dix, armées de chaînes et de lances, impressionnantes par la rude détermination qu'on lisait sur leurs visages. Annabelle Niels avait dû rentrer en urgence de Nancy, car elle se trouvait à leur tête, sombre et fermée. Kieran descendit lentement l'allée dans leur direction, mais s'arrêta prudemment à cinq ou six mètres, Johanna et Franck l'encadrant. Il y eut un silence tendu. Johanna voulut prendre la parole, mais Kieran la coupa d'un geste tranchant.

— Madame Niels, lança-t-il aimablement. J'ai l'impression que vous êtes dans de moins bonnes dispositions que lors de votre dernière visite. Mauvaise nuit ?

Les lèvres de la femme se pincèrent de mépris et elle fit un effort visible pour garder son calme. Son regard se braqua sur Johanna.

— Cette fois, ça suffit, Johanna, dit-elle froidement. Nous avons été très patientes, mais c'est terminé. Tu vas venir avec nous.

La jeune femme fronça les sourcils et ses épaules se haussèrent sous l'effet de la colère.

— Je n'ai aucun ordre à recevoir d'une meurtrière, répliqua-t-elle.

Annabelle la dévisagea avec perplexité.

— Qu'est-ce que tu racontes ?

— Je sais que c'est toi qui as tué le liseur. C'est toi qui as attaqué ma mère !

Annabelle en resta un instant muette, puis elle secoua lentement la tête.

— Es-tu devenue folle ou te moques-tu de moi ?

Puis elle darda un regard haineux sur Kieran.

— Je ne sais pas ce que vous lui avez fait, Matheson, mais…

— Ce n'est pas lui ! coupa Johanna avec fureur. C'est toi ! Et ce n'est pas la peine de faire semblant, je sais que…

— Assez !

L'Aînée avait crié avec une telle autorité que la jeune femme se tut malgré elle. Kieran en profita pour intervenir d'une voix aussi douce que possible.

— Du calme, mesdames, je vous en prie. Je pense qu'il y a un malentendu.

— Il n'y a aucun malentendu, répliqua Annabelle d'une voix glaciale. Nous avons été bien trop indulgentes jusqu'à maintenant. Une des nôtres a été attaquée, vous êtes entrés chez moi par effraction, je ne sais comment vous avez fait évader le liseur et vous l'avez tué sous mon propre toit…

Elle s'interrompit, prit une profonde inspiration.

— Regardez-moi bien, Matheson, c'est plus que suffisant pour que je convainque les Aînées de déchirer le traité. J'ose croire que ce n'est pas ce que vous voulez. Alors remettez-nous Johanna et Judith et laissez la Sororité régler ses propres affaires. À moins que vous ne souhaitiez que la guerre reprenne…

Cette menace fut suivie d'un très long silence, si profond que Franck avait l'impression d'entendre son propre cœur battre dans ses oreilles. Kieran ne disait plus un mot, le regard rivé à celui d'Annabelle. Johanna finit par se relâcher dans un soupir abattu.

— Très bien, murmura-t-elle. C'est bon, je vais me rendre.

Elle fit un pas en avant et Franck comprit avec horreur qu'elle était sérieuse, mais déjà Kieran l'attrapait par le bras et la ramenait en arrière.

— Non, dit-il froidement.

Johanna le considéra avec incompréhension. Sans la lâcher, Kieran reporta son attention sur Annabelle.

— Je lui ai offert sanctuaire, madame Niels, j'ai fait le serment de la protéger. Que vous dénonciez le traité n'y changera rien. Et vous savez que vous avez autant à y perdre que moi.

— Je suis prête à prendre ce risque.

— Moi aussi, figurez-vous. Nous sommes donc dans une impasse.

Ils se mesurèrent un instant du regard et une telle tension électrisa l'air que Franck en eut la chair de poule. Ce fut d'une petite voix que Johanna tenta d'intervenir.

— Matheson…

— Silence, coupa-t-il sèchement, sans même la regarder. Laissez les adultes discuter.

Interloquée, Johanna ne trouva rien à répliquer. Annabelle hocha lentement la tête.

— Très bien. Quarante-huit heures. C'est le temps qu'il me faut pour obtenir l'annulation du traité. C'est le temps qu'il vous reste avant que je ne revienne ici avec une armée et que je ne réduise à néant tout ce que vous avez patiemment construit, avant que nous ne recommencions à vous traquer, constamment, partout. Sanctuaire ou pas, Johanna et Judith repartiront avec nous. Et vous redeviendrez un fugitif. Vous avez encore le temps de changer d'avis et de nous les remettre volontairement. Réfléchissez bien, Matheson. Toi aussi, Johanna. Quarante-huit heures.

Et elle tourna les talons sans un mot de plus, disparaissant très vite dans la brume matinale, entraînant ses compagnes avec elle. Ce ne fut que là que Franck réalisa qu'il avait les poings serrés au point de sentir ses ongles s'enfoncer dans ses paumes. Il dut faire un sérieux effort pour que ses mains acceptent de se détendre.

Pendant ce temps, Kieran avait enfin lâché Johanna, mais il continuait à fixer l'endroit où les sorcières s'étaient tenues, sombre. La jeune femme massa machinalement son bras, puis elle pivota avec un soupir et retourna dans la maison. Franck s'empressa de la suivre et Kieran ne tarda pas à fermer la marche. Un instant plus tard, ils étaient de retour dans le salon et Piotr s'agitait autour d'eux, leur proposant des remontants, noyant son angoisse dans un flot de paroles.

Kieran et Johanna avaient pris place chacun dans un fauteuil et Franck se sentait perdu, seul sur le sofa. Il accepta un verre de schnaps tandis que Kieran enchaînait trois whiskys avant de se mettre à engloutir un bredele après l'autre avec la régularité d'une machine. Johanna avait refusé toutes les offres de Piotr et elle s'était remise à fixer le feu, avec une telle intensité qu'on aurait cru qu'elle voulait y disparaître. Elle finit par secouer la tête.

— Écoutez, Matheson, je ne sais pas ce que vous cherchez à faire, mais…

— Nous avons gagné du temps, coupa Kieran. Quarante-huit heures, c'est beaucoup. Il faut les utiliser à bon escient.

— Comment ? soupira Johanna. On n'a aucune preuve et on n'en aura pas. On n'y arrivera pas.

— Bien sûr que si. Il suffirait par exemple de réveiller votre mère.

— Comment ? répéta la jeune femme avec douleur. Si la solution était si évidente, on l'aurait déjà trouvée ! Et on ne peut pas se permettre de faire n'importe quoi ou on risque de la tuer pour de bon !

— Nous trouverons.

Mais le ton de Kieran n'était pas franchement convaincant et Franck lui-même s'en rendit compte. Johanna sourit tristement.

— Pourquoi vous vous obstinez comme ça ? On s'est fait piéger avec le liseur, c'est foutu.

— Rien n'est foutu tant que vous êtes en vie. Il nous reste quarante-huit heures, c'est une éternité.

— Je ne crois pas, non. C'est à cause du serment de sanctuaire, c'est ça ? Écoutez-moi bien : je le dis solennellement et à voix haute, je vous délie de votre serment. Je renonce à mon droit de sanctuaire, plus rien ne vous oblige à me protéger, c'est bon, vous êtes libre.

Kieran considéra la jeune femme, puis haussa les épaules.

— Vous savez bien que ce n'est pas aussi simple. Et de toute manière, croyez-vous que ça changerait quoi ce soit ?

Johanna fronça les sourcils avec perplexité.

— Sérieux, c'est quoi votre problème ? Vous avez entendu ce qu'Annabelle a dit ou pas ? La fin du traité, vous comprenez ce que ça veut dire ?

— Croyez-moi, je sais bien mieux que vous ce que cela signifie, rétorqua sèchement l'homme.

— Alors pourquoi vous ne m'avez pas laissée partir ?

— Parce qu'elles vous tueront.

Ces quelques mots laissèrent Johanna bouche bée. Kieran soupira, puis se redressa sur son siège pour reposer sur la table basse le plateau de bredele qu'il avait vidé. Il se leva, saisit une pince et se pencha sur la cheminée pour attraper une braise et allumer sa cigarette. Il souffla un long trait de fumée et reporta son attention sur Johanna.

— Je n'ai aucune intention de vous perdre, mademoiselle. Nous allons trouver une solution, avec ou sans votre aide. Et si la chance est avec nous, nous y arriverons avant samedi matin. Honnêtement, je pense que nous serons plus efficaces si vous y mettez du vôtre.

Johanna s'arracha à son tour à son fauteuil et se rapprocha de l'homme.

— D'accord, on va essayer. Mais si on ne trouve rien, vous me laisserez partir.

— Tenez-vous tant que ça à sacrifier votre vie ?

— Bien sûr que non. Mais je refuse d'être celle à cause de qui le traité sera détruit. Je refuse d'être responsable de tous les morts qu'une nouvelle guerre engendrera. Vous vous en fichez peut-être, mais nous savons tous les deux que c'est ce qui se passera : vous survivrez toujours, mais les autres mourront.

Un tressaillement agita le coin de la bouche de Kieran, mais ce fut sa seule marque d'émotion et il soutint le regard de la jeune femme avec froideur. Johanna finit par se détourner.

— Je vais voir ma mère, murmura-t-elle.

Elle adressa un bref sourire triste à Franck et quitta la pièce. Kieran se laissa retomber dans son fauteuil avec un profond soupir. Franck déglutit, s'obligea à se souvenir qu'il était doué de parole lui aussi.

— Tu crois vraiment que c'est ce qui va se passer ? murmura-t-il. Une… une guerre ?

Il n'arrivait pas à imaginer ce que cela signifiait réellement, mais le peu que son esprit pouvait saisir lui paraissait terrifiant. Kieran croisa les jambes sur la table basse.

— Si madame Niels obtient ce qu'elle veut, c'est exactement ce qui va se passer, dit-il avec lassitude. La Sororité attaquera la maison. Je la défendrai. Mais elles seront trop nombreuses et je n'y arriverai pas. Elles tueront Yggi. Elles tueront Piotr. Elles te tueront, toi, sans doute. Elles prendront mademoiselle Beaumont et lui infligeront leur parodie de justice. Elles m'emprisonneront certainement. Jusqu'à ce que je m'échappe à nouveau. Et que je tue madame Niels pour vous venger. Et puis tout recommencera comme avant. La fuite perpétuelle, une liberté précaire payée par toujours plus de morts, et la solitude… Oh bon sang, j'espérais tellement en avoir fini avec tout ça…

Il soupira et tira sombrement sur sa cigarette. Abasourdi, Franck fit un effort pour rompre le silence pesant.

— On pourrait fuir, suggéra-t-il d'une voix étranglée.

— Inutile, grogna Kieran. On ne ferait que repousser l'échéance. Elles nous retrouveraient tôt ou tard. Elles m'ont toujours retrouvé.

Franck eut l'impression que son cœur se ratatinait dans sa poitrine. Il refusait de croire que tout allait se terminer ainsi et la révolte l'envahit bientôt, fronçant ses sourcils, bandant ses muscles, l'obligeant à relever le menton. Ce fut d'un air impérieux qu'il se pencha vers Kieran affalé dans son fauteuil.

— Alors qu'est-ce que t'attends pour trouver une solution ?

L'homme lui jeta un regard étonné.

— Allez, insista Franck. Tu as dit toi-même qu'on avait gagné du temps et qu'il faut profiter de cette chance. Vas-y maintenant, agis ! Qu'est-ce qu'on doit faire d'après toi ?

Kieran esquissa un sourire et une lueur naquit au fond de ses yeux. Franck s'engouffra aussitôt dans la brèche.

— Quarante-huit heures, c'est une éternité, non ? renchérit-il. Je suis sûr que tu as déjà réglé des situations bien plus compliquées en carrément moins de temps ! C'est le moment de montrer de quoi tu es capable !

Kieran se mit à rire et Franck cacha tant bien que mal son intense soulagement en le voyant se redresser et retrouver son air assuré et narquois. L'homme sauta sur ses pieds avec énergie.

— Tu as raison, mon ami, il est bien trop tôt pour se morfondre ! Nous n'avons pas encore dit notre dernier mot. D'ailleurs, j'étais sur une piste avant cette désastreuse expédition et je vais immédiatement m'y replonger ! À tout à l'heure !

Et il quitta la pièce en sifflotant avec une telle bonne humeur que Franck avait l'impression de voir une autre personne que celle, complètement démoralisée, qui occupait encore le fauteuil un instant plus tôt. Il se laissa aller au fond du sofa et passa une main fatiguée dans ses cheveux courts. Il avait réussi à remettre Kieran sur les rails et maintenant quoi ? Il soupira. Il doutait que les choses soient aussi faciles avec Johanna. Il se leva pourtant et gagna l'étage.

Johanna avait tiré un fauteuil tout contre le lit de Judith et tenait la main de sa mère en contemplant pensivement son visage pâle et immobile. Elle jeta un bref regard à Franck lorsqu'il entra, lui adressa un sourire las, puis reporta son attention sur Judith. L'homme la rejoignit et approcha une autre chaise. Ils restèrent un instant silencieux tandis que Franck cherchait quoi dire. À son grand étonnement, Johanna reprit la parole la première.

— Elle adore cette période, murmura-t-elle sans le regarder. En temps normal, elle serait en train de tout organiser, elle passerait vingt coups de fil par jour, elle confectionnerait des tonnes de gâteaux… La première nuit de Yule, c'est… Je crois que c'est vraiment sa nuit préférée de toute l'année. Le solstice d'hiver. La renaissance du soleil après les ténèbres. Le renouveau. Elle aime tellement ce symbole. Quand j'étais ado, je trouvais ça stupide. Et puis j'ai commencé à le sentir moi aussi, ce moment particulier, la manière dont les éléments se combinent, l'énergie qui circule cette nuit-là, la magie qui infuse… C'est quelque chose de tellement fort. C'était tellement bon de partager ça avec elle.

La jeune femme prit une profonde inspiration, serra plus fort la main de sa mère.

— La première nuit de Yule est très importante pour nous. Je veux dire, pour les sorcières. On la prépare des semaines en avance et on organise une grande fête en pleine nature, quel que soit le temps. Souvent on invite des sœurs d'autres clans et on pratique les rituels toutes ensemble. Et on sait que d'autres font pareil à travers tout le pays, toute l'Europe même, et c'est une communion si puissante… C'est dans des moments comme ça que la Sororité prend tout son sens et ma mère… Elle est si douée pour renforcer cette cohésion. Et je ne dis pas ça parce que je l'aime, toutes les sorcières du clan le pensent, le rituel est bien plus fort quand elle est présente. Même… Même Annabelle le disait.

Elle se crispa et une moue haineuse tordit sa bouche. Elle s'obligea à ravaler sa colère, à poursuivre son récit tandis que Franck l'écoutait avec fascination.

— Ce n'est pas le cas partout, mais ici nous avons une tradition. Deux jours avant la première nuit de Yule, on se réunit près de Saverne, à un endroit que les gens ont surnommé l'école des sorcières. S'ils savaient à quel point ils ont vu juste… On ne le fait pas chaque année, mais seulement quand les plus jeunes du clan atteignent la puberté. Si tu veux, c'est comme… une sorte de baptême. Les nouvelles apprenties sont parrainées par une sorcière plus expérimentée et, en quelque sorte, on les accueille officiellement dans la Sororité. En même temps on les prépare pour les cérémonies de Yule. Je me souviens de… C'est Annabelle qui m'avait parrainée. Et j'étais tellement fière qu'elle m'ait choisie, j'avais tant d'admiration pour elle. Comment est-ce que j'aurais pu imaginer qu'elle finirait par nous trahir comme ça ? C'est… Ça me dégoûte.

Elle recula brusquement sur son fauteuil et croisa les bras, le visage tendu par la fureur. Franck posa une main prudente sur son épaule.

— Je comprends, dit-il doucement. Mais…

La jeune femme se dégagea sans brusquerie.

— Non, Franck. Je suis désolée de te dire ça, mais tu ne comprends pas. En fait, tu n'as aucune idée de ce que je suis en train de vivre. Tu n'es qu'un humain, tout ce que je te raconte n'a aucun sens pour toi.

L'homme encaissa sans rien montrer, ravalant la douleur que lui causaient ces paroles cruelles. Johanna se tourna vers lui, les sourcils froncés.

— Est-ce que tu as déjà eu envie de tuer quelqu'un ? Pour de vrai ? Parce que c'est exactement ce que je ressens là tout de suite. J'ai envie de tuer Annabelle, parce que je sais que c'est le seul moyen d'obtenir justice pour ma mère. Et c'est horrible. C'est horrible pour la Sororité, pour ma mère, pour moi, pour Thomas, mais c'est quand même la seule chose qui tourne dans ma tête : je veux la tuer. Et pire : je sais que j'en serais capable.

Johanna se leva brusquement et se mit à déambuler à travers la pièce, rangeant un désordre imaginaire, soudain dévorée de nervosité. Franck fit un effort pour rompre le silence dans lequel il avait envie de se draper pour se préserver.

— Il y a encore de l'espoir. Si…

— Quel espoir ? coupa la jeune femme avec ironie. Matheson se fait des illusions. On ne trouvera pas de preuve contre Annabelle, elle est bien trop intelligente pour ça. Quant à ramener ma mère… Ça fait des jours que j'étudie toutes les possibilités et je crois… Je crois que c'est impossible. En tout cas, c'est impossible en quarante-huit heures. Aucun cas similaire n'a été répertorié et élaborer de A à Z un rituel aussi complexe prendrait des semaines. Matheson le sait aussi bien que moi, ce n'est pas pour rien qu'il a laissé tomber les livres. D'ailleurs je ne comprends pas à quoi il joue, pourquoi il s'enferre dans cette situation, on dirait presque qu'il a envie que le traité soit brisé.

— Tu as tort, protesta Franck. Il veut juste t'aider.

Johanna grimaça un sourire sarcastique.

— L'Immortel a toujours quelque chose derrière la tête.

— Arrête ça, le cynisme ne te va pas.

Franck n'avait pas pu s'empêcher de prendre un ton sec, tendu par l'attitude négative de la jeune femme. Celle-ci parut surprise, puis elle baissa les yeux.

— Ce n'est pas du cynisme, mon amour. C'est du désespoir.

Des larmes débordèrent de ses paupières et Franck bondit pour la rejoindre. Elle s'abandonna entre ses bras, enfouissant le visage contre sa poitrine. Franck la serra contre lui avec intensité, terrifié à l'idée qu'elle puisse soudain disparaître dans le néant. La jeune femme pleurait silencieusement, agrippée à lui, et il caressa sa tête avec toute la tendresse dont il était capable.

— Je suis tellement fatiguée, soupira-t-elle.

Franck raffermit son étreinte, l'enveloppant de tout son corps pour la protéger.

— Tu dois dormir, Jo, murmura-t-il, au moins quelques heures. Tu ne peux pas avoir les idées claires dans cet état. Il faut que tu reprennes des forces.

Il s'attendait à devoir batailler, mais la jeune femme céda presque tout de suite et accepta de l'accompagner jusqu'à sa chambre. Elle se laissa faire lorsqu'il lui retira une partie de ses vêtements, puis s'accrocha à lui pour qu'il s'allonge avec elle. Ils se blottirent tous deux dans les couvertures, lovés l'un contre l'autre, et, au grand étonnement de Franck, Johanna s'endormit en quelques minutes, le visage niché contre son cou.

Un long moment, l'homme resta immobile à écouter sa respiration, à savourer la tiédeur de son corps et son souffle qui chatouillait sa peau, à s'imprégner de son abandon. Puis il ferma les yeux à son tour et lutta pour ravaler les sanglots qui menaçaient de le submerger. Il fallait absolument que Kieran trouve une solution. Il ne supportait pas l'idée de la perdre.

* *
*

Johanna dormit pratiquement jusqu'à midi et lorsqu'elle se réveilla, elle semblait un peu apaisée. Elle s'excusa de son agressivité auprès de Franck et l'homme la pardonna aussitôt, trop soulagé de la voir reprendre pied. Ils retrouvèrent Kieran autour de la table du déjeuner. Celui-ci était plein d'entrain et d'énergie et son attitude parut avoir une influence positive sur Johanna.

Averti de la mort du liseur, Lukas avait abandonné la piste de la Horde et les avait rejoints, si bien qu'ils purent faire un point complet après que Kieran eut réussi à tirer Morgan de sa chambre. L'hermaphrodite avoua avec dépit qu'il n'avait rien trouvé, ni dans les mails de Judith ni dans le maigre dossier que les sorcières avaient monté sur l'affaire. La Sororité semblait plongée dans le même brouillard qu'eux et elle se contentait d'émettre des suppositions aléatoires sur les motivations de Johanna, la plupart impliquant une responsabilité détournée de l'Immortel.

Lukas, quant à lui, avait examiné les emplois du temps de la plupart des sorcières du clan et aucune ne semblait avoir quelque chose à se reprocher. Judith avait rencontré plusieurs d'entre elles avant l'attaque, probablement afin de préparer la nuit de Yule. La seule chose qu'il avait remarquée était le fait que Judith était retournée au musée d'art moderne après avoir passé la soirée avec Cathy Baumann. Mais sa connaissance qui travaillait à la sécurité du musée était en congé ce jour-là et il ne pourrait pas se renseigner avant le lendemain sur ce qui avait pu amener Judith à visiter l'établissement.

— Cette Cathy Baumann pourrait-elle être impliquée ? demanda-t-il.

Mais Johanna balaya la supposition d'un geste.

— Impossible. Cathy est encore une apprentie. Même si elle le voulait, elle ne serait pas capable de lancer un sortilège aussi puissant que celui qui a touché ma mère, encore moins d'invoquer une tarasque. Et puis… c'est mon amie.

— Alors il ne reste plus qu'Annabelle Niels, soupira le détective. C'est la seule qui a à la fois le mobile et les capacités.

— Je n'y crois qu'à moitié, soupira Kieran. Madame Niels n'a pas le profil. Et jamais elle n'aurait laissé un cadavre au beau milieu de sa demeure, ça n'a pas de sens. Quelque chose nous échappe.

— Il s'est passé un truc pas clair avec le liseur, c'est sûr, rétorqua Lukas, mais ça ne veut pas dire que ce n'est pas elle qui l'a tué, boss. Une mise en scène paraît impossible. Pas avec l'alarme et les protections magiques, encore moins avec le kobold.

Kieran soupira.

— Oui, le kobold est un vrai problème… Il faudrait pouvoir se renseigner à ce propos.

— La Sororité a un registre, intervint pensivement Johanna. Toute sorcière qui abrite une créature magique doit le signaler pour que ce soit consigné. Il doit y avoir au moins la date à laquelle elle l'a accueilli.

Les regards se tournèrent vers Morgan et l'hermaphrodite grimaça.

— OK, je vais voir ce que je peux faire. Mais je vous préviens, leurs informaticiennes ont reniflé ma présence. Elles ne paniquent pas encore, mais elles sont en train de me fermer tous les accès. Je ne sais pas combien de temps je pourrai encore me promener sur les serveurs.

— Fais au mieux, lança Kieran. Et ensuite je veux que tu quittes cette maison.

Morgan fronça les sourcils.

— Tu me fous dehors ?

— Si les choses tournent mal, je ne veux pas que tu sois pris entre deux feux.

— Oublie ça. Je vous aiderai jusqu'au bout.

— Morgan…

— Je n'irai nulle part, K.

L'hermaphrodite se leva, une expression têtue sur son visage pâle.

— Pour une fois que je me sens bien quelque part, je… Je ne pars pas. Et maintenant j'ai du boulot.

Il tourna les talons sans laisser le temps à Kieran de répliquer. Celui-ci poussa un soupir préoccupé, puis reporta son attention sur Lukas.

— Si madame Niels a vraiment l'intention d'utiliser la dagyde pour sauver son fils, alors il va lui falloir un autre corps. La métensomatose nécessite un point de départ et un point d'arrivée. Je ne pense pas qu'elle ait l'intention de lui donner son propre corps, le transfert sera bien assez traumatisant comme ça.

— Tu veux dire que…

Franck n'osa pas finir, horrifié. Kieran acquiesça froidement.

— Oui, si on ne fait rien, il y aura une victime supplémentaire dans cette affaire. Le transfert fonctionne de manière idéale entre deux personnes de même âge et de même sexe. Plus les corps sont proches et plus les âmes migrent avec aisance. De plus, madame Niels aura besoin de garder son fils auprès d'elle après le transfert, il faut donc qu'elle choisisse une personne dont l'identité n'interpellera pas son entourage, quelqu'un dont la présence paraîtra naturelle alors que son propre fils vient apparemment de mourir à l'hôpital… Elle a forcément déjà choisi quelqu'un. La fabrication d'une dagyde est longue et elle a besoin d'éléments physiques des deux corps pour le faire. Lukas, je veux que tu identifies ce malheureux.

Le détective s'inclina et partit aussitôt en boitant. Kieran alluma une cigarette, puis sourit à Franck et Johanna.

— Quant à vous deux, je veux que vous enquêtiez sur le liseur. Où était-il emprisonné ? Comment madame Niels a-t-elle réussi à le soustraire à la surveillance de la Sororité ? Pourquoi a-t-il accepté de l'aider ? Demandez à Morgan de vous donner accès aux dossiers et essayez d'éclaircir tout ça. J'ai la nette impression que quelque chose cloche de ce côté.

Franck était prêt à se lever pour obéir, mais Johanna ne bougea pas.

— Et vous ? Qu'est-ce que vous allez faire ?

Il y avait une pointe de défi dans son ton. Kieran se resservit un café et lui adressa un nouveau sourire, avant de tirer sur sa cigarette.

— Moi, je vais essayer de trouver comment sauver votre mère. J'ai une idée, mais pour le moment sa réalisation est… compliquée.

— Quelle idée ?

— Je vous en dirai plus quand je serai sûr de moi. Patience, mademoiselle.

Johanna ouvrit la bouche pour répliquer, puis parut renoncer. Elle remplit un mug de thé, puis rejoignit Franck. Au moment de sortir, elle jeta un dernier regard vers Kieran. L'homme se balançait sur sa chaise, fumant tranquillement, le regard rêveusement fixé sur la fresque du plafond de la salle à manger, qui représentait quelque bacchanale de divinités à demi nues. La jeune femme réprima un soupir las et sortit.

* *
*

L'après-midi fila bien trop vite au goût de Franck. Morgan avait réussi à leur bricoler quelque chose sur un des ordinateurs de Kieran et Johanne et lui purent compulser tous les éléments que la Sororité avait réunis sur le liseur. Mais au bout du compte, cela ne les avançait guère. Les sorcières avaient réussi à déterminer son véritable nom, son lieu et sa date de naissance, mais aussi son parcours avant qu'il ne se mette au service de la Horde et du vampire Mikkel Jorgensen. Franck avait épluché en détail ces informations, se concentrant de toutes ses forces pour ne rien laisser passer, mais il n'avait pas trouvé quoi que ce soit permettant de relier le liseur et Annabelle Niels.

De son côté, Johanna avait étudié ce qui s'était passé après l'arrestation du liseur. Celui-ci avait été emprisonné dans une grande demeure isolée au fin fond des Vosges que la Sororité utilisait pour les créatures dont elle espérait encore pouvoir tirer quelque chose. Annabelle Niels avait eu de nombreux entretiens avec le liseur, pour essayer de comprendre ce qui l'avait poussé vers la Horde, mais le prisonnier s'était montré tout sauf coopératif, du moins était-ce ce que la femme avait noté dans ses rapports. Ces derniers semblaient d'ailleurs s'orienter peu à peu vers un jugement très négatif. Johanna avait expliqué à Franck que dans ce type de cas, deux autres sorcières devaient rencontrer le prisonnier, puis une assemblée d'Aînées débattait de la situation et prenait les décisions qui s'imposaient. La procédure était longue et, au moment de son évasion, le liseur n'en était qu'à la première phase.

Le prisonnier s'était volatilisé durant la nuit du 12 au 13 décembre et on n'avait découvert sa disparition qu'au matin du 13. Il n'y avait aucune trace d'effraction, la porte de sa cellule n'avait pas non plus été forcée de l'intérieur, on n'avait détecté aucune intervention magique, nul ne comprenait ce qui s'était passé. Les enquêtrices de la Sororité semblaient suspecter une complicité interne et avaient mis sous surveillance l'ensemble du personnel de la maison, plusieurs sorcières et quelques humains initiés. Mais cela ne faisait que cinq jours et elles n'avaient encore rien trouvé. Tout ce dont elles étaient sûres était que le liseur se trouvait dans sa cellule lors de la ronde de deux heures du matin et qu'à six heures, il n'y était plus.

Franck et Johanna avaient passé très longtemps à décortiquer tous les détails disponibles sans arriver à en tirer quelque chose de neuf. Si Annabelle avait réellement libéré le liseur, cela expliquait certainement la facilité avec laquelle elle avait déjoué l'ensemble de la surveillance des lieux. Mais le fait qu'elle aurait aisément pu agir ainsi ne constituait pas une preuve suffisante.

Le dîner se déroula dans une ambiance d'autant plus morne que Kieran ne se montra pas. Lukas avait appelé pour dire qu'il n'avait encore rien trouvé, mais qu'il persévérait. Et Morgan était furieuse parce que les sorcières lui avaient, selon ses propres termes, claqué la porte au nez. Elle n'avait pas eu le temps de trouver le registre et il lui fallait maintenant tout recommencer et dénicher un autre moyen d'accéder aux serveurs, au nez et à la barbe d'informaticiennes désormais en alerte. Malgré sa colère, elle semblait galvanisée par ce défi et elle ne tint pas cinq minutes à table, avant de retourner devant son ordinateur, emportant son assiette.

Johanna semblait à nouveau abattue et elle s'enferma dans la chambre médicalisée avec sa mère, dans l'intention visible d'y passer la nuit. Impuissant, voyant défiler les heures qui les rapprochaient de la fin de l'ultimatum des sorcières, Franck finit par aller frapper à la porte du laboratoire de Kieran. Le lourd blindage était entrebâillé et, comme ses appels demeuraient sans réponse, il finit par entrer prudemment. Les racines d'Yggi frémirent, mais le bonsaï ne l'empêcha pas de passer.

Le laboratoire était brillamment éclairé et Franck n'avait pas fait trois pas que son cœur manquait un battement.

— Kieran !

L'homme gisait sur le sol à côté de son bureau, dans une véritable flaque de sang. Franck se précipita vers lui, avant de ralentir, puis de s'immobiliser tout à fait, les sourcils froncés. Kieran avait une plaie béante en travers du cou et un poignard effilé comme un scalpel à la main ; de toute évidence, il s'était égorgé lui-même. Cette constatation emplit Franck d'une perplexité indicible.

Il n'avait pas encore réussi à tirer un sens de cette scène lorsqu'il s'aperçut que les chairs lacérées étaient en train de se refermer. La cicatrisation ne prit pas plus de quelques secondes, puis Kieran ouvrit les yeux dans un soupir. Il tressaillit en s'apercevant de la présence de Franck et se hâta de se relever.

— Du nouveau ? demanda-t-il.

Franck secoua la tête.

— Non, mais… Qu'est-ce que tu fais ?

Kieran jeta le poignard ensanglanté sur le bureau et alluma une cigarette.

— Je teste quelque chose, répondit-il. J'aurais dû fermer la porte.

— Quel genre de test nécessite que tu te suicides ?

Kieran se mit à rire.

— Ce n'est pas vraiment un suicide quand on ne peut pas mourir, mon cher. En revanche, j'aurais dû y réfléchir à deux fois, j'ai totalement ruiné mon costume.

Il baissa un regard navré vers sa chemise et son gilet imbibés de sang, puis se redressa comme si de rien n'était et sourit à Franck.

— Tu devrais aller dormir. Les évènements risquent de s'accélérer demain.

— Je voudrais pouvoir faire quelque chose.

— Je vais être brutal, mais tu ne peux rien faire pour le moment.

— Parce que je ne suis qu'un humain stupide ?

Franck n'avait pas pu retenir son amertume. Kieran le dévisagea de son air le plus sérieux.

— Parce que tu es un homme d'action, pas de réflexion.

— C'est bien ce que je disais, tu penses que je suis stupide.

— Ne m'attribue pas tes propres croyances. Tout ce que je dis, c'est que tu donnes le meilleur de toi-même lorsqu'il faut agir. Tu l'as suffisamment prouvé avec la tarasque. Et c'est très bien comme ça. Nous aurons très bientôt besoin de quelqu'un comme toi. Alors arrête de te dévaloriser et concentre-toi.

Franck fronça les sourcils, mais il ne trouva rien à répondre. Il fit demi-tour, la tête basse.

— Va dormir ! insista Kieran de loin. Il faut que tu te tiennes prêt !

Franck ne répondit pas et tira la porte du laboratoire derrière lui. Il remonta lourdement au rez-de-chaussée où il fut alpagué par Piotr. Le domovoï semblait très stressé, son naturel anxieux exacerbé par la situation. Franck passa un long moment avec lui dans la cuisine, s'efforçant de le rassurer, et il eut la satisfaction de voir que le petit être l'écoutait lui au moins.

Après une longue conversation, il parvint à l'apaiser un peu et, ragaillardi, Piotr entreprit de préparer de nouvelles fournées de biscuits de Noël. Guère d'humeur à se consacrer à la pâtisserie, Franck se retira. Il fit un détour par la chambre médicalisée où Johanna ne dormait pas, blottie tout contre le corps de sa mère, et il se contenta d'embrasser la jeune femme sur le front, avant de rejoindre son propre appartement. Il tenta de dénouer un peu ses muscles avec une douche brûlante, puis se jeta sur son lit et chercha le sommeil.

Sa nuit fut interminable et douloureuse. Il n'avait pas de réveil et il ne cessait de saisir son portable pour vérifier l'heure, regardant défiler les minutes, ignorant les icônes clignotantes lui signalant qu'il avait plusieurs messages en attente. Il était à peu près certain que ces messages provenaient de Caroline et il n'avait aucune envie de les lire pour le moment. Le décompte semblait à la fois horriblement lent et bien trop rapide. Il ne restait plus que vingt-six heures avant la fin du délai accordé par la Sororité ; vingt-cinq ; vingt-quatre ; vingt-trois…

Franck retournait le problème en tous sens dans sa tête, mais il ne voyait aucune solution. Il se cognait encore et encore aux mêmes difficultés, aux mêmes inconnues, aux mêmes détails incompréhensibles. Il se sentait submergé, impuissant et inutile. Il espérait de toutes ses forces que Kieran savait ce qu'il faisait, que l'homme avait la clé de cet imbroglio, mais il ne pouvait pas s'empêcher de douter après avoir surpris cette scène surréaliste. Pourquoi l'homme s'était-il égorgé ? Pourquoi perdre du temps avec des expériences aussi masochistes qu'absurdes ? Et Johanna qui avait abandonné… C'était perceptible dans la moindre de ses attitudes. Mais Franck ne pouvait pas le tolérer.

Peu avant l'aube, il plongea dans un mauvais sommeil, mais ce ne fut que pour enchaîner les cauchemars. Lorsqu'il s'arracha finalement à son lit, il était vaseux, nerveux et déprimé. Rien ne semblait avoir bougé dans la maison, Johanna était toujours immobile dans la chambre médicalisée, Kieran était invisible et Morgan s'acharnait sur son ordinateur, enfermé dans le noir, son visage creusé de fatigue prenant d'infernaux reflets bleutés, ses yeux soulignés de rouge. Franck se sentait si mal qu'il passa une heure dans la salle de sport à se défouler, se déchaînant jusqu'à ce que son corps accepte enfin de se détendre. Puis il mangea seul, ses yeux ne cessant de revenir au décompte des heures sur son téléphone.

Vers seize heures, Franck se trouvait dans le salon, le regard plongé dans le feu, solitaire et tendu. Il essayait de se soutenir avec des douceurs et Piotr s'était fait un plaisir de lui préparer un chocolat chaud accompagné d'une brioche et de muffins de saison à la crème de marrons. Franck mangeait machinalement, attendant que le monde s'écroule. Il ne bougea pas lorsque Kieran le rejoignit soudain.

L'homme sortait visiblement de la douche et avait passé des vêtements propres. Malgré tout, il paraissait fatigué et se jeta sur la nourriture avec encore plus de voracité qu'à l'ordinaire, à tel point que Piotr, pourtant généreux, dut leur apporter un second service. Une fois repu, Kieran alluma une cigarette et poussa un profond soupir.

— Je n'y arriverai pas, avoua-t-il.

Franck se tourna vers lui en fronçant les sourcils. Kieran lui adressa un sourire contrit.

— Le délai est trop court, je ne peux pas faire de miracle.

L'homme passa une main lasse dans ses épais cheveux noirs et se pencha sur le fauteuil.

— Nous allons devoir gagner encore du temps.

— Comment ? demanda Franck.

— En nous cachant, soupira son compagnon. Il y a une chance sur deux que ça tourne mal, mais je ne vois pas d'autre solution. Peut-être que nous arriverons à obtenir quelques jours et ça pourrait faire la différence.

— Quand partons-nous ?

Cette question pragmatique fit sourire Kieran. Mais l'homme n'eut pas le temps de répondre comme Lukas surgissait sur le seuil de la pièce.

— J'ai quelque chose ! annonça le détective en brandissant son téléphone avec un grand sourire. C'est pas énorme, mais c'est un début !

Franck et Kieran le rejoignirent aussitôt et Lukas leur présenta son écran.

— J'ai enfin pu passer au musée d'art moderne et je sais ce qui intéressait tellement madame Koehler. On a regardé les vidéos de surveillance avec mon pote. Sa première visite était assez normale, elle s'est baladée dans la plupart des salles, elle a flâné. Mais les deux autres fois, elle est allée droit vers les collections de photos. Vous le savez peut-être pas, mais le musée possède un fonds assez important, constitué notamment de clichés de Charles Winter, un photographe strasbourgeois du XIXe siècle. En ce moment, il y a une expo autour de la guerre de 1870. C'est cette photo qui l'a fait revenir deux jours de suite.

Lukas agrandit maladroitement l'image et ils purent découvrir un vieux cliché en noir et blanc sur lequel figuraient trois femmes d'âges variés et une fillette d'une dizaine d'années. La légende stipulait que la prise de vue datait de juillet 1870 et était signée d'un certain Edmond Becker.

— Quel est le rapport ? murmura Franck avec incompréhension.

— Aucune idée ! répondit joyeusement Lukas. Mais c'est ça qui a tout déclenché, j'en suis sûr ! Elle a commencé ses recherches aux mêmes dates, ça concorde.

— Va prévenir, mademoiselle Beaumont, ordonna Kieran à Franck. Peut-être que ça lui évoquera quelque chose.

L'homme s'empressa d'obéir et courut jusqu'à la chambre médicalisée. Mais Johanna n'y était plus. Franck fit le tour de l'étage sans la trouver et la panique irradia lentement du fond de son ventre. Lorsqu'il redescendit et qu'il informa Kieran qu'il ne trouvait pas la jeune femme, celui-ci interrogea aussitôt Yggdrasil par le biais de leur lien télépathique. En le voyant grimacer, Franck sentit son cœur s'arrêter de battre.

— Elle n'est plus ici, lança Kieran. Je ne sais pas comment, mais elle a réussi à tromper la surveillance d'Yggi et elle est partie. Bon sang, mademoiselle Beaumont !

Il se mit à faire les cent pas en réfléchissant, les sourcils froncés.

— Elle est allée se rendre, fit Lukas avec inquiétude.

— Ou pire, chuchota Franck d'une voix blanche. Tuer Annabelle Niels.

— Quelle idiote ! s'écria Kieran. Que ne pouvait-elle attendre comme je le lui avais demandé ? Maudites sorcières ! Pourquoi ne m'écoutent-elles jamais ?

Dans un mouvement de rage, il donna un violent coup de pied dans un fauteuil qui se renversa avec fracas. Puis il prit une profonde inspiration et retrouva instantanément son calme.

— Très bien. Pas de raison de paniquer. Franck, va me chercher Morgan.

L'homme se précipita et redescendit bientôt avec l'hermaphrodite. Kieran s'était remis à faire les cent pas tout en donnant des instructions à Piotr et Yggdrasil.

— Si les sorcières viennent ici, vous essayez de les empêcher d'entrer, mais si elles insistent vraiment, vous laissez tomber. Compris ? Je ne veux pas de blessés. Si elles doivent saccager la maison, tant pis. L'important, c'est qu'il ne vous arrive rien. Tu m'entends, Piotr ?

Le domovoï hocha la tête, les larmes aux yeux, tremblant de tout son corps. Kieran pointa du doigt Lukas et Morgan.

— Vous deux, mettez madame Koehler à l'abri. La planque numéro trois, Lukas. Vous vous enterrez là-bas et vous n'en bougez sous aucun prétexte. Si vous arrivez à vous renseigner sur la photo, très bien. Sinon tant pis. Mais il ne faut pas qu'elles vous trouvent, vous devez absolument garder les mains libres pour agir.

Lukas acquiesça gravement tandis que Morgan n'arrivait pas à cacher sa frayeur. Kieran se tourna vers Franck.

— Quant à nous, nous allons tenter d'empêcher ta dulcinée de commettre l'erreur la plus stupide de sa vie. Viens !

Franck emboîta aussitôt le pas à son compagnon et ils se précipitèrent hors de la maison.

* *
*

Ils avaient sauté dans la voiture de Franck et celui-ci avait démarré en trombe, manquant d'emporter le portail.

— Je vais où ? demanda-t-il en remontant leur rue aussi vite qu'il le pouvait.

— N'importe où, rétorqua Kieran en gardant les yeux rivés sur les rétroviseurs. Pour le moment, il faut les semer.

Il désigna deux voitures qui avaient démarré juste après eux et s'efforçaient de se maintenir à leur hauteur, ce qui leur était facilité par les nombreux feux du quartier. D'un regard, Franck enregistra les modèles et couleurs, puis il écrasa l'accélérateur de la puissante Mégane RS.

En temps normal, Franck était un conducteur pondéré, prudent, tranquille. Il fut lui-même surpris de la jouissance qu'il éprouva en grillant plusieurs feux de suite sous un concert de klaxons furieux. Il était dix-sept heures passées, la circulation était très dense et cela l'obligeait à une vigilance exacerbée, mais slalomer ainsi entre les autres véhicules lui paraissait soudain facile et évident. Inondé d'adrénaline, son cerveau pensait en accéléré, ses réflexes étaient démultipliés et il prenait ses décisions en une fraction de seconde.

À côté de lui, Kieran ne bronchait pas, les yeux rivés à son téléphone. Il ne réagit même pas lorsque Franck monta sur une piste cyclable, obligeant plusieurs vélos à se jeter de côté, avant de rejoindre la route dans un crissement de pneus. Les sorcières se maintenaient tant bien que mal dans leur sillage, mais elles n'osaient pas prendre autant de risques. Lorsque Franck s'élança sur l'autoroute, changeant sans cesse de voie pour accélérer davantage, il ne distinguait plus ses poursuivantes.

— Je crois que c'est bon, annonça-t-il en poussant à plus de cent cinquante kilomètres-heure.

Ils filaient en direction du sud, des appels de phare mécontents marquant régulièrement leur passage. Kieran observa un moment les rétroviseurs. Il était difficile de distinguer quoi que ce soit dans la nuit tombante zébrée de lumières mouvantes, mais l'homme finit par acquiescer.

— Bien. Maintenant, il faut réfléchir. Où est-elle allée ? Chez madame Niels ?

Franck doubla un camion par la bande d'arrêt d'urgence, se réinséra dans la circulation et secoua la tête.

— L'école des sorcières, lâcha-t-il.

Une nouvelle remontée périlleuse l'occupa quelques secondes, puis il s'aperçut que Kieran le regardait en souriant. Il eut un mouvement gêné.

— La première nuit de Yule est dans deux jours, non ? Jo m'a expliqué que les sorcières se réunissaient deux jours avant Yule à un endroit qui s'appelle l'école des sorcières. Il y aura du monde là-bas, y compris Annabelle Niels.

— Oui. Et elle voudra prendre à témoin la Sororité, essayer d'obtenir une dernière fois la vérité avant d'agir. Il faut faire demi-tour.

Franck braqua brusquement et ils enfilèrent une bretelle de sortie sous le nez d'une dizaine de voitures qui klaxonnèrent en chœur. Une minute plus tard, ils reprenaient l'autoroute dans l'autre sens, remontant vers le nord. Malgré son impatience, Franck s'obligea à ralentir et à conduire normalement avant qu'ils ne se retrouvent avec la police aux trousses.

Kieran avait déniché sur son téléphone les coordonnées du lieu de réunion des sorcières et, après avoir configuré le GPS de la voiture, il étudiait une carte topographique des environs.

— Si mes souvenirs sont bons, leur réunion commence vers dix-neuf heures, annonça-t-il. Ça nous laisse juste le temps d'arriver sur place.

Franck résista à la tentation d'accélérer, se contentant de se maintenir à la vitesse maximale autorisée tout en se glissant habilement dans la circulation. Kieran ouvrit machinalement son étui à cigarettes, puis parut se souvenir que Franck avait horreur qu'on fume dans sa voiture et rempocha le tabac à regret. Les doigts de l'homme tambourinèrent sur sa cuisse et il reporta son attention à l'extérieur.

Ils restèrent silencieux un long moment et Franck sentit son excitation retomber, le laissant fatigué et inquiet. Il s'en voulait d'avoir sous-estimé le désespoir de Johanna, de n'avoir pas su voir qu'elle s'apprêtait à faire une telle bêtise. Et dire qu'elle s'était enfuie juste au moment où ils avaient enfin découvert quelque chose... C'était si frustrant !

Déjà ils quittaient l'autoroute, remontant en direction de Saverne par les départementales, chemin plus direct depuis le sud de Strasbourg. Franck était obligé de faire de gros efforts de patience pour respecter les limitations dans les villages et ne pas doubler à tout va les autres conducteurs qui lui paraissaient tous lents et mous.

Kieran semblait calme à côté de lui, mais Franck détectait malgré tout de la nervosité dans la manière dont son compagnon ne cessait de triturer ses boutons de manchette. Peu à peu, Franck réalisa que l'homme jouait gros dans cette histoire. Pas sa vie, bien sûr, mais toute l'existence qu'il avait construite depuis la signature du traité avec la Sororité, ce pacte de non-agression qui l'avait délivré d'une guerre qu'il menait depuis près de quatre cents ans. Franck se demanda ce que lui-même ressentirait s'il se retrouvait embarqué dans un conflit que rien ne pourrait stopper, pas même la mort. Il éprouva un élan de reconnaissance mêlé de compassion.

— Merci, dit-il soudain. De tout ce que tu fais, des... risques que tu prends.

Kieran esquissa un sourire et haussa les épaules.

— Je le fais parce que ça en vaut la peine. Vous en valez la peine.

Touché, Franck ne sut que répondre.

— Même si vous êtes voués à disparaître comme tous les autres, ajouta l'homme avec un soupir.

Il se détourna et Franck resta silencieux, se concentrant sur la route pour masquer son trouble.

De nombreux ralentissements ponctuaient leur avancée et il était plus de dix-huit heures trente lorsqu'ils atteignirent enfin les premières collines des Vosges et le village de Saint-Jean-Saverne. Des panneaux indiquaient le mont Saint-Michel où se trouvait l'école des sorcières, mais Kieran fit prendre une autre direction à

Franck. Les sorcières surveillaient certainement le chemin d'accès principal, ils allaient devoir emprunter des voies détournées.

Ils quittèrent l'agglomération par une départementale étroite et peu fréquentée et Kieran finit par faire arrêter Franck au beau milieu de nulle part. Celui-ci gara sa voiture à l'entrée d'un chemin forestier et ils s'enfoncèrent bientôt dans les bois. La nuit était tombée depuis un moment, très noire comme le ciel était couvert, et il faisait un froid glacial, encore renforcé par le vent mordant qui s'insinuait entre les arbres. Kieran était à l'aise dans l'obscurité, mais Franck n'y voyait rien et ne cessait de trébucher, incapable de distinguer les mille pièges de la forêt. Kieran finit par matérialiser une lampe de poche.

— Garde le faisceau vers le sol, il ne faut pas qu'elles nous repèrent.

Franck obéit et ils grimpèrent rapidement au flanc de la montagne. Kieran jetait régulièrement un coup d'œil à son téléphone et s'orientait avec une assurance impressionnante, n'hésitant pas à couper à travers la forêt pour gagner du temps. Certains passages étaient délicats, boueux, abrupts, et Franck n'avait pas l'agilité de son compagnon, mais il était très endurant et il suivait sans problème, impatient d'arriver.

Il leur fallut tout de même plus d'une demi-heure pour atteindre le sommet du mont Saint-Michel. Kieran arrêta soudain Franck et celui-ci se figea, coupant aussitôt sa lampe de poche. Son compagnon lui désigna un point à une centaine de mètres et Franck devina la silhouette d'un chalet qui ressemblait aux constructions du Club Vosgien. Plusieurs lumières y brillaient et le murmure d'au moins deux voix leur parvint.

Ils s'approchèrent aussi prudemment que possible, Franck tressaillant à chaque craquement de branche sous ses pas. Kieran finit par lui faire signe de l'attendre et il s'avança seul, aussi silencieux qu'un chat, disparaissant bientôt dans les ténèbres. Franck ne patienta que quatre ou cinq minutes, mais cela lui parut interminable tandis que le froid grimpait le long de ses jambes jusqu'à son t-shirt mouillé de sueur. Il sursauta lorsque son compagnon jaillit soudain à ses côtés.

— Elles ne sont que deux, chuchota-t-il. Les autres sont un peu plus loin. Pas de trace de mademoiselle Beaumont pour l'instant. Viens.

Kieran prit la main de Franck et l'entraîna à nouveau en avant. Ils firent un détour pour contourner le refuge, puis rejoignirent la chapelle qui se dressait également sur le sommet du mont. D'autres lumières apparurent, notamment celle, chaude et mouvante, d'un feu. La chapelle dominait légèrement le bout du chemin et ils terminèrent leur progression en rampant, s'arrêtant derrière de gros rochers. À une vingtaine de mètres devant eux se trouvait l'école des sorcières.

Tout le sommet du mont était ouvert, offrant une vue panoramique sur la plaine d'Alsace, et à cet endroit, la montagne formait un promontoire rocheux. À l'extrémité de ce promontoire, on avait creusé dans la pierre en des temps immémoriaux un bassin circulaire d'environ quatre mètres de diamètre et cinquante centimètres de profondeur. C'était au centre de ce cercle singulier que le feu avait été dressé. Une quinzaine de sorcières se tenaient autour, dont trois jeunes filles de douze ou treize ans qui semblaient à la fois excitées et intimidées. Franck reconnut Annabelle Niels, mais aussi Cathy Baumann et d'autres amies de Johanna qui bavardaient paisiblement. Il n'y avait aucun signe de la jeune femme.

Annabelle faisait le tour du groupe et trois sorcières plus âgées se placèrent bientôt auprès des jeunes filles qui devaient être initiées ce soir-là. L'Aînée était vêtue normalement, d'un gros manteau qui la protégeait du froid et dissimulait sa maigreur sèche, mais elle portait dans les cheveux une couronne de houx dont les fruits rouges accrochaient la lueur des flammes. Elle puisa dans un grand sac d'autres couronnes et en coiffa à la fois les jeunes filles et leurs marraines, puis elles se rapprochèrent toutes du feu tandis que le reste de l'assistance se plaçait sur les bords du bassin. Elles se prirent les mains, formant un cercle fermé, et un silence solennel retomba sur le groupe, uniquement troublé par les crépitements du feu et les craquements des branches dans le vent.

Deux des jeunes filles avaient fermé les yeux et la troisième fixait les flammes comme si elle avait été hypnotisée. Franck aurait été incapable de mettre des mots sur ses sensations, mais il y avait quelque chose dans l'air, une vibration, un tremblement qui s'insinuait dans son ventre. Fasciné, il se redressa légèrement. Annabelle leva les bras et toutes l'imitèrent, gardant leurs mains jointes. Puis l'Aînée se mit à chanter et Franck se pencha encore davantage vers les sorcières, irrésistiblement attiré.

La mélopée se déroulait dans une langue qu'il ne comprenait pas, mais elle était douce, enveloppante, pénétrante. Annabelle avait une belle voix grave, d'une grande justesse, et il se dégageait d'elle une puissance agréablement bienveillante. Puis les autres sorcières se joignirent à elle et le chant gagna en intensité, faisant battre plus vite le cœur de Franck. Le feu parut brûler plus haut et l'atmosphère prit une qualité toute particulière, vibrionnant, traversée de courants d'énergie invisibles qui semblaient transpercer le tissu même du monde. Puis le chant se termina et le silence ramena sur le groupe un calme habité.

Franck était si absorbé qu'il réagit à peine lorsque Kieran le tira doucement par la manche.

— Mademoiselle Beaumont ne doit pas être loin, chuchota l'homme à son oreille. Il faut l'intercepter avant qu'elle n'intervienne…

Franck s'obligea à s'arracher à sa torpeur fascinée et acquiesça, prêt à suivre son compagnon. Mais il était déjà trop tard. Alors qu'en contrebas Annabelle annonçait d'une voix solennelle qu'il était temps pour les jeunes filles de rejoindre la Sororité, d'y entrer sous la protection de leurs marraines, Johanna surgit soudain de l'ombre en escaladant un rocher et s'avança vers le feu.

— Est-ce que tu les as prévenues qu'il y avait des traîtresses même parmi la Sororité ?

Le cercle se rompit aussitôt et chaque marraine tira sa protégée vers elle tandis qu'Annabelle se tournait calmement vers Johanna.

— Alors tu as fini par te décider ? répliqua-t-elle.

La jeune femme haussa les épaules. Son attitude résolue n'annonçait rien de bon.

— Je veux te laisser une dernière chance de dire la vérité, lança-t-elle. Ici, où tu as été ma marraine. Tu t'en souviens ? On s'est tenues là toutes les deux et tu… Tu m'as accompagnée, tu as tenu ma main et…

La voix de Johanna se brisa, mais elle s'obligea aussitôt à se redresser, à faire face. D'autres sorcières manœuvraient déjà pour l'encercler, se déplaçant discrètement, tendues, prêtes à tout. Franck était sûr que Johanna les voyait, mais elle ne bougeait pas, continuant à fixer Annabelle comme si rien d'autre n'avait d'importance.

— Comment as-tu pu nous faire ça ? reprit-elle d'un ton accusateur. Que tu veuilles sauver ton fils, c'est une chose, mais nous trahir à ce point ? Est-ce que tu n'as donc aucun scrupule ?

Annabelle avait froncé les sourcils.

— Je n'ai pas la moindre idée de ce dont tu parles, fit-elle sèchement. Je vais finir par croire que les autres ont raison et que la fréquentation de l'Immortel t'a rendue folle. Où est-ce que tu veux en venir à la fin ?

La froideur de la femme fit perdre patience à Johanna et celle-ci se mit à crier.

— Je sais que c'est toi qui as attaqué ma mère, parce qu'elle avait découvert que tu fabriquais une dagyde pour sauver Thomas en lui offrant un nouveau corps ! Tu as utilisé le liseur pour lui soutirer toutes ses informations et puis tu as essayé de la tuer ! Et comme si ça ne suffisait pas, tu t'es débrouillée pour tout me mettre sur le dos ! Avoue-le au moins, merde ! Assume ce que tu as fait !

Un long silence suivit cette tirade furieuse. Annabelle semblait si éberluée, choquée, qu'un doute horrible s'insinua en Franck. Se trompaient-ils depuis le début ? L'Aînée semblait sincèrement stupéfaite et les certitudes de Johanna parurent vaciller elles aussi. Cathy fut la première à réagir, tendant vers la jeune femme des mains compatissantes.

— Enfin, Jo, mais qu'est-ce que tu racontes ? fit-elle timidement. Tu sais bien que c'est impossible. Pourquoi tu inventes des choses pareilles ?

— Je n'invente rien ! s'écria Johanna.

Et soudain elle lança une attaque fulgurante. Annabelle fut balayée. Projetée en arrière, elle chuta durement sur le promontoire et manqua de basculer dans le vide, rattrapée à la dernière seconde par Cathy. La moitié du feu avait été soufflée et plusieurs sorcières s'empressèrent d'étouffer les braises qui menaçaient déjà d'embraser les buissons à proximité. Les marraines avaient tiré en arrière leurs pupilles choquées et terrifiées ; trois sorcières de l'assistance se jetèrent sur Johanna.

Franck se redressa, prêt à bondir pour intervenir, mais Kieran le tira brusquement en arrière, faisant preuve d'une force stupéfiante. Tandis que des bruits de lutte et des cris résonnaient en contrebas, Kieran fourra son étui à cigarettes en argent et son téléphone dans la main de Franck.

— Va-t'en ! ordonna-t-il à voix basse. J'ai entré l'adresse où se trouvent Lukas et Morgan dans le GPS, rejoins-les. Vous allez devoir trouver une solution et nous sortir de là. Moi, je vais essayer de la protéger et de gagner du temps. Et fais attention à mon étui, j'y tiens.

Franck ouvrit la bouche pour protester, mais Kieran attrapa soudain son visage entre ses deux mains, impérieux.

— Franck, tu as confiance en moi ?

L'homme hésita, douloureusement distrait par le combat qui se poursuivait à quelques mètres. Il finit par hocher la tête sous le regard tranchant de Kieran.

— Alors fiche le camp et laisse-moi gérer ça ! commanda l'homme. Vite !

Franck voulut jeter un dernier regard vers les sorcières, mais Kieran le poussait déjà en direction de la forêt et il finit par se mettre à courir, s'éloignant aussi rapidement qu'il le pouvait dans l'obscurité, se concentrant de toutes ses forces pour ne pas trébucher tous les trois pas, le cœur battant à tout rompre. Il avait abandonné Johanna. Non, il avait fait confiance à Kieran. Il n'arrivait plus à réfléchir et dévala la montagne, rallumant sa lampe de poche dès qu'il fut assez loin du sommet. Lorsqu'il retrouva enfin sa voiture et démarra dans un crissement de pneus, il avait l'impression que le monde venait de s'écrouler sur sa tête.

**
*

C'était terminé, Johanna le savait. Elle avait fait un pari et elle l'avait perdu. Elle avait cru que, confrontée à ce qu'elle avait fait, Annabelle se trahirait d'une quelconque manière, mais la femme possédait un sang-froid monstrueux. Elle n'avait même pas réussi à l'ébranler et maintenant elle avait échoué à la tuer. C'était terminé.

Un coup atteignit la jeune femme à la tempe et elle tituba, à moitié assommée. Elle se souvint avec une pointe d'ironie que Carole lui avait proposé plus d'une fois de l'emmener boxer avec elle ; sans doute aurait-elle dû accepter. Elle frappa à son tour, au hasard, sans conviction. Elle ne voulait pas les blesser, pas ses sœurs, la seule qui méritait son courroux était Annabelle. Mais l'Aînée se trouvait de l'autre côté du feu, protégée, hors de portée.

Dans un dernier sursaut d'énergie, Johanna tenta de se déporter vers la chapelle, de s'ouvrir une perspective de fuite, mais un sortilège balaya ses jambes et elle s'écroula de tout son long, s'égratignant les genoux et les paumes. Elle se releva aussitôt, mais la tête lui tournait et son épuisement prenait des proportions lancinantes. Elle en avait assez de se battre.

Elle ne réagit pas lorsqu'un poing s'enfonça dans son estomac, vidant sèchement ses poumons, la pliant en deux, lui faisant monter la nausée aux lèvres. Deux femmes l'encadrèrent, la saisissant chacune par un bras, et enfin, enfin elle put cesser de lutter, arrivée au bout de sa résistance. On la redressa brutalement et on la ramena vers le feu, mais avant qu'Annabelle ne puisse s'approcher d'elle, une voix ironique s'éleva à la lisière du cercle de lumière.

— Vraiment, mesdames, je pensais que vous étiez au-dessus de ce genre de crêpage de chignon.

Incrédule, Johanna se redressa dans un effort douloureux et constata que c'était bien Matheson qui se tenait là, faisant nonchalamment face aux sorcières. Il ne semblait pas armé, mais la réaction de ses sœurs fut instantanée : elles se déployèrent aussitôt en demi-cercle face à l'ennemi, plaçant les plus fragiles à l'arrière, et Annabelle s'avança à leur tête, prête à tout. Sur leurs visages à toutes se lisait le même mélange de peur, de dégoût et de haine et Johanna en fut presque étonnée. Pourtant, elle aurait réagi exactement de la même manière il n'y avait pas si longtemps de ça.

Matheson fit un pas en avant et aussitôt plusieurs sorcières se ramassèrent sur elles-mêmes, prêtes à attaquer. L'homme leva les mains en signe de paix et sourit à la ronde, tranquille, charmant.

— Du calme. Je n'ai aucune intention hostile, je vous l'assure.

Johanna fronça légèrement les sourcils, commençant à retrouver son souffle. Comment avait-il su qu'elle viendrait là ? Pourquoi intervenait-il ? Était-il devenu fou ? La jeune femme se mit à prier qu'il soit vraiment venu seul et que Franck ne surgisse pas soudain de la forêt. Elle aimait l'homme, mais il ne se rendait pas compte des dangers qu'il courait à fréquenter Kieran, à la fréquenter elle. Elle ne supportait pas l'idée qu'il lui arrive malheur. Cependant Annabelle s'était rapprochée de Matheson et le toisait avec dédain.

— Je vous conseille de vous retirer tant qu'il est encore temps, ordonna-t-elle sèchement.

— Je ne peux pas, rétorqua l'homme sans perdre son sourire enjôleur. Mademoiselle Beaumont va bien être soumise à un procès, n'est-ce pas ? Je réclame le droit d'être son avocat.

Annabelle fronça les sourcils et Johanna cacha tant bien que mal sa stupeur. Bon sang, mais à quoi jouait-il ? S'il y avait un procès, celui-ci se tiendrait dans un lieu secret dont jamais la Sororité ne révélerait l'emplacement à l'Immortel. Si celui-ci voulait réellement y assister, il devrait se laisser conduire en aveugle. Cela signifiait qu'il ignorerait où il se trouverait et ne pourrait plus utiliser le pouvoir qui le rendait si redoutable. Cela revenait pour lui à se jeter dans la gueule du loup sans la moindre arme. Pourquoi faisait-il une chose pareille ?

Comme Annabelle restait silencieuse, Matheson lui adressa un autre de ses sourires, irrésistible, dénué de la moindre crainte.

— Sauf erreur de ma part, le traité est toujours en vigueur, insista-t-il. Et n'importe qui peut se porter volontaire pour défendre un ou une accusée. Ce sont vos lois et je sais à quel point vous y tenez. Refuserez-vous de les appliquer pour une des vôtres ?

— Vous vous rendez compte de ce que cela implique ? rétorqua froidement Annabelle.

— Vous me demandez si j'ai conscience que vous déciderez peut-être de ne pas me laisser repartir ? Je ne suis pas naïf, madame Niels. Mais il se trouve que mademoiselle Beaumont est une amie, alors…

Il haussa les épaules avec un fatalisme amusé. Annabelle avait tiqué à ce terme et Johanna se sentit mal à l'aise lorsque l'Aînée lui jeta un bref coup d'œil inquisiteur. Elle-même ne savait que penser de l'attitude de Matheson. Depuis le début, elle était convaincue qu'il cherchait à se servir d'elle, mais pourquoi prenait-il de tels risques ? Que cherchait-il à obtenir en se mettant la Sororité à dos ainsi ? Plus elle y réfléchissait, moins l'attitude de l'homme avait de sens.

Laissant Matheson à la surveillance de trois sorcières, Annabelle recula de plusieurs pas pour conférer avec d'autres femmes plus âgées. En les entendant, Johanna réalisa avec une pointe d'effroi que toutes n'étaient pas enthousiasmées par l'idée d'un procès et que certaines auraient été prêtes à se débarrasser d'elle sur-le-champ. Elle se rendit compte que l'intervention de l'homme lui avait épargné une fin expéditive, même si elle ne voyait toujours pas d'issue à la situation.

Annabelle écoutait les arguments des unes et des autres, silencieuse, et elle finit par trancher en faveur d'un procès, d'autant plus que des sorcières d'autres clans devaient arriver le lendemain pour les célébrations de Yule. Leur présence permettrait d'avoir un avis impartial sur cette grave situation. Finalement la femme se tourna vers Johanna, glaciale.

— Je dois te prévenir qu'avoir l'Immortel pour avocat ne jouera certainement pas en ta faveur, bien au contraire. Mais nos lois te laissent le choix et nous devons les respecter pour que notre justice ait un sens. Alors, oui ou non, veux-tu que cette… créature te défende ?

Johanna soutint un instant le regard froid de l'Aînée, puis tourna les yeux vers Matheson. Il ne montrait plus rien, très droit, impassible. Johanna avait beau tourner et retourner la question, elle ne comprenait pas le comportement de l'homme. Mais au milieu de ses sœurs devenues soudain hostiles, il était le seul allié qui se présentait à elle et elle se sentait trop dépassée pour négliger cette aide. Elle finit par acquiescer.

— Oui, je veux qu'il soit mon avocat.

Matheson esquissa un sourire satisfait et Johanna baissa la tête, se demandant si elle ne venait pas de faire une nouvelle erreur.

Chapitre 11

Strasbourg, vendredi 9 septembre 1870

Joséphine et Catherine entrèrent dans l'hôpital civil de concert, puis se séparèrent. La vieille femme rejoignit la pièce où se changeaient les sœurs hospitalières, ayant proposé à ces dernières une aide qui avait été acceptée avec gratitude. La sorcière passait ses journées à soigner des blessés, à les trier, à les laver, à les aider à se nourrir, faisant preuve d'une efficacité et d'un sang-froid très appréciés du personnel de l'ambulance. Elle ne paraissait nullement éprouvée par les horreurs auxquelles elle était confrontée à longueur de temps et Joséphine ne pouvait pas s'empêcher d'admirer sa solidité. Le peu qu'elle voyait suffisait à alimenter des cauchemars de plus en plus violents.

Tandis que sa compagne disparaissait, Joséphine poursuivit son chemin d'un pas las. Les incessants allers et retours entre le théâtre où elles logeaient toujours et l'hôpital civil la fatiguaient, trop angoissants avec les bombardements qui continuaient encore et encore, ne semblant jamais devoir s'arrêter. La fillette aurait largement préféré rester auprès d'Edmond en permanence, mais on lui avait fait comprendre que ce n'était pas possible et elle avait fini par céder.

Arrivée dans un couloir qu'elle commençait à connaître par cœur, Joséphine s'arrêta un instant devant une fenêtre, offrit une dernière fois son visage au soleil, puis s'engagea dans l'escalier qui menait aux caves. L'odeur de chlore et de pourriture qui en montait la prit à la gorge et elle songea une fois de plus que cette atmosphère répugnante ne pouvait que retarder la guérison d'Edmond, comme celle de tous les autres blessés d'ailleurs. Ravalant son dégoût, elle dévala les marches d'un pas léger et s'obligea à afficher un grand sourire joyeux.

— Salut, Jo !

Le sourire de Joséphine se fit plus naturel tandis qu'elle s'approchait du lit de Valentin Grüber. Le garçon avait à peu près son âge et était enfoui dans un oreiller qui paraissait immense pour sa petite silhouette maigre. Valentin venait d'un des quartiers les plus pauvres de la ville et avait perdu son père dans les bombardements. Son frère aîné et lui n'avaient pas trouvé d'autre moyen pour survivre que de ramasser et revendre pour quelques centimes aux brocanteurs les éclats d'obus dont le plomb et la ferraille étaient recherchés.

Deux semaines plus tôt, alors que les deux garçons avaient déniché un obus encore entier qui n'avait pas éclaté, ils avaient cru leur fortune faite, de nombreux collectionneurs souhaitant récupérer un objet de ce type. Mais quand le frère de Valentin s'était emparé de l'obus, celui-ci lui avait littéralement explosé au visage. Le garçon était mort sur le coup ; quant à Valentin, il avait perdu ses deux mains et une terrible balafre lui traversait la joue gauche.

Malgré ces drames horribles, Valentin Grüber était toujours de bonne humeur et Joséphine et lui avaient rapidement sympathisé pendant les longues heures que la fillette avait passées à patienter au chevet d'Edmond. Elle aimait bavarder avec lui, même s'il était douloureux de le regarder, même s'il était le vivant rappel des atrocités que subissait Strasbourg. C'était un enfant de son âge, elle n'avait guère eu l'occasion d'en fréquenter et elle appréciait la simplicité de leurs rapports, bien loin des complications des adultes.

Ce jour-là, Valentin avait les yeux enfoncés par la fièvre et ses cheveux blonds étaient trempés de sueur. Sa blessure à la joue était légèrement enflée et il semblait avoir un peu de mal à parler, mais comme à son habitude, il ne se plaignait pas et babillait joyeusement. Malgré son inquiétude à le voir ainsi, Joséphine prétendit n'avoir rien remarqué et lui fit une révérence digne d'une princesse. Le garçon éclata de rire, avant de contenir aussitôt son hilarité qui le faisait souffrir, tirant sur sa joue.

— Ravi, m'dame la duchesse !

Il avait un accent populaire qui amusait Joséphine et il aimait se moquer gentiment de ses belles manières, très bourgeoises en comparaison des siennes. La fillette brandit l'exemplaire des *Trois Mousquetaires* qu'elle avait apporté.

— Je te préviens : si tu m'embêtes, je ne te ferai pas la lecture !

— Oh ben non, c'est pas juste ça, milady !

Il lui tira tant bien que mal la langue et Joséphine réprima un rire. Valentin adorait les aventures de d'Artagnan et elle n'avait aucune intention de le priver de son petit plaisir quotidien. Quelques jours plus tôt, elle avait trouvé le livre sur le chemin de l'hôpital, abandonné dans la rue, à peine abîmé. Cette lecture partagée était devenue un agréable rituel pour Valentin et elle. Au début Joséphine était intimidée par le fait que les autres patients installés à proximité l'écoutaient également, mais l'infirmière qui s'occupait de cette salle l'avait encouragée et elle avait fini par trouver beaucoup de satisfaction dans le fait d'apporter un peu de distraction à tous ces pauvres gens qui souffraient, enfermés dans les sous-sols de l'hôpital pour se protéger des bombardements.

— Je reviens, annonça-t-elle.

— Oh, va, je sais bien que ton amoureux t'attend !

Joséphine haussa les épaules et tourna les talons pour que Valentin ne puisse pas voir qu'elle rougissait. Au lieu de se diriger droit vers Edmond comme elle en avait envie, elle rejoignit l'infirmière qui préparait des médicaments sur une table branlante, dressée au milieu des rangées de lits quasiment tous occupés. La femme l'accueillit d'un sourire amical.

Victorine Goetz n'avait guère plus de vingt-cinq ans, mais c'était une soignante appréciée tout autant par les patients que par les médecins ; seules les sœurs hospitalières se méfiaient un peu d'elle, car c'était une des rares laïques de l'établissement. Inconditionnelle de Florence Nightingale dont elle lisait les publications en anglais grâce à une solide éducation, elle s'était formée dans plusieurs grands hôpitaux parisiens et avait même assisté à certains cours de la faculté de médecine. Elle n'était pas très jolie avec son long visage aux paupières tombantes, mais elle dégageait une force de caractère qui lui donnait beaucoup de charme. Joséphine l'admirait éperdument, d'autant plus après avoir vu avec quelle douceur et quelle efficacité elle s'était occupée d'Edmond.

— Est-ce que Valentin va bien ? demanda timidement Joséphine.

Victorine tourna vers elle son regard franc, puis secoua la tête.

— Ses plaies commencent à s'infecter, avoua-t-elle. Nous allons faire notre possible, mais il va falloir qu'il se batte.

Joséphine se mordit l'intérieur de la joue et ravala férocement les larmes qui menaçaient de la submerger. Malgré le choc de cette nouvelle, elle appréciait l'honnêteté de Victorine ; cela faisait au moins une adulte en qui elle pouvait avoir confiance. L'infirmière posa une main douce sur son épaule.

— Ta présence sera d'une grande aide, dit-elle gentiment. Il t'aime beaucoup.

Joséphine hocha la tête et s'efforça de sourire courageusement. Victorine ramassa un des plateaux qu'elle avait préparés.

— Viens, ajouta-t-elle, c'est l'heure du traitement d'Edmond.

Joséphine lui emboîta aussitôt le pas. Elle avait remarqué qu'Edmond était le seul patient que Victorine appelait par son prénom. Les deux jeunes gens avaient si bien sympathisé que Joséphine en éprouvait un mélange de jalousie et d'amusement. Quelque chose couvait entre ces deux-là, ça ne faisait aucun doute et quand elle y pensait, Joséphine avait l'impression de voir briller un trésor au fond d'un gouffre de ténèbres.

Edmond était bien réveillé, assis dans son lit, un gros bandage entourant sa tête. Il avait les traits creusés par la fatigue, de grands cernes violets soulignaient ses yeux, un chaume dru dévorait ses joues, mais il commençait à reprendre des forces. Sa plaie au crâne cicatrisait assez rapidement, plus impressionnante que dangereuse ; quant à sa blessure au ventre, elle s'était révélée moins grave qu'il n'y paraissait. Son embonpoint avait en partie protégé le jeune homme et le projectile n'avait fait qu'égratigner son foie. Le chirurgien n'avait eu aucun mal à contenir l'hémorragie et le tout était déjà en bonne voie de cicatrisation. Malgré tout, les sutures étaient encore fraîches, le moindre mouvement faisait grimacer Edmond et il était épuisé. Tout cela sans compter son asthme.

Joséphine serra les dents en approchant du lit et en entendant la respiration laborieuse du jeune homme. L'atmosphère étouffante de la cave ne lui réussissait pas du tout et les médecins en étaient bien conscients. Mais leur patient aurait couru encore plus de risques dans une chambre exposée aux bombardements… Edmond accueillit Joséphine d'un sourire et lui tendit le carnet à croquis sur lequel il était penché.

— Regarde, j'en ai fait un nouveau.

Comme l'avait prévu Joséphine, il avait cherché son matériel de dessin dès qu'il avait repris connaissance et la fillette avait été très heureuse de pouvoir le lui rendre. Au début, il était bien trop faible pour l'utiliser, mais depuis un ou deux jours, il commençait à s'y remettre. Joséphine prit le carnet et découvrit un portrait plutôt flatteur de Victorine. À l'exception de quelques traits un peu tremblés, l'ensemble était très réussi. Une légère rougeur monta aux joues de l'infirmière lorsqu'elle aperçut le dessin et elle s'abstint du moindre commentaire.

Tandis qu'Edmond bavardait avec Joséphine, elle l'aida à remonter sa manche et prépara une seringue de morphine. Cette dernière était théoriquement réservée aux blessures les plus graves, sévèrement rationnée, mais puisqu'elle était également recommandée dans le traitement de l'asthme, le médecin avait fait une exception pour le jeune homme. Non seulement le médicament atténuait fortement la douleur dans sa tête et son flanc, mais, en relâchant les muscles, il avait également l'avantage de faciliter la respiration. De fait, un moment après l'injection, Edmond se détendit légèrement et parut respirer plus librement.

Victorine s'assura encore que les pansements du jeune homme étaient propres, puis elle s'éloigna pour s'occuper d'autres blessés. Edmond la suivit rêveusement des yeux, puis il se détourna avec un soupir triste. Intriguée, Joséphine se hissa sur le lit et s'assit tout contre son flanc indemne.

— Qu'est-ce qu'il y a ? demanda-t-elle.

Edmond parut hésiter, puis il vérifia que Victorine était hors de portée d'oreilles et soupira encore.

— Je n'avais jamais rencontré une femme comme elle, avoua-t-il.

Une taquinerie monta aux lèvres de Joséphine, mais elle la ravala. Edmond était trop précieux pour qu'elle s'accorde le droit de le vexer. Elle observa ses pupilles rétractées par la morphine qui ne formaient plus que deux petits points noirs et prit sa main froide et moite.

— Je pense qu'elle t'aime bien, dit-elle.

Edmond lissa machinalement sa moustache tombante qui avait perdu toute sa superbe et releva vers elle des yeux pleins d'espoir.

— Tu crois ?

Malgré la pointe de jalousie et d'inquiétude qui lui fouillait le cœur, Joséphine acquiesça vivement.

— Oh oui, c'est sûr !

Edmond sourit, un sourire si enfantin que Joséphine eut envie de le serrer dans ses bras. À la place, elle sauta souplement à terre.

— Je vais faire la lecture à Valentin. Tu viens avec nous ?

Souvent le jeune homme faisait quelques pas dans la cave et Victorine l'encourageait à se mouvoir avec prudence, apparemment convaincue que cela accélérerait sa guérison. Mais l'injection de morphine était trop proche et Edmond déclina.

— Je vais essayer de dormir un peu, murmura-t-il en se rallongeant.

Joséphine n'insista pas et rejoignit Valentin qui la regarda arriver avec joie. La fillette alla chercher sa chaise habituelle, puis s'installa aux côtés du jeune garçon, se plaçant de sorte que sa voix porte vers les autres malades : une vieille femme qui avait eu la jambe cassée à cause d'un éclat d'obus, un homme brûlé dans l'incendie de sa maison, une adolescente hagarde, seule rescapée d'une pension ravagée par une bombe, un vieil homme dont le cœur avait souffert de sévères ratés sous l'effet de l'anxiété et des privations... Joséphine connaissait le nom de chacun d'entre eux, elle ne manquait pas de les saluer à chaque fois qu'elle arrivait et qu'elle repartait. Il y en avait déjà eu plusieurs qu'elle avait quittés le soir mal en point et qu'elle n'avait plus jamais revus.

Joséphine passa un long moment à lire à voix haute, Valentin et elle échangeant des commentaires légers sur les aventures de ces fiers mousquetaires tandis que leur parvenait de l'extérieur le grondement intermittent du bombardement. Toutefois la fièvre du jeune garçon ne faisait qu'empirer et il répondait de plus en plus laconiquement aux plaisanteries de Joséphine, le regard éteint. Victorine finit par suggérer à la fillette de le laisser se reposer et celle-ci obtempéra avec inquiétude. Elle retourna tenir compagnie à Edmond dont elle partagea le déjeuner et qui tenta ensuite tant bien que mal de lui donner une petite leçon de dessin. L'après-midi fila avec lenteur et, plusieurs fois, Joséphine se demanda si la vie retrouverait un jour un cours normal, sans ces longues heures de tension et d'ennui.

Des visiteurs venaient régulièrement voir les autres malades et Joséphine observait sur tous les visages les mêmes stigmates consécutifs à d'innombrables nuits sans sommeil, à la crainte permanente de voir mourir ceux qu'on aime et détruire tout ce que l'on possède. Même les rares enfants qui se présentaient étaient empreints de cette gravité lasse et, par moments, Joséphine se sentait terriblement vieille et abattue.

Au soir, lorsqu'arriva la sœur hospitalière qui prenait la garde de nuit, Joséphine se retira en même temps que Victorine, après avoir embrassé la joue d'Edmond et chaleureusement salué Valentin. Ce dernier répondit à peine, secoué de frissons au fond de son lit, ses moignons bandés s'agitant vaguement sur les draps humides. Joséphine n'osa pas le regarder plus que nécessaire, reconnaissant au fond de son ventre la même sensation très désagréable que la dernière fois qu'elle avait vu Saïd vivant.

Suivant Victorine d'un pas lourd, elle remonta jusqu'au rez-de-chaussée et, comme à chaque fois, éprouva un profond soulagement en quittant enfin la touffeur du souterrain. Le soir commençait à tomber et Catherine n'allait pas tarder à avoir fini son service. Victorine tint compagnie à Joséphine en l'attendant et la fillette apprit que l'infirmière occupait un appartement dans une maison toute proche, quai Saint-Nicolas. La demeure avait été relativement épargnée pour le moment, en dehors de quelques trous dans la toiture, et Victorine proposa à Joséphine de l'y emmener pour choisir un nouveau livre lorsqu'elle aurait terminé *Les Trois Mousquetaires*.

Cette conversation, si naturelle, parut pourtant étrange et décalée à Joséphine, comme si la simple normalité était devenue bizarre dans son monde en déliquescence. Elle n'arrivait plus à savoir si c'était dû à la découverte de sa véritable nature, de l'existence des Invisibles, ou à cette guerre infernale qui n'en finissait pas, mais elle aurait donné cher pour retourner à sa bienheureuse ignorance d'autrefois.

Lorsque Catherine les rejoignit enfin, elle était clairement de mauvaise humeur. Elle se montra tout juste polie avec Victorine et celle-ci n'insista pas, les quittant pour rentrer chez elle. Joséphine la regarda s'éloigner avec regret. Comme elle aurait préféré partir avec la jeune infirmière si énergique, si rassurante… À la place, elle dut suivre Catherine qui reprenait déjà la direction du théâtre, mutique, boitant lourdement.

Elles s'arrêtèrent au passage dans un estaminet, dînèrent rapidement sans échanger un mot et poursuivirent leur chemin. Au début, Joséphine avait espéré que leur solitude forcée serait l'occasion pour Catherine de lui en apprendre plus sur les sorcières et la Sororité et de répondre aux innombrables questions qu'elle se posait. Mais le caractère de la vieille femme était de plus en plus fluctuant et, en l'absence d'autres adultes, elle ne faisait guère d'efforts pour cacher ses sautes d'humeur. Plus d'une fois, Joséphine s'était heurtée à un mur méprisant et elle avait fini par ravaler ses questions. Elle comptait les jours qui les séparaient du 25 septembre, de la nouvelle lune et de la possibilité d'utiliser la figurine de cire pour détruire le croquemitaine. Quand cette menace serait écartée, elle pourrait enfin s'éloigner de l'inquiétante sorcière.

* *
*

Joséphine avait eu beaucoup de mal à s'endormir, songeant à Valentin, à Saïd, à Louise. Lorsque ses pensées s'étaient tournées vers sa mère, elle avait fini par devoir étouffer ses sanglots dans sa couverture, craignant et espérant à la fois la réaction de Catherine. Mais la vieille femme n'avait paru rien entendre. Joséphine avait fini par sombrer dans le sommeil, épuisée, et elle s'était mise à faire des cauchemars dans lesquels Edmond avait les deux mains arrachées et peignait avec son propre sang une immense fresque représentant Strasbourg en feu.

Quelques heures plus tard, ce fut le vacarme des bombardements, beaucoup trop proche, qui arracha la fillette au sommeil. Elle se réveilla en sursaut, angoissée, et vit Catherine en train de se lever péniblement. Elles avaient éteint leur lampe à pétrole pour l'économiser, mais d'autres lanternes s'étaient allumées dans l'espace ouvert du théâtre et Joséphine vit que la sorcière avait les sourcils froncés. Au moment où elle allait la questionner, un obus heurta la coupole juste au-dessus de la salle. L'explosion souleva des cris paniqués et des débris tombèrent au sol, manquant d'assommer plusieurs personnes.

Pendant un instant, personne ne réagit davantage, tous trop abasourdis, puis une pluie de projectiles se mit à frapper le bâtiment et une vague de terreur en souleva les occupants. Déjà les fusées incendiaires accomplissaient leur terrible besogne et, lorsque Catherine et elle sortirent dans le couloir, chargées de leurs affaires, Joséphine sentit très nettement l'odeur âcre de la fumée. Des gens couraient en tous sens, pompiers qui cherchaient à maîtriser les dégâts, employés qui tentaient de faire évacuer les réfugiés, fuyards terrifiés encore hébétés de sommeil.

Étourdie par l'agitation désespérée, horrifiée, Joséphine faillit se débattre lorsque Catherine saisit brusquement sa main pour l'entraîner à sa suite. Mais la sorcière n'avait pas fait trois pas qu'elle se figeait et Joséphine sentit son cœur lui remonter dans la gorge. L'homme en noir se tenait au bout du couloir, les empêchant d'accéder à l'escalier, éclairé par intermittence par une lanterne suspendue qui dansait follement. Catherine voulut faire volte-face, mais dans leur dos, c'était la femme-monstre qui leur barrait le passage.

Ne se rendant compte de rien, les gens couraient autour d'eux pour gagner la sortie. Cela ne dura qu'une trentaine de secondes, mais Joséphine eut l'impression qu'il s'agissait d'une éternité. Puis la source se tarit et il ne resta bientôt plus qu'eux quatre tandis que le bâtiment tremblait et gémissait sous les coups de boutoir des obus.

— Laisse-moi l'enfant et je t'épargnerai, sorcière, lança le croquemitaine d'une voix moqueuse.

Un terrible frisson remonta le long de la colonne vertébrale de Joséphine. Son regard passant alternativement d'un adversaire à l'autre, Catherine répondit d'une voix sereine.

— Elle appartient à la Sororité.

— La Sororité n'est pas là pour t'aider. Tu es seule et tu vas mourir.

— La Sororité est partout où se trouve l'une d'entre nous, rétorqua Catherine. Nous sommes une et nous sommes des milliers.

Ces quelques mots frappèrent Joséphine, mais elle ne put s'y attarder. Catherine poussa soudain un cri et la fillette sentit très nettement l'impulsion qui traversait l'atmosphère, comme une langue de feu invisible. Le croquemitaine fut violemment projeté en arrière, dégringolant dans les escaliers. Déjà Catherine se retournait, juste à temps pour stopper la goule qui avait bondi vers elle.

Incrédule, Joséphine vit la vieille femme tendre la main et arrêter net son adversaire, comme si elle l'avait saisie à la gorge en plein milieu de son saut. La goule restait suspendue en l'air, suffocant. Dans un effort, Catherine la balança contre le mur, si puissamment que le plâtre se fissura. La femme-monstre retomba et ne bougea plus, assommée.

Il fallut un instant à Catherine pour retrouver son souffle, puis elle reprit la main de Joséphine et entraîna à sa suite la fillette aussi terrifiée qu'émerveillée. Évitant l'escalier où avait disparu le croquemitaine, elles s'enfoncèrent dans les méandres du théâtre, cherchant désespérément une autre sortie. Catherine finit par s'engouffrer dans la première porte qu'elle trouva, mais celle-ci ne donnait que sur un bureau sans autre issue et elles durent faire demi-tour, retrouvant le couloir percé de quelques fenêtres qui donnaient sur la nuit à nouveau illuminée d'incendies.

Lorsque Joséphine jeta un regard par-dessus son épaule, elle fut horrifiée de découvrir que la goule était déjà sur leurs traces, remontant du fond du corridor, suivie de près par Hans Trapp. Catherine les avait vus elle aussi et elle s'arrêta brusquement pour leur faire face. Joséphine l'entendit murmurer des paroles incompréhensibles et soudain deux langues de glace jaillirent de ses mains tendues avec la puissance de javelots. Le croquemitaine évita tout juste le projectile qui lui était destiné, mais la goule fut touchée en pleine épaule et bascula en arrière avec un cri de douleur.

Au même instant, une bombe fracassa une des fenêtres situées entre les deux groupes et explosa dans le couloir. La déflagration fut si violente que Joséphine en tomba à la renverse et qu'il lui fallut plusieurs secondes avant d'arriver à nouveau à bouger. Engourdie, ahurie, elle se tâta machinalement et découvrit avec étonnement qu'elle ne semblait pas blessée. Clignant des paupières dans la poussière, secouant la tête pour se débarrasser du bourdonnement infernal dans ses oreilles, elle se redressa péniblement.

Elle ne voyait plus leurs adversaires, mais Catherine avait chuté à deux pas d'elle. La fillette se précipita. La vieille femme avait un éclat de métal fiché dans le biceps gauche et elle perdait beaucoup de sang, livide. Malgré tout, elle se remit sur ses pieds dans un grognement, referma sa main valide sur l'épaule de Joséphine comme une serre et la poussa à nouveau en avant. Elles reprirent leur fuite tandis qu'un cri de rage s'élevait dans leur dos.

— Il faut qu'on sorte d'ici ! s'exclama Catherine au moment où une autre bombe soufflait une des pièces qu'elles longeaient, détruisant tout sur son passage.

Elles trouvèrent enfin un escalier et le dévalèrent aussi vite que possible, perdues dans l'obscurité comme il n'y avait aucune lampe allumée dans cette partie du théâtre. De nouvelles marches les obligèrent à pénétrer encore plus avant dans d'étroits couloirs enténébrés sur lesquels donnaient des rangées de portes ouvrant sur des pièces sans issue, magasins d'accessoires, ateliers de couturière, placards qui regorgeaient d'objets de toutes sortes.

Elles étaient descendues si bas que la tempête du bombardement paraissait lointaine. Toutefois les Prussiens semblaient avoir décidé de s'acharner sur le théâtre et la souffrance du bâtiment se répandait jusque dans ses fondations. Catherine titubait de plus en plus et elle finit par s'arrêter dans une pièce au hasard. À nouveau elle parla dans cette langue qui fascinait Joséphine et une flamme naquit au creux de sa main, suffisante pour les éclairer, repérer une bougie et allumer celle-ci.

Joséphine vit qu'elles se trouvaient dans ce qui devait être une loge. De nombreuses chaises faisaient face à des miroirs, des poudres et des produits de maquillage traînaient un peu partout, des perruques, des vêtements, des accessoires variés. Catherine attrapa un long foulard, puis se laissa tomber sur un fauteuil et fit signe à Joséphine d'approcher. Elle lui désigna l'éclat qui dépassait toujours de son bras dégoulinant de sang.

— Il faut me l'enlever, ordonna-t-elle d'une voix rauque. Fais vite et sans hésitation. Ensuite tu enrouleras ce tissu autour de la blessure et tu serreras fort.

Joséphine n'osa pas protester malgré son effroi. Il était clair que la vieille femme ne pouvait pas continuer comme ça et la fillette avait désespérément besoin d'elle. Réprimant ses tremblements, elle s'avança tandis que Catherine tournait son regard vers la porte, paraissant guetter le moindre bruit.

— Vite et sans hésitation, répéta-t-elle entre ses dents serrées.

Joséphine se força à avaler sa salive, à ramener le calme dans ses mains frémissantes, à relâcher son ventre. Puis, sans réfléchir davantage, elle saisit le morceau de métal et tira de toutes ses forces. Elle fut surprise de la résistance qu'elle rencontra, mais elle avait pris tant d'élan qu'elle parvint à arracher l'éclat d'un seul geste. Catherine ne put étouffer une plainte, rentrant la tête dans les épaules, le visage tendu.

Joséphine lâcha aussitôt le métal coupant qui lui avait éraflé les doigts. Le sang coulait encore plus fort qu'avant et elle s'empressa d'enrouler le long foulard autour du bras mince de la vieille femme, serrant aussi fort qu'elle en était capable. Catherine haletait de douleur, mais elle restait consciente et s'efforçait de l'aider autant que possible. Lorsqu'elle fut à peu près pansée, elle voulut se relever et retomba aussitôt sur sa chaise. Son bras cogna l'accoudoir et elle resta un instant figée par la souffrance, crispée de tout son corps. Terrifiée, Joséphine ne sut comment réagir.

Lentement, avec une volonté de fer, Catherine parvint à maîtriser sa respiration anarchique et à se remettre debout sans vaciller. Elle rouvrit ses yeux durs et les braqua sur Joséphine.

— Prends la bougie et passe devant.

La fillette obéit aussitôt et ouvrit la voie tandis qu'elles ressortaient de la loge. Catherine ne marchait pas très vite, régulièrement obligée de s'appuyer contre le mur du couloir, mais elles parvinrent tout de même jusqu'à un autre escalier qui leur permit de remonter d'un étage. Joséphine avait l'impression que le théâtre n'était qu'un immense labyrinthe d'obscurité et elle s'attendait à chaque seconde à être assaillie par leurs ennemis.

Alors qu'elles venaient de regagner la grande salle, cette fois par le parterre, les deux monstres les rejoignirent soudain, les empêchant d'accéder à la sortie. La robe de la goule était pleine de sang, mais elle semblait déjà guérie de sa terrible blessure et elle se mouvait sans contrainte. Quant au croquemitaine, il était plus affreux que jamais avec sa barbe noire et ses yeux vicieux. Lorsque leurs regards se croisèrent à la lumière de la bougie, la terreur envahit si violemment Joséphine qu'elle sentit à peine le filet humide qui coulait le long de sa jambe.

Il n'y avait plus personne dans la salle comme on avait évacué les réfugiés vers des parties plus sûres du bâtiment et des débris de plus en plus nombreux tombaient du plafond tandis que le grand lustre tremblait et cliquetait. Le bombardement était si intensif qu'il formait un grondement quasi continu, chargeant l'air de soufre, de poussière, de métal surchauffé et de panique. Joséphine jeta un regard vers Catherine qui titubait, blême, le bras gauche inutilisable, et elle eut la certitude qu'elles allaient mourir toutes les deux.

Sans montrer la moindre peur, la sorcière lança une nouvelle attaque vers la goule, mais cette fois celle-ci parvint à parer, se protégeant derrière ses bras croisés, reculant à peine. Déjà Catherine faisait s'envoler un des fauteuils démontés dans un coin et le projetait sur le croquemitaine. Celui-ci écarta la menace d'un coup de poing et ricana.

— C'est terminé, sorcière.

Il saisit le fouet accroché à sa ceinture et laissa la longue mèche se dérouler.

— L'enfant est à moi !

Le fouet siffla, sa lanière prête à s'enrouler autour du cou de Joséphine, mais Catherine s'interposa de son bras valide et l'arme la saisit au poignet. Dans un cri de rage, le croquemitaine la jeta à terre et la tira violemment sur plusieurs mètres. Au même instant, un vacarme assourdissant retentit au-dessus d'eux tandis que plusieurs obus frappaient la voûte en même temps. Paralysée, Joséphine vit la goule lever la tête, puis écarquiller les yeux.

— Attention !

Ce cri d'alarme avait à peine résonné que le plafond se fissurait dans toute sa largeur. L'immense lustre qui les surplombait descendit brusquement d'un mètre dans un craquement mêlé du tintement inquiétant des pendeloques. Puis ses attaches cédèrent tout à fait et il chuta.

Dans un réflexe, Joséphine se jeta en arrière et protégea sa tête de ses bras. Le poids du lustre était tel qu'elle sentit nettement le sol trembler sous le choc. Ce fut comme une explosion et un souffle chargé de poussière et d'éclats de verre passa sur elle dans un crissement insupportable, écrasant.

Sonnée, Joséphine resta figée quelques secondes, puis elle se redressa péniblement et réprima un gémissement en s'appuyant sur un éclat qui lui entailla la paume. Malgré son envie de se recroqueviller par terre et de pleurer, elle s'obligea à se mettre debout et à regarder autour d'elle. À travers le plafond crevé, elle apercevait les innombrables projectiles qui zébraient le ciel, l'orage guerrier continuant à s'abattre sur Strasbourg. À quelques pas, elle distinguait un morceau de la robe de la goule, empêtrée dans les débris du lustre. Le croquemitaine était invisible, mais l'extrémité de son fouet disparaissait lui aussi dans les décombres. À l'autre bout, Catherine était avachie par terre, tout juste épargnée par les centaines de kilos de verre et de métal. Joséphine courut vers elle, trébuchant dans l'obscurité à peine pâlie par la bougie qui était tombée au sol et continuait à brûler bravement.

Lorsqu'elle s'approcha, la vieille femme roulait sur le flanc avec un grognement et Joséphine lutta pour l'aider à se relever. Catherine s'appuya lourdement sur elle, mais elles parvinrent toutes deux à se redresser au moment où la goule se dégageait sèchement des morceaux de ferraille qui l'emprisonnaient. Non sans horreur, Joséphine vit la large coupure en travers de son front se refermer sous ses yeux. La femme-monstre se précipita pour aider le croquemitaine qui était revenu à lui dans une série de jurons bien sentis.

— Vite ! souffla Catherine.

Elles en profitèrent pour se hâter vers la sortie, courant aussi vite qu'elles le pouvaient malgré l'état de la sorcière, mais elles n'avaient pas franchi la porte qu'une voix furieuse les interpellait.

— Tu n'iras nulle part, sorcière !

Joséphine vit Catherine fermer un instant les yeux, puis froncer les sourcils avec résolution. Mais comme elle allait se retourner pour faire face, la porte s'ouvrit soudain devant elles et plusieurs employés du théâtre firent leur apparition. Ils parurent consternés en découvrant leur présence.

— Mais qu'est-ce que vous faites là ? s'exclama l'un d'eux. Vous…

Il s'interrompit en apercevant la silhouette fracassée du lustre, abasourdi.

— Oh mon Dieu…

Déjà un autre pressait Catherine et Joséphine de se mettre à l'abri et la fillette n'eut pas le temps de regarder derrière elle, entraînée en avant par la sorcière. Catherine laissa l'homme les guider jusqu'à d'autres sous-sols, prenant cette fois soin de repérer leur trajet. Des dizaines de personnes se pressaient là, frémissantes, effrayées, désespérées. Catherine y fit à peine attention, attendit tout juste que leur guide se fût éloigné, puis se tourna vers Joséphine d'un air impérieux.

— On ne peut pas rester là, fit-elle sèchement. Cette fois il est décidé et il n'hésitera pas à venir nous débusquer jusqu'ici.

— Il faut aller à l'hôpital ! proposa spontanément Joséphine.

— Tu tiens à ce qu'il tue ton précieux Edmond ? rétorqua Catherine. Non, il nous faut un endroit sûr, un endroit où il ne peut pas entrer. Viens.

Sans attendre, elle poussa la fillette devant elle, s'appuyant sur elle en même temps, et elles échappèrent à la surveillance des employés du théâtre, gagnant rapidement l'extérieur. De nombreux projectiles continuaient à tomber sur le théâtre et quelques filets de fumée commençaient à apparaître çà et là, aussitôt étouffés par les pompiers qui s'agitaient tout autour du bâtiment. La panique était telle que nul ne fit attention à elles et elles traversèrent à la hâte la place Broglie, avant de remonter la rue du Dôme en direction de la cathédrale.

Elles couraient si vite, ne cessant de jeter des regards en arrière, que Joséphine n'eut même pas le temps de se rendre compte qu'elles passaient à nouveau à côté de sa maison calcinée. Après quelques jours d'accalmie, les bombardements étaient plus violents que jamais et elles devaient sans cesse se précipiter à l'abri pour échapper aux éclats. Des incendies avaient déjà pris un peu partout et, épuisée par cette fuite interminable, les mouvements lourds, Joséphine avait l'impression de s'être égarée dans un de ces rêves où l'on cherche désespérément à échapper à un monstre et où l'air lui-même semble se transformer en mélasse pour vous empêcher d'avancer.

Un bref instant, Joséphine se demanda si Catherine avait l'intention de se réfugier dans la cathédrale, de demander la protection de Dieu, mais la vieille femme se contenta de longer le temple et de traverser la place qui lui faisait face. Respirant de plus en plus fort, elle se hâta jusqu'à une des hautes maisons dont certaines étaient bien abîmées et s'engouffra dans une étroite porte d'entrée déverrouillée.

Là, elle remonta un petit couloir, puis descendit quelques marches, franchit une nouvelle porte dans les ténèbres et alla frapper à un troisième panneau de bois. Joséphine ne comprenait pas où elles se rendaient, croyait qu'elles allaient se réfugier dans la cave de quelque connaissance de Catherine ; elle resta bouche bée lorsqu'un gigantesque cyclope ouvrit, brandissant une lanterne. La créature, effrayante avec ses traits grossiers, son crâne chauve et son unique œil au milieu du front, accueillit la sorcière avec étonnement.

— Madame Guérin ? Vous n'êtes pas partie ?

Il avait une grosse voix rauque mais étonnamment déférente, humble, presque douce. Joséphine s'attendait si peu à l'entendre parler français ainsi qu'elle eut envie de le toucher pour s'assurer qu'il était bien réel. Il portait un vieux costume défraîchi, trop serré, qui commençait à s'effilocher aux entournures.

— Est-ce qu'on peut descendre ? se contenta de répondre Catherine en s'appuyant au chambranle de la porte.

La créature grimaça.

— Vous oui, bien sûr, mais la petite…

L'unique œil roula dans son orbite pour se braquer sur Joséphine et celle-ci frissonna. Presque aussitôt, le cyclope eut un geste d'excuse.

— Oh pardon, j'avais pas vu qu'elle était des vôtres. Vous pouvez y aller. Y a pas grand monde en bas, le patron pourra s'occuper de votre blessure.

— Parfait, grommela Catherine.

Le monstre s'écarta et la vieille femme poussa Joséphine dans ce qui ressemblait à la tanière d'un ours. L'odeur, en tout cas, évoquait immanquablement un antre animal ; une paillasse dans un coin, une table et une chaise, un simple poêle à bois pour faire la cuisine constituaient le seul mobilier. Alors que la chaleur estivale régnait à l'extérieur, l'atmosphère y était froide, humide, désagréable. Le cyclope les conduisit au fond de la pièce, jusqu'à une grille qu'il écarta, dévoilant une plateforme de bois que supportaient plusieurs chaînes reliées à des poulies. Au milieu, une rampe en métal chevillée au sol permettait de se tenir ; on y avait fixé une lanterne qui se balançait doucement. Lorsque Catherine monta dessus, les planches bougèrent légèrement et Joséphine dut faire un considérable effort pour la suivre sans protester, s'agrippant aussitôt à la barre centrale. Le cyclope referma la grille et s'apprêta à actionner un gros levier.

— Au fait, Patrick, l'arrêta Catherine, nous avons un croquemitaine sur les talons, ainsi qu'une goule. Vous ferez en sorte qu'ils ne nous suivent pas, n'est-ce pas ?

Au grand étonnement de Joséphine, le cyclope acquiesça.

— Bien sûr. Vous savez ce que le patron pense de ce genre d'engeances. Vous serez à l'abri à l'auberge, ils ne descendront pas.

Catherine approuva d'un hochement de tête, puis saisit la rampe de sa main valide. Patrick abaissa son levier, il y eut une série de cliquetis mécaniques, puis les chaînes commencèrent à se dérouler lentement et la plateforme se mit à descendre.

Joséphine ne savait pas à quoi s'attendre, n'osant pas interroger Catherine qui chancelait de plus en plus, effrayée par les grincements de la machinerie et l'aspect brut du puits de pierre dans lequel elles évoluaient. Lorsque la plateforme atteignit le sol, elle dut tirer elle-même la grille qui leur fermait le passage ; après quoi, elle se figea, ouvrant de grands yeux émerveillés.

Elles se trouvaient dans une grotte immense, plongée dans des ténèbres dont il était impossible de distinguer les limites. Des torches se reflétaient dans l'eau sombre d'un lac, traçant un chemin jusqu'à un pont en bois. Celui-ci menait à une île sur laquelle se dressait une grande maison dont de nombreuses fenêtres étaient éclairées. La température était fraîche, reposante. En comparaison avec la folie qui se déchaînait à l'extérieur, il régnait un calme merveilleux et le profond silence des pierres évoquait celui de la cathédrale lors des moments de recueillement. Instantanément, malgré le fait qu'un tel endroit paraissait impossible, Joséphine se sentit en sécurité.

Catherine se remit en marche d'un pas incertain et Joséphine se hâta de la suivre, prête à essayer de la retenir si elle chutait. Alors qu'elles s'engageaient sur le pont en bois, leurs pas résonnant dans l'atmosphère singulière de la grotte, Joséphine aperçut un mouvement dans l'eau à la faible lumière des torches. Intriguée, elle se pencha sur la rambarde, mais Catherine la tira en arrière.

— Ce n'est pas le moment de visiter.

Sa voix était rauque et Joséphine ravala la réplique qui lui démangeait les lèvres.

— Où sommes-nous ? demanda-t-elle toutefois.

Elle crut que la vieille femme ne répondrait pas, mais celle-ci s'arrêta un instant au bout du pont pour reprendre son souffle.

— Sous la cathédrale, expliqua-t-elle finalement. Seuls les Invisibles ont le droit de venir ici et la magie en est bannie. C'est un lieu de paix et de rencontre, un refuge.

— Alors le croquemitaine ne peut pas nous attaquer ici ?

— Non. Il est même interdit de séjour. Patrick le renverra s'il ose se présenter.

Joséphine songea que le cyclope devait être encore plus fort qu'il n'en avait l'air pour être capable de renvoyer le croquemitaine et la goule.

— Pourquoi il n'a pas le droit de venir ? interrogea-t-elle encore.

— Parce que le maître des lieux a horreur de ceux qui font du mal aux enfants.

Joséphine ne sut que faire de cette étonnante assertion. Déjà Catherine reprenait sa pénible progression et, enfin, elles atteignirent la porte de l'auberge. La sorcière entra sans frapper et Joséphine la suivit de près, brûlant de curiosité.

La fillette fut un peu déçue de constater que la salle ressemblait à celle de n'importe quelle auberge avec son long comptoir, ses tables et ses chaises, son sol recouvert de sciure. Il n'y avait quasiment personne en dehors d'un nain qui plongeait tristement ses longues moustaches blanches dans une chope de bière et un autre client qui éclusait un verre de vin après l'autre, les enchaînant avec une noire résolution. L'aspect de ce dernier frappa d'autant plus Joséphine qu'il ressemblait à certaines représentations de démon : ses membres inférieurs étaient ceux d'un bouc, son torse velu était nu et des cornes dépassaient de ses épais cheveux bouclés. Sans l'étrange tissu pourpre qui dissimulait son intimité et dont dépassait sa queue, il aurait eu l'air tout à fait bestial. À la vue de Catherine, il abandonna ses libations et se leva d'un bond, avec une agilité étonnante pour quelqu'un muni de sabots et non de pieds.

— Par tous les dieux, une sorcière blessée !

Il se précipita pour la soutenir et son parfum musqué envahit les narines de Joséphine, trop prononcé mais pas vraiment désagréable. Il avait une voix étonnamment douce, une voix si profondément humaine que la fillette cessa aussitôt d'avoir peur de lui.

— Venez, venez ! s'exclama-t-il.

Il débarrassa Catherine de son sac, la porta à moitié jusqu'à une chaise et celle-ci s'effondra avec un soupir de soulagement, épuisée. Puis la créature se tourna dans la direction de ce qui semblait être les cuisines.

— Zélie ! appela-t-il. Apporte-moi mon matériel de soin !

Et Joséphine comprit avec étonnement que c'était lui le fameux maître des lieux mentionné par Catherine. Le satyre se pencha à nouveau sur la sorcière et entreprit de dérouler le foulard qui enserrait son bras.

— Comment avez-vous fait votre compte ? demanda-t-il avec sollicitude. Encore ces maudits bombardements, n'est-ce pas ?

Catherine se contenta de hocher la tête, très pâle. Le satyre grimaça en découvrant la plaie qui s'était remise à saigner.

— Ce n'est pas beau à voir, mais nous allons arranger ça, fit-il d'un ton apaisant.

Au même instant une jeune fille potelée d'une quinzaine d'années sortit de la cuisine, chargée d'une trousse en cuir, et Joséphine fut surprise de lui trouver l'air tout à fait ordinaire, incapable de déterminer ce qui faisait d'elle une Invisible. La nouvelle arrivante leur jeta un regard timide, tendit son matériel au satyre, puis se hâta de retourner chercher de l'eau. Dans son coin, le nain continuait à boire sa bière sans faire attention à eux le moins du monde.

— Je n'ai pas d'argent, Achille, murmura Catherine.

Le satyre haussa les épaules avec un sourire charmant qui velouta ses yeux sombres et atténua la laideur de son visage taillé à coups de serpe.

— Nous sommes en guerre, ma chère. Et puis je dois bien ça à la Sororité. L'argent n'a aucune importance. Détendez-vous.

Et il entreprit de soigner Catherine avec efficacité, ses gestes aussi doux que précis. Lorsque la sorcière finit par perdre connaissance, Zélie la soutint jusqu'à ce que le satyre ait terminé son bandage, puis celui-ci la souleva dans ses bras puissants et entreprit de la porter vers un escalier. Ce ne fut qu'au moment de s'engager dans les marches qu'il parut se souvenir de la présence de Joséphine. Il lui adressa un autre de ses rassurants sourires.

— Viens.

Joséphine obéit machinalement, la fatigue commençant à peser lourdement sur elle. Achille porta aisément Catherine évanouie jusqu'à l'étage et Zélie s'empressa de le précéder pour lui ouvrir les portes, brandissant une lanterne. Finalement le satyre déposa la sorcière sur un lit, la débarrassa de ses chaussures et d'une partie de ses vêtements et tira les couvertures sur elle, avec des mouvements qui rappelaient à Joséphine ceux de Victorine Goetz. Ceci fait, il se tourna vers elle et parut amusé par son expression hébétée.

— J'ai un autre lit pour toi.

Il la conduisit dans la chambre voisine, passant par une porte de communication intérieure, puis il la débarrassa de sa besace qu'elle continuait à serrer contre elle sans même s'en rendre compte et l'aida à son tour à se mettre plus à l'aise. Joséphine laissa son corps meurtri s'enfoncer dans le confortable matelas avec un véritable bonheur et se blottit dans les épais draps chauds. Achille déposa une caresse paternelle sur sa tête.

— Dors bien, petite sorcière.

Joséphine n'eut pas la force de répondre. Elle songea vaguement à Edmond, mais déjà le sommeil l'emportait.

* *
*

Quelques heures plus tard, Joséphine se réveilla en sursaut après un sommeil sans cauchemar, plus reposée qu'elle ne l'avait été depuis des semaines. Clignant des paupières à la lumière de la lanterne qui éclairait sa chambre, il lui fallut un instant pour se rappeler où elle se trouvait. Puis elle s'aperçut que quelqu'un, Zélie sans doute, avait déposé une bassine d'eau qui fumait encore et des vêtements propres. Ravie de pouvoir enfin faire une véritable toilette, Joséphine s'arracha au lit douillet avec bonne humeur.

Tout en se lavant avec énergie, elle guetta les bruits de l'auberge, mais l'endroit était décidément très calme. Elle entendit une porte claquer à l'étage supérieur, des pas dans l'escalier et le son lointain d'une conversation, mais ce fut à peu près tout. Une fois habillée, elle passa quelques minutes appuyée à sa fenêtre, contemplant le lac immobile en contrebas. Quelque chose l'attirait vers l'eau, mais elle n'arrivait pas à savoir ce que cela pouvait être. Son estomac finit par l'arracher à sa rêverie et, malgré sa timidité, elle s'obligea à quitter la chambre.

Traversant la porte de communication, elle passa dans la pièce voisine. Catherine ne semblait pas avoir bougé depuis la nuit. Elle paraissait toujours très faible, mais elle avait repris quelques couleurs et sa respiration était ample tandis qu'elle dormait profondément. Rassurée, Joséphine hésita longuement, puis finit par se décider à descendre.

Lorsqu'elle entra dans la grande salle d'un pas furtif, elle fut surprise d'y voir bien plus de monde qu'à leur arrivée. Au moins une douzaine de personnes étaient en train de déjeuner, mais les conversations étaient rares et si nombre de convives avaient d'étonnantes particularités physiques, la plupart affichaient la même mine sombre que les humains de la surface.

Nul ne semblait s'intéresser à elle et Joséphine hésitait sur la conduite à tenir lorsque Achille surgit soudain de derrière le comptoir, encore plus impressionnant que la veille. Il lui adressa un large sourire.

— Bien dormi ? Tu as faim ?

Joséphine acquiesça et le satyre la conduisit à une table inoccupée. Un instant plus tard, il lui servit lui-même une grande assiette d'un appétissant ragoût dont les effluves emplirent la bouche de Joséphine de salive. Il lui apporta également deux tranches de pain, un verre de limonade délicieusement fraîche, puis il s'assit en face d'elle et la regarda engloutir la nourriture avec satisfaction. Malgré son embarras d'être ainsi observée, Joséphine avait bien trop faim pour contenir son appétit, d'autant moins que le ragoût était aussi délicieux qu'il en avait l'air.

Le satyre avait ajouté à sa tenue minimaliste une ceinture dotée de multiples pochettes et il finit par tirer une pipe de l'une d'elles, l'allumant de quelques gestes habiles. Il fuma un moment en silence et Joséphine se demanda ce qu'il pouvait bien penser quand il la regardait ainsi. Il semblait bienveillant, mais en même temps, tout chez lui était si singulier qu'elle ne savait même pas comment elle devait s'adresser à lui. Il mit un terme à son dilemme en rompant le silence.

— Tu seras sans doute soulagée de savoir que le croquemitaine n'a pas osé se présenter à notre porte. Patrick m'a assuré qu'il n'a vu personne et on peut avoir confiance en lui. Il n'a qu'un œil, mais il est particulièrement redoutable !

Joséphine s'efforça de sourire malgré son impression de flotter dans un rêve.

— Pourquoi est-ce que la Sororité ne t'a pas évacuée de la ville avant la guerre ? demanda le satyre. Une Première Née comme toi aurait dû être mise à l'abri.

Joséphine ne cacha pas son étonnement.

— Comment vous savez… ?

Sa question timide le fit sourire.

— Patrick. Les cyclopes ont la faculté de voir au-delà de n'importe quelle apparence. Personne ne peut leur cacher sa véritable nature. Cela en fait des gardiens très appréciables, d'autant qu'ils ont une extraordinaire mémoire des visages.

Joséphine songea qu'elle avait sans doute sous-estimé l'étrange créature qui montait la garde au-dessus de leur tête. Puis elle en revint à la première question du satyre.

— Je crois que les sorcières ne savaient pas vraiment ce que j'étais, dit-elle. Et puis… Il y avait ma mère et…

Joséphine prit une profonde inspiration pour contenir ses larmes et la pensée d'Edmond s'installa en elle, lancinante. Mais l'occasion était trop belle d'en apprendre plus et Achille semblait infiniment plus bavard que Catherine.

— Je vois, dit-il tristement.

Il n'insista pas et Joséphine lui en fut reconnaissante. Elle but une gorgée de limonade pour se ressaisir, puis s'obligea à relever les yeux vers lui.

— Qu'est-ce que vous savez de la Sororité ?

Il parut surpris par cette question et il gagna un peu de temps en tirant sur sa pipe.

— C'est une organisation redoutable, mais aussi essentielle. Depuis toujours les sorcières poursuivent un idéal de paix tout en combattant les plus dangereux des Invisibles. Elles sont les régulatrices de notre monde parallèle. Sans elles, des êtres comme l'Immortel auraient depuis longtemps asservi les nôtres autant que les humains.

— L'Immortel ? releva Joséphine avec angoisse.

Achille fronça les sourcils.

— Je ne suis pas le mieux placé pour répondre à tes questions, biaisa-t-il. Madame Guérin…

— Elle a horreur des questions, soupira Joséphine sans cacher son dépit.

Le satyre sourit.

— Voilà qui ne m'étonne qu'à moitié. Je la connais depuis longtemps, c'est une guerrière, pas une enseignante.

— Vous la connaissez bien ?

— Je ne dirais pas ça. Mais je la respecte. C'est une femme d'une grande force et une sorcière très puissante. Sans ses sœurs et elle…

Il s'interrompit, lâcha un soupir mélancolique.

— Les satyres ont mauvaise réputation, tu sais. Et malheureusement c'est souvent justifié. Il y a une quarantaine d'années, j'ai… J'ai eu des ennuis, j'ai fricoté avec l'Immortel et les siens, j'ai fait des bêtises. Mais les sorcières se sont montrées justes envers moi et c'est grâce à elles que j'ai pu me réfugier ici. J'aurai toujours une dette envers la Sororité.

Joséphine fut tentée encore une fois de lui demander qui était ce mystérieux Immortel, mais de toute évidence il ne tenait pas à développer ce sujet et elle se retint. Elle fut surprise lorsque Achille se pencha soudain vers elle et prit sa main avec douceur.

— Tu es une Première Née, alors j'imagine que tout ça est nouveau pour toi, mais il ne faut pas t'inquiéter. Appartenir à la Sororité est une chance extraordinaire. Où que tu sois, quoi que tu fasses, il te suffira de rencontrer une autre sorcière pour ne plus être seule, pour avoir une alliée sûre. Jamais la Sororité n'abandonne les siennes. La solidarité est le fondement même de son existence et ses richesses sont innombrables. Ses membres échangent à travers le monde entier et son réseau est plus étendu que celui du plus puissant des états. Elle a ses règles, bien sûr, mais en retour elle t'offrira une sécurité bien plus grande que tout ce que tu peux imaginer et une infinité de possibilités.

Éblouie par ce petit discours, Joséphine ne sut que répondre, puis elle s'assombrit en se rappelant Edmond. Il n'était pas question qu'elle l'abandonne, même contre toutes les merveilles que lui promettait la Sororité. Elle préférait renoncer à être une sorcière qu'être séparée de lui. Puis elle songea qu'à l'heure qu'il était, il devait être fou d'inquiétude et l'angoisse l'envahit. Il fallait qu'elle parle à Catherine.

S'efforçant de se montrer polie, Joséphine bavarda encore un moment avec Achille, apprenant au passage que Zélie était sa pupille, jeune banshee orpheline qu'il avait prise sous son aile. Joséphine n'avait aucune idée de ce qu'était une banshee et elle n'osa pas poser la question. Elle finit par prendre congé, puis grimpa rapidement les marches jusqu'à la chambre de Catherine.

La vieille femme s'était réveillée et même levée. Encore enroulée dans une couverture, les cheveux défaits, elle s'était traînée jusqu'à la table qui occupait un coin de la chambre et s'efforçait tant bien que mal d'avaler le repas que lui avait apporté Zélie. Elle accueillit Joséphine d'un coup d'œil froid et ne fit pas de commentaire.

— Comment vous vous sentez ? demanda la fillette avec sollicitude.

Malgré toute la méfiance qu'elle éprouvait envers elle, elle ne pouvait pas oublier que la sorcière s'était battue pour la protéger. Catherine haussa les épaules et réprima aussitôt une grimace.

— J'ai perdu beaucoup de sang, avoua-t-elle. Il va me falloir quelques jours avant d'être à nouveau capable de combattre. Heureusement nous sommes à l'abri ici.

— Mais on ne peut pas rester ici ! protesta Joséphine. Et Edmond ?

Un éclair d'impatience traversa les yeux de Catherine et elle fit un effort visible pour se contenir.

— Edmond est plus en sécurité là où il est.

— Mais il faut le prévenir, lui dire qu'on est encore en vie !

La vieille femme secoua la tête.

— Impossible. Lui faire porter un message risquerait d'attirer l'attention sur lui. Tu ne veux pas que le croquemitaine se serve de lui pour t'obliger à te livrer, n'est-ce pas ?

Secouée par cet argument, Joséphine ne sut que répondre. Catherine se détourna et se replongea dans son repas. Chaque cuillérée qu'elle portait à sa bouche lui coûtait un effort et un voile de sueur naquit bientôt sur son front. Joséphine envisagea un bref instant de l'aider, mais elle était trop en colère pour se montrer miséricordieuse. Elle s'adossa à la fenêtre et croisa les bras, ruminant sa conversation avec Achille. Si Catherine représentait vraiment la Sororité, alors Joséphine n'était pas très sûre d'avoir envie d'en faire partie.

— Qui est l'Immortel ? demanda-t-elle soudain.

Elle fut surprise de l'effet que ce simple nom eut sur la sorcière. Tout son corps se raidit et une lueur de haine s'alluma au fond de ses yeux.

— Qui t'a parlé de lui ?

— Achille a dit que… que les sorcières le combattaient.

— Oui. Parce que c'est un monstre. Nous nous battons contre lui depuis plus de quatre cents ans. Quand tu auras appris notre histoire et ce qu'il a fait aux nôtres, toi aussi tu souhaiteras sa destruction.

Le ton de la sorcière était si sombre que Joséphine en frissonna de répulsion. Elle avait eu son content de destruction depuis le début du siège et elle refusait de souhaiter la mort de qui que ce soit, pas même celle des Prussiens qui lui avaient tout pris, encore moins celle de cet Immortel dont elle ne savait rien. *Et de toute façon*, songea-t-elle in petto, *s'il est immortel, c'est bien qu'il ne peut pas mourir, non ?*

Cependant Catherine avait abandonné le reste de son repas et avait titubé jusqu'au lit où elle s'était écroulée. Elle fit un geste sec en direction de Joséphine.

— Ne reste pas là. J'ai besoin de me reposer.

La fillette ouvrit la bouche pour protester, puis la referma sans rien dire. Elle tourna les talons, se retint de claquer la porte de communication entre les deux chambres et se contenta de la tirer doucement. Un long moment, elle tourna en rond dans son appartement, mais l'inactivité la rendait folle et elle décida d'aller explorer les environs de l'auberge.

Dans la grande salle, Achille essayait de calmer un homme costaud qui hurlait contre les Prussiens, ayant visiblement abusé du vin du déjeuner. Lorsque le type renversa soudain sa table, braillant des insanités, ils durent s'y mettre à plusieurs pour le contenir et Joséphine put aisément se faufiler jusqu'à l'extérieur. Ce n'était pas la première fois depuis le début du siège qu'elle voyait des adultes perdre les pédales sous la pression. Au début cela lui faisait peur ; désormais elle avait juste envie de leur jeter un seau d'eau glacée pour qu'ils se ressaisissent.

Ce fut avec un certain soulagement que Joséphine retrouva le calme de l'extérieur. Saisie d'une inspiration, elle courut jusqu'à la plateforme par laquelle Catherine et elle étaient arrivées. Mais la grille était tirée et le panneau de bois avait été remonté, coupant toute possibilité de repartir par là. Joséphine chercha une cloche, un levier ou n'importe quel moyen d'actionner le mécanisme, mais rien n'était visible aux alentours du puits creusé à même la roche. Cette constatation l'angoissa et elle se demanda comment les clients de l'auberge étaient censés repartir.

À nouveau elle songea à Edmond et un profond abattement l'envahit. Elle ne supportait pas l'idée qu'il soit tout seul, sans nouvelles, en train de se ronger les sangs. Certes le risque avancé par Catherine n'était pas négligeable, mais n'était-il pas pire d'abandonner ainsi Edmond à un moment où il avait besoin de toutes ses forces pour guérir ? Joséphine avait bien compris que la sorcière méprisait le jeune homme et plus encore l'affection que la fillette avait pour lui, mais elle refusait d'accepter cet état de fait. Elle voulait retrouver Edmond et elle le ferait avec ou sans Catherine.

Joséphine revint vers l'auberge et entreprit de faire le tour, profitant de la lumière des torches qui brûlaient en permanence dans cette partie de la grotte. L'île sur laquelle se dressait la maison était minuscule et elle eut tôt fait de constater qu'il n'y avait pas grand-chose à y voir. Le bâtiment occupait la majorité de l'espace avec ses colombages et son toit de chaume. À l'arrière, une terrasse aux dalles mal ajustées devait parfois accueillir des clients, munie de tables et de chaises. Un ponton, presque identique à celui situé près de la plateforme, avançait légèrement sur l'eau ; une seule barque y était amarrée, ses rames en dépassant.

Dépitée, Joséphine marcha jusqu'au bout du ponton en bois et s'y laissa tomber avec un soupir, fixant du regard les ténèbres qui ondoyaient devant elle. Les reflets des torches paraissaient porter loin, mais en vérité elles n'éclairaient pas à plus de vingt mètres ; au-delà, il n'y avait qu'un sombre inconnu où l'obscurité se diluait dans les eaux noires et figées du lac. Joséphine fut tentée de glisser les doigts sous la surface, juste pour voir s'ils ressortiraient comme trempés d'encre, mais elle n'osa pas. Ramenant ses jambes en tailleur, elle fouilla ses poches jusqu'à y retrouver la photographie que lui avait donnée Edmond et s'absorba tristement dans sa contemplation.

Plongée dans des souvenirs douloureux, il lui fallut un instant pour réaliser que des rides étaient apparues sur le lac devant elle. Elle se redressa juste à temps pour voir les flots s'ouvrir silencieusement et un gros œil noir apparaître, émergeant d'une chair blanchâtre, braqué sur elle. Joséphine savait qu'elle aurait dû s'enfuir en courant, appeler à l'aide peut-être, mais une part d'elle était si fermement convaincue qu'elle n'avait rien à craindre qu'elle ne bougea pas. La créature sortit à peine plus de l'eau et Joséphine réalisa qu'elle devait être gigantesque, incapable de distinguer ses contours. Lentement, un tentacule s'aventura en l'air, dégoulinant, et s'approcha de Joséphine. La fillette ne bougea pas, fascinée. Lorsque le membre se posa sur sa jambe nue, lourd, froid, mouillé, visqueux, elle ressentit un plaisir si inattendu qu'elle ferma les yeux.

Nous sommes kraken. Toi, fille de la lumière.

La voix immatérielle résonnait directement à l'intérieur de sa tête, si belle que Joséphine en fut émerveillée. Ne sachant comment répondre, elle s'efforça de distiller son sentiment de bien-être en direction de la créature.

L'œil sombre roula dans son orbite et un autre tentacule, bien plus épais, atterrit sur le ponton, l'ébranlant légèrement. Joséphine rangea la photographie qu'elle tenait toujours, puis tendit la main et caressa doucement le bras puissant qui frémit.

Prisonnière ? Partir ?

La fillette comprit avec surprise que le kraken avait saisi ce qui la dérangeait, son impression d'être coincée là alors qu'Edmond avait besoin d'elle.

Nous t'emmenons vers la lumière. Obscurité, pas pour toi.

Incrédule, Joséphine ne put réprimer un mouvement de recul. La créature lui proposait-elle vraiment de la ramener vers la surface ?

— Vous avez fait connaissance, on dirait.

La voix de Zélie fit sursauter Joséphine et le kraken se laissa aussitôt glisser dans l'eau. Au grand regret de la fillette, il ne tarda pas à disparaître dans des remous ténébreux. Zélie en profita pour la rejoindre et s'assit à côté d'elle.

— Tu as de la chance, d'habitude il est très timide. Il ne se montre presque jamais.

Joséphine hésita à révéler que la créature lui avait même parlé, mais elle décida finalement de s'en abstenir. Elle tenait peut-être un moyen de s'échapper et ne tenait pas du tout à le partager.

— Achille m'a envoyée te tenir compagnie, expliqua Zélie en étouffant un bâillement. Il s'inquiète pour toi. Je t'ai cherchée partout, tu sais.

L'adolescente s'efforçait de se montrer agréable, mais il était clair qu'elle considérait sa présence comme une corvée. Joséphine lui aurait volontiers posé des questions, mais elle détestait s'imposer et à la place, elle proposa à Zélie de l'aider dans ses tâches à l'auberge. La jeune fille accepta avec un contentement visible et Joséphine se retrouva à éplucher des pommes de terre alors qu'elle n'avait qu'une envie : partir rejoindre Edmond.

Joséphine s'était réveillée tard et Zélie l'informa que l'après-midi était déjà bien avancé. Lorsqu'il fallut porter à boire à Catherine, la fillette se dévoua et en profita pour remettre le sujet d'Edmond sur le tapis. La réaction ne se fit pas attendre, encore plus sèche et autoritaire que le matin. Joséphine ne dit pas un mot, mais lorsqu'elle sortit de la chambre, sa décision était prise. Catherine n'était plus en état de la protéger de toute façon, alors autant aller retrouver le seul qui comptait vraiment.

Mais Achille et Zélie la surveillaient tous les deux, d'une sollicitude étouffante, et Joséphine ne parvint pas à se débarrasser d'eux avant le dîner. L'auberge accueillait une douzaine de convives qui logeaient dans les chambres de l'étage, mais il y avait peu de mouvements en provenance de l'extérieur et personne ne sortait. On n'avait aucune nouvelle si ce n'était que les bombardements continuaient, et les morts aussi. Là comme à la surface, les rumeurs allaient bon train et d'aucunes manquèrent de couper l'appétit de Joséphine, notamment lorsque certains évoquèrent des loups-garous qui travaillaient pour les Prussiens.

Finalement, une fois son dîner au fond de l'estomac, Joséphine remonta dans sa chambre. Un coup d'œil discret dans celle de Catherine lui apprit que la vieille femme était toujours alitée. Elle avait récupéré dans son sac l'étrange figurine de cire qu'elle avait fabriquée pour combattre le croquemitaine et la contemplait pensivement, absorbée. Joséphine ne manifesta pas sa présence et se retira. Le temps de récupérer son sac avec ses affaires et elle se faufilait hors de l'auberge.

Craignant que Zélie ou Achille ne l'aperçoivent si elle restait sur l'île, Joséphine traversa le pont de bois pour retourner sur la terre ferme, puis descendit dans le chaos de rochers qui marquaient le bord du lac pour se pencher sur l'eau. Elle y plongea la main et s'efforça d'invoquer silencieusement le kraken. Elle n'était pas très sûre d'elle, craignait de s'être fait des illusions, mais la créature ne tarda pas à émerger à quelques mètres de la rive, lui offrant à nouveau son profil.

— Pouvez-vous m'aider ? chuchota Joséphine en jetant un regard nerveux vers l'auberge éclairée.

Un des énormes tentacules se déroula dans sa direction, avant de se recourber pour former une sorte d'arceau. Joséphine y grimpa agilement, se retenant tant bien que mal à la peau mouillée. D'une impulsion, le kraken s'éloigna du bord et Joséphine eut l'impression de flotter au-dessus de l'eau, tranquillement suspendue dans le tentacule. Les mouvements de la créature étaient si souples qu'elle ressentait à peine les à-coups et toutes deux fendaient les flots à une vitesse si grisante que Joséphine faillit se mettre à rire.

Le kraken l'entraînait toujours plus profondément dans les ténèbres, jusqu'à ce que l'auberge et ses torches ne soient plus que des points lointains, mais bizarrement Joséphine n'avait pas peur. Comme avec Achille, elle savait instinctivement qu'elle n'avait rien à craindre, que le kraken était son ami et n'avait aucune intention de lui faire du mal. Elle s'agrippait à lui pour ne pas glisser et se laissait enivrer par cette course rapide à la surface du lac, dans une obscurité si complète qu'elle ressemblait à un rêve.

L'atmosphère était de plus en plus froide au fur et à mesure qu'ils s'enfonçaient dans la grotte et la robe qu'on lui avait donnée à l'auberge n'était qu'une robe d'été un peu trop petite pour elle. La chair de poule ne tarda pas à envahir son corps et ses doigts crispés sur le tentacule commencèrent à s'engourdir. Le kraken dut sentir son malaise, car il ralentit et, pour la rassurer, se mit à chanter.

Ce n'était pas une musique que Joséphine percevait avec ses oreilles, mais quelque chose qui s'élevait tout au fond de son être, une mélopée qui remontait du fond de son âme, à la fois profonde et cristalline, légère et intense, vive et délicieusement lente. Cela ne ressemblait à rien de ce qu'elle connaissait et l'enveloppait tout entière, apaisant ses angoisses, la submergeant d'une beauté presque trop pure pour être supportable.

Joséphine se sentit se dissoudre dans ce chant unique, à tel point qu'elle perdit le contact avec son corps. Ses jambes se dérobèrent sous elle et elle serait tombée dans l'eau si un autre tentacule ne l'avait pas rattrapée avec adresse. Elle se laissa porter sans broncher, les bras en croix, abandonnée, un sourire extatique aux lèvres. Si seulement elle avait pu rester ainsi pour toute l'éternité, bercée par cette musique singulière et pénétrante… Mais bientôt le kraken la déposa délicatement sur de nouveaux rochers.

Monte vers la lumière.

Et sans rien ajouter, il disparut. Joséphine mit plusieurs minutes à se ressaisir et lorsqu'elle y parvint enfin, elle faillit paniquer en s'apercevant qu'elle était seule dans le noir complet. Le cœur battant, empêtrée dans son sac, elle tâtonna autour d'elle avec nervosité, ne rencontrant que des rochers durs et glissants, trempés. Elle-même était mouillée malgré les précautions du kraken et elle commençait à avoir sérieusement froid.

Malgré sa crainte de tomber dans l'eau, elle s'obligea à agrandir le cercle de ses recherches, rampant à la recherche d'une issue. Elle faillit pleurer de soulagement lorsqu'elle sentit enfin sous ses doigts des arêtes trop nettes pour être naturelles. Quelques gestes de plus lui confirmèrent la présence d'un escalier et elle s'y engagea à quatre pattes, craignant de tomber si elle se montrait trop téméraire, totalement aveugle.

Toutefois elle ne rencontrait aucun obstacle, les marches étaient régulières et, même si la montée lui semblait interminable, elle distingua peu à peu le grondement familier des obus et se surprit à en être soulagée. Rassemblant son courage, elle se mit debout avec résolution et accéléra le rythme, achevant de se propulser vers la surface.

Chapitre 12

Quelque part entre Plobsheim et Nordhouse,
samedi 20 décembre, de nos jours

Debout à la fenêtre, sombre et silencieux, Franck regardait la pluie tomber sur la forêt toute proche, jouant distraitement avec l'étui à cigarettes de Kieran. La planque numéro trois était une maison perdue au fond d'un chemin privé, non loin de la départementale qui reliait les villages de Plobsheim et Nordhouse, à une dizaine de kilomètres de Strasbourg. Entourée de solides grillages, bâtie en lisière des bois, la propriété était inaccessible pour les passants et munie d'un système de surveillance vidéo aussi discret qu'efficace.

Un gardien mutique occupait une partie des lieux, accompagné de deux rottweilers aptes à dissuader la moindre tentative d'intrusion. Franck n'avait pas encore réussi à adresser deux mots au vieil homme qui les évitait soigneusement et il n'osait pas sortir de peur de se retrouver seul face à ses molosses. Lukas l'avait accueilli à son arrivée la veille, lui avait indiqué un garage attenant où dissimuler sa voiture un peu trop reconnaissable et l'avait conduit dans la maison. Depuis, Franck comptait les heures.

— Y a rien à bouffer dans cette baraque, grommela soudain une voix dans son dos.

Franck se retourna pour voir Morgan s'affaler dans un fauteuil, un mug de café à la main. L'hermaphrodite ne semblait pas avoir dormi de la nuit lui non plus et ses traits étaient tirés, le faisant paraître plus âgé. Il se laissa couler au fond du siège et croisa les jambes avec un soupir.

La partie de la maison qui leur était dévolue n'était pas très spacieuse et possédait en tout et pour tout deux chambres, un salon avec une kitchenette et une salle de bains si étroite que Franck se cognait partout à chaque fois qu'il allait aux toilettes. L'endroit sentait le renfermé et était mal chauffé par quelques radiateurs électriques. Il n'y avait guère que du café soluble et quelques boîtes de conserve dans les placards.

— Sérieux, quand est-ce qu'on va faire des courses ? insista le jeune Invisible.

— Le patron a dit de pas bouger, alors on bouge pas, rétorqua Lukas depuis la table bancale qui occupait le centre de la pièce.

Penché sur un téléphone, le détective envoyait des messages, tapant aussi vite que le lui permettaient ses grosses pattes maladroites. Morgan lui lança un regard noir.

— Et l'autre à côté, il a rien à manger ?

— C'est pas son boulot de nous nourrir.

Morgan leva les yeux au ciel.

— Ça lui coûterait quoi, franchement ? Il…

Franck n'écouta pas la suite. Impatienté par cet échange, il empocha l'étui à cigarettes, traversa le salon et sortit en claquant la porte. Il entendit Morgan s'interrompre dans un bafouillement et regretta un peu sa brusquerie, mais il ne supportait plus ce genre de discussions. Lukas et Morgan passaient leur temps à se chamailler et Franck avait envie de leur hurler de la fermer et de chercher plutôt comment les sortir de ce merdier. Mais il était mal placé pour leur faire des remontrances alors qu'il était complètement largué. Alors il grimpa lourdement l'escalier de bois grinçant qui menait à l'étage et rejoignit Judith.

Morgan et Lukas avaient installé la mère de Johanna dans une des deux chambres, prenant soin de parfaitement disposer son corps immobile. Ils avaient emporté avec eux un des moniteurs de chez Kieran et celui-ci continuait à émettre son bip obstiné à chaque fois que le cœur de la femme battait, toutes les cinq ou six minutes. Franck avait l'impression que le délai entre chaque battement s'était rallongé et il priait que ce ne soit qu'une illusion et qu'elle ne soit pas en train de s'éloigner.

Franck prit une profonde inspiration, s'obligea à contrôler sa nervosité et entreprit de manipuler délicatement les membres figés pour obliger les muscles inactifs à se réveiller. S'occuper ainsi de la femme l'apaisait et il retrouvait ce sentiment d'accomplissement que son métier lui avait toujours procuré, même dans les moments les plus difficiles. Il aimait s'occuper des autres, se montrer utile, essayer de les aider à aller mieux. Il regrettait tellement d'avoir obéi à Kieran et d'avoir fui.

Les gestes de Franck perdirent un instant leur fluidité et il s'obligea à se maîtriser, à ne pas transmettre sa tension à Judith. Machinalement, il se mit à parler à la femme inconsciente, lui expliquant la situation.

— Qu'est-ce que j'aurais dû faire à votre avis ? conclut-il. Je sais bien que je ne suis qu'un humain et que je ne peux rien contre une sorcière, mais ça me rend fou de les avoir laissés tomber comme ça. Je ne sais même pas s'ils sont encore en vie…

La gorge de Franck se serra et il fit un nouvel effort pour ravaler ses douloureuses émotions. Kieran n'était pas mort, bien sûr, c'était impossible. Mais il y avait bien des façons de l'atteindre autrement ; l'homme ressentait la douleur, il détestait être enfermé, il avait constamment faim, il y avait mille manières possibles de le torturer. Et les sorcières le haïssaient. Quant à Johanna…

Franck abandonna ses massages et s'assit lentement au bord du lit, le regard rivé au visage de Judith, si semblable à celui de sa fille. Kieran lui avait demandé de lui faire confiance et il voulait croire en lui. L'Immortel avait plus d'un tour dans son sac, il ne se serait pas jeté dans la gueule du loup sans avoir un minimum de plan.

Vous allez devoir trouver une solution et nous sortir de là… Franck se crispa au souvenir de ces paroles prononcées dans l'urgence. En réalité, c'était cela le plan de Kieran : sauter dans le vide avec Johanna et s'en remettre à eux pour les récupérer à l'atterrissage. Plus Franck y réfléchissait, plus cela lui semblait suicidaire. Il baissa la tête avec accablement.

— Franck, ça va ?

Morgan avait parlé timidement depuis la porte entrebâillée. L'homme n'eut pas le courage de le regarder.

— Non, avoua-t-il.

Morgan le rejoignit et posa la main sur son épaule dans un geste maladroit.

— Excuse-moi pour tout à l'heure, je deviens con quand je suis stressé…

Franck secoua la tête.

— C'est pas de ta faute.

Morgan retira sa main et son regard se posa à son tour sur Judith. Franck sentit qu'elle cherchait quoi dire, mais la jeune Invisible n'était pas très douée dans le registre des émotions et elle finit par renoncer avec un soupir. Franck s'obligea à puiser au plus profond de lui la volonté de se redresser. Il sourit à Morgan.

— Viens, on va essayer de trouver un truc à manger.

L'hermaphrodite grimaça un sourire en retour et le suivit. Lukas les attendait au rez-de-chaussée, son téléphone à la main.

— J'ai eu des nouvelles, annonça-t-il aussitôt. J'ai dû faire jouer tout mon réseau, personne n'a envie de contrarier la Sororité, mais des infos ont fuité. Il va y avoir un procès aujourd'hui. Et Kieran... Je sais pas comment il a fait ça, mais il a réussi à convaincre les sorcières de le laisser tenir le rôle d'avocat pour mademoiselle Beaumont. Donc si elles suivent les procédures habituelles, ça veut dire qu'ils sont tous les deux protégés pour le moment.

Franck sentit quelque chose se liquéfier en lui et ses jambes se mirent à trembler de soulagement. Il se laissa tomber sur une chaise.

— Y a autre chose, poursuivit Lukas en l'imitant. Le traité que Kieran et la Sororité ont signé, il a été confié aux sylphes. C'est souvent le cas pour des documents aussi importants, ajouta-t-il à l'attention de Franck. Les sylphes sont neutres, ils se tiennent au-dessus de toutes les guerres et on fait presque toujours appel à eux dans ce genre de cas. Ils m'ont assuré que le traité n'a pas été détruit, qu'il est toujours valide. Ça veut dire que pour le moment, les sorcières sont toujours tenues de le respecter et d'éviter de découper Kieran en morceaux.

Une nouvelle vague de soulagement traversa Franck, vite étouffée par la question de Morgan :

— Et si elles décident qu'elles se fichent du traité ?

Lukas s'assombrit.

— Alors ce sera vraiment la merde, lâcha-t-il. La Sororité est très puissante, mais je ne suis pas sûr qu'elle se rende vraiment compte du nombre d'alliés qu'il a encore. Il pourrait lever une armée d'un claquement de doigts s'il le voulait. Si elles essayent de le faire disparaître, comme ça a déjà été le cas par le passé, on devra aller le chercher et on le sortira de là peu importe le nombre de vies que ça coûtera. Aucun de nous n'a envie de tuer des sorcières, mais on le fera s'il le faut.

Les yeux de l'homme étincelaient et Franck réalisa que ce qu'il avait pris pour une simple amitié entre Kieran et Lukas allait bien plus loin que cela. Et visiblement le détective n'était pas le seul dans ce cas. Morgan hocha la tête farouchement.

— Vous pourrez compter sur moi si besoin.

Lukas parut surpris et la froideur avec laquelle il considérait habituellement Morgan s'atténua considérablement. Il esquissa un sourire, puis fit un geste tranchant.

— Mais on n'en est pas encore là et franchement, je préférerais qu'on évite. Seulement faut qu'on trouve par quel bout prendre ce bordel pour s'en sortir.

— Alors il va me falloir une meilleure connexion Internet, soupira Morgan. Le réseau ici est une blague, je ne peux pas bosser comme ça.

Lukas acquiesça.

— Je vais voir ce que je peux faire. Faut qu'on remonte la piste de cette photo et qu'on comprenne pourquoi elle a tout fait partir en vrille.

Les deux Invisibles se mirent à discuter du mystérieux cliché et pour la première fois, ils parvinrent à échanger plus de trois phrases sans se prendre le bec. Franck les écouta développer leurs théories avec une impression de flottement pénible. Il finit par s'éloigner discrètement, retrouvant son poste devant la fenêtre.

La pluie continuait à tomber et la journée était froide et grise, déprimante. Il avait un poids sur la poitrine et il se rendait compte que c'était le cas depuis que Johanna avait débarqué chez Kieran en catastrophe, nue et affolée. Il n'arrivait pas à réfléchir et il avait l'impression d'être redevenu cet élève médiocre qui perdait tous ses moyens à chaque fois qu'il se retrouvait devant un problème de maths. Il n'avait pas les connaissances nécessaires pour aider ses compagnons, il lui manquait les trois-quarts des données. Au fond, Johanna avait raison, il ne comprenait pas comment fonctionnait le monde des Invisibles, il n'était qu'un humain ignorant et impuissant…

Franck pressa son front contre la vitre froide et ferma les yeux. Il détestait s'apitoyer sur son sort, mais il n'arrivait pas à se secouer de cette sensation lancinante d'inutilité. Il s'était embarqué dans quelque chose qui le dépassait complètement. Peut-être, quand tout serait fini et que Johanna serait à l'abri, devrait-il songer à se retirer du jeu…

**
*

Recroquevillée dans un coin de sa cellule, le visage appuyé dans ses bras croisés sur ses genoux, Johanna songeait à Franck. Elle était soulagée qu'il ne soit pas tombé entre les mains de la Sororité et elle espérait de tout son cœur qu'il se trouvait à l'abri. Elle ignorait comment Matheson avait fait pour le maintenir à l'écart, mais elle lui en était reconnaissante. Franck était l'homme le plus courageux qu'elle avait jamais rencontré, mais elle détestait l'idée qu'il se retrouve mêlé aux histoires des Invisibles. Il avait beau être impressionnant, il suffisait d'un rien pour qu'il meure et cette pensée était insupportable.

Johanna soupira. Elle ne le reverrait probablement jamais, pas plus qu'elle ne reverrait sa mère. La Sororité avait dû récupérer le corps de Judith à l'heure qu'il était et celle-ci était donc à la merci d'Annabelle qui ferait le nécessaire pour se débarrasser d'elle et supprimer l'unique témoin de ses agissements. Des larmes débordèrent des paupières serrées de la jeune femme et elle renifla, restant immobile.

La pensée de tout ce qu'elle aurait pu faire différemment la traversa, mais elle la repoussa. De telles réflexions ne servaient plus à rien désormais. Elle avait pris une mauvaise décision après l'autre, le piège s'était refermé sur sa mère et elle, et il n'y avait plus aucun moyen de s'en sortir. Annabelle avait gagné et elle n'arrivait même plus à se révolter, trop épuisée.

Une crampe dans le dos obligea Johanna à se redresser et elle s'étira en grimaçant, son regard parcourant sa cellule pour la centième fois. Cela faisait des heures qu'elle était enfermée là et elle connaissait déjà l'endroit par cœur. Une pièce de béton nu de peut-être dix mètres carrés, glacée, un trou puant pour faire ses besoins, une unique fenêtre bien trop haute munie de barreaux et d'un épais verre opaque à travers lequel il était impossible de voir.

Il faisait jour à l'extérieur, mais c'était tout ce qu'elle savait. Les sorcières avaient vidé ses poches de tout leur contenu et lui avaient pris son téléphone, sa montre et ses lacets. Elle n'avait aucune idée de l'heure qu'il était ou de l'endroit où elle se trouvait.

Après sa capture, elle avait été solidement ligotée et on lui avait mis une cagoule sur la tête. Elle avait juste eu le temps de voir que

Matheson subissait le même traitement et puis elle était restée dans le noir. On les avait fait monter dans ce qui semblait être une camionnette, puis on les avait évacués de l'école des sorcières. Elle s'était demandé si la cérémonie reprendrait après leur départ. Une chose était sûre : ces jeunes sorcières se souviendraient de leur soirée d'initiation.

Ils avaient roulé longtemps et elle n'avait pas essayé de s'orienter. Matheson avait tenté de lui parler, de faire la conversation à leurs geôlières à sa manière désinvolte et provocante ; il avait fini par abandonner après quelques coups exaspérés. Johanna n'avait pas dit un mot, trop abattue. Après ce qui lui avait semblé être des heures, le véhicule s'était arrêté et on les avait fait descendre sans ménagement, puis on les avait séparés et elle s'était retrouvée dans cette cellule où on l'avait abandonnée sans un mot après l'avoir détachée.

Johanna songea à Kieran. En théorie, son statut d'avocat et le traité le protégeaient, mais à en juger par l'attitude de leur escorte, cela ne le mettait pas tout à fait à l'abri de certains désagréments. Elle ne comprenait toujours pas ce qui lui avait pris de se fourrer dans une situation pareille. N'avait-il pas suffisamment fait les frais de la vindicte de la Sororité au cours de sa longue vie ?

Johanna sourit pour elle-même avec amertume. Voilà qu'elle commençait à adopter son point de vue, en oubliant tous les crimes qu'il avait commis. Elle devait garder à l'esprit que Kieran Matheson n'était pas la victime d'une injustice comme elle ; c'était un monstre dont les atrocités remplissaient des volumes entiers. Le fait qu'il ait subitement décidé de s'intéresser à son sort ne changeait rien à son passé. Et pourtant…

Johanna fut arrachée à ses pensées par des bruits derrière l'épaisse porte de sa prison. Elle reconnut la voix de Matheson qui pérorait comme à son habitude et elle hésita à se relever. Avant qu'elle ne puisse prendre sa décision, la porte fut déverrouillée et brusquement ouverte.

— Je ne vois pas comment un avocat pourrait préparer une défense sans parler à sa cliente. Non mais vraiment, vous n'avez jamais assisté à un procès ou simplement regardé une série télé ? Il y a des règles qui…

L'homme parlait joyeusement, comme s'il n'avait pas eu les mains attachées dans le dos et une cagoule noire toujours sur la tête.

Il était encadré par quatre sorcières armées de matraques et visiblement excédées par sa bonne humeur. Elles jetèrent des regards hostiles à Johanna et celle-ci jugea préférable de ne pas bouger.

La garde la plus proche de Matheson l'attrapa par le bras et le poussa en avant, le faisant volontairement trébucher. Incapable de se rattraper, l'homme tomba la tête la première sur le sol dur et Johanna serra les dents, à peu près certaine d'avoir entendu un craquement d'os. Déjà Matheson cherchait à se redresser, mais un violent coup de matraque en travers du dos le renvoya au sol. La sorcière recula sans le lâcher des yeux, puis elle referma.

— Trop aimable ! cria l'homme d'une voix enrouée en direction de la porte.

Les verrous claquèrent et les sorcières s'éloignèrent. Johanna crut entendre un rire et elle ravala ce que cela lui inspirait. Matheson avait roulé sur le flanc et, dans un grognement, il parvint à se mettre à genoux. Sa respiration lourde agitait sa cagoule sur laquelle grandissait une tache humide. Johanna n'avait pas fait un bruit et elle fut étonnée de le voir se tourner légèrement dans sa direction.

— Me feriez-vous le plaisir de me détacher, mademoiselle Beaumont ?

Johanna hésita, mais qu'avait-elle à craindre de lui dans une telle situation ? S'arrachant à son coin, elle le rejoignit et se glissa dans son dos. Les cordes s'enfonçaient profondément dans la chair de ses poignets et ses mains étaient quasiment bleues ; visiblement on ne l'avait pas libéré depuis leur capture et celle qui l'avait ligoté voulait lui faire mal ; elle y avait sans doute réussi.

Johanna dut batailler une dizaine de minutes avec les cordes avant d'arriver enfin à défaire les nœuds terriblement serrés. Lorsque Matheson ramena ses bras devant lui avec un soupir de soulagement, la jeune femme s'écarta instinctivement et retourna se recroqueviller dans son coin. L'homme retira la cagoule avec des gestes maladroits, les mains engourdies, puis il embrassa la pièce d'un regard, avant de s'asseoir contre le mur, face à Johanna. Un moment, il utilisa le tissu pour tamponner le sang qui avait coulé de son nez cassé et déjà réparé, puis il sourit.

— Je suis soulagé de constater qu'on vous traite mieux que moi.

Il y avait une pointe d'ironie dans son ton et Johanna s'abstint de répondre, détournant les yeux. Matheson soupira et passa la main dans ses cheveux ébouriffés.

— J'ai dû batailler pour qu'on me laisse vous voir, lança-t-il. Je vous avoue que j'espérais un accueil un peu plus chaleureux.

Johanna le regarda à nouveau. Il semblait fatigué et elle se demanda combien de blessures son corps avait dû guérir au cours de la nuit. Elle s'obligea à se durcir.

— Je ne vous ai rien demandé, rétorqua-t-elle en se détournant.

Il se mit à rire.

— Charmante, comme toujours !

Johanna prit une profonde inspiration et s'interdit de répliquer. Un frisson la parcourut et elle se ramassa un peu plus sur elle-même, luttant pour ne pas grelotter devant lui. Elle tressaillit lorsqu'un manteau apparut soudain dans son champ de vision. L'homme l'avait rejointe et lui tendait sa longue veste, un peu déchirée mais bien chaude. Elle ne bougea pas et il insista.

— Ne soyez pas idiote, dit-il avec douceur. S'il vous plaît.

Johanna hésita encore, mais elle était glacée jusqu'à la moelle et trop épuisée pour lutter. Elle prit le manteau en tremblant et il l'aida à s'en envelopper, avant de se laisser tomber à côté d'elle. Le vêtement était encore imprégné de la chaleur de l'homme et Johanna se détendit malgré elle, enfin un peu réchauffée. Il avait croisé les bras et fixait pensivement la fenêtre.

— Au cas où cela vous intéresserait, lâcha-t-il, votre mère est à l'abri. Lukas et Morgan l'ont déplacée. Franck doit les avoir rejoints à l'heure qu'il est.

Cette nouvelle prit Johanna par surprise et elle sentit quelque chose se réveiller en elle.

— Comment ? murmura-t-elle.

— Disons que je suis un homme très prévoyant. Et ce n'est pas tout…

Matheson lui décrivit la découverte de Lukas, la photographie qui avait fasciné Judith au musée, mais Johanna ne sut que faire de cette information, un tel cliché ne lui évoquant rien.

— Nos amis travaillent pour nous, conclut Kieran. À nous de tenir suffisamment longtemps pour qu'ils puissent agir.

Troublée, Johanna fixa le sol, le nez enfoui dans le col du manteau. Celui-ci était imprégné des multiples odeurs qui constituaient celle de Matheson, à commencer par la pommade qu'il utilisait pour ses cheveux, et ces parfums masculins perturbaient la jeune femme, bien trop humains. Elle songea à Franck, à ses bras puissants dans lesquels elle aimait tellement s'abandonner, à son odeur virile. Des larmes se mirent à rouler sur ses joues malgré elle.

— Allons, mademoiselle, il ne faut pas désespérer. Je vous promets que vous allez vous en sortir.

Johanna releva la tête vers Matheson. Il y avait une profonde douceur dans sa voix et la compassion dans ses yeux semblait sincère ; il tremblait de froid et pourtant il lui avait donné son manteau. Pourquoi prenait-il la peine de lui jouer une telle comédie ? Était-ce réellement de la comédie ? Elle n'arrivait plus à être sûre de rien. Annabelle, que toute sa vie elle avait considérée avec une profonde admiration, s'était révélée être une meurtrière dénuée de scrupules. Alors pourquoi cet homme qu'on lui avait toujours présenté comme un monstre n'aurait-il pas pu être capable de sentiments humains ?

Sans rien dire, Johanna se rapprocha de Kieran jusqu'à ce qu'ils se retrouvent épaule contre épaule, puis elle étendit le manteau sur eux pour qu'ils partagent leur chaleur. Il esquissa un sourire.

— Je ne risque pas de tomber malade, vous savez, fit-il avec amusement.

Elle évita son regard.

— Sauf si vous me dites que vous adorez vous les geler, on partage, rétorqua-t-elle. De toute façon, on aura plus chaud comme ça.

L'homme ne répliqua pas et ses frissons se calmèrent très vite. Johanna se détendit un peu. Une telle proximité la mettait mal à l'aise, mais elle était contente d'avoir fait un geste vers son compagnon. Elle ne voulait pas être comme ces sorcières qui, sous prétexte qu'il guérissait de toutes ses blessures, laissaient libre cours à leur haine et leur cruauté.

Tu te rappelles qu'il a essayé de t'étrangler quand même… La voix dans sa tête était sarcastique ; Johanna abaissa les paupières. Elle ne risquait pas d'oublier ces moments atroces et la terreur absolue qu'elle avait ressentie. Les yeux vides de l'homme penché sur elle, son visage déformé par la rage. Si différent de celui qui lui avait tendu son manteau qu'elle aurait pu se demander s'il s'agissait bien de la même personne. Regrettait-il vraiment cette agression ? Était-ce vraiment pour cela qu'il faisait tant d'efforts pour elle ?

— Ça fait quel effet, demanda pensivement la jeune femme, de savoir qu'on ne peut pas mourir ?

Matheson mit un moment à répondre, puis il soupira.

— C'est lassant.

Johanna lui jeta un bref coup d'œil et il esquissa un sourire fatigué.

— Mon immortalité est un accident, vous savez. Pendant longtemps j'ai cru que c'était un don du ciel et puis je me suis rendu compte que c'était une malédiction.

— Comment ça un accident ? releva Johanna avec incompréhension.

L'homme haussa les sourcils.

— Ce n'est pas inscrit dans les registres de la Sororité ? Ça ne me surprend qu'à moitié. Ce sont les sorcières qui m'ont rendu immortel, ma chère. Oh elles ne l'ont pas fait exprès, mais il n'empêche…

Johanna se redressa tout à fait pour le regarder.

— Qu'est-ce que vous racontez ? On m'a toujours appris que c'était le sacrifice de votre fils qui vous avait donné l'immortalité.

— Eh bien, c'est faux. J'ai sacrifié mon enfant, c'est vrai. Et j'ai obtenu les pouvoirs de transformer tout ce que je touche en or et de faire venir à moi n'importe quel objet. Mais mon immortalité est arrivée plus tard. Quand les sorcières ont décidé de se débarrasser de moi, elles s'y sont mises à plusieurs et elles m'ont lancé le sortilège le plus puissant qu'elles connaissaient. Seulement au lieu de me tuer, ça m'a rendu immortel.

Kieran afficha un sourire ironique.

— Croyez-moi, elles ne s'y attendaient pas plus que moi. J'ai longtemps réfléchi à ce qui avait pu provoquer un tel détournement des forces magiques et j'ai fini par conclure que c'était lié à ma nature profonde. Mes adversaires et moi l'ignorions à l'époque, mais j'ai hérité de ma mère du sang de sidhe. Leur sortilège aurait anéanti un humain ; à la place, il a réveillé la magie de mes ancêtres.

— Du sang de sidhe ? répéta Johanna. Vous voulez dire d'elfe ? Mais les elfes ne sont qu'une légende !

— Quand nous sortirons d'ici, je vous fournirai quelques preuves qu'ils sont très réels au contraire, ou du moins qu'ils l'ont été. Ils ont choisi de disparaître il y a des millénaires, j'ignore encore pourquoi, mais avant ça, certains d'entre eux ont laissé des traces parmi les humains. Ajoutez à cela un certain nombre de circonstances exceptionnelles et vous obtenez pour résultat Kieran Matheson, immortel bien malgré lui.

L'homme salua un public imaginaire. Johanna le dévisagea encore un instant avec incrédulité, puis se laissa à nouveau aller contre le mur, se blottissant dans son pan de manteau. Et soudain une pensée désagréable lui traversa l'esprit.

— Vous réalisez qu'elles sont sûrement en train de nous écouter, murmura-t-elle.

Kieran parut amusé.

— Le contraire me décevrait de leur part. Mais je n'ai rien à cacher. En fait je trouve qu'il ne serait pas malvenu de rétablir un certain nombre de vérités me concernant.

Il tourna les yeux vers le plafond et s'adressa d'une voix forte à une présence invisible.

— Non, ce n'est pas moi qui ai commandité le vol de la Joconde en 1911, j'ai horreur de cette vieille croûte et je n'ai jamais compris ce que tout le monde lui trouvait !

Son ton était si comique que Johanna ne put réprimer un rire. L'homme tourna vers elle un regard pétillant, visiblement satisfait de son effet.

— Ah ! Je préfère vous voir comme ça !

Gênée, Johanna détourna les yeux. Ce simple éclat de rire, pourtant bref, lui avait redonné de l'énergie. Matheson se pencha légèrement vers elle.

— Mademoiselle, j'aimerais que nous passions un petit accord. Je sais que vous êtes très en colère et c'est tout à fait compréhensible, mais vous admettrez que votre impulsivité a tendance à vous jouer de mauvais tours. S'il vous plaît, promettez-moi que vous me laisserez parler dorénavant.

Johanna se rembrunit légèrement, mais elle savait qu'il avait raison. L'injustice dont elle était victime la révoltait tellement qu'elle n'arrivait plus à penser clairement et elle enchaînait les décisions catastrophiques.

— Je ne suis pas sûre que votre sens de l'humour marchera devant le tribunal de la Sororité, rétorqua-t-elle avec un demi-sourire.

L'homme sourit à son tour.

— C'est ce que nous verrons. Vous…

Il s'interrompit comme les verrous de leur prison cliquetaient sinistrement. Johanna voulut se lever, mais il la retint et elle resta immobile, tendue. La porte s'ouvrit, livrant passage à Annabelle qui transportait une chaise. Sans un mot, l'Aînée déposa son fardeau, s'y installa et fit signe aux trois sorcières qui l'accompagnaient de sortir et refermer. Celles-ci obéirent, visiblement à contrecœur, et le silence retomba dans la petite pièce. Annabelle braqua lentement ses yeux gris et froids sur Kieran.

— Où est Judith Koehler, Matheson ?

Sa voix était glacée, pleine d'une colère rentrée qui effraya Johanna. Kieran sourit à l'Aînée avec son insolente bonne humeur habituelle.

— J'ai comme l'impression que vous êtes allée au Wacken et que vous y avez fait chou blanc, n'est-ce pas ?

Annabelle prit une profonde inspiration pour contenir son exaspération.

— Allez-vous vraiment m'obliger à vous menacer encore une fois ?

— Croyez-vous vraiment que cela serait de la moindre utilité ?

Tous deux se mesurèrent une nouvelle fois du regard et Johanna se demanda comment l'homme pouvait rester aussi calme et joyeux alors que la Sororité avait probablement dévasté sa demeure. Elle fut tentée d'intervenir, mais s'obligea à tenir sa langue, à rester en retrait. L'expression provocante de Matheson s'atténua un peu.

— Madame Koehler est à l'abri, c'est tout ce que vous avez besoin de savoir, ajouta-t-il. Si vous n'avez pas encore compris que je ne cherche qu'à la protéger, c'est que vous êtes moins intelligente que je ne le pensais, ma chère.

Annabelle le fixa avec intensité de longues secondes, puis tourna son regard acéré vers Johanna.

— Je veux que tu m'expliques tes accusations d'hier soir, fit-elle sèchement. D'où sors-tu des idées pareilles ? Et qu'est-ce que Thomas vient faire là-dedans ? Il… Il n'est pas en état d'être mêlé à quoi que ce soit.

La fêlure avait été brève, infime, mais elle toucha Johanna malgré tout et un profond trouble la gagna. Comme la veille, Annabelle semblait sincère, si sincère que la jeune femme se mit à douter. Avait-elle réellement pu se tromper à ce point ? Tant d'éléments pointaient vers la femme, mais comment aurait-elle pu jouer la comédie avec une telle perfection ? Avant qu'elle ne puisse réagir, Matheson intervint d'un ton tranquille.

— Il faut que vous compreniez que nous avons mené notre propre enquête et développé une petite théorie. Vous…

Et, au grand étonnement de Johanna, l'homme expliqua à l'Aînée en quelques mots le cheminement qu'ils avaient suivi et qui les avait conduits à cambrioler sa demeure, avec les suites désastreuses que cela avait eues. Annabelle l'écouta sans rien montrer, les sourcils froncés. Lorsqu'il se tut, elle se tourna vers Johanna avec dans les yeux un mélange d'incompréhension et de douleur.

— Comment tu as pu penser ça de moi ? dit-elle avec reproche.

— Tu penses bien que j'ai essayé de tuer ma mère, rétorqua la jeune femme malgré elle.

Elle se mordit aussitôt la lèvre, regrettant son impulsion. Annabelle la dévisagea un instant, puis secoua la tête.

— Je ne crois rien de tel, déclara-t-elle sèchement. Je n'y ai jamais cru. Ce sont tes agissements qui m'ont obligée à prendre des mesures, mais je sais que tu es incapable de faire du mal à Judith. Je t'aurais défendue si tu étais restée, mais tu as fui et… Maintenant je ne peux plus t'aider, Johanna, tout est entre les mains du tribunal. Crois-moi, j'aurais préféré éviter d'en arriver là.

Bouche bée, la jeune femme ne sut que répondre.

— L'enquête de la Sororité ? intervint Kieran.

Annabelle soupira avec frustration.

— Elle tourne en rond. Votre implication brouille les cartes, personne n'arrive à réfléchir calmement et à examiner scrupuleusement les faits. J'ai essayé de recadrer les investigations, mais j'ai trop de choses à gérer en ce moment et je n'ai guère d'influence sur les enquêtrices que nous a envoyées le Conseil Central.

— Doit-on s'attendre à ce que le procès de mademoiselle Beaumont devienne mon procès ? demanda ironiquement Kieran.

La femme haussa les épaules.

— Je ferai de mon mieux pour l'éviter, mais c'est possible. Tout le clan adorait Judith et beaucoup vous tiennent pour responsable de ce qui s'est passé.

— Moi ? Mais pourquoi ?

— Parce que vous êtes l'Immortel. Elles sont toutes convaincues que cela suffit à justifier n'importe quelle accusation vous concernant.

— Pas vous ?

À nouveau ils échangèrent un long regard et Annabelle finit par secouer la tête.

— Non, pas moi. J'ai commencé à réfléchir différemment depuis cette histoire d'eau du Léthé. Et je n'aurais certainement pas laissé Johanna fréquenter votre ami si je pensais comme les autres. Mais ça ne change rien. On estime que je suis trop impliquée, ce n'est pas moi qui présiderai le tribunal. Je ne serai présente qu'en qualité de témoin. Le Conseil Central va envoyer une de ses juges, Claire Faubert. C'est une femme impitoyable et je ne vous cache pas qu'elle fait partie de celles qui désapprouvent l'existence du traité.

Kieran réfléchit un instant, puis releva les yeux vers la femme.

— Si nos amis trouvent de nouvelles preuves, ferez-vous en sorte qu'on les écoute ?

— Bien sûr. Tout ce que je veux, c'est la vérité.

— Vous pourriez les aider dans leurs investigations, joindre Lukas Hartmann, leur faciliter l'accès à certaines informations.

— Vous savez bien que c'est hors de question.

Quelque chose dans la manière dont ils se sourirent froidement fit tiquer Johanna, mais déjà Annabelle se levait, prête à empoigner sa chaise. L'Aînée se tourna vers la jeune femme et son expression dure se radoucit.

— Je suis vraiment désolée pour tout ça.

Johanna ne trouva rien à répondre et se contenta de baisser la tête. Annabelle toqua à la porte pour qu'on la laisse sortir.

— Une dernière question, la retint Matheson au moment où le panneau pivotait sur ses gonds. Dans quelles circonstances avez-vous adopté le kobold ?

Annabelle s'immobilisa avec incompréhension.

— Quel kobold ?

— Celui qui vit chez vous.

— Je ne sais pas de quoi vous parlez. Il n'y a pas de kobold chez moi.

Et elle sortit. Aussitôt la porte claqua sur elle et les verrous tournèrent bruyamment. Envahie par la nervosité, Johanna se dégagea du manteau, se leva d'un bond et se mit à aller et venir dans l'étroit espace, se tordant les mains, consternée.

— Elle est innocente, n'est-ce pas ?

Kieran acquiesça.

— Depuis le début, j'ai des doutes, mais cette fois j'en suis certain : ce n'est pas elle qui a attaqué votre mère.

— Alors qui ? s'exclama Johanna avec angoisse.

— C'est une très bonne question.

Et l'homme croisa les bras en fronçant les sourcils.

* *
*

— Mais c'est pas vrai ! Merde !

Franck n'eut pas le temps de se retourner, la souris sans fil de Morgan vola soudain à travers la pièce avant d'exploser contre le mur et de retomber en morceaux sur le sol. Malgré la tension dans son ventre, l'homme s'arracha calmement au canapé et entreprit de ramasser les éclats de plastique. Assise à la table, Morgan avait croisé les bras, fulminant.

— Elles ont tout bloqué, ces salopes, c'est impossible !

Sa colère retomba aussi brusquement qu'elle l'avait soulevée et la jeune Invisible se prit la tête dans les mains pour cacher les larmes qui avaient envahi ses yeux.

— J'y arriverai pas, avoua-t-elle. C'était déjà un exploit la première fois, mais maintenant elles sont averties et… J'y arriverai pas. Je ne pourrai pas rouvrir l'accès à leurs serveurs. Je suis désolée…

Un sanglot nerveux secoua ses épaules et elle lutta aussitôt pour se contenir. Malgré sa consternation, Franck revint vers elle et posa une main apaisante sur son bras.

— On trouvera un autre moyen.

Sa voix reflétait bien plus d'assurance qu'il n'en ressentait réellement. La matinée n'en finissait pas de s'écouler et ils n'avaient pas avancé d'un iota. Lukas avait réussi à se faire livrer discrètement une petite antenne satellite qui avait permis à Morgan d'obtenir un débit Internet plus rapide, mais de toute évidence, cela n'avait pas suffi. Et sans accès aux informations de la Sororité, il semblait impossible de poursuivre leur enquête.

Morgan se dégagea brusquement, avant d'aller se laisser tomber sur le canapé à moitié défoncé. Il croisa les bras et enfouit le menton dans le col de son sweat à capuche, les sourcils froncés, le visage fermé.

Lukas était sorti passer un coup de fil, toujours aussi jaloux de ses secrets, et Franck ne se sentait plus le courage d'affronter les émotions brutales de l'hermaphrodite. Il jeta les débris de la souris à la poubelle et se versa un grand verre d'eau qu'il but lentement, le regard rivé à l'évier incrusté de calcaire.

Le détective leur avait confisqué leurs smartphones, les éteignant et les enfermant dans une boîte tapissée d'une épaisse couche d'aluminium. Il n'était pas certain que les sorcières avaient le numéro de Morgan, mais dans le doute, il avait préféré ne prendre aucun risque ; il aurait été stupide qu'ils se fassent débusquer pour une simple histoire de triangulation. Lui-même utilisait trois ou quatre téléphones jetables pour passer les innombrables appels avec lesquels il s'efforçait tant bien que mal de relancer leur enquête. Franck n'avait pas protesté, conscient du danger, mais cette précaution n'avait fait que renforcer son sentiment d'isolement et son angoisse.

Lorsque son estomac émit soudain un grognement mécontent, Franck baissa les yeux vers son ventre avec une pointe d'étonnement, avant de se souvenir qu'il n'avait rien avalé depuis près de vingt-quatre heures. Il était trop tendu pour se préoccuper de sa faim, mais son corps était bien décidé à se rappeler à lui et un nouveau grondement s'éleva de ses entrailles. Franck ouvrit un placard et considéra les quelques boîtes rangées là. Au moment où il allait s'emparer d'une conserve de thon, Lukas rentra précipitamment, manquant de trébucher sur sa canne.

Chaque pas faisait grimacer le détective, mais il ne semblait pas en avoir conscience, les yeux brillants d'excitation.

— Vous allez jamais le croire ! Devinez qui veut me rencontrer ? Annabelle Niels !

Franck fronça les sourcils tandis que Morgan se redressait sur le canapé.

— On a des intermédiaires en commun et elle m'a laissé un message, expliqua Lukas. Je dois la retrouver dans une heure à Strasbourg !

— C'est forcément un piège ! protesta Morgan.

— Je ne crois pas, intervint Franck. Je ne suis pas convaincu que c'est elle la responsable. Et si elle voulait nous aider ?

— Y a qu'un moyen de le savoir, trancha Lukas. On a besoin de grain à moudre, tant pis pour les risques. Morgan, tu restes ici. Franck, tu viens avec moi.

Celui-ci acquiesça, soulagé de pouvoir enfin agir. Morgan avait sauté du canapé, l'air mécontente.

— Depuis quand c'est toi qui décides, Hartmann ? lança-t-elle sèchement.

— Depuis que j'ai au moins deux fois ton âge, rétorqua le détective sur le même ton. Il faut qu'un de nous reste à l'abri au cas où. Et c'est moi que la sorcière veut rencontrer.

Morgan pinça les lèvres, se retenant visiblement de dire ce qu'elle avait sur le cœur. Franck avait déjà enfilé sa veste, pressé de bouger. Deux minutes plus tard, ils couraient sous la pluie pour rejoindre la vieille Golf de Lukas, bien plus discrète que la Mégane RS de Franck, et prenaient la route.

Lukas conduisait sans se presser, comme en promenade, et même s'il comprenait sa volonté de ne pas attirer l'attention, Franck avait du mal à refréner son impatience. Tandis qu'il jetait un énième coup d'œil vers son compagnon pour vérifier sa vitesse, Franck s'aperçut que l'homme massait machinalement sa cuisse, le visage crispé.

— Ça va ? demanda-t-il avec inquiétude. Tu veux que je conduise ?

Lukas secoua la tête.

— Ça va aller, grogna-t-il. C'est juste que j'ai pas dormi depuis un moment et cette foutue pluie n'arrange rien. Je me reposerai quand on aura trouvé la solution de ce casse-tête. En attendant, je vais avoir besoin que tu me couvres, Franck. Je suis pas en état de détaler, encore moins de tenir tête à une sorcière.

— Bien sûr. Pas de problème.

Franck doutait qu'il soit lui-même capable de tenir tête à une sorcière, mais il ne le montra pas. Lorsqu'ils s'arrêtèrent à un feu, Lukas sortit d'une de ses poches une de ses cigarettes roulées et y appliqua l'allume-cigare de la voiture. En constatant à quel point ses mains tremblaient, Franck dut se mordre l'intérieur de la joue pour ne pas faire de remarque.

Le temps qu'ils arrivent à Strasbourg, Lukas était blême et sa conduite commençait à souffrir d'à-coups inquiétants. L'homme prit la direction du centre-ville qui fourmillait de monde en ce samedi malgré le mauvais temps. Il s'engagea sur la place de l'Étoile, puis rejoignit la place d'Austerlitz où il monta soudain sur un trottoir pour se garer, enclenchant les warnings. Un instant, il resta figé, les deux mains crispées sur le volant, puis il se tourna vers Franck avec un soupir, de la sueur perlant à son front.

— Je vais pas pouvoir marcher, avoua-t-il. Tu saurais la reconnaître ?

— Oui.

Lukas lui décrivit succinctement le point de rendez-vous avec Annabelle, puis expliqua qu'il allait l'attendre plus au nord, sur le parking du Palais Universitaire.

— Si ça tourne mal, il ne faut surtout pas qu'elles te chopent, conclut le détective. Tu te débrouilles pour les semer. Parce que d'une façon ou d'une autre, elles sauront te faire cracher l'adresse de la planque. Compris ?

Le regard de l'homme était anxieux et Franck s'obligea à hocher la tête calmement. Lukas lui adressa un sourire crispé.

— Je suis désolé. Cette saloperie de genou m'aura vraiment tout fait… Mais tu vas gérer. J'ai confiance en toi. Allez, file.

Franck sortit avant que l'appréhension ne lui coupe les jambes. Cueilli par la pluie et le froid, il mit deux secondes avant de claquer sa portière. Puis il prit une profonde inspiration, se maîtrisa et entreprit de traverser la place d'Austerlitz d'un pas rapide. Lorsqu'il se retourna, la Golf redémarrait déjà péniblement.

Tous les sens en alerte, Franck se glissa à travers la foule et prit la direction de la place du Corbeau. Lorsqu'il passa à côté de la bierstub *Au Canon*, il ne put s'empêcher de songer à Kieran. C'était là, sur la terrasse de ce restaurant, qu'ils avaient eu leur première conversation, juste avant de partir chez les Grimm. Franck s'obligea à repousser fermement cette pensée, à rester concentré. Il n'avait pas l'impression qu'on le suivait pour le moment, mais cela ne signifiait rien. Il y avait tellement de monde en ce jour de marché de Noël qu'une poursuivante pouvait aisément passer inaperçue ; toutefois cette foule était également un avantage pour lui.

Se faufilant entre les maisonnettes du marché, Franck rejoignit la rue du Maroquin et remonta rapidement jusqu'à la place de la Cathédrale. Il se glissa dans un groupe de touristes, rentrant les épaules pour que sa haute taille se fasse plus discrète, et pénétra avec eux dans le temple. Il y faisait nettement moins froid qu'à l'extérieur, mais il n'eut pas le temps de se détendre : Annabelle Niels était assise sur une des chaises installées pour l'office, juste en dessous du grand orgue suspendu dans la nef, aisément reconnaissable avec ses longs cheveux gris.

Franck jeta un regard circulaire aux environs, mais il ne vit aucune femme solitaire, aucun groupe de femmes suspectes. Il vérifia une dernière fois que les sorties paraissaient bien accessibles, puis il s'avança et s'assit calmement à côté d'Annabelle. L'Aînée ne tourna pas la tête vers lui, mais une moue mécontente passa sur ses lèvres.

— Vous êtes en retard. Et ce n'est pas vous que j'attendais.

— Lukas Hartmann a eu un empêchement.

— Mon fils est à l'hôpital et je devrais être auprès de lui, alors ne venez pas me parler d'empêchement.

Elle sembla aussitôt regretter ce mouvement de colère.

— Je suis désolé, fit doucement Franck. Je comprends, mais... Mais Johanna est innocente et nous avons besoin d'aide. C'est pour ça que vous êtes là, n'est-ce pas ? Pour nous aider ?

Elle se décida enfin à lever la tête et il dut faire un effort pour soutenir son regard pénétrant. Elle finit par soupirer.

— Je dois être folle, mais oui, c'est pour ça que je suis là. Tenez.

Il vit qu'elle lui tendait un papier plié en quatre. Il y jeta un bref coup d'œil, découvrant ce qui ressemblait à un identifiant et un mot de passe, puis le glissa aussitôt dans sa poche.

— Je vous ai créé un accès temporaire à nos serveurs, expliqua-t-elle. Ça me fait mal de dire ça, mais je ne vois pas qui d'autre qu'une sorcière pourrait être à l'origine de tout ça. Alors faites ce que vous avez à faire et mettez un terme à cette histoire.

Elle glissa la bretelle de son élégant sac à main sur son épaule.

— Autre chose : la maison de Matheson se retrouvera malencontreusement sans surveillance ce soir entre vingt et une heures trente et vingt-deux heures trente. Si vous avez quelque chose à y récupérer, ce sera le moment ou jamais.

Elle était déjà prête à se lever, mais Franck la retint par le poignet dans un réflexe. Elle se crispa de tout son corps et l'homme la lâcha aussitôt.

— Dites-moi juste... Comment va Johanna ?

Elle se tourna à nouveau vers lui.

— Je suppose que ça pourrait être pire, dit-elle froidement. Personne ne l'a touchée si c'est ce qui vous inquiète.

— Et Kieran ?

La femme renifla avec dédain.

— Que voulez-vous qu'il arrive à l'Immortel ?

— Où sont-ils ?

— Je pense que vous surestimez ma capacité à trahir la Sororité. Ils sont ensemble, c'est tout ce que je peux vous dire. Maintenant excusez-moi. Le procès est dans trois heures et j'ai autre chose à faire que bavarder.

Elle partit sans un mot de plus et Franck resta un instant figé, se repassant les paroles de la femme. Puis il se leva, fit tranquillement le tour de la cathédrale comme n'importe quel touriste. Une fois qu'il fut certain que personne ne le suivait, il sortit et prit la direction du Palais Universitaire en marchant aussi vite que le lui permettaient ses longues jambes. Il fit plusieurs détours et retrouva finalement Lukas garé en double file dans le parking bondé.

Le détective s'était installé sur le siège passager, toujours aussi pâle, et Franck se glissa derrière le volant sans faire de commentaire. Il démarra rapidement, surveilla encore une fois ses rétroviseurs pour s'assurer qu'on ne leur filait pas le train, puis il entreprit de rapporter à son compagnon sa conversation avec Annabelle.

* *
*

Johanna regardait autour d'elle avec un détachement grandissant, oubliant l'inconfort de sa position et même la faim qui la taraudait. On leur avait servi un maigre repas quelques heures plus tôt, mais la tension l'avait empêchée de manger et Matheson s'était fait un plaisir de dévorer sa part, encore plus affamé qu'à l'ordinaire. Elle le regrettait un peu maintenant, même si elle ne cessait de s'étonner de l'énergie avec laquelle il la défendait.

Ils se trouvaient dans une vaste salle dont les hautes fenêtres étaient occultées par de lourds rideaux. Une estrade avait été montée au fond de la pièce et Johanna s'y tenait, enfermée dans une cage où elle pouvait tout juste se tenir droite et qui l'empêchait de faire usage de sa magie. Si elle n'avait encore jamais assisté à un procès, elle en avait lu des récits, mais elle n'aurait jamais pu imaginer à quel point la place de l'accusée était inconfortable, surtout lorsqu'on n'avait rien fait.

Matheson avait le droit d'aller et venir librement autour d'elle, mais il lui était interdit de descendre de l'estrade et il s'abstenait prudemment de s'approcher des bords surveillés par une dizaine de sorcières, certaines armées de pistolets. Il s'agissait de Sentinelles, un corps d'élite de la Sororité et ses meilleures combattantes ; vêtues de noir, la mine fermée, elles étaient très impressionnantes. Elles étaient arrivées le jour même de la capitale, escortant une partie des juges. Matheson les ignorait et ne cessait de bouger, soulignant ses paroles de grands gestes des mains, ne paraissant pas se lasser alors que la mascarade durait depuis des heures.

Au pied de l'estrade se tenaient les onze juges, dont sept n'appartenaient pas au clan alsacien et étaient inconnues de Johanna. Le reste de la salle était occupé par une cinquantaine d'autres personnes, toutes les sorcières de la région et de nombreuses invitées. Au début du procès, Cathy avait adressé un signe timide à Johanna depuis le fond de la salle, mais depuis elle s'était faite toute petite, invisible. Annabelle occupait un siège tout devant et suivait les débats sans rien dire, les bras croisés, les traits figés dans un masque dur.

Johanna reporta son attention sur Matheson. Elle était admirative de l'aisance dont il faisait preuve alors qu'il était entouré de femmes qui l'auraient volontiers massacré. Imperturbable, il ignorait les regards assassins, les insultes et les moqueries, et déployait toute son éloquence pour démonter point par point les éléments de l'accusation. Et le pire, songeait Johanna, était qu'il aurait pu y arriver s'il avait été n'importe qui d'autre.

Ses arguments étaient précis, tranchants, subtils ; il refrénait sa tendance naturelle à l'insolence et se montrait au contraire très courtois tout en ne laissant rien passer. Aucune faiblesse dans les propos de ses accusatrices ne lui échappait, il retournait contre elles chacune de leurs hésitations ou de leurs imprécisions. Par moments, lorsqu'il frappait particulièrement juste, lorsqu'il n'était plus possible de nier la logique de ses paroles, Johanna sentait comme un flottement dans l'assistance, l'ombre d'un doute qui passait dans les regards, mais cette étincelle finissait toujours par disparaître. Matheson aurait sans doute fait un avocat brillant, mais il était l'Immortel : aucune sorcière n'était prête à l'écouter réellement.

Johanna était certaine qu'il en était conscient et elle se demandait pourquoi il s'obstinait ainsi, alors qu'il était clair que la patience à son égard commençait sérieusement à s'émousser. Sans doute cherchait-il à gagner du temps, mais à quoi bon ? L'issue du procès était évidente malgré la complète incohérence des preuves réunies contre elle.

Annabelle avait raison, elle s'était tiré une balle dans le pied en acceptant que Matheson soit son avocat, même si elle doutait qu'elle eût pu faire mieux sans lui. Mais sa plus grande erreur avait été de lui demander de l'aide dès le départ. Comment avait-elle pu ne pas se rendre compte que la Sororité ne lui pardonnerait jamais une telle prise de position ? La plupart de ses sœurs ne voyaient en Matheson qu'une incarnation du mal, elles étaient incapables de comprendre qu'il puisse être autre chose. Pour elles, on ne pouvait pas conclure une alliance avec lui sans avoir quelque chose à se reprocher.

Pour la centième fois, Johanna pensa à Franck. Elle aurait voulu le présenter à toutes ces femmes, leur montrer à quel point elles se trompaient. Si un homme aussi profondément bon que lui pouvait s'attacher à Matheson, alors ce dernier était forcément plus qu'un monstre. Même si elle avait longtemps douté, Johanna était maintenant certaine que Franck n'était pas le vassal de Matheson et si leur amitié lui paraissait toujours un peu dérangeante, elle commençait à comprendre qu'elle était aussi le signe qu'il y avait quelque chose à faire de cet Immortel qui se débattait avec ses contradictions.

Le regard de Johanna s'attacha aux mains de l'homme qui voltigeaient avec grâce, appuyant chacune de ses paroles. Une part d'elle se révoltait à cette pensée, mais elle se sentait prête à lui pardonner son accès de violence envers elle. Elle n'avait plus envie de le haïr, elle n'avait plus envie de haïr qui que ce soit, pas même l'inconnue qui l'avait précipitée dans ce désastre pour des raisons qu'elle ne comprenait pas. Elle se sentait trop proche de la fin pour perdre de l'énergie avec du ressentiment.

Il y eut encore de nombreuses palabres, puis la juge principale décréta que tout avait été dit et qu'il était temps que le tribunal se retire pour délibérer. Depuis le départ, Claire Faubert ne cachait pas son hostilité et elle ne cessait de rembarrer Matheson, si insultante que Johanna se demandait comment l'homme pouvait garder son calme. L'Aînée avait une quarantaine d'années, une silhouette ronde enveloppée dans un tailleur chic, et un regard dur habité par l'ambition. Judith l'avait rencontrée lors d'une réunion dans la capitale et elle l'avait décrite à sa fille comme une carriériste puissante et dangereuse. Faubert visait rien moins que d'être élue un jour Vénérable et Johanna frissonnait à imaginer cette femme vindicative à la tête de la branche française de la Sororité. Savoir que son sort dépendait en grande partie d'elle était tout sauf rassurant.

Après son annonce, Faubert se leva et ses compagnes la suivirent dans une pièce attenante. De nombreuses personnes de l'assistance en profitèrent pour sortir et de petits groupes se formèrent, bavardant entre eux dans un brouhaha discret. Seule Annabelle n'avait pas bougé de son siège, désormais penchée sur son téléphone. Cathy avait disparu.

Matheson s'approcha de Johanna et elle fut étonnée de la fatigue qui transparaissait sur ses traits. Il lui sourit tristement.

— Je crains de ne pas avoir été très utile.

Johanna lui rendit son sourire.

— Vous avez fait ce que vous avez pu et je vous en suis reconnaissante. Vous devriez prendre le large maintenant.

Il haussa les épaules, jeta un bref coup d'œil à Annabelle, puis s'appuya sur la cage pour se pencher vers elle.

— Avez-vous la moindre idée de l'endroit où nous sommes ? chuchota-t-il.

Johanna vit une Sentinelle au bas de l'estrade froncer les sourcils et tendre l'oreille pour essayer de les écouter. Elle ignora celle-ci et dévisagea Matheson avec une pointe d'incrédulité. Songeait-il vraiment à lancer une attaque alors qu'ils étaient littéralement entourés de sorcières prêtes à tout ?

— Aucune idée, répondit-elle.

En vérité, elle avait en tête au moins trois adresses qui auraient pu correspondre à cet endroit, mais il était hors de question de le laisser tenter quoi que ce soit. Des innocentes seraient forcément blessées ; quant à lui, il se ferait lyncher et la Sororité allumerait un feu de joie avec le traité.

Elle soutint le regard pénétrant de l'homme sans broncher et il finit par se redresser en poussant un profond soupir. Il croisa les bras et s'appuya d'une épaule contre la cage, considérant celle-ci avec dégoût.

— Tout ceci est tellement… Moyen-Âge, grommela-t-il. Parfois je me demande si la Sororité a fait la moindre réforme en six cents ans. Sans rire, on dirait exactement la même cage que celle dans laquelle je me suis retrouvé à l'époque.

Johanna n'eut pas le courage de sourire. Elle venait de s'apercevoir que de nombreuses personnes observaient leur conversation à la dérobée et l'aversion était perceptible dans chacun de ces regards. La nausée lui monta aux lèvres et ses jambes se mirent à trembler.

— Comment vous faites ? murmura-t-elle d'une voix étranglée. Pour supporter… la haine ?

L'homme jeta un bref coup d'œil vers la salle, puis la regarda avec compassion.

— À force, j'ai fini par m'endurcir, répondit-il doucement. Ne vous laissez pas assujettir, mademoiselle. Ce qu'elles haïssent n'est qu'un fantasme, ce n'est pas vous. Vous n'avez rien à vous reprocher, si ce n'est de m'avoir laissé une chance d'être votre ami.

Johanna fut touchée par ces mots, mais elle n'eut pas le temps de répondre. Le tribunal refaisait déjà son apparition et un retour si rapide n'augurait rien de bon. Il fallut quelques minutes pour que tout le monde reprenne sa place, puis Faubert s'avança pour énoncer le verdict.

— Johanna Beaumont, fille de Judith Koehler, le tribunal exceptionnel réuni ici vous a reconnue coupable d'avoir fait évader Matteo Bianchi, dit le liseur, et de l'avoir, pour des raisons obscures, assassiné dans la demeure de l'Aînée Annabelle Niels. Vos accointances avec l'Immortel constituent des circonstances aggravantes sur lesquelles nous ne reviendrons pas. Mais pire que tout, vous êtes coupable d'avoir attaqué une de nos sœurs, votre propre mère. Un crime d'une telle gravité n'avait plus frappé notre communauté depuis plusieurs siècles et nous avons estimé que votre châtiment devait être exemplaire. Demain soir, durant les cérémonies de Yule, vous serez brûlée vive.

Un murmure parcourut la salle et Johanna ne réagit pas, pétrifiée, incrédule. Matheson bondit vers le bord de l'estrade et aussitôt cinq armes se braquèrent sur lui. Indifférent, l'homme se pencha vers les juges.

— Allons, mesdames, vous ne pouvez pas être sérieuses ! protesta-t-il. C'est une plaisanterie, n'est-ce pas ? Sommes-nous dans un tribunal d'inquisition ? Depuis quand les sorcières se brûlent-elles entre elles ? Où sont vos preuves pour asséner une sentence aussi grotesque ? Sa mère n'est même pas morte ! C'est ridicule !

Faubert foudroya l'homme des yeux et les chiens de plusieurs pistolets furent enclenchés. Annabelle se leva brusquement, manquant de renverser sa chaise. Elle avait les sourcils froncés, ses yeux étincelaient.

— Je regrette d'avoir à dire ça, mais il a raison, lança-t-elle froidement. Vous ne pouvez pas prendre une telle décision sur une base aussi fragile.

Un nouveau murmure secoua l'assistance et Faubert tourna un regard mauvais vers Annabelle.

— Je vais mettre cette réflexion sur le compte de vos problèmes personnels, madame Niels. Mais vous…

— Je ne vois pas ce que mes problèmes personnels viennent faire là, rétorqua l'Aînée d'une voix glaciale. Oui, mon fils est en train de mourir. Ça ne m'empêche pas de voir que vos preuves sont bien trop minces pour prononcer une telle sentence. D'autant plus que Matheson dit la vérité : Judith est toujours vivante.

— Alors où est-elle ? rétorqua la femme d'un ton suave. Si Judith Koehler est encore vivante, pourquoi ne témoigne-t-elle pas en faveur de sa fille ? Je vais vous dire ce que je pense, ma chère, je pense que vous avez été victime d'une manipulation, que cette histoire n'est rien d'autre qu'un enfumage monté par l'Immortel et que Judith Koehler est morte depuis plusieurs jours !

Annabelle parut frappée par cet argument, ne s'y attendant visiblement pas. Matheson se mit à ricaner.

— Vraiment, j'aimerais être ne serait-ce qu'à moitié aussi machiavélique que vous l'imaginez !

Faubert reporta son attention sur lui.

— Fermez-la, Matheson. Nous avons été plus que patientes avec vous, mais c'est terminé. Si vous voulez que le traité…

— Allez au diable avec votre maudit traité ! Vous êtes si stupides que je commence à regretter de l'avoir signé ! Déchirez-le donc, je m'en moque !

Un silence d'une qualité toute particulière retomba sur la salle et Johanna le perçut même à travers le brouillard qui avait envahi son esprit. Elle se redressa, s'agrippa aux barreaux de la cage avec anxiété.

Matheson faisait face à l'assemblée de sorcières, les poings serrés par la rage, sa respiration tendue soulevant ses épaules. Il fit un brusque pas en avant et la plupart des femmes reculèrent instinctivement, y compris certaines Sentinelles. Il ricana à nouveau.

— Regardez-vous, lança-t-il d'un ton moqueur. Deux cents ans que je n'ai pas tué une sorcière et vous continuez à trembler devant moi. Comment est-ce que j'ai pu croire que vous seriez capables d'évoluer ? Mais ce n'est même pas ça le pire, non. Le pire est que vous êtes tellement aveuglées par vos peurs infantiles que vous êtes prêtes à sacrifier une de vos sœurs innocente pour la seule raison qu'elle m'a demandé mon aide. C'est pathétique.

Il cracha à ses pieds avec mépris.

— Vous me dégoûtez, toutes autant que vous êtes.

Ce jugement brutal fit courir un vent d'indignation parmi les sorcières, mais Johanna en vit également plusieurs détourner les yeux avec embarras. Elle songea à quel point il était ironique que l'homme leur ait ainsi renvoyé en plein visage ce qu'elles-mêmes pensaient de lui. Une fois de plus elle admira son courage de se dresser ainsi seul face à une multitude et cela lui donna la force de relever la tête.

— Allez-y, brûlez-la, ajouta Matheson. Mais dans ce cas, brûlez-moi avec elle et n'oubliez pas le traité au passage.

Faubert le dévisagea de longues secondes, puis un sourire froid étira ses lèvres peintes de rouge.

— Qu'il en soit ainsi, répondit-elle simplement.

Elle claqua des doigts et aussitôt les Sentinelles bondirent sur l'estrade et se jetèrent sur l'homme. En un instant, elles le plaquèrent au sol. Horrifiée, Johanna ne put réprimer un mouvement de recul, se cognant au fond de la cage. Écrasé sous ses assaillantes, Matheson lui adressa un bref sourire désolé, puis ferma les yeux et se laissa faire.

Chapitre 13

Strasbourg, dimanche 11 septembre 1870

Joséphine roula sur le dos avec un soupir et fixa pensivement une fissure dans un angle du plafond. Il était encore tôt et elle n'avait aucune envie de se lever. Elle entendait Victorine bouger dans la pièce voisine, se préparant sans doute à partir travailler. À quelques pas, Edmond dormait encore profondément, sa respiration paisible emplissant la petite chambre.

La fillette se recroquevilla sur le flanc et son regard s'attacha à la silhouette qui soulevait les draps dans le lit voisin. Elle ne pouvait pas songer sans angoisse à l'état dans lequel elle avait retrouvé Edmond. Sans nouvelles alors que le théâtre avait été entièrement détruit par un incendie, incapable d'aller voir par lui-même de quoi il retournait, malade d'angoisse, le jeune homme avait fait une grave crise d'asthme. Lorsque Joséphine s'était faufilée dans l'hôpital en fin de soirée, il arrivait à peine à respirer. Et il avait été si soulagé de la voir qu'il avait eu toutes les peines du monde à retenir ses larmes malgré la présence de Victorine. Joséphine n'oublierait jamais la manière dont il l'avait serrée dans ses bras.

La fillette avait émergé des profondeurs au fond d'une ruelle près de la place Saint-Thomas, après avoir franchi une trappe qui avait mystérieusement disparu à peine s'en était-elle éloignée de quelques pas. Sans chercher à comprendre, elle avait foncé jusqu'à l'hôpital, prenant bien soin de longer les maisons pour se protéger des obus comme le lui avait appris Catherine. La nuit tombait déjà et elle avait couru de toutes ses forces. Elle était arrivée au moment où Victorine s'apprêtait à partir.

Le plus difficile avait été de convaincre Edmond de quitter l'hôpital. Elle ne pouvait pas lui expliquer ce qui se passait réellement, encore moins avec Victorine qui les écoutait, et elle désespérait de trouver des arguments rationnels lorsqu'une aide lui était venue du côté où elle en attendait le moins.

Victorine attribuait l'état d'Edmond à l'atmosphère insalubre de la cave où ils étaient réfugiés, elle s'inquiétait pour lui et, croyant que l'insistance de Joséphine à partir provenait d'une préoccupation similaire, elle finit par leur proposer de venir habiter dans son appartement. Une telle cohabitation entre deux jeunes gens non mariés n'avait rien de convenable, mais la guerre autorisait quelques libertés. De la sorte, Edmond pourrait respirer un air plus sain tout en continuant à bénéficier de soins professionnels. C'était d'autant plus adapté que ses blessures étaient en très bonne voie de guérison. Naturellement, le jeune homme avait été incapable de décliner une proposition aussi généreuse.

Victorine était très amie avec deux des brancardiers qui officiaient à l'hôpital et ils avaient accepté de déplacer Edmond malgré les protestations de celui-ci, convaincu qu'il pouvait marcher tout seul alors que le moindre geste l'essoufflait. Victorine s'était montrée intraitable et le jeune homme n'avait pas eu d'autre choix que de céder, cachant tant bien que mal son soulagement. Le soir même, ils emménageaient dans l'appartement propre et lumineux de l'infirmière.

Le logement se situait au premier étage d'une maison qui en comptait quatre, dans un quartier que les bombardements atteignaient assez rarement, et ils y étaient donc plus ou moins en sécurité. La propriétaire des lieux, une vieille femme revêche, avait pincé les lèvres en les voyant arriver, mais Victorine savait visiblement y faire avec elle et la dame n'avait pas protesté. La plupart de ses locataires s'étaient installés à la cave, de crainte d'être tués dans leurs lits, Victorine était une des seuls à continuer à occuper son appartement et ils étaient donc tranquilles à leur étage. On les avait volontiers aidés à installer deux lits supplémentaires dans ce qui avait été un petit bureau d'études.

La crise d'asthme d'Edmond avait fini par se calmer après un dîner léger et il s'était endormi très vite, épuisé par trop d'agitation. C'était Victorine qui avait demandé à Joséphine ce qu'était devenue Catherine et la fillette avait éludé tant bien que mal. Il était clair que l'infirmière n'était pas dupe, mais elle n'avait pas insisté, paraissant craindre de la bousculer.

Joséphine frotta doucement son visage contre l'oreiller un peu rêche et s'obligea à refermer les yeux. Lors de son bref passage à l'hôpital, elle avait remarqué que le lit de Valentin était vide. Un simple regard échangé avec Victorine lui avait suffi à comprendre. À son propre étonnement, elle n'avait pas versé une larme malgré son chagrin. En dépit de tout ce que cette pensée avait d'horrible, peut-être la mort était-elle ce qui pouvait arriver de plus miséricordieux au jeune garçon mutilé.

Joséphine serra plus fort les paupières. Elle était tellement fatiguée que les gens meurent autour d'elle… Combien de souffrance pouvait-on supporter avant de dépérir complètement ? Sa mère et Louise lui manquaient affreusement, elle pensait à elles sans cesse et elle avait envie de pleurer de terreur à l'idée qu'Edmond puisse disparaître à son tour. Le souffle qui le retenait à la vie semblait si fragile…

Brusquement saisie d'angoisse, Joséphine s'arracha à son lit et se pencha sur celui d'Edmond. Le jeune homme dormait sur le dos, le visage pâle et détendu, la bouche légèrement entrouverte, son bandage toujours enroulé autour de sa tête. Son corps était relâché, mais son expression n'était pas vraiment paisible. Elle se demanda si lui aussi avait l'impression que tout lui échappait, qu'il n'avait plus aucune prise sur les évènements, qu'il ne comprenait plus rien. Son âme d'artiste était empreinte de tant de gentillesse et de sensibilité, la guerre ne devait avoir aucun sens pour lui.

Joséphine baissa les yeux sur ses mains et songea à ce que Catherine était capable de faire, au feu, à la glace. Elle aussi deviendrait une puissante sorcière, elle apprendrait tout ce qu'elle pourrait, elle se démènerait et ferait en sorte que personne ne puisse jamais faire de mal à Edmond. Si Achille disait la vérité, si la Sororité avait vraiment pour but de protéger les humains du mal, alors elle participerait à ce combat de toutes ses forces.

Absorbée dans ses pensées, Joséphine tressaillit en sentant une présence à ses côtés. Déjà vêtue de sa tenue d'infirmière, Victorine avait ouvert la porte et s'était approchée sans bruit. Elle sourit à la fillette et posa une main douce sur son épaule.

— Il va beaucoup mieux, murmura-t-elle. Il va pouvoir guérir tranquillement maintenant. Viens.

Apaisée, Joséphine se laissa emmener hors de la pièce et Victorine referma délicatement derrière elles.

— Je dois partir, annonça l'infirmière. Quand il se réveillera, tu pourras lui servir un peu du bouillon qui est dans la cuisine. Et n'hésitez pas à prendre ce dont vous avez besoin, vous êtes ici chez vous.

Elle ponctua ces mots d'un nouveau sourire tout en lui désignant la bibliothèque remplie de romans et d'ouvrages de médecine qui trônait dans un coin. Joséphine voulut la remercier, mais elle se trouva soudain incapable de parler. À la place, elle marcha droit sur la femme et la serra dans ses bras avec toute la force de sa reconnaissance. Victorine lui rendit gentiment son étreinte, tout en caressant sa tête. Joséphine ferma les yeux, se laissant envahir par un délicieux sentiment de sécurité.

Après le départ de l'infirmière, Joséphine resta un moment désœuvrée, puis elle s'obligea à troquer sa chemise de nuit trop grande contre d'autres vêtements que Victorine avait dénichés auprès de voisins. Elle passa un long moment à examiner le contenu de la bibliothèque et finit par opter pour une édition récente des *Malheurs de Sophie*. Elle avait déjà lu le livre de la comtesse de Ségur, mais c'était justement cette rassurante familiarité qui l'intéressait.

Elle demeura plongée dans son roman jusqu'au réveil d'Edmond, après quoi elle tourbillonna autour du jeune homme d'une telle façon qu'il se mit à rire en lui disant qu'elle avait l'étoffe d'une infirmière. Ils passèrent un moment paisible, mangèrent tranquillement, bavardèrent, jusqu'au moment où Edmond relança le sujet de ce qui s'était passé au théâtre et de ce qu'était devenue Catherine.

Joséphine tenta de biaiser à nouveau, mais, contrairement à la veille, le jeune homme avait les idées claires cette fois et il se montra insistant, ne comprenant pas les réticences de la fillette. Ils faillirent se disputer et Joséphine finit par céder et tout lui raconter. Edmond ne l'interrompit pas une seule fois, mais son air médusé suffisait à trahir son incrédulité. Joséphine eut beau déployer tous les détails qui lui venaient à l'esprit, elle n'avait aucune preuve réelle à lui apporter, encore moins maintenant que Catherine n'était plus là pour corroborer ses dires. Arrivée à la fin de son récit, elle comprit avec désespoir qu'Edmond se demandait si elle lui mentait ou si elle était devenue folle. Désespérée, elle s'enferma dans le mutisme malgré tous les efforts du jeune homme pour adoucir son attitude.

Ce fut ainsi que Victorine les trouva en rentrant pour le déjeuner. Le dimanche, elle ne travaillait que le matin, bénéficiant d'un après-midi de repos par semaine, et elle apportait avec elle de grandes nouvelles qui détournèrent opportunément l'attention d'Edmond.

Depuis longtemps, Strasbourg avait des affinités particulières avec la Suisse et l'Histoire ne manquait pas d'anecdotes où la ville et d'autres cités de la république helvétique s'étaient porté secours mutuellement. Il semblait qu'en ces temps de malheur, ces généreux voisins n'avaient pas oublié une si longue amitié et avaient décidé d'intervenir.

Le matin même, vers onze heures, après avoir négocié à la fois avec le général Von Werder côté prussien et le général Uhrich côté français, une délégation suisse avait été autorisée à franchir les remparts de la ville. Elle avait été accueillie en grande pompe par le maire et le conseil municipal, mais aussi par une foule enthousiaste. C'est que leur but très honorable avait de quoi remplir de reconnaissance les Strasbourgeois : ces braves envoyés étaient là pour faire sortir de la ville une partie de sa population martyrisée, à commencer par les femmes, les enfants et les vieillards.

Edmond et Joséphine avaient accueilli cette nouvelle avec le même élan d'espoir. Si le premier ne songeait qu'à échapper à la guerre, la seconde imaginait déjà fausser ainsi compagnie au croquemitaine et se libérer de cette menace permanente. Sur le chemin du retour, Victorine avait vu une affiche invitant ceux désireux d'obtenir un de ces sauf-conduits à se présenter le lendemain à l'hôtel du Commerce à partir de huit heures. Edmond résolut sur-le-champ de s'y rendre pour les inscrire.

Mais ce n'était pas tout. Alors que Strasbourg était coupée du monde depuis pratiquement un mois, les délégués suisses avaient enfin apporté des nouvelles de l'extérieur, bien plus sûres que les rumeurs qui couraient habituellement et auxquelles on ne savait jamais s'il fallait accorder crédit ou non.

Ce fut avec consternation qu'Edmond se vit confirmer la défaite de Sedan le 2 septembre, l'emprisonnement de Napoléon III et la chute du Second Empire. La République était proclamée à Paris depuis déjà une semaine, mais si cette nouvelle en réjouissait beaucoup à Strasbourg, elle ne changeait rien à l'état de la guerre : l'armée française était en déroute, les prisonniers étaient très nombreux et il ne semblait y avoir aucune issue.

Malgré l'abattement évident que lui infligeaient ces informations, Edmond s'obligea à se ressaisir et à se concentrer sur le point positif : le secours apporté par les Suisses et l'opportunité qui s'offraient à eux d'échapper enfin à ces infernaux bombardements. Ils entendaient les obus tomber en même temps qu'ils discutaient – le pilonnage se poursuivait malgré la présence des délégués, évitant simplement la zone des remparts où ceux-ci avaient pénétré dans la ville – et Joséphine s'imaginait déjà avec un plaisir anticipé retrouver une vie où l'on ne sursautait pas à chaque instant au son des explosions.

Victorine approuvait avec enthousiasme leur projet de partir, mais lorsque Edmond suggéra qu'elle s'en aille avec eux, elle lui opposa un doux sourire résolu qui signifiait : hors de question. Il y avait trop à faire pour une infirmière compétente comme elle, ses malades et ses blessés avaient besoin d'elle et elle refusait absolument de se mettre à l'abri alors qu'elle pouvait se montrer utile. Elle expliqua cela tranquillement, sans affectation, avec une calme détermination qui parut avoir un effet extraordinaire sur Edmond. Si Joséphine ou la jeune femme elle-même avaient encore pu douter des sentiments du jeune homme, il aurait suffi de voir la manière dont il la regardait cet après-midi-là pour comprendre.

Un peu plus tard, alors qu'Edmond et Victorine s'étaient isolés pour que l'infirmière change les pansements du jeune homme, Joséphine entendit celui-ci rapporter ses paroles à la femme. De toute évidence il n'avait pas cru la fillette et il était désemparé face à ce qu'il considérait comme des mensonges éhontés. Joséphine lui en voulut beaucoup, même si elle pouvait comprendre pourquoi tout cela lui paraissait sorti tout droit de son imagination.

Se rapprochant discrètement de la porte de la chambre, elle écouta avec curiosité la réponse de Victorine. À son grand étonnement, celle-ci conseilla à Edmond de ne pas contrarier la fillette. Pour elle, ces inventions étaient liées au terrible traumatisme de la guerre et il fallait les traiter avec indulgence, sans toutefois les encourager. Un goût amer se répandit dans la bouche de Joséphine. Elle avait beau savoir que les deux adultes ne voulaient que son bien, elle resta dans son coin tout le reste de la journée, incapable de leur adresser la parole.

Toutefois, lorsque Edmond se leva tôt le lendemain pour aller enregistrer leur candidature au départ, Joséphine n'envisagea pas une seule seconde de le laisser sortir seul. Elle n'avait pas oublié ce que Catherine avait dit et la manière dont le croquemitaine pouvait s'en prendre à lui. Elle espérait de tout son cœur que leur soudain déménagement hors de l'hôpital avait brouillé leur piste, mais il n'était pas question de lâcher le jeune homme des yeux.

L'hôtel du Commerce se trouvait sur la place Gutenberg, à deux pas de la cathédrale, et il ne fallait qu'une dizaine de minutes de marche pour s'y rendre depuis l'appartement de Victorine. Après sa longue nuit de sommeil, Edmond avait repris des forces et une canne prêtée par un des voisins lui permit d'adopter une posture qui ne tirait pas trop sur la suture de son ventre. Le même généreux voisin lui avait donné des vêtements et Victorine lui avait fait un bandage plus léger autour de la tête, si bien qu'il avait l'air bien moins pitoyable qu'au cours des jours précédents. Malgré tout, Joséphine veillait sur ses pas avec la férocité d'une mère louve.

La fillette s'inquiéta d'autant plus en voyant la foule qui se pressait sur la place devant l'hôtel du Commerce. C'était des centaines de gens qui souhaitaient s'inscrire pour échapper enfin au piège de la ville bombardée et ils durent patienter plusieurs heures en plein soleil, sans aucun moyen de s'asseoir ou se reposer. Edmond ne se plaignit pas une seule fois, mais il pâlit peu à peu au fil du temps et il épongeait sans cesse son cou luisant de sueur tandis que son bandage se trempait des gouttes de son front. Joséphine ne le quitta qu'une fois, le temps de trouver de l'eau, mais ces simples minutes lui parurent interminables et elle connut un instant de panique lorsqu'elle ne le retrouva pas tout de suite, caché qu'il était par un groupe d'hommes en pleine discussion.

La foule était inquiète et agitée, on ne parlait que de la proclamation de la République et des soupçons que beaucoup nourrissaient envers le préfet du Bas-Rhin, le baron Pron, serviteur de l'Empire peu aimé des Strasbourgeois. Depuis le début de la guerre, on suspectait que nombre de fausses rumeurs émanaient du bureau du préfet et de celui du commissaire central, son complice. Désormais on se demandait si ces deux sbires de l'empereur n'avaient pas connaissance des nouvelles depuis longtemps et ne les taisaient pas à la population pour conserver le contrôle de celle-ci. Cette défiance ne s'étendait toutefois pas jusqu'au général Uhrich que l'on tenait pour un brave homme et qui s'était toujours montré franc envers la commission municipale. Le mélange de colère et d'anxiété qui imprégnait la foule effrayait Joséphine et elle fut soulagée lorsqu'ils atteignirent enfin le bureau du fonctionnaire de mairie qui prenait en note les centaines de demandes de laissez-passer.

Malgré son épuisement, Edmond exposa leurs cas avec autant d'éloquence que possible et présenta les rares papiers qu'ils avaient réussi à sauver de la débâcle. On l'écouta avec attention, on remplit les formulaires adéquats, puis on lui suggéra de revenir le lendemain, lorsque seraient affichés les noms des heureux élus.

Joséphine fut soulagée lorsqu'ils purent enfin s'en aller, d'autant plus que l'apparition du baron Pron lui-même venait de provoquer une vive agitation. L'ensemble de la mairie avait déménagé dans l'hôtel du Commerce pour échapper au bombardement de ses bâtiments place Broglie et le préfet souhaitait sans doute transmettre quelque communication à la commission municipale. Lorsqu'il voulut repartir, il fut tellement chahuté qu'il dut se réfugier à l'intérieur. Mais Edmond et Joséphine n'en virent pas davantage, pressés de regagner l'abri de l'appartement de Victorine.

Ces longues heures d'attente dans la chaleur estivale avaient été si éprouvantes qu'Edmond dut s'aliter à nouveau, à bout de forces. Il dormit jusqu'au retour de Victorine, mais il avait encore mauvaise mine durant le dîner et l'infirmière lui interdit de se relever le jour suivant pour vérifier les listes, promettant qu'elle irait voir elle-même de quoi il retournait.

Le lendemain, alors que nombre de maisons étaient pavoisées pour fêter l'avènement de la République, spectacle pour le moins étrange dans une ville bombardée, Victorine se mit en route très tôt pour l'hôpital et fit un détour jusqu'à l'hôtel du Commerce afin de voir si les listes avaient bien été publiées. Vers midi, elle profita d'une accalmie dans ses tâches pour faire un rapide crochet jusqu'à l'appartement et annoncer à ses amis anxieux une mauvaise nouvelle : Joséphine avait bien obtenu un laissez-passer, mais pas Edmond.

Sans céder à sa consternation évidente, Edmond se mit aussitôt à réfléchir à qui il pourrait confier Joséphine afin d'envoyer la fillette chez ses parents à Nancy en attendant que lui-même puisse les rejoindre. Au moment où il décidait de se rendre à l'hôtel du Commerce pour voir si quelque nom sur les listes lui était familier, Joséphine coupa court à ses projets.

— Je ne pars pas sans toi, annonça-t-elle sèchement.

Edmond parut touché, puis il s'efforça de prendre ce ton patient que la fillette détestait de plus en plus.

— C'est une trop belle occasion de te mettre à l'abri, expliqua-t-il. Le voyage passera vite, tu verras, et mes parents sont très gentils. Je suis sûr que…

— Tu veux te débarrasser de moi, c'est ça ?

Ces quelques mots avaient échappé à Joséphine, reflet de sa terreur à l'idée d'être séparée de lui. Mais comme il la considérait avec incompréhension, elle ne put s'empêcher de lui lancer une pique qui la démangeait depuis deux jours.

— Tout ce que tu veux, c'est rester tranquille avec Victorine !

Edmond rougit et c'était si rare que Joséphine se demanda avec effroi si elle n'avait pas vu juste. Mais l'embarras du jeune homme céda très vite la place à une colère encore plus inhabituelle.

— Vraiment, Joséphine, je me demande ce que tu as dans la tête ! Parfois, tu es insupportable !

C'était sans doute le reproche le plus virulent qu'il lui avait jamais adressé et la fillette s'en sentit transpercée. Terrifiée, elle était prête à se jeter à ses pieds pour lui demander pardon lorsqu'il prit soudain ses mains et plongea dans le sien un regard intense.

— Tu es la seule personne qui compte pour moi, murmura-t-il. Je ne supporte pas l'idée de te perdre. Je… Je t'aime comme si tu étais ma propre fille, Joséphine. Tu comprends ça ? Tout ce que je souhaite, c'est te protéger de cette maudite guerre.

La fillette sentit les larmes lui monter aux yeux. Incapable de répondre, elle se jeta dans les bras d'Edmond et il l'étreignit avec force. Elle nicha le visage contre son cou et ferma les yeux, le respirant à pleins poumons. Il caressa tendrement sa tête.

— Quant à mademoiselle Goetz, reprit-il avec hésitation. Je… Prétendre qu'elle me déplaît serait un mensonge, mais… D'une part, rien ne montre qu'elle me rend mon intérêt et d'autre part, même si c'était le cas, tu resterais ma priorité. Tu pourras toujours compter sur moi, je te le promets.

Joséphine se mit à sangloter, à bout de nerfs, et le jeune homme la garda longtemps contre lui, la consolant avec patience et douceur. Lorsque la fillette finit par se calmer, elle se sentait épuisée et incapable de se détacher d'Edmond. Celui-ci ne chercha pas à la repousser, continuant à caresser son dos.

— Je comprends que tu aies peur, reprit-il prudemment, mais rester ici est trop dangereux. S'il te plaît, Joséphine. Je ne veux pas qu'il t'arrive quelque chose.

Son ton était si implorant que la fillette faillit céder, mais elle était incapable de l'abandonner dans la ville bombardée et de partir aussi loin de lui. Elle avait la conviction que si elle faisait cela, elle ne le reverrait jamais et cette pensée n'était pas tolérable, pas après les morts brutales de Louise et de sa mère.

— Je ne pars pas sans toi, répéta-t-elle doucement.

Edmond poussa un profond soupir, mais ne renchérit pas.

* *
*

Au cours des jours suivants, les nouvelles se succédèrent. Après la proclamation officielle de la République, le maire Humann, élu sous l'ancien régime, avait choisi de démissionner. Il était impossible en de telles circonstances d'organiser de nouvelles élections pour renouveler également le conseil municipal, mais on avait toutefois choisi un nouveau maire, un de ces hommes qui faisaient l'unanimité à Strasbourg. Républicain depuis toujours, homme discret, honnête, intelligent et dévoué, Émile Küss bénéficiait d'une grande popularité et son élection fut accueillie avec satisfaction. Malgré sa santé chancelante, il ne se déroba pas à son devoir.

Dans la foulée, le baron Pron remit sa démission de la préfecture et fut suivi de près par celui qu'on considérait comme son complice, le commissaire central de police Aymard. On attendait désormais que le récent gouvernement parisien envoie un nouveau préfet, même s'il semblait impossible que celui-ci puisse entrer en ville alors que les Prussiens en contrôlaient tous les accès.

En parallèle, on apprit enfin l'issue des nombreuses batailles qui avaient eu lieu dans les semaines précédentes et peu à peu, on prit conscience que la défaite française semblait inéluctable. Pourtant, se rendre n'était pas envisagé une seule seconde, en tout cas jamais de manière publique. L'ardeur patriotique ne diminuait pas, ravivée par l'avènement d'une République qui satisfaisait nombre de Strasbourgeois et dont on attendait beaucoup.

Joséphine ne se préoccupait guère de tout cela, se contentant de suivre de loin les conversations entre Edmond et Victorine qui discutaient passionnément de la situation à chaque fois que l'infirmière rapportait des informations. Les deux jeunes gens avaient lourdement insisté pour inciter la fillette à partir malgré tout, mais elle leur avait opposé un silence obstiné qui avait fini par les décourager. Joséphine savait qu'ils avaient envisagé de la mettre de force dans le convoi, mais Dieu merci, ils y avaient renoncé. Il n'était pas dans la nature d'Edmond de se montrer brutal et ils craignaient tous deux de la perturber encore davantage.

Joséphine se demandait souvent ce que devenait Catherine et elle s'étonnait de n'avoir pas encore vu la sorcière surgir sur le pas de leur porte. Peut-être sa blessure était-elle plus grave qu'il n'y paraissait. La fillette n'arrivait pas tout à fait à s'en inquiéter. Dans l'appartement paisible de Victorine, il lui semblait parfois que tout ce qu'elle avait vécu n'avait été qu'un rêve : le cyclope, le satyre, le kraken et son chant si beau… Pourtant elle était réveillée presque toutes les nuits par des cauchemars où le croquemitaine tenait le premier rôle et à chaque fois qu'elle devait sortir, elle surveillait les environs avec angoisse.

Heureusement, point positif dans cette tension permanente, Edmond se remettait chaque jour un peu plus. Désormais il ne portait plus de bandage à la tête et ses cheveux cachaient presque la croûte qui s'était formée le long de la cicatrice sur le côté de son crâne. Ses sutures au ventre le tiraient un peu moins, il se déplaçait bien plus aisément et avait retrouvé son appétit, même si le choix des provisions était limité.

Si le pain et le vin restaient relativement bon marché grâce aux importantes réserves de la ville, il n'y avait plus guère d'options en matière de viande et le cheval constituait l'ordinaire de la plupart des gens. Le beurre et le lait étaient devenus rares, les pommes de terre étaient de mauvaise qualité, le prix des œufs avait nettement augmenté, les lentilles et les haricots manquaient partout ; seuls les pois secs et le riz se trouvaient facilement.

Joséphine savait qu'ils n'étaient pas à plaindre ; le salaire de Victorine et le maigre pécule d'Edmond leur permettaient de se fournir le nécessaire et ils étaient bien plus à l'aise dans l'appartement que dans une de ces caves où ils avaient déjà passé bien trop de temps. L'asthme d'Edmond s'était d'ailleurs considérablement apaisé et cela lui permettait de reprendre des forces bien plus rapidement, au grand soulagement de ses deux compagnes. Il avait si bien récupéré qu'au matin du jeudi 15 septembre, il décida d'aller assister au départ des réfugiés escortés par les délégués suisses.

Il faisait un temps magnifique ce jour-là et lorsqu'ils arrivèrent sur la place d'Austerlitz, une grande foule s'y pressait, entourant une longue file de voitures. C'était plus de cinq cents personnes qui avaient été autorisées à quitter la place forte, principalement des femmes, des enfants et des vieillards. Partout ce n'était que scènes d'adieux déchirantes entre des familles qui ignoraient quand, ni même si elles pourraient se revoir. Les filles embrassaient leurs pères retenus dans la forteresse par le devoir et les épouses étreignaient leurs maris, sans savoir si ce serait pour la dernière fois. Près de la porte d'Austerlitz, des officiers français examinaient les laissez-passer tandis que défilait devant eux le long serpent des véhicules de toutes sortes : voitures, omnibus, chars à bras, charrettes. La plupart des réfugiés en partance n'avaient qu'un maigre bagage et nul n'aurait pu dire s'ils étaient soulagés ou désespérés de quitter ainsi Strasbourg suppliciée.

Joséphine enviait ces gens à la pensée qu'ils échapperaient bientôt à la canonnade incessante, au bruit épouvantable, à la puanteur des canaux et des ordures qui parsemaient la ville, à la fumée des incendies, à la tension permanente. Elle les enviait, mais elle ne souhaitait pas être à leur place. Et lorsque Edmond se pencha vers elle pour suggérer qu'il était encore temps qu'elle change d'avis, elle se contenta de prendre sa main et de rester silencieuse.

Le bombardement s'était brièvement calmé pendant l'évacuation, mais il reprit de plus belle lorsque la colonne fut hors de vue et Edmond se hâta de ramener Joséphine vers l'appartement. Celui-ci n'était plus qu'à quelques centaines de mètres lorsque se produisit ce que la fillette redoutait depuis le début. Ils venaient de tourner au coin d'une rue lorsque la goule surgit soudain devant eux.

Le cœur de Joséphine manqua un battement. Aussitôt elle tira en arrière Edmond inconscient du danger et se plaça devant lui dans un geste de protection. Mais à sa grande stupeur, la femme-monstre ne les attaqua pas. Au contraire, elle leva les mains en signe de paix et adressa un regard suppliant à Joséphine.

— Il faut que je te parle. Écoute-moi, je t'en prie.

Elle avait une voix agréable et Joséphine réalisa qu'elle était vraiment jolie avec ses boucles blondes, malgré la fatigue nerveuse qui creusait ses traits. Edmond contemplait la scène avec incompréhension, mais il n'eut pas le temps d'intervenir. Plusieurs obus tombèrent tout près dans la rue et, dans un même mouvement, tous trois se réfugièrent dans une cour déserte, s'abritant derrière d'énormes tonneaux.

Lorsque la goule effleura son poignet, Joséphine fit un véritable bond et la repoussa brutalement.

— Ne me touchez pas !

— Mais qu'est-ce qui te prend ? demanda Edmond avec incompréhension. Excusez-la, madame, c'est…

— Ce n'est pas une dame, c'est un monstre ! protesta Joséphine.

Edmond parut consterné par tant d'impolitesse, mais la goule ne détourna pas les yeux.

— Tu as raison, admit-elle à mi-voix, je suis un monstre. Mais je n'ai pas décidé de te chasser. Laisse-moi t'expliquer, je t'en supplie. J'ai besoin de ton aide.

Joséphine faillit l'envoyer au diable, puis elle se souvint de ce qu'avait dit la Jeune Fille à la Tête de Mort : la goule était la clé. Peut-être ferait-elle mieux de l'écouter.

— Vous promettez que vous ne nous ferez pas de mal ? demanda-t-elle d'une voix tremblante.

La goule esquissa un sourire douloureux.

— Je te le promets sur la tête de mes enfants.

Joséphine fronça les sourcils, incapable d'imaginer comment une telle créature pouvait avoir des enfants. Mais la femme-monstre paraissait sincère et la fillette avait appris à se fier à son instinct. Sous l'œil éberlué d'Edmond, elle acquiesça et la goule se redressa aussitôt, les entraînant à sa suite. Ils trouvèrent refuge dans une auberge presque déserte et s'installèrent tout au fond, loin des oreilles indiscrètes.

— Est-ce que l'on pourrait m'expliquer ce qui se passe ? lança Edmond avec impatience.

Mais Joséphine n'eut pas le temps de répondre comme l'aubergiste les rejoignait pour leur demander ce qu'ils souhaitaient consommer. Les deux adultes commandèrent du vin et Joséphine demanda une eau sucrée, même si elle avait la gorge bien trop serrée pour avaler quoi que ce soit. Elle regrettait soudain d'avoir laissé Catherine derrière elle.

— Qui êtes-vous ? insista Edmond lorsqu'ils furent servis.

La goule tourna les yeux vers Joséphine et la fillette s'obligea à répondre.

— Je t'ai parlé d'elle, c'est… C'est la femme-monstre.

Cette désignation arracha un sourire amer à la goule, mais elle ne protesta pas. Edmond semblait avoir envie de se pincer pour vérifier qu'il ne rêvait pas, mais leur vis-à-vis ne lui en laissa pas le temps.

— Je m'appelle Eugénie Weber, dit-elle. Je suis… J'étais l'épouse du docteur Weber de la Grand-Rue, peut-être le connaissiez-vous. Il est mort, au tout début de la guerre, assassiné…

Des larmes envahirent ses yeux et elle prit une profonde inspiration pour se contenir, avant de braquer à nouveau son regard intense sur Joséphine.

— C'est le croquemitaine qui a tué mon mari, fit-elle. Et il a pris mes enfants en otage. Il les tient prisonniers dans un endroit auquel lui seul a accès et si je ne lui obéis pas, il les détruira.

Sa voix s'étrangla et elle fit un effort pour poursuivre sous le regard ébahi d'Edmond.

— Jamais je n'ai souhaité m'en prendre à toi, Joséphine. Mais Hans Trapp te veut à tout prix et si je ne l'aide pas, je ne reverrai jamais mon fils et ma fille.

Elle était sincère ; Joséphine en aurait mis sa main à couper, au point d'en éprouver de la compassion pour elle.

— Pourquoi vous me dites tout ça ? murmura-t-elle.

Eugénie Weber se laissa aller au fond de son siège et poussa un profond soupir.

— Parce que je ne peux pas continuer comme ça. Te poursuivre ainsi me mine. Tu n'es qu'une enfant, tu es aussi innocente que mes propres enfants et l'idée de te livrer à lui m'est insupportable. J'ai pensé… J'ai pensé qu'ensemble, nous pourrions peut-être trouver une solution.

Elle marqua une pause, le temps d'avaler une gorgée de vin. Voyant que Joséphine ne protestait pas, elle poursuivit.

— Cela fait déjà trois jours que je t'ai retrouvée, mais je ne lui ai rien dit. J'espérais que la sorcière serait auprès de toi, mais je ne l'ai pas vue. Sa blessure… ?

— Madame Guérin est à l'auberge sous la cathédrale, expliqua Joséphine. Elle voulait que je reste auprès d'elle, mais je me suis enfuie. Je crois… Je suppose que sa blessure est en train de guérir.

Eugénie hocha la tête.

— D'accord. Je ne te cacherai pas que je ne suis sans doute pas la bienvenue dans cet endroit, mais il faut absolument que je la rencontre. J'ignore ce qu'elle t'a expliqué, mais les Invisibles ont presque tous fui la ville à cause de la guerre. Elle est la seule dont la magie est assez puissante pour nous aider. Est-ce que tu veux bien me conduire jusqu'à elle ? Peut-être que si nous arrivons ensemble, Patrick me laissera passer.

Joséphine hésita. Elle n'avait aucune envie de retourner auprès de Catherine, d'autant moins que cela impliquait de quitter Edmond et qu'elle risquait de se faire passer un sacré savon après sa fuite ; mais l'occasion était trop belle de retourner la situation et de se faire une alliée décisive. Elle acquiesça enfin et, pour la première fois, Eugénie lui adressa un véritable sourire, qui monta jusqu'à ses yeux et raviva sa beauté.

Toutefois cela ne réglait pas la question d'Edmond qui ne comprenait rien à ce qui se passait et protesta fermement. Lorsque Eugénie et Joséphine sortirent sans lui demander son avis, l'obligeant à suivre maladroitement, il se mit vraiment en colère et saisit la main de la fillette pour l'empêcher d'avancer.

— Maintenant, je veux une explication ! s'écria-t-il.

Eugénie le considéra avec patience.

— Vous n'êtes pas initié, n'est-ce pas ?

— Je n'ai pas la moindre idée de ce que cela signifie, ni de ce que vous essayez de mettre dans la tête de cette enfant, mais…

Il s'interrompit comme la femme ramassait un tesson de verre par terre et s'entaillait profondément la paume. Elle tendit sa main ensanglantée vers lui et se mit à parler.

— Je suis une goule. J'ai près de deux cents ans et je me nourris de cadavres. Le seul moyen de me tuer est d'utiliser un poignard en ossement humain. Joséphine est une future sorcière et elle est poursuivie par un croquemitaine, une vermine qui se nourrit de l'âme des enfants. Ensemble, nous devons faire appel à Catherine Guérin, une puissance sorcière, pour éradiquer ce monstre. Est-ce que cela vous suffit comme explications ?

Au fur et à mesure qu'elle parlait, la plaie dans sa main s'était refermée toute seule avant de disparaître complètement. Joséphine comprit mieux comment elle s'était remise aussi vite de ses blessures au théâtre. Quant à Edmond, sa mâchoire inférieure pendait et il était tellement abasourdi qu'il fut incapable de répliquer.

Sans rien ajouter, Eugénie tourna les talons et se remit en marche. Joséphine se hâta de lui emboîter le pas, traînant Edmond derrière elle. Maintenant que le jeune homme savait tout, il n'y avait plus de raison de l'éloigner. Il suivait sans un mot, les yeux encore écarquillés, et au bout d'un moment, il arrêta Joséphine pour la regarder.

— Une sorcière ? balbutia-t-il.

La fillette ne trouva rien à répondre et prit sa main pour ne pas perdre Eugénie qui marchait très vite. Ils rejoignirent bientôt la cathédrale. De toute évidence, la goule connaissait bien l'auberge souterraine et ce fut sans la moindre hésitation qu'elle s'engouffra dans la même maison que celle où Catherine avait entraîné Joséphine quelques jours plus tôt. Les marches, les trois portes et soudain elles se retrouvèrent face à Patrick qui se dressait de toute sa haute taille devant elles.

À la vue du cyclope, Edmond parut sur le point de défaillir et il dut s'appuyer contre le mur pour ne pas tomber. Joséphine l'entendit bredouiller des paroles sans suite, mais elle n'avait pas le temps d'y prêter attention. Patrick n'avait visiblement aucune intention de laisser entrer Eugénie et se montrait menaçant, brandissant un énorme gourdin clouté.

— Il faut la laisser passer, intervint la fillette en se dressant entre le cyclope et la goule. J'ai besoin qu'elle voie madame Guérin !

Patrick baissa vers elle son unique œil sombre, mais son visage resta fermé.

— J'ai mes ordres, se contenta-t-il de dire, et la goule ne passe pas.

Il était impressionnant, monolithique, mais Joséphine sentait bien qu'il avait un bon fond et ce fut sans la moindre crainte qu'elle s'avança jusqu'à pouvoir abaisser doucement son arme.

— Achille m'a dit que vous pouvez voir la vraie nature des gens, dit-elle. Alors regardez-la. Moi je sais qu'elle n'est pas mauvaise et je suis sûre que vous pouvez le voir aussi. J'ai besoin qu'elle vienne avec moi. S'il vous plaît.

La grosse mâchoire de Patrick remua, comme s'il remâchait ses pensées, puis son œil se braqua sur Eugénie que les paroles de la fillette semblaient avoir touchée. Il finit par pousser un grondement caverneux.

— D'accord. Mais l'humain vous attend ici.

Il fallut un instant à Edmond pour comprendre que c'était lui que l'on désignait ainsi. Il protesta énergiquement, mais cette fois Patrick se montra intraitable et Joséphine abandonna à contrecœur le jeune homme hébété pour suivre Eugénie jusqu'à la plateforme. Sans le moindre commentaire, le cyclope actionna le mécanisme et elles se mirent à descendre.

Alors que Joséphine s'efforçait de ne pas prêter attention aux grincements des chaînes, agrippée à la rampe centrale, Eugénie rompit le silence avec hésitation.

— Merci de ce que tu as dit, de… m'avoir défendue. Tu ne peux pas savoir comme je suis désolée de tout ce qui s'est passé.

Joséphine haussa les épaules avec gêne et la goule n'insista pas. Elles remontèrent silencieusement le chemin jusqu'à l'auberge et, tandis qu'elles franchissaient le pont, Joséphine ne put s'empêcher de scruter l'eau, mais le kraken ne se montra pas.

L'accueil qui les attendait dans la grande salle fut encore plus glacial que celui de Patrick. Achille était visiblement furieux que Joséphine ait échappé à sa surveillance, il maudit le cyclope d'avoir contrevenu à ses ordres, menaça de les jeter dehors, pesta encore et encore, puis finit par accepter de les conduire jusqu'à Catherine qui était toujours alitée. Joséphine ne tarda pas à comprendre pourquoi et l'inquiétude l'envahit en découvrant l'état de faiblesse de la vieille femme.

Sa plaie s'était infectée et, affaiblie par une sévère perte de sang, elle avait beaucoup de mal à combattre la fièvre. Elle était lucide et commandait elle-même son traitement, mais elle était pour le moment incapable de tenir debout. Elle accueillit Joséphine avec circonspection et Eugénie avec une méfiance non dissimulée. Mais elle ne les chassa pas et accepta de les entendre.

S'installant dans un coin, Joséphine écouta les deux Invisibles parler en se demandant ce que faisait Edmond et comment il supportait cette plongée brutale dans ce qu'il considérait encore une heure plus tôt comme des absurdités. Une part d'elle était soulagée qu'il soit enfin au courant, qu'il ne puisse plus nier, qu'elle puisse s'ouvrir complètement à lui. D'un autre côté, elle s'en voulait de l'avoir entraîné dans une affaire aussi dangereuse alors que la guerre apportait déjà un lot bien suffisant de périls.

Cependant Eugénie expliquait la situation à Catherine et parut profondément soulagée lorsque la sorcière déclara qu'elle la croyait et qu'elle était prête à s'allier avec elle pour les débarrasser du croquemitaine. La plus grande difficulté tenait au fait de l'éliminer tout en sauvant les enfants d'Eugénie.

Catherine confirma que seul le croquemitaine avait accès au monde dissimulé dans son sac. Personne ne pouvait y pénétrer à sa place ni ramener de force ce qui s'y trouvait. Il n'existait aucun sortilège pour contrer cette magie si particulière. D'une manière ou d'une autre, il allait falloir le convaincre de libérer les enfants avant de pouvoir le détruire. Et cela allait nécessiter d'attendre que Catherine ait repris des forces.

Les deux femmes débattirent longuement de la manière de s'y prendre, envisageant toutes sortes de possibilités. Au grand étonnement de Joséphine, elles ne mentionnèrent pas la dagyde fabriquée par la sorcière, mais la fillette n'osa pas intervenir et oublia rapidement ce détail. Puis Catherine déclara qu'elle avait besoin de temps pour réfléchir et qu'elle devait se reposer. Ce n'était pas très difficile à croire lorsque l'on observait son visage livide dans lequel les rides ressortaient impitoyablement ou ses fins cheveux gris collés à son front par une mauvaise sueur. Elle demanda à Eugénie d'observer un certain nombre de détails dans les usages du croquemitaine, puis elle congédia sans détour ses visiteuses.

Achille les raccompagna jusqu'à la plateforme, comme pour s'assurer qu'elles partaient bien. Il salua froidement Eugénie, mais se radoucit lorsqu'il s'adressa à Joséphine et la fillette en fut soulagée. Elle aimait bien le satyre et n'avait pas envie qu'il pense du mal d'elle.

Joséphine ne savait pas trop à quoi s'attendre en arrivant à la surface, après cette longue absence. Elle fut à la fois stupéfaite et enchantée de découvrir qu'Edmond s'était installé à la table de Patrick et était en train d'achever un portrait crayonné du cyclope. Ce dernier paraissait embarrassé de tant d'attention, mais aussi ravi qu'un enfant le jour de Noël, ne cessant de glousser. Elle n'en fut pas tout à fait sûre, mais elle aurait parié que la créature rougissait lorsque Edmond lui tendit finalement son œuvre avec un sourire presque naturel. Ce fut très distraitement que Patrick les raccompagna, le regard rivé à cette vision de lui.

— Je vais vous escorter, déclara Eugénie lorsqu'ils eurent regagné la rue.

Le bombardement semblait à nouveau avoir gagné en intensité et les tirs de l'artillerie de défense ajoutaient encore au vacarme. Edmond ne fit pas de commentaire et laissa Eugénie les guider. La goule semblait avoir des sens bien plus développés que les leurs et elle réagissait bien plus vite, les poussant à l'abri au moindre risque. Joséphine ne pouvait s'empêcher de trouver étrange d'être ainsi protégée par celle qui l'avait poursuivie si longtemps, mais c'était également un soulagement. Ils atteignirent sans encombre l'immeuble de Victorine et Eugénie les quitta sur le seuil.

— Je ferai en sorte qu'il ne te trouve pas, dit-elle. Il commence à perdre patience, mais, pour cela au moins, la guerre est notre alliée. Ne t'inquiète pas. Maintenant il y a de l'espoir.

Joséphine acquiesça et la goule s'en alla d'un pas pressé tandis qu'ils rentraient. Il n'y avait que quelques marches jusqu'au premier, mais dans le silence pesant, l'oreille exercée de la fillette capta aussitôt le poids sur la respiration d'Edmond. L'angoisse la saisit à l'idée que toutes ces émotions et ces efforts physiques ne déclenchent une nouvelle crise d'asthme.

Arrivé dans l'appartement, Edmond se débarrassa de sa veste, ouvrit son col de chemise et s'effondra sur une banquette, s'efforçant de canaliser son souffle, le regard perdu dans le vide. Il n'avait pratiquement pas dit un mot depuis qu'elles l'avaient retrouvé auprès de Patrick et cela commençait à inquiéter Joséphine. Pour meubler le silence, elle entreprit de lui rapporter la conversation entre Catherine et Eugénie. Il se contenta de hocher la tête sans faire de commentaire. Inquiète, Joséphine finit par grimper sur la banquette à côté de lui sans oser le toucher.

— Tu me crois maintenant ?

Elle avait parlé d'une toute petite voix, ne comprenant pas son attitude. Il tourna lentement les yeux vers elle comme s'il se réveillait d'un rêve et, lentement, son visage avenant retrouva une expression vivante.

— J'ai toujours su que tu n'étais pas une enfant ordinaire, fit-il avec un sourire en coin. Mais une sorcière ? Alors là, tu as fait fort !

Son ton était celui de la plaisanterie. Les larmes serrèrent la gorge de Joséphine et il passa aussitôt un bras autour de ses épaules, l'attira contre son flanc indemne. Elle se blottit contre lui en tremblant, épuisée par trop d'émotions. Edmond embrassa sa tête.

— Je ne comprends rien à ce qui se passe et je… Je n'ai aucune idée de ce qui est vrai ou non, cette histoire paraît complètement folle, mais ça ne change rien. Je suis là et je ne bouge pas.

Joséphine eut l'impression de se liquéfier de soulagement et elle s'abandonna complètement à son étreinte, se détendant enfin.

— On ne dira rien à mademoiselle Goetz, ajouta Edmond. Je pense qu'il faut avoir vu ce… cyclope pour envisager que tout ça puisse être vrai. Il faut… Je crois… Est-ce que tu penses qu'il me laisserait le photographier ?

Cette question rêveuse arracha un sourire à Joséphine et elle enfouit affectueusement son visage contre l'épaule du jeune homme. Eugénie Weber avait raison : malgré le croquemitaine, malgré la guerre et toute cette folie, maintenant il y avait de l'espoir.

Chapitre 14

Quelque part en Alsace, dimanche 21 décembre, de nos jours

Allongée à même le sol glacé, le bras levé au-dessus de sa tête, Johanna traçait dans l'obscurité des arabesques scintillantes, traînées d'étincelles qui s'évanouissaient aussitôt. C'était un des premiers tours que sa mère lui avait appris, alors qu'elle n'avait que douze ans et venait tout juste d'avoir ses premières règles. Elle en avait été émerveillée. Elle était si fière de rejoindre enfin Judith dans la Sororité, de devenir une sorcière à part entière, de combattre le mal avec ses sœurs. Elle était si naïve...

Johanna sourit tristement et laissa retomber son bras. Elle avait tellement froid que ses dents menaçaient de se mettre à claquer, mais elle ne bougea pas, enveloppée de ténèbres. Lorsqu'on l'avait menée dans une nouvelle cellule de béton, la nuit était tombée depuis un moment et il était sans doute tard. Les gardes avaient emporté Matheson avec violence, mais à son propre étonnement, elle n'avait guère été bousculée. On s'était contenté de la pousser là et de refermer derrière elle. Elle s'était retrouvée seule, dans le silence et l'obscurité.

N'y tenant plus, Johanna roula sur le flanc, puis se redressa péniblement. Elle se traîna jusqu'à un angle de la pièce et s'y recroquevilla, son corps cherchant désespérément un peu de chaleur. Étonnant comme son organisme refusait d'abandonner alors que tout était fini. Elle se demanda ce qu'elle ressentirait lorsque le feu la dévorerait. Elle n'arrivait pas à imaginer la terrible sensation d'une brûlure embrasant toute sa chair. Heureusement que sa mère ne pourrait pas assister à une telle horreur...

Johanna poussa un profond soupir. Qui aiderait Judith maintenant ? Faubert était convaincue qu'elle était morte et la Sororité ne ferait rien pour la retrouver. Matheson était clairement hors course et ses alliés n'avaient aucune raison de se préoccuper d'une sorcière. Quant à Franck... Même avec la meilleure volonté du monde, qu'aurait-il pu faire ? Il n'était qu'un humain.

Johanna se prit lentement la tête dans les mains. Pourquoi n'avait-elle pas su contrôler sa colère ? Comment avait-elle pu s'égarer au point de s'attaquer à Annabelle ? Songer qu'elle avait pris tant de risques alors que l'Aînée était innocente... Depuis le début elle ne cessait de se fourvoyer ; elle avait tout gâché. Et elle allait mourir pour punition de son inconséquence.

La lumière s'alluma brusquement. Johanna resta figée un instant, clignant des paupières, puis elle se leva instinctivement tandis que les verrous claquaient. Était-il déjà temps ? Tandis que cette question paniquée la traversait, la porte s'ouvrit. Une Sentinelle entra, une matraque à la main, s'assura d'un coup d'œil que la jeune femme restait dans son coin, puis s'écarta. Deux autres gardes s'avancèrent à leur tour, traînant Matheson chacune par un bras. Elles le jetèrent littéralement au milieu de la pièce et il s'effondra sans un son. Malgré son horreur, Johanna n'osa pas bouger. La Sentinelle lui jeta un dernier regard glacial, puis elles ressortirent toutes. La porte se referma. La lumière resta allumée.

Johanna demeura pétrifiée de longues secondes, puis elle s'obligea à ravaler son effroi et s'approcha lentement de Matheson. Il était torse nu et il avait été roué de coups, des traînées de sang maculant sa peau pâle. Mais ces blessures avaient déjà guéri et n'expliquaient pas son inconscience. Johanna s'agenouilla à côté de lui, la nausée au bord des lèvres. Elles lui avaient tranché les deux mains pour l'empêcher d'utiliser ses pouvoirs et, pour s'assurer qu'il resterait impuissant, elles avaient enfilé sur ses avant-bras mutilés deux gaines de métal qui s'enfonçaient dans sa chair et empêchaient ses membres de se reconstituer.

Johanna fit un pénible effort pour avaler sa salive. La souffrance devait être atroce, si atroce qu'il avait perdu connaissance. Son visage était blême, sale, et une mauvaise sueur perlait encore à son front. Johanna esquissa le geste de tirer sur une des gaines, mais celles-ci semblaient fixées directement sur l'os du bras, si profondément incrustées qu'elle n'osa finalement pas y toucher. Elle eut un mouvement de recul lorsqu'il tressaillit soudain.

Matheson revint à la conscience en un instant. Sa respiration s'accéléra, son visage se crispa, ses paupières se serrèrent et il se mit à trembler de tout son corps. Il était avachi sur le ventre ; lorsqu'il voulut se redresser en s'appuyant sur ses avant-bras, il ne put réprimer un cri rauque et retomba aussitôt. Transpercée, Johanna se hâta de l'aider, le soulevant délicatement. Il gémit, mais se laissa faire et elle le garda contre elle, malgré la sensation troublante de sa tête qui roulait contre son épaule. Il ne bougea plus, paraissant lutter pour respirer. Une des gaines de métal reposait contre la cuisse de Johanna et ce contact lui nouait l'estomac de répulsion, mais elle resta immobile. Peu à peu, le souffle anarchique de l'homme retrouva un semblant de régularité.

— Je retire ce que j'ai dit, murmura-t-il. La Sororité a évolué : elle a inventé de nouveaux moyens de me rendre fou…

Son ton se voulait sarcastique, mais sa voix était déchirée par la douleur. Johanna ferma les yeux et ne dit rien. L'homme cessa brusquement de respirer et se crispa de tout son corps. Johanna se raidit, serrant les dents, mais déjà il se relâchait, ravalant ses gémissements.

— Je suis désolé, reprit-il en haletant. J'aurais dû me rendre compte que je ne vous rendais pas service en essayant de vous aider, j'aurais dû réaliser que je ne ferais qu'empirer les choses… Parfois je suis absurdement optimiste…

Il sourit avec ironie. Johanna secoua la tête.

— Qu'est-ce qui vous a pris de réagir comme ça ? Faubert vous aurait laissé partir.

Il tenta tant bien que mal de hausser les épaules, s'arracha une nouvelle grimace.

— Vous n'êtes pas la seule que la colère rend stupide. Leur attitude était tellement… exaspérante…

Il soupira.

— De toute façon, je suppose que… qu'il était temps que j'arrête de me faire des illusions…

Il n'ajouta rien, mais son visage en sueur s'assombrit. Johanna le contempla un instant, puis une crampe dans son dos lui rappela que sa position n'avait rien d'agréable. Le manipulant avec précaution, elle le repoussa légèrement et il parvint à tenir assis. Ses bras mutilés pendaient au bout de ses épaules et il semblait incapable de s'en servir, le moindre geste lui coupant le souffle. Johanna dut pratiquement le porter dans le coin de la pièce qu'elle s'était approprié. Elle s'installa plus confortablement, puis l'attira à nouveau vers elle. Il parut étonné, résista brièvement, puis s'abandonna contre elle. Johanna referma ses bras sur lui, s'efforçant de lui transmettre sa chaleur et de contenir ses tremblements convulsifs.

Elle laissa sa tête rouler en arrière et son regard passa sur la caméra dans un angle du plafond. Elle l'avait repérée depuis un moment et savait que leurs geôlières les observaient. Sans doute n'avaient-elles d'ailleurs ramené Matheson auprès d'elle que dans l'espoir de surprendre un échange intéressant entre eux. Elle réprima l'envie puérile de leur faire un doigt d'honneur. Elle se fichait de ce que pensaient ses sœurs désormais ; elles pouvaient bien imaginer ce qu'elles voulaient à la voir enlacer ainsi l'Immortel, rien ne l'empêcherait d'exprimer sa compassion.

— Tout n'est pas perdu, chuchota soudain Matheson. Lukas a de la ressource, Morgan est brillante et Franck ferait n'importe quoi pour vous sortir de là… Il reste du temps. Il faut leur faire confiance…

Johanna esquissa un sourire, mais ne dit rien. Seul un miracle pouvait les sauver et elle n'avait plus la force d'espérer.

— Que ferez-vous quand ils vous libéreront ? demanda-t-elle rêveusement.

Elle ne doutait pas que tôt ou tard ses alliés viendraient le chercher, d'autant que, depuis qu'elle le fréquentait, Matheson s'était révélé étonnamment bien entouré. Autrefois la Sororité pouvait espérer le faire disparaître, mais dans ce monde devenu minuscule, c'était une autre histoire, même avec l'aide de la magie. La seule question était de savoir combien de temps cela prendrait à ses amis pour le retrouver et quels dégâts ils causeraient au passage.

L'homme voulut répondre, mais sa voix s'étrangla et il toussa douloureusement, avant de mettre un long moment à reprendre son souffle.

— Ils vous libéreront vous aussi, balbutia-t-il enfin.

— Vous savez aussi bien que moi que c'est impossible.

— J'ai vu s'accomplir des choses bien plus impossibles que ça…

— Vous devriez économiser vos forces au lieu de dire des idioties.

Matheson n'insista pas, épuisé par ces brefs échanges. Ils restèrent silencieux un long moment et Johanna songea que jamais elle n'aurait pu imaginer que ses derniers instants se dérouleraient ainsi, dans une cellule glaciale, avec l'Immortel blotti contre elle. Pourtant elle était reconnaissante de ne pas être seule, même si son compagnon restait une énigme pour elle, même si ses tremblements constants lui donnaient envie de pleurer. Il y avait des tas de gens avec qui elle aurait préféré partager ses ultimes heures d'existence, mais les choses auraient pu être pires ; au moins avait-elle un ami auprès d'elle…

* *
*

Johanna frotta ses paupières brûlantes et laissa sa main retomber avec un soupir. Leurs geôlières avaient laissé l'ampoule allumée pour mieux les surveiller, cela faisait des heures qu'ils étaient exposés ainsi et la jeune femme aurait donné cher pour quelques minutes d'obscurité. Ses yeux piquaient et elle se sentait épuisée. Elle avait essayé de dormir un peu, mais la lumière traversait ses paupières et la souffrance de Matheson l'empêchait de se relâcher.

L'homme s'était apaisé un moment, puis son état avait rapidement empiré. Son corps luttait contre les gaines de métal et il irradiait une fièvre dévorante qui le faisait grelotter. Il était trempé de sueur et des filets de sang débordaient régulièrement de ses entraves. Par moments, un spasme le parcourait, arquant son dos, coupant sa respiration, puis il retombait en haletant. Il n'avait pas rouvert les yeux, il n'avait pas dit un mot, tout juste lâchait-il de temps en temps un faible gémissement aussitôt étouffé. Johanna aurait été incapable de dire s'il était conscient ou non. Une pensée tournait en boucle dans sa tête : peu importait ce que l'homme avait fait, cette torture n'était pas de la justice.

Un grincement attira soudain l'attention de Johanna. Baissant les yeux, elle s'aperçut qu'une des gaines était en train de se déformer. Matheson avait ramené ses deux avant-bras sur son ventre et l'enveloppe de métal de son poignet droit gonflait et se tordait. Il tournait le dos à la caméra et dans un réflexe, Johanna se déplaça discrètement pour cacher tout à fait ce qui se passait. Elle dut faire un effort pour refermer sa bouche béante, incrédule.

Les tremblements de l'homme s'accentuèrent et il eut un tel spasme qu'il faillit échapper à l'étreinte de Johanna. La jeune femme le ramena aussitôt contre elle, maintenant ses bras dans l'angle mort de la caméra. Les gaines étaient constituées d'une seule épaisse plaque d'acier à laquelle on avait donné la forme appropriée ; celle-ci était fixée au bras de l'homme à l'aide de quatre gros rivets enfoncés jusque dans ses os. Ces rivets étaient en train de ressortir, repoussés vers l'extérieur par une force invisible. Au moment où l'un d'eux tombait sur le ventre de l'homme, dégoulinant de sang, la gaine se déchira littéralement et un moignon de main en surgit irrésistiblement, se développant à toute vitesse. Les trois autres rivets sautèrent, puis ce fut le tour de la seconde gaine. Matheson continuait à se tordre de douleur, mais la magie qui le rendait immortel était plus puissante que la cruauté des sorcières. Ses mains furent bientôt libérées et il se relâcha totalement.

— Enfin…, soupira-t-il.

Et il resta immobile, les paupières closes, respirant lourdement. Johanna ne savait comment réagir, partagée entre l'émerveillement et l'effroi. Les deux gaines d'acier désormais crevées formaient comme des bracelets de force autour de ses avant-bras et ses mains étaient à nouveau intactes, mobiles, frémissantes. La jeune femme en était encore à se demander comment une telle chose était possible lorsque l'homme rouvrit ses yeux surlignés de rouge et enfoncés par la fièvre.

— Me permettez-vous de ne pas bouger et de profiter un instant de ce répit ?

Il avait chuchoté si bas que Johanna avait dû tendre l'oreille. Elle s'empêcha de regarder vers la caméra et se contenta de hocher la tête. Dès que les Sentinelles s'apercevraient qu'il s'était libéré, elles lui appliqueraient d'autres entraves, ou pire. C'était d'ailleurs pour cette même raison qu'elle-même n'avait pas essayé d'intervenir. Dans un geste aussi naturel que possible, elle couvrit ses bras du sien, le dissimulant encore davantage. Il esquissa un sourire et laissa retomber ses paupières.

Après quelques minutes, alors que la chair de poule commençait à couvrir son torse nu, ce fut lui qui rompit le silence.

— Je dois vous dire… J'apprécie votre sollicitude. Vraiment.

Sa voix avait retrouvé sa fermeté maintenant que la douleur ne le dévorait plus, mais il parlait volontairement bas pour le cacher. Ses yeux bleus se braquèrent à nouveau sur Johanna et la jeune femme détourna le regard, embarrassée.

— Et j'apprécie ce que vous avez fait pour moi, rétorqua-t-elle.

Leur proximité physique lui parut soudain totalement inappropriée et elle dut résister à la tentation de le repousser.

— Mademoiselle Beaumont, regardez-moi, s'il vous plaît.

Elle obtempéra à contrecœur et fut surprise de son expression vulnérable, très inhabituelle.

— Est-ce que vous voulez bien me pardonner ?

Johanna le dévisagea de longues secondes, troublée. Mais avant qu'elle ne puisse répondre, il y eut du bruit dans le couloir et les verrous furent actionnés. D'un bond, Matheson se releva et s'écarta d'elle autant que possible. Il fit face à la porte et accueillit les Sentinelles d'un grand sourire. Il leva les mains vers elles d'un air moqueur.

— Je suis navré, je crois que j'ai cassé votre jouet.

Puis il laissa retomber ses bras et fit glisser les gaines déformées jusque dans ses paumes. Soudain il se retrouva avec deux pièces de métal aux bords déchirés et coupants, armes redoutables. Les Sentinelles se raidirent et l'homme se ramassa légèrement sur lui-même. Pendant un instant, Johanna fut persuadée qu'elle allait assister à un massacre, horrifiée. Mais au lieu d'attaquer, Matheson jeta les gaines au sol avec dédain.

— Il va falloir trouver mieux.

L'écho de l'acier sur le béton n'était pas retombé que les Sentinelles se jetaient sur lui. Les coups de matraque se mirent à pleuvoir et l'homme s'écroula, se recroquevillant sur le sol. Johanna voulut intervenir, mais une des gardes la plaqua contre le mur, lui écrasant son arme sur la gorge, l'empêchant de bouger, la foudroyant du regard. Lorsque les chocs sourds cessèrent enfin, Matheson était inconscient depuis un moment et Johanna avait envie de vomir. Les Sentinelles traînèrent l'homme hors de la cellule et la porte claqua derrière elles. Deux secondes plus tard, la lumière s'éteignait à nouveau.

* *
*

À nouveau seule, Johanna avait passé d'interminables heures à ressasser, à faire les cent pas en se tordant les mains, à s'inquiéter pour sa mère, pour Franck et même pour l'Immortel. Elle ne voulait pas imaginer ce que les Sentinelles avaient fait de lui après l'avoir emmené. Elle qui avait toujours admiré ces guerrières exceptionnelles, elle les détestait désormais, comme elle détestait toute la Sororité, intransigeante, si confite dans ses préjugés qu'elle était incapable de voir au-delà.

Le calme qui l'avait envahie après l'annonce du verdict avait disparu, emporté par la torture infligée à Matheson. Elle refusait d'être traitée ainsi, elle refusait de brûler vive parce que des femmes comme Faubert étaient aveuglées par une haine ancestrale qui avait perdu tout son sens. La colère flambait dans son ventre et elle tournait en rond, cherchant encore et encore qui avait pu détruire ainsi tout ce qui comptait pour elle. Mais elle n'était arrivée à aucune conclusion valable lorsque les Sentinelles vinrent la chercher.

Malgré son envie d'en découdre, Johanna ne se débattit pas lorsqu'on lui prit brutalement les poignets pour les lier dans son dos et que l'on rabattit une cagoule noire sur sa tête. Elle suivit docilement et on la fit à nouveau grimper à l'arrière d'une camionnette. Elle ignorait d'où elle partait exactement, mais elle savait où elle se rendait en revanche ; la première nuit de Yule était toujours célébrée au même endroit : le Bollenberg.

Surnommé la colline des sorcières, le petit massif se situait non loin de Colmar, entre les villages de Westhalten et Orschwihr. Sa situation lui conférait un ensoleillement exceptionnel pour la région et certains pensaient que son nom dérivait de Belenos, dieu celte associé au feu et à la lumière, et qu'on y avait autrefois pratiqué des cultes solaires. Johanna ne s'était jamais beaucoup intéressée au passé antique de l'endroit ; en revanche elle appréciait beaucoup sa végétation singulière, si sèche qu'elle rappelait les paysages méditerranéens. Judith et elle s'y étaient promenées plus d'une fois en été, s'amusant à écouter les touristes se raconter des histoires de terribles sabbats. Si ces gens avaient su qu'une fois par an se tenait là la plus grande réunion de sorcières de la région…

Tandis que la camionnette démarrait, Johanna tendit l'oreille, cherchant à déterminer si Matheson avait été emmené en même temps qu'elle. Mais si c'était le cas, l'homme restait silencieux ou était dans l'incapacité de parler. La jeune femme serra les dents. L'Immortel savait aussi bien qu'elle où se fêtait Yule et les Sentinelles feraient le nécessaire pour l'empêcher d'utiliser son pouvoir une fois qu'ils seraient sur place. Elle ne devait rien attendre de ce côté-là.

Un bref instant, Johanna songea à employer sa magie pour provoquer un accident, mais c'était bien trop dangereux. Pour elle d'abord, mais aussi pour les malheureux automobilistes qui risquaient de se retrouver impliqués. Elle ne pouvait rien faire tant qu'ils étaient en mouvement, mais elle doutait d'avoir davantage de possibilités une fois arrivée. Il y aurait au bas mot une soixantaine de sorcières sur place et des Sentinelles seraient postées tout autour de la colline, pour maintenir le sortilège occultant et empêcher des indésirables de s'inviter à la fête. Une évasion semblait impossible.

La jeune femme fit jouer ses doigts engourdis par ses liens trop serrés et baissa la tête pour que le tissu de sa cagoule cesse de s'enfoncer dans son nez à chaque respiration. Elle avait trop chaud là-dessous et détestait ne pas voir ce qui se passait autour d'elle. Elle était encore trop en colère pour avoir peur, mais la crainte commençait à prendre racine dans son ventre. Est-ce qu'elle allait vraiment mourir ? Est-ce que la Sororité allait vraiment la brûler vive alors qu'elle n'avait rien fait de mal ?

Le trajet fut moins long que ce à quoi Johanna s'attendait et elle sentit bientôt que la camionnette quittait l'autoroute pour s'engager sur des départementales, avançant moins vite, ralentissant bien plus souvent. Puis le véhicule s'engagea sur une voie montante et bientôt on entendit des pierres rouler sous les pneus. Enfin, il s'arrêta.

Lorsqu'on la saisit par le bras pour la faire sortir, Johanna résista une fraction de seconde, révoltée, puis elle suivit le mouvement, serrant les dents. Matheson lui avait évité de finir dans un taureau de Phalaris, mais cette fois il ne pouvait plus rien faire pour l'aider. Et savoir qu'il allait partager ses souffrances à cause de son obstination n'avait rien d'une consolation.

Johanna tressaillit lorsqu'on lui retira brusquement sa cagoule et elle vacilla, clignant des paupières, assaillie de sensations. Le froid glacial, rendu encore plus tranchant par un vent pénétrant. La colline aux herbes sèches, aux pierres coupantes. La foule, silencieuse, tendue. Les ténèbres tout autour d'elles. Les innombrables regards sombres, les visages fermés. Les crépitements du grand feu qui avait été allumé pour la cérémonie. L'odeur de la fumée, de l'encens et des torches plantées un peu partout, leurs flammes dansant dans la brise. Les silhouettes sinistres des deux bûchers dressés non loin.

Johanna trébucha lorsque les Sentinelles qui l'encadraient la poussèrent en avant. Ses gardiennes la rattrapèrent sans ménagement et la jeune femme rougit. Elle se laissa conduire jusqu'au feu et s'immobilisa, le cœur battant, réprimant avec force les larmes qui lui montaient aux yeux. Elle aperçut Cathy de l'autre côté des flammes, mais elle ne réussit pas à soutenir le regard plein de compassion de son amie. Cette nuit, elle aurait dû célébrer le retour de la lumière avec ses sœurs ; à la place, elle allait s'enfoncer dans l'obscurité.

Son attention fut détournée de sa terreur lorsque quatre Sentinelles s'avancèrent, transportant ce qui ressemblait à un lourd sarcophage de métal. Ce ne fut que lorsqu'elles le redressèrent brutalement que Johanna s'aperçut de la présence de Claire Faubert. Elle se mit à haïr son petit sourire satisfait. La partie avant du sarcophage pivotait sur des gonds ; les Sentinelles défirent toute une série de cadenas, puis ouvrirent.

Johanna aurait parié que le cercueil était trop petit pour un adulte et pourtant Matheson était bel et bien enfermé à l'intérieur, si écrasé qu'il devait être incapable du moindre mouvement. À l'ouverture de la porte, il tomba en avant sans pouvoir se retenir et réprima un cri lorsque ses bras touchèrent le sol. Les gaines qui enserraient ses avant-bras étaient encore plus épaisses que les précédentes. L'homme était livide, sa respiration rauque se mêlait aux sifflements du vent, mais il trouva tout de même la force de se relever. Son regard croisa brièvement celui de Johanna, puis un sourire un peu fou se dessina sur ses lèvres exsangues et il l'adressa à la ronde.

— Bien le bonsoir, mesdames ! Appelez-moi Ramsès !

Il s'inclina dans un salut vacillant, manquant de retomber, et Johanna réprima un sourire douloureux. Cet homme ferait le pitre jusqu'à la fin et elle devait bien admettre qu'elle commençait à trouver ça attachant. C'était d'autant plus dommage que le temps qui lui restait était compté.

Matheson tenait à peine debout, les bras pendants, les épaules voûtées, le visage crispé par la douleur, mais ce fut pourtant avec assurance qu'il se tourna vers Faubert.

— Toujours décidée à faire la plus grosse erreur de votre vie, ma chère ?

Celle-ci ne se laissa pas démonter et lui rendit froidement son sourire.

— Je ne vois pas en quoi nous débarrasser de l'Immortel est une erreur.

— Je parle du fait d'assassiner une jeune femme innocente, espèce de sombre imbécile, rétorqua joyeusement l'homme.

Une esquisse de sourire glissa sur les lèvres de Johanna et s'évanouit lorsque cette insolence valut à Matheson un violent coup de matraque dans le dos. Il tomba à genoux sans une plainte et redressa presque aussitôt la tête, hilare.

— Toutes les vérités ne sont pas bonnes à dire à ce que je vois.

Johanna eut envie de l'implorer d'arrêter ses provocations, même si elle lui était reconnaissante de tenir tête à Faubert. L'homme se releva péniblement, les gaines se balançant au bout de ses bras, du sang gouttant du métal. La juge tira de son manteau un épais rouleau de parchemin.

— Savez-vous ce que c'est ?

Il renifla avec ironie.

— Je sais que je suis bien plus vieux que vous, mais je ne suis pas encore gâteux.

Johanna comprit qu'il s'agissait du traité et sa gorge s'assécha. Les Aînées avaient vraiment donné leur aval à sa destruction... Le cœur de la jeune femme accéléra à nouveau. Comment la Sororité pouvait-elle prendre un tel risque ? La haine pouvait-elle aveugler à ce point ses sœurs ? Le visage de Matheson s'assombrit, son regard se fit inquiétant.

— Des femmes de bien plus de valeur que vous ont rédigé et signé ce document avec moi, fit-il. Vous ne vous rendez pas compte de ce que vous allez détruire.

— C'est vous que nous allons détruire, rétorqua Faubert.

Matheson se mit à rire, un rire terrifiant qui coupa le souffle à Johanna et fit reculer de nombreuses personnes de l'assistance. En dépit de ses entraves, l'homme semblait si dangereux que les Sentinelles se redressèrent, leurs armes à la main. Ses yeux brillants d'un éclat démoniaque, Matheson avança vers Faubert et celle-ci ne put s'empêcher de faire un pas en arrière, avant de se redresser crânement.

— Je suis immortel, pauvre folle, fit l'homme avec une douceur horrible. Si ce n'est pas toi que je tuerai, ce seront les filles de tes filles.

Quelque chose parut se coincer en travers de la gorge de Faubert et sa main se crispa sur le traité.

— Personne n'a besoin de mourir, intervint une voix familière.

Johanna crut un instant qu'elle avait rêvé, mais c'était bien Franck qui s'avançait, portant sous le bras un objet plat et volumineux enveloppé dans une couverture, escorté par Annabelle qui lui ouvrait un chemin dans l'assistance. L'homme semblait calme, mais Johanna percevait sa tension et sa nervosité. Pourtant, ce fut avec une force tranquille qu'il se campa de l'autre côté du feu, posant son fardeau à ses pieds.

— Enfin ! s'exclama Matheson. On ne t'a jamais appris qu'il ne fallait pas faire attendre les dames ?

Le soulagement de l'homme semblait réel et son attitude si effrayante avait disparu, laissant à nouveau place à son comportement habituel, léger, un peu bouffon.

— Désolé, on a fait aussi vite qu'on a pu. Tes mains…

L'état pitoyable de Matheson n'avait pas échappé à Franck et Johanna vit une véritable inquiétude se peindre sur ses traits. L'Immortel haussa les épaules.

— Je survivrai, fit-il ironiquement.

Il se laissa néanmoins tomber assis par terre, ne paraissant plus avoir la force de rester debout. Franck tourna les yeux vers Johanna. En voyant qu'elle était saine et sauve, il lui adressa un sourire tendre. La jeune femme le lui rendit sans même y penser. Quelque chose de chaud et d'agréable venait de se glisser dans son ventre. De l'espoir, mais pas seulement. Le bonheur de le voir là, solide, courageux, digne de confiance. Jamais encore elle n'avait eu à ce point l'impression de pouvoir se reposer sur quelqu'un. Son beau Galaad…

— Qu'est-ce que ça veut dire, madame Niels ?

Faubert avait parlé d'une voix furieuse, les Sentinelles manœuvraient déjà pour encercler Franck et Annabelle, sans lâcher Matheson des yeux pour autant. Johanna se tendit, prête à intervenir malgré ses liens. Annabelle adressa un sourire glacial à la juge.

— Il est temps de mettre un terme à cette mascarade, lança-t-elle. Vous vouliez la vérité ? Vous allez l'avoir !

Elle se tourna vers l'assemblée, impressionnante de sécheresse et d'autorité.

— Si vous avez la moindre notion d'honneur, vous écouterez cet homme et vous accepterez que nous nous soyons toutes trompées ! L'ennemi n'est pas dehors, il est en notre sein et nous devons ouvrir les yeux !

Un murmure parcourut l'assemblée. Lorsque Faubert s'avança pour reprendre la main, une voix fluette s'éleva dans la foule.

— Laissez-le parler !

Johanna reconnut Audrey Dubois, une adolescente de quinze ans avec qui elle avait souvent bavardé ; c'était sa première cérémonie de Yule. Sa mère, qui invitait régulièrement Judith à prendre le café, approuva d'une voix forte.

— Oui, qu'on le laisse s'expliquer !

De nombreuses autres renchérirent sur le même mode et l'émotion serra la gorge de Johanna. Peut-être y avait-il tout de même quelque chose à attendre de ses sœurs… Faubert semblait très contrariée, mais le fonctionnement de la Sororité était trop démocratique pour qu'elle puisse se dérober à la volonté de la foule. Les Sentinelles ne quittèrent pas leurs positions stratégiques, mais elles baissèrent leurs armes. Tous les regards se braquèrent sur Franck. L'homme ne se déroba pas.

— Voilà ce qui s'est passé, commença-t-il.

Et il entreprit de faire enfin la lumière sur toute l'affaire.

* *
*

Vingt-quatre heures plus tôt

Franck tournait en rond dans le salon trop étroit, essayant d'imaginer à quoi pouvait ressembler le procès qui se tenait au même moment. Des images de film ne cessaient de lui venir à l'esprit, ces grandes scènes d'inquisition où des prêtres fanatiques décidaient de brûler des femmes innocentes simplement parce qu'elles avaient tenu tête à l'ordre établi. Il refusait de croire que les choses pouvaient se passer ainsi. Johanna lui avait parlé de la Sororité avec un tel enthousiasme, ces femmes étaient forcément sages et justes. Peut-être même se rendraient-elles compte de l'absurdité de leurs accusations, peut-être libèreraient-elles la jeune femme et Kieran… Franck s'adressa un sourire amer : il devait arrêter de rêver et se concentrer sur l'instant présent. Il tourna la tête vers ses compagnons.

Lukas avait chaussé des lunettes abîmées et faisait défiler des pages sur un ordinateur portable, cherchant à remonter la trace d'Edmond Becker, l'auteur de la mystérieuse photographie qui avait tellement captivé Judith. De l'autre côté de la table, Morgan travaillait sur sa propre machine, les sourcils froncés, très concentré, son index ne cessant de cliquer et cliquer. Entre eux reposaient des cartons à pizza quasiment vides que le gardien des lieux avait commandés pour eux.

Morgan avait refusé d'utiliser les accès fournis par Annabelle Niels sans prendre des précautions et cela faisait presque deux heures qu'il procédait à tout un tas de vérifications que Franck ne comprenait pas. Le jeune Invisible était tellement absorbé dans ses travaux qu'il avait à peine touché à la nourriture et Franck avait pratiquement dû lui fourrer une part de pizza dans la main pour qu'il avale quelque chose. Lui-même avait dévoré, affamé à force de sauter les repas.

— OK, lança soudain Morgan. OK, c'est bon. Les accès sont clean, on peut les utiliser.

Franck réprima un soupir de soulagement.

— Par contre on ne peut y connecter qu'un PC à la fois, ajouta l'hermaphrodite. Je peux, Hartmann ?

Le détective hocha la tête sans lever le nez de son écran. Les relations entre les deux Invisibles s'étaient considérablement apaisées depuis qu'ils avaient compris qu'ils poursuivaient le même but : sortir Kieran du guêpier dans lequel il s'était fourré. Ils travaillaient de concert, se consultant de quelques mots brefs, et Franck était soulagé de les voir comme ça.

Pour la centième fois depuis leur retour de Strasbourg, il consulta sa montre. Lukas surprit son geste et jeta un coup d'œil dans le coin de son écran, avant de se laisser aller au fond de son siège.

— Presque vingt heures trente, dit pensivement le détective. Si on veut profiter du créneau de madame Niels pour aller chez Kieran, il va falloir qu'on bouge.

— À quoi bon ? grommela Morgan. On n'a rien à récupérer là-bas.

Lukas semblait partager cet avis et tourna les yeux vers Franck.

— Je veux m'assurer que Piotr va bien, rétorqua celui-ci. On ne peut pas le laisser comme ça sans nouvelles.

Lukas haussa les épaules.

— C'est un domovoï, il est rattaché à la maison, il n'ira nulle part de toute façon.

Franck s'efforça de ne pas s'énerver devant cette indifférence. Il avait remarqué que la plupart des Invisibles éprouvaient un certain dédain pour Piotr et il s'était déjà demandé plusieurs fois si c'était dû à sa nature d'esprit du foyer ou au fait qu'il était le serviteur de

Kieran. Lui-même avait beaucoup d'affection pour la petite créature si sensible, si prévenante, et il détestait l'idée de l'abandonner ainsi après tout ce qui s'était passé. Il leva les mains en signe de paix.

— Écoutez, vous n'avez qu'à rester ici tous les deux. Je peux y aller seul. De toute façon je ne sers à rien pour le moment.

Ni Morgan ni Lukas ne protestèrent et Franck s'obligea à ne pas en être blessé. Tandis que l'hermaphrodite replongeait dans ses recherches, le détective lui fit mille et une recommandations que Franck écouta distraitement, impatient de s'en aller. Tout valait mieux que de rester enfermé à compter les minutes. Enfin, il put se mettre en route.

Lukas lui avait confié un de ses téléphones jetables et, tout en conduisant aussi vite que le lui permettait la réglementation, Franck envisagea un instant d'appeler Caroline. Il n'avait pas pu accéder à son portable depuis la veille et il était à peu près sûr d'avoir des tas de messages en souffrance, sa sœur le contactant plusieurs fois par jour ces derniers temps. Qu'elle s'inquiète était la dernière chose qu'il souhaitait, d'autant moins que, une fois de plus, il ne pourrait pas lui expliquer son silence. Malgré sa frustration, il s'obligea à écarter cette pensée. Un problème après l'autre.

La nuit était déjà profonde et le tableau de bord indiquait qu'il ne faisait que deux degrés au-dessus de zéro. Il avait cessé de pleuvoir, mais cette soirée hivernale était aussi sinistre qu'il était possible. Malgré tout il y avait beaucoup de circulation en ce samedi soir et Franck dut affronter plusieurs ralentissements sur l'autoroute avant de pouvoir enfin accéder au Wacken. Il se gara à plusieurs rues de la maison de Kieran, vérifia qu'il était bien à l'heure et entreprit de s'approcher prudemment à pied, évitant autant que possible de passer sous les lampadaires.

Attentif, sur ses gardes, Franck guettait le moindre signe de vie dans les voitures garées le long des trottoirs. Annabelle avait dû s'arranger pour qu'il y ait un couac dans la relève entre les sorcières qui surveillaient les lieux et il se mit à prier qu'elle ait bien réussi son coup. Toutefois il ne vit personne de suspect et il finit par atteindre son but sans encombre.

Le portail était fermé et la maison était plongée dans le noir, de prime abord tout semblait intact. Franck prit une profonde inspiration, jeta un dernier regard circulaire dans la rue, puis entra d'un pas lent. La lumière automatique du perron s'alluma comme d'habitude et il s'en voulut de ne pas y avoir pensé, se hâtant jusqu'à la porte d'entrée. Celle-ci s'ouvrit d'une simple pression et il referma aussitôt derrière lui.

Le hall était plongé dans la pénombre et Franck n'y voyait quasiment rien. Il hésitait à tâtonner en direction de l'interrupteur lorsque la lumière l'inonda soudain, éblouissante.

— Maître Franck ?

Il reconnut la voix de Piotr et n'eut que le temps de s'accroupir tandis que le domovoï se précipitait vers lui. La créature était si petite qu'il eut l'impression de serrer un enfant dans ses bras. Piotr s'agrippa à lui en pleurant.

— Enfin ! Vous êtes enfin revenu !

Franck tapota son dos dans un geste consolateur et Piotr se recula soudain, ses yeux rouges écarquillés par l'angoisse, sa barbe sombre inondée de larmes.

— Et mon maître ?

— Avec les sorcières, avoua Franck. Mais on va le sortir de là.

Piotr parut sur le point de se remettre à pleurer, mais il se contint dans un douloureux effort. Il recula de deux pas et se mit à se tordre les mains.

— Elles ont tout cassé, murmura-t-il avec chagrin. J'ai essayé de protéger les biens les plus précieux du maître, mais il avait dit de ne pas les combattre et…

— Je suis sûr que tu as fait tout ce que tu as pu, interrompit doucement Franck. Calme-toi.

Piotr hocha la tête sombrement, puis il saisit la main de l'homme.

— Vous devez aider Yggdrasil, maître Franck.

Comme pour illustrer ses paroles, le domovoï tira Franck vers le centre du hall et le socle de marbre sur lequel reposait le bonsaï de Kieran. L'homme éprouva un choc en découvrant que l'arbre avait perdu toutes ses feuilles. Son tronc solide semblait s'être ratatiné et ses branches nues se tordaient misérablement, si noires qu'on aurait pu les croire carbonisées. Son pot en céramique bleue était intact, mais les sorcières avaient tracé tout autour un cercle de poudre sombre parfaitement clos et ponctué d'éclats d'une roche qui ressemblait à de l'obsidienne.

— Il a essayé de leur résister, expliqua Piotr, mais elles étaient décidées à entrer et le maître avait dit qu'il ne voulait pas de blessés, alors… Yggi les a laissées passer, il ne s'est pas battu, mais elles se méfiaient de lui. Elles l'ont emprisonné avec leur magie et il ne le supporte pas.

Franck jeta un bref regard étonné au domovoï ; il ne lui était jamais venu à l'esprit que celui-ci et le bonsaï puissent avoir une quelconque relation. De toute évidence, ils communiquaient bien plus qu'il ne le croyait. L'homme examina le cercle magique sans savoir quoi faire, hésitant. Que se passerait-il s'il interférait ?

— Elles ont fait en sorte que je ne puisse pas y toucher, ajouta Piotr avec dépit, aucun Invisible ne le peut. Mais vous, vous êtes un humain !

Il y avait une note d'espoir dans ce mot et Franck songea que c'était bien la première fois qu'un membre du peuple invisible n'évoquait pas son humanité avec condescendance. Malgré tout, il hésitait. Il n'avait aucune idée de ce à quoi il avait affaire et il ne pouvait pas hasarder de se blesser et d'être surpris par les sorcières. Sans compter qu'il risquait d'empirer les choses, peut-être même de tuer Yggdrasil… Ce serait comme d'essayer de désamorcer une bombe alors qu'il n'avait aucune notion de son fonctionnement. Franck recula de deux pas et écarta les mains dans un geste d'impuissance.

— Je suis désolé, Piotr, c'est trop risqué. Je n'ai aucune idée de ce qu'il faut faire…

— Il faut juste briser le cercle ! Maître Franck, s'il vous plaît ! Yggi est très malade, il ne tiendra pas longtemps comme ça !

Le regard du domovoï était tellement suppliant que Franck se rapprocha à nouveau du socle à contrecœur. Les branches du bonsaï frémirent, si frêles que l'homme ne put s'empêcher d'éprouver de la compassion. Il se mordit la lèvre inférieure, puis s'empêcha de réfléchir davantage et se mit en mouvement.

Au moment où il toucha une des obsidiennes, un éclair de douleur fulgurant traversa ses doigts et remonta tout le long de son bras jusqu'à se ficher dans son crâne. Ce fut dans un spasme qu'il balaya le cercle d'un revers de main, juste avant d'être violemment éjecté en arrière. Il glissa sur le carrelage du hall jusqu'à être brutalement arrêté par le mur et roula sur le flanc avec une plainte, complètement sonné.

Franck mit un long moment à se ressaisir, la tête transpercée par une insupportable migraine, incapable d'ouvrir les yeux ou de maîtriser son souffle anarchique, tremblant de tout son corps. Il percevait confusément la présence de Piotr qui lui parlait et s'agitait autour de lui, il sentait le goût du sang dans sa bouche, le bourdonnement électrique dans ses oreilles et la nausée dans son ventre, mais sa conscience n'arrivait pas à reprendre les rênes. Il se demanda avec incrédulité s'il allait vraiment mourir ainsi, sans avoir revu Johanna ou sa famille, puis la souffrance s'estompa peu à peu et il parvint enfin à revenir à la réalité.

Il se redressa péniblement, s'adossa au mur et réussit à ouvrir les yeux. Aussitôt le visage de Piotr s'incrusta dans son champ de vision, vivante image de la sollicitude. Il lui fallut trois secondes pour s'apercevoir que le domovoï lui tendait un verre de schnaps. Il faillit renverser la moitié de l'alcool, mais celui-ci lui fit du bien. Il s'aperçut que le goût métallique sur sa langue était dû au fait qu'il saignait du nez et comprit mieux pourquoi Piotr lui proposait maintenant un mouchoir avec insistance. Il prit le tissu et entreprit de s'éponger, avant de se mettre tant bien que mal debout.

Ce ne fut pas sans crainte qu'il tourna les yeux vers Yggdrasil, s'attendant au pire. Mais le bonsaï n'était pas mort, bien au contraire ; son tronc s'était redressé, ses branches s'étaient déployées et des feuilles argentées y repoussaient déjà à toute vitesse. Autour de son pot, le cercle de poudre était brisé et Piotr s'empressait déjà d'en balayer les dernières traces. Franck réprima un soupir de soulagement tandis que le domovoï lui adressait un sourire lumineux.

— Merci, maître Franck !

Celui-ci esquissa un mince sourire en retour, encore trop mal pour se réjouir franchement. Il reprenait rapidement des forces et n'avait pas l'impression d'avoir été blessé trop gravement, mais il se méfiait de la magie et de ses conséquences inattendues. Toutefois, dès qu'il fut à nouveau capable de marcher et après s'être assuré qu'il avait encore un peu de temps, il entreprit de faire rapidement le tour de la maison.

Toutes les chambres avaient été fouillées sans ménagement, y compris la sienne, mais le pire était l'appartement de Kieran : les sorcières avaient détruit l'installation qui le reliait à l'Écosse et la plupart des écrans étaient crevés, désormais incapables de diffuser la moindre image. Une colère révoltée envahit Franck et celle-ci ne fit qu'augmenter lorsqu'il gagna le salon.

Piotr semblait avoir commencé à ranger la pièce, mais de nombreux livres gisaient encore à terre, piétinés, le violon et le violoncelle avaient été fracassés au sol, le précieux thérémine était en miettes et le piano lui-même avait souffert. La table basse orientale avait été pulvérisée elle aussi, le canapé et les fauteuils éventrés. Franck chercha des yeux la partition autographe de Chopin qui reposait habituellement sur le manteau de la cheminée. Il savait à quel point Kieran y tenait et sa gorge se serra lorsqu'il constata qu'elle avait disparu.

Piotr l'avait suivi partout, se tordant les mains de consternation, inhabituellement silencieux. En voyant Franck se pencher sombrement sur la cheminée, il ramassa soudain quelque chose dans la zone qu'il avait commencé à déblayer.

— J'ai caché la partition de monsieur Chopin, dit-il en brandissant celle-ci. Et le tableau aussi !

D'un geste de prestidigitateur, il fit apparaître la toile qui trônait habituellement près du piano et représentait une belle femme brune aux yeux noirs, nue, jouant négligemment avec un poignard ensanglanté au bord d'un bassin antique. La peinture avait toujours mis Franck mal à l'aise, mais il ne faisait aucun doute que si Piotr avait pris le risque de la dissimuler aux sorcières, c'est qu'elle avait une profonde signification pour Kieran. Le domovoï quêtait son approbation du regard et il hocha la tête.

— Bravo, Piotr ! Je suis sûr que Kieran t'en sera très reconnaissant.

Sa colère était si forte qu'il n'avait pas réussi à adoucir tout à fait son timbre, mais ces quelques mots suffirent à enchanter le domovoï. Franck jeta un nouveau regard autour de lui et serra les dents. Les sorcières ne s'étaient pas contentées de fouiller, elles s'étaient défoulées, elles avaient volontairement abîmé ou détruit tout ce qui paraissait important pour Kieran. Franck réalisa que, malgré tout ce qu'ils avaient vécu, malgré l'attitude de Johanna ou d'Annabelle Niels, il n'avait jamais réellement pris la mesure de la haine que les sorcières éprouvaient envers l'Immortel. Maintenant il comprenait. Et ça le révoltait autant que ça le terrifiait.

Franck tressaillit lorsque sa montre se mit soudain à sonner. Il coupa aussitôt l'alarme destinée à lui indiquer qu'il avait atteint la moitié du délai accordé par Annabelle Niels. Il ne devait plus s'attarder. Même s'il n'avait aucune envie de laisser la maison à la merci des sorcières et encore moins d'abandonner Piotr et Yggdrasil, il n'avait guère le choix.

— Venez avec moi, maître Franck. Je crois que je sais pourquoi vous êtes venu.

L'homme baissa un regard étonné vers Piotr, mais déjà celui-ci s'éloignait en trottant si vite qu'il dut se hâter de le suivre. Sans hésiter, le domovoï descendit à la cave et se planta devant l'entrée du laboratoire de Kieran. Les racines d'Yggdrasil ne défendaient plus l'endroit, sans doute empêchées par le sortilège des sorcières, mais l'épaisse porte blindée avait résisté malgré des traces visibles d'assaut. Du matériel avait été abandonné sur place et Franck comprit que les sorcières avaient l'intention de revenir pour ouvrir coûte que coûte.

— Allez-y, lui lança Piotr.

Franck ne saisissait pas où le domovoï voulait en venir, mais il s'avança tout de même jusqu'à la porte et se pencha sur le clavier numérique. Il n'avait aucune idée de ce qu'était le code. Que lui avait dit Kieran lorsqu'ils étaient descendus ensemble ? Que seule l'identité de celui qui tapait les chiffres comptait. Franck hésita, craignant de tout bloquer, mais le temps filait et il ne pouvait pas se permettre de tergiverser. Il prit une profonde inspiration et, sans réfléchir davantage, entra sa propre date de naissance. Aussitôt le mécanisme se mit en branle et la porte se déverrouilla tandis que Piotr applaudissait avec enthousiasme.

Franck se demanda brièvement s'il avait eu énormément de chance ou si n'importe quel code aurait fonctionné du moment qu'il était celui qui le tapait. Mais déjà Piotr le poussait en avant et il pénétra dans le laboratoire enténébré, mal à l'aise à l'idée de se trouver là sans Kieran. Il actionna l'interrupteur et aussitôt la lumière jaillit, froide, crue. Franck fit quelques pas au hasard. Puis son regard se posa sur un objet précis et il comprit.

Stupéfait, Franck jeta un coup d'œil nerveux à Piotr qui l'observait avec bienveillance. Comment le domovoï avait-il eu cette idée ? Avait-il réellement perçu avant Franck lui-même l'intuition qui l'avait poussé à revenir dans la maison malgré les risques ? Est-ce que sa capacité à répondre aux besoins des habitants de son foyer allait aussi loin ? Quelle sorte de magie possédait réellement ce petit être singulier ?

Une nouvelle alarme avertit Franck qu'il n'était plus de temps de réfléchir. Sans attendre, il s'empara de l'objet et entraîna Piotr hors du laboratoire. Il tira derrière lui la lourde porte blindée et aussitôt celle-ci se verrouilla automatiquement. Lorsqu'ils remontèrent au rez-de-chaussée, Yggi s'agitait sur son socle, ses feuilles bruissant comme au milieu d'une tempête.

— Les sorcières sont revenues ! s'exclama Piotr avec panique. Venez !

Franck réprima un juron et suivit aussitôt le domovoï qui l'entraînait en courant vers le salon. Sur un simple geste de Piotr, les portes-fenêtres s'ouvrirent en grand et ils passèrent dans le jardin sans ralentir. Franck avait l'impression de sentir quelque chose s'agiter sous la maison et un grondement sourd montait du sol.

— Yggi est furieux ! fit Piotr avec exaltation. Cette fois, il ne les laissera pas entrer !

Franck ne fit pas de commentaire. Le domovoï l'avait guidé jusqu'au ponton et il ne comprenait pas ce qu'il était censé faire. En temps normal, il aurait peut-être été capable de traverser l'eau glacée à la nage, mais l'objet qu'il transportait était bien trop encombrant.

— Ne vous inquiétez pas ! lui dit encore Piotr. Nous allons protéger la maison du maître !

Avant que Franck ne puisse répondre, une racine jaillit soudain du sol, s'enroula autour de son corps et le souleva sans la moindre difficulté apparente. Avec une force extraordinaire, la racine s'élança au-dessus de l'eau et, en une seconde, le déposa sur l'autre rive. Elle se retira aussitôt et Franck se retrouva debout dans l'obscurité, légèrement tremblant, abasourdi.

Un sortilège occultant protégeait la propriété de Kieran des regards indiscrets et, de là où il se tenait, le jardin avait l'air tout à fait normal. Il n'y avait plus la moindre trace d'Yggi ou de Piotr. Franck lâcha un nouveau juron, mais il ne pouvait pas prendre le risque de revenir en arrière. S'efforçant de ne pas attirer l'attention, il traversa à pas de loups la pelouse où le bonsaï l'avait propulsé, escalada un portail pour regagner la rue, puis s'éloigna en courant.

Franck fit de multiples détours, se gara plusieurs fois dans des rues au hasard, passa même par plusieurs parkings souterrains, jusqu'à être enfin sûr et certain qu'on ne le suivait pas. Il resta tendu durant tout le trajet de retour et lorsqu'il put enfin se garer devant la maison perdue près des bois, son soulagement fut de courte durée. Lukas était assis sur le pas de la porte, fumant une de ses cigarettes roulées, éclairé par la lumière en provenance de l'intérieur. La simple manière dont il leva vers lui ses yeux fatigués fit courir un frisson tout le long du dos de Franck.

— J'ai de mauvaises nouvelles, lâcha-t-il à contrecœur. Le procès a mal tourné. Kieran n'est plus l'invité des sorcières, il est leur prisonnier. Et elles ont demandé aux sylphes de sortir le traité des archives et de le leur apporter.

— Et Johanna ?

Franck avait parlé d'une voix aussi maîtrisée que possible. Lukas s'éclaircit la gorge.

— Elle a été condamnée. Elle… Elle sera brûlée vive demain soir.

Franck eut envie de se mettre à rire tant cette sentence paraissait absurde, mais le regard désolé de Lukas lui fit comprendre qu'il n'y avait pas matière à plaisanter.

— Brûlée… vive ? répéta-t-il du bout des lèvres.

Il avait l'impression que ces simples mots lui râpaient la langue, répugnants. Lukas hocha la tête.

— Ça paraît monstrueux, je sais, mais à leurs yeux, le crime qu'elle aurait commis l'est encore plus.

Franck posa calmement l'objet qu'il avait apporté contre le mur, puis contourna Lukas.

— Excuse-moi, souffla-t-il.

Sans rien ajouter, il se précipita jusqu'aux toilettes, se pencha au-dessus de la cuvette et se mit à vomir tout son dîner. Il rendit plusieurs fois, l'estomac tellement tordu par l'angoisse que les larmes lui montaient aux yeux. Lorsque ses convulsions se calmèrent enfin, il était épuisé et Lukas et Morgan se tenaient tous les deux dans l'embrasure de la porte.

Ignorant leurs regards compatissants, Franck se redressa péniblement, tira la chasse d'eau et se passa longuement de l'eau froide sur le visage, jusqu'à ce que ses doigts s'engourdissent et que son cœur accepte enfin de retrouver un rythme normal. Il s'essuya soigneusement, puis se décida enfin à se tourner vers ses deux compagnons embarrassés.

— Désolé, fit-il avec un pâle sourire.

Il aurait voulu croire que cette réaction intempestive était due au choc qu'il avait encaissé en libérant Yggdrasil, mais il ne pouvait pas se mentir à lui-même ; c'était l'idée que la femme qu'il aimait puisse connaître une fin aussi atroce qui le rendait littéralement malade. Tout son être s'y refusait absolument.

— Viens t'asseoir, répliqua Lukas avec douceur.

Tout en s'appuyant sur sa canne, il attrapa Franck par le bras et le tira jusqu'au canapé. Celui-ci se laissa faire, les jambes encore flageolantes. Puis il se mit à raconter ce qui s'était passé au Wacken, simplement pour s'empêcher de penser, et Lukas hocha la tête en apprenant ce qu'il avait rapporté.

— C'est une bonne idée, mon gars, ça pourra servir.

Franck comprit que le détective ne savait pas quoi faire de l'objet et il n'insista pas, complètement éreinté. Lukas lui apprit que jusqu'à présent la photographie était une impasse, mais qu'ils n'abandonnaient pas. Morgan devait continuer ses recherches, quant au détective lui-même, il avait décidé de commencer à réfléchir à une intervention plus musclée. Ils avaient encore quelques heures devant eux, tout était possible. Sur ces mots, Lukas retourna dehors, emportant un de ses téléphones et trois cigarettes qu'il avait préparées en discutant avec Franck. Celui-ci s'enfonça plus profondément dans le canapé et son regard se perdit dans un angle du plafond, absent. Il tressaillit lorsque Morgan surgit soudain à côté de lui, lui présentant un mug fumant.

— C'est un vieux thé dégueulasse, mais je pense qu'un truc chaud te ferait du bien.

Elle sourit timidement et Franck s'obligea à lui rendre son sourire, à prendre la tasse, à la remercier. L'hermaphrodite s'accroupit à côté de lui et posa une main hésitante sur son genou.

— C'est pas fini, d'accord ? Je te jure que je vais trouver. Hartmann veut employer la manière forte, mais ce serait un bain de sang et il n'en est pas question. Personne n'a besoin de mourir.

Franck ne sut que répondre et son silence fit rougir Morgan. Elle se détourna brusquement et retourna à son ordinateur avec résolution. Franck but une gorgée du thé. Il était effectivement rance, amer, et il reposa discrètement la tasse. Une migraine cognant dans sa tempe droite, il s'allongea et s'enveloppa dans sa veste d'extérieur. Juste quelques minutes de repos et ensuite il donnerait un coup de main à Lukas. Juste quelques minutes…

Franck s'endormit avant d'avoir eu le temps de s'en rendre compte et il plongea aussitôt dans un étrange rêve. Il marchait au milieu d'un immense désert, habité par une terrible douleur, et il lui fallut un temps interminable pour s'apercevoir qu'il laissait des traînées de sang derrière lui. On lui avait coupé les deux mains et de longues tiges de métal dégoulinantes de sang dépassaient de ses moignons, chauffées à blanc par le soleil. Malgré tout, il continuait à marcher, parce qu'il était incapable de s'arrêter, parce qu'il n'avait pas d'autre choix.

Il atteignit bientôt une vaste oasis dont les palmiers se balançaient doucement au-dessus d'un lac de bonnes dimensions. De grandes tentes se dressaient là, mais elles étaient désertes et il régnait un angoissant silence. Il s'enfonça au milieu du campement abandonné et bientôt, il vit une silhouette au loin. Une part de lui voulut se cacher, mais il ne put faire autrement que continuer à avancer et il découvrit une sorte de double de lui-même, occupé à creuser à coups de pelle un trou très profond. À deux pas, plusieurs dizaines de cadavres s'amoncelaient, recouverts d'un nuage de mouches noires et grouillantes qui ne faisaient aucun bruit. Suspendu à un des arbres, totalement incongru dans ce décor exotique, le portrait de la femme aux yeux noirs dominait la scène.

Il voulut héler son double, mais soudain le sol se déroba sous ses pas. Il trébucha et tomba la tête la première au fond du lac glacé. Aussitôt le froid l'enveloppa, le paralysant, emplissant sa bouche et son ventre. D'autres cadavres flottaient dans l'eau et parmi eux, il reconnut Judith. La mère de Johanna avait les yeux grands ouverts, mais elle ne bougeait pas, elle ne se débattait pas malgré la longue chaîne attachée à sa cheville et reliée à une grosse pierre au fond du lac. Elle était prisonnière, mais il n'y avait aucune révolte dans son regard vide. Elle flottait là, mais elle était déjà ailleurs.

Franck voulut nager vers elle malgré la douleur dans ses bras mutilés, essayer de la libérer, de la ramener à la surface, mais un tourbillon se forma brusquement autour de lui, l'emportant. Il se mit à suffoquer, à se débattre désespérément, luttant de toutes ses forces. Et soudain il se réveilla dans un sursaut.

Trempé de sueur, tremblant, la nausée à nouveau au bord des lèvres, Franck mit un instant à s'ajuster au réel. La tête lourde, il se redressa péniblement. Un coup d'œil à sa montre lui apprit qu'il était plus de quatre heures du matin et il grimaça, s'en voulant d'avoir dormi aussi longtemps. Machinalement il frotta ses mains, se souvenant encore vaguement de la douleur éprouvée dans son rêve qui s'enfuyait déjà. Il essayait de se convaincre qu'il avait la force de se lever pour chercher un verre d'eau lorsqu'un cri le fit sursauter. Le cœur battant, il se tourna vers Morgan, toujours assis devant son ordinateur.

— Oui ! hurla encore l'hermaphrodite. Alors ? Qui c'est le meilleur ?

Il frappa la table des deux paumes et se leva d'un bond, le visage illuminé d'un immense sourire. Lukas, qui semblait s'être endormi sur une chaise, le regardait avec incompréhension, encore embrumé. Morgan se mit à caracoler à travers la pièce dans une danse aussi absurde que gracieuse. Il s'arrêta devant Franck abasourdi et posa les mains sur ses épaules.

— Embrasse-moi, mec, parce que je sais qui, je sais comment et je sais pourquoi !

Submergé par une vague de chaleur, Franck prit spontanément le visage du jeune Invisible entre ses mains, l'attira vers lui et déposa un baiser sonore sur ses lèvres. Lorsqu'il recula, Morgan semblait aussi stupéfait que ravi.

— T'es sérieux là ?

Lukas s'était levé de sa chaise, les yeux brillants. Morgan lui fit un clin d'œil et revint vers la table, tirant son ordinateur pour le tourner vers eux.

— Matez-moi ça, les losers ! Le boss va vous expliquer sa technique !

Ils se rapprochèrent et Lukas se rassit, incapable d'ignorer la douleur dans sa jambe malgré son enthousiasme. Morgan se mit à cliquer à toute vitesse, faisant défiler les pages jusqu'à s'arrêter sur un scan de la photographie de 1870 qui représentait quatre femmes d'âges variés installées autour d'un sofa.

— T'avais raison, Hartmann, expliqua l'hermaphrodite, la photo était la clé. J'ai rentré le nom du photographe, Edmond Becker, dans les bases de données de la Sororité et il m'a fallu du temps pour le dénicher, parce que c'est très vieux. Ces dingues de sorcières ont numérisé pratiquement toutes leurs archives, mais elles n'ont pas encore tout trié et référencé, ce qui est pas étonnant vu le boulot de ouf que ça représente. Je peux vous dire que j'ai dû m'en farcir des pages et des pages avant de le trouver. Mais bref voilà : notre Edmond Becker n'est pas n'importe qui puisqu'il est répertorié comme le père adoptif d'une Première Née, Joséphine Fuchs. Je pense que c'est la gamine qu'on voit là sur la photo. Et la petite dame à côté d'elle, ça doit être sa mère. D'après ce que j'ai pu reconstituer, la mère a été tuée pendant les bombardements de 1870 et Becker a adopté la petite après la guerre. C'est pas tous les jours qu'une Première Née fait son apparition, alors la Sororité a toujours gardé un œil sur elle. Elle a eu une carrière plutôt remplie, elle était vraiment fortiche, et puis, arrivée à un certain âge, elle s'est rapprochée d'une Aînée, Marie Dubreuil, et elle a plus ou moins servi de préceptrice à sa fille, Célia. On n'en sait pas beaucoup plus, d'après les archives, elle est morte à soixante ans d'une crise cardiaque ou un truc du genre.

Morgan marqua une pause et Lukas eut un geste impatient.

— Et ?

L'hermaphrodite sourit, moqueuse.

— Jusque-là on n'est pas plus avancés, je te l'accorde, mais j'ai pas fini. Donc la question maintenant, c'est : qui sont les deux autres femmes sur la photo ? Je me suis dit que si la petite Joséphine était une Première Née, alors la Sororité avait dû la repérer depuis un moment et envoyer une des siennes pour veiller sur elle. Encore une fois ça m'a pris des plombes pour faire un tri dans les infos, mais j'ai fini par identifier Catherine Guérin.

Elle désigna la vieille femme qui se tenait derrière le sofa, raide et fermée.

— Un sacré morceau que madame Guérin ! Une sorcière puissante, une vraie guerrière qui n'avait peur de rien, mais aussi une tête brûlée qui inquiétait pas mal d'Aînées. À vrai dire, Catherine Guérin n'était pas particulièrement appréciée de sa hiérarchie et certaines avaient l'air d'attendre avec impatience qu'elle prenne sa retraite. Elle avait presque quatre-vingts ans en 1870 ! Mais la guerre a résolu la question puisqu'elle est morte juste avant la reddition de Strasbourg, dans des circonstances pas très claires.

— Et la quatrième femme ? demanda Franck avec curiosité.

Morgan haussa les épaules.

— J'ai pas trouvé, mais je pense que c'est pas important. Si tu regardes ses fringues de près, tu te rends compte qu'elle est plus pauvre que les autres. C'était sûrement une servante ou quelque chose comme ça.

— OK, t'as fait du bon boulot, intervint Lukas, mais je ne vois toujours pas ce que…

— J'ai pas fini, vieil homme ! T'es plus impatient qu'un gosse !

Lukas fronça les sourcils et se mordit la lèvre inférieure pour ne pas répliquer. Franck réprima difficilement un sourire tant la bonne humeur de Morgan était contagieuse. L'hermaphrodite évita le regard de Lukas et s'assit au bord de la table, laissant la photo en plein écran.

— À ce stade-là, j'étais dans l'impasse, mais y a un truc qui me trottait dans la tête. Pourquoi est-ce que cette photo a eu un tel effet sur madame Koehler ? Pourquoi est-ce que tout à coup elle a décidé de retourner deux fois au musée pour la revoir ? Voilà ce que je me suis dit : quand elle a visité le musée la première fois, elle a vu l'expo avec cette photo et, d'une manière ou d'une autre, ce cliché l'a marquée, au point qu'elle s'en souvenait encore à peu près deux semaines plus tard. Et puis il s'est passé un truc, quelque chose qui lui a rappelé la photo et elle a éprouvé le besoin de la revoir une fois, puis une deuxième fois pour être bien sûre. Je me suis renseigné dans les archives du musée sur la provenance de ce cliché. Il ne vient pas directement d'Edmond Becker. D'après ce que j'ai compris, la maison où Becker travaillait s'est effondrée pendant la guerre et il a dû abandonner pratiquement tout son matériel dans les ruines. Après quoi il a quitté la ville et ne s'en est plus préoccupé. Mais quand la maison a été déblayée, les ouvriers ont retrouvé une caisse avec des négatifs encore intacts. Ils ne savaient pas quoi en faire et les ont ramenés à un autre photographe de Strasbourg, un certain Auguste Colas dit Baudelaire. Apparemment celui-ci connaissait Becker. Il devait avoir l'intention de lui renvoyer la caisse, car il y avait même laissé une note expliquant comment elle était entrée en sa possession. Mais je ne sais pas ce qui s'est passé exactement, il n'a finalement jamais renvoyé la caisse, elle s'est égarée et elle a fini par atterrir dans le fonds du musée. À l'occasion de l'exposition, on a réalisé de nouveaux tirages avec certains négatifs stockés et cette photographie faisait partie du lot.

Morgan marqua une nouvelle pause et cette fois Lukas s'abstint de tout commentaire. À la place, il entreprit de rouler des cigarettes.

— Impossible de déduire quoi que ce soit de tout ça, poursuivit Morgan, alors j'ai décidé de travailler dans l'autre sens, de commencer par poser une supposition et de vérifier ensuite ce que ça donnait. J'ai repris l'emploi du temps de madame Koehler et j'ai vu que la veille de sa deuxième visite au musée, elle a dîné chez Cathy Baumann. J'ai donc décidé de m'intéresser à cette sorcière-là.

— Mais Johanna a dit que ça ne pouvait pas être elle, intervint Franck. Qu'elle était trop jeune pour avoir pu invoquer la tarasque et…

Sa voix mourut sous le regard goguenard de la jeune Invisible et il s'inclina sans insister, lui faisant signe de continuer.

— Cathy Baumann a un profil assez atypique en fait. Ses parents sont morts dans un accident de voiture quand elle n'avait que cinq ans. Elle n'avait aucune autre famille et c'est la Sororité qui l'a prise en charge dans une de ses institutions. Elle y a passé toute son enfance et son adolescence et elle commence tout juste à voler de ses propres ailes. C'est une des protégées d'Annabelle Niels qui pense qu'elle a un grand potentiel. Elle a d'ailleurs signalé la même chose aux Aînées à propos de Johanna, c'est sûrement pour ça que Johanna et Cathy sont devenues très copines. Pas grand-chose de remarquable à part ça, si ce n'est que, lorsqu'il a fallu décider qui collerait au train de Kieran, Cathy a lourdement insisté pour être désignée et a été très déçue quand c'est Johanna qui a tiré le pompon. Mais bon, jusque-là rien d'exceptionnel, les rivalités entre copines, ça doit être monnaie courante chez les sorcières.

— Cathy n'a jamais paru en vouloir à Johanna, ajouta Franck pensivement.

Il n'arrivait pas à croire qu'ils soient vraiment en train d'envisager que la fragile jeune femme puisse être responsable de quoi que ce soit.

— Ouais, elle a l'air toute mignonne cette Cathy, reprit Morgan. Mais je sais pas, y a un truc chez elle qui m'a pas plu, alors j'ai creusé. Franchement, j'ai bien cru que je délirais jusqu'à ce que je tombe sur une histoire cheloue qui a eu lieu pendant qu'elle était à l'orphelinat.

Elle tourna son ordinateur vers elle, pianota rapidement dessus, puis leur présenta à nouveau l'écran où défilaient des photos qui ressemblaient à celles de la police scientifique. Toutes représentaient un corps de femme à moitié carbonisé.

— Je vous présente Louison Mallory, soixante et un ans au moment de sa mort. Elle venait d'être embauchée à l'orphelinat depuis cinq ou six mois quand elle est décédée dans des circonstances vraiment bizarres. Il semblerait qu'elle ait été attaquée par une autre sorcière, mais personne n'a jamais réussi à comprendre qui, ni comment. Cette nuit-là, elle était seule dans son aile du bâtiment avec uniquement des gamines prépubères, donc bien incapables d'utiliser leur magie. L'enquête a duré des mois, mais le mystère est resté entier. Et pendant ce temps, notre petite Cathy, qui jusque-là ne décrochait pas un mot, traumatisée par la mort de papa et maman, s'est soudain mise à s'épanouir et à exploser ses bulletins.

Franck fronça les sourcils, mais Morgan poursuivait déjà.

— Vous voyez ces chiens de chasse qui se mettent tout à coup à l'arrêt parce qu'ils ont trouvé la bonne piste ? Je crois que c'est exactement ce que j'ai ressenti et j'ai décidé de me pencher sur le cas de Louison Mallory. Et là, qu'est-ce que je découvre ? Louison Mallory est elle aussi orpheline. Ses parents ont été tués pendant la guerre 39-45 et elle aussi s'est retrouvée dans une des institutions de la Sororité dès 1944. C'était une gamine assez médiocre, pas très dégourdie, et dont les notes étaient catastrophiques jusqu'en 1947. Et après ça, alors que personne ne misait un kopeck sur elle, elle s'est mise à casser la baraque. Et qu'est-ce qui s'est passé en 1947 ? Tiens donc, une mort mystérieuse à l'orphelinat. Ou plutôt un suicide qui, vu les circonstances, est passé relativement inaperçu. Celui de Célia Dubreuil, une femme d'une quarantaine d'années qui a été salement malmenée à la Libération et que la Sororité a embauchée là par charité. Et quand on revient encore en arrière, on découvre que Célia Dubreuil était la fille d'une Aînée et que ses parents ont tous les deux été assassinés en 1926, alors qu'elle avait à peine quinze ans. Le père était très actif en politique, alors on a mis leur meurtre sur le compte d'anarchistes, mais ça commence à faire une sacrée ribambelle de morts suspectes, hein ? Et d'autant plus que si on remonte jusqu'en 1920, on se rend que la préceptrice de Célia Dubreuil, comme je l'ai dit avant, n'était autre que…

Morgan haussa des sourcils interrogateurs et ce fut Lukas qui compléta.

— Joséphine Fuchs, la gamine de la photo, grommela-t-il. Où tu veux en venir ?

— Tu comprends pas ? Et si je te rappelle que les seules recherches de madame Koehler qu'on a retrouvées portaient sur les dagydes et la métensomatose, ça te parle plus ?

Une pensée confuse commença à émerger du flot d'informations dans lequel Franck se débattait. Lukas semblait réfléchir intensément lui aussi et soudain il écarquilla les yeux.

— Nan, t'es pas sérieux ?

— Oh si, je suis très sérieuse ! Je pense que Joséphine Fuchs a fabriqué une dagyde et qu'elle a volé le corps de Célia Dubreuil. Et quand les parents de Célia ont commencé à soupçonner quelque chose, elle s'est débarrassée d'eux. Je ne sais pas ce qui s'est passé pendant la guerre, ni pourquoi elle a pris aussi cher à la Libération, mais elle a décidé que son corps était trop abîmé et qu'elle en voulait un nouveau. Et pour ne pas avoir le même problème qu'avec les parents de Célia, elle s'est fait embaucher dans un orphelinat et elle a volé le corps de Louison Mallory en faisant passer la mort de son ancien corps pour un suicide. Et puis quand Louison est devenue trop vieille, elle a refait la même avec Cathy Baumann. La petite a dû résister ou je sais pas quoi et elle n'a pas pu tuer son ancien corps aussi proprement qu'elle l'aurait voulu, mais au final quelle importance ? Qui pourrait soupçonner une gamine de sept ans d'avoir assassiné une sorcière aussi âgée ? Sauf qu'en réalité Cathy Baumann n'avait pas sept ans, son âme en avait cent cinquante et elle savait très bien ce qu'elle faisait !

Morgan bondit sur ses pieds et se mit à aller et venir avec exaltation.

— Voilà pourquoi elle voulait tellement s'approcher de Kieran, c'est son immortalité qui l'intéresse ! Je parie qu'elle y a pris goût et qu'elle veut comprendre comment devenir comme lui et ne plus jamais vieillir !

L'hermaphrodite fit un geste tranchant.

— Elle a si bien joué son coup, merde, c'est du grand art ! À chaque fois une nouvelle identité, à chaque fois des gamines hors de tout soupçon et à chaque fois une nouvelle vie pour elle ! Je suis sûre que c'est ça que Judith avait compris ! Elle a dû voir quelque chose chez Cathy, quelque chose qu'elle n'avait jamais remarqué et qui l'a ramenée vers la photo de l'exposition. Et quand elle a commencé à creuser, elle a dû avoir un raisonnement similaire au mien et tomber sur les mêmes infos. Sauf qu'elle est allée encore plus loin, elle a eu l'idée des dagydes et elle a soulevé le pire lièvre de sa vie ! Et c'était tellement énorme qu'elle n'a pas osé en parler aux autres Aînées avant d'avoir un dossier ultra béton. C'est pour ça qu'elle n'a rien dit, c'est pour ça qu'elle a demandé à Johanna de venir la voir, parce que Cathy était son amie, parce qu'elle avait besoin de son point de vue et de ses conseils, parce qu'en révélant tout ça, elle allait déclencher un putain de cataclysme !

Morgan se tut, la respiration lourde. Franck songea qu'elle avait raison, que ces révélations seraient terribles pour la Sororité. Les sorcières avaient réagi avec violence à un seul meurtre en leur sein, comment prendraient-elles cette innommable série de crimes ? Cependant Lukas s'était penché vers Morgan, la regardant avec intensité.

— Le liseur ? fit-il simplement.

Sans une once d'hésitation, l'hermaphrodite rebondit aussitôt.

— Souviens-toi de ce que je vous ai dit : Cathy est dans les petits papiers d'Annabelle Niels. Ça veut dire qu'elle lui confie des tas de missions et figure-toi qu'en creusant, je me suis rendu compte que c'était Cathy qui avait escorté le liseur jusqu'à sa prison, Cathy, pas Annabelle. Je pense que madame Koehler a trahi ses soupçons d'une manière ou d'une autre et que Cathy, ou plutôt Joséphine, a décidé qu'il fallait l'éliminer. Cette femme est loin d'être conne, tu peux me croire. Elle ne s'est pas contentée de tuer madame Koehler, elle a aussi fait le nécessaire pour tout embrouiller. Avec son expérience exceptionnelle, elle n'a eu aucun mal à entrer chez elle sans laisser de traces, façon chambre jaune ! Elle s'est servi du liseur pour déterminer ce que madame Koehler savait exactement, pour récupérer ses accès et faire disparaître toutes les informations qu'elle avait collectées sur elle. Et elle a piégé Johanna au milieu de ce merdier. Ensuite, quand Johanna est venue demander l'aide de Kieran, elle a commencé à s'inquiéter, parce qu'après tout, Kieran est l'Immortel, pas vrai ? Et s'il arrivait à réveiller madame Koehler que son pendentif avait malencontreusement protégée ? Alors elle a invoqué la tarasque. Facile pour une sorcière qui a en réalité genre deux cents ans d'expérience ! Le liseur s'est occupé de la diversion et elle a essayé de s'introduire dans la maison pour finir le travail. Mais Franck a géré, il a réglé vite fait son compte à la tarasque, Piotr et Yggi lui ont tenu la dragée haute et elle a raté son coup. Mais il en fallait plus que ça pour l'arrêter. Je ne sais pas comment elle a compris qu'on soupçonnait Annabelle Niels, mais…

— C'est moi, interrompit Franck d'une voix blanche. Putain, c'est moi qui le lui ai dit…

Morgan haussa les épaules.

— Vu le morceau, elle aurait pigé de toute façon. Et là, elle nous a tendu un deuxième piège tout en se débarrassant d'un témoin gênant. J'ignore comment elle avait réussi à convaincre le liseur de se rallier à elle, je suppose qu'elle devait avoir des arguments, mais elle a réussi à l'attirer chez Annabelle, en sachant très bien que l'Aînée serait à Nancy auprès de son fils. Elle l'a liquidé et elle a laissé son cadavre bien en évidence. Et en même temps, elle a laissé sur place son guetteur perso.

— Le kobold, souffla Franck.

— Eh ouais. J'ai vérifié et Annabelle Niels n'a déclaré aucun kobold sur sa propriété. Par contre, devinez qui en a adopté un il y a tout juste un an ? Tu peux même voir sa tronche si tu veux.

Morgan pianota sur son ordinateur et Franck vit apparaître une photo de la créature terrifiée qui avait dénoncé leur présence dans la maison d'Annabelle.

— Elle avait tout planifié pour être sûre que vous soyez pris, mais aussi pour être la première sur les lieux. Et si quelqu'un s'était étonné de la présence du kobold, je suis sûre qu'elle aurait trouvé une très bonne excuse, elle aurait par exemple prétendu qu'elle voulait protéger Annabelle alors que les tensions étaient tellement vives avec l'Immortel. Et qui lui aurait donné tort dans de telles circonstances ? Mais en fait, elle n'a même pas eu besoin de baratiner. La sorcière qui l'accompagnait a été assommée avant même de voir le kobold. Elle l'a fait dégager et dans son rapport, elle a écrit que c'était une intuition qui l'avait conduite là pile au bon moment. Eh ouais, mec, une intuition ! Et comme l'Immortel était impliqué, comme les sorcières deviennent stupides dès qu'il est question de lui, c'est passé comme une lettre à la poste !

Ces quelques mots furent suivis d'un long silence abasourdi. Et soudain Lukas se leva, marcha droit jusqu'à Morgan et le serra dans ses bras.

— Morgan Moreau, tu es un putain de génie ! murmura-t-il avec émotion.

L'hermaphrodite rougit d'un mélange de plaisir et d'embarras sans oser rendre son étreinte au détective. Lukas s'écarta et regagna son siège en boitant, pensif.

— Il faut qu'on amène tout ça aux sorcières, lança Franck avec énergie.

— Pas si vite, le retint doucement le détective. Je suis pas sûr qu'elles vont nous écouter si on débarque comme ça.

Morgan approuva avec une grimace.

— J'ai jeté un œil au CV de cette Claire Faubert. Elle nous fera découper en morceaux avant qu'on n'ait pu dire un mot.

— Alors il faut contacter Annabelle Niels, insista Franck. Elle, elle nous écoutera !

— Oui, fit Lukas. C'est le plus raisonnable. Vu l'heure, ça va prendre un peu de temps, mais je vais arranger une rencontre pour que tu puisses tout lui répéter et lui montrer tes documents, Morgan. Je reviens.

Et le détective sortit, emportant un de ses téléphones jetables. Une fois qu'ils furent seuls, Franck rejoignit Morgan pour la serrer à son tour dans ses bras.

— C'est soirée câlins ou quoi ? protesta celle-ci en riant avec gêne.

Franck ne répondit pas, raffermissant son étreinte, et Morgan finit par se laisser aller contre lui, posant timidement les mains sur sa taille, appuyant sa tête contre son épaule avec un soupir. Ils restèrent ainsi un long moment et lorsque Franck se recula doucement, les yeux de Morgan brillaient de larmes contenues.

— Merci infiniment, murmura Franck.

L'hermaphrodite haussa les épaules, frotta négligemment ses paupières.

— Bah, vous auriez fait pareil sans moi.

Franck se contenta de sourire avec indulgence et Morgan se détourna. Elle reprit place à la table et tira son ordinateur vers elle.

— Faut que je mette de l'ordre dans tout ce bordel, sinon Annabelle ne va rien piger.

— OK. Fais ce que tu as à faire.

— Et si t'es assez courageux pour aller piquer du café chez le voisin, je veux bien, parce que je commence à être au bout de ma vie.

— Pas de problème, je te cherche ça.

Morgan lui lança un regard en coin.

— Je vois ce qu'elle te trouve ta sorcière, t'es mignon quand tu joues les mecs prévenants.

— Et tu es encore plus mignonne quand tu te lâches.

Morgan rougit de plus belle et Franck tourna les talons, un sourire aux lèvres.

* *
*

Bollenberg, dimanche 21 décembre, de nos jours

Les explications de Franck furent suivies d'un long silence assourdissant. Le bruit du vent prit un relief tout particulier, les crépitements du feu, la respiration lourde de Kieran. Franck s'empêcha de regarder ce dernier, craignant la colère qui menaçait de le submerger devant son état. Il devait garder son calme, les protestations n'allaient pas tarder à arriver. Il avait suivi point par point le déroulement établi avec Morgan et il espérait de tout son cœur avoir été assez clair, mais il doutait que les sorcières acceptent son récit sans broncher. Il tourna les yeux vers Johanna.

La jeune femme semblait profondément choquée, mais il voyait aussi se dessiner sur ses traits une douloureuse prise de conscience tandis que les éléments se mettaient en place dans son esprit. Il regrettait de ne pas avoir pu lui annoncer la nouvelle avec plus de ménagement ; il y avait sans doute des façons plus acceptables d'apprendre qu'une de vos meilleures amies vous avait trahie à ce point, mais il n'avait guère eu le choix. Annabelle avait été claire : le seul moyen d'obtenir l'attention des sorcières était de frapper un grand coup. Alors ils avaient attendu qu'elles soient toutes réunies et que plus rien ne puisse étouffer la vérité.

Soudain, une adolescente d'environ quinze ans, la même qui était intervenue plus tôt, traversa la foule d'un air résolu et marcha droit jusqu'à Johanna. Toutes les adultes présentes étaient si abasourdies, y compris les Sentinelles, que personne ne bougea lorsque la jeune fille entreprit de détacher Johanna. Claire Faubert fut la première à réagir, trop consciente de son rang pour rester longtemps en arrière.

— C'est… C'est insensé, marmonna-t-elle. Comment pourrions-nous croire que… Bon Dieu, mais où est cette Cathy Baumann ?

Toutes les têtes se tournèrent, chacune jetant un regard à ses voisines. Annabelle fit un signe à la chef des Sentinelles et aussitôt ces dernières se déployèrent à la recherche de la jeune femme, leurs armes à la main, prête à tout. Franck se tendit. Ils avaient prévu qu'elle essaierait de s'enfuir et la colline était cernée, mais il se méfiait d'une créature aussi malfaisante. Cependant Cathy finit par s'avancer, l'air si perdue et apeurée que Franck fut traversé par un doute terrifiant.

— Je… Je ne comprends pas, madame Faubert, dit-elle d'une voix effrayée. C'est… Je n'ai jamais fait de mal à personne, vous le savez.

Elle tourna un regard suppliant vers la juge et celle-ci ne parut plus savoir sur quel pied danser.

— Bravo ! lança Kieran en se relevant péniblement. Mais quelle comédienne, je suis épaté !

Ses yeux étincelaient de rage et Cathy fit un pas en arrière.

— Je n'ai rien fait ! protesta-t-elle plus fort. Vous n'allez tout de même pas croire ces mensonges inventés par l'Immortel et ses amis !

— Ah non, je ne suis pas d'accord, sur ce coup-là, c'est vous qui jouez avec l'immortalité, ma chère ! Et je suis navré de vous l'apprendre, mais quand on triche avec la mort, il y a toujours un prix à payer.

Cathy l'ignora et se tourna vers Annabelle.

— Madame Niels, vous me connaissez ! Vous savez que je suis incapable de faire du mal à qui ce soit !

— Dans ce cas, rétorqua froidement l'Aînée, tu ne verras pas d'inconvénient à te livrer à un petit test.

Elle redressa l'objet que Franck avait emporté et arracha la couverture qui le protégeait, dévoilant le Miroir de Kieran, capable de révéler la véritable nature de ceux qui s'y miraient. L'homme ricana.

— Bien sûr, bredouilla Cathy en écartant les mains d'un air innocent. Je n'ai rien à cacher.

Elle fit mine de s'approcher et brusquement elle bondit en arrière. Elle semblait prête à écarter violemment la foule, mais Johanna et Franck s'étaient jetés sur elle dans le même mouvement. Sans se concerter, ils la traînèrent chacun par un bras jusqu'au Miroir, si vifs qu'elle n'eut pas le temps de réagir. Le cœur battant, Franck se tourna aussitôt vers la glace et ce qu'il découvrit le pétrifia.

Son reflet était toujours celui d'un adolescent, même si celui-ci avait une expression plus grave que lors de leur précédente rencontre. Quant à Johanna, elle apparaissait sous la forme d'une énorme panthère noire aux crocs découverts, aux yeux luisants de fureur. Entre eux, ayant cessé de se débattre, se tenait une très vieille femme d'une laideur abominable, suintant la méchanceté et l'égoïsme.

Un murmure parcourut la foule et Claire Faubert, qui se tenait du mauvais côté du miroir, se précipita pour voir de quoi il retournait. En découvrant le reflet de Cathy, elle porta une main horrifiée à sa bouche, puis se tourna vers les Sentinelles.

— Saisissez-vous d'elle !

Mais avant que les gardes n'aient pu esquisser un geste, Cathy poussa un hurlement de rage. Quelque chose d'immense percuta

Franck et il tomba à la renverse, glissant sur plusieurs mètres sur le sol caillouteux. À moitié assommé, il lutta pour redresser la tête et vit que toutes les sorcières avaient été balayées dans un large périmètre, y compris Johanna. Le Miroir était tombé au sol, mais par miracle, il semblait intact.

Une Sentinelle qui avait été épargnée par le souffle voulut se porter en avant, mais Cathy la balaya d'un revers de main. Elle émit un nouveau rugissement et ses mains s'embrasèrent, prêtes à déchaîner des feux infernaux sur la foule.

Chapitre 15

Strasbourg, dimanche 25 septembre 1870

Les dix jours qui venaient de s'écouler avaient été marqués pour Joséphine d'une insupportable attente. D'un côté, il y avait la guerre qui n'en finissait pas, les bombardements qui paraissaient sans cesse gagner en intensité, les tirs de riposte sur les remparts et les grosses pièces d'artillerie qui faisaient trembler toute la ville, les morts et les destructions qui s'accumulaient sans que n'émerge le moindre espoir de libération ; et de l'autre côté, il y avait Hans Trapp, qu'Eugénie maintenait tant bien que mal à distance en déployant des trésors de ruse et dont Catherine préparait la perte tout en se remettant de sa grave blessure.

Edmond avait longuement interrogé Joséphine et c'était en essayant de répondre à ses questions que la fillette avait réalisé à quel point elle était ignorante de ce qui lui arrivait réellement. Elle avait partagé avec lui le peu qu'elle avait pu apprendre par Catherine et Achille, mais cela semblait insignifiant en comparaison de l'océan de perplexité dans lequel elle évoluait. Son unique soulagement était de ne plus être seule pour affronter tout cela. Edmond avait encore beaucoup de mal à admettre que toutes ces choses puissent être réelles, mais sa rencontre avec Patrick avait eu un indéniable impact sur lui.

Catherine avait trouvé une idée pour tromper le croquemitaine et celle-ci avait nécessité que Joséphine donne un peu de son sang et quelques-unes de ses larmes. Maintenant qu'Eugénie était entrée dans l'équation, la sorcière semblait avoir abandonné l'idée d'utiliser sa poupée en cire et Joséphine n'avait pas pensé à lui en reparler, emportée par les évènements. Elle avait laissé Catherine lui couper légèrement un doigt et, à force de ressasser son chagrin d'avoir perdu si violemment sa mère, elle avait réussi à s'arracher des larmes que la vieille femme avait recueillies avec une évidente fascination. Après cette éprouvante expérience, Joséphine avait été presque soulagée que Catherine et Eugénie la laissent un peu à l'écart de leurs plans.

Les deux Invisibles se rencontraient régulièrement à l'auberge sous la cathédrale, la sorcière y séjournant toujours, et Joséphine n'arrivait pas à savoir si elle était satisfaite ou agacée d'être ainsi mise de côté. Eugénie passait la voir de temps en temps pour lui expliquer l'avancement de leurs projets et la fillette avait fini par se surprendre à la trouver sympathique. Plus le temps passait, plus elle était certaine que la goule leur avait dit la vérité et qu'elle n'avait obéi à Hans Trapp que sous la contrainte.

Un soir, Victorine Goetz avait croisé Eugénie dans les escaliers de l'immeuble et avait paru surprise par la présence de cette belle visiteuse. Edmond avait prétendu qu'il s'agissait d'une de ses cousines, mais il était un très mauvais menteur et Victorine avait bien senti qu'on lui cachait quelque chose. Elle n'avait rien dit, mais elle s'était montrée bien plus distante envers Edmond au cours des jours suivants, au grand dam de ce dernier.

Et pendant que les alliées de Joséphine se préparaient à la libérer du croquemitaine, les nouvelles continuaient à tomber au compte-gouttes à Strasbourg. Les Prussiens ne relâchaient pas un instant leur pression, les obus pleuvaient jour et nuit sur les remparts, sur la citadelle, sur les grands bâtiments de la ville et certains quartiers n'étaient déjà plus que des champs de ruines, toutes leurs maisons anéanties.

Sur la place d'Austerlitz, on avait amoncelé les débris de tous les environs et ceux-ci formaient un impressionnant monticule que l'on avait surnommé le Mont-prussien. À travers toute la cité, des gens désormais sans toit cherchaient désespérément un refuge et chaque jour voyait son lot de tristes convois funéraires tandis que les plus fragiles succombaient peu à peu aux privations, à l'atmosphère insalubre des caves dans lesquels ils étaient obligés de se réfugier, à l'anxiété permanente. Lors d'une de leurs rares sorties, la vue d'un de ces cercueils, trop petit pour ne pas être celui d'un bébé, arracha des larmes à Edmond.

Le 17 septembre, un second convoi put quitter la ville grâce à l'aide secourable de la délégation suisse. Un autre suivit le 19, puis un quatrième le 22, mais ensuite les Prussiens commencèrent à avoir des scrupules à laisser ainsi la ville se vider lentement et à perdre une partie de leur levier : ils comptaient toujours sur la population pour faire pression sur les autorités militaires. Plus le temps passait, plus les rumeurs de reddition circulaient, provoquant la fureur de nombreux habitants : à quoi bon avoir souffert si longtemps pour finir par se rendre ? Malgré tout, le moral était au plus bas et chacun prenait peu à peu conscience de la fin inéluctable du conflit.

Outre les rares journaux de Strasbourg – il en restait un ou deux, le plus souvent une simple feuille qui rapportait les dégâts et les décès, il arrivait parfois que des convoyeurs fassent rentrer des publications allemandes. Celles-ci ne manquaient pas d'échauffer les esprits et l'on rageait devant l'impudence de ces gens qui torturaient les Strasbourgeois sans relâche depuis plus d'un mois et qui, s'imaginant que les Alsaciens n'attendaient que de redevenir allemands et les accueilleraient à bras ouverts, ne comprenaient pas pourquoi la ville résistait autant. Ce genre d'articles rendait fou de rage Edmond, habituellement si pacifique. Victorine essayait de faire valoir que tout cela n'était que manipulation des gouvernements, que leurs voisins d'Outre-Rhin étaient eux aussi abreuvés de fausses informations, mais le jeune homme ne voulait rien entendre et sa détestation de l'ennemi augmentait de jour en jour.

Peu à peu, les assiégeants se rapprochaient des remparts, brisant l'une après l'autre les lignes de défense, et l'angoisse montait encore. Allait-on assister à un assaut meurtrier alors que la population était déjà à bout de forces ? Les soldats français se battaient courageusement, mais ils étaient mal équipés, ils subissaient chaque jour des pertes sévères et, pour des raisons incompréhensibles, les autorités refusaient de faire appel aux volontaires civils qu'on laissait de côté depuis le début du siège malgré leur insistance.

Le désœuvrement et l'impuissance minaient tous ceux qui restaient enfermés dans les remparts et le moindre incident prenait des proportions exagérées. Le 15 septembre, un obus avait atteint le pied de la grande croix qui surmonte la flèche de la cathédrale et celle-ci s'était mise à pencher fortement. Chacun voyait déjà cette masse de pierre dégringoler du haut de ses cent quarante-deux mètres ! Mais, retenue par son armature de métal et la tige de son paratonnerre, celle-ci tenait bon. Quelques jours plus tard, la rumeur avait couru en ville que lorsque les Prussiens avaient voulu l'achever, leur canon avait éclaté, tuant plusieurs hommes, en blessant d'autres, y compris l'officier qui avait lui-même visé. Certains s'en amusaient, d'autres y voyaient un signe de Dieu, mais l'incident avait été amplement commenté.

Bientôt, on avait appris que le nouveau gouvernement parisien avait désigné un préfet pour le Bas-Rhin, mais aussi un maire pour la ville de Strasbourg. Ce dernier point avait provoqué un nouvel élan de fureur, cette fois contre la France et ce Paris si lointain qui méprisait la province. N'était-ce pas aux Strasbourgeois de choisir leur maire ? La toute nouvelle République allait-elle agir avec le même autoritarisme que l'Empire ? Et de toute façon, comment ces deux nommés espéraient-ils rejoindre leur poste ?

Toutefois, le préfet Valentin avait fait mentir tous les pronostics. Homme énergique et déterminé, il était parvenu à franchir les lignes ennemies, s'y glissant à travers un feu incessant, manquant d'être tué aussi bien par les balles françaises qu'allemandes, jusqu'à entrer dans la ville à la nage. Cette arrivée héroïque lui avait aussitôt valu une certaine estime. Celle-ci avait été renforcée lorsqu'il avait appris que Strasbourg avait déjà élu un républicain à sa tête et qu'il avait validé cette décision de bonne grâce, reconnaissant sans difficulté les mérites d'Émile Küss. La ville était désormais dotée d'un préfet bien plus estimable que le baron Pron, mais à quoi bon ? À peine l'homme était-il entré en fonction que la moitié de la Préfecture était détruite par un incendie.

Joséphine et Edmond tournaient en rond dans l'appartement de Victorine, cherchant vainement comment s'occuper. Le jeune homme passait des heures à dessiner et s'efforçait de transmettre une partie de son savoir à la fillette, mais celle-ci avait de moins en moins de patience pour ces leçons bercées par les bombardements. Elle n'en pouvait plus de cette tension incessante, de cette attente sans fin où elle n'avait plus de prise sur rien. Elle dormait mal et quand ce n'était pas les obus qui la réveillaient, c'était les cauchemars. Elle pensait sans cesse à sa mère et à Louise, aux douces heures qu'elle vivait à peine deux mois en arrière et elle plongeait peu à peu dans un état dépressif qui inquiétait grandement Edmond. Le jeune homme s'efforçait de la distraire de son mieux, mais lui-même était à bout de nerfs, comme les trois quarts de la population de la ville. D'une manière ou d'une autre, il fallait que tout cela se termine.

* *
*

Eugénie Weber s'appuya au rebord de la fenêtre et regarda pensivement à l'extérieur. Il faisait un temps superbe, très chaud pour la fin septembre, et en ce dimanche de nombreuses personnes se promenaient dans la rue, revêtues de leurs meilleurs vêtements. Du côté de la citadelle, une pluie d'obus continuait à tomber sur les défenseurs de la place et le vacarme des répliques était terrible. Depuis plusieurs nuits déjà, la canonnade était infernale et les Prussiens semblaient se préparer à porter le coup de grâce, attaquant avec de plus en plus de violence. Le jour même, on avait rapporté une première brèche dans les remparts. Ce n'était plus qu'une question de jours, d'heures peut-être, avant que la défaite ne soit actée.

Eugénie soupira et son regard glissa sur les promeneurs qui prétendaient agir comme si ce dimanche était normal. Elle se sentait très loin d'eux, très loin du monde entier. Cette nuit marquerait la fin de son interminable calvaire. Que le plan monté avec la sorcière fonctionne ou non, qu'elle survive ou non, elle ne serait plus l'esclave du croquemitaine. Quant à Paul et Jeanne… Eugénie ferma brièvement les yeux et baissa la tête.

Elle n'avait pas confiance en Catherine Guérin et trouvait étrange plus d'un aspect de son comportement. La magie qu'elle semblait vouloir utiliser, sa froideur, ses détours… Une part d'elle se demandait si le remède ne serait pas pire que le mal. Mais elle était trop fatiguée pour continuer à chercher une solution inexistante. Seule, elle était incapable de ramener ses enfants. Et elle avait beau se sermonner, elle n'arrivait pas à se convaincre de les sacrifier et de détruire Hans Trapp elle-même.

Eugénie se redressa avec un soupir. Son regard s'attacha à l'horloge d'une église voisine, arrêtée depuis qu'un obus avait fracassé son mécanisme. Suivant les règles de la guerre, plus aucune cloche ne sonnait dans Strasbourg depuis le début du siège, pas même celles destinées à signaler les incendies, et la perte de ce repère habituel avait donné à Eugénie l'impression troublante que le temps se suspendait. Les jours s'étiraient comme un long cauchemar perpétuel, dans la puanteur de la ville blessée et le vacarme abrutissant, tandis qu'elle rôdait dans l'obscurité à la recherche de quelque cadavre oublié afin de satisfaire la faim atroce qui la taraudait.

Sans cesse, elle devait mentir au croquemitaine en prétendant ne pas retrouver Joséphine. Elle savait qu'il avait de moins en moins confiance en elle ; chaque jour plus menaçant, il l'avait même frappée plusieurs fois, des coups qu'elle avait accueillis avec la plus complète indifférence. Son corps était trop épuisé pour ressentir encore la moindre douleur, son cœur était anesthésié de trop de souffrance, elle voulait simplement que tout s'arrête, pour pouvoir enfin dormir pour de bon, ses enfants serrés contre elle.

Eugénie glissa la main dans la poche de sa robe et referma son poing sur l'anneau que le croquemitaine l'avait obligée à enlever, révélant ainsi sa véritable nature. Elle l'avait récupéré après avoir parlé avec Joséphine et avoir retrouvé un semblant d'espoir. Il n'était pas question qu'elle s'abandonne à nouveau à son répugnant appétit lorsque les enfants lui seraient rendus. Elle espérait de toute son âme que l'anneau fonctionnerait encore.

— Tu es sûre que c'est pour ce soir ? grogna soudain une voix coléreuse dans son dos.

Eugénie se contenta de hocher la tête sans se retourner, mais Hans Trapp la saisit soudain par le bras et la fit brutalement pivoter sur elle-même.

— Réponds-moi, chienne de goule !

Il leva la main pour la gifler et Eugénie ne put s'empêcher de retenir son bras, étonnée comme à chaque fois de constater qu'elle était bien plus forte que cet être pourtant massif. Elle aurait pu lui briser la nuque d'un simple geste et il ne s'en serait pas remis, presque aussi mortel qu'un humain, bien moins solide qu'elle. Leurs regards se rencontrèrent et elle lut une suspicion haineuse dans les petits yeux noirs. Dans un effort surhumain, elle se força à le lâcher, à baisser la tête avec humilité.

— Je les ai trouvés ce matin, dit-elle d'une voix tendue. Ce soir, quand ils dormiront tous, je prendrai l'enfant et je te la ramènerai.

— J'espère pour toi. Parce que j'en ai plus qu'assez d'attendre ! Et si la Première Née m'échappe, je n'aurai pas d'autre choix que de me nourrir autrement.

Sur ces mots, il tapota le sac à son côté avec un sourire cruel et Eugénie ne broncha pas, gardant les yeux rivés au sol. Hans Trapp finit par se détourner avec un reniflement méprisant et Eugénie reprit lentement son poste devant la fenêtre. Quelques heures… Elle devait juste tenir encore quelques heures.

* *
*

La main de la fillette dans la sienne, Eugénie remonta rapidement la rue qui menait à ce qui, dans une autre vie, avait été sa maison familiale. En de nombreux points des remparts, la fusillade était plus vive que jamais et les canons faisaient gronder la terre si violemment qu'Eugénie se demanda si les Prussiens avaient fini par se décider à donner l'assaut final. Le ciel était couvert, très sombre comme il s'agissait d'une nuit de nouvelle lune, et on y distinguait nettement les traînées des fusées incendiaires et les éclats des bombes. Il était plus de deux heures du matin et la guerre faisait rage comme jamais.

Eugénie jeta un bref regard à sa compagne qui marchait d'un pas rapide, puis lui annonça que la maison était en vue. Aussitôt Joséphine fit mine de se débattre et de protester, se démenant si bien qu'Eugénie devait réellement la tenir avec fermeté pour ne pas qu'elle lui échappe. *Quelle comédienne*, songea la goule avec une pointe d'ironie. Mais il fallait au moins ça pour tromper Hans Trapp.

S'accordant le droit à une certaine brutalité, Eugénie poussa Joséphine dans la maison au moment où un obus éclatait dans la rue, projetant des débris à la ronde. Le croquemitaine les attendait dans le salon, fumant à la lueur d'une lampe à pétrole. À la vue de Joséphine, ses yeux s'écarquillèrent un instant d'incrédulité, puis un sourire satisfait étira sa barbe sombre et il se leva. Mais avant qu'il ne puisse avancer, Eugénie tira la fillette derrière elle et laissa jaillir ses crocs et ses griffes.

— Maintenant, je veux mes enfants, lança-t-elle.

Hans Trapp ricana nerveusement, puis secoua la tête.

— La Première Née d'abord.

Eugénie attrapa brusquement Joséphine et lui plaqua ses griffes sur la gorge tandis que la fillette se mettait à pleurer de terreur.

— Écoute-moi bien, pourriture. Ou tu me rends mes enfants tout de suite ou je l'égorge sous tes yeux. J'en ai plus qu'assez de tout ça !

Eugénie n'avait pas eu besoin de feindre ce cri du cœur. Le croquemitaine la dévisagea un long moment et parut comprendre qu'elle ne plaisantait pas. Il leva une main apaisante et sourit à nouveau, haïssable.

— Très bien. Après tout, c'était notre marché, n'est-ce pas ?

— Et ensuite, tu foutras le camp de chez moi !

Hans Trapp s'inclina. Eugénie hésita à le provoquer encore, mais elle craignait de trop pousser son avantage. Elle désigna le sac qu'il ne quittait pas.

— Allez !

Sa voix avait tremblé et elle vit une petite lueur sadique s'allumer au fond des yeux du croquemitaine. Cette vermine jouissait de sa souffrance et elle avait envie de vomir à la simple idée de ce qu'il était capable de faire à des enfants sans défense. Elle désirait l'étriper de chaque fibre de son être. Elle s'obligea à ne pas bouger, ses griffes tranchantes toujours pressées contre la gorge de Joséphine, le corps arqué de terreur de la fillette plaqué contre ses jambes.

Avec une lenteur étudiée, Hans Trapp décrocha le sac de son épaule et y glissa le bras. Il sourit à Eugénie, moqueur, puis il tira brusquement avec un grognement d'effort. Lorsque sa main réapparut, elle enserrait deux poignets trop frêles. Un instant plus tard, Jeanne et Paul apparaissaient en entier, leurs bras toujours prisonniers de la poigne du croquemitaine. Eugénie sentit ses jambes flageoler d'un soulagement si intense que les larmes lui montèrent aux yeux.

Les enfants ne semblaient pas blessés, mais ils avaient maigri et ils étaient terrifiés. Lorsque le regard de Paul se posa sur sa mère, ses yeux s'écarquillèrent d'horreur et Eugénie se sentit transpercée. Elle aurait tant voulu qu'ils ne la voient pas ainsi, ses attributs de goule étalés au grand jour, mais elle ne pouvait pas se permettre de se relâcher alors que Hans Trapp n'avait qu'un geste à faire pour les faire disparaître à nouveau.

— Maman !

Jeanne l'avait reconnue également et semblait indifférente à son apparence effrayante. La petite fille voulut se précipiter vers elle, mais Hans Trapp la retint brutalement, lui arrachant un cri. Les entrailles d'Eugénie se mirent à bouillir.

— Lâche-les ! s'écria-t-elle avec rage.

— La Première Née d'abord, répéta l'homme en fronçant les sourcils. J'ai tenu ma parole, alors à ton tour !

Eugénie serra les dents, puis poussa devant elle Joséphine qui l'implorait pathétiquement, ruant en vain pour se dégager. Jeanne s'était mise à pleurer et Paul semblait pétrifié par l'effroi. Arrivée à deux pas du croquemitaine, Eugénie s'immobilisa. Et brusquement elle poussa Joséphine en avant, attrapant Paul et Jeanne dans le même mouvement. Hans Trapp les avait lâchés pour se saisir de sa proie et Eugénie put enfin les écarter du monstre. Aussitôt elle les entraîna vers le fond de la pièce et se plaça devant eux.

Hans Trapp s'était penché sur Joséphine avec convoitise, paraissant prêt à la dévorer sur-le-champ, mais soudain ses sourcils se froncèrent.

— Qu'est-ce que…

Cette interrogation incrédule amena un sourire mauvais aux lèvres d'Eugénie. Oh l'aura était quasiment parfaite, elle était bien placée pour le savoir puisque les goules faisaient partie des rares êtres capables de les distinguer ; le sortilège de Catherine Guérin était un chef-d'œuvre, pratiquement indécelable, et justifiait à lui seul le temps qu'il avait fallu pour le concevoir. Mais d'aussi près, comment le croquemitaine aurait-il pu ne pas se rendre compte qu'il n'avait pas affaire à une enfant ?

Joséphine sourit froidement à Hans Trapp et brusquement la fillette disparut, laissant la place à Catherine Guérin elle-même. La sorcière posa la main sur la poitrine du croquemitaine et l'envoya littéralement valser à travers la pièce. Le monstre percuta une commode et s'écroula avec une plainte. Un ricanement nerveux secoua Eugénie. Un mois qu'elle rêvait de faire cela… Catherine se tourna vers elle.

— Faites sortir les enfants !

Eugénie s'apprêta aussitôt à obéir, mais Hans Trapp s'était déjà relevé, furieux. Son fouet claqua et s'enroula autour de la gorge de la sorcière, l'étranglant. Jeanne poussa un cri d'horreur et s'agrippa aux jupes de sa mère. Catherine rua, mais il lui était impossible de se débarrasser de la lanière ensorcelée et déjà elle s'asphyxiait. Ses jambes se dérobèrent sous elle et elle tomba à genoux. Sans attendre davantage, Eugénie bondit.

D'un seul saut souple, elle traversa la pièce, libérant enfin sa rage et sa haine. Le croquemitaine voulut la frapper, mais son fouet s'enroula autour du bras d'Eugénie et elle le lui arracha d'un coup sec, avant de fondre sur le monstre. Elle lui planta ses griffes dans l'épaule pour le maintenir, lui plongea son autre main dans l'abdomen et l'éventra lentement, le regard rivé au sien, écarquillé par la douleur et la surprise. Il s'effondra avec un gargouillis, sa plaie béante déversant des flots de sang noir. Allongé sur le dos, il cherchait son air en hoquetant et des bulles de sang se formaient au coin de sa bouche.

— Tu… Tu ne peux pas me tuer, balbutia-t-il. Les enfants me feront revenir… Je te retrouverai… Je les dévorerai, je…

D'un coup sec, Eugénie lui trancha la gorge et, à son grand soulagement, il cessa enfin de parler. Ses yeux se figèrent et la goule sentit dans son ventre que ce corps n'était plus qu'une coquille vide. La tentation la traversa de dévorer son ennemi, comme elle l'avait fait tant de fois par le passé, mais elle avait douloureusement conscience de la présence de ses enfants et elle s'obligea à refréner sa terrible faim. Dans un effort, elle fit disparaître ses griffes et ses crocs et se redressa.

— Madame Guérin, ça va ?

Catherine avait réussi à se relever, mais elle était livide. Toutefois ce fut avec calme qu'elle hocha la tête et elle tenait fermement sur ses jambes lorsqu'elle se déplaça pour examiner le croquemitaine. Rassurée, Eugénie se détourna tout à fait du monstre et se précipita vers ses enfants.

Paul avait caché le visage de Jeanne contre sa petite poitrine, mais lui-même avait tout vu et son regard était halluciné tandis qu'il tremblait de tout son corps. Eugénie comprit que tôt ou tard, il faudrait tout lui expliquer. Elle refréna sa douloureuse envie de se jeter sur eux et s'accroupit à leurs côtés, s'efforçant de prendre l'air aussi rassurante que possible.

— C'est terminé, murmura-t-elle. Tout est terminé.

Au même instant, l'explosion d'une bombe toute proche la fit tressaillir. Jeanne avait poussé un gémissement effrayé, mais Paul n'avait pas bougé et son attitude donnait envie de pleurer à Eugénie. Lentement, prudemment, la goule effleura le bras de son fils.

— Tout va bien, Paul. Je suis là maintenant.

Le jeune garçon tourna vers elle son regard hanté et elle y lut autant de terreur que d'espoir. Cependant Jeanne avait relevé la tête.

— Maman !

Elle se jeta dans ses bras et Eugénie l'accueillit contre elle avec un mélange d'émotions si violent que les larmes lui montèrent aux yeux.

— Mon bébé, gémit-elle, tu m'as tellement manqué…

Jeanne s'agrippait à elle, le visage enfoui contre son cou, et Eugénie se souvint brusquement pourquoi elle avait subi ces semaines de torture, pourquoi elle n'avait pas cédé et quelque chose s'apaisa en elle. Sans lâcher sa cadette, elle se tourna vers son fils et lui tendit la main.

— Viens, Paul. Viens…

Le jeune garçon hésita longuement et soudain il soupira et s'abandonna à son tour dans les bras de sa mère, l'étreignant éperdument. Eugénie le serra contre elle avec force.

— Mes amours, soupira-t-elle. Enfin…

Ils restèrent enlacés ainsi un temps interminable, indifférent au bombardement, au tir des canons, au crépitement des balles. Eugénie respirait leur odeur, démultipliée par ses sens de goule, elle y décelait de nouvelles nuances et s'en imprégnait dans une véritable ivresse. Ce fut une petite toux embarrassée dans son dos qui la ramena à l'instant présent. Elle se força à rouvrir les yeux, à se tourner vers Catherine.

— Je vais prévenir Joséphine et monsieur Becker que cette histoire est réglée, annonça la sorcière.

— Voulez-vous que je vous accompagne ?

Eugénie avait formulé cette proposition bien à contrecœur et cela fit sourire Catherine.

— Je crois que vous avez mieux à faire. À bientôt, madame Weber !

Eugénie la salua avec chaleur et la sorcière s'éclipsa discrètement. La goule enfouit à nouveau le visage dans les cheveux de ses enfants.

* *
*

Eugénie jouait machinalement avec l'anneau d'or, hésitant à le remettre. Il le faudrait tôt ou tard, pour maîtriser son infernal appétit, mais elle répugnait à retrouver ses sens humains si limités alors que la guerre restait une menace constante. La bataille avait duré une bonne partie de la nuit et, si elle avait fini par se calmer, les bombardements avaient repris de plus belle au matin. Elle avait besoin de toutes ses capacités pour protéger ses enfants. Elle rempocha l'anneau avec un soupir.

Elle avait attendu que les enfants s'endorment, épuisés par trop d'émotions, puis elle avait fait disparaître le cadavre du croquemitaine et le salon avait enfin retrouvé un aspect normal. Elle avait dévoré une partie du corps dans une orgie jouissive, puis elle avait balancé le reste dans le canal en le lestant d'un obus qui n'avait pas éclaté. Elle avait tenté de dormir après ça, mais elle n'y arrivait pas malgré sa fatigue, incapable de lâcher Paul et Jeanne des yeux.

Les deux enfants étaient blottis l'un contre l'autre sur un sofa, protégés par plusieurs couvertures. Ils semblaient frêles et minuscules. La manière protectrice dont Paul enlaçait sa petite sœur faisait perler des larmes d'attendrissement aux paupières d'Eugénie. Après leur longue étreinte, Jeanne avait été la première à se ressaisir, réclamant à manger. Paul n'avait rien dit, mais il s'était jeté sur la nourriture lui aussi et Eugénie s'était demandé avec colère depuis combien de temps ils n'avaient pas été nourris. À peine repus, ils s'étaient tous les deux écroulés de fatigue et elle les avait couchés avec un plaisir indicible. Depuis des heures, elle les observait sans se lasser depuis son fauteuil, submergée par une telle vague d'amour qu'elle en avait presque mal.

Soudain trois ou quatre obus tombèrent simultanément sur une maison voisine, provoquant un fracas qui fit tressaillir Paul. Le jeune garçon gémit, puis il ouvrit les yeux dans un sursaut et regarda autour de lui avec panique. Il se détendit en reconnaissant le salon de ses parents, avant de s'assurer d'un regard que Jeanne dormait toujours. Puis il prit conscience de la présence d'Eugénie et se redressa brusquement. Devant la terreur qui habitait son regard, un éclair de douleur transperça la goule, mais ce fut avec une grande douceur qu'elle lui sourit.

— Tout va bien, mon amour. Tu es à la maison.

Paul ne dit rien. Il s'assit prudemment au bord du sofa, s'assurant machinalement que Jeanne restait bien couverte, puis il dévisagea longuement Eugénie, une expression angoissée sur son beau visage fatigué.

— Est-ce que vous êtes vraiment ma mère ?

C'était les premiers mots qu'il prononçait depuis que Hans Trapp les avait tirés de son horrible sac et Eugénie les encaissa sans rien montrer. Elle lui tendit la main en souriant et, après un long moment, il finit par accepter l'invitation et la rejoindre. Il tremblait et Eugénie glissa une main douce sur sa nuque, ignorant le fait qu'il se raidissait.

— Je sais que ce que tu as vu t'a effrayé, chuchota-t-elle, mais oui, je suis vraiment ta mère. Cet homme… Il voulait vous faire du mal et je ne pouvais pas l'accepter. J'ai fait le nécessaire et je suis vraiment désolée si ça t'a choqué.

Paul évita de la regarder, mais Eugénie le sentit se détendre un peu sous sa main caressante.

— Il nous a enfermés dans le noir, murmura-t-il. J'ai pris Jeanne dans mes bras parce qu'elle avait très peur, mais je ne savais pas quoi faire. C'était comme un mauvais rêve. Il faisait tellement noir… Et il y avait quelque chose autour de nous, quelque chose de méchant…

Il frissonna et Eugénie s'obligea à parler malgré le nœud dans sa gorge.

— Il vous a blessés ?

À son grand soulagement, l'enfant secoua la tête.

— Non. On est restés tout seuls et on a attendu et attendu… Oh maman, on a attendu tellement longtemps…

Il étouffa un sanglot et Eugénie l'attira aussitôt contre elle, le consolant avec toute la tendresse dont elle était capable. Au bout d'un moment, il finit par la repousser, le visage encore inondé de larmes, et posa la question qu'elle redoutait depuis le début :

— Où est papa ?

À nouveau la gorge d'Eugénie se serra, mais elle n'eut pas le temps de répondre : quelqu'un s'était mis à tambouriner à leur porte.

— Madame Weber ! appelait-on de l'extérieur. Madame Weber, je vous en prie !

Eugénie fronça les sourcils en reconnaissant cette voix. Elle fit signe à Paul de rester assis et gagna rapidement l'entrée. Elle s'assura d'un regard que l'enfant ne l'avait pas suivie, puis ouvrit brusquement la porte. Edmond Becker sursauta, puis leva vers elle un regard dévoré d'angoisse.

— Il faut que vous m'aidiez ! Joséphine a disparu !

Eugénie le dévisagea avec incompréhension. Il haletait et semblait à moitié fou d'angoisse, échevelé. Les rares passants le regardaient d'un drôle d'air et Eugénie finit par le tirer à l'intérieur, refermant derrière lui. Il s'appuya à un mur, paraissant avoir du mal à tenir sur ses jambes, luttant pour retrouver son souffle et arriver à parler.

— Cette nuit, expliqua-t-il en tirant sur son col, madame Guérin est venue nous voir et elle… Nous ne dormions pas, nous l'attendions, Joséphine avait tellement peur qu'il ne vous arrive quelque chose, alors…

Il s'interrompit un instant et Eugénie crut qu'il allait s'étouffer devant elle, mais déjà il reprenait son récit saccadé.

— Madame Guérin est arrivée vers trois heures du matin. Elle nous a dit que… que votre plan avait réussi, que le croquemitaine était mort et que vous aviez pu sauver vos enfants. Joséphine était tellement contente ! Après ça, madame Guérin a demandé si elle pouvait parler à Joséphine en privé, des histoires de sorcière ou je ne sais quoi, et elle l'a emmenée sur le palier. J'ai entendu leurs voix un moment et puis plus rien. J'ai cru qu'elles chuchotaient pour ne pas que les voisins les entendent, mais… Mais au bout d'un moment ça m'a quand même paru bizarre et je suis allé voir. Et elles n'étaient plus là. Elles n'étaient plus là !

Il gémit et se redressa pour regarder Eugénie dans les yeux.

— J'ai fait tout le tour du quartier sans les trouver, je ne comprends pas ! Joséphine ne serait jamais partie comme ça sans me prévenir ! Où madame Guérin l'a-t-elle emmenée ? Qu'est-ce qui se passe ? Et si elles avaient été fauchées par un obus ? Je vous en supplie, aidez-moi !

Eugénie se mordit l'intérieur de la joue, consternée. Depuis le début quelque chose clochait avec la sorcière, et la goule savait à quel point les Premières Nées étaient importantes pour la Sororité. Que diable tramait Catherine Guérin ? Quoi que ce fût, ça ne pouvait pas être bon pour Joséphine.

* *
*

Malgré sa répugnance à promener ses enfants à travers la ville dévastée, Eugénie avait accepté d'aider Edmond. Elle ne pouvait pas laisser seuls Paul et Jeanne, mais elle ne pouvait pas non plus abandonner Joséphine qui lui avait fait confiance. Edmond sur les talons, elle avait donc entrepris de sillonner la ville, le nez au vent. Elle avait encore l'odeur de Joséphine dans les narines, celle de Catherine encore plus et une accalmie dans les bombardements lui permettait de déployer tous ses sens.

Son premier réflexe fut de vérifier à l'auberge sous la cathédrale. Confiant Paul et Jeanne à Edmond et les laissant sous le porche, elle dut négocier ferme avec Patrick, mais le cyclope finit par avouer que ni Catherine ni Joséphine n'avaient gagné ce refuge si particulier. Eugénie savait qu'il était incapable de mentir et elle fit demi-tour.

Il était encore trop tôt pour céder au découragement, mais elle sentait déjà que sa tâche confinait à l'impossible. Et si Catherine avait trouvé un stratagème pour faire sortir Joséphine de la ville assiégée ? Jamais elle ne pourrait les retrouver ! Elle ne montra rien de ses réflexions à Edmond et, en dépit des protestations de Paul et Jeanne, entreprit de ratisser Strasbourg quartier par quartier.

Le pilonnage avait repris, plus violent que jamais, les bombes rivalisaient avec les obus et les fusées incendiaires et bientôt il fut trop dangereux de continuer leur exploration malgré les capacités particulières d'Eugénie. Ils se réfugièrent dans la maison des Weber et là, Edmond fondit en larmes, se blâmant amèrement d'avoir fait confiance à la vieille femme, d'avoir un seul instant quitté Joséphine des yeux. Eugénie ne comprenait que trop ce qu'il ressentait et elle s'efforça de le consoler, lui promettant qu'ils retrouveraient la fillette, taisant ses propres doutes.

Si Paul gardait ses distances avec le jeune homme, Jeanne semblait émue par sa détresse et elle s'efforçait de le consoler à sa manière maladroite et touchante. Il semblait apprécier ses efforts et il finit par se ressaisir, s'excusant d'avoir cédé à ses nerfs. Ils passèrent le reste de la journée penchés sur un plan de Strasbourg déniché dans le bureau de l'époux d'Eugénie, rayant toutes les rues qu'ils avaient déjà explorées, listant tous les endroits où Catherine avait pu entraîner Joséphine.

À la nuit tombée, Eugénie attendit que ses enfants soient endormis, puis elle les confia à la garde d'Edmond et s'enfonça seule dans les ténèbres parcourues d'éclairs dangereux. Elle se déplaçait bien plus vite ainsi, évitait avec agilité les projectiles qui arrosaient la ville dans un ultime sursaut de fureur, faisant sévèrement trembler les remparts, leurs crocs ouvrant des brèches de plus en plus grandes.

Eugénie sillonna Strasbourg durant des heures, assistant à ses soubresauts d'agonie. Malgré l'épuisement et la vue de leurs camarades qui tombaient les uns après les autres, les pompiers continuaient à lutter contre les incendies, les gens se démenaient pour sauver le peu qui leur restait, chacun s'efforçait de trouver un refuge sûr. L'artillerie de défense tonnait sans discontinue et l'instinct de la goule lui soufflait de fureter dans ce coin où les cadavres s'entassaient délicieusement. Mais elle résistait et poursuivait sa tâche avec obstination, parcourant une rue après l'autre, jetant un regard dans chaque cave accessible, derrière chaque porte entrebâillée, dans chaque réduit abandonné. Il n'y avait aucune trace de Joséphine ni de Catherine Guérin.

Finalement, alors que le jour était levé depuis un moment et qu'elle avait pris le chemin du retour, Eugénie perçut quelque chose. Elle était en train de longer le chemin de halage du canal, s'efforçant de ne pas pleurer devant les misérables cahutes que de nombreux malheureux sans-abri avaient bricolées là, ignorant les cris d'effroi qui s'en échappaient parfois, les pleurs de bébé, les chuchotements désespérés ; une odeur s'imposa à elle, à la fois familière et étrange. Sans hésiter, Eugénie se dirigea droit vers une des cabanes et tira le tissu crasseux qui lui servait de porte. Ce qu'elle découvrit la paralysa.

Joséphine était assise par terre, sale, hébétée, une poupée de cire à la main. À côté d'elle, Catherine Guérin s'était écroulée sur le sol et baignait dans une flaque de sang, un couteau enfoncé dans la poitrine. La sorcière était morte depuis de nombreuses heures et quelques mouches bourdonnaient autour d'elle. Joséphine leva lentement vers Eugénie un regard vide, puis une lueur y apparut lentement et elle parut sur le point de se mettre à pleurer. Elle tendit la poupée vers la goule.

— C'est… Elle… Elle voulait me voler mon corps, balbutia-t-elle avec panique. J'ai… Je n'ai pas eu le choix, madame Weber… Je vous en prie, je n'ai pas eu le choix…

Il y avait quelque chose de trouble dans l'aura de la fillette et Eugénie la considéra un instant avec incompréhension. La goule connaissait mal les dagydes, mais elle savait qu'il était possible d'en faire des choses terribles. Et elle se méfiait de Catherine Guérin depuis le début. Celle-ci n'avait-elle sauvé Joséphine du croquemitaine que pour mieux abuser d'elle ? Eugénie n'en était pas réellement étonnée.

La voyant hésiter, la fillette se mit à trembler et des larmes débordèrent de ses paupières rougies. Incapable de la laisser ainsi, Eugénie se précipita pour la prendre dans ses bras et Joséphine se blottit contre elle en sanglotant. La goule prit une profonde inspiration. L'étrangeté dans l'aura de l'enfant venait clairement du traumatisme qu'elle avait subi. Catherine Guérin avait eu la fin qu'elle méritait pour avoir essayé de les berner et il n'y avait aucune raison de martyriser davantage cette pauvre petite.

Eugénie consola un moment Joséphine, lui assurant que personne ne pouvait la blâmer de s'être défendue, puis elle la convainquit de rentrer avec elle et de retrouver Edmond. La mention du jeune homme parut redonner des forces à la fillette et Eugénie l'entraîna rapidement à sa suite, s'assurant en même temps que personne ne les avait vues. Tôt ou tard, quelqu'un retrouverait le corps de Catherine, mais elles seraient déjà loin.

De retour à la maison Weber, Edmond et Joséphine tombèrent dans les bras l'un de l'autre et Eugénie fut soulagée que les choses soient enfin rentrées dans l'ordre. Le jeune homme la remercia mille fois, puis ramena la fillette toujours un peu perdue jusqu'à l'appartement de Victorine Goetz. Eugénie les regarda partir avec une certaine satisfaction et, pour la première fois depuis un mois et demi, elle s'offrit enfin un vrai sommeil.

Quelques heures plus tard, Eugénie se réveilla en sursaut. Il lui fallut un long moment pour réaliser ce qui n'allait pas. À quelques pas d'elle, Paul et Jeanne jouaient sur le tapis avec des billes, chuchotant pour ne pas la réveiller. Il régnait sur la maison un calme positivement surnaturel et soudain Eugénie comprit ce qui clochait : c'était le silence. Un silence comme Strasbourg n'en avait pas connu depuis une quarantaine de jours.

Le cœur battant, Eugénie se précipita dans les étages et les enfants lui emboîtèrent aussitôt le pas, intrigués. Elle poussa jusqu'au grenier, puis se hissa souplement par une lucarne sur le toit à moitié défoncé, tira les enfants jusqu'à elle, les enlaça et se figea. Il était peut-être dix-sept heures en ce 27 septembre 1870, il faisait beau et chaud, un drapeau blanc flottait sur la cathédrale. Strasbourg s'était rendue ; le siège était terminé.

* *
*

Un an plus tard

Assise au bord de son lit, Joséphine contemplait pensivement la photographie entre ses doigts. Elle entendait par la fenêtre ouverte la conversation paisible dans le jardin où Edmond présentait à ses parents sa fiancée, Victorine Goetz. Le mariage était imminent et Joséphine en était soulagée ; enfin, le jeune homme détournerait un peu son attention d'elle et lui lâcherait la bride. Cela tombait d'autant mieux qu'elle avait eu ses premières règles quelques jours plus tôt. Déjà, elle sentait la magie affluer en elle et venir renforcer les pouvoirs qu'elle avait laissés s'endormir depuis de nombreux mois. Jamais elle n'avait expérimenté un tel flot d'énergie et elle en était presque enivrée ; aucun doute, être une Première Née avait ses avantages.

Joséphine jeta un bref regard autour d'elle. La chambre qu'on lui avait allouée était agréable, très lumineuse, et elle songea qu'elle n'était vraiment pas à plaindre. Les parents d'Edmond avaient d'abord eu un peu de mal avec l'idée que leur fils adopte ainsi une orpheline de guerre, mais au final ils s'étaient révélés adorables et la gâtaient terriblement. Ils étaient si malléables que Joséphine aurait volontiers éliminé Edmond pour ne garder qu'eux.

Elle sourit pour elle-même. Le jeune homme était facile à manipuler lui aussi ; sans cet amour étouffant qu'il lui témoignait en permanence, il aurait même pu être agréable. Mais elle ne pouvait pas s'empêcher de mépriser sa sensiblerie et elle avait souvent du mal à dissimuler son exaspération. Heureusement la guerre encore proche lui fournissait toute une brochette de bonnes raisons pour excuser son comportement changeant. Il ne soupçonnait rien, même si elle avait abandonné le dessin, même si elle se désintéressait complètement de ses travaux photographiques.

Joséphine se leva et posa la photographie sur son petit bureau, sans toutefois la quitter des yeux. Elle se moquait bien que l'Alsace soit désormais allemande et qu'elle ne puisse probablement plus jamais revoir Strasbourg. Edmond et ses parents avaient pleuré en apprenant la nouvelle, mais elle était restée indifférente. Une seule chose comptait désormais pour elle : le moment où la Sororité l'approcherait pour débuter sa formation. Et après ses saignements, cela ne tarderait sans doute plus. Quand ce serait fait, elle pourrait cesser de jouer les petites filles modèles et redevenir enfin une sorcière.

Joséphine caressa du bout des doigts la silhouette de son ancien corps. Une part d'elle avait envie de jeter cette photographie, mais d'un autre côté, c'était la seule image qu'elle possédait de celle qu'elle avait été. Et elle avait aimé être Catherine Guérin, elle avait aimé la vie qu'elle avait vécue et elle n'attendait que de retrouver cette délicieuse liberté, dotée cette fois des extraordinaires pouvoirs d'une Première Née.

Le transfert avait été difficile et l'enfant avait résisté de toutes ses forces, en vain. Elle avait été si abasourdie de se retrouver soudain dans l'organisme perclus de douleurs d'une vieille femme qu'elle n'avait pas su réagir. Malgré la faiblesse de ses petits bras, Joséphine n'avait eu aucune peine à la poignarder. Après quoi, la fillette s'était écroulée, épuisée par la cérémonie. Elle avait dormi de longues heures et puis elle avait attendu, certaine qu'Edmond ou la goule finiraient par la retrouver. Elle avait eu raison sur toute la ligne.

Ce qui lui apportait le plus de fierté était incontestablement la manière dont elle avait retourné toute la situation à son avantage. Elle avait déjà des cheveux de l'enfant, il lui manquait encore son sang et ses larmes pour achever sa dagyde. En créant le sortilège qui lui permettrait de prendre l'apparence de la petite, elle avait pu récupérer ouvertement ces éléments et nul n'avait trouvé à y redire. Elle avait éliminé la menace du croquemitaine, elle avait écarté les soupçons de la goule, elle les avait tous bernés.

Joséphine ricana, adressa un rictus à son double de papier, puis rangea la photographie dans un tiroir. Peut-être s'en débarrasserait-elle un jour, peut-être non. Parfois, il était bon de se souvenir d'où on venait. Désormais une longue vie l'attendait à nouveau et sa mémoire aurait sans doute besoin d'être rafraîchie. En attendant, il ne lui restait plus qu'à profiter de ce corps magnifique, souple, vif, exempt de la moindre douleur, puissant. Ce fut avec un sourire aux lèvres que la jeune fille quitta sa chambre en courant et rejoignit sa famille adoptive dans le jardin.

Chapitre 16

Bollenberg, dimanche 21 décembre, de nos jours

Les mains embrasées, Cathy Baumann semblait prête à tuer toutes celles qui passeraient à sa portée. Du coin de l'œil, Franck vit les sorcières réagir avec promptitude, tirant les plus jeunes et les plus fragiles en arrière pour les mettre à l'abri. Déjà les Sentinelles se déployaient, prêtes à attaquer de manière coordonnée. Mais avant qu'elles ne puissent bondir, Cathy envoya une langue de feu devant elle. Un vaste cercle se forma autour d'elle, rideau de flammes qui la protégeaient des assauts, brûlant avec une telle violence qu'il semblait infranchissable. Seule restait à l'intérieur la dizaine de personnes qui s'étaient trouvées le plus près d'elle.

Aussitôt deux Sentinelles lancèrent une attaque conjointe, faisant voltiger leurs matraques pour frapper à distance. Cathy réduisit les armes en poussière d'un seul geste, puis contre-attaqua avec un cri de rage. L'uniforme d'une des Sentinelles prit feu et elle se mit à hurler, se débattant vainement. Claire Faubert et Annabelle se précipitèrent dans un même mouvement pour l'aider.

Pendant ce temps, Cathy avait lancé une nouvelle impulsion d'énergie, comme une explosion invisible dont elle aurait été l'origine. Toujours à terre, Franck, Kieran et Johanna sentirent le souffle puissant passer au-dessus de leur tête. Faubert, Annabelle et une autre Sentinelle roulèrent au sol. Deux autres n'eurent pas autant de chance et furent projetées à travers le cercle de feu, hurlant sous la morsure des flammes. Une troisième chuta sévèrement et s'assomma sur une pierre.

Se redressant dans un effort, Franck éprouva de l'admiration pour la dernière Sentinelle qui s'élança seule malgré ce qui était arrivé à ses camarades. Les deux sorcières se retrouvèrent au corps à corps et un instant, il leur sembla que la Sentinelle avait une chance, bien plus costaude, mais Cathy avait pour elle l'expérience et la vindicte. D'une brusque torsion, elle brisa le bras de la Sentinelle et celle-ci tomba au sol avec une plainte avant d'être étourdie d'un coup de pied en pleine tête.

Débarrassée de ses assaillantes, Cathy tourna un regard meurtrier vers Franck, transfigurée par la haine, et celui-ci se sentit glacé jusqu'à la moelle.

— Vous ne vous en tirerez pas comme ça ! s'écria Claire Faubert.

Elle ramassa une pierre, la jeta en l'air et souffla deux mots. Aussitôt le roc se transforma en une pluie de cailloux acérés qui se précipitèrent sur Cathy à toute vitesse. Celle-ci ne bougea même pas et fit disparaître les pierres d'un simple geste. Sans même tourner la tête, elle jeta à terre Annabelle qui fonçait sur elle, puis lança une colonne de feu sur Claire Faubert.

La juge ne dut la vie sauve qu'aux réflexes inhumains de Kieran. L'homme avait toujours les mains emprisonnées dans les gaines de métal ; il poussa Faubert hors de la trajectoire de l'attaque et se protégea de ses fers. Aussitôt, ceux-ci se mirent à fondre et il hurla de douleur, avant de s'écrouler. Franck n'avait pas attendu pour réagir et il voulut se jeter sur Cathy, mais quelque chose le saisit à la gorge et il fut soulevé du sol, suffoquant, ses pieds battant vainement le vide. Mais très vite la pression se relâcha et il retomba lourdement.

Johanna avait profité de la distraction de Cathy pour lui envoyer une des cordes qui l'attachaient encore un moment plus tôt. Les liens entouraient les bras de la femme, l'empêchant de bouger. Johanna ramassa la matraque d'une Sentinelle inconsciente, prête à assommer leur assaillante. Déjà celle-ci se libérait, arrachait la matraque à la jeune femme et lui lançait un violent coup dans le ventre. Cette vue souleva Franck qui se précipita à nouveau. Son poing atteignit Cathy en pleine poitrine et elle tituba, le souffle coupé. Franck hésita à la frapper encore. La jeune femme paraissait si frêle devant lui, il ne pouvait s'empêcher d'éprouver des scrupules.

Derrière lui, Annabelle avait aidé Claire Faubert à se relever et se penchait maintenant sur Johanna. Voyant cela, Cathy prit sa décision en une fraction de seconde. Au moment où Franck tendait le bras pour se saisir d'elle, elle disparut, se métamorphosant en un énorme corbeau d'un noir de jais. En quelques mouvements, elle se dépêtra de ses vêtements tombés au sol et se mit à battre des ailes. Franck voulut la retenir, mais les serres puissantes lacérèrent ses mains et il n'eut pas d'autre choix que reculer, grimaçant de douleur. Déjà le corbeau s'envolait au-dessus des flammes.

— Pas si vite !

Franck n'eut pas le temps de tourner la tête au son de la voix de Kieran. Déjà une flèche traversait en un éclair son champ de vision, fracassant une des ailes du corbeau qui retomba sèchement. Cathy reprit aussitôt forme humaine, nue, avachie au sol, le projectile fiché dans son bras. À quelques pas, Kieran s'était débarrassé de ses entraves et avait encore à la main l'arc qu'il avait matérialisé en une fraction de seconde.

À la limite du cercle, Faubert, Annabelle et Johanna avaient uni leurs mains et elles lancèrent de concert une attaque fulgurante que Cathy parvint tout juste à contenir. Franck avait espéré qu'elle serait balayée, mais c'était oublier qu'elle cumulait la magie de quatre générations et une expérience infiniment plus grande que n'importe quelle autre sorcière. Malgré sa blessure, elle parvint à se redresser. Puis le flot d'énergie se retourna contre celles qui en étaient la source. Fauchée, Johanna tomba à terre tandis que Claire Faubert était littéralement catapultée à travers le rideau de flammes. Seule Annabelle restait debout et elle se porta courageusement en avant. Encore une fois, ce fut Kieran qui la sauva.

D'un bond, il se plaça devant elle et n'eut que le temps de matérialiser un énorme bouclier avant qu'un jet de feu ne les percute de plein fouet. Ils tombèrent tous les deux sous le choc. Malgré ses mains déchirées, Franck combla en quelques pas la distance qui le séparait de Cathy et chercha à la ceinturer. Johanna se précipita pour lui prêter main-forte et Cathy se débattit comme une furie.

Et brusquement leurs bras se refermèrent sur le vide. Cathy avait à nouveau changé d'apparence et le corbeau leur échappa, se laissant glisser au sol. La flèche s'était brisée dans le combat et l'oiseau en était libéré. Mais il était incapable de voler, l'aile fracassée, et, profitant de la stupeur de Franck et Johanna, Cathy reprit aussitôt forme humaine et s'écarta juste assez d'eux pour leur envoyer une pluie de feu. Johanna parvint tout juste à contrôler l'assaut, les protégeant tous les deux.

Cependant, toutes les sorcières bloquées à l'extérieur du rideau de flammes n'étaient pas restées inactives et Franck réalisa soudain qu'un chant s'élevait de l'autre côté du feu infranchissable. Déjà celui-ci commençait à perdre en intensité et ce n'était sans doute plus qu'une question de secondes avant qu'il ne soit abattu pour de bon. Cathy s'en aperçut, elle aussi. Elle ne pouvait plus s'échapper par la voie des airs et elle prit une décision inattendue et bondit jusqu'au miroir.

Pendant deux secondes, elle contempla son détestable reflet, puis elle posa la main sur la glace. Aussitôt le verre parut s'emplir de fumée et elle commença à disparaître, attirée à l'intérieur.

— Non ! hurla Johanna.

Elle se précipita, voulut tirer Cathy en arrière, mais l'attraction du miroir semblait irrésistible. Déjà la sorcière avait été presque entièrement absorbée. Johanna refusait de la lâcher, s'agrippant à elle de toutes ses forces, et bientôt ses mains commencèrent à se brouiller tandis qu'elle était arcboutée sur le cadre doré. Horrifié, Franck s'élança, mais il était bien trop loin. Déjà les avant-bras de la jeune femme s'étaient enfoncés dans la glace maléfique et ce n'était plus qu'une question de secondes avant qu'elle n'y disparaisse à son tour.

Kieran attrapa soudain Johanna par les épaules et la tira sèchement en arrière, lançant à leurs reflets ce qui ressemblait à des ordres impérieux martelés dans une langue étrange. Dans un effort surhumain, il parvint à arracher la jeune femme à l'irrépressible attraction. Un sifflement furieux monta du Miroir et sa glace se fendit dans un sinistre craquement, avant de retrouver une apparence tout à fait normale, reflétant le ciel nocturne.

* *
*

Le cercle de feu avait disparu en même temps que Cathy et ils furent soudain entourés de sorcières. La plupart avaient vu ce qui s'était passé et leur hostilité s'était évanouie, remplacée par une gêne palpable. Franck rejoignit Johanna en titubant et l'arracha à Kieran. Embarrassé par ses mains en sang, il la serra néanmoins dans ses bras de toutes ses forces et la jeune femme lui rendit son étreinte avec la même intensité. Pendant quelques secondes, ils se retrouvèrent seuls au monde.

Malgré le choc des évènements, les sorcières se ressaisissaient déjà et s'organisaient pour s'occuper des blessées. Claire Faubert souffrait de quelques brûlures et une partie de ses cheveux avait été carbonisée, mais elle tenait debout et distribuait les ordres avec sécheresse. Annabelle s'était foulé un poignet et avait une vilaine estafilade dans le cou, mais elle aussi tenait le coup et ne lâchait pas Faubert des yeux, la surveillant avec une méfiance qu'elle ne cherchait pas à cacher.

Johanna ne semblait pas blessée, même si Franck supposait qu'elle devait avoir des bleus sur tout le corps. La jeune femme ne le lâchait pas et elle resta à ses côtés tandis qu'une sorcière très douce s'occupait de ses mains. Les lacérations étaient très douloureuses, mais par bonheur les puissantes serres du corbeau n'avaient pas sectionné de nerfs et il n'avait plus qu'à attendre que ses coupures se referment.

Une fois les doigts bandés, Franck s'aperçut que Kieran restait immobile au milieu de toute cette agitation, les bras croisés, et que les sorcières se déplaçaient sans faire mine de le voir, laissant un large périmètre vide autour de lui, cinq Sentinelles le gardant en vue en permanence. L'homme avait guéri ses blessures à une vitesse surprenante étant donné leur gravité ; Franck le soupçonnait d'être capable, lorsqu'il était conscient, de maîtriser cette partie de sa magie et d'accélérer ou ralentir sa cicatrisation à volonté. Toutefois cela lui coûtait : il était très pâle, épuisé, et il tremblait de froid, toujours torse nu.

Entraînant Johanna avec lui, Franck le rejoignit et retira sa veste pour la tendre à Kieran. Celui-ci secoua la tête avec un mince sourire fatigué.

— Tu en as plus besoin que moi.

Franck voulut insister, mais il fut devancé par Annabelle.

— Tenez.

De sa main valide, la sorcière tendait à Kieran une couverture récupérée dans une des camionnettes garées aux environs. Celui-ci s'inclina profondément, puis saisit le tissu et s'en enveloppa sans cacher son soulagement. Annabelle recula de deux pas et se mit à haranguer la foule.

— Votre attention, s'il vous plaît ! S'il vous plaît !

Le silence se fit rapidement et tous les regards se tournèrent vers eux. Claire Faubert s'approcha, mais ne dit rien.

— Je pense que nous sommes toutes d'accord pour dire que nous avons fait une erreur, lança Annabelle d'une voix forte. C'était une grave erreur et la Sororité aussi bien que chacune d'entre nous va devoir en examiner les raisons et en tirer les conséquences afin que cela ne se reproduise pas. Johanna Beaumont était innocente et nous avons été incapables de le voir. La Sororité l'a trahie par son aveuglement. Cela ne doit plus jamais arriver !

Franck vit plusieurs sorcières baisser les yeux à ces mots et d'autres hocher la tête d'un air grave. Annabelle se tourna vers Johanna et son ton s'adoucit.

— Johanna, je suis vraiment désolée de tout ce que tu as subi, en tant qu'Aînée, mais aussi à titre personnel. Au nom de toute la Sororité, je te présente nos plus sincères excuses. Tu es des nôtres et nous n'aurions jamais dû en douter. Je te promets que c'est la dernière fois que notre soutien t'aura fait défaut.

La jeune femme acquiesça avec un faible sourire, mais elle n'ajouta pas un mot, n'accorda aucun pardon explicite et cela n'échappa à personne.

— Bien sûr, ajouta Annabelle, s'il est encore temps, nous allons faire tout ce qui est en notre pouvoir pour ramener Judith parmi nous.

Johanna releva un regard anxieux vers Franck et celui-ci hocha la tête.

— Il est encore temps, dit-il. Son état n'a pas changé.

Annabelle approuva, puis reporta son attention sur Kieran qui soutint son regard sans rien montrer. Le silence devint soudain plus dense.

— Reste une chose à régler, reprit froidement Annabelle.

Elle n'eut pas le temps de continuer, Claire Faubert s'avançait à son tour, l'épais rouleau du traité à la main. Avec un aplomb stupéfiant, elle sourit à Kieran.

— Bien sûr, nous avons fait une erreur et il n'y a plus aucune raison de vouloir mettre un terme au traité, n'est-ce pas ?

Kieran lui rendit son sourire d'une manière qui fit pâlir la juge. Avant qu'il ne puisse répliquer, Annabelle intervint.

— Nous vous devons des excuses, Matheson, dit-elle.

Visiblement ces quelques mots avaient été difficiles à prononcer, mais elle continuait à le regarder dans les yeux et il la toisait avec moins d'hostilité que Faubert.

— Nous n'avons pas respecté le traité et vous avez toutes les raisons d'être en colère, poursuivit Annabelle. Je peux vous assurer que nous le regrettons toutes. Alors ne prenez pas de décision hâtive.

Kieran resta muet. Soudain le rouleau de parchemin disparut des mains de Claire Faubert et se retrouva dans les siennes. Franck sentit nettement l'ensemble des sorcières se crisper. Kieran contemplait pensivement le traité, le visage indéchiffrable. Johanna se détacha de Franck et s'approcha de l'homme.

— Kieran, je… Je sais que vous avez envie de détruire le traité, peut-être de vous venger et… Vous vous souvenez de ce que vous m'avez dit ? La colère ne fait pas ressortir la meilleure part de vous. N'écoutez pas votre colère, je vous en prie. Je pense que vous méritez plus que des excuses, je pense que nous devrions vous remercier, moi et toute la Sororité, mais vous savez que… que ce n'est pas si simple. Mais si vous étiez sincère avec moi, si vous espérez vraiment que convaincre une seule sorcière que vous avez changé peut être un premier pas vers une véritable paix, alors… vous avez gagné, vous m'avez convaincue. Ne gâchez pas tout maintenant, s'il vous plaît.

L'homme leva les yeux vers elle. Son visage habituellement si mobile était tellement indéchiffrable que Franck en fut angoissé. Lentement, très lentement, l'homme esquissa un sourire qui n'avait rien de rassurant. Puis il tendit le traité à Johanna.

— Très bien. Plus de guerre.

Il n'ajouta pas un mot de plus, mais la tension retomba aussitôt.

* *
*

Franck se colla à la fenêtre et tourna les yeux vers le sommet de la colline. À cause du sortilège occultant, il ne distinguait rien, pas même la lumière de l'énorme feu allumé par les sorcières avec le bois des bûchers désormais inutiles, mais il sentait pourtant quelque chose, une vibration sourde, de puissantes énergies qui circulaient à travers la trame du monde et se glissaient dans son ventre, faisant courir des frissons dans son dos.

Les cérémonies de Yule avaient commencé et il aurait donné cher pour pouvoir y assister, mais les sorcières avaient été claires : aucun étranger à la Sororité n'était admis durant les rituels. Annabelle s'en était quasiment excusée tout en les guidant jusqu'au restaurant qui se dressait au pied du Bollenberg et où toutes les sorcières devaient se retrouver après la célébration pour partager une collation. L'Aînée leur avait demandé de bien vouloir patienter là en attendant qu'on les raccompagne chez eux ; la nuit était déjà bien avancée et les rituels ne pouvaient pas être reportés.

Franck n'avait aucune envie de quitter Johanna, mais il sentait que la jeune femme avait besoin de partager ces moments avec ses sœurs, de reprendre pied dans la Sororité et il l'avait encouragée à rester. Une part de lui avait été soulagée d'échapper enfin au froid glacial et il en avait profité pour emprunter un téléphone et prévenir Lukas et Morgan, restés auprès de Judith, que tout s'était bien passé.

Une tension électrique hérissa les poils des avant-bras de Franck et il se demanda ce que faisaient les sorcières, ce qu'elles ressentaient en cette nuit si particulière. Johanna lui avait dit que c'était comme une respiration, un immense souffle de renouveau dont elles s'imprégnaient toutes en même temps, un baptême où elles plongeaient ensemble dans les fécondes énergies de la Nature. Cette description l'avait fasciné, mais en même temps elle l'écartait, le ramenant inéluctablement à sa condition de simple humain.

Franck se retourna avec un soupir, s'adossant à la fenêtre. La salle du restaurant était vaste, élégante, et avait été aménagée pour accueillir la soirée qui suivrait. D'après ce que l'homme avait compris, les lieux appartenaient à une sorcière qui se faisait chaque année un plaisir de recevoir la Sororité. Sur une longue table, un riche buffet avait été dressé, débordant de victuailles toutes plus appétissantes les unes que les autres ; Kieran était en train de le piller sans vergogne.

L'homme était mutique depuis si longtemps que cela commençait à inquiéter Franck. Jamais encore il n'avait vu son compagnon si fermé et il avait l'impression qu'une muraille impalpable l'entourait, maintenant le monde entier à distance. Avec sa couverture sur les épaules, son pantalon déchiré, ses cheveux en désordre et son visage creusé, il ressemblait à un survivant de quelque catastrophe. Il mangeait avec encore plus d'acharnement que d'habitude et Franck songea qu'il devait mourir de faim après avoir fait un usage aussi intensif de son pouvoir de guérison. Malgré sa crainte d'être repoussé, il le rejoignit près du buffet.

Kieran l'ignora, occupé à vider avec application un plateau entier de mauricettes fourrées, faisant régulièrement descendre le tout à l'aide de gorgées d'un vin blanc local puisées à même la bouteille. Franck subtilisa un des petits pains, maladroit avec ses mains bandées, et s'assit sur le bord de la table.

— Comment tu te sens ? demanda-t-il prudemment.

Kieran haussa les épaules et ne répondit pas, la bouche pleine. Franck grignota un morceau de sa mauricette, puis renonça à manger et soupira.

— Qu'est-ce que tu as, Kieran ? insista-t-il. Tu commences à me faire flipper, tu sais.

L'homme releva ses yeux au bleu changeant, très sombre dans la lumière tamisée du restaurant. Cela parut lui coûter un terrible effort, mais il adressa à Franck un sourire rassurant qui ressemblait à un fantôme de ses sourires habituels.

— Excuse-moi, je suis juste… vraiment très fatigué.

— Je veux bien le croire, dit Franck avec compassion. Ce qu'elles t'ont fait, c'est… Ça a dû être horrible. Je suis désolé que tu aies dû subir ça. On a fait tout notre possible pour…

— Tu n'as pas à être désolé, coupa Kieran avec indifférence. Sans vous, mademoiselle Beaumont serait morte et moi…

Il haussa à nouveau les épaules, puis saisit une assiette et entreprit d'y empiler autant de nourriture que possible, avant d'emporter le tout jusqu'à une table. La façon dont il s'écroula sur une chaise trahit qu'il était réellement épuisé. Franck vint s'asseoir face à lui et Kieran fit un geste vague tout en trempant un bâtonnet de carotte dans un bol de mayonnaise.

— Raconte-moi, ordonna-t-il.

Franck ne se fit pas prier et lui rapporta en détail les évènements survenus depuis qu'ils s'étaient quittés à l'école des sorcières. Kieran ne fit aucun commentaire, pas même lorsque Franck lui décrivit l'état de la maison, se contentant de manger et d'aller de temps en temps se resservir. Lorsque Franck arriva au bout de son récit, l'homme afficha enfin un véritable sourire qui rassura un peu son ami.

— Dès le début, j'ai su que Morgan avait un énorme potentiel, commenta-t-il avec satisfaction. Il ne cesse de me surprendre.

— Il a géré, approuva Franck. Et Lukas aussi.

— Toi aussi, rétorqua Kieran. Le Miroir était une idée brillante. Tu vois, il y a une chose que les sorcières n'ont jamais comprise me concernant : ce ne sont pas mes pouvoirs qui font ma force, c'est le fait que j'ai toujours su m'entourer des bonnes personnes. Sans vous tous, je ne serais rien.

Embarrassé, Franck ne put s'empêcher de détourner la conversation.

— Je me demande… Le Miroir… Qu'est-ce qui s'est passé pour Cathy ?

— Je n'en suis pas sûr exactement. Ils sont quelques-uns à être passés de l'autre côté, mais aucun n'est revenu pour en parler. Je pense qu'elle a été expédiée ailleurs, dans… une autre réalité. Je doute qu'on la revoie un jour.

— Alors elle s'en est sortie, soupira Franck avec dépit.

— Je ne dirais pas ça. Le Miroir nous confronte à ce que nous sommes vraiment. Si tu avais commis les mêmes crimes qu'elle, voudrais-tu y être confronté ? Je suis sûr qu'elle est punie à la mesure de ce qu'elle a fait. Nous le sommes tous, n'est-ce pas ?

Ces derniers mots étaient amers et le regard de Kieran se voila à nouveau. Il détourna la tête, resta silencieux quelques secondes, puis soupira.

— Cela faisait si longtemps que je n'avais pas été directement confronté à leur haine, murmura-t-il. J'avais oublié à quel point c'était dur… Je deviens trop susceptible en vieillissant.

Il ricana tristement et Franck ne sut que dire, touché. Kieran avala une longue gorgée de vin blanc, puis reposa la bouteille vide sur la table avec un claquement sec.

— Allons, pourquoi se morfondre alors qu'on peut manger toute la nourriture des sorcières ? Il paraît que la vengeance est douce, alors vengeons-nous !

Et il ramena son assiette vide jusqu'au buffet, la remplissant à nouveau en sifflotant. Franck le suivit des yeux pensivement, puis le rejoignit pour se servir à son tour.

* *
*

Il était presque trois heures du matin lorsque les cérémonies de Yule se terminèrent enfin et Franck et Kieran tombaient tous deux de sommeil, somnolant dans un coin du restaurant. Franck se réveilla en sursaut lorsque les premières sorcières entrèrent dans la salle. Certaines écarquillèrent les yeux devant l'état du buffet, à moitié dévoré, mais nulle ne fit de commentaire.

Deux minutes plus tard, Johanna rejoignait Franck et l'étreignait avec intensité. Les rituels lui avaient fait du bien et elle était plus calme, mais elle aussi commençait à accuser le coup, épuisée. Indifférente à son poignet blessé, Annabelle se proposa pour les ramener à Strasbourg et, malgré ses réticences visibles, Claire Faubert les laissa partir avec un grand sourire hypocrite.

Johanna s'endormit contre Franck à l'arrière de la confortable Audi d'Annabelle et Kieran garda le regard tourné vers l'extérieur, à nouveau muet. Le trajet de retour fut silencieux et ils quittèrent l'Aînée quasiment sans une parole, Franck se contentant de bredouiller quelques mots de remerciement. Malgré sa dureté, Annabelle avait pris de sérieux risques pour les aider et Franck comprenait désormais pourquoi Johanna la respectait autant.

Piotr avait fait le ménage dans toute la maison et, en dehors des objets cassés, l'endroit avait presque retrouvé un aspect normal. Lukas et Morgan avaient réintégré les lieux, installant à nouveau Judith dans la chambre médicalisée, et, après avoir longuement serré dans ses bras les deux Invisibles qui lui avaient sauvé la vie, Johanna s'enferma avec sa mère toujours plongée dans son incompréhensible coma.

Kieran se montra très chaleureux avec Lukas et Morgan et Franck put constater que cela suffisait à les récompenser de tous leurs efforts. Le détective annonça avec satisfaction qu'il rentrait chez lui et qu'il espérait bien dormir vingt-quatre heures d'affilée. Une fois qu'il fut parti, Kieran s'isola un moment avec Morgan. Lorsque le jeune hermaphrodite ressortit du bureau de l'homme, ses yeux brillaient de larmes d'émotion et il courut aussitôt s'enfermer dans sa chambre, non sans adresser au passage un sourire lumineux à Franck.

Alors qu'il se traînait à l'étage, à bout de forces, Franck surprit Kieran immobile sur le seuil de sa chambre dévastée. Piotr avait ramassé tous les éclats de verre, mais il n'avait pas pu réparer les écrans explosés et la pièce avait une apparence sinistre. Impassible, Kieran finit par entrer. Il referma derrière lui et Franck entendit nettement le claquement d'un verrou. Attristé, il se détourna.

Malgré sa fatigue, Franck fit un détour par sa salle de bains. Il lutta pour retirer les bandages autour de ses mains, puis passa un long moment à contempler ses doigts meurtris, parcourus de lacérations douloureuses. Il devait voir sa famille moins de trois jours plus tard pour les fêtes de Noël. Comment allait-il leur expliquer ça ?

Trop épuisé pour réfléchir, Franck se glissa dans la douche, laissant l'eau chaude le laver enfin de l'horreur des derniers jours. Johanna était en sécurité désormais, la menace d'une guerre entre Kieran et les sorcières s'était éloignée et pourtant il n'arrivait pas tout à fait à se relâcher. Sans doute parce que Judith gisait toujours sur un lit, son cœur battant une fois toutes les huit ou dix minutes, de plus en plus lointaine…

Franck se sécha vaguement et s'écroula enfin sur son matelas, se blottissant dans les draps qui embaumaient la lessive grâce aux bons soins de Piotr. Il ferma les yeux, essaya de réfléchir, mais ses pensées lui filaient entre les doigts comme du sable. Il s'endormit très vite, plongeant au fond d'un gouffre de sommeil sans rêves.

Au bout de quelques heures, alors que le jour s'était levé depuis un bon moment, Franck fut réveillé par un contact très doux contre son cou. Il ouvrit les yeux avec un soupir et se retrouva nez à nez avec un chat noir qui ronronnait, le fixant avec bienveillance de ses yeux verts à la pupille dilatée. Franck eut un instant d'incompréhension avant de se rappeler. Hésitant, il tendit la main pour caresser le chat. Presque aussitôt celui-ci se métamorphosa et Johanna se retrouva allongée contre lui, entièrement nue. Franck lui sourit.

— Tu as pu dormir ? Tu…

Elle l'arrêta d'un doigt sur la bouche, se glissa dans les draps pour mieux s'asseoir sur lui, puis se pencha sur ses lèvres. Franck laissa courir ses paumes tout le long de son dos délicieusement cambré, puis ferma les yeux et s'abandonna au désir de sa compagne.

Un moment plus tard, ils reposaient tous les deux en travers du matelas, blottis l'un contre l'autre, paisibles. Franck avait refermé ses bras sur Johanna et la tête de la jeune femme était nichée contre son cou tandis qu'elle caressait pensivement les cicatrices de ses brûlures qui avaient guéri très rapidement grâce aux soins de Piotr. Franck embrassa ses cheveux et retomba dans les oreillers, un sourire aux lèvres. Johanna finit par tirer la couverture sur eux, puis elle se redressa sur un coude pour le regarder. Elle aussi souriait. Ils échangèrent un long regard, puis Johanna déposa un baiser sur ses lèvres.

— Merci, mon amour, murmura-t-elle en se redressant. Merci d'avoir été là pour moi.

Franck ne put empêcher son sourire de s'épanouir encore davantage.

— Tu pourras toujours compter sur moi, répondit-il avec affection.

— Je sais. Et je suis désolée d'avoir mis aussi longtemps à comprendre que… que tu n'es pas son vassal, que tu n'es pas « juste » un humain.

Franck haussa les épaules avec indulgence.

— Ça n'a aucune importance.

— Ça en a pour moi. J'ai été injuste envers toi. J'aurais dû voir que tu valais bien mieux que ça. Mais je le sais maintenant. Et je te préviens, j'ai bien l'intention de profiter de ma chance.

Elle lui sourit et il l'attira aussitôt vers lui pour l'embrasser encore. Puis il l'enlaça avec intensité.

— Je t'aime tellement, chuchota-t-il avec émotion.

Elle lui rendit son étreinte et Franck ferma les yeux, se laissant cajoler avec un plaisir indicible. Au bout d'un moment, Johanna l'écarta avec douceur et se leva, promenant son corps nu sans fausse pudeur pour chercher un verre d'eau. Ce ne fut que là que Franck remarqua les nombreux bleus qu'elle arborait, stigmates de son emprisonnement et de leur combat contre Cathy Baumann. Aussitôt il s'arracha aux draps et la rejoignit pour l'enlacer à nouveau dans un mouvement protecteur, se glissant dans son dos, embrassant sa nuque.

Johanna reposa son verre et, l'entraînant avec elle, marcha vers la fenêtre. La chambre donnait sur le jardin et un soleil froid éclairait la pelouse, faisant scintiller l'Aar qui s'écoulait paisiblement au fond de la propriété. Kieran déambulait sur l'herbe en fumant une cigarette, vêtu d'un de ses costumes sur mesure, à nouveau impeccable, paraissant discuter avec Piotr de modifier les aménagements. Johanna avait froncé les sourcils à la vue de l'homme et Franck se crispa malgré lui.

— Tu pensais vraiment ce que tu as dit ? demanda-t-il en s'efforçant de dissimuler son anxiété. Que… qu'il t'avait convaincue qu'il a changé ?

Johanna resta silencieuse quelques secondes, puis hocha la tête.

— Oui. La façon dont il s'est comporté envers moi... L'Immortel qu'on m'a toujours décrit n'aurait jamais agi comme ça.

— Alors ça veut dire que... que je ne serai pas obligé de choisir entre vous ?

Johanna se retourna dans les bras de Franck et lui sourit avec une pointe de tristesse.

— Non. Promis.

Elle se laissa aller contre sa poitrine et Franck ferma un instant les yeux de soulagement. Il se mit à caresser machinalement ses cheveux cuivrés dans lesquels les rayons du soleil traçaient des traits de feu. Johanna finit par soupirer.

— Elles l'ont torturé, Franck. C'était... affreux. Et je n'ai même pas assisté à tout. Et le pire, c'est qu'elles ont fait ça gratuitement. Il ne les a pas attaquées, il n'a même pas essayé de résister et... Je veux dire, bien sûr qu'il a fait des choses horribles, mais ça remonte à des centaines d'années et... Est-ce que ça a encore du sens de le punir après aussi longtemps ? Je n'en suis pas si sûre. Tu sais, j'en veux à la Sororité. Pas seulement pour ce qu'elle m'a fait, mais... pour ça aussi. Pour cette haine sans fin qui pourrit tout. Je ne veux plus rester enfermée dans ces schémas stupides.

Johanna soupira encore, puis se détacha de Franck et pivota à nouveau vers la fenêtre. Leur tournant le dos, Kieran s'était accroupi sur le ponton et observait la rivière en fumant sa cigarette tandis que Piotr revenait vers la maison. Une des racines d'Yggi émergea doucement de terre et s'étira jusqu'à l'homme qui la caressa, puis s'y appuya avec affection.

Après avoir été libéré par Franck, le bonsaï avait mis les sorcières en fuite lorsqu'elles étaient revenues au Wacken et ils devaient à Annabelle Niels que la Sororité n'ait pas eu le temps de le détruire, l'Aînée ayant fait tout son possible pour retarder la décision. Elle avait réussi à tenir jusqu'à l'intervention de Franck et celui-ci n'arrivait pas à savoir si cette prise de position tenait au respect que la femme semblait éprouver pour cet être exceptionnel qu'était Yggi ou si elle avait jugé plus prudent de ne pas provoquer encore davantage Kieran. L'homme avait encaissé tout ce que les sorcières lui avaient fait sans répliquer ; Franck n'était pas sûr qu'il en aurait été de même si l'un d'entre eux avait été tué.

— Tu crois vraiment qu'il pourra sauver ma mère ?

Le ton de Johanna était pensif, trop détaché.

— Je ne sais pas, avoua Franck. Mais il avait l'air d'être sur une piste et je suis sûr qu'il fera tout son possible.

La jeune femme hocha la tête, puis se détourna et embrassa Franck.

— Je vais prendre une douche, annonça-t-elle.

Elle se dirigea vers la salle de bains tandis que Franck restait à la fenêtre. Kieran s'était relevé et la racine d'Yggi était retournée à la terre. L'homme revenait vers la maison d'un pas lent, cherchant une nouvelle cigarette dans son étui en argent. Lorsqu'il se redressa, il aperçut Franck derrière sa vitre et lui fit un signe de la main. Celui-ci rendit le salut, puis son attention fut détournée par une voix aguicheuse dans son dos.

— Tu viens ?

Franck réprima un sourire et rejoignit sa compagne.

Chapitre 17

Rossfeld, mercredi 24 décembre, de nos jours

Assis dans un confortable fauteuil dans le salon de ses parents, Franck sentit soudain son téléphone vibrer dans sa poche. Il le sortit discrètement, puis réprima un sourire. *Tu me manques*, disait le SMS de Johanna. Un autre suivit presque aussitôt : *Ne te gave pas trop de foie gras.* Franck tapa rapidement un message : *Tu me manques aussi. Et connaissant Piotr, c'est plutôt à toi qu'il faut dire ça.* La réponse ne se fit pas attendre : *Encore faudrait-il que Kieran nous laisse quelques miettes.* Le tout suivi d'un *smiley* hilare.

— Ça va ? On ne te dérange pas trop ?

Franck rempocha aussitôt son téléphone et évita le regard de Caroline. Sa sœur était furieuse contre lui et ne s'en cachait pas. Depuis qu'il était arrivé pour fêter le Réveillon, elle ne cessait de le chercher, d'une agressivité fatigante. Mais Franck comprenait trop bien sa colère pour répliquer et il se contentait d'encaisser. Malgré tout, il ne pouvait pas s'empêcher de songer qu'il aurait été mieux au Wacken et il s'en voulait de cette pensée.

En dépit de l'insistance des sorcières, Johanna avait refusé de laisser la Sororité récupérer Judith et elle avait demandé la permission à Kieran de rester chez lui avec sa mère jusqu'à la guérison de celle-ci. L'homme avait accepté bien volontiers et avait paru très amusé à l'idée de fêter Noël en compagnie de deux sorcières, même si l'une d'entre elles était toujours inconsciente. Morgan semblait avoir décidé de s'installer là pour un moment et elle faisait donc partie des convives, de même que Lukas, Bahar Coskun qui était de garde et ne pouvait rejoindre sa famille en région parisienne, et les frères Grimm. Piotr avait passé la journée à cuisiner et lorsque Franck était parti, la maison embaumait littéralement.

Sa fille endormie dans les bras, Marc semblait un peu gêné par l'attitude de son épouse. Franck savait que son beau-frère adorait Noël et en avait une vision très romantique, ce qui lui avait fait gagner de nombreux points auprès de sa belle-mère dès le début de sa relation avec Caroline. Franck ne voulait surtout pas être celui qui gâcherait la fête et il s'obligea à adresser un sourire à son beau-frère.

— Vous avez pu lui trouver une place en crèche finalement ?

Marc ouvrit la bouche pour lui répondre, mais Caroline le devança.

— Parce que tu en as quelque chose à foutre peut-être ?

— Caro, soupira Marc.

Elle l'ignora et Franck se décida enfin à soutenir son regard. Il perçut la détresse derrière la colère, l'angoisse avec laquelle elle se débattait face à son comportement qui devait lui paraître incompréhensible. Il en fut touché, mais n'eut pas le temps de réagir. Sa mère surgit soudain de la cuisine avec un plateau d'apéritifs maison et son père suivit, une bouteille de champagne à la main. Aussitôt Caroline retrouva son sourire et se mit à bavarder avec eux, se contentant de snober soigneusement son frère.

En dépit de tous ses efforts, Franck n'arrivait pas à s'ancrer dans le moment. Sa mère s'était surpassée, comme toujours, et certains de ses plats n'avaient rien à envier aux merveilles qui sortaient des mains de Piotr, mais la nourriture ne faisait pas tout. Quelque chose le séparait de sa famille, son expérience désormais si singulière du monde, son incapacité à leur expliquer ce qu'il vivait depuis qu'il avait rencontré Kieran. Et cette barrière invisible lui faisait tellement mal qu'il aurait pu en pleurer.

Marc évoquait des anecdotes autour de son travail de médecin, Caroline rapportait un incident qui avait eu lieu dans un magasin avec Sélène, sa mère parlait des voisins, son père renchérissait… Et lui, qu'aurait-il dû leur raconter ? Qu'il avait failli mourir quelques jours plus tôt lors d'une bataille contre une sorcière ? Que sa nouvelle compagne se transformait parfois en chat dans son sommeil ? Qu'il vivait avec un ogre qu'il était aussi impossible de rassasier que de tuer ?

Lorsqu'il eut fait un sort à son entrée, Franck se retira un moment dans les toilettes et s'appuya au bord du lavabo, évitant son reflet dans la glace. S'il avait envisagé un moment de s'éloigner des Invisibles, il ne pouvait même plus y songer maintenant que Johanna l'avait enfin accepté ; sans compter qu'il avait le sentiment confus que, d'une certaine manière, Kieran avait besoin de lui. Mais dans ce cas, devait-il couper les ponts avec sa famille ? Kieran lui avait assuré qu'il ferait le nécessaire pour que ses proches ne puissent plus jamais être menacés, mais la véritable question était : comment trouver un équilibre entre ces mondes si diamétralement opposés ?

Franck soupira. Ce n'était pas ce soir-là qu'il résoudrait cette question. Il se passa un peu d'eau sur le visage, prit plusieurs profondes inspirations pour se calmer, s'efforça d'afficher un sourire détendu, puis se détourna du miroir avec un nouveau soupir et sortit. À l'autre bout du couloir, Caroline tenait Sélène dans ses bras et s'apprêtait à monter la coucher tandis que sa grand-mère lui faisait risette avec tendresse. Cette dernière finit par se détourner et Caroline entreprit de grimper les marches sans faire attention à Franck. Celui-ci la suivit un instant des yeux, puis, sur une impulsion, lui emboîta le pas.

Lorsqu'il la rejoignit dans la salle de bains, Caroline lui jeta un regard peu amène. Elle était en train de changer la couche de Sélène et le bébé se laissait faire en clignant des paupières, déjà ensommeillé. Franck s'adossa à la porte pour lui laisser la place de bouger.

— Qu'est-ce que tu veux ? grommela-t-elle sans se retourner.

— Écoute, Caro, on ne peut pas continuer comme ça…

— Sérieux ? Tu vas me dire la vérité alors ?

Elle lui lança un regard sardonique et il ne broncha pas. Tout en enfilant adroitement une nouvelle couche à Sélène, elle fit un signe de tête en direction de ses mains qui arboraient des cicatrices peu discrètes.

— Tu vas m'expliquer comment tu as fait ça, peut-être ? Parce que ton histoire avec le chat sauvage était un peu pourrie, je dois dire.

Franck prit une profonde inspiration. Puis, sans un mot, il rejoignit Caroline et la prit dans ses bras. Surprise, elle ne se débattit pas tout de suite et il la retint lorsqu'elle voulut s'écarter. Tout en gardant un œil sur Sélène qui les observait depuis sa table à langer, il appuya la tête de sa sœur contre son épaule et resta immobile jusqu'à ce qu'elle accepte enfin de se détendre un peu. Elle finit par se relâcher avec un profond soupir et lui rendit timidement son étreinte.

— Qu'est-ce qui se passe, Franck ? murmura-t-elle d'un ton suppliant. Je t'en prie, parle-moi. Avant tu étais si solide, le mec sur qui on pouvait toujours compter et maintenant… Tu disparais pendant des jours, tu ne réponds plus au téléphone, tu fréquentes des types bizarres… J'ai peur pour toi, petit frère.

— Je sais, répondit l'homme en caressant son dos. Et je suis désolé. Je voudrais tout te raconter, mais je ne peux pas. Mais il faut que tu comprennes que… Pendant toutes ces années, c'est comme si j'avais été endormi, Caro. Tout me glissait dessus. Maintenant je vis vraiment. Et je ne vais pas te mentir : cette nouvelle vie comporte des risques. Par certains aspects, elle est beaucoup plus compliquée. Mais elle me convient. Elle me convient vraiment et c'est pour ça que je ne veux pas que tu t'inquiètes.

Caroline se détacha doucement de lui sans faire de commentaire et entreprit d'enfiler un pyjama à Sélène. Les jambes du bébé gigotèrent tandis qu'elle affichait un grand sourire.

— Ça au moins, c'est vrai, fit Caroline d'une voix lasse. Même Marc l'a remarqué, que… que tu ne ressembles plus à un fantôme.

Franck ne sut s'il devait être blessé ou soulagé de cette réflexion. Sa sœur prit Sélène dans ses bras et se décida enfin à le regarder.

— Ce que tu fais, c'est illégal, n'est-ce pas ?

Franck secoua la tête.

— Non. C'est… underground, mais pas illégal. Je te promets que tu n'auras jamais besoin de me rendre visite en prison.

Une part de lui songea aux innombrables fois où il avait déjà enfreint la loi pour assister Kieran, mais il parvint à n'en rien montrer. Caroline le dévisagea de longues secondes d'un regard pénétrant, puis elle l'écarta pour sortir et il la suivit jusque dans la chambre où leurs parents avaient installé le lit-parapluie de Sélène.

— C'est à cause d'une fille, c'est ça ?

Franck connaissait suffisamment bien sa sœur pour savoir que, malgré son ton sarcastique, elle avait lâché l'affaire, au moins temporairement. Il se détendit.

— En partie, avoua-t-il.

— Elle s'appelle comment ? demanda encore Caroline en déposant Sélène dans son lit.

— Johanna.

Ils prirent un moment pour souhaiter une bonne nuit à la petite fille, l'embrassant et la câlinant, puis ils se retirèrent. Caroline referma la porte, le babyphone à la main, et leva vers Franck un regard taquin.

— Tu nous la présentes quand ?

Franck lui rendit son sourire, passa un bras tendre autour de ses épaules et ils regagnèrent le rez-de-chaussée.

* *
*

Strasbourg, lundi 29 décembre, de nos jours

Franck courait sur un tapis de course face à la fenêtre, regardant la pluie tomber dru et le vent agiter les arbres voisins. La météo était détestable, il faisait un froid glacial et par contraste, l'intérieur de la maison semblait encore plus chaud et cosy. Sans cesser de courir, Franck finit par enlever son t-shirt et le jeter par terre, dégoulinant de sueur dans la température trop confortable. Augmentant l'inclinaison et la vitesse du tapis du bout des doigts, il s'obligea à accélérer encore malgré la difficulté renouvelée.

Après les récentes festivités et leurs excès de nourriture, il éprouvait un sérieux besoin de se dépenser. C'était sa deuxième course aussi intense en moins de trois jours et la veille, il avait passé plus d'une heure à soulever des poids, à cogner le sac de sable, à travailler sa souplesse. Par ailleurs, la vulnérabilité qu'il avait ressentie face à une femme aussi frêle que Cathy Baumann l'incitait à augmenter encore ses capacités et il envisageait sérieusement de se mettre au krav maga en plus de la boxe.

— Tu vas casser cette machine à force.

Franck tourna la tête vers Johanna qui s'avançait avec un sourire ironique, mais il ne s'interrompit pas. Elle était moqueuse, mais il y avait une lueur très agréable au fond de ses yeux tandis qu'elle s'adossait au mur pour le regarder, les bras croisés.

Depuis qu'elle était libérée de la menace de la Sororité, Johanna s'était considérablement détendue, mais l'état de sa mère continuait à la miner. Le cœur de Judith ne battait plus qu'une fois toutes les douze minutes, elle s'éloignait chaque jour un peu plus et nul ne semblait avoir la moindre idée de la manière de la ramener.

Annabelle Niels appelait Johanna chaque jour, elle était même passée une fois pour tenter l'une ou l'autre chose, mais rien ne fonctionnait malgré les nombreuses sorcières qui planchaient sur le problème. Quant à Kieran, il passait ses journées enfermé dans son laboratoire et, s'il avait retrouvé un comportement tout à fait normal, il ne lâchait pas un mot sur le sujet.

Une fouille en règle de l'appartement de Cathy Baumann n'avait pas permis de déterminer quel sortilège elle avait utilisé. Ce que les sorcières avaient trouvé avait néanmoins confirmé toutes les théories de Morgan, à commencer par un double de la photographie qui avait tout déclenché. D'une manière ou d'une autre, Judith avait dû tomber sur le cliché en rendant visite à Cathy, elle s'était souvenu d'avoir vu la même au musée et tout le reste avait découlé de là. Quant au kobold, il n'avait guère offert de résistance, avouant sans difficulté les liens de sa maîtresse avec le liseur.

— Je me suis rappelé quelque chose, fit soudain Johanna. C'est le fait que Cathy ne voulait jamais aller à l'auberge sous la cathédrale. Elle disait qu'elle était claustro, qu'elle avait horreur d'être sous terre, mais j'ai compris qu'en fait, c'était Patrick qu'elle évitait si soigneusement. Le cyclope qui garde l'entrée, tu le connais, non ? Il aurait vu direct que quelque chose clochait chez elle. C'est fou comme les choses se mettent en place après coup, hein ?

Elle esquissa un sourire amer et Franck commença à ralentir.

— Ce n'est pas de ta faute, Jo.

Elle haussa les épaules et évita son regard. Elle joua un instant avec le pendentif que Franck lui avait offert pour Noël et qui représentait un chat stylisé en argent. L'homme arrêta enfin le tapis de course et en descendit, avant d'attraper une serviette pour s'éponger le visage.

— Matheson... Kieran est venu me voir tout à l'heure, annonça encore Johanna. On a défait le serment de sanctuaire ensemble. Ça veut dire que je ne lui appartiens plus. Ça veut aussi dire qu'il peut me foutre dehors maintenant.

Elle eut un rire nerveux et releva les yeux vers Franck.

— Tu crois que c'est pour ça qu'il a voulu défaire le serment ? Parce qu'il a décidé de laisser tomber pour ma mère et de nous jeter de chez lui ?

Il y avait un abîme d'angoisse dans ses yeux et Franck fut un peu étonné de découvrir qu'elle comptait bien davantage sur Kieran que sur la Sororité pour mettre un terme à cette douloureuse situation. L'homme posa des mains douces sur ses épaules.

— Il n'est pas du genre à laisser tomber et tu le sais. Tu veux que j'essaye de lui parler ?

Johanna acquiesça et Franck déposa un baiser humide sur son front.

— Le temps de prendre une douche et je suis à toi.

— Oui, ça me paraît une bonne idée, la douche, rétorqua-t-elle sarcastiquement.

Franck lui tira la langue, puis gagna en souriant la salle de bains voisine. Il passa un long moment sous l'eau, cherchant comment aborder le sujet avec Kieran. L'homme avait retrouvé sa perpétuelle bonne humeur depuis leur retour, mais ça ne l'empêchait pas de se montrer terriblement hermétique quand il n'avait pas envie de discuter de quelque chose. Un moment plus tard, Johanna et lui regagnaient le rez-de-chaussée ensemble et Piotr leur indiquait que Kieran se trouvait dans son bureau.

Assise dans un coin de la pièce face à un énorme écran, un casque sur les oreilles, Morgan maniait une manette avec une concentration absolue, si absorbée par son jeu qu'elle ne leva même pas les yeux à leur entrée. À quelques pas, Kieran avait déblayé une des tables de travail et s'y était installé avec son violon brisé. Manipulant une lampe à bras articulé, il était penché sur l'instrument, semblant évaluer s'il était possible de le réparer. Le violoncelle, le thérémine et le piano avaient déjà été remplacés, mais Kieran paraissait avoir plus de mal à se séparer du violon malgré son état lamentable. Il leur jeta un bref regard et esquissa un sourire sans interrompre sa tâche.

— Ah, notre couple modèle ! Si vous êtes venus me demander mon assentiment pour le mariage, je dirais qu'il est encore un peu tôt !

Johanna leva les yeux au ciel et Franck ne dit rien. Les moqueries de Kieran étaient parfois exaspérantes, mais il préférait largement le voir comme ça que mutique et renfermé comme après leur combat contre Cathy. Johanna fit mine de parler, mais Kieran l'arrêta d'un geste, dressant l'oreille comme à chaque fois qu'Yggi s'adressait à lui télépathiquement.

— Excusez-moi, la visiteuse que j'attendais est arrivée.

Il éteignit la lampe, abandonna le violon en morceaux et quitta le bureau. Franck et Johanna suivirent tandis que Morgan restait enfermée dans sa bulle. Bientôt Kieran ouvrit la porte et Annabelle Niels fit son entrée, les cheveux humides, son long manteau dégoulinant de pluie. Elle les salua froidement et Franck lut une pointe de méfiance dans son regard. De toute évidence, elle n'était pas venue de son propre chef.

Piotr surgit et entreprit de débarrasser aimablement la sorcière de son manteau. Johanna en profita pour lui faire les bises et presser doucement son bras.

— Comment va Thomas ?

Annabelle resta impassible.

— Ce n'est plus qu'une question de jours, dit-elle du bout des lèvres.

Elle se tourna vers Kieran.

— Je n'ai pas beaucoup de temps, alors venez-en au fait, Matheson.

Kieran s'inclina et sourit aimablement.

— Si vous voulez bien me suivre…

Il les guida jusqu'à la chambre médicalisée où reposait Judith et Franck vit une tension insidieuse naître dans les épaules de Johanna. Kieran tira la table d'opération de manière à la placer à côté du lit de Judith, puis il fit apparaître une potence médicale à laquelle étaient suspendus une poche et un tuyau remplis d'un liquide rougeâtre. Le système était muni d'un goutte-à-goutte et d'une aiguille à perfusion. Une fois tout installé à sa convenance, Kieran alluma une cigarette et se tourna vers eux avec un grand sourire.

— J'ai une question pour vous, mesdames : vous êtes-vous déjà demandé ce qui m'arrive lorsque je suis… mort ? Parfois, quand mon corps est vraiment très abîmé, il me faut plusieurs heures, voire des jours, pour me régénérer. Avez-vous la moindre idée de ce qui se passe pendant ce temps ?

Annabelle avait froncé les sourcils, intriguée, mais elle se contenta de faire un signe négatif. Johanna dévisageait Kieran avec intensité.

— Qu'est-ce qui se passe ? demanda-t-elle.

Kieran sourit.

— Mon esprit vagabonde. Il est toujours relié à mon corps, mais il se promène sur d'autres plans. Parfois je suis si proche que je peux entendre les gens parler autour de moi et parfois je suis si loin qu'à mon réveil, je n'arrive à me souvenir de rien. Je pense, mademoiselle Beaumont, que votre mère est dans un état très similaire. Mais son esprit n'arrive pas à trouver le chemin du retour. Je vais donc aller la chercher.

Cette déclaration fut suivie d'un silence incrédule. Sans se démonter, Kieran désigna le pied à perfusion.

— Le plus difficile a été de concevoir un poison capable de m'envoyer dans les limbes et de m'y maintenir. Même en me concentrant pour mettre ma magie en sourdine, elle est trop puissante pour la plupart des toxines. J'ai dû créer un mélange vraiment très corrosif. Je vous déconseille d'ailleurs d'en toucher la moindre goutte.

Il souffla un trait de fumée vers le plafond.

— Je ne vous cache pas qu'il existe un risque non négligeable d'échec. J'ai suffisamment testé le poison pour être sûr qu'il fonctionne, mais il y a un autre problème : je ne me suis jamais éloigné volontairement. Il n'est pas impossible que je me perde et que je finisse dans le même état que madame Koehler. C'est là que vous entrez en jeu, mesdames.

Il sourit encore aux deux sorcières.

— Vous allez jouer le rôle de fil d'Ariane.

Annabelle semblait prête à protester, mais Kieran ne lui en laissa pas le temps.

— Les liens de mademoiselle Beaumont avec sa mère sont d'une grande force et nous connaissons tous sa volonté, n'est-ce pas ? Quant à vous, madame Niels, vous êtes incontestablement la sorcière la plus puissante des environs. Et accessoirement, la seule à part mademoiselle Beaumont à laquelle je suis prêt à faire confiance.

Un éclair de surprise passa dans les yeux d'Annabelle, puis elle fronça les sourcils.

— Dans ce cas, il est de mon devoir de vous dire que c'est de la folie. Si vous vous perdez vous aussi, il y a très peu de chances que nous puissions vous ramener.

— J'en suis bien conscient. Mais je trouve que cette situation a assez duré et qu'il est temps d'y mettre un terme. Alors acceptez-vous de m'aider ?

Johanna s'approcha d'Annabelle.

— Tu crois vraiment que ça pourrait marcher ?

L'Aînée réfléchit un long moment, puis hocha la tête.

— C'est l'idée la plus absurde que j'aie entendue depuis longtemps, mais oui, ça pourrait marcher. Avec l'Immortel, il faut s'attendre à tout, n'est-ce pas ?

Kieran s'inclina avec un grand sourire, puis matérialisa un cendrier, y écrasa sa cigarette et grimpa agilement sur la table d'opération. Il remonta rapidement sa manche, se posa la perfusion avec adresse et la fixa avec du sparadrap. Puis il enclencha le système et le poison commença à couler dans son sang. Il pâlit presque aussitôt, se hâta de s'allonger et de saisir la main de Judith, nouant ses doigts dans les siens. Annabelle se plaça à côté de lui, saisissant son autre poignet et Johanna fit de même avec sa mère. Les deux sorcières joignirent leurs mains au-dessus des deux corps immobiles, fermant le cercle.

— Parfait, murmura Kieran. Restez concentrées, mesdames, je compte sur…

Il fut interrompu par un violent spasme. Aussitôt il retomba, les yeux grands ouverts, figé, comme mort. Johanna et Annabelle abaissèrent les paupières dans un même mouvement, leurs deux visages affichant un effort similaire. Franck eut brusquement l'impression d'être seul dans la chambre et un frisson le parcourut.

Il s'approcha de deux pas, mais les quatre Invisibles étaient si immobiles, si absents qu'il en ressentit un violent malaise. Il recula jusqu'au coin le plus éloigné et croisa les bras, la nausée au bord des lèvres. Il avait l'impression que quelqu'un avait subitement baissé le chauffage, qu'un froid insinuant s'était répandu dans la pièce, en même temps qu'une forme d'énergie sourde qui flirtait avec la limite de ses perceptions sans les pénétrer tout à fait. Glacé, il frotta ses bras et s'aperçut que son souffle formait un nuage blanc devant ses lèvres. Il fronça les sourcils et fut tenté de sortir, mais il était hors de question de laisser Johanna et Kieran ainsi. Il attrapa une couverture rangée dans un coin et s'en enveloppa sans les lâcher des yeux.

De longues minutes s'écoulèrent et Franck s'aperçut bientôt que des gouttes de sueur étaient apparues au front de Johanna malgré la température polaire tandis qu'Annabelle se voûtait légèrement. Une veine saillait dans le cou de l'Aînée et les deux sorcières paraissaient lutter contre quelque chose. Franck imagina Kieran perdu au milieu d'un espace infini, comme un cosmonaute dans le vide, uniquement relié à son vaisseau, à la vie, par un cordon tissé dans la volonté des sorcières. Si elles lâchaient, il dériverait pour toute l'éternité.

Franck sursauta lorsqu'un bip résonna soudain dans le silence glaçant. Un autre suivit à peine quelques secondes plus tard et l'homme s'avança avec espoir malgré la raideur de ses muscles gelés. Judith était toujours reliée au système de monitoring et son électrocardiogramme, pratiquement plat depuis le début, semblait s'être réveillé. Les bips s'enchaînèrent bientôt, d'abord lentement, puis jusqu'à retrouver un rythme habituel, paisible. Une minute plus tard, les électrodes qui captaient ses signaux cérébraux firent se dessiner des courbes de plus en plus resserrées, jusqu'à ce que son électroencéphalogramme redevienne lui aussi normal. La poitrine de la femme se souleva en plusieurs profondes respirations et ses paupières papillonnèrent. Au moment où elle ouvrit les yeux, Johanna et Annabelle parurent se réveiller de concert et se lâchèrent les mains.

Judith regarda autour d'elle avec incompréhension, puis son regard se posa sur sa fille et son visage pâle s'éclaira.

— Johanna ?

Sa voix était un peu rauque, mais elle était bien consciente. Johanna porta la main à sa bouche avec un hoquet, puis se mit à pleurer.

— Maman !

Elle se jeta sur celle-ci pour l'étreindre et Franck sentit l'émotion lui serrer la gorge. Pour la première fois, un véritable sourire flottait sur les lèvres d'Annabelle, plissant ses yeux radoucis. Tandis que Judith balbutiait des questions décousues et que Johanna s'efforçait d'y répondre en bredouillant, affolée de joie et de soulagement, Franck réalisa que Kieran était toujours inconscient, le poison continuant à se distiller dans son sang.

Il se précipita pour retirer la perfusion du bras de l'homme, prenant bien soin de ne pas toucher à l'aiguille empoisonnée. Pendant une interminable minute, Kieran n'eut aucune réaction et l'angoisse noua l'estomac de Franck. Puis l'homme inspira brusquement dans un râle et se redressa presque aussitôt. Franck le soutint, passant un bras autour de ses épaules. Son compagnon tourna les yeux vers Judith et Franck le sentit se détendre instantanément. Annabelle Niels les observait et elle hocha la tête en direction de Kieran avec une admiration sincère.

— Remarquable, Matheson. Bravo.

L'homme s'inclina avec une esquisse de sourire, puis il écarta doucement Franck et se leva. Il rabaissa sa manche, la petite blessure déjà refermée, puis recula de quelques pas et alluma une cigarette.

Embrouillée dans ses explications, Johanna tendit la main vers Franck pour qu'il vienne l'aider et celui-ci obéit avec plaisir. En dehors d'une pâleur qui s'estompait déjà, Judith semblait aussi pimpante que si elle sortait d'une longue sieste et les écoutait d'un air ébahi. Lorsque Franck se tourna à nouveau vers Kieran pour s'assurer qu'il était bien remis, il s'aperçut avec étonnement que l'homme s'était éclipsé.

* *
*

Les effusions durèrent un long moment, puis Judith commença à montrer des signes de fatigue et Annabelle annonça qu'elle devait partir. Johanna et sa mère la saluèrent chaleureusement et Franck la raccompagna, profitant de ce prétexte pour laisser les deux femmes seules. Il échangea encore quelques mots avec l'Aînée sur le pas de la porte, puis il la laissa s'en aller pour rejoindre son fils agonisant, très droite, d'une dignité à toute épreuve.

Franck hésita à remonter, mais il était clair que Johanna et Judith avaient besoin de se retrouver et il se mit en quête de Kieran. L'homme n'était pas dans son bureau où Morgan continuait à jouer avec acharnement, coupé du monde, piochant de temps en temps dans un gros saladier de popcorn tout frais qui répandait une odeur sucrée. Franck l'interrompit pour lui annoncer la bonne nouvelle et Morgan leva son verre de soda avec un grand sourire ravi.

— À la santé de madame Koehler !

Et sans un mot de plus, il se replongea dans son jeu vidéo. Franck se détourna avec indulgence et gagna le salon. Kieran s'y tenait debout, accoudé au piano, les yeux rivés au singulier portrait qui avait retrouvé sa place sur le mur, plongé dans ses pensées. Il ne bougea pas lorsque Franck se planta à côté de lui.

— C'est une femme que tu as connue ? demanda-t-il prudemment.

Kieran esquissa un sourire las.

— On peut dire ça, oui.

Il se détourna brusquement, alla s'affaler sur le canapé tout neuf et alluma une cigarette, le regard braqué sur le feu dans la cheminée. Franck prit place dans un fauteuil et croisa les jambes avec circonspection.

— Tu n'as pas l'air satisfait, risqua-t-il.

Kieran tourna vers lui un regard goguenard.

— Pas satisfait ? Alors que je viens de m'attirer les compliments d'une Aînée ? J'espère que tu plaisantes ! Je suis extatique !

Il avala une grosse bouffée de fumée et lorsqu'il la recracha, Franck sentit qu'il n'y avait pas que du tabac dans sa cigarette. L'homme se mit à faire des ronds de fumée d'une régularité impressionnante.

— Nous venons de vivre quelque chose d'historique, mon cher, ajouta-t-il. Des sorcières qui collaborent avec l'Immortel ! Si ce n'est pas un miracle, je ne sais pas comment il faut appeler ça !

Il ricana et Franck se sentit mal à l'aise. Avant qu'il ne puisse renchérir, Johanna les rejoignit, resplendissante de joie de vivre.

— Ma mère s'est endormie, annonça-t-elle. Toutes ces émotions l'ont épuisée. Elle m'a confirmé toutes les théories de Morgan, elle était très impressionnée et elle a hâte de le rencontrer.

— Il va d'abord falloir l'arracher à sa console, sourit Franck.

Johanna lui rendit son sourire, puis se tourna vers Kieran qui continuait à envoyer des ronds de fumée vers le plafond. Elle parut hésiter à dire quelque chose, puis elle marcha jusqu'au canapé et l'attrapa par la main pour mieux le faire se lever et le serrer dans ses bras avec force.

— Merci, chuchota-t-elle avec intensité. Pour ma mère, pour tout. Merci infiniment…

D'abord surpris, Kieran finit par lui rendre son étreinte et Franck le vit fermer brièvement les yeux sous le coup d'une puissante émotion. Puis il retrouva son air taquin et repoussa doucement la jeune femme.

— Faites attention, mademoiselle Beaumont, je vais finir par croire que vous m'appréciez vraiment.

Johanna sourit.

— Peut-être que c'est le cas. Ce que vous avez fait tout à l'heure, c'était… incroyable de courage.

Kieran haussa les épaules avec une fausse modestie théâtrale.

— Je ne sais pas encore comment, ajouta Johanna, mais je vous jure que je vous revaudrai ça.

L'homme se laissa à nouveau tomber sur le canapé et leva vers elle un regard indéchiffrable.

— Vous oubliez que c'est moi qui ai une dette envers vous. Si vous estimez que je l'ai remboursée, alors je ne demande rien de plus.

Johanna rejoignit Franck, s'assit sur l'accoudoir de son fauteuil et releva les yeux vers Kieran en souriant encore.

— Bien sûr que vous l'avez remboursée, dit-elle d'une voix douce. Largement.

Kieran lui rendit son sourire et Franck eut le sentiment que cette fois, il était réellement satisfait. Soudain l'homme poussa un sifflement strident, les faisant sursauter. Aussitôt Piotr surgit de la cuisine, son chat sur les talons.

— Champagne ! commanda Kieran. Et va dire à Morgan de se joindre à nous !

Le domovoï gloussa de plaisir et s'empressa d'obéir. Quelques minutes plus tard, tous les cinq brandissaient leurs coupes et trinquaient joyeusement. Dans son portrait suspendu, la femme aux yeux noirs les observait sans bruit.

– Fin –

Découvrez les prochains romans d'Anaïs Cros

Le septième arcane
&
Le vingtième arcane

« Ce fut une musique au piano qui réveilla Eva. Dans un demi-sommeil, elle crut reconnaître un morceau de Chopin entendu pendant une des séances musicales de sa mère. Elle n'avait jamais aimé ce morceau qu'elle ne comprenait pas, suite de notes sans mélodie qui s'entremêlaient d'une manière absurde et angoissante, sorte de délire musical dénué de sens, comme si le compositeur avait voulu à la fois se défouler et se moquer de ses auditeurs en parlant un langage qu'ils ne pouvaient comprendre.

Eva ouvrit les yeux avec un grognement mécontent. Sa chambre était encore plongée dans l'obscurité, aucune lumière ne filtrait à travers les volets roulants. Tâtonnant sur sa table de chevet, Eva attrapa son iPhone et l'activa avant de pousser un profond soupir. Il n'était que cinq heures et demie, bon sang, quel besoin avait sa mère d'écouter de la musique aussi tôt ?

Lorsque Eva émergea à nouveau, le jour s'était levé et une lumière tamisée baignait sa chambre. Vaseuse, la jeune femme repoussa ses couvertures en s'étirant. Presque aussitôt sa peau se couvrit de chair de poule. Il faisait un froid de canard dans la pièce, elle avait dû mal régler le chauffage avant de se coucher. Le parquet était gelé et elle se hâta de glisser les pieds dans ses chaussons. Ramassant ses vêtements, elle se dirigea vers la salle de bains au radar.

– Maman ? cria-t-elle dans le couloir. Je suis debout !

Il n'y eut pas de réponse. L'appartement était très silencieux.

La salle de bain, grande et entièrement carrelée, parut encore plus froide que le reste de l'appartement à Eva et elle frissonna. La grande vitre en verre dépoli qui donnait sur la rue laissait entrer une lumière grise et terne. Eva pressa l'interrupteur de l'unique lampe, mais rien ne se produisit. Elle soupira avec lassitude. Génial, la journée commençait vraiment bien. Elle referma la porte derrière elle, puis se pencha pour ramasser la chemise de nuit de sa mère qui trainait par terre devant le lavabo, non sans surprise. Béatrice était plutôt soigneuse en général, jamais encore Eva n'avait eu à passer derrière elle. Décidément ça n'allait pas.

Dans le salon, Eva constata que les radiateurs étaient tous froids malgré le thermostat réglé sur vingt-deux degrés, ce qui expliquait la température glaciale qui régnait. Elle fit le tour de toutes les pièces, mais c'était pareil partout et la lumière ne fonctionnait nulle part. Il n'y avait en outre aucune trace de Béatrice et elle n'avait pas laissé de mot. L'immeuble devait subir une coupure de courant, peut-être qu'elle était descendue voir ce qui se passait.

Cette hypothèse plausible apaisa un peu l'angoisse galopante d'Eva et elle regagna la cuisine. L'horloge murale au style rétro, qui marchait sur piles, indiquait qu'il était un peu plus de dix heures et demie. Eva voulut mettre de l'eau à chauffer sur la gazinière, mais aucune flamme ne jaillit des brûleurs, tout juste une infime odeur de gaz, alors même que l'appartement était branché sur le réseau de ville. Eva se laissa tomber sur une chaise, troublée. Pas d'électricité, pas d'eau chaude, pas de gaz… S'il y avait une panne, elle devait être d'une sacrée ampleur. Mais est-ce que c'était tellement étonnant avec le froid polaire qui s'était abattu sur la région depuis plusieurs semaines ? Tout reviendrait sans doute à la normale dans quelques heures.

(...)

L'appartement de ses parents était au quatrième étage d'un immeuble qui donnait sur une rue très passante du quartier de l'Esplanade. Un vendredi comme celui-ci, en pleine matinée, la rue aurait dû être remplie d'étudiants, de profs, de cyclistes, de femmes qui se rendaient à la cité administrative voisine avec leurs gosses, de voitures qui attendaient au feu. Les bruits de conversation, de moteur, les klaxons des vélos, les odeurs de pot d'échappement, les effluves de friture du MacDo situé à deux pas : il n'y avait rien de tout ça... »

Le Septième arcane et *Le Vingtième arcane* deux ouvrages fantastiques d'Anaïs Cros – À paraître courant 2022.

Achevé d'imprimer en octobre 2021
sur les presses de la Nouvelle Imprimerie Laballery – 58500 Clamecy
Dépôt légal : octobre 2021 N° d'impression : 109696
Imprimé en France

La Nouvelle Imprimerie Laballery est titulaire de la marque Imprim'Vert®